Tödlicher Ruhm

Nora Roberts schreibt als J.D. Robb

Tödlicher Ruhm

Roman

Aus dem Amerikanischen
von Uta Hege

Weltbild

Die amerikanische Originalausgabe erschien 2011 unter dem Titel *Celebrity in Death* bei
G. P. Putnam's Sons, a member of Penguin Group (USA) Inc., New York.

Besuchen Sie uns im Internet:
www.weltbild.de

Genehmigte Lizenzausgabe für Weltbild GmbH & Co. KG,
Werner-von-Siemens-Straße 1, 86159 Augsburg

Übersetzung: Uta Hege
Umschlaggestaltung: Johannes Frick, Neusäß
Umschlagmotiv: © Johannes Frick, Neusäß unter Verwendung eines Motivs von Trevillion
Images (© Ilina Simeonova) und Shutterstock (© Alessandro Colle)
Satz: Datagroup int. SRL, Timisoara
Druck und Bindung: CPI Moravia Books s.r.o., Pohorelice
Printed in the EU
ISBN 978-3-95973-267-3

2020 2019 2018 2017
Die letzte Jahreszahl gibt die aktuelle Lizenzausgabe an.

Vom Ruhm zur Schande führt ein ausgetretener Pfad.

Thomas Fuller

Die Gier nach Macht, danach, andere zu beherrschen, entflammt das Herz mehr als jede andere Leidenschaft.

Tacitus

1

Frustriert und gleichzeitig bedauernd sah sie sich den Toten an. Er lag in dem stillen Zimmer auf einem weinroten Sofa, und auf seinem hellgrauen Pullover breitete sich um den Griff des silbernen Skalpells sein Herzblut aus. Langsam wanderte ihr grimmiger Blick über den Leichnam und das kunstvolle Arrangement aus Obst und Käse auf dem hübschen Holztablett, das auf dem Couchtisch stand.

»Er wurde ebenfalls aus nächster Nähe umgebracht.« Sie hatte nicht nur die Augen, sondern auch die Stimme eines Cops. Langsam richtete sie ihren schlanken, durchtrainierten Körper wieder auf. »Er liegt gemütlich auf der Couch. Der Droide ist deaktiviert, und über der Tür leuchtet das Bitte-nicht-stören-Schild. Trotzdem liegt er entspannt auf dem Sofa und hat keine Angst, als jemand den Raum betritt und sich über ihn beugt. Vielleicht weil er unter dem Einfluss von Beruhigungsmitteln steht. Allerdings gehe ich davon aus, dass die toxikologische Untersuchung nichts ergeben wird. Er kannte sie. Er hatte keine Angst vor ihr.«

Sie trat an die Tür. Den Kopf zwischen den Händen haltend, saß eine hübsche, blonde Frau auf dem Fußboden im Flur, grinsend stand ein frischgebackener, weiblicher Detective neben ihr.

Sie selbst blieb in der Tür des Zimmers stehen, in dem der Tote lag.

»Und cut! Das habt ihr wirklich super hingekriegt!«

Auf das Signal des Regisseurs brachen am Set – das dem privaten Arbeitszimmer des verstorbenen W. B. Icove Junior nachempfunden war – geschäftiger Lärm und Bewegung aus.

Eve Dallas, Lieutenant der New Yorker Polizei, die schon einmal in diesem Arbeitszimmer über einem toten Mann gestanden hatte, der sich anders als der Tote jetzt nicht aufgerichtet hatte, um sich ausgiebig am Hinterteil zu kratzen, spürte, wie das seltsame Gefühl des Déjà-vu verflog.

»Ist das Wahnsinn oder was?« Neben ihr führte Peabody einen zurückhaltenden, kleinen Tanz auf und trommelte fröhlich mit den Absätzen der pinkfarbenen Cowboystiefel, die sie zwischenzeitlich täglich trug, auf dem Fußboden herum. »Wir sind an einem echten Filmset und sehen uns selber bei der Arbeit zu. Und wir machen eine ausgezeichnete Figur.«

»Es ist seltsam.«

Noch seltsamer war es, als sie sich plötzlich selbst mit einem breiten Grinsen im Gesicht entgegenkam.

So dämlich grinste sie doch sicher nicht. Das war mindestens so seltsam, wie sich selbst – oder zumindest einer ziemlich guten Doppelgängerin – bei bereits getaner Arbeit zuzusehen.

»Lieutenant Dallas. Super, dass Sie es geschafft haben, ans Set zu kommen. Ich konnte es wirklich kaum erwarten, Sie kennenzulernen.« Die Schauspielerin gab ihr die Hand.

Eve hatte Marlo Durn schon einmal gesehen, allerdings mit dunkelgrünen Augen, blondem Haar und solariumgebräunter Haut. Deshalb brachten ihr aktuelles kurzes, wild zerzaustes, braunes Haar, die braunen Augen und das kleine Grübchen in der Mitte des Kinns, das ihrem eigenen Grübchen nachempfunden war, Eve ein wenig aus dem Gleichgewicht.

»Und Detective Peabody.« Marlo drückte ihren langen Ledermantel – der genauso aussah wie der Mantel, den Eve während der Ermittlungen im Icove-Fall von ihrem Mann geschenkt bekommen hatte – einer Garderobiere in die Hand.

»Ich bin ein Riesenfan von Ihnen, Miss Durn. Ich habe mir alle Ihre Filme angesehen.«

»Nennen Sie mich bitte einfach Marlo«, bat sie Peabody. »Weil wir schließlich Partnerinnen sind. Na, was halten Sie von alledem?« Sie zeigte auf das Set und an ihrem Finger blitzte die Kopie des Eherings, den Eve am Finger trug. »Kommen wir der Sache nahe?«

»Unbedingt«, erklärte Eve, denn tatsächlich kam sie sich hier wie am Ort eines Verbrechens vor, an dem die Leute Spuren verwischten, weil sie durch die Gegend trampelten, bevor die Kriminaltechnik erschien.

»Roundtree – der Regisseur – will, dass es möglichst authentisch rüberkommt.« Marlo zeigte mit dem Kopf auf den bulligen Mann, der vor einem Bildschirm saß. »Und er kriegt immer, was er will. Deshalb filmen wir ja auch hier in New York. Hoffentlich hatten Sie Zeit, um sich in Ruhe alles anzuschauen und ein Gefühl dafür zu kriegen, was hier läuft. Obwohl ich das Buch von Nadine Furst damals noch gar nicht gelesen hatte, wollte ich die Rolle unbedingt, als ich von dem Projekt erfuhr. Und Sie, Sie beide, haben diese Dinge tatsächlich erlebt. Ach, was brabbele ich für ein dummes Zeug.«

Sie lachte unbekümmert auf. »Aber ich bin eben meinerseits ein Riesenfan von Ihnen, Eve. Ich beschäftige mich schon seit Monaten mit allem, was Sie betrifft. Ich war sogar mehrmals mit zwei richtigen Detectives unterwegs, auch wenn es Roundtree leider nicht geschafft hat, Ihren Commander dazu zu bewegen, dass er mich und K.T. Ihnen beiden bei der Arbeit zusehen lässt. Aber«, fuhr sie fort, ehe Eve ihr eine Antwort geben konnte, »seitdem ich selbst Eve Dallas bin, kann ich verstehen, warum Sie das nicht wollen.«

»Okay.«

»Ich brabbele schon wieder dummes Zeug. K.T. Komm her und sag der richtigen Detective Peabody hallo.«

Die Kollegin, die in ein Gespräch mit ihrem Regisseur vertieft war, drehte sich verärgert um, setzte dann aber sofort ihr Lächeln für die Öffentlichkeit auf.

»Es ist mir eine Ehre.« Sie trat auf die Gruppe zu, gab den beiden Polizistinnen die Hand und sah sich Peabody genauer an. »Sie haben sich die Haare wachsen lassen.«

»Ja, ein bisschen. Ich habe gerade Ihren letzten Film *Teardrop* gesehen. Sie waren einfach fantastisch.«

»Ich werde Dallas kurz entführen.« Marlo hakte sich bei ihrem Rollenvorbild ein. »Lassen Sie uns einen Kaffee trinken«, schlug sie vor und schleifte Eve aus Icove Juniors nachgebautem Arbeitszimmer in den nächsten nachgebauten Raum. »Die Produzenten haben dafür gesorgt, dass ich dieselbe Sorte kriege, die Sie trinken, und inzwischen bin ich einfach süchtig nach dem Zeug. Meine Assistentin hat den Tisch in meinem Wohnwagen für uns gedeckt.«

»Müssen Sie denn nicht mehr arbeiten?«

»Ein Großteil unserer Arbeit besteht darin, stundenlang darauf zu warten, dass es weitergeht. Was in Ihrem Job wahrscheinlich ähnlich ist.« In Stiefeln, Jeans und mit einem Schulterhalfter, in dem, wie Eve hoffte, nur eine Attrappe steckte, führte Marlo sie an den verschiedenen Kulissen, zahlreichen Gerätschaften und all den Leuten, die das Studio bevölkerten, vorbei.

Vor der Kulisse, die ihrer eigenen Abteilung nachempfunden war, blieb Eve stehen. Der abgenutzte Fußboden, die Arbeitsplätze mit den übervollen Schreibtischen, vor allem aber die Tafel mit den Aufnahmen der Toten sahen genauso aus wie im vergangenen Herbst auf dem Revier. Das Einzige, was fehlte, waren die Cops und der Geruch nach Schweiß, Kristallzucker und abgestandenem Kaffee.

»Ist es richtig so?«

»Ja – vielleicht ein bisschen größer als in Wirklichkeit, nehme ich an.«

»Das wird man im Film aber nicht sehen. Auch Ihr eigenes Büro haben sie genau kopiert, damit sie mich oder die anderen aufnehmen können, wenn wir an den Schreibtischen der anderen vorbei dorthin oder von dort aus loslaufen, wenn es zum nächsten Einsatz geht. Wollen Sie es sich mal ansehen?«

Sie liefen weiter an der falschen Wand und einer Freifläche vorbei, die im Film wahrscheinlich nicht zu sehen wäre, und betraten die Kopie von Eves Büro auf dem Revier. Sogar an das schmale Fenster hatte man gedacht, auch wenn durch dieses Fenster statt der Stadt das Studio zu sehen war.

»Die Aussicht auf die Wolkenkratzer und die Flieger wird mithilfe des Computers eingefügt«, erklärte Marlo, als Eve vor das Fenster trat. »Ein paar Szenen hier und auch die Szene im Besprechungsraum, in der Sie die Verschwörung zwischen Icove, Unilab und der Akademie Brookhollow aufdecken, haben wir schon gedreht. Das war unglaublich intensiv. Die Dialoge haben wir direkt dem Buch entnommen, weil es heißt, dass Nadine Furst zahlreiche Originalzitate eingeflochten hat. Sie hat die Realität unglaublich gut in eine spannende Handlung eingepackt. Obwohl ich davon ausgehe, dass die Realität als solche schon spannend genug gewesen ist. Sie wissen nicht, wie sehr ich Sie bewundere.«

Überrascht und etwas unbehaglich sah Eve die Schauspielerin an.

»Die Arbeit, die Sie täglich leisten, ist unglaublich wichtig, und Sie machen einen sehr guten Job. Aber auch ich bin wirklich gut in meinem Job und habe das Gefühl, dass meine Arbeit wichtig ist. Nicht so wichtig wie die Aufdeckung eines globalen Klon-Kartells, aber ohne Kunst, ohne Geschichten und die Leute, die diese Geschichten erst lebendig machen, wäre unsere Welt ein engerer und traurigerer Ort.«

»Auf jeden Fall.«

»Als ich angefangen habe, mich mit dieser Rolle zu befassen, wurde mir bewusst, dass mir Authentizität noch nie zuvor so wichtig war. Nicht nur wegen der Möglichkeit, damit einen Oscar zu gewinnen – obwohl der hübsche, goldene Kerl sich auf dem Sims meines Kamins gut machen würde –, sondern weil die Sache wirklich wichtig ist. Ich weiß, Sie haben bisher nur die eine Szene verfolgt, aber ich hoffe, dass Sie mir sagen werden, falls Ihnen dabei etwas nicht richtig vorgekommen ist.«

»Aus meiner Sicht haben Sie alles richtig dargestellt«, beruhigte Eve die Schauspielerin achselzuckend. »Die Sache ist die, es ist ein bisschen seltsam und verwirrend, jemanden zu sehen, der genau dasselbe tut und sagt wie damals ich. Aber gerade, weil es seltsam und verwirrend für mich ist, haben Sie Ihre Sache offenbar sehr gut gemacht.«

Ein strahlendes Lächeln breitete sich auf den Lippen ihres

Gegenübers aus. Und nein, sagte sich Eve, so lächelte sie selbst ganz sicher nie.

»Dann bin ich beruhigt.«

»Und das hier.« Eve betrachtete noch einmal die Kopie ihres Büros. »Ich habe das Gefühl, als müsste ich mich an den Schreibtisch setzen, um ein paar Papiere durchzugehen.«

»Wenn Carmandy das hört, wird sie begeistert sein. Sie ist für die Requisite zuständig. Und jetzt lassen Sie uns Kaffee trinken gehen. Ich muss nämlich bald wieder ans Set.«

Sie traten durch die Tür in die Oktobersonne, die 2060 wesentlich beständiger als in den Jahren davor war, und Marlo zeigte auf ein anderes Haus. »Wenn wir hier entlanggehen, kommen wir an einem Teil der Kulisse Ihres eigenen Wohnhauses vorbei. Preston hat Ihnen sicher schon gesagt, dass sie dort ein paar Werbeaufnahmen machen wollen, während Sie und Peabody hier sind? Valerie Xavier, unsere Frau fürs Marketing, wird sich um alles kümmern. Sie ist wirklich gut.«

»Die Fotos wurden kurz erwähnt.«

Wieder verzog Marlo ihren Mund zu einem breiten Lächeln und rieb Eve den Arm. »Ich weiß, Sie stehen nicht gern im Rampenlicht, aber das wäre eine super Werbung für den Film – und vor allem würden wir uns alle über ein paar Aufnahmen mit Ihnen beiden riesig freuen. Ich hoffe natürlich, dass Sie heute Abend zu der Dinnerparty kommen. Sie und Roarke.«

»Wir haben es auf jeden Fall eingeplant.« Denn leider gab es keinen echten Grund, um nicht zu diesem blöden Fest zu gehen.

Marlo lachte fröhlich auf. »Im Grunde aber wünschten Sie, Sie hätten einen heißen Fall und kämen deshalb um die Einladung herum. Stimmt's?«

»Sie sind anscheinend wirklich gut in Ihrem Job.«

»Es wird heute Abend netter, als Sie denken. Was nicht weiter schwierig werden dürfte, weil ein solches Fest aus Ihrer Sicht die reinste Folter ist.«

»Haben Sie mein Büro verkabelt?«

»Nein, aber ich hoffe, dass ich mich inzwischen gut in Sie hineinversetzen kann.« Marlo tippte sich gegen die Stirn. »Deshalb weiß ich, dass Sie sich auf dieser Feier besser amüsieren werden, als Sie denken. Von Julian werden Sie begeistert sein. Er hat Roarkes Akzent, seine Körpersprache, hat sich dessen Aura des verführerischen, einflussreichen Mannes zugelegt, und außerdem sieht er fantastisch aus, ist lustig und charmant, und die Zusammenarbeit mit ihm macht wirklich Spaß. Haben Sie gerade einen Fall?«

»Wir haben gerade einen abgeschlossen.«

»Den Whitwood-Center-Fall, wie er in den Medien heißt. Wie gesagt, ich verfolge Sie auf Schritt und Tritt. Aber selbst, wenn Sie gerade keinem neuen Fall nachgehen, haben Sie mit den Ermittlungen Ihrer Kollegen sicher noch genug zu tun, werden als Zeugin vor Gericht gebraucht und beraten die Beamten Ihres Dezernats. Sie haben also immer alle Hände voll zu tun. Und daneben …«

Als Eves Handy schrillte, brach sie ab.

»Dallas.«

Hier Zentrale, Lieutenant Dallas. Kontaktieren Sie bitte den Beamten an der Ecke Zwölfter, Dritter West. Es gibt dort einen ungeklärten Todesfall.

»Verstanden. Lieutenant Dallas und Detective Delia Peabody sind unterwegs.« Sie legte auf und rief ihre Kollegin an. »Wir haben einen Fall. Wir treffen uns am Auto.«

Eilig steckte sie ihr Handy wieder ein, sah Marlo an und meinte: »Tut mir leid.«

»Kein Problem. Sie haben einen Fall hereinbekommen, während wir hier stehen. Das ist wahrscheinlich eine blöde Frage, aber was ist es für ein Gefühl, wenn man Sie kontaktiert und Ihnen sagt, dass irgendwo ein Mensch gestorben ist?«

»Als müsste ich mich wieder an die Arbeit machen. Danke für die Führung.«

»Dabei haben Sie bisher nur einen kleinen Teil gesehen. Big Bang Productions haben hier in den Chelsea Piers so was wie Dallas World erbaut. Wir werden mindestens noch zwei, drei

Wochen drehen. Vielleicht schaffen Sie es ja, noch einmal vorbeizukommen, bevor die Dreharbeiten abgeschlossen sind.«

»Vielleicht. Aber jetzt muss ich wirklich los. Wir sehen uns dann heute Abend, falls die Arbeit nicht dazwischenkommt.«

»Viel Glück.«

Eve bahnte sich einen Weg zurück zum VIP-Parkplatz, auf dem ihr Wagen stand. Sie war bestimmt nicht froh, dass wieder einmal ein Mensch gestorben war, aber wenn der arme Tropf schon hatte sterben müssen, war sie auch nicht unfroh, dass der Anruf der Zentrale vor dem schwachsinnigen Fotoshooting mit den Schauspielern gekommen war.

Marlo Durn erschien ihr durchaus nett. Vielleicht war sie etwas zu emotional, doch davon abgesehen kam sie ihr sympathisch, klug und ganz bestimmt nicht wie ein Arschloch vor. Trotzdem hatte es sie etwas aus dem Gleichgewicht gebracht, in einer Umgebung, die genauso wie ihr eigenes Umfeld aussah, ihrer Doppelgängerin bei ihrer eigenen Arbeit zuzuschauen.

Dallas World.

Oje.

Inzwischen hatte Peabody den Parkplatz ebenfalls erreicht. »Hätte ich mir denken sollen, dass ausgerechnet jetzt ein neuer Fall reinkommt. Aber das hat wirklich Spaß gemacht. Und Preston – Preston Stykes, der Assistent des Regisseurs – hat mir eine Statistenrolle angeboten. Nächstes Wochenende wollen sie ein paar Straßenszenen drehen. Da darf ich eine Passantin spielen, in Großaufnahme und vielleicht sogar mit einem kurzen Text. Ich wette, ausgerechnet dann kriege ich einen dicken Pickel oder so.« Sie fuhr suchend mit der Hand durch ihr Gesicht. »Weil man immer Pickel kriegt, wenn man in Großaufnahme abgelichtet wird.«

»Ist Ihnen das schon oft passiert? Das mit den Großaufnahmen, nicht das mit den Pickeln. Ihre Pickel interessieren mich nicht.«

»Das wird das erste Mal für mich.« Sie lehnte sich auf ihrem Sitz zurück, während sich Eve hinter das Steuer schwang. »Und heute Abend geht's auf Tuchfühlung mit echten Stars. Ich werde in der Park Avenue im schicken Haus eines der coolsten Regisseure Hollywoods und Gründers von Big Bang Productions mit lauter Berühmtheiten zu Abend essen.« Peabody brach ihre Pickelsuche ab und presste eine Hand gegen ihren Bauch. »Ich glaube, mir wird schlecht.«

»Dann kotzen Sie einfach nachher dem coolsten Regisseur von Hollywood in sein ohne Zweifel schickes Gästeklo.«

»Er, ich meine Roundtree, hat Sie eben gesucht. Er wollte gerade einen seiner Laufburschen losschicken, um zu gucken, wo Sie sind.«

»Ich hatte das unwirkliche Erlebnis, von mir selbst durch mein Büro geführt zu werden.«

»Oh! Unser Büro. Ich hätte mich an meinen eigenen Schreibtisch setzen können. Oder vielleicht auch an Ihren.«

»Nein.«

»Es ist doch nur eine Filmkulisse.«

»Trotzdem nein.«

»Sie sind gemein. Aber Ihr anderes Ich ist wirklich nett. Ich darf sie Marlo nennen. Wogegen mein eigenes anderes Ich relativ zickig ist.«

»Da haben Sie's. Sie haben die Rollen eben wirklich gut besetzt.«

»Haha. Aber im Ernst, nach zwei, drei kurzen Sätzen hat das Weib mich einfach abserviert. Wissen Sie, was sie gesagt hat?«

»Woher sollte ich das wissen? Ich war schließlich nicht dabei.«

»Dann werde ich es Ihnen sagen.« Stirnrunzelnd setzte Peabody ihre geliebte mehrfarbige Sonnenbrille auf. »Sie hat gesagt, wenn mich Nadine in ihrem Buch tatsächlich richtig dargestellt hätte, würde ich es nie zu etwas bringen, weil es mir an Durchsetzungsvermögen fehle. Ich müsste dringend an mir arbeiten, wenn ich nicht bis zum Ende meiner Dienstzeit Ihre Handlangerin bleiben wolle.«

Eve runzelte erbost die Stirn. Immerhin war ihre *Partnerin* aufgeweckt und couragiert genug gewesen, einen Ring korrupter Cops aus dem Verkehr zu ziehen.

»Dann ist sie sogar eine Oberzicke«, stimmte Eve ihr zu. »Und Sie sind bestimmt nicht meine Handlangerin.«

»Das stimmt. Ich bin Ihre Partnerin, und, okay, Sie sind mein Lieutenant, aber das macht mich noch lange nicht zu einer arschkriecherischen Untergebenen.«

»Es ist nicht unterwürfig, sondern zeichnet eine gute Polizistin aus, wenn sie Befehle, die man ihr im Dienst erteilt, befolgt. Im Übrigen sind Sie meistens alles andere als devot, sondern gehen mir mit Ihrer permanenten Besserwisserei entsetzlich auf den Keks.«

»Vielen Dank. Mein anderes Ich ist echt nicht nett.«

»Was mein anderes Ich genauso sieht.«

»Jetzt bin ich verwirrt.«

»Marlo und K.T. können sich nicht ausstehen. Das hat man nach den Aufnahmen gemerkt. Kaum, dass die Szene im Kasten war, haben sie sich wortlos voneinander abgewandt und kein Wort mehr gewechselt, bis Marlo K.T. gerufen hat, um sie uns vorzustellen.«

»Offenbar hatte ich meine rosarote Hollywoodfan-Brille auf, denn ich habe nichts davon gemerkt. Sie haben wahrscheinlich recht. Es ist bestimmt nicht leicht, so eng mit jemandem zusammenzuarbeiten, den man nicht leiden kann.«

»Deshalb heißt es ja auch Schauspielkunst.«

»Und davon abgesehen kam es mir vor, als ob mein anderes Ich einen viel dickeren Hintern hat als ich.«

»Auf jeden Fall.«

»Echt?«

»Peabody, ich habe mir den Hintern dieser Frau nicht näher angesehen, und ich habe auch nur selten die Gelegenheit, mir Ihren Hintern anzuschauen. Aber ich bin bereit zu sagen, dass der Hintern der Zicke dicker ist, wenn Sie das glücklich macht und das Thema Hollywood und Schauspieler damit erledigt ist.«

»Okay, nur eins noch. Mein anderes Ich ist außerdem noch eine Lügnerin. Sie hat zu mir gesagt, sie müsste sich auf ihre nächste Szene vorbereiten, aber als ich an den Wohnwagen vorbei zum Parkplatz ging, habe ich sie gesehen und vor allem gehört. Sie hat gegen die Tür eines der Wohnwagen gehämmert und gebrüllt: ›Ich weiß, dass du da drin bist, du verdammtes Schwein. Mach die verfluchte Tür auf.‹ Oder etwas in der Art.«

»Und vor wessen Wohnwagen hat sie so rumgeschrien?«

»Keine Ahnung, aber sie war wirklich angefressen, und es war ihr vollkommen egal, wer ihr Gekeife alles mitbekommt.«

»Habe ich nicht immer schon gesagt, dass Sie eine jähzornige Zicke ohne jede Klasse sind?«

Peabody seufzte, stellte dann aber mit einem Lächeln fest. »Auf alle Fälle bin ich nicht devot.«

»Nachdem das geklärt ist, kümmern wir uns jetzt vielleicht erst einmal um unseren neuen Todesfall«, schlug Eve vor und stellte den Wagen hinter einem Streifenwagen ab.

»Ein Besuch in einem Filmstudio, ein neuer Fall und ein Abendessen mit Berühmtheiten. Das ist ein wirklich toller Tag.«

Für Cecil Silcock war er das leider nicht, denn er hatte schon früh an diesem Tag sein Leben ausgehaucht.

Er lag auf dem Boden seiner teuren Küche, und die Fliesen mit dem schwarz-goldenen Leopardenmuster erinnerten Eve aufgrund des Blutes, das aus der Kopfwunde des armen Kerls geflossen war, an ein erlegtes Tier.

In Wahrheit aber hatte jemand nicht ein Tier, sondern den armen Cecil umgebracht. Auch der hauchdünne Kaschmirmorgenmantel, den er angezogen hatte, bevor jemand einen schweren, stumpfen Gegenstand auf seinen Schädel krachen ließ, war mit seinem Blut getränkt. Aus der Platzwunde in seiner Stirn schloss Eve, dass er bei dem Sturz gegen den Rand der goldenen Arbeitsplatte auf der schwarzen Kochinsel geprallt und dann erst auf den Fliesen aufgekommen war.

Der Rest der Küche, Ess- und Wohn-, Schlaf-, Gäste- und Badezimmer war makellos sauber und so steril wie die Ausstellungsräume eines exklusiven Innendekorateurs.

»Es gibt keine Einbruchsspuren«, erklärte der Beamte an der Tür. »Der Ehemann des Opfers ist im Schlafzimmer. Er sagt, er wäre in den letzten beiden Tagen auf Geschäftsreise gewesen und hätte den Toten in der Küche vorgefunden, als er heute Morgen statt wie eigentlich geplant erst heute Nachmittag wieder nach Hause kam.«

»Und wo ist sein Koffer?«

»Ebenfalls im Schlafzimmer.«

»Ich brauche die Aufnahmen der Überwachungskameras.«

»Der Partner sagt, dass die Alarmanlage ausgeschaltet war, als er nach Hause kam. Angeblich hat das Opfer häufiger vergessen, das Ding anzustellen.«

»Sehen Sie trotzdem nach, ob die Kamera vielleicht irgendetwas aufgezeichnet hat.« Eve sprühte ihre Hände und die Schuhe ein, warf das Spray in ihren Untersuchungsbeutel, hockte sich neben den Toten und bat ihre Partnerin: »Überprüfen Sie seine Identität und finden den genauen Todeszeitpunkt heraus. Er hat einen harten Schlag gegen die linke Kopfhälfte bekommen. Seine Schläfe und die Augenhöhle wurden von einem breiten, schweren, flachen Gegenstand erwischt.«

»Cecil Silcock, sechsundfünfzig Jahre alt, wohnhaft unter dieser Anschrift, seit vier Jahren verheiratet mit Paul Havertoe, Gründer und Betreiber von Good Times, einem Unternehmen, das sich auf die Planung und die Ausrichtung von Partys spezialisiert hat.«

»Für ihn selber sind die guten Zeiten jetzt vorbei.« Eve setzte sich auf ihre Fersen und schaute sich in der Küche um. »Es gibt keine Einbruchsspuren, und die ganze Bude sieht so aus, als hätte eine Putzfee ihren Zauberstab geschwenkt. Er trägt einen Ehering – bestimmt aus Platin – mit einem dicken, fetten Diamanten, und allein hier in der Küche stehen jede Menge teurer elektronischer Geräte, die man relativ problemlos aus der Wohnung schaffen kann. Raub scheidet als Motiv demnach wohl aus.«

»Todeszeitpunkt zehn Uhr sechsunddreißig. So, wie Cecil angezogen ist, und da offensichtlich niemand in die Wohnung eingebrochen ist, hat er den Mörder sicherlich gekannt. Er hat ihn hereingelassen, ist dann wieder in die Küche gegangen, wahrscheinlich, um Kaffee aufzusetzen oder so. Und dann macht's plötzlich Bäng, und seine guten Zeiten sind vorbei«, mutmaßte Peabody.

»So könnte es gewesen sein. Oder vielleicht hatte Cecil auch Gesellschaft, während Paul auf Reisen war. Wir werden noch überprüfen, wo genau er sich während der letzten beiden Tage aufgehalten hat. Er ist also in die Küche gegangen, um ein feines Frühstück für sich selbst und seinen Gast zu zaubern, und dann schlägt ihm dieser Gast den Schädel ein. Oder der Ehemann kommt heim, stellt fest, dass Cecil ungezogen war, und geht deshalb auf ihn los.« Eve musterte den Toten.

Der Beamte kam zurück. »Die Alarmanlage ist seit achtundvierzig Stunden aus, Lieutenant. Es gibt keine Aufnahmen von letzter Nacht oder von heute früh.«

»Okay. Fangen Sie schon einmal an, die Nachbarn zu befragen. Wollen wir doch mal sehen, ob irgendwer was mitbekommen hat.«

Sie setzte ihre Mikrobrille auf und wandte sich erneut dem Toten zu. »Cecil ist genauso sauber wie die Wohnung. Er riecht nach Zitrone.« Sie schob ihr Gesicht vor das des Toten, schnupperte und richtete sich wieder auf. »Außerdem verströmt er einen leichten Kaffeeduft. Er hat also geduscht und Kaffee getrunken, bevor jemand auf ihn losgegangen ist. Es gibt keine sichtbaren Abwehr- oder anderen Verletzungen außer der, die er aufgrund des Schlags davongetragen hat. Er kriegt eins gegen den Kopf, kracht gegen den Rand der Kochinsel und schlägt sich beim Aufprall auf die Fliesen noch die andere Schläfe auf. Seltsam, oder?«

»Was?«

»Wie sauber und wie aufgeräumt hier alles ist.«

»Vielleicht war das Opfer einfach ordentlich?«

»Vielleicht. Wahrscheinlich.« Eve nahm ihre Brille wieder ab, stand auf und sah sich suchend um. »Ich sehe keinen AutoChef. Was soll das für eine Küche sein?« Sie öffnete die Kühlschranktür. »Lauter frische Lebensmittel, und der Kühlschrank ist genauso blank geputzt wie alles andere.« Sie zog Schubladen und Schranktüren auf. »Jede Menge Töpfe, Pfannen, technische Geräte, Geschirr, Weingläser und all das Zeug.« Sie nahm eine große, schwere, breite, flache Pfanne aus dem Schrank und wog sie prüfend in der Hand. »Die hat ganz schön Gewicht.«

»Oh, so eine hat meine Oma auch. Die ist aus Gusseisen. Sie hat sie von ihrer Großmutter geerbt und schwört, dass es nichts Besseres gibt.«

Eve betrachtete die Pfanne, hockte sich noch einmal hin und setzte ihre Brille wieder auf, um sich Cecils Kopfverletzung genauer anzusehen. Dann zog sie ein Lineal aus ihrem Untersuchungsset, legte es erst an die Wunde und dann an die Pfanne und nickte knapp.

»Habe ich es doch gewusst. Versiegeln Sie das Ding und überlassen Sie es der Spurensicherung. Vielleicht gibt es an dem Teil irgendwelche Spuren von Cecil. Cecil hat oder bekommt also Gesellschaft, beide gehen in die Küche und treten hinter die Kochinsel. Aber es gibt keinen Hinweis darauf, dass gekocht wurde – und da anders als in zivilisierten Küchen der bekannten Welt hier nirgendwo ein AutoChef zu sehen ist, hätte er zum Kochen eine Pfanne, einen Rührlöffel und solches Zeug gebraucht. Und was ist mit dem Kaffee?«

»Da drüben steht eine Espressomaschine, die man mit ganzen Bohnen und mit Wasser füllt. Dann mahlt sie die Bohnen und brüht den Kaffee auf.«

»Aber sie ist leer und sauber.«

»Vielleicht hatte er ja keine Zeit mehr, um sie zu benutzen, bevor der andere auf ihn losgegangen ist.«

»Er verströmt einen ganz leichten Kaffeeduft, also kann der Mörder nicht sofort, nachdem sie hier hereingekommen waren, auf ihn losgegangen sein. Ich wette übrigens, dass dieses gusseiserne Was-auch-immer die Mordwaffe ist. Wenn er die aus dem Schrank geholt hat, wo ist dann das Zeug, das er darin hätte kochen oder braten wollen? Falls er sich mit jemandem gestritten hat, hat er dann etwa gleichzeitig über das Frühstück nachgedacht? Und warum hat der Mörder die Mordwaffe nach der Tat nicht einfach stehen lassen oder eingesteckt, als er gegangen ist? Stattdessen spült er sie und stellt sie wieder in den Schrank. Und zwar genau dorthin, wo sie immer steht.« Sie wandte sich an ihre Partnerin: »Was tun Sie als Erstes, wenn Sie Frühstück machen?«

»Kaffee kochen.«

»Jeder kocht als Erstes Kaffee«, stimmte Eve ihr zu. »Und so, wie Cecil riecht, hat er das ebenfalls getan. Aber ich sehe nirgendwo gekochten Kaffee, und ich sehe nirgends eine Tasse oder einen Becher stehen.«

Mit nachdenklich zusammengepressten Lippen sah auch ihre Partnerin sich in der Küche um. »Vielleicht hatte er oder hatten sie beide ja bereits gefrühstückt und schon wieder alles aufgeräumt, bevor sie in Streit geraten sind.«

»Könnte sein, aber warum hätte dann noch die verfluchte Pfanne auf der Arbeitsplatte stehen sollen? Sie hätten doch bestimmt nicht nur die Pfanne stehen lassen, aber alles andere ordentlich an seinen Platz geräumt. Wobei die Pfanne ganz eindeutig noch hier draußen rumgestanden hat.« Sie wies auf das Gerät, das inzwischen sorgfältig versiegelt war. »Der Mörder hat die Waffe ganz spontan gewählt. Er war sauer, hat das Ding gepackt und Wham. Er hat bestimmt nicht erst die Schränke aufgemacht und eine von den Pfannen ausgewählt, um damit auf Cecil loszugehen.«

»Sie denken, dass sein Partner ihn erschlagen, danach aufgeräumt und dann die Polizei gerufen hat.«

»Ich denke, es ist an der Zeit für ein Gespräch mit ihm.«

Eve schickte den Beamten, der bisher bei Havertoe gesessen hatte, zu den Kollegen, die bereits die Nachbarschaft befragten, und schaute sich im Schlafzimmer des Paares um. Wie die Küche war der Raum mit seinem breiten Bett mit schlanken Silberpfosten und einem Berg sorgsam drapierter, schwarzer sowie weißer Kissen auf der glattgezogenen Zebra-Tagesdecke der Inbegriff urbanen Schicks. Hochglanzschränke, moderne Bilder an den Wänden und eine sinnlich geschwungene Vase, in der eine stachelige, rote Blume stand, die sicher irgendwelche scharfen, spitzen, nadeldünnen Zähne unter ihren Blütenblättern verbarg, vervollständigten das Bild.

Vor der doppelten Terrassentür war eine Sitzecke, in der Paul Havertoe auf einer silberfarbenen Couch mit roten Kissen kauerte und sich mit einem aufgeweichten Taschentuch über die Augen fuhr.

Eve schätzte, dass er gute zwanzig Jahre jünger als sein toter Gatte war. Der warme, goldfarbene Teint der glatten Wangen passte ausgezeichnet zu der Mähne dicht gewellten, seidig weichen, karamellfarbenen Haars, und der schlanke, offenbar im Fitnessclub gestählte Körper wurde durch die ordentliche Jeans mit Bügelfalte und das blütenweiße Hemd vorteilhaft betont.

Er hob den Kopf und schaute Eve aus veilchenblauen, allerdings vom Weinen rot verquollenen Augen an.

»Ich bin Lieutenant Dallas, und das hier ist Detective Peabody. Mein Beileid, Mr. Havertoe.«

»Cecil ist tot«, stieß er mit rauer Stimme aus, und Eve roch einen Hauch von Sirup neben dem Geruch seines Magnolienparfüms.

»Ich weiß, es ist im Augenblick nicht leicht für Sie, aber wir müssen Ihnen ein paar Fragen stellen.«

»Weil Cecil tot ist.«

»Ja. Wir werden das Gespräch zu Ihrem Schutz aufzeichnen, Mr. Havertoe. Außerdem werde ich Sie über Ihre Rechte aufklären, damit alles seine Ordnung hat, okay?«

»Ist das wirklich nötig?«

»Es ist besser so. Wir werden uns so kurz wie möglich fassen, ja? Sollen wir vor Beginn dieses Gesprächs jemanden kontaktieren – einen Freund, ein Familienmitglied oder so?«

»Ich ... ich kann gerade nicht nachdenken.«

»Nun, falls Ihnen jemand einfällt, geben Sie einfach Bescheid.«

Sie nahm ihm gegenüber Platz und klärte ihn mit knappen Worten über seine Rechte und seine Pflichten auf. »Haben Sie alles verstanden?«

»Ja.«

»Okay, gut. Sie waren also geschäftlich unterwegs?«

»Bei einem Kunden in Chicago«, stimmte er ihr zu. »Wir haben eine Eventagentur. Ich kam heute früh zurück und ...«

»Sie kamen also heute Morgen aus Chicago. Wann genau?«

»Ich schätze gegen elf. Ich hätte erst um vier wieder nach Hause kommen sollen, aber ich war früher fertig, und ich wollte Cecil überraschen.«

»Also haben Sie den Flug kurzerhand umgebucht?«

»Ja, genau. Ich habe meinen Rückflug vorverlegt und kam dann mit dem Taxi her. Wie gesagt, ich wollte Cecil überraschen.« Mit einem erstickten Schluchzen presste er das feuchte Taschentuch erneut vor sein Gesicht.

»Sie haben einen fürchterlichen Schock erlitten, Mr. Havertoe, ich weiß. Welches Taxiunternehmen haben Sie benutzt? Nur fürs Protokoll.«

»Wir fahren immer mit Delux.«

»Okay. Und als Sie nach Hause kamen«, fuhr Eve fort, während Peabody auf leisen Sohlen den Raum verließ, »was ist da passiert?«

»Ich kam herein und brachte mein Gepäck ins Schlafzimmer, aber Cecil lag nicht mehr im Bett.«

»Hätte er denn um diese Zeit daheim sein sollen?«

»Er wollte heute hier zu Hause arbeiten. Er hatte für heute Nachmittag einen Kunden einbestellt. Den sollte ich wahrscheinlich jetzt kontaktieren.« Er blickte sich mit tränenfeuchten Augen um. »Ich sollte ...«

»Wir werden Ihnen dabei helfen«, fiel ihm Eve erneut ins Wort und sah ihn fragend an. »Was haben Sie dann getan?«

»Ich ... ich habe nach ihm gerufen – so, wie man das macht, wenn man nach Hause kommt. Ich ging davon aus, dass er in seinem Arbeitszimmer ist. Das liegt direkt neben der Küche, mit Blick auf den Hof, weil er gerne bei der Arbeit hinunter auf unseren kleinen Garten schaut. Doch dann sah ich ihn auf dem Boden liegen. Sah ihn auf dem Boden liegen. Er war tot.«

»Haben Sie irgendetwas in der Küche angefasst?«

»Ich habe Cecil berührt. Ich habe seine Hand genommen. Er war tot.«

»Fällt Ihnen irgendjemand ein, der Cecil etwas hätte antun wollen?«

»Nein. Nein. Alle lieben Cecil.« In einer dramatischen Geste presste er das nasse Tuch gegen sein Herz. »Ich liebe Cecil.«

»Wen hätte er Ihrer Meinung nach hereingelassen, während er nur seinen Morgenmantel trug?«

»Ich ...« Verzweifelt kämpfte Havertoe gegen das Zittern seiner Lippen an. »Ich glaube, dass Cecil ein Verhältnis hatte. Ich glaube, dass es einen anderen gab.«

»Warum glauben Sie das?«

»Er kam ein paarmal erst sehr spät nach Hause und – es gab deutliche Anzeichen.«

»Haben Sie ihn deshalb zur Rede gestellt?«

»Ja, aber er hat es abgestritten.«

»Hatten Sie deswegen Streit?«

»Jedes Paar hat hin und wieder Streit. Wir waren glücklich. Ich mit ihm und er mit mir.«

»Aber trotzdem hatte er eine Affäre.«

»Das war nur ein kleiner Seitensprung.« Havertoe betupfte sich die Augen. »Das wäre bald wieder vorbei gewesen. Mit wem auch immer Cecil mich betrogen hat ... dieser Kerl hat ihn sicher umgebracht.«

»Wer könnte das aus Ihrer Sicht gewesen sein?«

»Ich weiß es nicht. Ein Kunde? Irgendwer, den er auf einem unserer Events getroffen hat? Wir lernen immer jede Menge Leute kennen, da ist die Versuchung groß, es mitunter mit der Treue nicht allzu genau zu nehmen.«

»Sie haben eine wirklich schicke Wohnung, Mr. Havertoe.«

»Wir sind sehr stolz auf unser Heim. Wir empfangen häufig Gäste. Das ist gute Werbung fürs Geschäft.«

»Ich schätze, deshalb haben Sie die Küche aufgeräumt«, erklärte Eve im Plauderton, als Peabody wieder ins Zimmer kam. »Sie wollten nicht, dass irgendwer die Unordnung dort sieht.«

»Ich ... was?«

»Wollte Cecil gerade Frühstück machen, als Sie früher als erwartet heimgekommen sind? Oder hatte er bereits gefrühstückt, und Sie konnten sehen, dass er dabei nicht allein gewesen war? Dass er sie betrogen hatte, während Sie in Chicago waren? Dass er ein böser Junge war?«

»Er ist tot. Sie sollten nicht so über ihn reden.«

»Wann, haben Sie gesagt, dass Sie zu Hause waren?«

»Ich ... ich glaube, gegen elf.«

»Das ist seltsam, Mr. Havertoe«, mischte sich Peabody in das Gespräch. »Weil Ihr Flieger nämlich schon um acht Uhr fünfundvierzig in New York gelandet ist.«

»Ich ... ich musste noch ein paar Besorgungen machen.«

»Und der Fahrer von Delux hat Sie um zehn nach neun hier vor der Haustür abgesetzt.«

»Ich ... ich habe noch einen Spaziergang gemacht.«

»Mit Ihrem Gepäck?«, fragte Eve mit schräggelegtem Kopf. »Nein, das haben Sie nicht. Sie sind um zehn nach neun hier angekommen, und Sie und Cecil haben angefangen zu streiten, während einer von Ihnen beiden beim Kaffeekochen und beim Frühstückmachen war. Sie wollten wissen, mit wem er zusammen war, während Sie in Chicago waren. Sie wollten, dass er aufhört, Sie zu betrügen. Sie haben gestritten, und dann haben Sie nach der gusseisernen Bratpfanne gegriffen und sie ihm vor lauter Wut gegen den Kopf geknallt. Nach allem, was Sie für ihn getan hatten, musste er Sie derart schändlich hier in Ihrer eigenen Wohnung hintergehen. Wer kann es Ihnen da verdenken, dass Sie ausgerastet sind? Sie wollten ihn nicht töten, nicht wahr, Paul? Sie waren einfach fürchterlich verletzt und außer sich vor Zorn.«

»Ich habe ihn nicht umgebracht. Sie haben sich mit der Zeit vertan. Das ist alles.«

»Nein, Sie haben sich mit der Zeit vertan. Sie sind zu früh zurückgekommen. Dachten Sie, Sie würden ihn erwischen, während er es hier in Ihrem Bett mit jemand anderem treibt?«

»Nein, nein, so war das nicht. Ich wollte ihn überraschen, wollte, dass es wieder so wie früher wird. Ich habe sogar sein Lieblingsfrühstück für ihn gemacht! Mandarinen-Orangensaft-Mimonas, Haselnusskaffee, Eier Benedikt und Toast mit Himbeermarmelade.«

»Sie haben sich sehr viel Mühe gemacht.«

»Ich habe alles selbst gemacht und den Tisch mit seinem Lieblingsporzellan gedeckt.«

»Aber das wusste er nicht zu schätzen. Sie hatten all die Zeit und Mühe investiert, um ihm etwas Besonderes zu bieten, und er hat es Ihnen nicht gedankt.«

»Ich ... bin noch einmal weggegangen, ein bisschen rumgelaufen, um mich abzuregen, und als ich zurückkam, war er tot.«

»Nein, Paul. Sie haben sich mit ihm gestritten und sind mit der Pfanne auf ihn losgegangen. Es war wie ein Reflex. Sie waren so verletzt und wütend, dass Sie mit der Pfanne auf ihn losgegangen sind. Und dann war es zu spät. Also haben Sie die Küche aufgeräumt und alle Sachen wieder in den Schrank gestellt.« Während sein toter Partner direkt vor ihm auf dem Boden lag. »Sie haben die gusseiserne Pfanne sorgfältig geschrubbt.« Hatte das Blut des eigenen Ehemanns vom Pfannenboden abgewischt. »Haben dafür gesorgt, dass alles wieder ordentlich und sauber ist, wie es ihm gefallen hat.«

»Ich habe das nicht gewollt! Es war ein Unfall.«

»Meinetwegen.«

»Er hat mir erklärt, dass er die Scheidung will. Dabei war ich immer für ihn da. Ich habe stets für ihn gesorgt. Er hat gesagt, ich würde ihn ersticken, und er hätte endgültig genug davon, dass ich in seinen Sachen wühle, in seinem Terminkalender schnüffele und ihn ständig anrufe. Er hätte genug von mir. Von mir. Ich habe Frühstück für ihn gemacht, und er wollte sich scheiden lassen.«

»Das ist wirklich hart.«

2

Nachdem Havertoe verhaftet, der Bericht geschrieben und der Fall erfolgreich abgeschlossen war, saß Eve an ihrem Schreibtisch und suchte verzweifelt eine Möglichkeit, um dem verfluchten Abendessen zu entgehen.

In der Hoffnung, eine Spur zu finden, der sie umgehend persönlich nachgehen müsste, ging sie alle offenen Fälle ihrer Leute durch, und als das nichts brachte, überlegte sie, ob sie nicht einfach irgendeinen alten Fall ausgraben und behaupten sollte, dass es unerlässlich war, ihm schnellstmöglich noch einmal nachzugehen.

Wie ein echter Notfall klänge das natürlich nicht, vor allem nicht für Peabody, die bei der Aussicht, auf zahlreiche Berühmtheiten zu treffen, bereits völlig aus dem Häuschen war

»Was ziehen Sie heute Abend an?«

»Keine Ahnung. Irgendwas.«

»Lang oder kurz?«

»Wie, lang oder kurz?«

»Ihr Outfit. Kurz, um Ihre tollen Beine zu betonen, oder lang und enganliegend, damit alle sehen, wie schlank Sie sind?«

Eve ging zum dritten Mal einen Bericht ihres Kollegen Baxter durch, denn schließlich war es immer besser, wenn man gründlich arbeitete. »Sie denken eindeutig zu häufig über meinen Körper nach.«

»Ich denke Tag und Nacht an kaum was anderes. Aber im Ernst, Dallas, machen Sie eher einen auf sexy oder auf zurückhaltend, auf elegant oder auf hipp?«

»Vielleicht mache ich einen auf zurückhaltende, sexy, hippe Eleganz. Was zum Teufel das auch immer ist.« Sie zeichnete Baxters Bericht gemächlich ab. »Vor allem kann Ihnen mein Outfit doch vollkommen schnuppe sein.«

»Kann es nicht, denn ich habe zwei Möglichkeiten, und sobald ich weiß, in welche Richtung Sie tendieren, kann ich mich daran orientieren. In einem meiner Oberteile kommen meine beiden Mädels wirklich gut zur Geltung, aber wenn Sie ein dezentes Outfit wählen, stelle ich sie vielleicht besser nicht derart zur Schau. Also …?«

Verblüfft fuhr Eve auf ihrem Stuhl herum. »Bilden Sie sich allen Ernstes ein, ich würde Ihnen dabei helfen zu entscheiden, ob Sie diesen Leuten heute Abend Ihre Titten zeigen sollen?«

»Schon gut. Ich werde einfach Mavis fragen.«

»Gut. Warum sind Sie und Ihre beiden hübschen Mädels überhaupt in meinem Büro?«

»Weil unsere Schicht gleich endet, und weil Sie versuchen, Zeit zu schinden und wenn möglich einen Grund zu finden, um nicht mit auf dieses Fest zu gehen.«

»Da haben Sie recht.«

Peabody öffnete den Mund, fing dann aber an zu lachen und erklärte gut gelaunt: »Nun kommen Sie schon, Dallas, es wird sicher lustig. Schließlich werden auch Nadine, Mavis und Dr. Mira dort sein, und wie oft bekommen wir schon die Gelegenheit, mit Berühmtheiten zu feiern?«

»Hoffentlich wird dies das letzte Mal. Und jetzt fahren Sie mit Ihren Mädels heim.«

»Wirklich? Aber wir haben noch zehn Minuten Dienst.«

Und die Chance, innerhalb von zehn Minuten noch einen brandheißen Fall hereinzukriegen, war gering. »Wer ist hier der Boss?«

»Sie, Ma'am. Danke! Tausend Dank! Wir sehen uns dann heute Abend.«

Glücklich stürzte Peabody davon, traurig unterschrieb Eve einen weiteren Bericht und starrte auf ihr Link. Doch sie konnte starren, wie sie wollte, es klingelte nicht, weil sämtliche Touristen, die durch die Fifth Avenue flanierten, von einem verrückten Heckenschützen ins Visier genommen wurden, also gab sie mit einem Seufzer auf und wandte sich ebenfalls zum Gehen.

Es war nur ein Abendessen, machte sie sich auf dem Weg in die Garage selber Mut. Das Essen wäre sicher gut, und wie Peabody ihr in Erinnerung gerufen hatte, wären dort jede Menge Leute, die sie kannte, deshalb müsste sie sich auch nicht stundenlang mit irgendwelchen Fremden unterhalten, die sich einzig deshalb für sie interessierten, weil sie Mordermittlerin und obendrein die Frau eines schwerreichen Unternehmers war.

Doch sie käme an dem Abend sicher nicht umhin, sich an Vater und Sohn Icove zu erinnern, angesehene Ärzte, die versucht gewesen waren, in ihrem unterirdischen Labor Gott zu spielen. Sie hatten dort Menschen geklont, die nicht perfekten Exemplare aussortiert und andere ein ums andere Mal kopiert, erzogen, ausgebildet und versklavt.

Am Ende hatte eines ihrer eigenen Geschöpfe die beiden Männer umgebracht.

Nach dem Abendessen wäre dieser Fall für sie endgültig abgeschlossen. Abgesehen davon, dass sie zur Premiere der Verfilmung des Falls müsste. Aber *danach* wäre es für sie vorbei mit der Berühmtheit, und sie schlösse ein für alle Mal mit dem Fall Icove ab.

Wie viele dieser Wesen liefen wohl noch irgendwo da draußen durch die Gegend?, überlegte sie. Wie viele der Geschöpfe, die von diesen Unholden erschaffen worden waren? Sie dachte an die Kinder, die sie hatte gehen lassen, und an Avril Icove, die drei Avril Icoves, die mit Icove Sohn verheiratet gewesen waren.

Ob die Klone Nadines Buch gelesen hatten? Ob sie mitverfolgten, ganz egal, wo sie auch immer waren, wie groß das weltweite Interesse an ihrer Entstehung immer noch war?

Sie dachte auch an das, was sie und Roarke nicht hatten retten können, als das unterirdische Labor mit all den Reagenzgläsern und Waben in die Luft geflogen war. Wegen des Buchs, des Films, des allgemeinen Hypes und der Schauspielerin in dem langen schwarzen Mantel gingen ihr die Leben, die in dem Labor des Grauens geschaffen, aber auch beendet worden waren, einfach nicht mehr aus dem Kopf.

Sie wollte und sie musste endlich einen Schlussstrich unter den Fall Icove ziehen und wäre deshalb froh, wenn die Sache mit dem Film vorüber war.

Sie ließ die Schultern kreisen, als sie in die Einfahrt ihres Grundstücks bog. Es war nur ein Abend, machte sie sich nochmals Mut, als sie in Richtung ihres prachtvollen Zuhauses fuhr.

Falls das milde Wetter anhielt, würden sie und Roarke an ihrem nächsten freien Abend auf einer der zahlreichen Terrassen speisen. Mit Wein und Kerzenlicht. Und vielleicht würden sie danach im Licht der Sterne noch auf ihrem Anwesen spazieren gehen.

An solche Dinge hatte sie, bevor sie Roarke getroffen hatte, nie gedacht und hätte sie auch nicht gewollt. Aber inzwischen gab es Roarke und dieses prächtige Zuhause, und sie hatte das Verlangen, beides zu genießen, wann auch immer sich eine Gelegenheit dazu ergab.

Sie parkte vor dem ausgedehnten Haus und blickte zu den hübschen Türmen und Zinnen auf. Vielleicht würde die Party ja nicht so lange dauern. Vielleicht könnten sie nach ihrer Rückkehr zumindest noch im Sternenlicht spazieren gehen.

Beim Aussteigen fuhr sie mit einer Hand über den frisch verheilten Arm. Sie spürte immer noch ein leichtes Ziehen in ihrem Ellbogen, aber davon abgesehen waren die Verletzungen aus Dallas fast verheilt. Die Erinnerung hingegen ... Ja, sie hatte das Verlangen, alles zu genießen, was das Leben ihr inzwischen bot.

Wie immer, wenn sie heimkam, wartete der dürre Summerset zusammen mit dem fetten Kater im Foyer.

»Wie ich sehe, haben Sie keine Ausrede gefunden, um der abendlichen Feier fernzubleiben«, stellte er sarkastisch fest.

Die Nervensäge hatte sie durchschaut. »Für einen schnellen Mord reicht meine Zeit auf jeden Fall noch aus. Vor allem, wenn ich ihn gleich hier verüben kann.«

»Trina hat eine Nachricht für Sie hinterlassen.«

Eve erstarrte, weil das Blut in ihren Adern schockgefror. »Falls Sie sie in dieses Haus gelassen haben, bringe ich Sie beide um.«

»Sie ist noch in der Stadt und macht Mavis und Peabody zurecht, deshalb schafft sie es nicht mehr, vor dem Event vorbeizukommen und nach Ihrem Haar zu sehen. Aber wie dem auch sei«, fuhr er mit monotoner Stimme fort, noch während die Erleichterung das Blut erneut durch ihre Adern fließen ließ, »hat Sie Ihnen telefonisch detaillierte Anweisungen für Ihr Haar und Ihr Make-up erteilt.«

»Ich weiß selber, wie ich mich für eine blöde Dinnerparty fertig mache«, murmelte sie böse vor sich hin und stürmte in den ersten Stock.

Sie warf ihre Jacke und ihr Waffenhalfter auf das Bett im Schlafzimmer und starrte böse auf das Blinklicht des dort installierten Links. »Bildet Trina sich tatsächlich ein, ich wüsste nicht, wie man eine verdammte Dusche nimmt oder sich irgendwelche Sachen ins Gesicht klatscht?«, fragte sie den Kater, der ihr hinterhergelaufen war. »Ich mache so was schließlich nicht zum ersten Mal.«

Zwar hatte sie sich früher nie derart gestylt, aber seit zwei Jahren brezelte sie sich – wenn auch meistens mit Roarkes Hilfe – regelmäßig auf.

Der Kater starrte sie mit seinen zweifarbigen Augen reglos an, und knurrend trat sie vor das Link und rief die Nachricht der Stylistin auf.

Tun Sie einfach, was ich sage, und Sie werden präsentabel sein. Ich werde erfahren, wenn Sie es vermasseln, also geben Sie sich etwas Mühe, ja? Also, am besten fangen Sie mit einer ausgiebigen, heißen Dusche und dem Granatapfel-Peeling an.

Eve setzte sich aufs Bett und ließ den Vortrag über sich ergehen. Sie sollte tausend Sachen tun. Dabei würde sich doch sicher niemand, der noch ganz bei Trost war, so viel Arbeit machen, nur, weil er auf eine Party eingeladen war.

Wer zum Teufel sollte merken, ob sie sich mit der Granatapfelpampe einrieb?

Okay, falls Trina auf dem Fest erschiene, würde sie es sofort sehen.

Wenigstens wäre die ausgiebige, heiße Dusche kein Problem für sie.

Bis sie mit der Dusche und dem Peeling, mit der Bodylotion, dem Gesichtsauffrischer und der rotzähnlichen Glibbermasse für die Haare durch war, hegte sie ernsthafte Mordgedanken. Während sie irgendwelches buntes Zeug auf ihre Wimpern und die Lider, ihre Wangen und die Lippen schmierte, fluchte sie über die Person, die irgendwann auf die bescheuerte Idee gekommen war, dass eine Frau nur attraktiv war, wenn sie Kriegsbemalung trug.

Sie beschloss, dass es ihr reichte, und kehrte in dem Moment ins Schlafzimmer zurück, als Roarke den Raum betrat.

Wie zum Teufel schaffte er es, ohne all den Kleister in Gesicht und Haaren so fantastisch auszusehen? Keins der zahlreichen Produkte, die ihr Trina aufzwang, könnte noch etwas verbessern an dem seidig weichen, dichten schwarzen Haar und dem von wohlmeinenden Engeln fein gemeißelten Gesicht mit den leuchtend blauen Augen und dem vollen, perfekten Mund, der lächelte, als er sie sah.

»Da bist du ja.«

»Woher weißt du, dass ich es bin? Unter all der Farbe könnte auch jemand anderes stecken.«

»Lass mich gucken.« Er trat auf sie zu und presste ihr die Lippen auf den Mund.

»Doch, du bist es«, bestätigte er mit seiner melodiösen Stimme, in der stets ein Hauch von Irland mitklang. »Meine Eve.«

»So fühle ich mich aber nicht. Warum kann ich nicht mit meinem eigenen Gesicht auf diese Feier gehen?«

»Also bitte, Schatz, das tust du doch. Du hast es nur ein bisschen aufgemotzt. Du siehst nicht nur unglaublich sexy aus, sondern du riechst auch so.«

»Das ist Granatapfel und noch irgendein anderes Zeug, das mir Trina aufgezwungen hat. Warum ertrage ich es überhaupt, dass sie mich derart schikaniert?«

»Das kann ich nicht sagen.« Und das würde er auch niemals tun. »Wie war es im Studio?«

»Seltsam, aber diese Durn ist echt okay. Allerdings sind wir schon früher wieder weggegangen, weil wir zu einem neuen Fall gerufen worden sind.«

»Ach ja?«

»Der im Handumdrehen abgeschlossen war.«

»Wobei es dir wahrscheinlich leidtut, dass du nicht noch länger aufgehalten worden bist«, stellte er mit einem breiten Grinsen fest. »Aber erzähl mir doch erst mal von Marlo Durn und von den anderen, während ich unter die Dusche springe«, schlug er vor.

»Ich nehme an, dass du zumindest einen Teil der Leute kennst, weil du schließlich schon des Öfteren auf *Tuchfühlung* mit irgendwelchen Stars gegangen bist.«

Er brummte unbestimmt, als er aus seinen Kleidern stieg. »Hmm. Mit Marlo Durn bin ich niemals auf *Tuchfühlung* gegangen, was es für uns alle deutlich leichter machen sollte, nachdem sie in ihrer neuen Rolle in den Zeitungen zu sehen war. Denn, so wie sie jetzt aussieht, könnte sie deine Schwester sein.«

»Wahrscheinlich hast du recht. Was ziemlich seltsam ist.« Die Hände in den Taschen ihres Morgenrocks, lehnte sie an der Tür und schaute seinem Prachtarsch auf dem Weg zur Dusche hinterher. »Aber K.T., die Peabody im Film, ist eine blöde Kuh.«

»Das habe ich gerüchteweise schon gehört«, rief er über das Rauschen des Wassers hinweg. »Und auch, dass sie und Durn sich angeblich nicht riechen können. Also wird der Abend sicher interessant.«

»Vielleicht gehen sie ja aufeinander los«, überlegte Eve mit hoffnungsvoller Stimme. »Das würde ich wirklich gerne sehen.«

»Also lass uns hoffen, dass eine der beiden Grazien die Contenance verliert.«

»Die Kulissen sind echt unheimlich. In meinem Studio-Dezernat haben nur die Krümel auf Jenkinsons Schreibtisch gefehlt. Die und der Geruch, aber der stellt sich auch auf einer Wache erst nach Jahren ein.«

Als er wieder aus der Dusche trat und sich ein Handtuch um die Hüften schlang, fragte sie mit neiderfüllter Stimme: »Das ist alles? Das ist alles, was du machen musst? Es ist einfach nicht gerecht.«

»Vielleicht macht ja die Tatsache, dass du dich nicht rasieren musst, einen Teil von deinem Elend wett.«

»Das reicht ganz sicher nicht.«

Sie trat vor den Schrank, öffnete die Tür und runzelte erneut die Stirn.

»Was soll ich anziehen? Die Auswahl ist einfach zu groß. Wenn man nur ein schickes Kleid besitzt, zieht man es einfach, ohne nachzudenken, an. Ein voller Schrank verkompliziert die Dinge nur. Peabody hat mich vorhin so lange wegen meines Outfits vollgelabert, dass ich ihr am liebsten kurzerhand die Zunge aus dem Mund gezogen hätte, um sie damit zu erwürgen. Sie und Trina haben mich mit ihren stundenlangen Vorträgen fast wahnsinnig gemacht.«

Amüsiert gesellte Roarke sich zu ihr vor den Schrank. »Das hier«, meinte er und reichte ihr ein kurzes Kleid mit einer Schärpe und mit einer Blume in derselben Farbe und demselben Material. Es schimmerte nicht wirklich blau und auch nicht wirklich grün, hatte zwei daumenbreite Schulterträger und wies einen tiefen, runden Ausschnitt auf.

»Woher weißt du, dass es dieses Kleid hier ist?«

»Das kleine Schwarze ist aus gutem Grund ein echter Klassiker, aber vor allem hier in New York sieht man die Dinger überall. Deshalb wirst du etwas Buntes nehmen, einen vollen Ton, der obendrein noch einen warmen Schimmer hat. Es ist feminin, doch schlicht und sexy, ohne dass du dich um diesen Sexappeal bemühst.«

Sie nahm das Kleid entgegen, drehte es herum und zog die

Braue hoch, als sie den tiefen Rückenausschnitt sah. »Ohne dass ich mich darum bemühe?«

»Ohne, dass du dich zu sehr darum bemühst. Du hast auch passende Schuhe zu dem Kleid.«

»Ach ja?«

»Ach ja, und als Schmuck legst du am besten Diamanten an. Überlass die Farbe deinem Kleid.«

»Welche Diamanten? Du hast mir inzwischen jede Menge von dem Zeug geschenkt. Warum machst du das?«

Amüsiert von der Verzweiflung in ihrer Stimme, gab er gut gelaunt zurück: »Das ist eine Krankheit. Ich kann nichts dagegen tun. Ich werde sie dir holen, wenn du angezogen bist.«

Wortlos sah sie zu, wie er einen Anzug aus dem Wald an Anzügen in seinem Teil des Schrankes nahm. Dazu wählte er ein schiefergraues Hemd und einen silbergrauen Schlips.

»Warum trägst du selber keine Farbe?«

»Weil ich auf diese Art als Hintergrund für meine wunderschöne Frau fungieren kann.«

Sie sah ihn aus zusammengekniffenen Augen an. »Den Satz hast du dir vorher schon zurechtgelegt.«

»Die Wahrheit muss man sich nicht erst zurechtlegen.«

Sie pikste den Anzug mit ihrem Zeigefinger an. »Genau wie den.«

»Wie zynisch du mitunter bist.« Er ging an ihr vorbei und tätschelte ihr leicht das Hinterteil. Sie hatte auch noch andere zynische Bemerkungen auf Lager, doch die hob sie sich auf.

Grimmig stieg sie in das Kleid, bat ihre Füße, ihr den Abend in den meterhohen High Heels zu verzeihen, steckte ihre Waffe, ihre Dienstmarke sowie ihr Handy in eine der lächerlichen Taschen, die für Frauen ein vorgeschriebenes Accessoire auf abendlichen Festen waren, und schaute auf den Schmuck, mit dem ihr Mann zurückgekommen war.

»Das alles?«

»Ja, das alles«, meinte er und zog seine Krawatte ordentlich zurecht.

»Mit diesem Zeug könntest du sicher ganz New Jersey kaufen.«

»Ich sehe diesen Schmuck lieber an meiner Frau.«

»Damit kann man mich wahrscheinlich sogar aus dem Weltraum sehen.« Widerstrebend legte sie die schicke Uhr, das funkelnde Armband und die hell glitzernden Ohrgehänge an.

»Nein, nicht so«, erklärte er, als sie mit dem Verschluss der Drei-Strang-Kette rang. »So.« Er rückte die drei Ketten sorgfältig zurecht, damit sie in ihren Ausschnitt vorn und hinten fielen, und bevor sie eine zynische Bemerkung über Diamanten auf den Schulterblättern machen konnte, drehte sie den Kopf und musste zugeben, dass sie sehr elegant und gleichzeitig echt cool aussah.

»Inzwischen sind die Abende recht kühl.« Er hielt ihr einen kurzen, durchsichtigen Mantel hin, der wie ein dünner Film über dem Kleid und den wie Sterne durch den Stoff hindurchfunkelnden Diamanten lag.

»Seit wann habe ich den denn?«

»Auf jeden Fall hast du ihn jetzt.«

Wieder lag ihr eine vorlaute Bemerkung auf den Lippen, aber als sie ihn im Spiegel lächeln sah, sagte sie sich, verflucht, was soll's.

»Wir sehen beide ziemlich gut aus.«

Er legte ihr die Hände auf die Schultern, schmiegte sein Gesicht an ihre Wange und erklärte: »Allerdings.«

»Dann fahren wir jetzt besser los und spielen ein bisschen Hollywood.«

Sie fühlte sich tatsächlich wie in einem Film. Die Kulisse, die Kostüme all der anderen Gäste und selbst die Beleuchtung waren sorgsam arrangiert. Obwohl Mason Roundtree hauptsächlich in Kalifornien lebte, hatte er auch bei der Ausstattung seiner New Yorker Bleibe nicht gespart.

Das in der Park Avenue gelegene Stadthaus hatte drei Etagen sowie einen Dachgarten mit kuppelförmig überdachtem Pool.

Eingerichtet hatte er das Haus modern minimalistisch hauptsächlich mit Glas, Chrom und hellem Holz, hier und da beleuchtete ein in die Decke eingelassener Strahler eine sinnliche Skulptur, eine diamantene Kugel, ein modernes, buntes Bild oder eine dramatische Schwarz-Weiß-Fotografie.

Die in Silberlicht getauchte Eingangshalle führte in den offenen Wohnbereich, der trotz der hohen Decken dank des Feuers in dem silbernen Kamin durchaus behaglich war.

»Endlich.« Mit seinem perfekt getrimmten, feuerroten Kinnbart und den wilden, roten Locken ragte Roundtree wie ein wunder Daumen aus dem schwarzen Anzug, den er trug. Er reichte Eve die Pranke, und sie fand, er hätte seinem Aussehen nach eher als Holzfäller in einen Wald als in einen eleganten Stadtsalon gepasst.

»Lieutenant Dallas«, grüßte er. »Sie zu erwischen ist nicht leicht.«

»Wahrscheinlich nicht.«

»Ich habe Sie heute am Set verpasst. Bevor ich Sie auch nur begrüßen konnte, waren Sie schon wieder weg.«

»Es ging um einen Mord.«

»Das habe ich gehört.« Er sah sie durchdringend aus leuchtend blauen Augen an. »Verdammt ungünstiges Timing. Ich hoffe doch, Sie finden bald die Zeit, um sich das Studio anzusehen.« Grinsend drückte er auch Roarke die Hand.

»Ich werde sehen, was sich machen lässt.«

»Wir haben die Sache bald im Kasten. Ich will nichts beschreien, aber bisher lief alles völlig glatt.« Er wandte sich erneut an Eve und zupfte mit der Hand an seinem Bart. »Die Einzige, die nicht ganz mitgespielt hat, waren Sie. Sie haben uns nicht beraten, wollten uns nicht treffen, sind bisher nicht einer Esseneinladung gefolgt und geben nicht einmal Interviews.«

»Weil es mein Job ist, Morde aufzuklären, und das habe ich getan.«

»Ha!«

»Mason, du belegst unsere Ehrengäste mit Beschlag.« Eine

üppige, brünette Frau mit leuchtend rotem Lippenstift und glitzernden Saphiren glitt lautlos auf sie zu. »Ich bin Masons Frau Connie Burkette. Herzlich willkommen.«

»Ich bin ein großer Fan von Ihnen«, klärte Roarke sie lächelnd auf.

»So etwas höre ich von einem attraktiven Mann natürlich gern. Aber ich bewundere Sie beide ebenfalls«, gab sie zurück und wandte sich an Eve. »Mason lebt seit beinah einem Jahr fast nur noch für dieses Projekt. Und wenn er ganz in einer Sache aufgeht, überträgt sich das natürlich auch auf mich. Ich habe das Gefühl, als würde ich Sie beide bereits kennen. Also, möchten Sie ein Glas Champagner? Wein? Was Stärkeres?«

Auf ihr unmerkliches Signal erschien ein Page mit einem Tablett voller Champagnerflöten neben ihr.

»Das ist nett. Danke.« Eve nahm sich ein Glas.

»Ihr Kleid ist einfach umwerfend. Sie tragen Leonardo, stimmt's?«

»Richtig erkannt.«

Connie lachte kehlig und sah sie aus ihren braunen, schwerlidrigen Augen an. »Es hat mir großen Spaß gemacht, ihn und Mavis kennenzulernen. Sie ist ein unglaublich positiver Mensch. Und erst ihr süßes Baby! Aber kommen Sie erst mal mit. Ihre alten und auch Ihre neuen Freunde sind bereits fast alle da.«

»Dallas!« Elegant in einem matten bronzefarbenen Etuikleid stürzte Marlo auf sie zu. »Ich bin so froh, dass Sie es noch geschafft haben. Peabody hat erzählt, Sie hätten Ihren neuen Fall schon abgeschlossen. Ist das nicht der reine Wahnsinn?«, wollte sie von Connie wissen. »Innerhalb von ein paar Stunden hatten sie den Mörder überführt.«

»Wenn der Mörder ein Idiot ist, ist das keine große Kunst«, bemerkte Eve.

»Ihr zwei seid mir ein Paar ...« Connie ergriff Eves und Marlos Hände, und Eve fragte sich, warum in Hollywood anscheinend jeder ständig das Bedürfnis hatte, andere Leute zu berühren.

»Ich kenne Marlo schon seit Jahren«, fuhr Connie fort. »Aber sie jetzt direkt neben Ihnen stehen zu sehen ist irgendwie surreal. Wobei es selbstverständlich Unterschiede gibt.« Sie legte ihren Kopf ein wenig schräg und unterzog die beiden Frauen einer eingehenden Musterung. »Marlo ist ein bisschen kleiner, ihre Augen sind ein bisschen runder, und ohne das Make-up fehlt ihr natürlich auch das Grübchen, aber auf den ersten Blick ist es ...«

»... ein bisschen unheimlich«, beendete Eve den Satz.

»Genau.«

»Joel, unser Produzent, wollte sogar, dass ich mir das Grübchen anoperieren lasse.«

»Sie machen Witze, oder?«

»Nein. Er übertreibt es manchmal, aber deshalb ist er schließlich auch der Beste seines Fachs.«

»Seinetwegen habe ich mich für *Unreasonable Doubt* kahl rasieren lassen«, warf Connie fröhlich ein. »In dem Fall hatten er und Mason auch recht. Was der Oscar, den man mir für die Rolle verliehen hat, beweist.«

»Es war ja wohl kaum dein kahl rasierter Kopf, der dir den Oscar eingetragen hat. Du hast einfach brillant gespielt.«

»Verstehen Sie jetzt, warum ich dieses hübsche, junge Ding so gern in meiner Nähe habe?«, wandte Connie sich den beiden anderen Gästen zu. »Oh, das muss Charlotte Mira sein.«

Eve drehte sich um. »Ja, das sind Dr. Mira und ihr Mann Dennis.« Gott, wie süß er wieder mal in seinem schicken Anzug und mit den verschiedenen Socken aussah. Es reichte schon, ihn anzusehen, damit ihre Anspannung verflog.

»Ich muss mich den beiden erst einmal vorstellen. Pass gut auf unseren Star auf, Marlo«, wandte sie sich an Eves Doppelgängerin.

»Auf jeden Fall. Sie ist einfach toll«, erklärte Marlo, nachdem Connie auf die Miras zugetreten war. »Als Schauspielerin und auch als Frau. Sie und Roundtree sind – jeweils in erster Ehe – schon seit über fünfundzwanzig Jahren verheiratet. Das ist generell für Eheleute eine ganz schön lange Zeit, aber in unserer

Branche grenzt so etwas an ein Wunder, vor allem, wenn man bedenkt, dass sie dort beide tätig sind.«

Sie sah über Eves Schulter und fing an zu blinzeln. »Aber hallo.«

»Meine Damen.«

»Roarke«, stellte Eve der anderen ihren Gatten vor.

»Und zwar unzweifelhaft das Original. Die Augen haben sie nicht hinbekommen. Sie sind durchaus ähnlich, aber irgendetwas fehlt. Tut mir leid. Julian und ich arbeiten inzwischen schon seit Monaten zusammen, und ich hatte mich daran gewöhnt, ihn als Roarke zu sehen. Aber jetzt, wo Sie hier vor mir stehen …«

»Freut mich, Ihre Bekanntschaft zu machen. Ich bewundere Ihre Arbeit«, gab der echte Roarke galant zurück.

»Da sind Sie ja.« In einem mit Sternen übersäten Samtbustier, das ihre Mädels vorteilhaft zur Geltung kommen ließ, kam Peabody quer durch den Raum gestürzt. »Wir haben schon eine Führung durch das wirklich obermegacoole Haus bekommen.«

»Peabody.« Roarke nahm ein Champagnerglas von einem der Tabletts und bot es ihr mit einem breiten Lächeln an. »Sie sehen bezaubernd aus.«

»Oh mein Gott«, stieß Marlo aus.

»Danke.« Peabody errötete vor Freude, fuhr dann aber strahlend fort. »Das ist alles furchtbar aufregend. Wir amüsieren uns königlich.«

Neben ihr erschien ein grinsender Ian McNab. Er hatte sich mit einem limettengrünen Anzug, einem kürbisfarbenen Hemd und knöchelhohen Turnschuhen in der Farbe seines Oberteils herausgeputzt und trug das blonde Haar in einem Pferdeschwanz, der sein schmales, anziehendes Gesicht und die goldenen Ringe, die an seinen Ohren baumelten, hervorragend zur Geltung kommen ließ.

Eve öffnete den Mund, aber bevor sie etwas sagen konnte, wurde Peabody von einem zweiten Mann flankiert. Auch er hatte ein schmales, anziehendes Gesicht und trug das blonde

Haar in einem Pferdeschwanz, sein Anzug und sein Hemd jedoch hatten die Farbe abendlichen Nebels und betonten durch den guten Schnitt, wie schlank ihr Träger war.

»So würden Sie aussehen, wenn Sie sich wie ein Erwachsener anziehen würden«, wandte Eve sich an McNab.

»Ganz schön spießig, oder?« Fröhlich nahm er sich ein Kanapee von einem Tablett und schob es sich genüsslich in den Mund.

»Matthew Zank. Ich spiele Detective McNab.« Er reichte Eve die Hand. »Ma'am.«

Sein Charme war so natürlich, dass sie lächelnd meinte: »Dallas reicht.«

»Hallöchen, alle miteinander!«

Als Eve die vertraute Stimme hörte, drehte sie sich um, und Mavis drückte auf den Auslöser der Kamera, mit der sie auf dem Fest erschienen war. »Super! Mir ist klar, ich mache mich mit diesem Ding zum T-r-o-t-t-e-l, aber die Bilder werden sicher toll.«

»Die Kleine ist doch gar nicht hier«, rief Eve ihr in Erinnerung. »Du brauchst also Schimpfwörter zur Abwechslung mal nicht zu buchstabieren.«

»Macht der Gewohnheit. Aber du hast recht. Scheiße, Mist, Arschloch, verdammt. Gott, das fühlt sich klasse an. Aber wie dem auch sei, steht Leonardo da drüben mit Andi, weil er ihr ein Kleid für die Premiere machen soll. Habt ihr sie schon kennengelernt?« Wie McNab schob sich auch Mavis erst einmal eins der angebotenen Häppchen in den Mund. »Andrea Smythe alias Dr. Mira. Heute Abend sieht sie Mira nicht besonders ähnlich, denn, tja nun, in einem schwarzen Catsuit habe ich die gute Mira bisher nie gesehen, und vor allem flucht sie nicht mit britischem Akzent.«

»Andi ist das größte Schandmaul unserer Zunft, aber das gehört einfach zu ihrem grenzenlosen Charme dazu. Es gibt niemanden, der sie nicht liebt«, klärte Marlo Eve und ihre Freunde auf.

»Leonardo ist bereits ein paarmal wegen ihrer Flüche rot geworden. Das ist total süß«, erklärte Mavis, während sie nach dem nächsten Häppchen griff.

»Das ist ein Leonardo, stimmt's?«, erkundigte sich Marlo, und auf Eves verständnislosen Blick hin antwortete Roarke mit einem kurzen »Ja«.

»Fantastisch. Ich weiß durch meine Recherche, dass Sie sich nicht im Geringsten für Klamotten interessieren. Im Gegensatz zu mir. Kleider, Taschen, Schuhe, Schuhe, noch mehr Schuhe. Ich kriege einfach nicht genug davon.«

»Dann können wir niemals befreundet sein«, erklärte Eve ihr ernst, und Marlo brach in fröhliches Gelächter aus.

»Wobei Julian noch viel schlimmer ist als ich.«

»Das hat er dann mit Roarke gemein.« Eve sah sich suchend um. »Ist er nicht da? Ich hätte ihn doch ganz bestimmt nicht übersehen.«

»Er kommt immer zu spät. Er hat gesagt, dass er Nadine mitbringt.«

»Echt?«

»Wer weiß«, erklärte Marlo achselzuckend. »Aber schließlich hat K.T. sich bisher auch nicht blicken lassen, also ...«

»Unsere beiden Stars. Mach mal ein Foto, Valerie. Joel Steinburger.« Ein robuster, großer Mann mit grauem Haar und harten, schwarzen Augen pumpte erst Eves Hand, packte sie dann bei der Schulter und sah mit gebleckten Zähnen auf die Frau, die einen Fotoapparat in ihren Händen hielt. »Es ist mir eine Freude, eine echte Freude.«

Wieder bleckte er die Zähne, legte seinen freien Arm um Marlos Taille und zog sie entschlossen neben sich. »Wie hat Ihnen der Besuch am Set heute gefallen? Schade, dass Sie nicht schon früher mal gekommen sind. Aber wie heißt es doch so richtig? Besser spät als nie! Preston hat mir erzählt, dass Detective Peabody eine Statistenrolle übernehmen wird. Ich bin begeistert. Und für Sie finden wir auch noch etwas.«

»Nein«, erklärte Eve.

»Das wird bestimmt ein Riesenspaß. Wir werden dafür sorgen, dass ein Teil des Glamours auf Sie abfällt. Wer träumt schließlich nicht davon, dass er mal einen Tag lang Filmstar ist?«

»Ich.«

»Darüber werden wir noch reden.« Er zwinkerte ihr zu, doch seine schwarzen Augen bohrten sich auf wenig angenehme Art in sie hinein. »Um die PR für das Projekt kümmert sich Valerie. Am besten treffen Sie sie mal zum Mittagessen und besprechen, wie dabei am besten vorzugehen ist.«

»Nein«, wiederholt Eve und blickte auf die hübsche Frau mit schokoladenbrauner Haut und goldenen Tigeraugen, die ihr gegenüberstand. »Tut mir leid, aber ich werde niemanden zum Essen treffen, und für Werbezwecke spannen Sie mich auch nicht ein.«

»Valerie wird sich um alles kümmern. Wie gesagt, das wird ein Riesenspaß für Sie. Wie ich höre, haben Sie keinen Agenten und auch keinen Manager. Es erspart uns jede Menge Zeit, wenn auf den Mittelsmann verzichtet werden kann. Wir werden Sie noch für ein, zwei Tage für die Extras auf der Diskette brauchen, aber dann in Ihrem ganz normalen Look, damit das Publikum die echte Dallas sieht.«

»Wissen Sie, was das Wort *nein* bedeutet?«

»Also bitte, Schätzchen, keine falsche Schüchternheit. Valerie wird Ihnen alles ganz genau erklären. Und einen neuen Termin für das Fotoshooting machen, für das heute keine Zeit mehr war. Das holen wir so schnell wie möglich nach.«

»Joel«, sprach Roarke ihn lächelnd an und legte eine Hand auf seinen Arm. »Warum suchen wir uns nicht ein Fleckchen, wo man sich in Ruhe unterhalten kann?«

»Roarke, natürlich. Mit Vergnügen. Der erfolgreiche Geschäftsmann, Ehemann und Helfer«, sagte er und zwinkerte den Frauen zum Abschied nochmals zu.

»Glauben Sie, er weiß, dass Roarke sein Lebensretter ist?«, erkundigte sich Peabody bei Eve.

»Habe ich mich verhört, oder hat der Mann gerade wirklich Schätzchen zu mir gesagt?«

»Ich bitte um Verzeihung, Lieutenant.« Mit einem professionellen Lächeln im Gesicht erklärte Valerie: »Mr. Steinburger gibt immer hundertzehn Prozent, und das erwartet er nun einmal auch von allen anderen.«

»Und woher nimmt er die extra zehn Prozent?«

Das Lächeln der PR-Frau wurde etwas angespannt. »PR gehört nun mal dazu. Falls Sie vielleicht doch Zeit finden, um mich irgendwann zu treffen, rufen Sie mich bitte an. Ich verspreche Ihnen, dass ich alles gründlich vorbereiten werde und die ganze Angelegenheit im Handumdrehen erledigt ist.«

Sie wandte sich zum Gehen, und Marlo murmelte: »Ich frage mich, ob sie ihn wohl auch *Mr. Steinburger* genannt hat, als in Hollywood was zwischen ihnen lief.«

»Nein, da hat sie ihn *Gott* genannt«, fiel Matthew ein. »Wie in ›Oh Gott, oh Gott, oh ja!‹. Ich habe sie gehört. Aber seit wir in New York sind, ist es in seinem Büro erschreckend still.«

»Sie haben die Sache schon vor Monaten beendet, schon bevor wir an die Ostküste gekommen sind.«

»Aber vorher hat er sie noch zur PR-Chefin gemacht. Tut mir leid.« Wieder setzte Matthew sein charmantes Lächeln auf. »Wir sind einfach alle furchtbar oberflächlich, und es interessiert uns immer brennend zu erfahren, wer es mit wem treibt, getrieben hat oder bald treiben wird.«

»Wie in der Schule«, meinte Eve.

Er lachte fröhlich auf. »Ich fürchte, ja. Aber vor allem gehen mit Klatsch die Drehpausen viel schneller rum.«

»Eve, mein Schatz!«

Der irische Akzent war etwas ausgeprägter, und die Augen waren nicht ganz so leuchtend blau. Trotzdem machte Julian Cross als Roarke eine fantastische Figur.

Er marschierte schnurstracks auf sie zu, zog sie an seine Brust und presste ihr die Lippen auf den Mund.

»He!«

»Ich konnte einfach nicht anders.« Die nicht ganz so blauen

Augen blitzten fröhlich auf. »Ich habe einfach das Gefühl, dass wir uns unglaublich nahestehen.«

»Denken Sie das noch einmal, wenn Sie in Ihrer nächsten Szene eine dicke Lippe und ...«, der echte Roarke kam mit zusammengekniffenen Augen durch den Raum marschiert, »... vielleicht auch noch einen gebrochenen Kiefer haben wollen.«

»Benimm dich, Julian.« Augenrollend legte Nadine Furst die Hand auf seinen Arm und sah fragend in die Runde. »Sind wir die Letzten?«

»Nein. K.T. ist noch nicht aufgetaucht«, erklärte Marlo ihr, bevor auch sie einen Begrüßungskuss von ihrem Filmpartner bekam. »Julian, darf ich dir die Detectives Peabody und McNab vorstellen?«

»Peabody!« Er streckte seine Arme nach der Polizistin aus und schwenkte sie begeistert durch die Luft. Noch während ihr ein lautes »Wow« entfuhr, presste er auch ihr die Lippen auf den Mund und stellte sie wieder auf den Füßen ab.

»Mein Mädel«, klärte Ian ihn mit stolzer Stimme auf.

»McNab!« Zwar schwenkte Julian ihn nicht durch die Luft, der Kuss aber blieb Ian wie allen anderen nicht erspart.

»Was soll man machen?« Lachend breitete der falsche Ian seine Arme aus. »Wir sind einfach ein Haufen Arschlöcher.«

»Manche mehr als andere«, murmelte Marlo, als K.T. den Raum betrat und stirnrunzelnd in ihre Richtung sah.

3

Auch bei Tisch ging es bei weitem nicht so förmlich zu, wie Eve befürchtet hatte. Alle langten herzhaft zu und genossen die sicherlich von Connie ausgesuchten Speisen und die teuren Weine und setzten die Gespräche, die sie bei Champagner und bei Kanapees begonnen hatten, fort.

Connie hatte ihre Gäste so am Tisch verteilt, dass direkt neben den Originalen oder ihnen gegenüber stets der echte und der falsche Partner saßen. Deshalb wurde Eve von Roarke und von Julian flankiert, Peabody saß zwischen Matthew und McNab und Dennis zwischen Mira und Andrea Smythe, die ihr herrlich schmutziges Gelächter ein ums andere Mal ertönen ließ.

Roundtree, der das Leben offenbar genoss und seine Position am Kopfende des Tisches als naturgegeben sah, steuerte aus seinem grenzenlosen Fundus an Geschichten zu der angeregten Unterhaltung bei. Von den meisten Leuten, über die er sprach, hatte Eve schon einmal gehört, doch um alle Anekdoten zu verstehen, hätte sie vor diesem Abend besser noch das Hollywood'sche Who-is-who auswendig gelernt.

»Ich habe gelesen, Sie und Roarke hätten sich kennengelernt, als er Verdächtiger in einem Mordfall war.« Julian schaute sie mit einem Lächeln an, bei dem die meisten Frauen wahrscheinlich dachten, dass seine Konzentration, vor allem aber seine Bewunderung nur ihnen galt.

Und vielleicht war es in dem Augenblick ja wirklich so.

»Er wurde damals überprüft.«

»Wie romantisch.«

»Die meisten Menschen finden es nicht unbedingt romantisch, wenn die Polizei sie in Zusammenhang mit einem Mordfall überprüft.«

»Ein Mann bestimmt, wenn diese Überprüfung durch eine so schöne Frau wie Sie erfolgt. Er hatte wirklich großes Glück.«

»Vor allem, weil er nicht der Mörder war«, erklärte Eve, und Julian lachte auf.

»Da hatten Sie wahrscheinlich beide Glück.«

Mit diesem Satz nahm er sie vollends für sich ein, und lächelnd gab sie zu: »Das stimmt.«

»Wie sind Sie zur Polizei gekommen?«

»Indem ich auf die Polizeiakademie gegangen bin.«

»Aber warum?« Mit seinem noch fast vollen Weinglas in der Hand beugte er sich zu ihr vor. »Und dann auch noch als Mordermittlerin – so nennt man das doch, oder? Wollten Sie von Anfang an zu diesem Dezernat?«

Er wirkte ehrlich interessiert, und sie verkniff sich den Sarkasmus, mit dem sie normalerweise reagierte, wenn ein Fremder ihr zu nahe kam. »Seit ich denken kann.«

»So hat Marlo Sie auch eingeschätzt, und sie hat ihre Rolle dementsprechend angelegt. Unglaublich intensiv, beinah getrieben, als lebe sie für ihren Job. Ich versuche, Roarke genauso überzeugend darzustellen – einen wohlhabenden, mächtigen, geheimnisvollen Mann. Marlo und ich sind uns schon seit dem ersten Drehtag darin einig, dass Sie zwei das Herz dieser Geschichte sind. Dass dabei alles um Sie beide kreist.«

»Ich würde sagen, dass sich dieser Fall vor allem um die Icoves dreht.«

»Die beiden sind für mich eher der Abschaum des Falls. Oder, wie es Marlo formuliert hat, sind die zwei das Krebsgeschwür, das am Körper der Geschichte frisst.« Er zuckte mit den Achseln. »Die Liebesgeschichte zwischen Ihnen beiden ist das Herz.«

»Unsere …« Vor Entsetzen und Verlegenheit brachte sie nur dieses eine Wort heraus.

»Warum bringt Sie diese Feststellung so aus dem Gleichgewicht?« Julian griff nach ihrer Hand. »Wahre Liebe ist etwas Wunderschönes und vor allem … etwas Seltenes, glauben Sie nicht auch?«

»Julian ist in unserer Branche der Romantiker vom Dienst.« Marlo, die ihm gegenübersaß, zwinkerte ihm lächelnd zu. »Aber er hat recht.«

Julian erwiderte ihr Zwinkern und fügte mit seinem Dubist-meine-Welt-Lächeln hinzu: »Romantik macht das Leben süßer.«

»Sagt der Mann, der eine Vorliebe für Süßes hat.«

»Auf jeden Fall. Deshalb spiele ich die Liebesszenen ja auch am liebsten«, gab er unumwunden zu.

»Oh Gott.« Mehr brachte Eve beim besten Willen nicht heraus.

»Die Chemie zwischen den beiden stimmt einfach«, warf Roundtree ein. »Die Leinwand wird verbrennen, wenn man sie zusammen darauf sieht.«

»Oh Gott«, entfuhr es Eve erneut, und dieses Mal brach Roarke in lautes Lachen aus.

»Immer mit der Ruhe, Lieutenant.«

»Hören Sie, wie er das sagt?« Offenbar erfreut drückte Julian abermals Eves Hand, beugte sich vor und wandte sich an Roarke. »Lieutenant«, wiederholte er in dessen Tonfall. »Das klingt liebevoll und heiß und gleichzeitig intim.«

»Das ist mein Rang«, murmelte Eve.

»Den er eindeutig respektiert. Sie respektieren ihren Rang«, sagte er zu Roarke, »genauso sehr, wie Sie sie lieben.«

»Nicht ganz.«

»Nein, Sie haben recht, Sie haben recht, aber der Respekt für ihren Rang ist nicht zu überhören. Außerdem *mögen* und vertrauen Sie einander. Als Sie in das unterirdische Geheimlabor gegangen sind und Ihr Leben riskiert haben ...«

»Um Himmels willen, Julian, hör endlich auf, den Leuten derart in den Arsch zu kriechen«, fuhr K.T. ihn an. Sie trank den Rest von ihrem Wein, stellte das leere Glas dann krachend wieder auf den Tisch und schnipste allen Ernstes mit den Fingern, damit sie so schnell wie möglich nachgeschenkt bekam. »Du müsstest doch inzwischen Muskelkater in der Zunge haben von der ganzen Speichelleckerei.«

»Wir unterhalten uns einfach«, fing Julian an.

»Das nennst du eine Unterhaltung? Wenn man dich so hört, könnte man meinen, du und Marlo wärt die Einzigen, die in dem gottverdammten Film mitspielen, und als wären die beiden Leute, die ihr darin so verzweifelt nachmacht, die Einzigen, die in dieser Geschichte von Bedeutung sind. Warum hältst du nicht endlich dein verdammtes Maul und lädst die beiden Frauen in eins der Schlafzimmer zu einem flotten Dreier ein, damit der Rest von uns in Ruhe essen kann?«

Entsetzte Stille senkt sich über den Raum.

»Peabody?«, fragte Eve und unterzog K.T., die ein paar Plätze weiter saß, einer eingehenden Musterung.

»Ja, Ma'am?«, fragte ihre Partnerin und zog die Schultern an.

»Sie wissen doch, dass ich gelegentlich die Möglichkeit erwäge, Ihnen in den Allerwertesten zu treten.«

»Im Grunde tun Sie das eher regelmäßig, aber ja, Ma'am.«

»Vielleicht bekommen Sie gleich Gelegenheit, gemütlich auf Ihrem eigenen Hinterteil zu sitzen und zuzusehen, wie Ihre Doppelgängerin von mir den Arschtritt ihres Lebens kriegt. Eine solche Chance hat man nicht jeden Tag.«

»Ich habe ganz sicher keine Angst vor Ihnen«, stieß K.T. verächtlich aus.

»Was eindeutig ein Fehler ist. Weil eine Frau, die ihren fetten Arsch so öffentlich wie Sie zur Schau stellt, richtiggehend danach schreit, dass man ihr möglichst kräftig hineintritt. Aber vielleicht ist es eine Option, wenn Sie einfach still auf Ihrem dicken Hintern sitzen bleiben, während die Erwachsenen sich unterhalten.«

»Gut gemacht«, beglückwünschte Roarke sie, als sie wieder nach ihrer Gabel griff.

Langsam nahmen alle anderen die Gespräche wieder auf, und Julian trank einen großen Schluck aus seinem Glas. »Es tut mir leid.« Kaum schenkte ihm der Kellner nach, hob er das Glas erneut an seinen Mund.

»Es tut mir leid«, erklärte er erneut. »Ich wollte nicht ...«

»Schon gut, Kumpel.« Eve versuchte, sich auf den verdammten Hummer, der auf ihrem Teller lag, zu konzentrieren. »Wenn Sie mich angebaggert hätten, hätte Roarke Ihnen schon lange einen Tritt verpasst.« Sie grinste ihren Gatten an. »Denn wahre Liebe ist zwar wunderschön und selten, aber eben auch radikal.«

»Ich werde mich um sie kümmern«, meinte Roundtree mit kalter, ausdrucksloser Stimme, sodass Eve deutlich hören konnte, wie erzürnt er war.

»Das dürfte nicht nötig sein. Tatsächlich fühlt sich dieser Abend für mich plötzlich nicht mehr ganz so seltsam wie zu Anfang an.«

Marlo beugte sich über den Tisch und wandte sich im Flüsterton an Eve. »Darf ich Sie was fragen?«

»Sicher.«

»Falls Sie ihr am Ende doch noch in den Hintern treten wollen, darf ich dann auch zusehen?«

»Auf jeden Fall.«

Nach dem Hauptgang gab es ein Büfett mit verschiedenen Desserts, Kaffees, Schnäpsen und Likören, das in Roundtrees Kinosaal im Souterrain des Hauses angerichtet war.

»Wahnsinn«, meinte Eve.

»In der Tat.« Roarke betrachtete den riesengroßen Bildschirm, das Arrangement der dicken, gepolsterten Ledersessel, der bequemen Sofas, die Beleuchtung und die Bar.

»Ich kann sehen, wie sich in deinem Hirn die Rädchen drehen.«

»Ich denke daran, bei uns daheim ebenfalls ein solches Kino einzurichten, nur weiß ich noch nicht, wo und wie.«

»Du findest einfach diesen Riesenbildschirm toll. Wobei ihr Männer meist an eure Schwänze denkt, wenn es um große Sachen geht.«

»Kann sein, wobei schließlich auch ich mich freue, wenn mein Schwanz zufrieden ist.«

»Wem sagst du das?« Eve sah sich suchend um. »Was meinst du, wohin Connie mit K.T. gegangen ist und wie sehr sie ihr den fetten Arsch versohlen wird?«

»Irgendwohin, wo sie mit ihr alleine ist, und wahrscheinlich sehr. Dabei hat er dich tatsächlich angemacht.«

»Aber es ging ihm nicht um mich persönlich. Es war einfach ein Reflex.«

»Wenn ich das nicht genauso sehen würde, hätte ich ihn längst schon umgebracht.«

Nadine, die über einem kleinen Schwarzen gut ein halbes Dutzend Perlenketten trug, trat auf die beiden zu, sie und Eve stießen mit Brandyschwenker und mit Kaffeetasse an. »Ich bin mir nicht sicher, ob die amüsante Vorführung, die Roundtree uns versprochen hat, so gut wird wie die kleine Szene, die uns eben schon bei Tisch geboten worden ist.«

»Die falsche Peabody ist unhöflich und blöd. Unhöflichkeit ist mir egal, aber wenn jemand dazu noch dämlich ist, macht mich das einfach aggressiv.«

»Sie sind nicht die Erste und ganz sicher nicht die Letzte, die dem Weib eine verpassen möchte. Aber obwohl sie schwierig ist, liefert sie wirklich gute Arbeit ab. Ich habe mir schon ein paar Szenen angesehen. Sie hat Peabody genau getroffen.«

»Wie lange waren sie und Julian ein Paar?«

»Das haben Sie bemerkt? Dabei waren sie nur ein- oder zweimal zusammen in der Kiste, und vor allem ist das ewig her. Julian ist hübsch, charmant und wirklich süß. Er macht seine Arbeit sehr gut und schläft mit jeder Frau, die willig ist. Im Grunde ist er eine echte Schlampe, aber er geht völlig ungezwungen damit um.«

»Sprechen Sie aus persönlicher Erfahrung?«

»Bisher nicht, und ich halte es auch für eher unwahrscheinlich, dass sich das je ändern wird. Der Gedanke war durchaus verlockend, doch es wäre einfach zu vorhersehbar gewesen, und vor allem hat mein Nein ihn ziemlich überrascht. Ohne dass er deshalb sauer war.«

Nadine ließ ihren Blick über die anderen Leute wandern, die

in Kleingruppen im Raum versammelt waren. »Joel füttert die PR-Maschinerie mit einer angeblichen Affäre zwischen Durn und Cross. Das ist ein echter Klassiker, der einfach immer wieder funktioniert und die Besucherzahlen in den Kinos in die Höhe treibt. Julian hätte selbstverständlich nichts dagegen, etwas mit Marlo anzufangen, vor allem, da er sich eingeredet hat, er hätte sich in sie verliebt. Was bei ihm zur Vorbereitung auf die Rolle, die er spielt, gehört, das ist im Film auch stark zu spüren.«

»Geht's in dem Film um Sex oder um Mord?«, erkundigte sich Eve.

»Ein gutes Drehbuch bezieht beides ein«, erklärte Roarke. »Sieht aus, als ob die Standpauke für unseren unhöflichen Gast gehalten ist.«

»Aber es scheint der falschen Peabody nicht wirklich leidzutun«, bemerkte Eve, als sie die beiden Frauen durch die Tür des Saals treten sah. »Sie sieht einfach angefressen aus und will anscheinend ihren Ärger runterspülen.«

K.T. marschierte schnurstracks auf die Theke zu, achselzuckend wandte Eve sich wieder ab.

Die nächste halbe Stunde brachten sie mit lockeren Plaudereien, mit Essen und Trinken zu. Leute liefen durch den Saal, gingen hinaus und kamen zurück, und gerade, als Eve das Gefühl hatte, dass sie an ihre Grenzen kam, baute sich Roundtree vor dem großen Bildschirm auf.

»Bitte nehmen Sie doch alle Platz. Dallas und Roarke hier vorne in der ersten Reihe, ja? Ich habe eine kurze Preview der *Icove-Agenda* für eine Privatvorführung zusammengestellt und hoffe, dass sie allen und vor allem unseren Ehrengästen gefallen wird.«

»Wollen wir doch mal sehen, wie wir uns auf der Leinwand machen.« Roarke ergriff Eves Hand und folgte Roundtree zu den beiden Sitzplätzen ganz vorn.

Während hinter ihnen alle anderen sich in die bequemen Sessel oder auf die breiten Sofas setzten, raunte Eve ihm zu: »Sollen wir so tun, als fänden wir es toll, selbst, wenn es furchtbar ist?«

»Ich frage mich, wie du durch diese rosarote Brille, die du ständig trägst, was sehen kannst.«

Als das Licht ausging und die Musik erklang, drückte er ihr aufmunternd die Hand.

Die Musik war schon einmal nicht schlecht, fand Eve. Wehmütig, doch gleichzeitig pulsierend und vor allem ungeheuer ausdrucksstark. Kaum, dass sie sich entspannt hatte, tauchte das Gesicht von Marlo – das sie Tag für Tag im Spiegel sah – auf dem enormen Bildschirm auf.

»Rekorder an. Lieutenant Eve Dallas«, sagte sie.

Auf die Nahaufnahme folgte eine Großaufnahme, auf der neben Marlo ein in einem hochlehnigen Schreibtischsessel hingestreckter Toter saß.

»Das Opfer wurde als Wilfred B. Icove identifiziert.«

Sie ging vor dem Sessel in die Hocke, und die Leiche stieß ein explosives Niesen aus.

»Gesundheit«, wünschte Marlo und sah auf, als schallendes Gelächter aus dem Off erklang. »Das Opfer hat anscheinend eine Allergie gegen den Tod.«

Es war idiotisch, dachte Eve, aber nicht weniger entspannend als die herrliche Musik. Ein Gag und Patzer folgte auf den anderen, und selbst in den intensiven Szenen hellte sich die Atmosphäre urplötzlich durch irgendwelche lächerlichen Fehler auf. Andi, die als Mira ihren Text vergaß, stieß unter lautem Lachen einen Strom an lästerlichen, einfallsreichen Flüchen aus. Marlo und die Doppelgängerin von Nadine Furst brachen mitten während eines Dialoges ab, stürzten aufeinander zu, schoben sich gegenseitig ihre Zunge in den Mund, und die Zuschauer im Saal spendeten tosenden Applaus.

Matthew fiel von seinem Sitz, und der Computer, den er als McNab bediente, stürzte ab. Julian verhaspelte sich während einer Szene, verfiel kurzerhand in seinen eigentlichen Brooklyner Akzent, und das Publikum im Saal fing an zu lachen und stieß ein paar schrille Pfiffe aus.

»Wie zum Teufel kriegen sie am Ende irgendwas gebacken, wenn sie sich so oft vertun?«, wunderte sich Eve.

»Indem sie die meisten Szenen mehrmals drehen«, klärte Roarke sie auf.

Für Eve sah es so aus, als hätten sie die meisten Szenen immer wieder drehen müssen, bis etwas Vernünftiges dabei herausgekommen war, aber sie alle schienen sich bei ihrer Arbeit königlich zu amüsieren – und zwar immer wieder, ganz egal, wie häufig es denselben Satz zu sprechen galt.

Die amüsante Preview endete erneut mit Marlo, diesmal stand sie mit gezückter Waffe breitbeinig in dem langen, schwarzen Mantel, während eine milde Brise durch die kurzen, braunen Haare fuhr. »Ich bin ein Cop.« Sie schlug den Mantel auf, um ihre Waffe einzustecken, musste dann aber mit ansehen, wie der Stunner, statt dass er ins Halfter rutschte, krachend auf den Boden fiel.

»Ach, verdammt. Nicht schon wieder.«

Roundtree machte wieder Licht und strich sich unter dem Applaus des Publikums mit einem breiten Grinsen über seinen Ziegenbart.

»Das Zusammenschneiden dieser Preview war aufgrund der unzähligen Schnitzer, die ich sichten musste, alles andere als leicht.« Er warf sich in den Sessel neben Eve und sah sie an. »Aber schließlich braucht man bei der Arbeit ab und zu auch etwas Spaß.«

»Den haben Sie ja wohl auf jeden Fall gehabt.«

»Für die DVD schneide ich noch ein paar zusätzliche Klopfer rein. Die Leute lieben es, sich anzusehen, wie sich die Schauspieler verhaspeln, ihren Text vergessen oder auf den Hintern fallen.«

»Ich muss zugeben, dass mir das ebenfalls durchaus gefallen hat.«

»Außerdem hängen wir auch noch Einzelinterviews mit allen Hauptdarstellern dran. Ich will Sie sicher nicht bedrängen – das ist Joels Metier –, aber ich möchte trotzdem erwähnen, dass die DVD sich sicher noch besser verkauft, wenn auch ein Interview mit Ihnen oder besser noch mit Ihnen beiden zum Paket dazugehört. Ich bin bereit, nach Abschluss der Dreharbeiten noch ein bisschen in New York zu bleiben oder noch einmal zurückzukommen, wenn's Ihnen terminlich passt. Denken Sie darüber nach. Sie haben die Ermittlungen zu diesem Fall geführt. Ich verspreche Ihnen, Ihre Arbeit korrekt darzustellen, und ich halte das, was ich verspreche, immer ein. Aber wie gesagt, Sie haben die Ermittlungen damals geführt, und jeder, der den Film sieht, wird sich Ihre Meinung dazu anhören wollen.«

»Für mich ist der Fall abgeschlossen.«

»Nein, das ist er nicht.« Er schüttelte den Kopf und sah sie durchdringend aus seinen leuchtend blauen Augen an. »Ich kenne Sie inzwischen gut genug, um zu wissen, dass er das nicht ist. Die Icoves waren die Schurken, und die Avrils und die anderen waren die Opfer in dem Stück. Doch in diesem Fall wurden die Schurken von einem der Opfer umgebracht, und die Opfer, die noch leben, sind im ganzen Land verstreut. Dank Ihnen wird es zumindest keine zusätzlichen Opfer geben, was unglaublich wichtig ist. Aber auch wenn Sie dem Treiben dieser Männer einen Riegel vorgeschoben haben, konnten Sie den Fall nicht wirklich abschließen, nicht wahr? Also.« Roundtree tätschelte ihr grob die Hand. »Denken Sie darüber nach.«

»Er ist wirklich gut«, murmelte Eve, nachdem er wieder aufgestanden war, um sich zu Andi zu gesellen, die ein Stückchen weiter saß.

»Und er hat recht, wenn er behauptet, dass der Fall nicht wirklich abgeschlossen ist.«

»Als ich mich bereit erklärt habe, Nadine bei diesem Buch zu helfen, wusste ich, das reißt die Wunde wieder auf. Im Grunde hätte ich sie schließen wollen, nur, dass das nicht möglich war, denn es ist gut, den Menschen zu erklären, wer in diesem Fall die wahren Opfer waren und noch immer sind. Aber wie spricht man über so etwas? Schließlich ist es nicht mein Job, über Schuld und Unschuld zu entscheiden.«

»Von Rechts wegen natürlich nicht. Aber es gehört auf jeden Fall zu deinem Job, dass du die Täter von den Opfern unterscheiden kannst. Und das kannst du.«

Eve holte zischend Luft und sah ihn fragend an. »Heißt das, dass ich es machen soll?«

»Das heißt, dass es dir vielleicht hilft, die innere Wunde, die du bei dem Fall davongetragen hast, endgültig zu schließen, wenn du dich entscheidest, es zu tun, und wenn du selber kontrollieren kannst, was du sagen willst und wie du es formulierst. Du denkst nicht nur wegen Nadines Buch noch immer jeden Tag an diesen Fall. Du denkst an ihn, weil du noch immer täglich an die Opfer denkst. Mir geht es genauso.«

»Okay, ich werde es mir überlegen. Aber können wir jetzt vielleicht endlich gehen?«

»Ich nehme an, wir können langsam anfangen, uns zu verabschieden.«

Wobei sich dieser Abschied sicher endlos in die Länge ziehen würde, weil er abermals mit zahllosen Gesprächen auf dem Weg in Richtung Tür verbunden war.

Eve verfolgte neidisch, wie sich ihre Freundin Mavis und der gute Leonardo mit der Ausrede, dass sie sich wieder um ihr Baby kümmern mussten, aus dem Staub machten, während sie selbst und Roarke noch einmal aufgehalten wurden, weil es offenbar aus Sicht der anderen Gäste noch sehr vieles zu bereden gab.

Es dauerte noch eine gute Viertelstunde, bis sie den Wohnbereich im Erdgeschoss erreichten, in dem Julian auf einem der Sofas eingeschlafen war.

»Das hatte ich befürchtet. Schließlich hatte er schon nach dem Abendessen ziemlich einen sitzen«, stellte Connie seufzend fest.

»Er hat den Wein wie Wasser in sich hineingekippt«, pflichtete Eve ihr unumwunden bei.

»K.T. hat ihn beim Essen furchtbar in Verlegenheit gebracht, und Julian ertränkt Scham und Kummer gern in Alkohol. Ich würde Sie für ihr Benehmen gerne noch mal um Verzeihung bitten, aber, nun, sie ist nun einmal, wie sie ist.«

»Kein Problem«, versicherte ihr Eve.

»Wir können dafür sorgen, dass er sicher heimkommt«, bot Roarke an.

»Danke.« Connie sah mit mütterlicher Nachsicht auf den alkoholisierten jungen Mann, der auf dem Sofa eingeschlafen war. »Aber am besten lassen wir ihn einfach liegen, damit er den Rausch bei uns ausschlafen kann. Warum sollen wir ihn zurück in sein Hotel verfrachten, wo er auch nicht besser liegt? Jetzt werde ich Ihnen Ihren wunderbaren Mantel holen«, wandte Connie sich an Eve.

»Wieder etwas, worin ihr beide euch nicht wirklich ähnlich seid«, stellte Eve mit leiser Stimme fest. »Du verträgst den Alkohol erheblich besser, ich habe bisher nie erlebt, dass du dich auf der Couch zusammenrollst und das Kissen wie ein Stofftier an dich drückst.«

»Ich hoffe, dass du das auch nie erleben wirst.«

»Ein wundervolles Stück«, erklärte Connie, als sie mit Eves Mantel kam.

Gerade, als Eve meinte, dass sie endlich Licht am Ende des nach ihrer Meinung viel zu langen Tunnels sah, stürzte ein klitschnasser Matthew Zank, gefolgt von einer kreidebleichen Marlo, aus dem Lift.

»Auf dem Dach. Im Dachgarten. K.T. Es ... sie liegt dort oben auf dem Dach.«

»Ich glaube, sie ist tot.« Marlo ließ sich auf den Boden sinken und sah Eve aus tränenfeuchten Augen an. »Sie ist tot. Sie liegt tot neben dem Pool. Sie müssen mitkommen.«

»Sie bleiben hier unten«, befahl Eve und wandte sich an Connie. »Niemand verlässt dieses Haus, bevor ich der Sache nachgegangen bin.«

»Ich ... oh nein, das muss ein Irrtum sein«, fing Connie an.

»Möglich, aber sorgen Sie dafür, dass niemand das Haus verlässt.«

Sie und Roarke marschierten Richtung Lift. »Wollen die mich verarschen?«, knurrte sie.

»Dachgarten«, befahl Roarke. »Vielleicht hat sie ja nur zu viel getrunken und ist eingeschlafen so wie Julian unten auf der Couch.«

»Hoffen wir's, denn ich habe ganz sicher keine Lust, einen Todesfall auf einer Dinnerparty aufzuklären, zu der ich selber eingeladen bin.«

»Das ist dir doch noch nie passiert.«

»Einmal ist bereits zu viel.«

Genau wie unten prasselte auch in der Lounge am Rand des Dachgartens ein Feuer im Kamin, die niedrigen Sofas waren mit dicken Kissen dekoriert, und auf der verspiegelten Bar stand eine offene Flasche Wein.

Sie traten durch die Glastür, die sich lautlos öffnete, auf die Terrasse, gingen ein paar Meter, traten dann durch eine zweite Automatiktür und wurden in dem überdachten Poolbereich in den Geruch der Nacht und süßer Blumen eingehüllt.

Eve spürte eine leichte Brise und sah auf.

»Die Kuppel ist nicht ganz geschlossen«, bemerkte sie und fragte sich, ob sie wohl schon den ganzen Abend über einen Spalt breit auf gewesen war.

Mit nassem Haar und aufgeweichten Kleidern lag K.T. mit dem Gesicht nach oben dicht neben dem Pool. Eve musste schlucken, denn sie hatte das Gefühl, als starre ihre Partnerin sie aus weit aufgerissenen, braunen Augen an.

Eilig hockte sie sich vor die Frau und tastete nach deren Puls. »Scheiße. Sie ist nicht nur tot, sondern schon kalt. Er hat sie rausgezogen. Oder reingeworfen und ertränkt und dann wieder aus dem Pool gezerrt. Auf alle Fälle hat er sie bewegt. Verdammt!«

»Im Augenblick sieht sie zu sehr wie unser Mädchen aus.«

»Aber sie ist es nicht. Hol also besser unser Mädchen rauf, und wenn du schon dabei bist, bring am besten auch noch einen Untersuchungsbeutel mit, falls du so was im Auto hast.«

Er nickte knapp.

»Gut. Und sag McNab, dass niemand das Haus verlassen darf und dass er gucken soll, ob's eine Überwachungskamera hier oben gibt. Lass außer Peabody niemanden herauf.«

»Okay.« Noch einmal sah er sich die Tote an. »Der Abend hat nicht gut geendet.«

»Nun, zumindest nicht für sie.«

Als Roarke wieder nach unten fuhr, zog Eve ihr Handy aus der blöden, kleinen Abendtasche, die sie in der Hand hielt, meldete den Todesfall auf dem Revier und machte den Rekorder an einem der schmalen Träger ihres Kleides fest.

»Lieutenant Eve Dallas«, fing sie an und fuhr mit Ort, Datum und Uhrzeit fort.

Ihr Blick fiel auf zerbrochenes Glas und eine Pfütze Rotwein, sicher aus der offenen Flasche, die ihr in der Lounge der Dachterrasse aufgefallen war.

»Das Opfer sieht wie K.T. Harris aus.«

Sie nannte den Grund, aus dem K.T. im Haus gewesen war, und gab neben ihrem eigenen und dem Namen ihres Mannes auch die Namen aller anderen Gäste der verfluchten Dinnerparty an.

»Ich sehe hier zerbrochenes Glas und verschütteten Wein. Beim Durchqueren der Lounge des Dachgartens habe ich eine offene Flasche Rotwein auf der Theke stehen sehen.« Sie trat einen Schritt zur Seite und warf einen Blick in eine Schale, die auf einem Sockel stand. »In diesem Aschenbecher hat jemand die Kippen von sechs Kräuterzigaretten ausgedrückt, und die offene Handtasche des Opfers liegt daneben auf dem Tisch.«

Ihre Hände waren noch nicht versiegelt, deshalb warf sie, ohne etwas zu berühren, einen vorsichtigen Blick hinein. »Ich kann in der Tasche Lippenstift, ein kleines, schwarzes Döschen, Bargeld sowie eine Schlüsselkarte sehen. Das Opfer trägt das Kleid, das es den ganzen Abend lang getragen hat, all seinen Schmuck und seine Armbanduhr. Der linke Schuh steckt noch am Fuß, und der Absatz weist mehrere Kratzer auf. Der rechte liegt im Pool.«

Als Peabody den Poolbereich betrat, stellte sich Eve so vor die Tote, dass sie nicht sofort zu sehen war.

»Ich muss wissen, ob Sie mit der Sache vielleicht überfordert sind. Das wäre akzeptabel und vollkommen verständlich.«

»Ich habe kaum etwas getrunken. Ich war zu nervös und

aufgeregt. Aber trotzdem habe ich zur Vorsicht schon einmal ein Sober-up genommen.«

»Das habe ich nicht gemeint.«

Peabody befeuchtete sich ihre Lippen, doch obwohl das leichte Zittern ihrer vorteilhaft betonten Mädels nicht zu übersehen war, erklärte sie: »Ich komme klar damit.«

Als Eve wortlos einen Schritt zur Seite machte, riss die Partnerin entsetzt die Augen auf. »Oh ... okay. Womöglich brauche ich noch einen Augenblick.«

»Lassen Sie sich Zeit. Am besten gehen Sie noch einmal in die Lounge und stellen die offene Flasche sicher, die dort auf der Theke steht. Roarke bringt einen Untersuchungsbeutel mit. Zuerst sprühen wir uns ein und fangen dann erst an. Ich habe den Todesfall bereits gemeldet und ein paar Beamte herbestellt.«

»Okay.« Fluchtartig verließ die Partnerin den Poolbereich.

Ein mögliches Szenario, dachte Eve und schaute sich die Tote noch einmal an: Harris kommt herauf, weil sie rauchen, trinken und erst einmal Dampf ablassen will. Angetrunken rutscht sie mit den hochhackigen Schuhen aus und fällt kopfüber in den Pool, in dem sie jämmerlich ertrinkt. Ein blöder Unfall, weiter nichts.

Wäre das nicht schön?

»Vielleicht war es ein Unfall«, sagte sie, als Peabody wieder im Poolbereich erschien. »Sie hat zu viel getrunken und ist dann mit ihren mörderischen Schuhen ausgerutscht. Das Wasser ist nur einen knappen Meter tief, vielleicht ist sie einfach mit dem Schädel auf dem Boden aufgeprallt.«

»Sie hat bereits während des Abendessens jede Menge Rotwein in sich reingeschüttet.«

»Also könnte es tatsächlich so gewesen sein. Schauen Sie draußen nach, ob irgendetwas darauf hinweist, dass sie nicht allein hier oben war.«

»Meinetwegen, aber mir geht's wieder gut.«

»Umso besser«, meinte Eve und wandte sich an Roarke, der mit dem Untersuchungsset erschien. »Sprüh deine Hände und die Schuhe ein und sieh zu, ob du etwas findest.«

Sie nahm Roarke den Untersuchungsbeutel ab und sah ihn fragend an. »Wie läuft's unten im Haus?«

»McNab hat die Sache im Griff. Er hat erst einmal alle einschließlich des Personals im Wohnbereich versammelt, würde allerdings das Personal, wenn die Beamten da sind, wieder in die Küche schicken, wenn du damit einverstanden bist.«

»Das ist für mich okay.« Sie presste K.T.s Daumen auf den Fingerabdruckpad. »Der Fingerabdruck bestätigt, dass das Opfer K.T. Harris ist«, sprach sie auf Band. »Weiblich, weiß und mit ihren siebenundzwanzig zwei Jahre älter als Peabody.«

»Du suchst nach Unterschieden«, stellte Roarke fest.

»Dass sie tot ist, ist schon mal ein Riesenunterschied«, stellte sie achselzuckend fest. »Todeszeitpunkt dreiundzwanzig Uhr.« Sie blickte stirnrunzelnd auf ihre eigene Uhr. »Ich glaube, das war kurz nachdem die Filmvorführung angefangen hat. Ich weiß, dass vor und nach Beginn des Films Leute rausgegangen und reingekommen sind. Direkt nach der Vorführung haben wir uns kurz mit Roundtree unterhalten, aber dabei habe ich nicht auf die Uhr gesehen.«

Sie kniff die Augen zu und dachte an die Vorführung zurück. »Er hat uns ganz nach vorn gesetzt, und ich kann mich nicht daran erinnern, dass sie mir danach noch einmal aufgefallen ist.«

»Sie saß hinten. Das habe ich mitbekommen, weil ich darauf achten wollte, dass sie möglichst nicht noch einmal in unsere Nähe kommt.«

»Wir haben mit dem Rücken zu den anderen Zuschauern gesessen. Vielleicht hat sie ja den Kinosaal verlassen und ist aufs Dach gegangen, kurz nachdem die Vorführung begonnen hat. Ich sehe nirgends Blut.« Sie betastete mit ihren eingesprühten Händen K.T.s Kopf. »Da hinten fühlt es sich wie eine kleine Abschürfung und eine Beule an.«

Während sie nach ihrer Mikrobrille suchte, betrat Ian McNab den Poolbereich.

»Unten sind inzwischen vier Beamte, Lieutenant. Ich habe gesagt, sie sollen ...«

Er brach ab und wurde kreidebleich, als er den Blick über die Tote wandern ließ. »Oh Gott. Oh Gott.«

»Sie ist älter«, klärte Eve ihn nüchtern auf. »Ihre Unterlippe ist viel schmaler, ihre Augen sind ein bisschen runder, ihre Füße länger und nicht ganz so breit.«

»Was?«

»K.T. Harris, siebenundzwanzig Jahre alt, Schauspielerin.«

»Auf einem Tisch im Garten stehen ein paar Gläser, und es liegen Papierservietten herum«, erklärte Peabody, als sie den Raum betrat. »Ich habe sie schon einmal für die Spurensicherung markiert.«

»Dee.« McNab nahm eilig ihre Hand, und sie schrie leise auf. Wahrscheinlich hätte er ihr fast die Hand gebrochen, als er sie an seine Brust zog und die Nase tief in ihrem dunklen Haar vergrub.

»Was zum ... oh. Ich weiß. Für mich war's anfangs auch ein Riesenschreck. Aber es geht mir gut. Siehst du?« Sie kniff ihrem Liebsten fest ins Hinterteil, und unter den gegebenen Umständen tat Eve, als hätte sie es nicht gesehen.

»McNab, erstatten Sie Bericht.« Eve stand wieder auf und stellte sich noch einmal so, dass K.T.s Leiche hinter ihr verborgen war. »Detective McNab, erstatten Sie Bericht.«

»Ma'am.« Im blauen Licht des Poolbereichs sah er fast selbst wie eine Leiche aus.

»Augen zu mir«, fuhr Eve ihn an. »Augen zu mir, wenn ich mit Ihnen rede, erstatten Sie endlich Bericht.«

»Wir haben dem Personal – den Haushaltsangestellten und den Caterern – gesagt, dass sie erst einmal in der Küche warten sollen. Die anderen sind im Wohnbereich. Zur Bewachung jeder Gruppe wurden jeweils zwei Beamte abgestellt. Die Leute stellen jede Menge Fragen. Alle außer Cross. Der ist immer noch bewusstlos, und ich hielt es für das Beste, ihn erst einmal nicht zu wecken, außer, wenn Sie sagen, dass Sie mit ihm sprechen wollen.«

»Okay. Gehen Sie wieder runter, und schicken Sie einen der

Beamten aus der Küche rauf, damit er den Poolbereich bewacht. Sie ersetzen ihn und nehmen schon mal die Namen, die Adressen und die Aussagen des Hauspersonals und der Angestellten vom Partyservice auf. Wie viele sind das überhaupt?«

»Heute Abend haben drei von Roundtrees Angestellten Dienst, und der Caterer hat zehn Leute geschickt.«

»Okay. Peabody, Sie helfen ihm. Wie steht's mit der Security im Dachgarten?«

»Ich habe Roundtree gefragt. Es gibt hier oben keine Kameras. Sie haben welche an der Tür, aber im Haus und auf dem Dach ist nichts.«

»Das ist natürlich schade. Trotzdem sehen wir uns die Aufnahmen der Kamera am Eingang an, um auszuschließen, dass dort jemand Unbefugtes eingedrungen ist. Für die Befragungen der Gastgeber und Gäste nehmen wir das Esszimmer. Wir knöpfen sie uns einzeln vor und nehmen als Ersten Matthew Zank. Fangen Sie schon mal an, ich komme sofort nach.«

Eve wartete, bis sie verschwunden waren und Peabody die Hand in die des Liebsten schob, dann meinte sie an Roarke gewandt: »Das wird bestimmt kein leichter Fall.«

»Ach nein?«

»Natürlich kann ich noch nicht ausschließen, dass es ein Unfall war. Abgesehen davon, dass der Absatz ihres linken Schuhs, den sie noch trägt, mehrere Kratzer hat. Und dass sie eine leichte Abschürfung an ihrem rechten Jochbein hat.«

»Du denkst, man hat sie bis zum Pool geschleift?«

»Ich halte es für möglich, dass man sie zum Pool geschleift und dann ins Wasser hat fallen lassen. Vielleicht ist sie auch gestolpert und hat sich die Wange dabei aufgeschürft.«

»Aber du glaubst nicht, dass es so war«, bemerkte Roarke.

»Nein, für mich sieht es so aus, als ob sie geschleift wurde. Für mich sieht es so aus, als wäre sie mit dem Gesicht beim Sturz ins Wasser gegen den gefliesten Beckenrand geprallt. Aber selbst wenn es ein Unfall war, haben wir eine Leiche, die Peabody geradezu erschreckend ähnlich sieht, eine Journalistin sowie jede

Menge Schauspieler im Haus, und ich bin mir sicher, dass diese Geschichte für die Medien ein gefundenes Fressen wird.«

»Und der Star der Show ist die Ermittlungsleiterin.«

Sie schüttelte den Kopf und blickte wieder auf die tote Frau neben dem Pool. »Ich würde sagen, dass K.T. die Hauptrolle in diesem Stück ergattert hat.«

Unten angekommen, bat sie Roarke, sich kurz die Aufnahmen der Überwachungskamera neben der Haustür anzusehen, und ging selber in den Wohnbereich.

Sofort sprachen alle durcheinander, und mit lauter Stimme herrschte sie die Leute an: »Ruhe. Setzen Sie sich wieder hin. Ich kann Ihnen erst einmal keine Antworten auf Ihre Fragen geben, also können Sie sich die Spucke auch sparen. Das Einzige, was Sie von mir erfahren werden, ist, dass K.T. Harris tot ist.«

»Oh, mein Gott.« Die Hausherrin warf sich die Hände vors Gesicht.

»Solange unser Pathologe sie nicht untersucht hat, ist das alles, was ich dazu sagen kann. Und jetzt werde ich Sie alle einzeln sprechen.«

Andrea kippte einen Schnaps hinunter und bedachte Eve mit einem interessierten Blick. »Das heißt also, dass wir verdächtig sind.«

»Ich werde mit Ihnen allen reden«, wiederholte Eve. »Dr. Mira, hätten Sie vielleicht kurz Zeit für mich?«

»Natürlich.«

Mira, die mit ihrem Mann auf einem Sofa saß, stand auf und folgte ihr.

»Wie schätzen Sie die Reaktionen der anderen ein?«

»Wurde sie ermordet?«

»Das kann ich nicht sagen. Wirklich nicht. Vielleicht war es ein Unfall, aber unter Umständen auch nicht. Solange wir nicht wissen, was passiert ist, gehen wir allen Möglichkeiten nach. Also, was für einen Eindruck haben Sie von dem Trupp im Wohnbereich?«

»Sie sind einzeln und als Gruppe durcheinander und nervös. Connie hat es bisher geschafft, weiter die Rolle der Gastgeberin zu spielen, nachdem Roundtree sie und alle anderen halbwegs davon überzeugen konnte, dass Harris genau wie Julian einfach weggetreten war. Der Produzent und die PR-Frau haben eine Zeitlang die Köpfe zusammengesteckt. Wobei er genau wie einige der anderen alles andere als glücklich über die Beschlagnahmung sämtlicher Handys war. Aber niemand hat McNab deswegen irgendwelche Scherereien gemacht. Matthew und Marlo waren am erschüttertsten, was jedoch, nachdem sie sie gefunden haben, wohl kaum anders zu erwarten war.«

»Vielleicht könnten Sie bei den Vernehmungen zumindest anfänglich dabei sein.«

»Wenn Sie denken, dass ich Ihnen helfen kann.«

»Es ist eine seltsame, verfahrene Situation, und als Seelenklempnerin sind Sie auf so etwas spezialisiert, nicht wahr?«

Die Anspannung in Miras Miene löste sich in schallendem Gelächter auf. »Da haben Sie wahrscheinlich recht.«

4

Sie fing mit Matthew an und bat ihn an den Tisch im Esszimmer, von dem sie ein paar Stunden vorher nach einer zum größten Teil entspannten Mahlzeit aufgestanden waren. Statt mit Schüsseln und mit Tellern war der Tisch jetzt mit Kerzen und mit einem Tafelaufsatz voller weißer Lilien geschmückt, und Matthew saß statt in dem schicken Anzug in legerer Jogginghose und in einem grauen T-Shirt da.

»Connie hat mir was zum Wechseln überlassen. Sie haben ein Fitnessstudio hier im Haus, deshalb hält sie für Gäste immer Sportkleidung bereit. McNab hat mir erlaubt, mich umzuziehen. Meine eigenen Kleider und die von Marlo waren nass. Weshalb sie sich inzwischen auch umgezogen hat.«

»Kein Problem. Zur Sicherheit möchte ich unsere Unterhaltung aufnehmen und Sie über Ihre Rechte aufklären, wenn das für Sie in Ordnung ist.«

»Ist schon eine ganze Weile her.«

»Wie bitte?«

»Ich wurde mal mit siebzehn wegen Alkoholkonsums und Erregung öffentlichen Ärgernisses festgenommen. Auf einer dieser Partys, die man in dem Alter feiert, wenn die eigenen Eltern oder die von einem Kumpel nicht zu Hause sind. Wir waren zu laut, entsetzlich dämlich, und als irgendwann die Cops geklingelt haben, habe ich die Klappe so weit aufgerissen, dass der Richter mich zu einer Geldbuße von 1000 Dollar, einem Seminar über die Gefahren des Alkoholkonsums und drei Monaten gemeinnützigem Dienst verdonnert hat. Obendrein haben meine alten Herrschaften mir drei Monate lang verboten, nach der Schule noch mit meinen Freunden wegzugehen.« Er seufzte.

»Tut mir leid.« Er fuhr sich mit den Handballen durchs Gesicht. »Das ist Ihnen scheißegal, nicht wahr? Ich habe vorher noch nie einen Toten gesehen. Im Film war ich schon selber tot, habe andere Leute umgebracht, und meine Schwester lag in meinen Armen, als sie starb. Also sollte man doch meinen, dass ich weiß, wie so was ist, aber ich wusste es eindeutig nicht. Denn egal, wie gut sie einen stylen, wie gut die Beleuchtung, die Kulisse und die Perspektive sind, ist es in Wirklichkeit was völlig anderes.«

Er atmete stockend ein und aus. »Sie war so weiß. Und ihre Augen.«

»Möchten Sie etwas trinken, Matthew? Wasser oder Tee?«

Er sah Mira dankbar an. »Könnte ich wohl einen Tee bekommen? Wäre das okay?«

Auf Eves Nicken stand die Psychologin wieder auf. »Ich werde mich darum kümmern.«

»Mir wird einfach nicht mehr warm. Das Wasser im Pool war ziemlich kalt. Und die ... tut mir leid.«

»Sollte Ihnen etwas leidtun?«

»Ich bin total durcheinander. Bisher habe ich mir immer eingebildet, ich würde in Krisen einen kühlen Kopf bewahren, aber das ist offenkundig nicht der Fall.«

»Schon gut.« Sie drückte auf den Knopf des Aufnahmegeräts und klärte Matthew über seine Rechte auf. »Haben Sie verstanden, Matthew? Haben Sie verstanden, welche Rechte und Pflichten Sie mir gegenüber haben?«

»Ja, natürlich.«

»Warum waren Sie und Marlo oben auf dem Dach?«

»Wir wollten etwas frische Luft schnappen und einfach ein paar Minuten ohne all die anderen Leute abhängen.«

»Und was ist dann passiert?«

»Ihre Füße taten weh. Marlo meinte, ihr täten die Füße weh, also habe ich gesagt, sie sollte ihre Schuhe ausziehen und sie im Wasser abkühlen. Wir wollten uns zusammen an den Rand des Beckens setzen und haben auf dem Weg zum Pool über die Vorführung gelacht. Erst haben wir gar nicht bemerkt, dass sie dort lag. Wahrscheinlich waren es nur ein paar Sekunden.«

Mira kam zurück, stellte ein Tablett mit einer bauchigen Teekanne und ein paar Tassen auf den Tisch und fragte Eve: »Kaffee?«

»Danke. Was ist dann passiert?«

»Marlo hat geschrien. Ich glaube, sie hat sie zuerst gesehen und geschrien. Ich habe gar nicht nachgedacht. Ich bin einfach reingesprungen. Habe überhaupt nicht nachgedacht. Sie trieb mit dem Gesicht nach unten auf dem Wasser, und ich – wir haben sie rausgeholt.«

»Heißt das, dass auch Marlo in den Pool gesprungen ist?«

»Nein. Nein.« Er trank den ersten vorsichtigen Schluck von seinem Tee. »Ich habe K.T. an den Rand geschleppt, und Marlo hat mir geholfen, sie herauszuziehen. Sie war furchtbar schwer. Dann habe ich versucht, sie wiederzubeleben. Ich war auf der Highschool und am College bei den Rettungsschwimmern, deshalb weiß ich, wie man das macht, aber sie war schon tot. Ich konnte sie nicht mehr zurückholen. Marlo hat mir geholfen und geweint, aber wir konnten nichts mehr für sie tun. Also sind wir losgerannt, um Sie zu holen. Wir hätten gleich vom Dach aus einen Krankenwagen rufen sollen. Stattdessen sind wir wieder runtergerannt und haben Sie geholt.«

»Haben Sie sonst noch jemanden auf dem Dach oder auf dem Weg dorthin oder zurück ins Haus gesehen?«

»Nein. Nun, wir haben Julian auf dem Sofa liegen sehen, und Andi kam von der Toilette neben dem Foyer. Dann sind wir in den Lift gestiegen und aufs Dach gefahren.«

»Fällt Ihnen jemand ein, der K.T. womöglich etwas hätte antun wollen?«

»Oh Gott.« Er kniff die Augen zu und trank den nächsten Schluck von seinem Tee. »Sie war häufig ziemlich schwierig, und wenn sie was getrunken hatte, kam man noch schlechter mit ihr aus. Falls es irgendwelche Spannungen am Set gibt, ist normalerweise sie der Grund dafür, denn wir anderen kommen prima miteinander aus. Aber nein, keiner von uns hätte ihr so etwas antun wollen. Vor allem hatte sie die meisten Szenen abgedreht, wir hätten also sowieso kaum noch etwas mit ihr zu tun gehabt. Wir hätten sie nur noch ertragen müssen, bis die Termine mit der Presse herum gewesen wären.«

»Hatten Sie persönlich ein Problem mit ihr?«

Er starrte unglücklich in seinen Tee. »Ich weiß nicht, wie ich Sie nennen soll.«

»Dallas reicht.«

»Dallas.« Er holte tief Luft. »Wir waren ein paarmal miteinander aus. Vor ein paar Monaten, bevor die Dreharbeiten angefangen hatten und bevor mir Roundtree diese Rolle angeboten hatte. Damals hat sie nichts getrunken, sie hat auch nichts getrunken, als man ihr die Rolle angeboten hat, aber trotzdem musste Roundtree ziemlich kämpfen, bis die Geldgeber mit der Besetzung einverstanden waren. Sie musste extra vorsprechen. Das hat ihr gar nicht in den Kram gepasst, aber sie hat ihre Sache wirklich gut gemacht – und dann hat sie ein gutes Wort bei Roundtree für mich eingelegt, damit ich den elektronischen Ermittler spielen darf. Eigentlich hatten sie für die Rolle jemand anderen vorgesehen, aber sie hat mir den Termin zum Vorsprechen verschafft, und es hat tatsächlich geklappt. Kurz danach haben wir uns getrennt.«

»Weil Sie die Rolle hatten?«

»Mir ist klar, dass es so wirkt. Und sie hat es auf alle Fälle so gesehen. Hat sich eingeredet, ich hätte sie nur benutzt, um einen Fuß bei Roundtree in die Tür zu kriegen.«

»Und das haben Sie nicht?«

»Okay.« Er massierte sich die Oberschenkel, legte dann aber die Hände auf den Tisch. »Anfangs war's mit ihr sehr lustig. Wir waren nur drei Wochen zusammen, und wir hatten dabei jede Menge Spaß. Wir haben auch zusammen für das Vorsprechen geprobt. Das war ebenfalls echt gut. Wir beide waren echt gut. Aber kaum, dass sie die Rolle hatte, fing sie an zu trinken. Sie hat regelrecht gesoffen, und, tja nun, sie wurde fürchterlich besitzergreifend und paranoid. Sie war regelrecht besessen.«

»Wie hat sich das geäußert?«

»Sie wollte immer wissen, wo ich bin. Wo ich bin, was ich mache und mit wem. Wenn sie mich nicht angerufen und mich nicht mit Textnachrichten bombardiert hat, ist sie einfach aufgetaucht, wo immer ich auch gerade war. Und wenn wir essen waren und ich die Kellnerinnen angelächelt habe, habe ich das ihrer Meinung nach getan, weil ich sie vögeln wollte, wenn nicht sogar schon was zwischen uns lief. Sie haben ja erlebt, wie sie vorhin beim Abendessen war. Genauso hat sie sich auch in der Öffentlichkeit aufgeführt.«

Er griff erneut nach seiner Tasse und drehte sie zwischen seinen Händen hin und her. »Es war oft unglaublich peinlich, und ich habe mich furchtbar darüber aufgeregt. Sie hat mir vorgeworfen, dass ich sie betrüge, belüge und benutze, wenn ich ihrer Meinung nach nicht aufmerksam genug war. Wie gesagt, wir waren nur ein paar Wochen zusammen, ohne dass es je was Ernstes war. Für mich war's das auf alle Fälle nicht, und ich dachte, dass sie es genauso sieht. Aber dann wurde es für sie mit einem Mal erschreckend ernst. Sie tauchte mitten in der Nacht vor meiner Wohnung auf, um zu sehen, ob ich mit jemand anderem zusammen bin. Dann begann sie, auf mich loszugehen. Sie hat mich geschubst, geohrfeigt und mit irgendwelchem Zeug nach mir geworfen, also sagte ich zu ihr, es wäre aus. Die Dreharbeiten hatten noch nicht richtig angefangen, als sie plötzlich alles Mögliche unternommen hat, damit man mich durch jemand anderen ersetzt. Ich musste deshalb zu Roundtree gehen und ihm den ganzen Mist erklären. Er hat mich unterstützt und gesagt, es wäre nicht das erste Mal, dass sie sich so benimmt.«

»Dann war Ihre Zusammenarbeit doch sicher ziemlich schwierig.«

»Es heißt nicht umsonst Schauspielkunst«, klärte er sie mit einem schwachen Lächeln auf. »Wenn es einfach wäre, könnte jeder diese Arbeit tun. Aber wie dem auch sei, ließ sie mich dann erst einmal in Ruhe, als wäre nie etwas geschehen. Was für mich in Ordnung war. Was die Arbeit angeht, funktionierte es durchaus. Jeder konnte sehen, dass das Projekt etwas ganz Besonderes war. Aber dann fing sie vor kurzem wieder an. Vielleicht, weil die Dreharbeiten fast beendet waren. Erst letzte Woche hat sie meinen Wohnwagen verwüstet. Ich weiß ganz genau, dass sie es war. Sie hat Sachen kaputtgemacht und meine Kleider zerfetzt. Ich musste anfangen, ihn abzuschließen, wenn ich bei den Dreharbeiten war. Wir haben keine Szenen mehr zusammen«, fügte er hinzu und zuckte zusammen. »Ich meine, bevor das passiert ist, hatten wir schon alle gemeinsamen Szenen abgedreht.«

Er machte eine kurze Pause und starrte in seine leere Tasse. »Die Arbeit, die wir abgeliefert haben, ist echt gut. Trotz all dieser Dinge waren wir vor der Kamera echt gut.«

»Okay, Matthew. Das ist erst mal alles. Wenn Sie Marlo zu mir bitten würden, können Sie jetzt gehen.«

»Nach Hause, meinen Sie?«

»Erst mal, ja.«

»Ich würde lieber warten, bis ... Ist es okay, wenn ich noch etwas bei den anderen bleibe?«

»Das können Sie halten, wie Sie wollen, aber schicken Sie mir bitte Marlo, ja?«

Er stand auf und sah zwischen den beiden Frauen hin und her. »Danke für den Tee.«

Eve stellte den Rekorder wieder aus und schaute Mira fragend an. »Was halten Sie von ihm?«

»Er wirkte jünger als vorhin während des Essens. Er hat den Schock noch nicht verdaut und ist ziemlich zittrig. Offen und zugleich ein bisschen schuldbewusst. Er kann sich nicht entscheiden, ob er sie benutzt hat oder nicht, um an diese Rolle zu gelangen, aber er weiß, dass sie es so gesehen hat, weshalb er sich schuldig fühlt. Ich gehe davon aus, dass er versucht hat, möglichst nicht darüber nachzudenken, aber jetzt geht sie ihm plötzlich nicht mehr aus dem Kopf, weil er sie gefunden hat.«

Eve stellte den Rekorder wieder an, als Marlo Durn erschien. Sie trug ein Tanktop über einer schwarzen Yogahose und war völlig ungeschminkt. »Ich habe mir bereits gedacht, dass ich die Nächste bin.«

»Ich muss diese Vernehmung aufnehmen«, begann Eve und klärte Marlo, die ihr mit im Schoß verschränkten Händen und weit aufgerissenen Augen gegenübersaß, mit ruhiger Stimme über ihre Rechte auf.

»Warum waren Sie und Matthew auf dem Dach?«

Mit kleineren Variationen wiederholte Marlo die Geschichte, die bereits von Matthew angeboten worden war.

»Es war so ein wunderbarer Abend, wenn auch etwas kühl. Im Poolbereich ein bisschen wärmer, aber immer noch ein wenig kühl. Dann war es plötzlich furchtbar kalt, nachdem Matthew sie herausgezogen hatte. Ich dachte, sie würde jeden Moment wieder anfangen zu atmen. Würde husten, Wasser spucken und die Augen öffnen. Doch das hat sie nicht getan. Er hat alles versucht, damit sie wieder atmet, doch das hat sie nicht getan.« Sie hielt kurz inne.

»Es war ein Unfall, oder? Ich habe das zerbrochene Glas gesehen. Sie muss ausgerutscht und in den Pool gefallen sein. Hat sie sich den Kopf gestoßen? Schließlich hatte sie sehr viel getrunken.«

»Das können wir noch nicht sagen.«

»So muss es gewesen sein. Niemand hier würde ... Wir sind keine Mörder.« Ihre Augen, die dieselbe Farbe hatten wie die ihres Gegenübers, blitzten auf.

»Sie haben die Szene vorhin beim Essen miterlebt, es hätte also keinen Sinn, so zu tun, als ob wir Freundinnen gewesen wären. Sie hatte keine Freunde. Konkurrenten, Aktivposten, Besitztümer, doch keine Freunde. Trotzdem hätte niemand hier sie umgebracht. Wir lügen, wenn wir sagen, dass wir keinen Sinn fürs Drama haben. Es ist unser Lebenselixier. Aber nicht auf diese Art.«

»Hatten Sie persönlich ein Problem mit ihr?«

»Nicht nur eins.«

Eve runzelte die Stirn, denn mit derselben Ungeduld wie sie schob Marlo sich die Haare aus der Stirn.

»Zum Beispiel hat sie mich gehasst.«

»Gab es dafür einen speziellen Grund?«

»Nicht nur einen«, wiederholte sie. »Zum Beispiel, weil ich für den Oscar nominiert war. Zwar habe ich ihn nicht gewonnen, doch ich wurde nominiert, und das hat sie total gefuchst. Sie hat mir deutlich zu verstehen gegeben, dass ich diese Rolle nie bekommen hätte, hätte ich nicht ein Verhältnis mit dem Drehbuchautor gehabt. Wir waren tatsächlich mal zusammen, aber lange, ehe er das Drehbuch zu dem Film geschrieben hat. Trotzdem waren wir mal zusammen, und da wir bis heute gute Freunde sind, konnte sich K.T. einfach nicht vorstellen, dass ich diese Rolle tatsächlich bekommen habe, ohne noch einmal mit ihm ins Bett zu gehen. Außerdem hat sie mir vorgeworfen, dass ich bei dem Projekt versuche, permanent im Mittelpunkt zu stehen, Roundtree dazu überreden will, ihre Rolle zu verkleinern und so weiter und so fort. Erst heute Abend, vor der Vorführung im Kinosaal, hat sie sich noch einmal vor mir aufgebaut und wollte von mir wissen, was für ein Gefühl es für mich wäre, wenn die Medien Wind davon bekämen, dass ich Roundtree, Matthew und auch Julian regelmäßig einen blase. Sie meinte, Connie wüsste ganz genau Bescheid, und Nadine würde in ihrer nächsten Sendung einen Beitrag dazu bringen, dass ich bisher jede Rolle nur bekommen habe, weil ich eine so hervorragende Schwanzlutscherin bin.«

»Wie haben Sie darauf reagiert?«

»Ich habe ihr gesagt, dass sie sich selber ficken soll. Der letzte Satz, den ich zu ihr gesagt habe, war: ›Fick dich doch, K.T., denn schließlich hat sonst niemand Lust dazu.‹« Sie kniff die Augen zu. »Oh Gott.«

»Hätte das jemand zu mir gesagt, hätte ich ihm mindestens eine dafür verpasst.« Eve seufzte.

»In meiner momentanen Rolle hätte ich das vielleicht auch

gemacht.« Sie atmete geräuschvoll aus und starrte Eve aus unglücklichen Augen an. »Aber ich nehme an, dann würde ich mich noch elender fühlen als jetzt.«

»Okay, das wär erst einmal alles. Sie können nach Hause fahren. Aber sagen Sie, bevor Sie gehen, bitte noch Connie, dass sie rüberkommen soll.«

»Das war's?«

»Fürs Erste, ja.«

»Werden Sie uns sagen, wenn Sie wissen, was passiert ist?«

»Ja, wir bleiben in Kontakt.«

Marlo stand auf und wandte sich zum Gehen. »Wir sind alle verdächtig, stimmt's?«

»Sie haben für Ihre Rolle gründlich recherchiert. Was glauben Sie?«

»Dass Sie denken, dass K.T. ermordet worden ist und dass es einer aus der Filmcrew war.« Marlo erschauerte. »Ich warte die ganze Zeit darauf, dass jemand ›Klappe‹ ruft.«

»Es macht ihr zu schaffen, dass das Letzte, was sie zu der toten Frau gesagt hat, etwas so Hässliches war«, stellte die Psychologin fest. »Sie konnte sie nicht leiden, aber gleichzeitig hatte sie das Gefühl, dass sie über die tote Frau erhaben war. Sie fand sie primitiv und jämmerlich und genauso hässlich wie den letzten Satz, den sie bei ihrem Streit mit ihr geäußert hat.«

»Aber K.T. hätte ihrem Ruf gefährlich werden können.«

»Sie glauben doch nicht ernsthaft, dass Marlo Verhältnisse mit Roundtree, Julian und Matthew hat?«

»Nicht mit Julian oder Roundtree, aber zwischen ihr und Matthew läuft auf jeden Fall etwas.«

Mira lehnte sich auf ihrem Stuhl zurück und fragte überrascht: »Ach ja? Ich hatte bisher nicht den Eindruck, dass sie mehr als gute Freunde sind.«

»Sie schauspielern auch wirklich gut. Was die Ermittlungen in diesem Fall wahrscheinlich ziemlich schwierig macht. Sie sind alle gute Schauspieler. Sie und Matthew wollen nicht, dass irgendwer erfährt, dass etwas zwischen ihnen läuft. Aber ich kann mir nicht vorstellen, dass zwei Leute klammheimlich das Fest, die Getränke, das Gelächter und den allgemeinen Spaß verlassen, um die Füße in den Pool zu hängen, wenn sie nicht allein sein wollen. Und statt nach der Vernehmung sofort heimzufahren, wartet Matthew hier auf sie.«

Sie trommelte mit ihren Fingern auf dem Tisch herum. »Vielleicht irre ich mich auch. Aber die Art, wie er davon gesprochen hat, dass sie geweint und ihm geholfen hat, und wie sie erzählt hat, dass er alles unternommen hat, um K.T. wiederzubeleben ...«

»... deutet darauf hin, dass sie sich lieben«, führte Mira ihre Überlegung aus. »Und dass sie den jeweils anderen als Helden ansehen.«

»Möglich.« Eve griff abermals nach dem Rekorder, als die nächste Frau den Raum betrat.

»Bevor wir anfangen – kann ich Ihnen noch irgendetwas bringen?«

»Danke, nein.«

»Dürfte ich Sie fragen, ob ich dann den anderen noch Kaffee und vielleicht eine Kleinigkeit zu essen bringen lassen kann? Die Warterei fällt allen furchtbar schwer.«

»Na klar.«

Mira stand auf und legte eine Hand auf Connies Arm. »Lassen Sie mich das machen, Connie. Setzen Sie sich erst einmal.«

»Ich weiß nicht, was ich machen soll«, wandte Connie sich an Eve.

»Ich werde Ihnen ein paar Fragen stellen und mich dabei so kurz wie möglich fassen. Der Ordnung halber schneide ich alle Gespräche mit und kläre jeden, den ich spreche, über seine Rechte auf.«

Die Anspannung war Connie deutlich anzusehen. Sie nickte stumm, legte die Hände auf den Tisch und verschränkte und löste ihre Finger ein ums andere Mal.

»Warum erzählen Sie mir nicht, was zwischen Ihnen und K.T. gelaufen ist, als Sie sie nach dem Essen mitgenommen haben?«

»Ich habe ihr deutlich zu verstehen gegeben, dass sie ihre Zunge hüten und sich hier in meinem Haus benehmen soll. Wenn sie noch einmal in einem solchen Ton mit einem meiner Gäste sprechen würde, würde ich sie rauswerfen, habe ich gedroht, und dann wäre sie nie wieder in diesem Haus willkommen.«

Unglücklich wandte sie sich ab. »Aber meine Drohungen haben nicht gefruchtet.«

»Wie ging es denn weiter?«

»Sie hat sich rundheraus geweigert, sich bei Ihnen und den anderen zu entschuldigen, da bin ich ausgeflippt. Ich war derart wütend und beschämt wegen ihres schändlichen Verhaltens, dass ich ihr erklärt habe, ich würde dafür sorgen, dass sie nie wieder für meinen Mann oder für jemand anderen, auf den ich Einfluss nehmen kann, arbeiten wird. Dann habe ich noch hinzugefügt, ihr wäre doch hoffentlich klar, wie groß mein Einfluss in der Branche ist.«

Erschaudernd wischte sie sich eine Träne fort. »Und ich hätte es tatsächlich durchgezogen. Hätte wirklich ernst gemacht.«

»Wie hat sie das aufgenommen?«

»Anfangs alles andere als gut. Sie ist ausgerastet, hat mich angebrüllt, sie wäre es endgültig leid, dass man ihr vorschreibt, was sie tun und lassen soll. Sie hätte selbst viel zu sagen, und sie würde sich von keinem Menschen daran hindern lassen, das zu tun. Dann hat sie mir erzählt, dass sich Mason in den Drehpausen öfter einen von Marlo blasen lässt.«

»Haben Sie ihr das geglaubt?«

»K.T. ist eine talentierte Schauspielerin, egal, ob sie betrunken oder nüchtern ist«, fing Connie an. »Nüchtern ist sie als Mensch erträglich und kann sogar durchaus unterhaltsam sein. Betrunken ist sie boshaft, unverschämt und neigt mitunter zu Gewalt. Das haben diverse Agenten, Manager, PR-Leute und Produzenten weitestgehend vertuscht, weshalb das Publikum nur einen Teil der wahren K.T. Harris kennt.«

»War das jetzt eine Antwort?«

»Nur der erste Teil. Nein, ich habe den Anschuldigungen, die sie in angetrunkenem Zustand verbreitet hat, nicht geglaubt. Mein Mann betrügt mich nicht und lässt sich sicher nicht dazu herab, sich am Set von einer Darstellerin eines Films, bei dem er die Regie führt, einen blasen zu lassen. Dazu kommt noch, dass Marlo niemals so tief sinken würde, so etwas zu tun. Dafür achtet sie sich selbst, mich und Mason viel zu sehr.« Sie stockte.

»Der zweite Teil der Antwort ist, dass ich und Mason schon seit einer Ewigkeit zusammen sind. Wir haben eine Übereinkunft. Falls einer den anderen eines Tages nicht mehr liebt, gehen wir ganz ehrlich damit um. Falls einer von uns beiden einfach nur mal eine Pause von dem anderen braucht, bekommt er die. Aber falls einer von uns den anderen betrügt, ist es vorbei. Dann gibt es keine zweite Chance mehr.«

»Klingt nach einer guten Politik.«

»Die bei uns bisher ganz ausgezeichnet funktioniert.«

»Und was hatte K.T. für ein Problem mit Marlo? Es ist offensichtlich, dass sie ihr nicht grün gewesen ist.«

»Nach dieser hässlichen Bemerkung, die K.T. beim Essen hat fallen lassen, dürfte das jedem klar gewesen sein. Wollen Sie wissen, was der Hauptgrund war?« Connie blickte sie aus inzwischen wieder trocknen Augen an. »Sie war eifersüchtig und hat Marlo aus vielen Gründen nicht gemocht. Wegen ihres Aussehens, ihres Talents, ihres Charmes und weil sie im Gegensatz zu ihr nicht nur bei den Fans, sondern auch oder vor allem bei Kollegen und bei vielen anderen in der Filmbranche beliebt und äußerst angesehen ist. Ich glaube, K.T. hat Ihnen die verbale Ohrfeige verpasst, weil Marlo Sie in diesem Film verkörpert und sie Ihnen deswegen genauso feindselig gesonnen ist – nein, war – wie ihr. Entschuldigung, ich komme mit den Zeiten irgendwie nicht klar.«

Sie machte eine Pause und hob eine Hand an ihren Mund. »Vergangenheit und Gegenwart geraten bei mir völlig durcheinander. Ich weiß nicht, wie ich mit dieser Geschichte umgehen soll.«

»Sie machen Ihre Sache gut.« Während Eve sie weiter durch den Abend führte, kehrte Mira an den Tisch zurück und stellte Connie eine Tasse Kaffee hin.

»Gott. Danke.«

»Ihr Mann hat noch ein Schlückchen Brandy beigesteuert.«

»Er kennt mich eben gut.«

»Haben Sie gesehen, wie K.T. den Kinosaal verlassen hat?«, erkundigte sich Eve, »oder dass jemand anderes während der Vorführung gegangen ist?«

»Ich hatte den Film bereits gesehen, also habe ich mich selbst kurz hinausgeschlichen, um mit den Caterern zu sprechen. Ich war in der Küche.« Connie trank den ersten Schluck Kaffee und runzelte die Stirn. »Kurz vor Ende kam ich wieder rein und bin ans Büfett gegangen, um zu sehen, ob dort etwas fehlt. Ich habe nicht bemerkt, dass sonst jemand gegangen oder wieder reingekommen ist.«

»Was war, als die Lichter wieder angingen? Waren da alle anwesend?«

»K.T. war weg. Das weiß ich deshalb so genau, weil ich sie nicht mehr aus den Augen lassen wollte, damit es nicht noch mal zu einer Szene kommt. Sie hatte zu viel getrunken, ich wollte sie nach der Vorführung so schnell wie möglich in ein Taxi verfrachten, aber sie war nicht mehr da.«

»Hat sonst noch wer gefehlt?«

»Ich bin mir nicht sicher. Ich habe im Grunde nur auf sie geachtet, wegen der Geschehnisse bei Tisch und weil sie furchtbar wütend war. Ich wollte um jeden Preis verhindern, dass sie noch einmal eine Szene macht. Ich wollte gerade losgehen, um zu sehen, ob sie heimgefahren war oder sich immer noch im Haus aufhielt, als Valerie mich aufgehalten hat. Sie wollte eine Liste der Desserts für eine Story, die sie über den Abend veröffentlichen will. Dann kam Nadine dazu, wir fingen an zu reden, und ich habe nicht mehr daran gedacht zu schauen, wohin K.T. verschwunden war.«

Eve entdeckte Roarke und gab ihm ein verstohlenes Signal hereinzukommen.

»Tut mir leid, wenn ich störe.«

»Schon gut. Wir sind erst einmal fertig, Connie. Ich werde gleich jemanden schicken, der den Nächsten holt.«

»Der Pathologe und die Spurensicherung sind da«, erklärte Roarke, nachdem Connie gegangen war. »Sie sind gleich aufs Dach hinaufgegangen.«

»Lass mich hier erst einmal weitermachen, ja? Sag Peabody, dass sie in einem anderen Raum mit Roundtree, Dennis Mira und dieser PR-Frau sprechen soll. Dann bleiben mir Andrea Smythe, der Arsch von Produzent und Nadine. Julian übernehmen wir am Schluss gemeinsam. Verpassen Sie ihm, kurz bevor wir mit den anderen durch sind, eine Ausnüchterungstablette«, wandte sie sich Mira zu. »Es hat schließlich keinen Sinn, mit ihm zu reden, während er noch sturzbetrunken ist.«

»Sie war eine blöde Fotze.« Andrea war bereits hellwach, hob aber trotzdem eine Kaffeetasse an den Mund. »Das ist eine Bezeichnung, die ich für besonders widerliche Leute beiderlei Geschlechts verwende, und ich kann Ihnen versichern, dass sie eine erstklassige blöde Fotze war. Ich konnte sie in der Rolle nicht leiden, weil ich Peabody im Buch und, seit ich ihr begegnet bin, auch in natura wirklich reizend finde. K.T. hatte einfach an allem etwas auszusetzen, nicht mal Wasser war ihr nass genug.«

Sie legte eine kurze Pause ein und stellte lächelnd fest: »Das ist unter den Umständen ein wenig glücklicher Vergleich.« Sie warf den Kopf zurück und brach in lautes Lachen aus. »Aber es schert mich einen warzigen Rattenarsch, dass sie nicht mehr am Leben ist. Denn das bedeutet für mich nur, dass sie eine tote, blöde Fotze ist.«

»Sie haben eine ziemlich krasse Meinung.«

»Die einzige, die zu ihr passt. Erst gestern habe ich ihr angedroht, einen Stock in ihren fetten Arsch zu rammen und ihn anzuzünden. Oder vielleicht war das auch schon vorgestern. Das weiß ich nicht mehr so genau, weil kaum ein Tag vergangen ist, an dem ich ihr nicht mit einer rostigen Schaufel die Fresse hätte polieren und sie anschließend mit bloßer Hand hätte erwürgen wollen.«

Sie trank den nächsten Schluck Kaffee und lächelte Eve über den Rand der Tasse hinweg an. »Weswegen sie mir meistens aus dem Weg gegangen ist.«

»Davon bin ich überzeugt.«

»Ich habe nichts dagegen, unter Mordverdacht zu stehen, wenn das Opfer eine blöde Tusse ist, die statt eines Hirns lauter gequirlte Scheiße in der Birne hatte, aber wenn ich sie getötet hätte, wäre dabei jede Menge Blut gespritzt, und vor allem hätte es mir viel zu großen Spaß gemacht, um damit nicht hausieren zu gehen.«

Eve glaubte ihr zumindest vorläufig und ließ sie gehen.

Kaum war Joel Steinburger hereinmarschiert, übernahm er die Kontrolle über das Gespräch.

»Wir müssen ein paar Dinge klären.«

»Ach ja?«

»Es darf nichts von der Geschichte an die Medien dringen, ohne dass es von mir, von Valerie oder von einem meiner Leute freigegeben worden ist. Wir müssen diese Sache vorsichtig angehen. Ich brauche mein Handy, denn in einer solchen Situation ist der Kontakt zu meinen Leuten wichtiger denn je. Außerdem muss jeder hier im Haus – das Personal, die Polizei und alle Gäste – eine Verschwiegenheitserklärung unterzeichnen. Wir können nicht riskieren, dass einer der Kellner irgendeine verdrehte Version der Vorfälle an die Boulevardblätter verkauft oder ein unterbezahlter Cop versucht, mit einer Videoaufnahme der toten Frau neben dem Pool ein bisschen Kohle nebenher zu machen. Man sagte mir, Sie hätten vor, sie ins Leichenschauhaus zu verfrachten. Was natürlich völlig ausgeschlossen ist.«

»Ach ja?«

»Ich kann ihre Unterbringung bei einem privaten Bestattungsunternehmen und ihre Untersuchung durch einen privaten Pathologen arrangieren. Meine Güte, wissen Sie, wie viel eine dieser Internet-Nachrichtenagenturen für ein Bild von K.T. Harris zahlen würde, wenn sie nackt auf einem Tisch im Leichenschauhaus liegt?«

»Sonst noch was?«

»Auf jeden Fall. Ich brauche ...«

»Was Sie brauchen, wird erst einmal warten müssen, denn Sie haben das Recht zu schweigen, und ich schlage vor, dass Sie, verdammt noch mal, genau das tun, denn jetzt kläre ich Sie erst einmal über Ihre anderen Rechte und vor allem Ihre Pflichten auf.«

»Wovon reden Sie?« Er wirkte ehrlich überrascht.

»Wovon redet sie?«, wandte er sich Mira zu.

»Joel«, fing Mira an, während Eve mit der vertrauten Litanei begann. »Holen Sie erst einmal Luft und nehmen Sie sich etwas Zeit, damit Lieutenant Dallas ihre Arbeit machen kann.«

»*Ich* muss *meine* Arbeit machen! Ich muss mich jetzt erst mal ganz auf diesen Vorfall konzentrieren und dafür sorgen, dass auf angemessene Weise damit umgegangen wird.«

»Haben Sie alles verstanden?«, fragte Eve.

»Sie werden mich nicht wie einen Kriminellen behandeln.« Er verschränkte seine Arme vor der Brust. »Ich will meinen Anwalt sprechen.«

»Meinetwegen. Rufen Sie ihn an. Dann fahren wir aufs Revier und warten, bis er kommt. Kein Problem.«

»Sie können nicht ...«

»Oh doch, ich kann.« Eve klatschte ihre Marke auf den Tisch. »Ich bin nämlich die, die hier das Sagen hat. Meine Dienstmarke und diese tote Frau dort oben auf dem Dach ermächtigen mich dazu. Entweder, Sie reden hier und jetzt mit mir, oder wir fahren aufs Revier und warten, bis Ihr Anwalt kommt. Sie haben die Wahl.«

»Mäßigen Sie Ihren Ton, wenn ich nicht mit Ihrem Vorgesetzten sprechen soll.«

»Commander Jack Whitney. Bitte sehr.«

Steinburger atmete vernehmlich aus, und die heiße Röte, die

ihm ins Gesicht gestiegen war, kühlte sich ein wenig ab. »Sie müssen verstehen, das hier ist mein Projekt, und dies sind meine Leute. Ich versuche einfach, mein Projekt und meine Leute vor Schaden zu bewahren.«

»Und ich versuche herauszufinden, warum eine Frau, die noch vor ein paar Stunden mit uns hier an diesem Tisch gegessen hat, mit dem Gesicht nach unten im Pool gelandet ist. Hier oder auf der Wache, Joel. Suchen Sie sich's aus.«

»Also gut. Okay. Was *wollen* Sie von mir? Keiner von uns hat K.T. etwas getan. Es ist ja wohl klar, dass es ein Unfall war. Ich will nicht, dass die Medien erfahren, dass sie betrunken war. Und will nicht, dass Roundtree und Connie leiden müssen, weil K.T. sich in ihrem Haus betrunken hat und unvorsichtig war.«

»Waren Sie heute Abend auf dem Dach?«

»Nein.«

»Hatten Sie ein Problem mit der Verstorbenen?«

»Nein.«

»Das kann nicht sein. Oder wollen Sie behaupten, Sie hätten als Einziger in diesem Haus kein Problem mit ihr gehabt?«

Er hob abwehrend die Hände in die Luft und stieß einen abgrundtiefen Seufzer aus. »Ich gebe zu, dass sie gelegentlich ein bisschen schwierig war. Sie war eben eine Künstlerin. In gewisser Hinsicht bleiben Schauspieler auch als Erwachsene Kinder, und K.T. konnte mitunter ein Problemkind sein. Aber wenn ich nicht sehr gut mit Menschen, mit dem kreativen Temperament von Künstlern und schwierigen Kindern umgehen könnte, stünde ich bestimmt nicht da, wo ich heute stehe.«

»Ich habe gehört, sie war gemein, wenn sie betrunken war.«

Wieder seufzte er. »Das ist die Art von Klatsch, die ich vermeiden will. Sie hat den Alkohol nicht gut vertragen und war ein sehr aufbrausender Mensch. Sie war nicht glücklich, aber ihre Arbeit hat sie gut gemacht. Ich möchte nicht, dass irgendwer ihr Andenken beschmutzt.«

»Hatten Sie auch manchmal Streit mit ihr?«

»Streit würde ich das nicht nennen. Wie gesagt, sie war nicht glücklich, und sie hat sich ein ums andere Mal über das Drehbuch, Mason und die anderen Stars bei mir beschwert. Aber so etwas bin ich bei Schauspielern gewohnt.«

»Und wie haben Sie auf die Beschwerden reagiert?«

»Wenn es möglich war, habe ich versucht, sie zu besänftigen, und wenn das nicht ging, wurde ich streng. K.T. war klar, dass es nicht gut für ihre Karriere wäre, wenn sie nicht kooperiert. Sie war wirklich gut, aber unersetzlich war sie nicht. Ich weiß, beim Essen hat sie ihren Frust an Ihnen ausgelassen. Was in höchstem Maße unhöflich und ganz bestimmt nicht angemessen war.«

Wieder warf er seine Hände in die Luft und hob entschuldigend die Schultern an. »Ich wollte morgen mit ihr über diese Sache reden und sie dazu bringen, eine Entziehungskur zu machen und vielleicht auch noch ein Antiaggressionstraining zu absolvieren. Wenn nicht ...«

»Wenn nicht?«

Joels zur Schau gestellte Gleichmut machte eiskalter Berechnung Platz. »Es gibt jede Menge ehrgeiziger, junger Schauspielerinnen, die auf einen Durchbruch hoffen, oder nicht? Ich habe grünes Licht, gleich nach dem Icove-Film ein weiteres Projekt zu starten, und sie hätte eine Rolle darin haben wollen. Ich hätte sie ebenfalls gewollt, doch wie gesagt, sie war nicht unersetzlich, das hätte ich ihr klipp und klar gesagt.«

Eve ließ ihn gehen und schaute Mira fragend an.

»Er nutzt die Position der Macht, in der er sich befindet, und er genießt, dass er die Strippen ziehen kann«, erklärte die Psychologin. »Er kannte ihren Marktwert, und er hätte kein Problem damit gehabt, sie eiskalt zu ersetzen, wenn dieser Wert gesunken wäre, oder ihr auf jeden Fall damit zu drohen.«

»Außerdem ist er aggressiv und leicht erregbar«, stimmte Eve Mira zu. »Wobei ich mich auch bei allen anderen frage, was sie wohl getan hätten, hätte das Opfer ihre Karrieren – also ihre Egos und vor allem ihre Konten – oder diesen Dreh durch irgendetwas in Gefahr gebracht.«

»Sie war eine wirklich unsympathische Person.«

»Da haben Sie recht. Aber selbst als Unsympath hat man es nicht verdient, dass man irgendwann auf einem Tisch im Leichenschauhaus liegt.«

»Hatte sie Familie?«

»Das habe ich bisher nicht überprüft. Sobald ich es herausgefunden habe, werde ich sie kontaktieren.«

»Was immer schwierig ist. Soll ich damit anfangen, Julian zu entgiften?«

Eve musste lächeln, weil die Wortwahl einfach typisch für die Psychologin war. »Ja. Und bis er wieder halbwegs nüchtern ist, rede ich noch mit Nadine. Vielen Dank für Ihre Hilfe. Sie und Mr. Mira wollen sicher langsam heim.«

»Oh nein. Wir beide finden die Geschichte äußerst interessant.«

»Er hat verschiedene Socken an.«

»Wie bitte?«

»Ihr Mann hat zwei verschiedene Socken an.«

»Verdammt.« Mira lachte verzweifelt auf. »Ich weiß, dass er nie darauf achtet, aber diesmal habe ich es übersehen.«

»Es ist ... süß«, erklärte Eve und zauberte ein Lächeln ins Gesicht der anderen Frau.

»Er ist immer fürchterlich zerstreut. Wenn ich nicht auf seine Kleidung achten würde, liefe er tagein, tagaus in einer ausgebeulten Strickjacke herum, er bohrt ständig mit den Zeigefingern Löcher in die Taschen seiner Hosen, verlegt dauernd seine Brieftasche und findet im Kühlschrank nie das, was er sucht. Aber immer, wenn man denkt, er hört einem nicht zu, gibt er genau die richtige Antwort oder findet die perfekte Lösung des Problems.« Damit stand Mira auf.

»Wenn man Perfektion bei einem Partner sucht, verpasst man jede Menge Spaß und merkt gar nicht, wie süß der andere ist. Ich werde jetzt nach Julian sehen. Soll ich Nadine sagen, dass sie kommen soll?«

»Ja, bitte.«

Eve dachte an Roarke, der in den Augen vieler Menschen sicher der perfekte Mensch und Ehepartner war. Sie aber kannte seine Schwächen, und genau deswegen hatte sie in ihrem Leben jede Menge Spaß mit ihrem süßen Mann.

Noch während sie dies dachte, trat besagter süßer Mann mit einem Jumbobecher Kaffee durch die Tür.

»Wo hast du den denn her? Mir hat man eine dieser kleinen Mädchentassen hingestellt.«

»Deshalb habe ich ja in der Küche nachgefragt, ob es auch ordentliche Becher gibt.«

Er stellte ihr den Becher hin, sie winkte ihn zu sich heran und gab ihm einen Kuss. »Du bist alles andere als perfekt.«

»Dann sieh mal zu, wer dir den nächsten großen Becher Kaffee bringt.«

»Du bist alles andere als perfekt, und deswegen bist du genau der Richtige für mich.«

»Das ist zweifellos wichtiger als Perfektion.«

»Worauf du deinen Arsch verwetten kannst.« Sie hob den Becher an den Mund und trank einen großen, lebensrettenden Schluck. »Willst du hierbleiben, wenn ich Nadine vernehme?«

»Wenn du deinen Kaffee mit mir teilst. Falls du ein Update willst – Peabody und McNab haben ihre Leute durch. Peabody wollte dich nicht stören und hat mich gebeten, dir zu sagen, dass sie noch einmal aufs Dach gegangen sind, um zu fragen, ob die Spurensicherung etwas ergeben hat. Die Leiche haben sie inzwischen weggebracht.«

»Ja, das hat mir einer von den Typen, die sie abgeholt haben, gesimst. Die Todesursache steht noch nicht fest. Sie müssen sie erst gründlich untersuchen, ehe sie mir sagen können, ob es nun ein Unfall oder Mord gewesen ist. Meiner Meinung nach scheidet ein Selbstmord aus, aber auch der kann erst endgültig ausgeschlossen werden, wenn wir wissen, wie genau sie umgekommen ist.«

Die Journalistin brachte ihren eigenen Kaffee mit und stellte einen Teller voller Plätzchen auf den Tisch. »Also, hören Sie …«

»Nein, Sie setzen sich und hören *mir* zu«, antwortete Eve und griff nach einem Keks, bevor die andere Frau aus lauter Ärger das Gebäck alleine aß. »Sie sind Zeugin eines ungeklärten Todesfalls. Ich muss Sie deswegen vernehmen, denn ich brauche Ihre Aussage fürs Protokoll.«

»Fürs Protokoll«, setzte Nadine mit dumpfer Stimme an. »Ich will mein gottverdammtes Handy und vor allem meinen Handcomputer wiederhaben. Sie haben nicht das Recht, mir …«

»Oh, vergessen Sie's.« Eve biss in den Keks, der alles andere als übel war. »Sie werden diese Sachen erst zurückbekommen, wenn ich die Erlaubnis dazu gebe, denn Sie werden ganz bestimmt nicht Ihren Produzenten, Ihre Redakteurin oder sonst wen kontaktieren, damit Channel 75 eine Sondersendung machen kann, nachdem K.T. Harris tot in Mason Roundtrees Pool getrieben ist.«

»Ich bin Journalistin, und es ist mein Job, genau so vorzugehen, wie Sie es beschrieben haben. Ich bin vor Ort und saß während des Abendessens höchstens ein paar Meter von der toten Frau entfernt.« Nadine warf ihr gesträhntes Haar zurück und blitzte Eve erbost aus ihren Katzenaugen an.

»Falls Sie sich einbilden, ich ließe zu, dass ein anderer Reporter, ein anderer Sender oder sonst wer vor mir mit dem Fall auf Sendung geht, denken Sie, verdammt noch mal, am besten noch einmal nach. Was grinsen Sie so dämlich?«, fauchte sie, als sie Roarke lächeln sah.

»Ich bin ein Mann und sitze hier mit Kaffee und mit Plätzchen, während sich zwei wunderschöne Frauen direkt vor meinen Augen anschreien. Als Mann muss ich mich fragen, ob sie sich vielleicht noch an die Kehle gehen. Vielleicht zerfetzen sie sich sogar gegenseitig ihre teuren Kleider. Davon träumt wahrscheinlich jeder Mann.«

»Du bist ganz sicher nicht perfekt«, murmelte Eve. »Halten Sie für fünf Sekunden Ihren Mund«, bat sie Nadine. »Sonst stellt er sich noch vor, wir würden mit eingeölten Körpern eng umschlungen quer über den Boden rollen.«

»Seht ihr, wie mein Lächeln breiter wird?«

Eve bleckte kurz die Zähne, wandte sich dann aber wieder an Nadine. »Sie werden Ihre Story kriegen. Früher als die anderen, und im Rahmen meiner Möglichkeiten werde ich Sie unterstützen, wenn Sie mit dem Fall auf Sendung gehen.«

»Das heißt?«

»Das werden Sie ja sehen. Aber Sie haben nun mal an einem Tisch mit unserer toten Frau gesessen, und wenn es um Leichen geht, muss sich Ihre Arbeit nun einmal meiner unterordnen.«

»Ich will ein exklusives Interview mit Ihnen, sobald wir hier fertig sind.«

»Ich werde Ihnen geben, was ich kann, wenn wir hier fertig sind. Aber erst mal ohne Kamera. Und je länger Sie versuchen zu verhandeln oder zu widersprechen, umso größer wird die Chance, dass jemand vom Personal mit der Story zu einem Ihrer unzähligen Konkurrenten rennt. Helfen Sie mir, Nadine. Hier ist, was ich weiß: K.T. Harris ist tot. Die drei Leute hier im Raum, Mira und ihr Mann, Peabody und McNab, Mavis und Leonardo haben sie nicht umgebracht und sind auch sonst nicht schuld an ihrem Tod. Davon abgesehen ist alles ungewiss. Deshalb müssen Sie mir sagen, was für einen Eindruck Sie von all den anderen Leuten hatten und was für Gerüchte, Tratsch und anderer Schwachsinn während dieses Fests von Ihren Luchsohren aufgefangen worden sind.«

»Okay, fangen wir an.«

5

Nadine klatschte ihre Tasche auf den Tisch, klappte sie auf und zog einen kleinen Stapel Cocktailservietten daraus hervor.

»Sehen Sie sich an, womit ich mich begnügen muss. Ich kritzele mit einem Kugelschreiber auf Servietten herum. Dabei habe ich McNab versprochen, niemanden zu kontaktieren, wenn er mir meinen Handcomputer lässt.«

»Wenn er auf Sie gehört hätte, hätte er in Zukunft Dienst an irgendeiner Straßenkreuzung schieben können. Und jetzt sagen Sie mir – diesmal offiziell fürs Protokoll –, gehen Sie mit Julian Cross ins Bett?«

»Sie reden eindeutig nicht lange um den heißen Brei herum. Nein. Wie ich bereits sagte, läuft nicht das Geringste zwischen uns. Er sieht fantastisch aus, ist charmant und amüsant, reich und berühmt. Deshalb ging ich anfangs davon aus, dass sich zwischen uns etwas entwickeln könnte, aber dann musste ich feststellen, dass er nicht unbedingt der Hellste ist und vor allem zu jeder Zeit an jedem Ort mit jeder Frau, die auch nur ansatzweise willig ist, in die Kiste springt, was für mich ein No-Go ist. Ich ziehe kluge, wählerische Männer vor. Wenn eine Frau ihm höflich einen Korb gibt, nimmt er das nicht krumm. Ich bin gern mit ihm zusammen, aber schlafen will ich mit ihm nicht.«

»Außerdem«, fuhr Nadine fort, »läuft die PR-Maschinerie, der zufolge zwischen ihm und Marlo nicht nur auf dem Bildschirm etwas läuft, auf Hochtouren. Das ist ein uralter Werbetrick, der aber offenbar noch immer funktioniert, obwohl die beiden außerhalb der Arbeit nur befreundet sind.«

»Was vielleicht daran liegt, dass Marlo außerhalb der Arbeit etwas mit Matthew hat.«

»Was? Oh nein. Auf keinen Fall. Oder vielleicht doch?« Nadine schob sich die Haare aus der Stirn und starrte Eve mit großen

Augen an. »Woher haben Sie das? Ich habe davon nichts bemerkt.«

»Bisher vermute ich es nur«, klärte Eve sie achselzuckend auf. »Wenn Sie das so brennend interessiert, sprechen Sie die zwei doch einfach persönlich darauf an.«

»Scheiße. Mist.« Nadine zog einen Kugelschreiber aus der Tasche und schrieb in aller Eile etwas auf eine der winzigen Servietten.

»Sie haben jede Menge Zeit am Set verbracht«, nahm Eve den Faden wieder auf. »Wer hätte K.T. ans Leder gehen wollen?«

»Wissen Sie inzwischen mit Bestimmtheit, dass es Mord war?«

»Nein. Aber das würde mich trotzdem interessieren.«

»Okay. Ich glaube nicht, dass irgendjemand diesem Weib *nicht* ans Leder gehen wollte. Ich war selbst mehrmals versucht, ihr eins überzuziehen und sie zu ersäufen oder so. Ist sie so gestorben? Hat man sie ertränkt?«

»Kein Kommentar. Warum?«

»Meinetwegen. Weil sie eine blöde Ziege ist. Und zwar durch und durch. Egozentrisch, weinerlich und unhöflich. Sie schmollt, sie explodiert, sie macht die anderen nieder oder schnauzt sie an. Sie hält sich für die beste Schauspielerin des Projekts, was sie mich und alle anderen mehrfach hat wissen lassen. Sie hat mich immer wieder auf die Rolle der Peabody angesprochen, wollte, dass ich etwas daran ändere, damit sie häufiger im Film zu sehen ist. Außerdem wollte sie eine Liebesszene mit Matthew und hat mich regelrecht bedrängt, eine Szene in das Drehbuch zu schreiben, in der sie Dallas den entscheidenden Hinweis zur Lösung des Falls Icove präsentiert. Die Dinge, die sie wollte, hätten niemals funktioniert, aber Roundtree, Valerie, Steinburger, Preston oder irgendwelche unglücklichen Assistentinnen hatten trotzdem beinah täglich mit den Klagen dieser Frau zu tun. Sie hat die Dreharbeiten unglaublich verlangsamt, was den Anzugträgern nicht gefallen hat.«

»Gab's einen besonderen Streitpunkt, oder haben Sie jemals miterlebt, wie sie sich mit irgendwem gestritten hat?«

»Dallas, früher oder später hat sie sich mit jedem angelegt. Dann hat sich die Sache irgendwann beruhigt, und ein paar Tage später hat sie Streit mit jemand anderem gesucht.«

»Also gut. Konzentrieren wir uns erst einmal auf heute Abend. Haben Sie mitbekommen, dass sie abgesehen von ihrem blöden Spruch beim Abendessen noch mal ausfallend geworden ist?«

»Sie hat sich mit mir gestritten.« Nadine blickte auf den Teller mit den Keksen, wählte sorgsam eins der Plätzchen aus und biss ein winzig kleines Eckchen davon ab.

»Und worum ging es da?«

»Sie hatte nur noch zwei kurze Szenen, und die sollte ich für sie verlängern. Sie hat darauf bestanden, dass ich mir zusammen mit Roundtree überlege, wie ich das am besten hinbekomme, und die Änderungen einbeziehe, die sie selbst an diesen Szenen vorgenommen hat. Wie vorher schon öfter habe ich ihr rundheraus erklärt, dass das nicht machbar ist. Worauf sie ebenfalls wie schon des Öfteren zurückgegeben hat, ich hätte keine Ahnung von ihrem Metier und von künstlerischer Freiheit. Ich habe ihr vorgeschlagen, doch ein eigenes Buch zu schreiben und mir als Autorin dieses Buchs nicht länger auf den Keks zu gehen. Auch wenn meine Wortwahl unter Umständen nicht ganz so höflich war.«

»Waren Sie heute Abend auf dem Dach?«

»Nein, heute Abend nicht«, klärte Nadine sie feixend auf.

»Hatte sie sonst noch mit jemandem Streit?«

»Ich nehme an, dass Connie ebenfalls recht laut geworden ist, als sie nach dem Essen kurz mit ihr nach nebenan gegangen ist. Genau wie Andi, als sie ihr danach über den Weg gelaufen ist. K.T. war klar, dass sie Andi nicht gewachsen war, deshalb hat sie sich ihr gegenüber auf nur einen kurzen, bösen Satz beschränkt. Allerdings habe ich mitbekommen, wie sie Preston nach dem Essen vollgelabert hat, worüber er nicht gerade glücklich war. Aber im Grunde muss ich zugeben, dass ich nicht sonderlich darauf geachtet habe, was K.T. getrieben hat.«

»Was war während der Vorführung im Kinosaal? Ist Ihnen aufgefallen, dass sie den Raum verlassen hat?«

»Nein. Wenn ich mich recht entsinne, saß sie hinten, während ich ein Stückchen weiter vorn neben Andi saß, weil sie immer ungeheuer unterhaltsam ist. Außerdem war Julian bis dahin schon recht angetrunken und hat vor sich hin geschmollt, deshalb habe ich mich statt zu ihm woanders hingesetzt. Kurz nach Beginn der Vorführung ging auf meinem Handy eine Nachricht ein. Wir bereiten gerade unsere Livesendung aus Dallas und die Interviews mit den Jones-Zwillingen vor. Deshalb musste ich zurückrufen und habe mich dazu in das kleine Wohnzimmer neben dem Kinosaal gesetzt. Ich habe vielleicht zehn Minuten mit einem Produzenten und dem Regisseur telefoniert, als ich wiederkam, habe ich mich in einen der Sessel ganz hinten gesetzt, bis ...« Sie hielt mitten im Satz inne.

»Sie war nicht mehr da. K.T.«, erklärte Nadine und rief sich die Szene mit zusammengekniffenen Augen in Erinnerung. »Ich habe mich beim Reinkommen kurz umgesehen, weil ich mich nicht in ihre Nähe setzen wollte, doch sie saß nicht mehr auf ihrem Platz. Ich dachte, vielleicht hätte sie sich einfach umgesetzt, aber anscheinend war sie nicht mehr da. Sie muss rausgegangen sein. Vielleicht hat sie den Saal schon vor mir verlassen. Aber das kann ich nicht sicher sagen. Tut mir leid.«

»Hat sonst noch wer gefehlt?«

»Nicht, dass ich wüsste, und vor allem bin ich, als das Licht anging, sofort aufs Klo gestürzt. Als ich ein paar Minuten später wiederkam, kam es mir so vor, als wären noch alle da. Abgesehen von K.T, aber deren Fehlen ist mir nur aufgefallen, weil ich vorhatte, einer erneuten Unterhaltung mit ihr möglichst aus dem Weg zu gehen.«

»Okay. Was für eine Atmosphäre hat im Wohnzimmer geherrscht, während alle darauf gewartet haben, dass die Polizei mit ihnen spricht?«

»Die Leute waren aufgeregt, geschockt, nervös. Jeder ist nervös, wenn er im selben Haus mit einer Leiche und der Polizei ist, Dallas. Roundtree ist im Zimmer auf- und abgestapft und hat die Stirn gerunzelt. Connie hat versucht, alle zu beruhigen. Julian lag bewusstlos auf der Couch. Matthew und Marlo haben zusammen auf einer anderen Couch gehockt und hundeelend ausgesehen – was mich nicht weiter überrascht hat, weil sie schließlich auch gemeinsam über die tote K.T. gestolpert waren. Andi hat sich mit Dennis Mira unterhalten und Connie gebeten, sich zu setzen und sich zu entspannen. Steinburger hat wie sonst auch mit Valerie gesprochen und sich aufgeregt, weil ihm McNab die elektronischen Geräte abgenommen hat – was ich durchaus verstehen kann. Und Preston hat mit Roundtree, mir oder mit Steinburger gesprochen oder in sein Bier gestarrt. Es war eine unnatürliche, angespannte, schwierige Situation. Alle glauben oder wollen glauben, dass der Tod der Frau ein fürchterlicher Unfall war, wobei sich niemand sicher ist.«

Peabody betrat den Raum, sah, dass Eve noch mit der Journalistin sprach, und sagte: »Ah, Verzeihung. Könnte ich wohl kurz mit Ihnen sprechen, Lieutenant?«

»Das ist erst mal alles. Vielen Dank, Nadine. Sie können wieder ins Wohnzimmer gehen. Die elektronischen Geräte teilen wir gleich wieder aus.«

»Also bitte, Dallas. Sie haben gesagt, ich würde die Geschichte kriegen.«

»Und das werden Sie. Aber erst brauche ich einen Augenblick mit meiner Partnerin.«

»Meinetwegen. Aber dafür nehme ich die Plätzchen wieder mit.«

Traurig blickte Peabody dem Teller hinterher. »Die sahen wirklich lecker aus.«

»Das waren sie auch. Also, was gibt's?«

»Wir haben die Aussagen aufgenommen, und McNab hat sie für Sie kopiert.« Sie hielt Eve eine Diskette hin. »Es war niemand dabei, auf dessen Stirn in Großbuchstaben SCHULDIG stand. Roundtree war der Einzige, der wirklich traurig wirkte, weil die Frau nicht mehr am Leben ist. Ich glaube nicht, dass er sie mochte, aber alle anderen haben sie offenbar noch deutlich weniger gemocht. Die Spurensicherung ist praktisch abgeschlossen. Sie haben Blut entdeckt.«

Ruckartig sah Eve von ihren Unterlagen auf. »Wo?«

»In der Nähe des Pools. Einen winzig kleinen Fleck ein Stück vom Beckenrand entfernt. Er könnte daher rühren, dass sie sie dort aus dem Pool gezogen haben, aber außerdem hat jemand ein Stück Stoff im Kamin oben verbrannt. Es sieht also so aus, als hätte jemand dort vor kurzem erst gewischt.«

»Das schätze ich auch.«

»Der Pathologe hat die Schwellung und die Abschürfung an K.T.s Hinterkopf bestätigt und gesagt, dass sie auf jeden Fall geblutet hat. Die Flasche in der Lounge – deren Inhalt das Labor noch überprüfen wird – und der Korken weisen die Fingerabdrücke unseres Opfers auf. Die Zigarettenkippen wurden bisher nicht auf DNA-Spuren untersucht, aber die Sorte passt zu dem Paket in ihrer Handtasche. Es ist ein Zwölferpack, aus dem schon zehn entnommen worden sind. Die Abdrücke auf den Gläsern außerhalb des Poolbereichs stammen von Matthew und von Marlo Durn.«

»Okay. Dann lassen Sie uns jetzt mit Julian sprechen. Aber vorher gebe ich Nadine noch ein paar Infos, damit sie verschwindet.«

Sie wandte sich an Roarke. »Willst du dabeibleiben, wenn Julian von uns vernommen wird?«

»Meine geliebte Eve, nichts in der Welt könnte mich daran hindern, zuzuhören, wenn du meinen Doppelgänger in die Zange nimmst.«

»Haha. Peabody, gehen Sie schon mal los und holen Sie ihn her. Bieten Sie ihm einen Sitzplatz und was ohne Alkohol zu trinken an, dann klären Sie ihn über seine Rechte auf. Ich bin sofort wieder da.«

Während Peabody den halbwegs ansprechbaren Julian holte, eiste Eve Nadine von Roundtree und von Connie los.

»Wie es aussieht, ist sie mit dem Schädel auf den Beckenrand geprallt, als sie gestürzt oder gestoßen worden ist. Vielleicht ist sie ganz einfach in den Pool gefallen, oder vielleicht hat sie, betrunken und benommen von dem Sturz, versucht sich aufzurappeln und ist dabei ins Wasser gefallen. Genaueres werde ich wissen, wenn der Pathologe sie sich eingehend im Leichenschauhaus angesehen hat.«

»Das ist alles?«

»Das ist *fürs Erste* alles. Falls dort oben jemand nachgeholfen hat, gehe ich die Aussagen, die Eindrücke und den zeitlichen Ablauf noch einmal genauer durch. Genauso mache ich es auch, falls es ein Unfall war, wobei der Fall damit dann abgeschlossen ist. Bisher aber wissen wir nicht, ob es Mord oder ein Unfall war – deshalb müssen Sie auf jeden Fall noch eine halbe Stunde warten, bis Sie Ihren Sender informieren. Ich will Julian noch vernehmen, und er soll Gelegenheit bekommen, heimzufahren und sich ins Bett zu legen, bevor der Trubel beginnt.«

»Was macht es denn für einen Unterschied ...«

»Nadine, wenn ich nicht darauf vertrauen würde, dass Sie diese halbe Stunde warten, weil ich sage, dass es wichtig ist, würde ich Sie hier so lange weiter ohne Ihre elektronischen Geräte festhalten. Aber ich gehe davon aus, dass das nicht nötig ist.«

Seufzend gab die Journalistin sich geschlagen. »Also gut. Verstehe. Vielen Dank. Wenn ich glauben würde, dass Sie mich verarschen wollen, hätte ich längst einen Weg gefunden, an ein Handy zu gelangen, und die Story schon vor einer Stunde rausgebracht.«

»Verstehe. Vielen Dank zurück.«

»Es gibt übrigens noch einen Grund, aus dem ich nicht mit Julian ins Bett gegangen bin.«

»Okay?«

»Er ist nicht wie Roarke, aber wenn er in der Stimmung ist, gelingt es ihm durchaus, so zu tun, als ob er ihm sehr ähnlich wäre. Wenn ich mit ihm geschlafen hätte, wäre ich mir vorgekommen wie eine Ehebrecherin und, tja nun ... iggittiggitt.«

Eve wollte gerade lachen, aber dann wurde ihr klar, dass das kein Scherz gewesen war. »Im Ernst?«

»Auf jeden Fall.«

»Also gut, auch wenn ich das nicht ganz verstehen kann, finde ich es wirklich nett.«

»Ich habe gehört, sein bestes Stück wäre der reinste Presslufthammer.«

»Ich dachte, Sie hätten gesagt, er wäre nicht wie Roarke.«

»Oh, das war gemein. Vielleicht überlege ich es mir ja doch noch mal.« Nadine bauschte sich kokett die Haare auf. »Aber erst mal sage ich Roundtree und Connie auf Wiedersehen. Wenn Sie mit den Miras fertig sind, kann ich sie gern im Taxi mitnehmen.«

»Und Mira unterwegs ein bisschen ausquetschen.«

»Natürlich«, gab sie unbekümmert zu, während sie an einem Strang von ihrer Perlenkette zog. »Aber ich würde sie gleichzeitig mitnehmen.«

»Ja, das würden Sie. Sie können gehen, wenn Sie wollen.«

Eve kehrte ins Esszimmer zurück, wo Julian bleich und elend über einer Tasse Kaffee saß.

»Hat meine Partnerin Sie über Ihre Rechte aufgeklärt?«

»Ja. Sie hat gesagt, das wäre nur zu meinem Schutz.«

»Genau.« Eve nahm ihm gegenüber Platz. »Sie wissen, was passiert ist?«

»Was?«

»Dass Marlo und Matthew oben auf dem Dach die Leiche von K.T. gefunden haben.«

»Ja.« Er schüttelte den Kopf, als erwache er aus einem schlechten Traum. »Gott. Oh Gott! Das ist einfach grauenhaft. Ich weiß nicht, was ich machen soll.«

»Sie tun im Augenblick genau das Richtige, indem Sie mit uns reden. Waren Sie heute Abend auf dem Dach, Julian?«

»Nein ... ich meine, ja.« Er bedachte Eve mit einem unglücklichen Blick. »Ich bin total verwirrt. Ich habe zu viel getrunken. Das hätte ich nicht machen sollen, aber nach der Szene beim Essen war ich total aufgewühlt. Ich möchte, dass Sie wissen, dass ich ... hm, ich würde nie versuchen, äh, etwas mit Ihnen anzufangen. Vor allem nicht direkt vor Ihren Augen«, wandte er sich flehentlich an Roarke.

»Aber hinter meinem Rücken schon?«

Der letzte Rest von Farbe wich aus dem zuvor schon kreidigen Gesicht. »Ich wollte damit nicht sagen ...«

»War nur ein Scherz, Kumpel«, klärte Roarke ihn mit einem kühlen Lächeln auf.

»Oh. Okay, ich wollte ganz bestimmt nicht, dass Sie denken, ich würde mich an Ihre Frau heranmachen. Sie ist faszinierend – ich meine, ich bin fasziniert von ihrer Art, und wenn ich Sie spiele, wird es zwischen mir und Marlo immer ziemlich intensiv. Wobei zwischen uns, ich meine, zwischen mir und Marlo, nun ... nicht wirklich etwas läuft. Wir tun nur so. Das gehört ganz einfach zum Geschäft. Ich meine, ich würde ... Sie sind beide wunderschöne Frauen, aber ...«

»Ist das für Sie ein Grunderfordernis bei Frauen?«, erkundigte sich Eve. »Dass sie schön sind, meine ich.«

»Alle Frauen sind schön«, erklärte er und lächelte zum ersten Mal seit Anfang des Gesprächs.

»Einschließlich K.T.?«

»Sicher. Nun, auf alle Fälle konnte sie es sein.«

»Und haben Sie zwei was miteinander angefangen?«

»Nicht in letzter Zeit.«

»Definieren Sie bitte ›in letzter Zeit‹.«

»Tja, nun, ich nehme an, das ist inzwischen gut zwei Jahre her. Und dann hatten wir vor zwei Monaten noch mal ein bisschen Spaß. Ich habe versucht, sie aufzumuntern, denn sie war damals ziemlich down.«

»Und danach wollte sie sich nicht noch einmal von Ihnen aufmuntern lassen?«

Er rutschte nervös auf seinem Stuhl herum und starrte angestrengt in seinen Kaffee. »Die Sache ist die, im Grunde hatte sie gar keine Lust dazu, mit mir ins Bett zu gehen. Hauptsächlich ging's ihr darum, sich bei Roundtree über Marlo zu beschweren oder mich dazu zu bewegen, mich an ihrer Stelle zu beschweren.«

Er blickte wieder auf und schaute Eve aus trüben, blutunterlaufenen, blauen Augen an. »Aber das hätte ich niemals getan. Also ist sie ausgeflippt und hat mir deshalb ziemlich zugesetzt. Am Schluss bin ich zu Joel gegangen, damit er dafür sorgt, dass sie mich in Ruhe lässt. Das habe ich nicht gern getan, aber sie ging mir einfach furchtbar auf den Senkel, und ich konnte mich kaum noch auf meine Arbeit konzentrieren. Das hat sie natürlich noch mehr aufgeregt. Ich weiß nicht, was sie davon hat, dass sie so ist.«

Kopfschüttelnd wandte er sich wieder ab. »Ich verstehe nicht, warum Leute nicht einfach nett sein und sich amüsieren können.«

»Warum waren Sie heute Abend auf dem Dach?«

Er blickte wieder vor sich auf den Tisch. »Weil die Aussicht von dort oben einfach super ist.«

»Und haben Sie die super Aussicht ganz allein genossen?«

Er schwieg, bis Peabody die Hand auf seinen Arm legte und leise fragte: »Julian?«

Er sah sie an. »Wenn sie nicht zurechtgemacht war, sah sie völlig anders aus als Sie. Sie haben einen viel hübscheren Mund und viel nettere Augen. Ihre Augen gefallen mir viel besser.«

»Danke.«

Obwohl Peabody errötete, fuhr sie mit der Befragung fort.

»Wer war mit Ihnen auf dem Dach?«

»Als ich oben ankam, war sie – war K.T. schon dort. Ich hatte keine Lust, mit ihr zu reden, nicht, solange sie in dieser Stimmung war. Wir hatten beide was getrunken.«

»Aber trotzdem haben Sie es getan?«

»Ganz kurz. Ich habe sie gefragt, warum sie sich beim Essen so dumm benommen hat. Connie hat sich unglaubliche Mühe mit dem Fest gemacht. Es ist unser Job, den anderen Gästen gegenüber nett zu sein und dafür zu sorgen, dass sich alle amüsieren. Aber sie brach diesen fürchterlichen Streit mit Marlo, Ihnen, Matthew und mit allen anderen vom Zaun. Ich hatte keinen Bock auf sie, also bin ich wieder in den Wohnbereich heruntergegangen.«

»Sie haben sich mit ihr gestritten«, vermutete Eve.

»Ich hasse Streit.«

»Aber trotzdem haben Sie gestritten.«

»Es ist so, als könnte sie einfach nicht glücklich sein. Dabei hätte sie allen Grund dazu gehabt. Überlegen Sie doch nur, womit wir unseren Lebensunterhalt verdienen. Ja, okay, manchmal ist es nicht leicht, aber meistens macht die Arbeit wirklich Spaß. Und sie zahlen uns jede Menge Geld. Alles ist einfacher und besser, wenn man zulässt, dass man glücklich ist. Aber das kann sie einfach nicht.« Traurig schwieg er.

»Haben Sie vielleicht ein Schmerzmittel für mich?« Er rieb sich das Genick. »Von Sober-up kriege ich immer fürchterliche Kopfschmerzen, einen grauenhaften Kater und bin wie betäubt. So geht's mir nie, wenn ich meinen Rausch ausschlafen kann. Und genau das habe ich versucht. Ich wollte meinen Rausch ausschlafen, damit es mir nachher wieder besser geht.«

Roarke zog ein kleines Kästchen aus der Jackentasche und bot Julian eine kleine, blaue Pille an.

»Danke.« Julian lächelte ihn an. »Es geht mir wirklich mies.«

»Wann waren Sie mit K.T. dort oben auf dem Dach?«, erkundigte sich Eve.

»Heute Abend.«

Eve erkannte, dass Nadines Behauptung, dass er nicht der Hellste wäre, offenbar noch deutlich untertrieben war. »Um wie viel Uhr?«

»Oh, das weiß ich nicht. Ich hatte was getrunken und ... nach dem Essen. Ich kann mich erinnern, dass es nach dem Essen war.«

»Haben Sie die Vorführung im Kinosaal gesehen?«

Er runzelte die Stirn und starrte angestrengt den Holztisch an. »So halb. Ich würde sie mir gern noch einmal ansehen, wenn ich mich besser konzentrieren kann. Vorhin konnte ich das nicht. Ich nehme an, ich bin aufs Dach gegangen, um etwas frische Luft zu schnappen, bevor Roundtree mit der Vorführung begann, aber das hat nicht wirklich was gebracht. Mir sind während des Films die Augen zugefallen, also bin ich ins Wohnzimmer zurückgekehrt und habe mich dort auf die Couch gelegt.«

»Und als Sie wieder runterkamen, war K.T. noch auf dem Dach?«

»Ja. Sie war noch dort.«

»Haben Sie sonst noch jemanden rauffahren sehen?«

»Nein. Ich wollte mich nur noch hinlegen, aber Roundtree wollte, dass wir uns den Film ansehen.« Er lenkte seinen Blick zurück auf Eve. »Sind Sie sicher, dass sie tot ist?«

»Ja, ganz sicher.«

»Es kommt mir total unwirklich vor. Als würde ich das alles träumen oder so. Haben Sie mir schon gesagt, wie sie gestorben ist? Ich kann mich nicht erinnern. In meinem Kopf geht alles durcheinander.«

»Es hat den Anschein, dass K.T. ertrunken ist.«

»Sie ist ertrunken?« Er vergrub den Kopf zwischen den Händen und erschauerte. »Sie ist ertrunken. K.T. ist ertrunken. Weil sie betrunken war und in den Pool gefallen ist?«

»Das kann ich Ihnen nicht sagen.«

»Sie ist ertrunken«, wiederholte er, »weil sie betrunken war und in den Pool gefallen ist. Gott. Das ist entsetzlich.«

Peabody war kurz verschwunden, kehrte jetzt aber mit einem Glas Wasser für ihn zurück.

»Danke.« Er berührte ihre Hand. »Ich wünschte mir, das wäre nicht passiert. Ich wünschte mir, sie wäre nicht aufs Dach gefahren, sondern hätte zugelassen, dass sie glücklich ist. Jetzt wird sie niemals glücklich sein.«

Eve ließ ihn von Peabody hinausbegleiten und blieb selber noch kurz sitzen, um ihre Gedanken zu sortieren.

Roarke wechselte den Platz, bis er ihr direkt gegenübersaß.

Seltsam, dachte sie, es war wirklich seltsam, dass er auf demselben Stuhl saß, von dem Julian eben aufgestanden war. Doch gleichzeitig war nicht zu übersehen, worin sich Roarke von Julian unterschied. In seiner gesamten Körpersprache, seinen klaren Augen, seiner Ruhe und der Leichtigkeit, mit der er schwieg.

»Ein ziemlicher Grützkopf, findest du nicht auch?«

»Das könnte ich dir sagen, wenn ich wüsste, was in aller Welt ein Grützkopf ist.«

»Ein Einfaltspinsel«, klärte Roarke sie auf. »Ich glaube nicht, dass es allein am Alkohol oder am Sober-up gelegen hat.«

»Bestimmt nicht nur. Grützkopf«, wiederholte sie und schüttelte den Kopf. »Aber manchmal kommt es durchaus vor, dass auch ein Grützkopf einen Mord begeht.«

»Mir kommt er eher harmlos vor.«

»Selbst dann. Bisher ist er der Einzige, der zugegeben hat, dass er zur selben Zeit wie unser Opfer auf dem Dach war. Vielleicht, weil er ein Grützkopf und ganz harmlos und einfach ehrlich ist. Vielleicht ist er ja wirklich raufgefahren, hat sich gesagt: Verdammt, schon wieder dieses blöde Weib. Dann hat er gleich wieder kehrtgemacht. Vielleicht ist danach noch jemand anderes raufgefahren und hat sie kaltgemacht. Oder vielleicht ist sie wirklich nur gestolpert und von selber in den Pool gefallen.«

In diesem Augenblick kam Peabody zurück. »Roundtree hat Connie endlich dazu überreden können, ein Beruhigungsmittel zu nehmen und ins Bett zu gehen.«

»Was wahrscheinlich besser ist«, schloss Eve. »Ich brauche sie, das heißt sie beide, erst einmal nicht mehr.«

»Und was brauchst du?«, erkundigte sich Roarke.

»Ich schätze, erst einmal sollte ich nach Hause fahren, damit sich alles setzt. Es kommt nur selten vor, dass man auf einen Schlag so viele Zeugen und Verdächtige befragen muss. Wir sind selber Zeugen, und im Augenblick kommt es mir vor, als ob man uns noch weniger gebrauchen könnte als die Leute, die von uns vernommen worden sind.«

»Weil du dich – falls es tatsächlich Mord war – nicht bereits auf einen Killer eingeschossen hast, bevor das Opfer auch nur richtig kalt geworden ist?«

»Wir waren zum Tatzeitpunkt im Haus.«

»Ich bin die Sache immer wieder in Gedanken durchgegangen«, stellte Peabody mit einem Seufzer fest. »Habe mich ein ums andere Mal gefragt, ob ich was gesehen oder vielleicht gespürt habe, wie jemand sich während der Vorführung erst aus dem Saal und später wieder hereingeschlichen hat. Aber ich hatte nur Augen für den Bildschirm, denn der Film war witzig und vor allem obermegacool. Ich weiß noch, dass verschiedene Leute irgendwas gesagt oder gerufen haben, auch wenn ich beim besten Willen nicht mehr sagen könnte, wann genau das war. Hauptsächlich haben sie gelacht oder gestöhnt. Was uns bestimmt nicht weiterhilft.«

»Wir werden schon was finden.« Eve stand auf und klammerte sich, als sie schwankte, hilfesuchend an den Tisch. »Ich hatte ganz vergessen, dass ich diese blöden Dinger anhabe.« Sie blickte stirnrunzelnd auf ihre hohen Schuhe, richtete sich wieder auf und wandte sich zum Gehen. »Bevor wir fahren, sehe ich schnell nach, ob die Spurensicherung die Zugänge zum Dach gesichert hat.«

»Das haben sie«, versicherte ihr Peabody. »Ich habe es schon überprüft.«

»Dann lasst uns abhauen.«

»Fahren Sie doch mit uns«, bot Roarke Peabody an. »Dann setzt uns der Chauffeur zu Hause ab und fährt Sie danach in die Stadt.«

»Oh Junge, tausend Dank. Wir fahren mit einer Limousine heim! Abgesehen von der Leiche und der Tatsache, dass wir alle vernehmen mussten, war der Abend wirklich toll!«

Sofort nach ihrer Heimkehr streifte Eve die unbequemen hochhackigen Schuhe ab und zuckte zusammen, als sie mit den nackten Füßen auf den Boden kam. »Warum tun einem die Füße noch mehr weh, wenn man die Dinger auszieht, als wenn man sie an den Füßen hat? Wahrscheinlich hat die blöde Harris sich absichtlich kopfüber in den Pool gestürzt, weil sie den Schmerz in ihren Füßen nicht mehr ausgehalten hat.«

Roarke nahm sie schwungvoll auf den Arm. »Nach diesem Abend und nach diesen Schuhen hast du es verdient, dass du nicht selber laufen musst.«

»Okay«, stimmte sie zu, als sie schon halb im ersten Stock des Hauses angekommen waren. »Die Chancen stehen fifty-fifty, dass es Unfall oder Mord gewesen ist.«

Er nickte zustimmend.

»Nur, dass es kein Unfall war.«

»Weil?«

»… sie regelrecht danach geschrien hat, dass irgendjemand ihr den Arsch versohlt, und praktisch alle, die an diesem Abend dort waren, einen Grund gehabt hätten, ihr die Tracht Prügel, die sie dringend haben wollte, zu verpassen. Das Blut am Rand des Pools könnte natürlich daher rühren, dass sie gestolpert, aufgestanden, noch einmal gestolpert und dann nicht mehr aufgestanden ist. Und auch die Kratzer an den Absätzen von ihren Schuhen – der im Pool war ebenfalls verkratzt und hatte dazu noch einen abgerissenen Riemen – könnten Folge eines Sturzes sein. Nur, dass man im Kamin dazu noch Spuren eines verbrannten Stückchens Stoff gefunden hat.«

»Das Opfer hat sich die gesamte Crew zum Feind gemacht und während des Abendessens eine Szene vor uns Zivilisten hingelegt.«

»Es ist nett, zur Abwechslung mal nicht die einzige Zivilperson in unserem Trupp zu sein.« Roarke betrat das Schlafzimmer, trug sie zu ihrem riesengroßen Bett und setzte sie dort ab.

»Und nach alledem fährt sie aufs Dach, wo sie praktischerweise ertrinkt.«

»Falls es Mord war, war das meiner Meinung nach eher unpraktisch.« Er zog ihren linken Fuß in seinen Schoß. »Für den Killer war es sicherlich nicht praktisch, sie dort oben zu ertränken, während drei Etagen tiefer die beste Mordermittlerin von ganz New York und einige ihrer Kollegen eingeladen waren.«

»Doch, natürlich. Es …« Sie stöhnte wohlig, denn ihr alles andere als perfekter Mann fing mit der Massage ihres malträtierten Fußes an. »Oh, das tut gut, das tut echt gut.«

Er presste seine Knöchel sanft auf ihren Rist, beinah hätte sie vor lauter Wohlbehagen laut geschnurrt. »Dafür bekommst du jede Menge Sex.«

»Das habe ich gehofft. Betrachte es einfach als Vorspiel.«

»Was es eindeutig auch ist. Aber wie dem auch sei, die beste Mordermittlerin von ganz New York sieht, dass alle in dem Kinosaal versammelt sind, und alle, die sie nicht ermordet haben, fragen sich bei den Verhören, wo zum Teufel sie genau gewesen sind, während der Mord geschah. Dabei haben außer dem Opfer und dem Mörder alle in dem dunklen Saal zusammen einen Film geschaut.«

»Und sich ganz auf das Geschehen auf dem Bildschirm konzentriert.«

»Genau. Nadine wurde in der Zeit angerufen, aber sie ist in das kleine Wohnzimmer neben dem Kinosaal gegangen, um zu telefonieren, und war durch das Gespräch zu abgelenkt, um mitzukriegen, ob noch jemand anderes den Saal verlassen hat oder hineingegangen ist. Niemand hat erwähnt, dass er gesehen hat, wie sie rausgeht, nicht einmal Andrea, obwohl sie direkt neben Nadine gesessen hat. Und wir zwei saßen ganz vorne, hätten also ganz bestimmt nicht mitbekommen, was im Rest des Saals passiert.«

»Außerdem kann und will sich keiner vorstellen, dass einer der anderen in der Lage wäre, K.T. umzubringen. Alle, die sie nicht getötet haben, glauben oder wollen glauben, dass es ein Unfall war.«

»Dazu kommt, dass ihre Abneigung gegen K.T. und ihre Begeisterung für das Projekt den Trupp zusammenschweißen. Und es ist immer klug, an einem Ort zu töten, wo man in der Menge untertauchen kann.«

Er massierte ihr auch noch den rechten Fuß, seufzend meinte sie: »Weißt du, dafür lohnt es sich beinahe, diese Knöchelbrecher anzuziehen.«

»Ich schätze, dass ich dir was schuldig bin, nachdem ich das Vergnügen hatte, deine Beine und dein hübsches Hinterteil zu sehen, während du darin herumgelaufen bist.«

»Ich habe eine unternehmerische Frage.«

»Kein Problem. Schieß los.«

»Wie wird es sich auf das Projekt auswirken, wenn diese Angelegenheit publik wird oder, wie ich Nadine kenne, sicher schon publik geworden ist?«

Er fand es wirklich interessant, sich mit seiner Polizistin über einen Mord zu unterhalten, während sie in nichts als einem kurzen Kleid an seiner Seite lag und sich von ihm den Fuß massieren ließ. Aber im Grunde war ihr Leben schließlich immer interessant.

»Wenn man es richtig dreht – und das wird garantiert geschehen –, nimmt dadurch das Interesse an dem Film bestimmt noch zu. Eine bessere Gratiswerbung gibt es praktisch nicht. Ein tatsächlicher Mord bei den Dreharbeiten eines Films, in dem es um Morde geht! In dem obendrein der Cop ermittelt, um den es sich in diesem Film dreht! Einen größeren Glücksfall gibt es nicht.«

»Das hatte ich mir schon gedacht.«

»Du siehst darin bestimmt ein mögliches Motiv, aber ich finde es etwas extrem, zu Werbezwecken einen Menschen zu ermorden, vor allem, da der Film, für den derart geworben werden soll, bestimmt auch ohne diesen Aufwand die Kassen klingeln lassen wird.«

»Trotzdem wäre es ein netter Bonus, oder nicht? Am besten denke ich noch mal genau darüber nach. Aber erst solltest du mir vielleicht dieses Kleid ausziehen.«

»Ich überlege schon die ganze Zeit, wie ich das anstellen soll.«

»Ich gehe ziemlich sicher davon aus, dass du nur den Reißverschluss nach unten ziehen musst.« Ihre Muskeln fingen an zu singen, als er ihre Waden knetete wie Teig.

»Na, dann dreh dich mal um.«

Sie warf sich auf den Bauch. »Roundtree wusste, wie lange die Filmvorführung dauern würde und wann er hätte zurück sein müssen, um nicht aufzufallen. Aber er saß direkt neben uns, und wenn er irgendwann gegangen wäre, hätte ich das sicherlich bemerkt. Connie wusste garantiert auch, wann sie hätte wiederkommen müssen, aber sie hat selber zugegeben, dass sie zwischendurch den Raum verlassen hat. Ich nehme an, auch Preston hat den Film schon vorher nicht nur einmal gesehen, sondern war sogar dabei, als Roundtree ihn zusammengeschnitten hat. Falls dieser Mord geplant war ...« Sie verlor vorübergehend den Faden, als Roarkes Mund die Arbeit seiner Hände übernahm.

»Ganz oben auf der Liste der Verdächtigen stehen für mich Steinburger und Valerie. Sie hätten die Zeit gehabt, um rauf aufs Dach zu fahren, und wissen besser als die anderen, dass diese Tat sich werbetechnisch nutzen lässt.«

Mit Lippen und mit Zunge bahnte er sich einen Weg an ihrem Bein herauf.

»Auch jeder der Schauspieler hätte den Saal verlassen können«, murmelte sie rau, denn plötzlich war ihr Hirn in einen wunderbaren, warmen Nebel eingehüllt.

»Und woher hätten sie wissen sollen, dass sie dort oben ist?«

»Vielleicht hatte sich der Mörder ja mit ihr verabredet. Oder ...«

Langsam öffnete er ihren Reißverschluss, während sein Mund sich an der Innenseite ihres Oberschenkels gütlich tat.

»Oder sie hat sich mit ihm verabredet, dann wäre dieser Mord vielleicht spontan oder aus Leidenschaft erfolgt. Oder ... ich kann nicht denken, wenn du diese Dinge mit mir machst.«

»Dann denk am besten später nach, denn ich höre bestimmt nicht auf.« Er schob das schmale Dreieck ihres Stringtangas an ihren Beinen herab.

Als sein Mund auf ihrem Hintern angelangte, schob er die Finger sanft in sie hinein.

Sie packte das Laken und warf ihren Kopf von links nach rechts. »Ich stecke immer noch in meinem Kleid.«

»Nur teilweise. Vor allem bist du heiß und nass und weich und glatt.«

Der Orgasmus stieg wie eine heiße Welle in ihr auf, und sie trieb auf der Woge glühend heißer Leidenschaft dahin.

Er gönnte sich die Freude, ihren langen, schlanken Rücken unter einem Meer aus Diamanten zu erforschen und die Muskeln in den Schultern und den Armen seiner Liebsten mit den Lippen nachzuziehen. Schließlich aber wandte er sich wieder ihrer Hitze zu, und als das Feuer des Verlangens sie verbrannte, schrie sie lustvoll auf.

Entschlossen rollte er sie wieder auf den Rücken und schälte sie vollends aus dem Kleid.

»Du hast noch deinen Anzug an.«

Er beugte sich sanft über sie und zog mit seiner Zunge die Konturen ihres harten Nippels nach. »Hilf mir bei der Krawatte, ja?«

»Du treibst mich in den Wahnsinn«, stieß sie keuchend aus und zerrte an dem Schlips.

»Ich höre trotzdem noch nicht auf.« Stattdessen schüttelte er seine Jacke ab, während er die Lippen über ihre Brüste wandern ließ. »Du siehst aus wie eine Königin. Wie eine heidnische Kriegerkönigin.« Er knabberte an ihrem Hals. »Nackt und prachtvoll, nur in Diamanten eingehüllt.«

»Ich will dich in mir spüren.« Keuchend biss sie ihm ins Ohr. »Heiß, hart und tief.«

»Meine Hände sind im Augenblick beschäftigt«, meinte er und füllte sie mit ihren Brüsten an. »Hilf mir bitte aus dem Hemd.«

Sie riss so wild daran herum, dass Knöpfe durch die Gegend flogen, mit einem zustimmenden Lächeln meinte er: »So geht's natürlich auch.«

»So macht das eine Kriegerkönigin. Nimm mich.« Sie vergrub die Hände tief in seinem Haar und zog seinen Mund zu sich herab. »Ich will, dass du mich nimmst, als gäbe es nichts anderes, was du derart dringend brauchst.«

»Da gibt's tatsächlich nichts. Ich brauche dich. Ich brauche stets nur dich.«

Trotzdem richtete sich Roarke noch einmal auf, um den Rest von seinen Kleidern auszuziehen, während er den Blick wie kurz zuvor die Hände über ihren Körper wandern ließ.

»Wenn du mich so anschaust, wird mir siedend heiß.«

»Du gehört mir.« Durch dieses Wissen wurde mehr als nur Erregung oder Leidenschaft in ihm entfacht. »Nur mir allein.«

Als sie ihm die Arme um den Nacken legte, ihn auf sich herunterzog und ihre Beine fest um seine Hüften schlang, nahm er sie, als gäbe es nichts anderes, was ihm auch nur annähernd so wichtig war wie sie.

6

Peabody gähnte, bis ihr Kiefer krachte, und dachte mit müdem Hirn über ihr Frühstück nach. Um den Tag gesund und körperbewusst zu beginnen, sollte sie einen Fruchtjoghurt statt eines Marmeladenbagels wählen und sich ganz bestimmt nicht erst den Bagel und dann noch den Joghurt zu Gemüte führen.

Vor allem sollte sie nicht einmal daran denken, auf dem Weg zur Wache noch ein Plunderstück mit Kirsch in ihrer Lieblingsbäckerei zu holen.

Warum nur dachte sie allmorgendlich an dieses blöde Plunderstück? Wahrscheinlich nahm sie schon bei dem Gedanken daran zu.

»Ich esse nur das Joghurt und sonst nichts.«

Ian saß ihr gegenüber an dem winzig kleinen Küchentisch und starrte auf seine Crispy Crunchie Charms.

Sie versah ihren Kaffee mit kalorienarmem Süßstoff, wünschte sich, er schmeckte auch nur annähernd so gut wie echter, kalorienreicher Zucker und fühlte sich fürchterlich benachteiligt, zugleich aber in höchstem Maß diszipliniert, als sie McNab mit dem gesunden Joghurt und dem kalorienarmen Kaffee gegenübersaß.

Warum konnte sie nicht auch schüsselweise Crispy Crunchie Charms in einem Ozean aus Sojamilch verdrücken, ohne ein Gramm zuzunehmen so wie er? Das Leben war ganz einfach nicht gerecht, wenn der eigene Stoffwechsel nicht mehr Elan als eine lahme Schildkröte besaß.

Sie trank einen Schluck Kaffee und spürte, wie sie langsam einen klaren Kopf bekam. Sie freute sich darüber, wie das Sonnenlicht frühmorgens durch das Fenster und die von ihr selbst genähten, leuchtend gelben Vorhänge in die kleine Küche fiel.

Die Auswahl, das Zuschneiden und das Zusammennähen des

Stoffs mit ihrer kleinen Nähmaschine hatten ihr nicht nur großen Spaß gemacht, sondern auch oder vor allem die Bewunderung von Ian eingebracht. Es waren hübsche, funktionale Vorhänge dabei herausgekommen.

Eines Tages würde sie auch noch den Teppich für ihr Wohnzimmer zu Ende weben, wenn er den sähe, kippte er bestimmt aus seinen leuchtend bunten Schuhen.

Er war total begeistert davon, dass sie selber Dinge herstellen konnte, und durch seine Freude wurde ihre eigene Freude an den Tätigkeiten noch verstärkt. Sie fand es schön, wie sie in der kleinen Wohnung ihre Sachen mischten. Ihr Geschirr mit seinen Biergläsern, sein Tisch mit ihren Stühlen. Wobei die Einrichtung inzwischen einfach aus Sachen von beiden bestand.

Vor allem war es schön, wenn sich ihre Schichten deckten. Morgens hier mit ihm zu sitzen, zusammen zu essen und zu reden war einfach perfekt.

Während sie den zweiten Schluck von ihrem Kaffee trank, bemerkte sie, dass Ian weder aß noch sprach.

»Wenn du nicht langsam reinhaust, sind die CCCs gleich total aufgeweicht.«

»Huh? Oh.« Achselzuckend schob er seine Schüssel fort. »Im Grunde habe ich gar keinen Hunger.«

»Ich verstehe einfach nicht, wie jemand morgens keinen Hunger haben kann.« Bereits bei dem Gedanken fing sie an zu schmollen. »Ich bin morgens immer völlig ausgehungert und muss mich beherrschen, um nicht den gesamten Kühlschrank leer zu essen, weil ich schließlich nicht mit einem Hintern in der Größe eines Werbefliegers durch die Gegend laufen will.«

Als er keine Antwort gab – obwohl er für gewöhnlich immer etwas Nettes über ihren Hintern sagte –, runzelte sie sorgenvoll die Stirn. Er sah ein bisschen blass aus, merkte sie. Hatte schwarze Ringe unter seinen hübschen Augen und war ungewöhnlich grüblerisch.

»Alles okay?« Sie schob den Arm über den Tisch und griff nach seiner Hand. »Du siehst ein bisschen elend aus.«

»Ich habe kaum geschlafen.«

»Bist du krank?« Sie befühlte ängstlich seine Stirn. »Fieber scheinst du nicht zu haben. Vielleicht koche ich dir trotzdem mal einen Tee. Ich habe diese Mischung, die mir meine Oma mitgegeben hat.«

»Nein, schon gut.« Er hob den Kopf und blickte sie aus seinen hübschen, grünen Augen an. »Peabody ... Delia.«

Oje. Er nannte sie nur Delia, wenn er sauer, aufgebracht oder besonders heiß war. Aber heiß sah er nicht aus.

»Was ist? Ist was passiert?«

»Ich habe mich nur gefragt ... ich liebe dich.«

»Oh, ich dich auch. Mir ging gerade durch den Kopf, wie sehr es mir gefällt, morgens hier mit dir am Tisch zu sitzen und den Tag gemeinsam zu beginnen. Und ...«

»Willst du heiraten?«

Hätte sie noch einen Schluck Kaffee im Mund gehabt, hätte sie ihn ihm wahrscheinlich mitten ins Gesicht gespuckt. So aber schluckte sie nur mühsam und starrte verlegen vor sich auf den Tisch. »Oh. Uh. Hmm.« Weshalb nur fühlte ihre Zunge sich mit einem Mal derart geschwollen an? »Sicher, ja natürlich, irgendwann.«

»Ich meine, willst du *mich* heiraten.«

»Ja, natürlich dich, du dummer Kerl. Wen denn wohl sonst?« Sie boxte ihm gegen die Schulter, doch noch immer lächelte er nicht, deshalb fuhr sie ängstlich fort. »Habe ich nicht gerade erst gesagt, dass ich dich liebe? Habe ich etwas getan, was dich an meiner Liebe zweifeln lässt? Ian ...« Auch sie sprach ihn nur in besonderen Momenten beim Vornamen an. »Habe ich was falsch gemacht?«

»Nein, Dee, nein. Dann willst du mich also jetzt nicht heiraten?«

»Nun ...« Ihr Magen flatterte, zog sich zusammen und flatterte erneut. »Und du mich?«

»Ich habe dich zuerst gefragt.«

»Vielleicht solltest du mir sagen, wie du plötzlich darauf kommst.«

»Ich habe die ganze Nacht kein Auge zugekriegt. Immer wieder habe ich K.T. Harris neben dem verdammten Pool auf dem Dach liegen sehen. In dem Licht sah sie dir furchtbar ähnlich, und für einen kurzen Augenblick hatte ich Angst, dass du es wirklich bist. Vor lauter Panik habe ich nicht mal mehr Luft gekriegt.«

Besorgt, erleichtert und erfüllt von heißer Liebe, stand sie auf, umrundete den kleinen Tisch, setzte sich auf seinen Schoß und zog seinen Kopf an ihre Brust.

»Schon gut. Es geht mir gut. Es geht uns beiden gut.« Sie küsste sanft sein sonnenhelles Haar. »Es ist alles wieder gut.«

»Das hat mir einfach klargemacht, wie viel du mir bedeutest, und ich habe mich gefragt, ob ich – ob wir – womöglich unnötig Zeit verlieren, und mir gesagt, wir sollten vielleicht heiraten. Ich wollte dir die Frage stellen für den Fall, dass dir das wichtig ist. Weil du die Liebe meines Lebens bist. Du bist die Liebe meines Lebens, Peabody. Du bist die Einzige für mich.«

Sie lehnte sich zurück und umfasste zärtlich sein Gesicht. »Genau wie du für mich, Ian McNab. Du bist der Einzige für mich. So wie für dich habe ich noch nie für jemand anderen empfunden. Was mich furchtbar glücklich macht. Wobei mich alles hier unendlich glücklich macht – meine Teller, deine Gläser, *unsere* Wohnung.«

»Mich auch.«

»Trotzdem wollen wir noch nicht heiraten. Das ist was für Erwachsene«, erklärte sie mit einem Lächeln, das auch seine hübschen, grünen Augen lächeln ließ.

»Aber eines Tages werden wir es tun?«

»Oh ja. Wir werden eine große und total verrückte und phänomenale Hochzeit feiern. Werden heiraten und Kinder kriegen«, sagte sie ihm zu.

Grinsend tätschelte er ihren Bauch. »Eine kleine She- oder einen kleinen He-Body.«

»Wenn wir erwachsen sind.« Sie küsste ihn, während das Sonnenlicht durch ihren selbstgenähten Vorhang fiel. »Das Beste ist, dass du für den Fall, dass ich jetzt schon heiraten will, gefragt hast. Ich liebe es, dass du an so was denkst.« Wieder schlang sie ihm die Arme um den Hals. »Ich liebe dich dafür, dass du an so was denkst. Frag mich bitte irgendwann noch einmal.«

»Du könntest ja auch mich fragen.«

»Oh nein.«

Sie bohrte ihm den Zeigefinger in den Bauch, und er pikste sie mit seinem Zeigefinger an. »Und warum nicht?«

»Weil du damit angefangen hast.« Kichernd küsste sie ihn auf den Mund und murmelte: »Verdammt«, als das Schrillen ihres Handys sie bei der Liebkosung unterbrach.

Sie richtete sich wieder auf und zog das Telefon zu sich heran. »Eine Nachricht von Dallas. Ich soll sie im Leichenschauhaus treffen.« Eilig rechnete sie nach und meinte grinsend. »Uns bleibt eine Viertelstunde Zeit.«

Sie sprang auf und rannte Richtung Schlafzimmer, weil eine Viertelstunde mit dem Mann, der sie genug liebte, um zu fragen, ob sie Lust hatte zu heiraten, noch besser als ein Plunderstück mit Kirschen war.

Eve betrat das Leichenschauhaus und ging den langen, weißen Gang hinab. An den Geruch von Tod, Desinfektions- und Zitronenscheuermittel hatte sie sich schon vor langer Zeit gewöhnt und dachte längst nicht mehr darüber nach, dass die Männer und die Frauen vor den Getränkeautomaten oder auf dem Weg zu den Büros entweder gerade einen Leichnam ausgeweidet hatten oder im Begriff waren, es zu tun.

Sie fragte sich nicht mehr, wie viele Leichen in den Kühlfächern gelagert waren und wie viele Liter Blut man täglich von den Tischen wusch.

Als sie aber heute in den Autopsieraum kam, wo K.T. Harris auf dem Stahltisch lag, fuhr sie zusammen, weil die Tote Peabody erschreckend ähnlich sah.

Chefpathologe Morris wandte sich von einem der Computermonitore ab. Er trug einen marineblauen Anzug mit silbernen

Nadelstreifen und hatte sein rabenschwarzes Haar zu schlanken Zöpfen aufgedreht.

Im Hintergrund erklang düstere Rockmusik, und auf einem stählernen Tablett dampfte eine Tasse Automatenkaffee vor sich hin.

Seine exotischen Augen sahen erst an Eve vorbei und nahmen sie dann ins Visier. »Ich hatte gehofft, Peabody käme mit.«

»Sie ist auf dem Weg.«

»Es ist ... tja, nun ...« Er trat vor die nackte Leiche auf dem Tisch, die geöffnet und dann sorgfältig wieder geschlossen worden war. »Im Grunde ist die Ähnlichkeit nur oberflächlich, aber trotzdem ...«

»Ja, ich weiß.«

»Offen gestanden war ich froh, dass Carter gestern Abend Dienst hatte und diese Arbeit übernommen hat.« Er tippte mit dem Finger auf den Monitor. »Sie aufzuschneiden hätte mich wahrscheinlich ziemlich aus dem Gleichgewicht gebracht. Aber Sie haben mich auch nicht angefordert.«

»Es war schon spät.« Eve zuckte mit den Achseln und vergrub die Hände in den Taschen ihrer Jeans.

»Nein.« Der Blick der dunklen Augen wurde weich. »Sie dachten, nachdem bereits Amaryllis hier in meinem Haus gelandet war, würde es mir wehtun, jemanden hier auf dem Tisch zu haben, der einer Freundin ähnlich sieht, wenn auch nur oberflächlich.«

»Es hätte keinen Sinn gemacht, Sie anzurufen.«

»Trotzdem war das wirklich rücksichtsvoll. Sie fehlt mir immer noch.« Er glitt mit einer Hand über sein Herz. »Ich glaube, was aus uns beiden hätte werden können, wird mir bis ans Lebensende fehlen. Obwohl es mir inzwischen wieder besser geht.«

»Das freut mich.«

»Als ich heute Morgen reinkam, war ich furchtbar traurig, als ich diese Frau hier liegen sah. Obwohl man diese Arbeit macht und täglich mit dem Tod zu tun hat, kann man traurig finden, was man Tag für Tag erlebt, und ich finde es durchaus wichtig, dass man das gelegentlich auch tut.«

»Ich kannte sie im Grunde kaum, fand sie alles andere als sympathisch und habe mich vor allem auf die äußerlichen Unterschiede zwischen ihr und Peabody konzentriert. Trotzdem geht es mir nahe, wenn ich sie hier liegen sehe.«

»Ich finde, dass es gut ist, wenn man nach so vielen Jahren und so vielen Toten noch Betroffenheit empfinden kann. Kaffee?«

»Das da?« Sie sah auf den Becher, aus dem ihr ein bitterer Geruch entgegenschlug. »Nein, danke.«

»Er schmeckt auch echt widerlich«, gab Morris unbekümmert zu. »Aber ich habe mich daran gewöhnt, auch wenn ich nicht sagen kann, ob das ein gutes oder schlechtes Zeichen ist.«

»Ich könnte Ihnen echten Kaffee besorgen.«

»Wenn ich echten Kaffee hätte, bräche hier die Hölle über mich herein. Dann würden sich wahrscheinlich selbst die Toten noch einmal wie Zombies aus den Kühlfächern erheben, und um dieses Grauen zu vermeiden, bleibe ich bei meinem ekligen Gebräu.«

»Ich glaube nicht, dass Harris noch einmal aufsteht und Ihnen die Zähne in den Hals rammt, selbst wenn es hier echten Kaffee gibt.«

»In den Schädel«, korrigierte Morris. »Zombies fressen Hirn.«

»Das ist ja echt krank.«

»Schließlich sind es Zombies«, gab er gut gelaunt zurück. »Aber wie dem auch sei.« Er wandte sich den Daten auf dem Bildschirm zu. »Nach der anfänglichen Trauer kam die Dankbarkeit, denn dieser Tod ist weder mein noch Ihr Verlust. Ich finde, manchmal sollten wir auch dankbar sein.«

»Am liebsten hätte ich Peabody gestern Abend mitten auf den Mund geküsst. Am Ende habe ich es mir verkniffen, doch ich musste mich richtig bremsen.«

Das Geständnis zauberte ein Lächeln in sein anziehendes Gesicht. »Was sind wir doch für fürchterliche Softies, Sie und ich. Tja nun. An unserer Stelle wird jetzt jemand anderes traurig sein.«

»Nicht unbedingt«, erklärte Eve. »Sie war ein bösartiges Weib. Bisher habe ich mit Ausnahme der Mutter mit niemandem gesprochen, der sie auch nur annähernd sympathisch fand. Und selbst bei der Mutter kann ich nicht sicher sagen, ob sie sie gemocht hat oder ob es eher der Schock oder die Trauer über den Verlust der Tochter war.«

»Dann hat sie wirklich keine Ähnlichkeit mit unserer Peabody. Was für das Opfer schade ist, obwohl sie meiner Meinung nach nicht allzu sehr gelitten hat. Sie hatte jede Menge Zoner und vor allem Alkohol im Blut.«

»Sie hat gestern ein Glas Rotwein nach dem anderen in sich reingekippt, sie hatte Kräuterzigaretten in der Tasche, und ich habe auf dem Dach sechs Kippen entdeckt. Sie sind noch im Labor. Vielleicht hat sie ja Zoner unters Kraut gemischt.«

»Klingt, als hätte sie keinen allzu großen Spaß an ihrem Leben gehabt.«

»Was ist die Todesursache?«

»Ertrinken. Harris hatte Wasser in der Lunge, was bedeutet, dass sie noch gelebt hat, als sie in den Pool gefallen ist. Die Kopfverletzung ...« Morris rief das Bild der Wunde und ein Bild des Poolrands auf dem Bildschirm auf. »Sie war stark genug, um das Bewusstsein zu verlieren, aber tödlich war sie nicht. Ohne den Alkohol hätte sie eine leichte Gehirnerschütterung davongetragen, sich mit ein, zwei Stichen nähen lassen müssen und was gegen ihre Kopfschmerzen gebraucht. Carters Rekonstruktion, mit der ich übereinstimme, deutet auf einen Sturz ins Wasser hin.«

Er rief Carters Erkenntnisse auf dem Computer auf.

»Sie ist gefallen oder wurde gestoßen, ist dann mit dem Kopf im Kies neben dem Beckenrand gelandet und müsste mehrere Minuten lang bewusstlos dort gelegen haben. Wobei der Zoner und der Alkohol die Phase ihrer Ohnmacht sicher noch verlängert haben.«

»So, wie sie gefallen ist, ist sie wahrscheinlich nicht von selbst in den Pool gerollt.«

»Auf keinen Fall.«

»Ist es möglich, dass sie noch einmal zu sich kam, versucht hat aufzustehen und dabei reingefallen ist? Weil sie das Gleichgewicht verloren hat?«

»Wegen der geringen Wassertiefe hätte sie in dem Fall noch andere Verletzungen davongetragen. Wie Sie dem Computerbild entnehmen können, stimmt die leichte Abschürfung an ihrer Schläfe damit überein, dass sie über den Rand ins Becken gerollt ist oder gerollt wurde. Außerdem weisen die Absätze von beiden Schuhen Kratzer auf. Hier ...«

Er wandte sich erneut der Leiche zu und baute sich vor ihrer rechten Hüfte auf. »Hier ist auch noch eine leichte Abschürfung zu sehen. Die passt zu ihrem ursprünglichen Sturz und zu dem Blut am Beckenrand.«

»Blut, das irgendwer versucht hat wegzuwischen. Selbst, wenn sie reingefallen wäre, wäre das Wasser niemals weit genug gespritzt, um das Blut abzuwaschen. Dafür hätten ein paar Spritzer über die Entfernung nie gereicht.«

»Nicht, wenn es so abgelaufen ist, wie Carter denkt.«

Eve konnte alles deutlich vor sich sehen. »Dann ist sie also entweder von selbst oder weil jemand ihr eine verpasst hat, umgefallen. Sie ist bewusstlos, und bevor sie wieder zu sich kommt, schleift jemand sie zum Beckenrand, rollt sie in den Pool, und sie ertrinkt.«

»Wir gehen davon aus, dass es so abgelaufen ist. Das war kein Unfall, sondern Mord.«

»Das ist alles, was ich brauche«, meinte Eve und sah sich um, als Peabody den Raum betrat und stocksteif stehen blieb.

»Wow. Es ist immer noch echt seltsam«, meinte sie mit einem Blick auf ihre tote Doppelgängerin. »Auch wenn sie längere Beine hat als ich. Warum kann ich nicht so lange Beine haben?«

Morris trat entschlossen auf sie zu, legte ihr die Hände auf die Schultern und küsste sie mitten auf den Mund.

»Wow.« Sie blinzelte verwirrt. »Hm, danke. Das war nett.«

»Es ist mir eine große Freude, Sie zu sehen«, erklärte er und schaute Eve mit lachenden Augen an.

»Das ist bisher der schönste Morgen, den ich jemals hatte.«

»Vergessen Sie ihn nicht so schnell«, empfahl ihr Eve. »Wir haben nämlich einen Mordfall, eine ellenlange Liste mit Verdächtigen, und wenn die Sache in die Medien kommt, bricht die Hölle über uns herein. Danke, Morris.«

»Gern geschehen. Und, Peabody ... Ich mag Ihre Beine, wie sie sind.«

»Der Tag wird immer schöner.« Strahlend folgte Peabody der Partnerin zur Tür.

»Sie sind zu spät, und Ihr beschwingter Schritt verrät, dass Sie zu spät kommen, weil Sie erst noch mit Ihrem Typen in der Kiste waren. Was bedeutet, dass ich Ihnen jetzt erklären muss, was Morris rausgefunden hat, was meinen Tag nicht gerade schöner macht.«

»Ich kann nichts dafür. McNab hat mich gebeten, ihn zu heiraten.«

Das war der zweite Schlag an einem Tag, Eve blieb stehen und starrte sie mit großen Augen an. »Was? Meine Güte. Was?«

»Ich sitze da und esse statt des Marmeladenbagels, den ich essen möchte, Joghurt, er sitzt da mit seiner Schüssel Crispy Crunchie Charms, und plötzlich fragt er mich, ob ich heiraten will.« Sie wippte fröhlich auf den Spitzen ihrer pinkfarbenen Cowboyboots. »Das heißt, er wollte wissen, ob ich will, dass er mich fragt, was noch süßer und besser ist, und Junge, Junge, da hatte ich einfach keine andere Wahl mehr, als mit ihm ins Bett zu gehen.«

Eve starrte sie mit großen Augen an. Wie viele Schocks erlitte sie wohl noch an diesem Tag? »Und?«

»Wir werden heiraten. Irgendwann. Aber nicht jetzt. Wir wollen jetzt noch nicht heiraten.«

»Ich bin verwirrt.«

»Ich glaube, er musste mich einfach wissen lassen, dass es das ist, was er eines Tages will. Und er musste wissen, dass es auch das ist, was ich eines Tages will. Und das ist es auf jeden Fall.« Peabody schlang sich die Arme um die Schultern, als umarme sie sich selbst.

»Es ist genau das, was ich will. Wissen Sie, es hat ihn ziemlich aus dem Gleichgewicht gebracht, jemanden, der ausgesehen hat wie ich, der mich *verkörpert* hat, tot neben dem Pool liegen zu sehen.«

»Das kann ich verstehen.«

»Deshalb hat er mich gefragt, ob er mich fragen soll, um mir zu sagen und sich selbst zu vergewissern, dass ... Oh, Dallas, ich bin vollkommen verrückt nach ihm. Aber es ist mehr als nur verrückt. Ich liebe ihn total.«

»Das glaube ich.« Auf dem Weg nach draußen fügte Eve hinzu: »Vielleicht sage ich das niemals wieder, aber meiner Meinung nach sind Sie auch das ideale Paar. Trotzdem ist es klug von Ihnen beiden, noch etwas zu warten und nicht gleich den nächsten Schritt zu tun.«

»Sie haben nicht gewartet.«

»Das zwischen mir und Roarke ist sowieso nicht wirklich klug. Wenn man es genau bedenkt, hätte es zwischen uns nie funktionieren dürfen.«

»Das sehen Sie falsch. Wenn man es genau bedenkt, wird klar, warum es zwischen Ihnen funktioniert hat und noch immer funktioniert.«

»Vielleicht. Aber wenn Sie sich noch einmal verspäten, weil sie mit Ian in die Kiste springen mussten, reiße ich Ihnen dafür den Hintern auf.«

»Okay.«

»Auf dem Weg zur Wache machen wir noch kurz bei Mavis und bei Leonardo halt. Sie waren gestern schon weg, als die Leiche auf dem Dach gefunden wurde, aber vorher waren sie den ganzen Abend da, deshalb brauchen wir noch ihre Aussagen fürs Protokoll. Außerdem spielt Mavis sich selbst in diesem Film, sie hatte deshalb öfter mit den Leuten dort zu tun und kann uns vielleicht irgendwas erzählen, was uns weiterbringt.«

Es war immer noch ein bisschen seltsam, wenn sie in das Haus und das Apartment kam, das einmal ihr eigenes gewesen war. Jetzt wohnten Mavis, Leonardo und ihr Baby dort, sie hatten allerdings auch noch die Nachbarwohnung übernommen, Wände rausgerissen und alles so umgestaltet, dass es den perfekten Raum für die Familie und die Arbeit bot.

Noch seltsamer fand Eve, dass auch Peabody und McNab in dieses Haus gezogen waren.

Das war sehr viel Veränderung in ziemlich kurzer Zeit gewesen.

»Es ist noch früh.« Eve nahm die Treppe, die sie früher jeden Tag hinaufgegangen war. »Aber selbst wenn wir sie jetzt wecken, müssen wir so schnell wie möglich wissen, ob den beiden irgendetwas aufgefallen ist.«

»Sie haben ein Baby, Dallas. Glauben Sie mir, sie sind auf alle Fälle wach.«

»Wenn Sie es sagen ...« Sie klopfte an und merkte, dass die Wohnung gut gesichert und die Tür vor kurzem leuchtend pinkfarben gestrichen worden war.

Leonardo machte ihnen auf, und obwohl die großen, braunen Augen mit den goldfarbenen Sprenkeln unter seinen langen kupferroten Rastalocken noch etwas verschlafen wirkten, hatte er ein breites Lächeln im Gesicht. »Guten Morgen! Was für eine nette Überraschung.«

Er trug einen Hausanzug bestehend aus einer weiten, schokoladenbraunen Hose unter einer reich bestickten, cremefarbenen Tunika.

Obwohl er sie am Vorabend zum letzten Mal gesehen hatte, nahm er sie enthusiastisch in den Arm. »Mavis zieht gerade die Kleine an. Nach dem Frühstück gehen wir zu einem Familien-Yogakurs, danach muss sie zu Aufnahmen ins Studio, und ich selbst habe einen Termin wegen der Frühjahrskollektion.«

»Yoga? Bella macht schon Yoga?«

»Das ist ein guter Sport für die ganze Familie.«

»Okay. Aber die Frühjahrskollektion? Der Sommer ist noch nicht mal ganz vorbei.«

»Bei der Mode muss man immer für die Zukunft planen. Kaffee? Kaffeetechnisch bin ich zwischenzeitlich hoffnungslos verwöhnt und habe immer eine Packung von Roarkes Mischung da.«

»Das übernehme ich.« Während Peabody, die in der Wohnung ebenfalls zuhause war, ohne eine Antwort abzuwarten, in die neue, nur durch eine Glastheke vom Wohnbereich getrennte Küche ihrer Freunde lief, sah Eve sich erst einmal um. Die Wohnung war erschreckend bunt. Es sah aus, als hätte ihre nicht mal einjährige Patentochter die Farben der Stoffe, der Tapeten und der Bilder an den Wänden ausgesucht. Jedes Mal, wenn sie vorbeikam, sah die Wohnung weniger wie ihre alte Bleibe aus.

»Die Wohnung passt zu euch.«

»Wir sind auch glücklich hier.«

»So sieht es auch aus. Hör zu, Leonardo, tut mir leid, so früh zu stören, aber ...«

Ehe sie den Satz beenden konnte, kam die Freundin mit zu einem wild gelockten Knoten aufgetürmten Haar, einem engen Top und kurzer, weiter Hose in den Farben einer Sonnenexplosion ins Wohnzimmer gehüpft. Bella, die auf ihrer Hüfte saß, trug Shorts im Rosaton der Wohnungstür zu einem weißen Top, auf dem in Strass der Gruß der Yogis *Namaste* verewigt war.

Bella quietschte fröhlich: »Das!«, weil Dallas noch zu schwierig war, und stieß dann einen Strom an Lauten aus, die Eve beim besten Willen nicht verstand.

»Ich dachte doch, ich hätte jemand kommen hören. Und Peabody ist auch dabei!« Sie drehte sich in ihren roten Glitzerturnschuhen einmal um sich selbst. »Ihr kommt genau zur rechten Zeit! Ihr werdet Augen machen. Also los, Bellissima, geh zu Dallas!«

»Das!«, rief Bella, während Mavis sie vorsichtig auf die Füße stellte, klammerte das Kind sich hilfesuchend an den mütterlichen Fingern fest und starrte sie mit großen Augen an.

»Du schaffst es, Baby. Los.«

Mit weit aufgerissenen, babyblauen Augen wackelte die Kleine unsicher in ihren pinkfarbenen Turnschuhen los. Sie machte einen und noch einen zweiten Schritt, ließ Mavis' Finger los und ruderte mit ihren Händen wie mit Vogelschwingen durch die Luft.

»Was macht sie da? Wie schafft sie das?« Eve musste sich zwingen, nicht zurückzuweichen, als die kleinen Beinchen sich bewegten, weil den blauen Augen die Begeisterung über die neue Art der Fortbewegung überdeutlich anzusehen war.

»Sie läuft!« Peabody ließ den Kaffee stehen und kam ins Wohnzimmer zurück. »Sie macht ihre ersten Schritte.«

Bella krachte wenig sanft gegen die Beine ihrer Patentante, streckte ihre Ärmchen aus und klammerte sich wie eine Ertrinkende an deren Hosenbeinen fest.

»Seit heute Morgen«, klärte Mavis die Besucherinnen schniefend auf. »Leonardo hat sie auf den Fußboden gesetzt, weil er ihr Frühstück holen wollte, und mit einem Mal hat sie sich selbst am Stuhlbein hochgezogen und ist ihm gefolgt. Sie wollte unbedingt zu ihrem Daddy. Ich bin immer noch total gerührt«, stieß sie mit rauer Stimme aus und wischte sich die Tränen fort.

In Eves Rücken schniefte Leonardo ebenfalls.

Bella legte ihren Kopf zurück und sagte flehend: »Das.«

»Was will sie?«, fragte Eve.

»Du sollst sie hochnehmen.«

»Warum denn das? Sie kann jetzt schließlich laufen.«

»Das«, rief Bella abermals und füllte dieses eine kurze Wort mit grenzenloser Liebe an.

»Okay, okay.« Ängstlich beugte Eve sich vor und nahm sie auf den Arm.

Glücklich strampelte die Kleine mit den Beinen, kreischte »Uss!« und gab ihr einen feuchten Schmatzer ins Gesicht. »Hi! Hi!«

»Hallo.«

Brabbelnd klopfte Bella Eve mit ihren Patschehändchen auf die Wangen, streckte dann aber mit einem Mal die Arme aus und juchzte: »Peebo!«

»Das bin ich«, erklärte Peabody, trat auf sie zu und nahm ihr Bella ab. »Ich bin Peebo. Du bist wirklich klug. Und genauso hübsch wie deine Mom.« Peabody warf Bella in die Luft, und Eves Herzschlag setzte aus.

»Sind Sie verrückt geworden?«

»Sie liebt das.« Abermals warf sie die Kleine in die Luft, und Bella brach in wildes Kichern aus.

»Im Grunde sind wir dienstlich hier«, erklärte Eve, und ihr fiel auf, dass Mavis kein Problem damit zu haben schien, dass Peabody ihr Baby durch die Gegend warf. »K.T. Harris wurde gestern Abend umgebracht.«

Mavis fiel die Kinnlade herunter. »Umgebracht? Also bitte, wir waren alle dort. Es ging ihr gut, soweit ihr das als d-u-Doppel-m-e-m ihr-wisst-schon-was möglich war.«

»Sie ist im Pool im Dachgarten ertrunken. Wobei jemand nachgeholfen hat.«

»Das ist ja schrecklich. Das ist ...« Leonardo fuhr sich unglücklich mit einer seiner Pranken durchs Gesicht. »Ich weiß nicht, was ich sagen soll.«

»Ihr wart schon weg, als sie gefunden wurde, aber trotzdem brauchen wir auch eure Aussagen fürs Protokoll.«

»Hört zu, am besten gehe ich mit Bella rüber in ihr Zimmer, und wir beide spielen dort etwas«, schlug Peabody den Eltern vor. »Dann ist es etwas einfacher.«

»Ja, bitte«, stimmt Mavis zu. »Ich will nicht, dass sie in der Nähe ist, wenn über einen Mord geredet wird. Das wäre sicherlich nicht gut für sie.«

Auf dem Weg ins Nebenzimmer lehnte Bella sich über die Schulter ihrer Spielgenossin und warf Eve und ihren Eltern Kusshände zum Abschied zu. »Bye-bye. Bye-bye.«

»Ich werde erst einmal den Kaffee holen.« Leonardo strich beruhigend mit einer Hand über die Schulter seiner Frau, als er in Richtung Küche ging.

»Ich bin total geschockt. Ich meine, wir waren da und haben mit ihr geredet. Oder haben zumindest hi und tschüss gesagt. Und diese blöde Show, die sie beim Essen abgezogen hat ... Wisst ihr, wer es war?«, wollte Mavis wissen. »Oder habt ihr einen Hauptverdächtigen? Sie sind alle Schauspieler und so. Wie hätte einer von dem Trupp sie umbringen können? Schließlich ist der Film noch gar nicht fertig abgedreht.«

»Setz dich erst einmal, meine Süße.« Leonardo stellte ein Tablett mit drei dampfenden Bechern auf dem Couchtisch ab. »Ich habe dir feinen Jasmintee mitgebracht.«

»Wobei der Kaffee deutlich besser riecht. Aber ich stille noch«, erklärte Mavis Eve. »Also halte ich mich mit Kaffee noch zurück. Ich stand mit ihr zusammen vor der Kamera. Wenn sie in der Stimmung dazu war, war sie echt gut – dann war sie wirklich Peabody. Ich mochte sie, wenn sie in Stimmung war.«

»Hatte sie mit irgendjemandem Probleme?«

»Abgesehen von mir so ungefähr mit jedem am Set. Denn wenn sie nicht in Stimmung war, war sie eine totale Hexe und kein bisschen wie Peabody. Sie hat permanent versucht, Marlo ans Bein zu pissen, und sich andauernd mit Matthew angelegt.«

Mavis zog die Beine unter sich und nippte nachdenklich an ihrem Tee. »Einmal auf dem Weg zu meinem Wohnwagen habe ich mitbekommen, wie sie Julian in seinem Trailer angeschrien hat. Und den armen Preston – der ein echter Schatz ist – hat sie wie den letzten Dreck behandelt. Nur an Andi hat sie sich anscheinend nicht herangetraut. Ich glaube, ihr war klar, dass Andi ihr bedenkenlos eine reinhauen würde, und vor allem hat Andi das Talent, einem mit ihrem Mundwerk schlimmer wehzutun, als wenn sie einem eine langt. Auch Roundtree hat sie ab und an dumm angemacht, aber soweit ich es mitbekommen habe, ist das einfach an ihm abgeprallt.«

»Was war gestern Abend?«, fragte Eve.

»Ich wünschte mir, ich hätte besser aufgepasst. Honigbär?«, wandte sich Mavis Leonardo zu.

»Die Atmosphäre war ein bisschen angespannt. Ich mag so etwas nicht. Sie hat rücksichtslos mein Gespräch mit Andi über deren Kleid für die Premiere unterbrochen und darauf bestanden, dass sie auch ein Kleid von mir bekommt. Sie war alkoholisiert und unhöflich, Andi hat zu ihr gesagt ...« Er wurde rot.

»Sie hat ihr vorgeschlagen, was zu tun, was physikalisch praktisch unmöglich ist, falls du mir folgen kannst. Sie haben sich kurz gefetzt, und K.T. meinte, dass sie erst ein Kleid von mir bekommen sollte, weil sie schließlich auch die größere und wichtigere Rolle hat. Daraufhin hat Andi ihren Vorschlag wiederholt. Es war alles furchtbar unangenehm. Dann hat K.T. endlich einen Rückzieher gemacht, und Andi hat die Unterhaltung mit mir fortgesetzt, als wäre nichts geschehen.«

»Gut zu wissen. Davon hat Andrea Smythe mir gegenüber gestern Abend nichts erwähnt.«

»Oh, und ich habe gesehen, wie K.T. den armen Matthew zugetextet hat«, fügte Mavis noch hinzu. »Ich habe nicht gehört, worum es ging, aber er wirkte ziemlich angespannt, am Schluss hat sie noch diesen hier gemacht«, Mavis reckte kurz den Mittelfinger in die Luft, »dann ist sie davongestürmt, und er stand wie ein begossener Pudel da.«

»Wann war das?«

»Hm.« Sie kniff die Augen zu. »Direkt vor dem Essen. Ja, ein paar Minuten ehe Connie uns ins Esszimmer gebeten hat. Direkt vor der Filmvorführung hat sie sich an Julian herangemacht. Er hat gelangweilt und verärgert reagiert, und diesmal stand sie selbst am Schluss wie ein begossener Pudel da. Sie waren zu dem Zeitpunkt beide bereits ziemlich angetrunken, wenn ich mich recht entsinne, hat sie sich allein auf einen Sessel ganz hinten im Kinosaal gesetzt. Dann begann die Vorführung, und ich habe nicht mehr darauf geachtet, was sie tut. Der Film war wirklich witzig, fandet ihr nicht auch?«

»Ist euch sonst noch etwas aufgefallen? Jemand, der den Saal während der Vorführung verlassen hat?«

»Nein.« Wieder wandte Mavis sich an Leonardo, doch der schüttelte den Kopf. »Wir haben während der gesamten Vorführung gekuschelt, mein Schnuckelputz und ich. Direkt danach sind wir schon heimgefahren. Trina ist als Babysitterin echt Spitze, aber trotzdem haben wir uns nach unserem Bella-Schatz gesehnt. Wir haben uns bei Roundtree und bei Connie für die

Einladung bedankt und uns dann unauffällig aus dem Staub gemacht. Oh. Im Rausgehen haben wir noch Julian gesehen. Er lag ohnmächtig auf der Couch.«

»Also gut. Falls einem von euch beiden sonst noch etwas einfällt – ganz egal, wie unwichtig es euch vielleicht erscheint –, lasst es mich oder Peabody wissen, ja?«

»K.T. ist tot.« Mavis schüttelte noch immer ungläubig den Kopf. »Was passiert jetzt?«

»Jetzt finden wir heraus, wer an diesem Zustand schuld ist.«

Auf dem Weg zur Wache informierte Eve Peabody darüber, was ihren Freunden aufgefallen war. Peabody schüttelte den Kopf. »Keiner, der die beiden gestern Abend mit dem Weibsbild hat streiten sehen, hat das bei der Vernehmung letzte Nacht erwähnt.«

»Am besten finden wir heraus, warum man uns diese Details verschwiegen hat.«

»Bestellen wir die Leute aufs Revier?«

Eve überlegte kurz und nickte dann. »Ja. Am besten tun wir so, als hätten wir nur noch ein paar Routinefragen, aber trotzdem holen wir sie dafür aufs Revier. Rufen Sie sie bitte alle einzeln an, und machen Sie die Termine aus. Als Erstes schreibe ich mir auf, was wir erfahren haben, hänge ein paar erste Bilder an der Tafel auf, dann knöpfen wir uns diese Leute nacheinander vor und helfen ihrem Gedächtnis etwas auf die Sprünge.«

Ruhig und freundlich, dachte Eve.

Denn schließlich wäre später auch noch Zeit, um die Daumenschrauben etwas fester anzuziehen.

7

»Fangen Sie schon mal mit der genauen Überprüfung unseres Opfers an«, wies Eve die Partnerin im Fahrstuhl auf dem Weg nach oben an. »Wollen wir doch mal sehen, ob es vielleicht noch eine andere Verbindung zwischen ihr und einem von den anderen Gästen, jemandem von Roundtrees Personal oder jemandem vom Partyservice gestern Abend gab.«

»Wird erledigt.«

Oben angekommen, sah Eve zwei ihrer Detectives vor einem Getränkeautomaten stehen.

Carmichael, der das Haar mit einer großen Klammer im Genick zusammenhielt, nickte ihr zu. »Lieutenant.«

»Detectives.«

»Sanchez klärt mich gerade eingehend über die verschiedenen Inhaltsstoffe der Getränke auf.«

»Ich habe lediglich gesagt, dass in der Zitronenlimo überhaupt keine Zitronen sind. Wenn man richtige Zitronenlimo will, muss man in den Feinkostladen um die Ecke gehen. Die machen ihre Limo selbst.«

»Und ich habe gesagt, wenn der Körper sowieso schon voll mit Chemikalien ist, macht ein bisschen mehr doch sicherlich nichts aus.«

»Faszinierend.«

»Nun, auf jeden Fall brauchen wir was zu trinken, denn wir fahren gleich noch einmal los und sammeln ein paar Gangmitglieder ein«, wandte sich Carmichael wieder seiner Chefin zu. »Wir haben einen neuen Fall. Angeblich sind zwei Mitglieder der Gang gestern Abend – offenkundig während eines Drogendeals – auf einem Basketballplatz in der Avenue B mit Messern und danach mit Eisenstangen aufeinander losgegangen. Beide wiesen jede Menge Löcher auf, einer von den beiden war auf der

Stelle tot. Der andere hat zwar noch geatmet, sah aber im Grunde auch nicht besser aus. An dem Eisenrohr, mit dem man ihm den Schädel eingeschlagen hatte, klebten zwar sein Blut und seine Haut, aber Fingerabdrücke waren nicht drauf.«

»Das ist auf alle Fälle interessanter als die Frage, was Sie trinken sollen«, erklärte Eve.

»Nachdem er heute Morgen ebenfalls das Zeitliche gesegnet hat, haben wir es mit einem Doppelmord zu tun, bei dem es auf den ersten Blick so wirkt, als hätten sich die beiden Typen gegenseitig abgemurkst.«

»Aber da der erste Tote keine Handschuhe benutzt hat und auf der Stelle tot war«, führte Sanchez aus, »konnte er wohl kaum noch die Eisenstange abwischen, bevor er ins Gras gebissen hat. Außerdem hat der Pathologe keine Stoffreste im Magen dieses Typs entdeckt, die darauf hingewiesen hätte, dass der Kerl den Lappen, mit dem er die Stange abgewischt hat, aufgegessen hat, auch auf dem Platz haben wir nichts gefunden, womit die Tatwaffe gereinigt worden ist. Offenbar hat also jemand anderes die beiden erledigt und die Eisenstange abgewischt.«

Obwohl Sanchez erst seit kurzem bei den Mordermittlern war, war Eve von seinem Stil bereits entzückt. »So, wie Sie es schildern, dürfte es tatsächlich jemand anderes gewesen sein.«

»Deshalb schleifen wir ein paar von diesen Typen aufs Revier und hören uns den Schwachsinn an, den sie uns garantiert erzählen.«

»Aber ohne etwas zu trinken, hält man das nicht durch«, fügte Sanchez noch hinzu.

»Aha. Stammte das Eisenrohr vom Tatort?«

»Wir haben dort ein paar von diesen Dingern liegen sehen«, bestätigte Carmichael Eve. »Sie haben mal zu einem Zaun gehört.«

»Suchen Sie nach einem jungen Neueinsteiger oder einer Freundin, die kein echtes Mitglied ist. Ein vollwertiges Gangmitglied hätte kein Eisenrohr benutzt. Jemand hat den beiden damit die Schädel eingeschlagen, weil es zufällig dort lag; ein

Gangmitglied, das etwas auf sich hält, sticht seine Gegner mit dem Messer ab.«

»Da haben Sie wahrscheinlich recht«, stimmte Carmichael nickend zu. »Mit ein bisschen Glück bleibt uns deshalb ein Teil des Blödsinns, den uns diese Kerle aufgetischt hätten, erspart.«

»Trotzdem trinke ich bestimmt keine Zitronenlimo, in der gar keine Zitronen sind.«

»In der Avenue B verkaufen sie in einem Laden Milchshakes, in denen echte Milch enthalten ist«, erklärte Eve. »Kosten einen Zehner, aber den sind sie auf alle Fälle wert.«

»Den Laden kenne ich.« Carmichael strahlte Sanchez an. »Ich kann dir zeigen, wo er ist.«

»Gut. Und du bezahlst.«

Auf dem Weg zum Fahrstuhl stritten sie sich weiter fröhlich darum, wer die Rechnung übernehmen würde, was für Eve ein Zeichen war, dass innerhalb von kurzer Zeit eine gute, grundsolide Partnerschaft zwischen den beiden entstanden war.

»Das mit dem Milchshake hätten Sie nicht sagen dürfen«, raunzte Peabody Eve an. »Wegen des Heiratsantrags und des Sexes habe ich schließlich keine Zeit zum Frühstücken gehabt.«

»Künstliche Zitronenlimo muss genügen, denn statt sofort wieder loszufahren, überprüfen Sie das Opfer und laden die Leute vor. Ich hänge in der Zeit die Bilder an die Tafel und fasse zusammen, was bisher bei den Verhören herausgekommen ist.«

Sie durchquerte das Geruchsgemisch aus falschem Zucker, Kaffee, Fett und echtem Schweiß und das Stimmengewirr, das Schrillen der Links sowie das Surren der Computer, die sie stets in ihrem Dezernat begrüßten, und trat durch die Tür ihres Büros.

Das Nachrichtenlicht des Links auf ihrem Schreibtisch blinkte wie die Neonwerbeschilder, die man abends links und rechts des Broadways sah. Stirnrunzelnd trat sie vor den AutoChef, holte sich eine Tasse Kaffee und ging, ohne auch nur eine Nachricht abzuhören, kurz die Anrufliste durch.

Journalisten, Journalisten, Journalisten, dachte sie erbost.

Auch Nadine hatte sie zweimal angerufen, doch sie müsste auf den Rückruf warten, bis Eves Tafel stünde und bis der Bericht geschrieben war.

Während sie sich an die Arbeit machte, dachte sie an die phänomenalen Milchshakes, die sich Carmichael und Sanchez leisten würden, und an ihren eigenen Schokoladenvorrat, der in seinem neuen, besseren Versteck inzwischen wieder vor dem dreisten Süßigkeitendieb sicher war, der schon seit Monaten sein Unwesen in ihren Räumlichkeiten trieb.

Sie blickte auf den wackligen Besucherstuhl, unter dessen Sitz ihr Schokoriegelvorrat darauf wartete, dass sie sich an ihm gütlich tat.

Aber auch die Schokolade müsste warten, denn sie hatte alle Hände voll zu tun.

Sie hängte Passbild und Tatortaufnahmen des Opfers, Passbilder von allen anderen Gästen der verfluchten Dinnerparty, Aufnahmen der Handtasche, der Kippen und der Glasscherben vom Dach des Hauses, den Bericht der Spurensicherung und den Bericht des Pathologen Carter an der Tafel auf, setzte sich an ihren Schreibtisch, trank den Rest ihres Kaffees und sah sich die Fotos an.

Kaum hatte sie ihren Bericht begonnen, drangen Schritte an ihr Ohr.

Nicht die von Peabody, die immer hüpfte, statt normal zu laufen, sondern gleichmäßige und zielgerichtete Schritte.

Whitney, dachte sie und nahm Sekunden, ehe der Commander durch die Tür trat, eine kerzengerade Haltung hinter ihrem Schreibtisch ein.

»Dallas.«

»Sir.« Unbehaglich stand sie auf. Commander Whitney suchte sie nur selten auf. Noch seltener betrat er ihr Büro und schob die Tür hinter sich zu.

»K.T. Harris«, fing er an.

»Sir. Die Untersuchung durch den Pathologen hat ergeben, dass die Frau ermordet worden ist. Da ich zum Tatzeitpunkt vor

Ort war, habe ich mithilfe der Detectives Peabody und McNab umgehend alle Individuen vernommen, die im Haus waren.«

»Haben Sie selber auch eine Aussage gemacht?«

»Die schreibe ich in den Bericht, Sir. Sie bekommen ihn, sobald er fertig ist.«

»Setzen Sie sich, Lieutenant.«

Er selber setzte sich auf den Besucherstuhl und runzelte die Stirn. »Warum in Gottes Namen haben Sie nicht längst mal einen neuen Stuhl bestellt? Auf diesem Ding kommt man sich vor, als säße man auf einem Stein.«

Irgendwie fand sie es beunruhigend, dass den Hintern ihres Vorgesetzten und ihren Schokoriegelvorrat lediglich ein durchgesessenes Kissen trennte. »Weil man auf Steinen ungern lange sitzt. Nehmen Sie meinen Stuhl, Commander«, bot sie höflich an.

Er winkte ab und wandte sich der Tafel zu. Die Jahre der Verantwortung hatten ein Netz aus Falten in sein dunkles, großflächiges Gesicht gegraben, und sein kurz geschorenes Haar wies ein paar dicke, graue Strähnen auf.

»Die Sache ist ein bisschen kompliziert.« Er nickte mit dem Kopf in Richtung ihres Links. »Journalisten?«

»Ja, Sir«, gab sie unumwunden zu. »Ich kümmere mich darum.«

»Das werden Sie wohl müssen. Aber neben dieser gibt's noch eine weitere Komplikation in dem Fall, und zwar Ihre Verbindung zu der toten Frau.«

»Wir hatten keine Verbindung zueinander.«

»Dallas, Sie haben mit dem Opfer zu Abend gegessen, bevor es ermordet worden ist.«

»Außer uns saß noch ein gutes Dutzend Leute mit am Tisch. Ich habe zwei, drei Sätze mit der Frau gewechselt, eine andere Verbindung gab es nicht.«

»Sie hatten Streit mit ihr.«

Ihr Gesicht blieb völlig ausdruckslos, in ihrem Innern aber wogte überraschter Ärger auf. »Um genau zu sein, hatte sie Streit mit mir. Sie hatte getrunken, und den Aussagen sämtlicher Zeugen nach konnte sie selbst nüchtern manchmal ziemlich schwierig sein. Sie hat während des Essens ein paar beleidigende, abfällige Äußerungen von sich gegeben, die jedoch nicht direkt gegen mich gerichtet waren. Meiner Meinung nach habe ich knapp und angemessen darauf reagiert. Womit der Fall erledigt war.«

»Sie spielt Ihre Partnerin in einem großen Kinofilm.« Wieder wies er auf die Tafel. »Und Sie selbst, Ihr Mann, andere Beamte dieses Dezernats und Menschen, mit denen Sie privat verkehren, werden von den Verdächtigen in diesem Fall gespielt.«

»Ja, Sir.«

»Die Medien werden diese Geschichte ausschlachten und jede Menge Unrat daruntermischen.« Whitney legte seine großen Hände müde auf die Oberschenkel. »Wir müssen unbedingt verhindern, dass man uns irgendwie an den Karren fahren kann. Es würde auch nichts nützen, diesen Fall jetzt noch an einen anderen Ermittler abzutreten, vor allem würden die Ermittlungen dadurch vielleicht behindert«, fügte er ruhig hinzu, bevor sie etwas einwenden konnte. »Aber trotzdem dürfen wir nicht ignorieren, dass die Presse sich auf die Verbindung zwischen Ihnen und den Gästen dieser Feier stürzen wird. Wir brauchen eine eindeutige Aussage von Ihnen und von Peabody. Heute Nachmittag halten wir eine Pressekonferenz zu dieser Sache ab, und Sie werden mit unserem Pressesprecher überlegen, wie dabei am besten vorzugehen ist.«

»Ja Sir«, erklärte sie, obwohl sie lieber eine Nadel aus dem Heuhaufen gezogen hätte, um sich selbst damit ein Auge auszustechen, statt den Fall mit einem Pressefuzzi durchzugehen.

»Natürlich wäre es uns beiden lieber, wenn Sie selbst und Ihre Partnerin sich ganz auf die Ermittlungsarbeit konzentrieren könnten, aber es ist leider unerlässlich, dass wir uns der Presse stellen. Ein paar Medien haben schon über das angeblich böse Blut berichtet, das es zwischen Ihnen und dem Opfer gab, in ein paar anderen Berichten liegt das Augenmerk darauf, dass das Opfer in dem Fall, in dem Sie jetzt ermitteln, in dem Film als

Ihre Partnerin zu sehen sein wird. In sämtlichen Berichten wird die Tatsache betont, dass Sie auf der Dinnerparty und somit vor Ort waren, als K.T. Harris starb. Wir werden der Presse die passenden Antworten auf diesbezügliche Fragen geben, und zwar so lange, bis Sie den Mörder überführt haben.«

Damit stand er wieder auf. »Konferenzraum eins. Jetzt. Und geben Sie auch Peabody Bescheid.«

»Zu Befehl. Sir.«

Gott verdammt, ging es ihr durch den Kopf, als sie mit ihm zusammen durch ihre Abteilung lief.

Sie winkte ihre Partnerin hinter sich her. »Sie kommen mit.«

Der blöde Medienrummel hinderte sie wieder einmal daran, ihrer Arbeit nachzugehen.

»Was ist?«, erkundigte sich ihre Partnerin.

»Die verdammten Medien«, raunte Eve ihr zu. »Der verdammte Pressesprecher, die verdammte Pressekonferenz, der verdammte Mist, den wir dort sagen sollen.«

»Oh. Aber ich schätze, dass damit zu rechnen war.«

»Ja, aber ich dachte, ich könnte zumindest noch meinen Bericht zu Ende schreiben und bekäme den Laborbericht, bevor ich mit den blöden Journalisten reden muss. Irgendjemand hat der Presse schon gesteckt, dass ich mich gestern mit dem Opfer auf dem Fest gestritten haben soll.«

»Dabei haben Sie sich total zurückgehalten, obwohl sie ein echtes Arschloch war.«

»Vergessen Sie das nicht.«

Sie betraten den Besprechungsraum, in dem an einer anderen Tafel ihr Bild neben dem von Marlo, Roarkes Bild neben dem von Julian und die Bilder aller anderen Vorbilder neben den Aufnahmen der jeweiligen Schauspieler zu sehen waren.

Vor der Tafel hatte sich ein großer Mann in einem eleganten, dunkelgrauen Anzug sowie einem blütenweißen Hemd mit silbernen Manschettenknöpfen aufgebaut. Sein schwarz schimmerndes Haar war weich gelockt, er hatte einen Teint wie Milchkaffee, die leicht schräg stehenden, dunklen Augen waren von dichten, langen Wimpern eingerahmt, und als er lächelte, nahm Eve in seinem linken Mundwinkel ein kleines Grübchen wahr.

»Lieutenant Dallas.« Seine Stimme war so cremig weich wie seine Haut. »Detective Peabody.«

»Das ist Kyung Beaverton«, erklärte Whitney Eve und ihrer Partnerin. »Er arbeitet für Chief Tibble, der ihn uns vorübergehend überlassen hat.«

»Nennen Sie mich bitte einfach Kyung.« Er gab den beiden Frauen die Hand. »Wie es aussieht, müssen Sie sich in dem Fall durch das Medienlabyrinth hindurchlavieren, und es freut mich, wenn ich Ihnen dabei helfen kann. Nehmen Sie doch bitte Platz.«

Doch Eve blieb lieber stehen. »Warum haben Sie unsere Bilder neben denen der Verdächtigen da an der Tafel aufgehängt?«

»Weil die Medien das auch so machen werden. Was zwar lästig, aber nun einmal nicht zu ändern ist. Sie sind nicht Marlo, und sie ist nicht Sie – trotzdem wird man die Verbindung zwischen Ihnen beiden immer wieder ziehen. Also stellen wir uns am besten darauf ein.«

Er spreizte seine langgliedrigen Finger. »Sie respektieren die Schauspielerin, die Sie darstellt, aber trotzdem ist sie nur ein Bild von Ihnen, und vor allem spielt die Frau Sie bei den Ermittlungen zu einem Fall, der bereits abgeschlossen ist. Während Marlo Durn in Zukunft auch noch andere reale und fiktive Charaktere spielen wird, gehen Sie selber weiter Ihrer eigentlichen Arbeit nach und klären Mordfälle auf. In diesem Fall den unglücklichen Tod von K.T. Ha…«

»Der Pathologe hat bestätigt, dass die Frau ermordet worden ist«, warf Whitney ein.

»Ah. In diesem Fall den Mord an K.T. Harris. Sie gehen allen Spuren nach, können und werden aber keine Einzelheiten der noch laufenden Ermittlungen enthüllen.«

»Okay.« Eves Anspannung nahm etwas ab. Im Gegensatz zu anderen Pressesprechern schien der Mann kein völliger Idiot zu sein.

»Es wurde berichtet, dass Sie kurz vor ihrem Tod mit ihr gestritten hätten.«

»Was nicht stimmt.«

»Gut.« Er lächelte sie anerkennend an, als wäre sie eine besonders gute Schülerin. »Oder sogar hervorragend. Bitte setzen Sie sich doch. Es ist mir gelungen, die Kaffeesorte zu besorgen, die Sie vorzugsweise trinken. Also lassen Sie uns eine Tasse Kaffee trinken, und erzählen Sie mir ganz genau, was zwischen Ihnen und dem Opfer vorgefallen ist. Detective Peabody, bitte seien Sie doch so frei, und bringen Sie Ihre eigenen Gedanken oder alles, was Sie unter Umständen von dieser Nebenhandlung mitbekommen haben, ein.«

»Nebenhandlung.« Eve studierte Kyung, während er den Kaffee holen ging. »Das ist eine gute Formulierung.«

»Gute, schnelle und plausible Formulierungen zu finden ist ein Teil von meinem Job. Ich bin gut in meinem Job, Lieutenant, genau wie Sie und Ihre Partnerin in Ihrem.«

Mit einem einnehmenden Lächeln fügte er hinzu: »Ich kann verstehen, dass dieser ganze Medienrummel Ihnen furchtbar auf die Nerven geht. Aber gerade deshalb sind Sie gut beraten, wenn Sie sich von mir erklären lassen, wie damit am besten umzugehen ist.«

Abermals lächelnd stellte er die Kaffeekanne auf den Tisch. »Ich selber liebe diesen Rummel, und genau deshalb bin ich so gut in meinem Job. Wir machen unsere Arbeit besser, wenn wir Freude daran haben, finden Sie nicht auch?«

Er war wirklich kein Idiot, erkannte sie. Im Gegenteil verstand er es, die Leute einzulullen, und dafür zollte sie ihm ehrlichen Respekt. »Okay, Kyung«, meinte sie. »Ich werde Ihnen erzählen, wie es abgelaufen ist.«

Sie wiederholte beinah wörtlich den Dialog zwischen ihr und der toten Frau.

»Eine angemessene Reaktion auf eine alles andere als angemessene Behauptung«, meinte Kyung. »Wurde sonst noch etwas gesagt?«

»Nicht von uns beiden, nein. Meiner Meinung nach hatte sie ein Problem mit anderen Mitgliedern des Teams, und das wurde durch ihren Alkoholkonsum anscheinend noch verstärkt. Da ich keine Ahnung hatte, dass sie an dem Abend sterben würde, habe ich sie weitestgehend ignoriert.«

»Sie hat Sie ›blöde Kuh‹ genannt«, warf Peabody verlegen ein. »Nachdem alle wieder anfingen zu reden, hat sie leise ›blöde Kuh‹ gesagt. Das hat mir McNab im Nachhinein erzählt. Er saß direkt neben ihr. Er war deshalb ziemlich angefressen, hielt es aber für das Beste, sie zu ignorieren, weil er dachte, diese eine ... äh ... Nebenhandlung hätte Ihnen schon gereicht.«

»Damit hatte er eindeutig recht. Vor allem käme ich mir vor, als ob ich meinen Job nicht richtig machen würde, wenn sich einmal einen ganzen Tag lang niemand darüber beschweren würde, was ich für ein blödes Weibsbild bin.«

Abermals huschte ein Lächeln über Kyungs Gesicht. »Mit diesem Ton und dieser Einstellung bringen Sie die Pressekonferenz bestimmt problemlos hinter sich.«

Eve sah ihn fragend an. »Normalerweise sagt ihr Pressefuzzis immer, dass ich nett und diplomatisch tun und mir auch noch die Lippen schminken soll.«

»Am besten passt man seinen Stil den Gegebenheiten an.« Mit einem gleichmütigen Achselzucken fuhr er fort: »In diesem Fall sollten Sie meiner Meinung nach einfach Sie selber sein. Trotzdem legen Sie sich besser schon mal ein paar Antworten zurecht, und wenn Sie auf den Zwischenfall während des Essens angesprochen werden – was auf jeden Fall passieren wird –, sollten Sie genauso reagieren wie jetzt gerade hier. Die Bezeichnung Streit trifft eindeutig nicht zu. Miss Harris hat eine unangemessene Bemerkung fallen lassen, auf die Sie beiläufig eingegangen sind. Abgesehen von dem kurzen Geplänkel haben Sie während des gesamten Abends keinen direkten Kontakt zu der Frau gehabt. Wenn Sie das in ruhigem Ton erklären und dann um die nächste Frage bitten, wird die Sache damit abgehakt sein.«

Er hob die Arme in die Luft, und Eve konnte die silbernen

Manschettenknöpfe glitzern sehen. »Falls noch einmal jemand nachhakt, sagen Sie nicht mehr, als dass Sie beide sich nur zweimal kurz begegnet sind, sich im Grunde gar nicht kannten und Sie sich jetzt auf die Suche nach dem Individuum konzentrieren, das sie ermordet hat. Sie haben in anderen Mordfällen schon gesagt, Sie wären für das Opfer zuständig. Wenn Sie es passend finden, sagen Sie das ruhig auch dieses Mal.«

»Natürlich bin ich auch für dieses Opfer zuständig.«

»Also konzentrieren Sie sich darauf und auf das, was über die Ermittlungen bekannt gegeben werden kann. Natürlich werden die Journalisten Sie immer wieder fragen, was für ein Gefühl es ist, im Mord an einer Schauspielerin zu ermitteln, die Ihre Partnerin gespielt hat und ihr deswegen verblüffend ähnlich sah.«

»K.T. Harris war nicht meine Partnerin. Sie hat als Schauspielerin ihren Job gemacht. Und mein Job ist es herauszufinden, von wem sie ermordet worden ist.«

Er lächelte erneut. »Ich fühlte mich ein bisschen überflüssig. Gehört Marlo Durn zu den Verdächtigen?«

»Miss Durn wurde wie alle anderen, die zum Zeitpunkt des Mordes in dem Haus waren, vernommen und hat sich dabei sehr kooperativ gezeigt. Es ist noch zu früh, um einen konkret Verdächtigen zu nennen.«

»Was war es für ein Gefühl für Sie, die Frau zu vernehmen, die Sie in der *Icove Agenda* spielt?«

»Wie gesagt, sie ist nicht ich, aber ja, okay, es hat sich etwas seltsam angefühlt. Wobei, wenn man in einem Mord ermittelt, immer irgendwelche Dinge etwas seltsam sind.«

»Haben Sie keine Angst, dass Sie in diesem Fall aufgrund der seltsamen Verbindung etwas voreingenommen sind oder dass diese Verbindung sich in Ihrer Arbeit niederschlägt?«

»Ich wüsste nicht, warum.«

»Hier kann ich Ihnen vielleicht etwas helfen.« Er presste die Handflächen gegeneinander und hielt sie wie beim Beten in die Luft. »Vielleicht könnten Sie nach der spontanen Gegenfrage ja noch sagen, dass Sie die Ermittlungen nicht leiten würden, wenn Sie dächten, dass die Tatsache, dass diese Schauspieler Sie selbst und Menschen, denen Sie verbunden sind, darstellen, irgendeine Auswirkung auf Ihre Arbeit hat.«

»Weil es hier nicht um mich selbst, sondern ausschließlich um K.T. Harris geht. Und weil ich als Beamtin der New Yorker Polizei einen Eid geschworen habe, den Menschen, der sie getötet hat, zu überführen, damit er von einem ordentlichen Gericht für diese Tat zur Rechenschaft gezogen werden kann. Und jetzt lassen Sie mich, verdammt noch mal, gefälligst weiter meine Arbeit machen, ja?«

»Perfekt. Wenn Sie vielleicht den letzten Satz ein bisschen anders formulieren können, wäre es perfekt.« Wieder blitzten die strahlend weißen Zähne bei seinem breiten Lächeln auf. »Ich kann wirklich nicht verstehen, warum meine Kollegen es so schwierig finden, mit Ihnen zu arbeiten.«

»Das liegt einfach daran, dass die meisten dieser Typen anders als Sie selbst Idioten sind.«

»Dann hoffen wir, dass es bei unserer guten Zusammenarbeit bleibt. Und jetzt, Detective Peabody, gehen wir Ihre Antworten auf potenzielle Fragen durch.«

»Ich muss mit den Journalisten sprechen?«

Sie quietschte nicht, kam einem Quietschen allerdings gefährlich nah.

»Harris hat Sie gespielt, Sie waren auf der Dinnerparty und vor Ort, als sie ermordet worden ist, und sind die stellvertretende Ermittlungsleiterin in diesem Fall. Am besten handeln wir das alles bei der Pressekonferenz komplett statt später scheibchenweise ab.«

Er stellte Peabody mehrere Fragen, war mit ihren Antworten anscheinend ebenfalls zufrieden, fügte hier und da noch etwas ein, bat sie, ein paar Dinge auszulassen, und brachte ihr bei, sich kurz und so präzise auszudrücken, dass in ihren Sätzen alles von Belang enthalten war.

»Sie werden Ihre Sache prima machen«, sagte er ihr zu. »Wobei die Medien versuchen werden, möglichst viel aus der Geschichte rauszuholen und Sie deshalb noch weiter auszuquetschen, auch wenn nichts mehr zu holen ist. Lieutenant, mir ist klar, Ihr Mann hat seine eigene Pressestelle, und in seiner Position weiß er natürlich selbst, wie mit Journalisten umzugehen ist. Trotzdem würde ich mich gern mit seinen Leuten absprechen, damit wir auf einer Linie sind.«

»Das muss er entscheiden.«

»Ja, natürlich, aber falls Sie ihm vielleicht schon einmal erklären könnten, wie wir diese Sache angehen wollen, stünde ich nicht wie ein Arschloch da.«

Mit einem halben Lachen sagte sie ihm zu: »Ich werde ihm erklären, dass Sie keins sind.«

»Danke, das ist nett. Dann stoße ich kurz vor der Pressekonferenz zu Ihnen, damit Sie der Meute nicht allein ausgeliefert sind. Falls Sie vorher noch etwas brauchen, geben Sie einfach Bescheid.« Damit stand er wieder auf und nickte Whitney zu. »Commander, wenn Sie nichts dagegen haben, fahre ich jetzt erst einmal mit meiner anderen Arbeit fort.«

»Danke, dass Sie Ihre Zeit geopfert haben.« Whitney blieb noch sitzen, nachdem Kyung gegangen war, und wandte sich an Eve. »Welche dieser Schauspieler haben Sie vorgeladen, um sie noch einmal zu vernehmen?«

»Julian Cross, Andrea Smythe und Matthew Zank. Wobei das erst der Anfang ist.«

Er nickte zustimmend. »Am besten gehen wir dabei so diskret wie möglich vor. Sagen Sie ihnen, dass sie in der gesicherten Garage parken sollen. Ich gebe dem Wachmann dort Bescheid. Und lassen Sie sie nicht von jemandem in den Verhörraum bringen, der bei dem Gedanken, dass er es mit Stars zu tun hat, wackelige Knie kriegt.«

»Nein, Sir.«

»Haben Sie schon einen Hauptverdächtigen?«

»Bisher nicht.« Da sie wusste, dass sie ihrem Vorgesetzten kurz Bericht erstatten sollte, wäre sie am liebsten aufgestanden, aber das wäre ihr seltsam vorgekommen, während Whitney selber saß.

»Natürlich werden wir noch überprüfen, ob es eine mögliche Verbindung zwischen unserem Opfer, jemandem vom Personal der Roundtrees oder jemandem vom Partyservice gab. Allerding war Harris beim gesamten Filmteam äußerst unbeliebt und hat die anderen ihrerseits anscheinend auch nicht unbedingt gemocht. Das ist oft Motiv genug für einen Mord, vor allem wenn der Tod wie der von Harris offenkundig das Ergebnis einer Auseinandersetzung ist. Sie wurde gestoßen, fiel, wurde zum Beckenrand geschleift und in den Pool gerollt. Wobei möglicherweise auch der Alkohol eine Rolle gespielt hat, von dem es auf der Feier reichlich gab. Das Opfer war schwierig, fordernd, hat mit jedem Streit gesucht und immer wieder für Verzögerungen und für Reibereien während der Aufnahmen gesorgt.«

Eve nickte dorthin, wo die Tafel stand. »Sie hatte zu verschiedenen Zeiten Affären mit Zank und Cross. Das haben beide Männer freiwillig erzählt. Außerdem hat Zank behauptet, dass Harris gewalttätig, besitzergreifend und sehr eifersüchtig war und ihm nach der Trennung immer wieder aufgelauert hat.«

»War nicht Zank derjenige, der sie gefunden und angeblich aus dem Pool gezogen hat?«

»Ja, Sir, zusammen mit Marlo Durn. Ich glaube, dass im Augenblick zwischen den beiden etwas läuft, und falls das Opfer etwas davon wusste, haben sich die Reibereien zwischen ihr und Zank dadurch wahrscheinlich noch verstärkt. Als sie starb, waren die Gäste im Kinosaal von Roundtrees Haus versammelt und haben ein paar Szenen mit Fehlern während der Dreharbeiten zu dem Film gesehen. Harris muss den Saal während der Vorführung verlassen haben, weil sie starb, während der Film gelaufen ist. Auch ihr Mörder muss den Saal in dieser Zeit verlassen haben, auf das Dach gefahren sein, sie getötet haben und dann unauffällig wieder in den Saal zurückgekommen sein.«

Nach einer kurzen Pause fuhr sie fort: »Wir werden die Hintergründe aller Beteiligten durchgehen, um zu sehen, ob es früher schon Konflikte gab und ob einer von den anderen irgendwann schon einmal gewalttätig geworden ist. Es ist durchaus möglich, dass es zu dem ersten Stoß oder dem Sturz impulsiv, in einem Augenblick des Zorns gekommen ist. Aber eine ohnmächtige Frau in einen Pool zu rollen und zu gehen, während sie ertrinkt, ist ein vorsätzlicher Akt. Auch wenn die Tat womöglich nicht geplant war, wurde K.T. Harris eiskalt umgebracht.«

»Wie groß ist die Wahrscheinlichkeit, dass jemand vom Personal eine Beziehung zu ihr hatte, die mit einem Mord geendet hat?«

»Gering. Ich bin sicher, dass es jemand von der Filmcrew war. Jemand, der mit ihr gearbeitet und den sie bedroht, beleidigt oder sonst wie vor den Kopf gestoßen hat.«

»Jemand, der am Schluss zurückgeschlagen hat«, erklärte Whitney und stand auf. »Mord unter Stars«, murmelte er. »Wahrscheinlich drehen sie darüber auch noch einen gottverdammten Film.«

Eve riss entsetzt die Augen auf, und lächelnd schlug er vor: »Schreiben Sie doch diesmal einfach selbst ein Buch über den Fall. Aber erst mal halten Sie mich weiter auf dem Laufenden. Und kommen Sie vor allem pünktlich zu der Pressekonferenz.«

»Scheiße«, stöhnte Eve, als er verschwunden war. »Scheiße. Vielleicht hat er recht.«

»Und wer würde mich dann spielen? Ich meine, das ist echt der Wahnsinn, oder? Jemand, der mich spielt, ermittelt in dem Mord an jemandem, der mich gespielt hat, und ...«

»Hören Sie auf. Ich kriege Kopfschmerzen. Fahren Sie mit der Überprüfung unseres Opfers fort.« Eve rieb sich den Nacken, ging zurück in ihre eigene Abteilung, blieb dort stehen und sah sich suchend um. »Carmichael von der Trachtengruppe.«

Er sah von seinem Schreibtisch auf, und sie winkte ihn hinter sich her. »Kommen Sie mit.«

Sie marschierte weiter und schrieb währenddessen eine kurze Nachricht an Roarke, dass Kyung, der kein Arschloch war, ihn kontaktieren würde.

»Ma'am?«, fragte Carmichael von der Trachtengruppe, ohne dass er ihr Büro betrat.

»Gehen Sie gern ins Kino? Sehen Sie gerne Filme, informieren Sie sich über den neuesten Klatsch aus Hollywood, und kennen Sie die Stars?«

»Wenn ich Zeit zum Fernsehen habe, gucke ich am liebsten Sport. Da ist die Action echt.«

»Da haben Sie völlig recht.« Sie trug ihm auf, die Stars, die sie vernehmen wollten, in Empfang zu nehmen, niemandem ein Wort davon zu sagen, und bis dahin mit der Arbeit fortzufahren.

Glücklich und zufrieden leitete sie alle Anfragen der Journalisten an Kyung Beaverton weiter und fuhr dann ebenfalls mit ihrer Arbeit fort.

Sie schrieb den Bericht, fügte ihre eigene Aussage hinzu und hatte gerade angefangen, sich genauer mit dem Opfer zu befassen, als die Antwort ihres Gatten kam.

Kein Arschloch. Das ist höchstes Lob aus deinem Mund. Er soll mich anrufen.

Zufrieden wandte sie sich wieder ihrem Bildschirm und den Infos über Harris zu.

Sie war in Nebraska aufgewachsen, hatte einen Bruder, der zwei Jahre älter war als sie; nach der Scheidung ihrer Eltern, als K.T. dreizehn Jahre alt gewesen war, war Mutter Piper mit den Kindern vor ihrem gewalttätigen Exmann von Nebraska in das ebenfalls ländliche Iowa geflohen.

Eve sah keinen großen Unterschied zwischen den beiden Staaten. Beide waren riesengroß, und außer Feldern, Rindviechern und Scheunen gab's dort kaum etwas.

Sie grub ein bisschen tiefer, überflog die Polizeiberichte und Gerichtsakten über die häusliche Gewalt und runzelte die Stirn, als sie die Aufnahmen der Mutter sah, nachdem der Vater auf sie losgegangen war. Auch den Sohn von damals fünfzehn Jahren hatte Wendall attackiert. Brice van Horn, der nach der Scheidung seiner Eltern kurzerhand den Nachnamen der Mutter angenommen hatte und seither van Horn hieß, hatte ein gebrochenes Handgelenk, ein blaues Auge und eine Gehirnerschütterung gehabt. Wendall hatte eine Haftstrafe in einem Knast in Omaha verbüßt, einen Entzug sowie ein Antiaggressionstraining gemacht, bevor er kaum fünf Jahre später den während einer Kneipenschlägerei erlittenen Verletzungen erlegen war.

Interessant, fand Eve, dass seine Tochter weiter seinen Namen hatte tragen wollen. Auch hatte sie den Hang zu Alkohol und zu Gewalt vom Vater übernommen oder vielleicht auch geerbt.

Sie ging die Schulakte des Opfers durch. K.T.s Noten waren durchschnittlich gewesen, bei den Lehrern und den anderen Schülern war sie regelmäßig angeeckt, mit vierzehn aber war sie der Theater-AG ihrer Schule beigetreten und hatte zum ersten Mal geglänzt.

Mit achtzehn hatte Harris Iowa verlassen und ihr Glück in Los Angeles gesucht.

»Sieh einer an«, murmelte Eve. Bereits mit zweiundzwanzig hatte man K.T. den Führerschein entzogen, weil sie unter Alkoholeinfluss gefahren war. Wie der Vater hatte sie eine Entziehungskur gemacht. Zwei Anzeigen wegen tätlichen Angriffs waren zurückgezogen worden, aber wenig später hatte sie noch einmal eine Strafe wegen Fahrens unter Alkoholeinfluss bezahlt und eine zweite Reha absolviert.

Es hat alles nichts genützt, sagte sich Eve und dachte an die Stimme und die Trauer in Pipers Gesicht, als sie erfahren hatte, dass K.T. nicht mehr am Leben war.

Sie hat um ihr Kind getrauert wie die meisten Frauen. Nicht alle, doch die meisten Mütter trauerten, wenn sie ein Kind verloren. Ihre eigene Mutter hatte sie allerdings geboren, misshandelt, einem Monster überlassen und ihr eigenes Kind, als sie sich nach Jahren erneut begegnet waren, nicht einmal erkannt.

Das spielt keine Rolle für den Fall, ermahnte sie sich streng. Konzentrier dich auf das Opfer, konzentrier dich auf K.T. Je besser sie das Opfer kannte, umso größer war die Chance, den Killer zu durchschauen.

Es sah aus, als hätte sich K.T. vor der Gewalt, mit der sie aufgewachsen war, in die Schauspielerei geflüchtet, die Gewalt dann aber selber fortgesetzt.

Warum hat sie das getan?, fragte sich Eve. Und war das wirklich von Bedeutung für den Fall?

Sie wandte sich der Tafel zu. Hatte Harris etwas über eine oder mehrere Personen aus dem Team gewusst? Hatte sie dem Killer mit Enthüllungen und einem furchtbaren Skandal gedroht?

Oder hatte sie womöglich irgendjemandem zu lange und zu kräftig ans Bein gepisst?

Sie blickte wieder auf den Monitor und überflog den eingehenden Bericht aus dem Labor.

»Dallas?«, fragte Peabody aus Richtung Tür.

»Das Verhältnis Kräuter zu Zoner in den Kippen war praktisch eins zu eins.«

»Meine Güte. Das und all der Wein, den sie getrunken hat, hätten sie bestimmt auch ohne Schlag über den Schädel umgehauen.«

»Ich bin mir ziemlich sicher, dass sie, als sie erst einmal lag, nicht wieder aufgestanden ist. Der verbrannte Stoff aus dem Kamin weist Spuren ihres Blutes auf. Und an den Kippen, die wir auf dem Dach gefunden haben, war nur ihre DNA. Die Schleifspuren an den Absätzen von ihren Schuhen stammen von dem Kiesbelag rund um das Becken.«

»Da war Berenski aber mal echt schnell.«

»Obwohl man das von ihm nicht kennt. Den Zoner sollten wir am besten erst mal nicht erwähnen. Lassen Sie uns sehen, ob jemand aus dem Team vielleicht von selbst die Sprache darauf bringt.«

»Zu Befehl, Ma'am. Carmichael bringt gerade Andrea rauf.«

»Gut.« Eve sah weiter auf den Monitor. »Geben wir ihr erst einmal ein paar Minuten Zeit, um sich an die Umgebung zu gewöhnen.«

Wenn sie noch mal nacheinander mit den Leuten sprächen, würden sie etwas am schicken Lack der Filmstars kratzen, um zu gucken, was darunterlag.

Je mehr sie über Harris in Erfahrung brachte, desto weniger sympathisch wurde ihr die Frau. Trotzdem war es ihre Aufgabe, für sie als Opfer einzutreten, wie sie es bei all ihren Toten tat.

8

In einem leuchtend roten Outfit und mit goldfarbener Mähne saß Andrea Smythe an dem verkratzten Holztisch im Vernehmungsraum. Sie hatte dicke, schwarze Ringe an den Ohren, und ein Herz aus schwarzen Glitzersteinen schmückte ihren schlanken Hals. Als Eve und Peabody den Raum betraten, nickte sie den beiden lächelnd zu.

»Es ist befriedigend zu sehen, wie akkurat unser Bühnenbildner diese Räumlichkeit nachgebaut hat. Das hier sieht genau wie unser Filmset aus.«

»Viel zu entwerfen hatte er bei der Kulisse nicht«, bemerkte Eve. »Rekorder an. Lieutenant Eve Dallas und Detective Delia Peabody vernehmen Andrea Smythe zum Fall K.T. Harris, Aktenzeichen M-58091.«

»Wie ernst Sie plötzlich sind.«

»Wir sind hier nicht auf einer Dinnerparty, und vor allem ist ein Mord nun einmal eine ernste Angelegenheit. Danke, dass Sie gekommen sind.«

»Unter den gegebenen Umständen hielt ich das für das Vernünftigste.«

»Sie wurden bereits über Ihre Rechte aufgeklärt. Soll ich diesen Vorgang trotzdem noch einmal wiederholen?«

»Nein. Mein Gedächtnis funktioniert hervorragend.«

»Das sollte uns eine Hilfe sein.« Eve und Peabody nahmen Andrea gegenüber Platz. »Haben Sie Ihrer Aussage von letzter Nacht noch etwas hinzuzufügen? Wollen Sie irgendetwas ändern oder korrigieren?«

»Nein.«

»Möchten Sie etwas trinken?«, bot Peabody höflich an. »Kaffee? Limo?«

Wieder lächelte die Schauspielerin. »Sie wollen mich beruhigen, während Ihr Lieutenant gleichzeitig versucht, mich nervös zu machen. Das ist eine wirklich gute Taktik. Meiner Meinung nach haben Marlo und K.T. Sie gut rübergebracht. Natürlich waren sie nicht perfekt, aber auf jeden Fall sehr gut. Danke für das nette Angebot, aber ich möchte nichts.«

»Das hier ist keine Filmszene«, rief Eve ihr in Erinnerung. »Wir gehen hier nicht nach einem Drehbuch vor. Und auch die Leiche ist real.«

»Das ist mir klar. Hätte ich Ihnen deshalb etwas vorspielen sollen?« Andrea hob die Schultern an. »Hätte ich schwarze Kleider tragen und mit einer Trauermiene hier vor Ihnen sitzen sollen? Ich bekäme sicher auch problemlos ein paar Tränen hin. Nur dass mir Schwarz einfach nicht steht und dass es kein Geheimnis ist, dass K.T. nicht gerade meine beste Freundin war. Natürlich tut es mir leid, dass sie gestorben ist. Generell tut es mir leid, dass der Tod ein Teil des Lebens ist, und im wahren Leben finde ich, dass nur verdammte Feiglinge Morde begehen. Um jemanden zu töten, muss man ein verdammter, selbstsüchtiger Feigling sein. Davon abgesehen bedeutet mir ihr Tod nicht viel.«

»Aber er ist auf alle Fälle unpraktisch, nicht wahr? Weil die Dreharbeiten schließlich noch nicht abgeschlossen sind.«

Wieder zuckte Andi mit den Achseln, schlug lässig die Beine übereinander und lehnte sich auf ihrem Stuhl zurück. »Sie war mit ihren Szenen praktisch durch, und Roundtree findet sicher einen Weg, die paar Stellen zu ändern, die noch für sie vorgesehen waren. Er ist ein unglaublich einfallsreicher und brillanter Regisseur.«

»Und der Medienrummel verleiht der PR-Kampagne für den Film noch zusätzlichen Schwung.«

»Das stimmt. Das liegt nun einmal in der Natur der Sache. Die tote K.T. nützt unseren Werbeleuten mehr als die lebendige. Ironie des Schicksals, finden Sie nicht auch? Da hat sie jahrelang danach gestrebt, im Mittelpunkt zu stehen, und jetzt stellt sich heraus, dass sie sich nur ermorden lassen musste, damit sich ihr größter Wunsch erfüllt. Die Bemerkung war unnötig kaltschnäuzig«, räumte Andrea seufzend ein. »Selbst in Bezug auf jemanden wie sie. Tut mir leid.«

»Sie haben uns deutlich zu verstehen gegeben, dass Miss Harris Ihnen nicht sympathisch und dass sie aus Ihrer Sicht privat und auch beruflich ziemlich schwierig war. Ist das korrekt?«

»Auf jeden Fall.«

»Gab es zwischen Ihnen beiden manchmal Streit?«

»Gelegentlich. Ich wage zu bezweifeln, dass es irgendwem, der an diesem Projekt beteiligt ist, gelungen ist, Streitereien mit der Frau auf Dauer aus dem Weg zu gehen. Was ebenfalls in der Natur der Sache liegt.«

»Sie haben uns freiwillig erzählt, wie Ihre Beziehung zu dem Opfer ausgesehen hat und was Sie für sie empfunden haben. Warum also haben Sie uns verschwiegen, dass Sie auch während der Dinnerparty gestern Abend mit K.T. in Streit geraten sind?«

»Haben wir uns auf dem Fest gestritten?« Lächelnd breitete Andrea ihre Arme aus. »Das weiß ich gar nicht mehr. Wir hatten derart häufig Streit, dass ich mich nicht an jeden erinnern kann.«

»Das kann ich mir nicht vorstellen. Nicht bei jemandem mit Ihrem ausgezeichneten Gedächtnis. Und ein Streit mit jemandem, der kurz darauf ermordet wird, brennt sich einem ins Gedächtnis ein.«

»Sie war während des Essens furchtbar unhöflich und hat Connie dadurch in Verlegenheit gebracht. Ich habe ihr erklärt, dass sie ein dummes Arschloch ist und es verdient hätte, dass man sie auf die Straße setzt. Sie hatte genug getrunken, um zu sagen, dass ich meine blöde Klappe halten soll. Das war's.«

»Ich glaube Ihnen nicht. Wenn es wirklich bei dem kurzen Wortwechsel geblieben wäre, hätten Sie das gleich erzählt. Dass Sie uns den Zwischenfall verschwiegen haben, deutet darauf hin, dass er persönlicher und intensiver war. Es heißt, sie wäre Ihnen für gewöhnlich möglichst aus dem Weg gegangen, aber gestern Abend wurden Sie gesehen, wie Sie eine hitzige Diskussion mit Harris hatten. Die haben Sie in Ihrer Aussage mit keinem Wort erwähnt, und auch jetzt machen Sie uns etwas vor. Was hatte K.T. gegen Sie in der Hand, Andi? Was hat sie gesagt?«

Andrea sah ihr direkt ins Gesicht. »Ich weiß nicht, wovon Sie reden.«

»Sehen Sie, genau das kommt mir seltsam vor. Und was passiert, wenn mir etwas seltsam vorkommt, Peabody?«

»Dann fangen Sie an zu graben, und wenn Sie das tun, finden Sie normalerweise immer irgendwas, von dem jemand nicht will, dass es an die Oberfläche kommt. Jede Menge Dinge«, fügte Peabody hinzu. »Manchmal haben sie gar nichts mit dem aktuellen Fall zu tun, aber wenn sie erst entdeckt sind, sieht man sie sich trotzdem an.«

»Ja, und wenn man Dinge aufdeckt, muss man zusätzliche Fragen stellen und mit noch mehr Leuten reden. Die Medien haben ihre kollektiven Lauscher bereits aufgestellt, und in ein paar Stunden gibt's hier auf der Wache eine Pressekonferenz zu diesem Fall. Wer weiß, was mir die Journalisten dort für Fragen stellen.«

»Wer bedroht jetzt wen?«, wollte Andrea wissen.

»Das ist keine Drohung, sondern einfach eine Schilderung der Tatsachen. Je mehr Sie sich bemühen, Dinge zu vertuschen, umso tiefer grabe ich. Ich werde herausfinden, was Sie verschweigen wollen, und dann geht's erst richtig los.«

Jetzt lehnte sich auch Eve zurück, wippte auf den Hinterbeinen ihres Stuhls, und Andi trommelte nervös mit dem schwarzen Absatz ihres rechten, roten Schuhs auf dem Fußboden herum.

Eve fuhr fort: »Dann werde ich mich fragen, ob Sie nicht vielleicht mit ihr aufs Dach gefahren sind, um die Auseinandersetzung fortzusetzen, ohne dass es jemand mitbekommt. Vielleicht ist diese Auseinandersetzung oben eskaliert, vielleicht haben Sie ihr einen Stoß versetzt, und sie hat sich beim Sturz am Kopf verletzt und wurde ohnmächtig. Vielleicht waren Sie noch immer spinnewütend, weil das blöde Weib Sie einfach nicht in Ruhe lassen konnte, und Sie hatten endgültig die Nase voll. Also haben Sie ihr den nächsten Stoß versetzt, und sie ist in den Pool gerollt. Aber das hatte sie verdient. Verdammt noch mal, sie hat es schließlich so gewollt.«

»Niemand hat verdient, dass er ermordet wird, und Sie sind eine hoffnungslose Närrin, falls Sie denken, dass man mich so leicht ins Bockshorn jagen kann. Ich habe sie nicht umgebracht. Ich war gestern Abend nicht auf diesem blöden Dach. Mehr habe ich Ihnen nicht zu sagen.« Andrea Smythe lehnte sich zurück.

»Sie haben das Recht zu schweigen. Also werden wir der Sache nachgehen und herausfinden, was wir nicht wissen sollen, denn jetzt weiß ich, dass der Streit, den Sie und Harris gestern Abend hatten, nicht so harmlos war, wie Sie uns glauben machen wollen. Er hat Ihnen Angst gemacht.«

»Sie hat mir keine Angst gemacht.«

»Kann sein. Aber ich mache Ihnen Angst.« Eve beugte sich über den Tisch. »Sie denken, weil Sie eine Berühmtheit sind, hätten die Medien schon alles veröffentlicht, was es über Sie zu wissen oder rauszufinden gibt. Aber Sie irren sich. Falls Sie als sechsjähriges Kind ein Eis im Supermarkt gestohlen haben, finde ich es heraus. Falls einer Ihrer Ehemänner Steuern hinterzogen hat, finde ich es heraus. Falls eins von Ihren Kindern in der Grundschule mal beim Diktat geschummelt hat, finde ich es heraus.«

Jetzt beugt sich auch Andi vor und starrte Eve aus zornblitzenden Augen an. »Halten Sie meine Kinder aus der Sache raus.«

Sofort erkannte Eve, dass die Kinder der Schwachpunkt dieser Frau waren.

»Sie haben einen Sohn, der ungefähr so alt wie Harris ist.« Sie wandte sich an ihre Partnerin.

»Cyrus Drew Pilling, sechsundzwanzig, das einzige Kind von Ihnen und von Marshall Pilling, Ihrem zweiten Ehemann, mit dem Sie von Oktober 34 bis Januar 36 verheiratet waren. Mit Beau Sampson, Ihrem ersten Mann – die Ehe hielt von Juni 30 bis April 32 – haben Sie keine Kinder, doch mit Ihrem dritten, aktuellen Mann, Jonah P. Kettlebrew, haben Sie Zwillingsmädchen, die inzwischen achtzehn sind.«

»Meine Familie hat nichts mit dieser Angelegenheit zu tun. Was sollen diese gottverdammten Unterstellungen?«

»Ich wette, Ihre Kinder und Ihr Mann haben Sie mal am Set besucht. Vielleicht hat Harris sich ja an Ihren Sohn – oder an Ihren Mann – herangemacht. Verdammt, vielleicht hat sie ihr Glück ja auch bei Ihren Zwillingen versucht. Vielleicht ist ja einer von den vieren darauf eingegangen, und Sie waren deswegen so angepisst.«

»Das ist eine widerliche Unterstellung. Sie reden über lauter anständige Menschen, denen Sie bisher noch nie begegnet sind.«

Eve stand auf, stützte die Hände auf den Tisch und beugte sich noch weiter zu ihr vor. »Vielleicht werde ich sie ja noch kennenlernen. Die Entscheidung liegt bei Ihnen. Bei dem Streit ging es um etwas Persönliches, nicht wahr? Es ging nicht um die Arbeit und nicht darum, was für eine blöde Kuh sie war. Es steht Ihnen deutlich ins Gesicht geschrieben, dass es dabei um etwas Persönliches ging.«

»Ich habe immer hart daran gearbeitet, meine Kinder zu beschützen und gegen die Öffentlichkeit abzuschirmen, und ich werde es nicht zulassen, dass sie in die Geschichte reingezogen werden, weil Sie auf gut Glück versuchen herauszufinden, was hinter dem Mord an diesem blöden Weibsbild steckt.«

»Polizeiarbeit ist immer auch ein Teil Glückssache. Hat Harris Ihrer Familie Scherereien gemacht, Andi?«

»Meine Familie hat nichts mit alledem zu tun. Halten Sie meine Familie aus der Sache heraus.« Sie fuhr sich mit der Hand über die Stirn und durch das Haar, sie schaute Eve und dann Peabody fragend an. »Haben wir uns ein falsches Bild von Ihnen gemacht, oder kann ich darauf vertrauen, dass stimmt, was in dem Drehbuch steht? Dass Sie beide integer sind?«

»Meine Kollegin hat eine Medaille, mit der sie das beweisen

kann«, erklärte Eve und wies auf ihre Partnerin. »Aber vielleicht war es auch einfach Glück, dass sie die verliehen bekommen hat.«

Andrea stieß ein angespanntes Lachen aus. »Es ging um meinen Patensohn. Er ist wie ein eigenes Kind für mich. Er ist zwei Jahre älter als Cy und schon seit dem Sandkasten sein bester Freund. Ich kenne Dorians Mutter seit der Grundschule. Auch sie ist wie Familie für mich.«

Eve nahm wieder Platz. »Okay.«

»Er ist ein guter Junge oder eher ein anständiger, junger Mann, aber vor ein paar Jahren geriet er auf die schiefe Bahn. Er kam nach Kalifornien, weil er wie so viele einfach einmal eine Auszeit brauchte, er zog zunächst zu uns, und ich habe ihm einen Job verschafft. Aber er ... tja, nun, er war eben noch jung.«

Mit einem knappen Nicken fragte Eve: »In was für Schwierigkeiten hat er sich gebracht?«

»Er war permanent auf irgendwelchen Partys, und er traf dort allzu viele Leute, die bereit und in der Lage waren, ihm Drogen zu beschaffen. Wir und seine Mutter konnten nichts dagegen tun. Fast anderthalb Jahre lang hat er sich in dieser Abwärtsspirale bewegt. Als er ins Gefängnis kam, haben mein Mann und ich seine Kaution gestellt, und er hat ein paar Treffen der Anonymen Drogensüchtigen besucht, aber dann zog es ihn wieder auf die Partys, in die Clubs und an die Straßenecken, am Schluss verlor er auch noch seinen Job.«

»Es ist hart, wenn jemand, den man liebt, sich selbst so etwas antut und man ihm nicht helfen kann«, warf Peabody mit sanfter Stimme ein.

»Ja.« Andrea atmete tief durch. »Es ist verdammt brutal. Für den nächsten Schuss hat er am Schluss gestohlen oder sich prostituiert. Er hat gelogen und betrogen, und ... ich fühlte mich verantwortlich dafür. Er war als junger, intelligenter, ehrgeiziger Mensch zu uns nach Kalifornien gekommen, und am Ende habe ich ihn fast nicht mehr wiedererkannt. Die Drogen hatten einen Lügner und Betrüger, einen Dieb und einen Schläger aus dem netten Dorian gemacht. Eines Tags hat der Dealer, den er offenbar bestohlen hatte, ihn halb tot geprügelt. Er war …«

Sie brach ab und schüttelte den Kopf. »Man sagt in einem solchen Fall nicht ohne Grund, dass jemand ganz unten ist. Aber wie dem auch sei, hatte er die Handynummer meines Sohnes bei sich, und die Polizei hat Cy über den Vorfall informiert. Als er wieder laufen konnte, hat er erst einmal eine Entziehungskur gemacht. Ich kenne eine Rehaklinik, die einen sehr guten Ruf hat und die versteckt im Norden Kaliforniens liegt. Die Therapie hat Dorian aus dem Sumpf herausgeholt, am Schluss war er wieder er selbst.«

»Und wie hat Harris das herausgefunden?«

»Sie war selber dort. Das Schicksal kann mitunter eine kalte, harte Fotze sein«, klärte Andrea sie verbittert auf. »Sie war zur selben Zeit wie er dort auf Entzug. Sie haben ein paar Gruppensitzungen zusammen besucht, auf denen Dorian mit nichts hinter dem Berg gehalten hat. Wie gesagt, die Therapie dort hat ihn zu sich selbst zurückgeführt. Inzwischen ist er Anwalt, lebt in London, ist verlobt und hat eine wunderbare Tochter. Vor vielleicht einer Woche waren sie in New York und haben mich am Set besucht. Sie hat ihn gleich erkannt und fand es offensichtlich amüsant, mir damit zu drohen, den Journalisten zu erzählen, in was für Schwierigkeiten er vor ein paar Jahren war.«

»Hat sie Sie erpresst?«

»Oh nein. Sie hat mich damit aufgezogen, denn sie wusste ganz genau, wie sehr mir diese Sache heute noch zu schaffen macht. Dorian hat für diese Phase seines Lebens hinlänglich gebüßt. Weshalb hätte sie ihn, seine Familie, seine Verlobte dieser öffentlichen Schmach ausliefern sollen, wenn nicht, um mich selbst als seine Patentante bloßzustellen?«

»Waren Sie mit ihr oben auf dem Dach? Hat sie Ihnen so lange ans Bein gepisst, bis Sie am Ende ausgeflippt und auf sie losgegangen sind?«

»Nein. Nein. Während des Streits, von dem Sie vorhin sprachen, habe ich ihr gesagt, sie sollte machen, was sie will. Aber dann würde ich im Gegenzug dafür sorgen, dass die Medien erführen, woher sie diese Infos hat, damit am Schluss ihr selbst die Scheiße um die Ohren fliegt. Ich hatte morgens schon mit Dorian telefoniert und ihm gesagt, dass Harris mir gedroht hat, mit dieser Geschichte zur Presse zu gehen.«

Ihre Augen füllten sich mit Tränen, doch sie blinzelte sie fort. »Er hat gesagt, ich sollte mir keine Gedanken machen, denn er würde sich ganz sicher nicht als Knüppel benutzen lassen, mit dem sie auf mich eindreschen kann. Er hat seiner Verlobten schon vor einer Ewigkeit alles erzählt, und auch sein Arbeitgeber war über alles informiert, ehe er die Stelle angetreten hat. Deshalb gäbe es nur eins, was ihm leidtun würde, wenn sie mit den Medien über diese Sache spräche, nämlich die Verlegenheit, in die sie mich mit der Geschichte bringt.«

Diesmal brachen sich die Tränen Bahn. »Es ging mir bei der Angelegenheit nie um mich selbst.«

»Sie wollten ihn beschützen«, stellte Peabody mit leiser Stimme fest.

»Damals konnte ich ihn vor dem Absturz nicht bewahren, und jetzt ist es nicht mehr erforderlich. Als sie also gestern Abend auf der Party wieder davon anfing, habe ich zu ihr gesagt, sie wäre eine blöde Fotze und sie solle zusehen, dass sie Land gewinnt. Das waren die letzten Worte, die ich zu der Frau gesagt habe, aber ich bereue sie ganz sicher nicht. Weil ich es wirklich so meinte.«

Eve blieb noch kurz sitzen, nachdem Andi von einem Beamten aus dem Raum geleitet worden war. »Kaufen Sie ihr die Geschichte ab?«

»Ja. Die Fakten können wir problemlos überprüfen. Können gucken, ob die beiden zeitgleich in der Rehaklinik waren und so weiter. Es wäre also alles andere als schlau, uns in dieser Hinsicht zu belügen. Und sie ist bestimmt nicht dumm.«

Eve nickte zustimmend. »Trotzdem gehen wir der Sache noch einmal nach.«

»Dann glauben Sie ihr also nicht?«

»Die Chance ist groß, dass dieser Dorian zur selben Zeit wie Harris in der Reha war und dass sie ihn erkannt hat, als er zu den Dreharbeiten kam.«

»Also streichen wir sie erst einmal von der Liste der Verdächtigen?«

»Oh nein. Das mit der blöden Fotze glaube ich durchaus, aber vielleicht hat sie diesen Satz ja oben auf dem Dach zu ihr gesagt und sie dann in den Pool gerollt.«

»Au Mann.«

»Die Familie ist ihr wunder Punkt, und Harris hat genau darauf gezielt. Vielleicht hat Smythe zurückgeschlagen. Vielleicht hat sie gesagt: ›Mach dein Maul auf, blöde Kuh, und du wirst sehen, was du davon hast.‹ Harris ist betrunken, aggressiv, und sie setzen ihren Streit dort oben fort, weil Smythe nicht will, dass jeder etwas davon mitbekommt. Dann eskaliert die Auseinandersetzung, vielleicht schlägt Harris auch als Erste zu, aber als sie dann zu Boden geht, ist Andrea außer sich vor Zorn, schleift sie zum Pool, wischt das Blut vom Boden auf, fährt wieder runter und genehmigt sich den nächsten Drink. Weil die Welt um eine blöde Fotze ärmer ist.«

»Glauben Sie tatsächlich, dass sie in der Lage wäre, so etwas zu tun?«

»Meiner Meinung nach hätte sie jedenfalls den Mumm dazu. Ob sie das erforderliche Maß an Kälte aufbringen würde, steht auf einem anderen Blatt. Trotzdem steht sie für mich weiterhin unter Verdacht.«

Als Nächstes knöpften sie sich Matthew vor. Er erschien leger in einem dunkelgrünen Hemd, mittelgrünem T-Shirt, Jeans und knöchelhohen Turnschuhen, bat um eine Limo, als Peabody fragte, ob er etwas trinken wolle, und begutachtete die von außen durchsichtige Spiegelwand.

»Ich habe mich immer gefragt, wie es sich anfühlt, wenn man in einem Verhörraum sitzt. Es macht einen nervös. Als wäre die Luft hier eine Spur zu dünn.«

»Haben Sie einen Grund, nervös zu sein?«, erkundigte sich Eve.

»Wenn ein Cop in einem solchen Raum mit einem reden will, ist man auf jeden Fall nervös. Das ist Absicht, stimmt's? Weil der zu Vernehmende dann schon von vornherein im Nachteil ist.«

Er nahm den ersten Schluck aus seinem Glas. »Glauben Sie, ich könnte auch noch zu den elektronischen Ermittlern, wenn ich schon mal hier bin? Ich habe McNab schon danach gefragt, bevor ...«

»Ich werde Captain Feeney fragen«, meinte Eve und passte sich seinem legeren Outfit und seinem lässigen Gebaren an. »Wie stehen die Aktien, Matthew?«

»Alles klar. Das heißt, nicht wirklich. Sie war tot, als ich sie aus dem Pool gezogen habe. Mir ist klar, dass das wahrscheinlich blöd ist, aber irgendwie ist mir erst später aufgegangen, dass sie tot war, als ich sie dort rausgezogen und versucht habe, sie wiederzubeleben. Ich habe versucht, sie zu beatmen, doch sie war schon die ganze Zeit tot. Der Gedanke geht mir einfach nicht mehr aus dem Kopf. Nicht, dass ich versucht habe, sie wiederzubeleben, sondern dass sie zu dem Zeitpunkt schon tot war.«

»Sie beide waren mal intim.«

»Ja. Ich wusste, wie sich ihr Körper, ihre Haut und ihr Mund anfühlen. Und letzte Nacht habe ich sie wieder berührt und ihr die Lippen auf den Mund gepresst. Sie war schon tot, aber sie hat sich irgendwie ... genau wie früher angefühlt. Das will mir nicht mehr aus dem Kopf.«

»Sie haben letzte Nacht gesagt, dass Sie und K.T. Harris vor Beginn der Dreharbeiten ein paar Wochen lang ein Paar gewesen seien.«

»Das stimmt.«

»Und sie hätte die Beziehung nicht beenden wollen.«

»Ich denke, dass sie einfach immer wild auf alles war, was sie nicht haben konnte. Manche Leute sind so. Vielleicht war es das.«

»Das war bestimmt nicht leicht für Sie, denn schließlich haben Sie vor der Kamera auch weiterhin ein Liebespaar gespielt.«

»Sie hat es mir nicht gerade leicht gemacht, aber sie war sehr ehrgeizig und hätte ihre Arbeit niemals schlecht gemacht, nur, um mir eins auszuwischen.«

»Sie haben gesagt, sie hätte Ihren Wohnwagen verwüstet.«

»Ja.« Er nahm den nächsten Schluck aus seinem Glas. »Mir fällt sonst niemand ein, der so etwas hätte machen sollen. Im Grunde wollte sie mich gar nicht wirklich, und vor allem hat sie mich ganz sicher nicht geliebt. Sie ...« Er zuckte mit den Achseln. »Ich hätte warten sollen, bis sie Schluss macht. Rückblickend betrachtet wünschte ich, ich hätte einfach durchgehalten, bis sie einen Schlussstrich zieht. Dann hätte sie im Anschluss keinen solchen Hass auf mich gehabt.«

»So wie Sie letzte Nacht geredet haben, klang es so, als ob sie regelrecht besessen von Ihnen war. Wenn ich mich recht erinnere, haben Sie sogar selber dieses Wort benutzt.«

»Das weiß ich nicht mehr genau.« Wieder fiel der Blick aus Augen in der Farbe seines Hemds auf die von außen durchsichtige Spiegelwand. »Aber ich schätze, dass man es so formulieren kann. Ich glaube, vor allem war sie angefressen, weil ich sie verlassen habe, statt umgekehrt. Wenn ich es mir richtig überlege, hatte sie karrieremäßig deutlich bessere Connections zu Regisseuren und anderen wichtigen Personen als ich. Sie hätte darauf drängen können, dass man den McNab mit jemand anders besetzt. Vielleicht dachte sie, wir könnten bei den Dreharbeiten noch mal etwas miteinander anfangen, damit sie mir dann den Laufpass geben kann. Ich weiß es nicht. Ich weiß nicht einmal, warum mich das jetzt überhaupt noch interessiert, denn schließlich ist sie tot.«

»Sie war bestimmt nicht froh, als Sie statt mit ihr plötzlich mit Marlo Durn ins Bett gegangen sind.«

Seine Miene wurde völlig ausdruckslos, und er stellte sein Glas behutsam wieder auf den Tisch. »Ich weiß nicht, wovon Sie reden.«

»Wissen Sie nicht, dass Sie mit Marlo Durn ins Bett gehen, oder verstehen Sie einfach den Ausdruck nicht?«

»Hören Sie, ich weiß nicht, woher Sie diese Info haben, aber …«

»Leugnen Sie, dass etwas zwischen Ihnen läuft?«, fragte Eve ihn kühl. »Es kommt bestimmt nicht gut, wenn Sie während einer offiziellen Vernehmung gegenüber der vernehmenden Beamtin nicht vollkommen ehrlich sind. Das macht Sie verdächtig, und dann gehen wir den Dingen noch genauer auf den Grund.«

Er zögerte und wandte eine neue Taktik an. »Die Beziehung zwischen mir und Marlo hat nicht das Geringste mit K.T. oder mit irgendjemand anderem zu tun. Das ist eine private Angelegenheit.«

»Dass Sie mit Marlo schlafen, soll K.T. also egal gewesen sein? Einer Frau, die Ihren eigenen Worten nach von Ihnen regelrecht besessen war? Die Ihren Wohnwagen verwüstet und die Ihnen ständig aufgelauert hat? Können Sie sich das vorstellen, Peabody?«

»Hm …«, fing Peabody mit mitfühlender Stimme an. »Tut mir leid, Matthew. Es ist nicht gerade angenehm, wenn man über private Dinge sprechen muss, aber wenn Sie versuchen, unseren Fragen auszuweichen, rückt dieses Verhalten Sie in ein schlechtes Licht. So, wie ich es sehe, sind Sie selbst und Marlo Durn beide erwachsen, ungebunden und haben das Recht, miteinander zu schlafen, wenn Sie wollen.«

»Das sollte man meinen«, murmelte er rau. »Aber mit K.T. hat diese Sache wirklich nichts zu tun. Das zwischen uns war längst vorbei, bevor ich Marlo überhaupt zum ersten Mal begegnet bin.«

»Aber K.T. wollte nicht, dass es vorbei war«, hakte Eve mit knapper Stimme nach.

Seine Miene wurde hart. »Das war allein ihr Problem.«

»Aber sie hat es zu Ihrem Problem gemacht.«

»Sie konnte einem furchtbar auf die Nerven gehen, okay?

Schon, bevor sie rausgefunden hat, dass etwas zwischen mir und Marlo läuft. Aber es wurde noch hässlicher, als sie dahinterkam, dass wir zusammen sind.«

»Wann war das?«

»Vor ungefähr zwei Wochen, schätze ich. Sie ging zu Marlos Wohnwagen und hat ihr einen Haufen Schwachsinn über mich erzählt, dass ich sie nur benutzen würde und dass die Geschichte zwischen ihr – das heißt, K.T. – und mir noch lange nicht vorüber wäre. Was gelogen war. Wir haben in unseren Filmrollen ein paar Werbeaufnahmen gemacht. Das ist einfach Teil von unserem Job, aber privat lief ganz bestimmt nichts mehr zwischen uns. Tatsächlich war ich irgendwann an einem Punkt, an dem ich es kaum noch ausgehalten habe, mit ihr vor der Kamera zu stehen.«

»Hatten Sie und Marlo wegen dieser Sache Streit?«

»Nein. Marlo hat K.T. den Mist, den sie gelabert hat, nicht abgekauft.«

»Aber Sie waren deshalb ziemlich sauer.«

»Ja. Okay. Als Marlo mir davon erzählte, bin ich ausgeflippt. Und, okay, ich war deswegen bei K.T. Das hätte ich wahrscheinlich lassen sollen. Ich hätte auf Marlo hören und die Angelegenheit auf sich beruhen lassen sollen, aber das habe ich nicht getan. Ich habe zu K.T. gesagt, sie solle mich am Arsch lecken, sich nicht in mein Leben mischen und sich vor allem von Marlo fernhalten. Sie hat versucht, mich zu manipulieren, und behauptet, Marlo würde auch mit Julian in die Kiste gehen. Ich könnte ihn gerne fragen. Er würde mir bestätigen, dass etwas zwischen ihnen läuft.«

Sein Gesicht, sein Körper, seine Stimme zeigten seinen Zorn. »Ich habe ihr gesagt, dass sie erbärmlich sei. Verdammt, es war wie früher. Sie hat rumgeschrien, geheult und mir damit gedroht, mein Leben und meine Karriere zu zerstören. Dadurch, dass ich mit ihr reden wollte, habe ich alles nur noch schlimmer gemacht.«

»Definieren Sie schlimmer.«

»Marlo und ich haben dieses Loft. Es gehört einem Kumpel, der nicht in der Branche ist. Er ist für zwei Monate verreist und hat gesagt, dass ich es nutzen kann. Wir sind immer sehr vorsichtig, verkleiden uns, wenn wir dorthin fahren, und haben niemandem etwas davon erzählt.«

»Wegen Harris?«

»Nein. Oder auf jeden Fall nicht nur. Es geht den Geldgebern und den PR-Leuten vor allem um den Eve-Roarke beziehungsweise Marlo-Julian-Effekt.« Er schaute Eve mit einem schwachen Lächeln an. »Es ist ganz einfach nicht so sexy, wenn Eve Dallas plötzlich etwas mit McNab anfängt.«

»Also bitte, Matthew.«

Plötzlich war sein breites Grinsen wieder da. »Sehen Sie? Marlo und ich sind Teamplayer, außerdem ist das Projekt ein Durchbruch für mich. Deshalb und vor allem, weil wir unsere Ruhe haben wollten, haben wir niemandem von unserer Beziehung erzählt. Es ist leicht, sich in den Rädern des PR-Betriebes zu verfangen, und dann hört oder liest man ständig, dass man selber dies und das ist und dass der oder die andere wer weiß was treibt. Wir wollten einfach die Chance, in Ruhe abzuwarten, wohin die Sache ohne diesen ganzen Medienrummel führt. Ich weiß, dass viele Leute denken, dass es so etwas wie wahre Liebe unter Schauspielern nicht gibt. Aber so fühlt es sich für mich mit Marlo an. Als ich ihr das erste Mal begegnet bin ... Ich habe nie zuvor so etwas für jemanden empfunden. Wir wollen einfach nur die Chance zu sehen, was daraus werden kann. Deshalb und wegen des Films haben wir über diese Sache bisher Stillschweigen bewahrt.«

»Doch dann hat Harris irgendwann Ihr Liebesnest entdeckt.«

»Ich nehme an, wir wurden einfach etwas unvorsichtig. Mir ist klar, es wirkt wahrscheinlich ziemlich dämlich, wenn man sich extra verkleidet, um nach Hause zu fahren. Das ist es auch, aber am Anfang hat es durchaus Spaß gemacht. Irgendwann sind wir dann ein bisschen nachlässig geworden. Die Dreharbeiten sind fast abgeschlossen, also dachten wir, es wäre annähernd geschafft. Aber offenbar ist sie mir irgendwann gefolgt. Anders kann es nicht gewesen sein, denn plötzlich wusste sie über das Loft Bescheid. Außerdem hat sie gesagt ...«

Er wurde rot, griff abermals nach seinem Glas und trank den nächsten, möglichst großen Schluck. »Sie hat gesagt, sie hätte Aufnahmen von uns. Im Bett.«

»Aus dem Inneren des Lofts?«

»Sie hat behauptet, als sie in meinen Trailer eingebrochen sei, hätte sie die Schlüsselkarte und den Zugangscode entdeckt, heimlich mitgehen lassen und kopiert. Und dann hätte sie einen Typen engagiert, um in der Wohnung einzubrechen und dort eine Kamera im Schlafzimmer über dem Schrank zu installieren. Vielleicht hat sie das nur behauptet, vielleicht aber auch nicht. Auf alle Fälle konnte sie die Wohnung ganz genau beschreiben, und die Aufnahmen der Überwachungskamera über der Tür weisen an zwei verschiedenen Tagen ein paar schwarze Stellen auf.«

»Das hat Sie sicher ziemlich aus dem Gleichgewicht gebracht.«

»Ja. Oh ja, auf jeden Fall.« Er ballte kurz die Faust, entspannte sie wieder und griff erneut nach seinem Glas. »Ich hätte ihr dafür den Hals umdrehen wollen, okay? Ich habe in meinem ganzen Leben niemals eine Frau geschlagen, aber ihr hätte ich wehtun wollen. Trotzdem habe ich es nicht getan. Wissen Sie, was sie gesagt hat?«

»Nein, aber ich bin ganz Ohr.«

»Sie hat gesagt, ich müsste Marlo fallen lassen und mit ihr dort weitermachen, wo es damals aufgehört hat, nur, dass diesmal sie das Sagen hätte. Sie wollte, dass ich mich mit dieser Sache an die Presse wende und erkläre, ich hätte mich während der Dreharbeiten unsterblich in sie verliebt. Wer tut so was? Wer will mit jemandem zusammen sein, der einen gar nicht will?«

»Und wenn Sie sich geweigert hätten?«

»Hätte sie den Film ins Netz gestellt. Und jede Menge Interviews mit Typen gemacht, die erzählen würden, sie hätten mit Marlo jede Menge abartigen Sex gehabt.«

Plötzlich war sein Zorn verraucht, und mit müder Stimme fügte er hinzu: »Ich glaube, sie hatte den Verstand verloren. Ich schwöre bei Gott, aus meiner Sicht hatte sie völlig den Verstand verloren. Sie war vollkommen verrückt.«

»Hat sie Sie aufs Dach bestellt, Matthew?«

»Sie hat mich rauf*befohlen*«, gab er unumwunden zu. »Ich habe es Marlo erzählt, denn ich hatte nicht vor zu gehorchen. Ich wollte die Angelegenheit allein regeln, aber ich und Marlo haben uns versprochen, dass wir immer völlig ehrlich zueinander sind. Dass wir keine Spielchen spielen und uns nie etwas vormachen. Also habe ich es ihr erzählt, und wir haben beschlossen, dass uns dieses blöde Weibsbild einfach gernhaben kann. Es ist unser Leben, oder? Und wie Sie gesagt haben, steht es uns frei, zusammen zu sein, wenn wir das wollen. Teamplayer zu sein bedeutet schließlich nicht, dass man sich von einer durchgeknallten Furie Vorschriften machen lassen muss. Und wenn sie tatsächlich ein Video von uns im Bett verbreitet hätte, hätten wir sie deswegen verklagt.«

Er schob sein Glas zur Seite und stieß einen abgrundtiefen Seufzer aus. »Marlo war dafür, K.T. zu ignorieren. Aber schließlich steckt sie auch seit Monaten in Ihrer Haut, der Haut eines Cops. Sie hat am Ende gesagt, falls K.T. wirklich jemanden dafür bezahlt hätte, in unsere Wohnung einzubrechen, diese Aufnahmen von uns zu machen und sie ihr zu überlassen, damit sie uns anschließend damit erpressen kann, müssten wir sie dafür hinter Gitter bringen – und wenn die Produzenten, Roundtree, die Öffentlichkeit und die Medien was dagegen hätten, könnte uns das völlig schnuppe sein.«

»Trotzdem waren Sie beide oben auf dem Dach«, rief Eve ihm in Erinnerung.

»Ja. Wir hatten diesen Plan. Wir sind schon vor dem Abendessen einmal aufs Dach gegangen, um uns umzusehen und die ganze Sache durchzugehen. Wir hatten vor, zusammen nach oben zu fahren und sie dazu zu bringen, dass sie uns noch einmal droht und über den Detektiv, die Kamera und alles andere spricht.

Marlo hatte ein Aufnahmegerät in ihrer Handtasche versteckt, und wir wollten K.T. damit drohen, mit der Aufnahme zur Polizei zu gehen, wenn sie uns nicht in Ruhe lässt. Vielleicht fänden es die Leute nicht besonders schön, uns zwei im Bett zu sehen, aber wenn K.T. selbst wegen Erpressung, Mithilfe bei ... keine Ahnung, Marlo hatte eine ganz Liste von Vergehen ... wenn also K.T. deswegen hinter Gittern landen würde, wäre sie auf alle Fälle unten durch.«

»Und wie hat Harris darauf reagiert?«

»Gar nicht, denn als wir nach oben kamen, war sie bereits tot. Hören Sie, ich hatte vor dem Essen Streit mit ihr. Ich habe sie gebeten, zur Vernunft zu kommen und die ganze Sache zu vergessen, bevor sie vollkommen aus dem Ruder läuft, aber sie hat mir einfach in den Schritt gefasst.«

Er warf den Kopf zurück und starrte unglücklich die Decke an. »Mein Gott. Sie hat mir in den Schritt gefasst und mir erklärt, dass sie mich an den Eiern hätte und ich deshalb besser tue, was sie sagt.«

Er atmete tief durch und wandte sich erneut an Eve. »Wir hätten es Ihnen sagen sollen. Wir hätten gleich zu Ihnen kommen sollen, aber die Situation gestern Abend hat uns aufgewühlt, und wir hatten keinerlei Beweis dafür, dass Harris uns erpresst. Als wir merkten, dass sie tot war und ich sie auch nicht zurückholen konnte, haben wir ihre Handtasche durchwühlt.« Er fuhr zusammen. »Mir ist klar, wie kalt das klingt, aber sie war tot, und wir wollten ... Wie würden Sie sich fühlen? Wie würden Sie sich fühlen, wenn ein Haufen Fremder vor der Glotze säße, um Ihnen beim Sex mit Ihren Männern zuzusehen?«, fragte er Eve und Peabody.

»Wahrscheinlich würde ich dem Menschen, der dahintersteckt, entsetzlich wehtun wollen.«

»Das wollten wir auch. Und zwar auf Marlos oder eher auf Ihre Art. Nur dass kein verdammter Film in K.T.s Tasche war. Wahrscheinlich war alles nur gelogen. Ich verstehe einfach nicht ... bei Gott, ich werde nie verstehen, warum sie uns derart belogen hat. Vielleicht dachte sie, ich gäbe einfach nach, und als ich mich behauptet habe, musste sie versuchen, ihr Gesicht zu wahren. Ich weiß nicht, was ihr durch den Kopf gegangen ist.«

»Oder vielleicht hatten Sie ja auch die Nase einfach voll. Sie sind ausgerastet und haben ihr einen Stoß versetzt. Wer könnte Ihnen das verdenken? Danach ging alles furchtbar schnell. Impuls und Zorn. Vielleicht wollten Sie sie gar nicht töten, vielleicht hätte sie gar nicht ertrinken sollen. Sie wollten nur den Film, um sich selbst, Ihre Privatsphäre und das Filmprojekt zu schützen. Aber bis Sie sie dann wieder rausgezogen haben, war's zu spät.«

»Nein. Nein. Nein.« Er schüttelte den Kopf. »Als wir oben ankamen, trieb sie schon im Pool. Wir haben erst wieder an den Film gedacht, als wir sicher wussten, dass der Frau nicht mehr zu helfen war. Wir haben alles versucht. Es ist genauso abgelaufen, wie wir es geschildert haben. Nur die Drohungen und die Erpressung haben wir nicht erwähnt. Aber davon abgesehen war es genau, wie wir gesagt haben. Das schwöre ich.«

»Und Marlo ist mit Ihnen raufgefahren und hatte eine Kamera dabei?«

»Genau. Wie gesagt, wir wollten ...« Als ihm aufging, was die Frage zu bedeuten hatte, schlug sich Matthew vor die Stirn. »Mein Gott, sind wir Idioten. Wir waren so ... wir haben eine Aufnahme. Marlo hat das Gerät bereits im Fahrstuhl angestellt. Wir haben es getestet. Wir haben eine Aufnahme davon, was dort oben abgelaufen ist.«

9

Eve beschloss, erst einmal abzuwarten, bis sie wüsste, ob Marlo und Matthew unschuldig, Idioten oder eiskalt und berechnend vorgegangen waren. Erst einmal sollte Matthew im Verhörraum schmoren, während Peabody die Freundin kontaktierte und sie auf die Wache bat.

»Bis sie kommt, nehmen wir uns schon mal Julian vor«, erklärte Eve. »Wenn sie auftaucht, werden wir ja sehen, was auf diesem Band zu hören oder auch nicht zu hören ist. Aber zuerst finden wir heraus, ob die falsche Peabody den falschen Roarke ebenfalls mit irgendetwas erpressen wollte.«

»Ich sehe sie inzwischen nicht mehr wirklich gern als meine Doppelgängerin. Je mehr wir über sie herausfinden, umso gemeiner und verrückter kommt die Frau mir vor. Es ist schon schlimm genug, dass die falsche Peabody ermordet worden ist, doch ich finde es in höchstem Maße deprimierend, dass meine Doppelgängerin zu allem Überfluss auch noch ein hinterfotziges, erpresserisches Arschloch war.«

»Das tut mir wirklich leid für Sie.«

»Das kann es auch. Wie soll ich den Film jetzt noch genießen, wenn ich ständig daran denke, dass ich hinter den Kulissen meinen Schatz erpressen wollte, damit er mit mir ins Bett geht, während er die ganze Zeit in Sie verliebt war? Und dass es vielleicht ein Video gibt, in dem Sie beide nackt und sexy und …«

»Hören Sie auf, bevor ich brechen muss.«

»Also bitte! Vielleicht gibt es einen Film, in dem die falsche Peabody und der falsche Roarke nackt und sexy durch die Gegend tollen. Das würde dieses ganze Schmierentheater auf alle Fälle wettmachen. Vielleicht kann ich ja irgendwie eine Kopie des Videos ergattern.«

Eves Antwort kam wie aus der Pistole geschossen: »Dann

drehe ich selber einen Film, wie ich Ihr Hinterteil in Fetzen reiße, um damit die Wände des Büros zu tapezieren. Und davon schicke ich persönlich jedem, den Sie kennen, eine Kopie. Und jetzt bestellen Sie Marlo ein. Ich fange in der Zeit schon einmal mit Julians Verhör an.«

Eve ging in den Verhörraum, in dem Julian mit dem Kopf zwischen den Händen auf dem Stuhl hinter dem Holztisch saß. Als sie ihm gegenüber Platz nahm, sah er auf, und sie nahm seine bleichen, unrasierten Wangen und die eingesunkenen Augen wahr.

»Ich fühle mich nicht gut«, setzte er an.

»Sie sehen auch nicht gut aus. Rekorder an. Lieutenant Eve Dallas vernimmt Julian Cross.« Sie nannte Datum, Uhrzeit, Aktenzeichen des Falls Harris und schaute ihn fragend an.

»Ich bin am Fasten«, klärte er sie auf.

»Ach ja? Hat das etwas mit Harris' Tod zu tun?«

»Ah ... nein. Der ganze Alkohol zusammen mit dem Sober-up, der Pille gegen meine Kopfschmerzen und der Schlaftablette, die ich nach der Rückkehr ins Hotel genommen habe, waren einfach zu viel. Zur Entgiftung trinke ich deshalb fürs Erste nur klare Flüssigkeit.«

»Okay.«

»Brauche ich einen Anwalt?«

»Wollen Sie einen?«

»Ich will ins Hotel und weiterschlafen, und dann will ich aufwachen, will, dass es gestern ist und dass all das nicht passiert ist. Das ist wie ein Traum, wie ein wirklich böser Traum.«

»Sie haben sich mit K.T. gestritten.«

»Beim Essen«, stimmte er ihr zu.

»Nach dem Essen. Vor der Vorführung im Kinosaal.«

»Ach ja?« Er starrte sie aus trüben, roten Augen an. »Wegen der Szene beim Essen? Die war mir entsetzlich peinlich. Habe ich das schon gesagt?«

Eve nickte knapp. »Und was war, als Harris gestern an die Tür von Ihrem Wohnwagen getrommelt hat? Was wollte sie da?«

»Ich … ich kann mich nicht erinnern.«

»Unsinn, Julian. Da waren Sie noch nicht betrunken. Es gibt eine Zeugin, die gesehen hat, wie sie gegen Ihre Tür getrommelt hat. Und dass sie dabei wütend war und nicht aufgegeben hat.« Das Timing passte, dachte Eve. Sicher hatte Peabody gehört, wie Harris an die Tür des Wohnwagens von Julian gehämmert hatte und vor lauter Zorn vollkommen außer sich gewesen war.

»Aus irgendeinem Grund war sie mal wieder wütend«, räumte er mit einem gleichmütigen Achselzucken ein.

»Sie sollten so tun, als hätten Sie etwas mit Marlo Durn.«

»Wir tun nur zu Werbezwecken so, als liefe auch privat was zwischen uns. Das ist …«

»Nein, Julian. K.T. Harris wollte, dass Sie Matthew etwas vorlügen und ihm erzählen, dass sich Marlo hinter seinem Rücken auch von Ihnen vögeln lässt. Die beiden sind ein Paar, und das hat Harris nicht gefallen. Sie sollten ihr helfen, einen Keil zwischen die zwei zu treiben.«

»Ich hatte keine Ahnung, dass was zwischen ihnen läuft.«

»Bis wann?«

»Bis gestern früh. Bis K.T. vor meinem Trailer stand und herumgeschrien hat. Sie haben die Sache wirklich gut geheim gehalten, aber gestern auf dem Fest, als ich darauf geachtet habe, habe ich's gemerkt. Bis dahin dachte ich, dass sie nur gute Freunde sind. Dass vielleicht auch ab und zu etwas zwischen ihnen lief – so was kommt schließlich vor –, aber ich wusste nicht, dass es was Ernstes ist.«

»Weshalb ist Harris davon ausgegangen, dass Sie ihr den Gefallen tun und Matthew erzählen, dass Marlo ihn betrügt?«

»Keine Ahnung, denn das hätte ich ganz sicher nicht getan. Ich kann Marlo und auch Matthew echt gut leiden«, sagte er in einem Ton, der ehrlich klang. »Ich würde niemals etwas tun, was ihnen derart wehtut.«

»Dann hat es Sie also nicht gestört, dass Marlo Matthew Ihnen vorgezogen hat?«

»Im Gegenteil. Im Grunde war ich froh, denn da wusste ich endlich, weswegen sie mir einen Korb gegeben hat.«

»Das sind Sie nicht gewöhnt, nicht wahr?«

»Nicht wirklich«, gab er ohne auch nur einen Hauch von Stolz oder von Scham in seiner Stimme zu. »Ich kriege jede Menge Sex. Es macht mir Spaß, mit Frauen ins Bett zu gehen, weil mich das wunderbar entspannt. Es ist für mich okay, dass Marlo Matthew will. Mich wollen dafür jede Menge anderer Frauen.« Das klang, als wäre Sex für ihn genauso leicht zu haben wie für andere eine Flasche Limo aus dem Supermarkt. Vielleicht war es wirklich so.

Als Peabody den Raum betrat, zuckte Julian zusammen und sah wieder vor sich auf den Tisch.

»Detective Delia Peabody betritt den Vernehmungsraum. Danke, dass Sie vorbeigekommen sind«, wandte sie sich an Julian. »Kann ich Ihnen etwas zu trinken holen?«

Er schüttelte den Kopf, doch dann sah er sie an. »Das heißt, könnte ich wohl ein Glas Wasser haben? Ich brauche heute sehr viel Flüssigkeit.«

»Kein Problem.« Sie gab zu Protokoll, dass sie den Raum wieder verließ, und trat auf den Korridor hinaus.

»Sie wollten Harris gestern nicht in Ihren Trailer lassen«, fuhr Eve fort. »Warum nicht?«

»Weil sie furchtbar herumgeschrien hat. Ich hatte einfach keine Lust auf einen Streit.«

»Worüber hätte sie mit Ihnen streiten sollen?«

»Ich weiß es nicht. Ich weiß es nicht.« Wieder ließ er seinen Kopf zwischen die Hände fallen. »Aber irgendetwas fiel ihr immer ein.«

Peabody kam zurück und stellte eine Flasche Wasser auf den Tisch.

»Was hatte sie gegen Sie in der Hand, Julian? Was war ihr diesmal eingefallen? Womit hat sie Ihnen gedroht, falls Sie sich weigern, Matthew etwas vorzumachen?«

»Darüber möchte ich nicht reden.«

Eve warf einen Blick auf ihre Partnerin und nickte ihr unmerklich zu.

»Julian.« Peabody berührte seine Hand, und automatisch zog er seinen Arm zurück.

»Tut mir leid.« Er blickte auf und sah dann wieder vor sich auf den Tisch. »Es ... Sie ... erinnern mich an sie.«

»Aber ich bin nicht K.T. Ich werde Sie nicht anschreien, nicht bedrohen und auch nichts sagen, damit Sie sich unwohl fühlen. Sie hat das getan. Ihnen gegenüber und auch gegenüber vielen anderen.«

»Ich verstehe nicht, warum es Menschen gibt, die es nicht schaffen, nett zu sein. Warum manche Menschen niemals glücklich sind.«

»Sie war nicht glücklich und nicht nett und hat immer nach dem Schlechten in allem gesucht. Jeder Mensch hat eine schlechte Seite oder irgendwas, was andere nicht wissen sollen. Danach hat sie gesucht und diese Dinge dann benutzt, um Menschen wehzutun oder unter Druck zu setzen, bis sie etwas tun, was sie nicht wollen. Was hat sie über Sie herausgefunden?«

»Das ist jetzt schon ewig her.«

»Okay.«

»Es war nicht meine Schuld.«

»Das glaube ich.«

»Wir waren in einem Club. Ich hatte gerade die Hauptrolle in *Forgiven* ergattert, was für mich der große Durchbruch war. Das wollte ich mit ein paar Freunden feiern, und wir haben heftig einen draufgemacht. Außer Alkohol waren auch Drogen mit im Spiel. Ich rühre dieses Zeug schon lange nicht mehr an, aber damals wurden auf den Feten Zoner oder Hype wie Appetithäppchen herumgereicht. Und die Frauen sind wie die Fliegen um uns rumgeschwirrt.«

»*Forgiven.* Kam der nicht schon vor zehn Jahren raus? Da waren Sie noch unglaublich jung. Höchstens Anfang zwanzig, stimmt's?« Peabody bedachte ihn mit einem mitfühlenden Blick.

»Dreiundzwanzig. Für mich war das Projekt der große

Durchbruch, zum ersten Mal in einem Leben habe ich echt gut verdient. Wir waren alle in Hochstimmung und sind dann aus dem Club weiter in ein Striplokal gezogen. Dort haben wir ein paar Frauen aufgerissen, wie man das so macht.«

Achselzuckend trank er einen Schluck von seinem Wasser, und obwohl sie keine Ahnung hatte, ob das Aufreißen von Frauen in Striplokalen zum guten Ton gehörte, nickte Peabody verständnisvoll. »Sicher.«

»Dann sind wir zurück in meine Wohnung gegangen, und ein paar der Frauen kamen mit. Einige haben im Wohnzimmer weitergefeiert, aber zwei der Frauen sind mit mir im Schlafzimmer verschwunden, und als ich am nächsten Morgen wach wurde, lagen sie immer noch in meinem Bett. In der Tür stand ein Typ und hat mich angebrüllt, dafür brächte er mich um. Weil eins der Mädchen seine Tochter und erst sechzehn war. Verdammt, die beiden Mädchen waren erst sechzehn Jahre alt.«

Er fuhr sich mit den Händen durchs Gesicht, ließ sie wieder sinken und bedachte Peabody mit einem unglücklichen Blick. »Woher hätte ich das wissen sollen? Sie hätten nicht in dem Lokal sein dürfen. Sie hatten falsche Ausweise dabei und mir erzählt, sie wären einundzwanzig. Ich habe die zwei nicht gezwungen, mit mir ins Bett zu gehen. Das haben sie freiwillig getan. Aber ich hatte ihnen ein paar Drinks spendiert, ihnen was von meinen Drogen abgegeben, und am Schluss hatten wir Sex. Wenn ich gewusst hätte, dass sie erst sechzehn waren, hätte ich die zwei nicht angerührt. Das schwöre ich. Sie sahen nicht wie sechzehn aus, haben sich nicht so benommen, waren in einem Striplokal und haben mich nach Kräften angebaggert.« Julian seufzte.

»Er hat mir mit einer Anzeige gedroht. Die beiden Mädchen haben geschrien, und er hat seiner Tochter eine Ohrfeige verpasst. Als ich verhindern wollte, dass er noch einmal auf sie losgeht, hat er sich auf mich gestürzt. Meine Kumpel haben ihn weggezerrt. Die Mädchen waren total hysterisch, und einer von meinen Freunden, ein Jurist, hat etwas davon gefaselt, dass die

Mädchen vor den Jugendrichter kämen und der Vater eine Anzeige bekäme, weil er auf mich losgegangen war. Es wurde alles immer verfahrener.«

»Wie ging's dann weiter?«, fragte Peabody, als Julian nicht mehr weitersprach.

»Ich habe ihnen Geld gegeben. Jede Menge Geld, damit es endlich aufhört. Damit der Mann die zwei Mädchen mit nach Hause nimmt und mich in Ruhe lässt. Das ist inzwischen ewig her, und wie gesagt, ich wusste nicht, dass diese beiden Mädchen minderjährig waren. Aber wenn die Geschichte herausgekommen wäre, hätte sie mich trotzdem ruiniert. Ich wäre erledigt gewesen, hätte dieser Kerl mich angezeigt. Wenn die Medien Wind davon bekämen, könnte das karrieremäßig auch jetzt noch mein Ende sein.«

»Und K.T. hat es herausgefunden.«

»Das ist ihre große Leidenschaft«, stellte er verbittert fest. »Sie findet ständig irgendwelche Dinge über andere heraus. Wenn's ihr passt, zieht sie die Daumenschrauben an. Ich habe ihr nie was getan, aber sie hat damit gedroht, dass sie die Sache an die Medien durchsickern lässt. Sie kannte sogar die Namen von dem Typen und seiner Tochter. Sie hat mir damit gedroht, dass sie mich hinter Gitter bringt und dass mich dann kein Studio mehr nimmt. Es ist inzwischen fast zehn Jahre her, aber sie hat gesagt, ich müsste dafür jetzt noch ins Gefängnis gehen.«

»Wenn Sie nicht mitspielen und behaupten, dass Sie was mit Marlo haben?«

»Ja. Sie hat gesagt, ich müsste Matthew sagen, dass sie ihn mit mir betrügt, und ihm Einzelheiten nennen, falls er mir nicht glaubt.«

»Wie haben Sie darauf reagiert?«

»Ich habe nein gesagt. Dass ich Freunden so etwas nicht antun kann. Daraufhin hat sie gesagt, dass sie nicht meine Freunde wären. Ich würde mir doch wohl nicht einbilden, dass einer von den beiden jemals für mich ins Gefängnis gehen würde. Sie hat mir echt Angst gemacht.«

Er nahm den nächsten großen Schluck aus seinem Glas.

»Was haben Sie dann gemacht?«

»Ich habe meinen Anwalt-Kumpel angerufen und erzählt, womit K.T. mir droht. Er hat mir geraten, erst einmal auf Zeit zu spielen, während er herausfindet, wo dieses Mädchen heute lebt und was sie macht. Außerdem hat er gesagt, die Tat wäre verjährt, und ich würde deshalb ganz bestimmt nicht ins Gefängnis gehen. Trotzdem wollte ich natürlich nicht, dass die Geschichte in den Medien breitgetreten wird. Mein Freund ging ziemlich sicher davon aus, dass auch das Mädchen und der Vater kein Interesse daran hätten, dass die Sache ruchbar würde, deshalb stünde K.T.s Wort in dem Fall gegen meins. Aber zur Sicherheit sollte ich erst einmal auf Zeit spielen und ihr sagen, dass ich es mir überlegen müsste, damit er noch ein paar Nachforschungen anstellen könnte.«

»Haben Sie gestern Abend mit ihr über diese Angelegenheit geredet?«, fragte Eve.

»Ich habe versucht, ihr möglichst aus dem Weg zu gehen. Dann hat sie beim Abendessen diesen Schwachsinn abgezogen. Was für mich noch schlimmer war, weil ich wusste, was sie von mir will. Also habe ich getrunken, um nicht mehr darüber nachzudenken, bis sie mich doch noch erwischt und wieder davon angefangen hat. Ich habe ihr gesagt, sie sollte mich verdammt noch einmal in Ruhe lassen, denn ich würde sicher nicht mit ihr über das Thema sprechen, während all die anderen Leute in der Nähe sind. Außerdem war ich so dumm, ihr zu erzählen, dass mein Anwalt sich mit der Angelegenheit befasst.« Er massierte sich die Stirn. »Vielleicht habe ich das auch nicht gesagt, sondern nur gedacht. Ich weiß es nicht mehr genau. Ich erinnere mich nur noch verschwommen, denn ich habe eindeutig zu tief ins Glas geschaut.«

Wieder ließ er seinen Kopf zwischen die Hände sinken. »Connie hat eindeutig recht.«

»Womit?«, erkundigt sich Eve.

»Dass Alkohol keine Probleme löst. Dass man sich nicht mehr dran erinnern kann, heißt nicht, dass sie verschwunden sind.«

Um nicht aus dem Takt zu kommen, knöpfte Eve sich gleich nach dem Gespräch mit Julian Marlo vor und überlegte, ob sie ihrer Doppelgängern erzählen sollte, dass ihre Nervosität verriet, dass sie nicht wirklich Polizistin war. Stattdessen schaltete sie einfach den Rekorder an und stellte ihn vor sich auf den Tisch.

»Sie sind ganz schön schnell aufs Revier gekommen.«

»Ich war ... schon in der Stadt.«

»Und haben darauf gewartet, dass Matthew von der Vernehmung kommt. Um Zeit zu sparen: Wir wissen, dass Sie beide zusammen sind und gehofft haben, dass erst einmal niemand etwas davon erfährt. Wir wissen ebenfalls, dass K.T. Harris Ihnen auf die Schliche kam, Ihr Liebesnest gefunden und versucht hat, Sie mit eindeutigen Aufnahmen von Ihnen beiden zu erpressen.«

»Na, dann wissen Sie schon ganz schön viel. Ich hoffe nur, Sie wissen auch, dass Matthew oben auf dem Dach nicht auf K.T. losgegangen ist. Wir wollten uns nicht mehr von ihr erpressen und uns irgendwelchen anderen Schwachsinn bieten lassen, aber umgebracht haben wir sie nicht.«

»Sie hat Ihnen erzählt, sie hätte einen Detektiv dafür bezahlt, in die Wohnung einzubrechen, eine Kamera zu installieren, noch einmal einzubrechen und sie wieder herauszuholen. Warum haben Sie sie dafür nicht angezeigt?«

»Das war eine *private* Angelegenheit. Wissen Sie, wie kostbar das Privatleben für einen wird, wenn man kaum noch eins hat? Außerdem hatten wir keine Ahnung, wen sie angeheuert hat. Wenn wir zur Polizei gegangen wären, hätte sie wahrscheinlich einfach alles abgestritten, und wir hätten keinerlei Beweise gegen sie gehabt. Deshalb dachten wir, der beste Weg, die Angelegenheit zu regeln, wäre, dass wir den Beweis dafür erbringen, dass unsere Geschichte stimmt.«

»Und wie wollten Sie das machen?«

»Matthew hatte sich bereit erklärt, sie oben auf dem Dach zu treffen, und wir sind zusammen nach oben gefahren. Ich hatte ein Aufnahmegerät in meiner Handtasche versteckt, und wir wollten sie dazu bewegen, dass sie über den Einbruch und die hinterhältige Erpressung spricht. Dann hätten wir zu ihr gesagt, dass sie sich die Erpressung in die Haare schmieren kann, denn wenn sie den Film ins Netz stellen würde, brächten wir im Gegenzug die Aufnahme ihres Geständnisses heraus und gingen mit der Sache obendrein zur Polizei.«

Sie nickte selbstgerecht. »Einbruch, Erpressung, sexuelle Belästigung. Das ist kein Pappenstil. Aber als wir oben ankamen, war K.T. schon tot. Matthew hat nicht einen Augenblick gezögert, als wir sie dort auf dem Wasser treiben sahen. Nicht einen Augenblick. Er ist sofort hineingesprungen, um sie herauszuziehen. Trotz allem, was sie getan und womit sie uns gedroht hatte, hat er noch versucht, sie zu retten. Hat verzweifelt versucht, sie wiederzubeleben, doch es war zu spät.«

Tränen schimmerten in ihren Augen, und mit eindringlicher Stimme fuhr sie fort: »Er hätte sie gerettet, wenn das möglich gewesen wäre, doch wir kamen zu spät. Das alles haben wir Ihnen nicht früher erzählt, weil wir nicht unter Verdacht geraten wollten und die Hoffnung hatten, all der Medienrummel und die negativen Konsequenzen der Geschichte blieben uns erspart. Wir haben das alles nicht verdient, denn schließlich ist es kein Verbrechen, wenn man sich liebt.«

»Aber Sie haben uns wichtige Informationen vorenthalten und auf diese Weise die Ermittlungen erschwert.«

»Bitte.« Achselzuckend lehnte Marlo sich auf ihrem Stuhl zurück. »Nehmen Sie mich fest, wenn Sie das für richtig halten. Wir haben nichts getan.«

»Wo ist der Film, den K.T. in dem Loft hat aufnehmen lassen?«

»Keine Ahnung«, fauchte ihre Doppelgängerin sie an. »Vielleicht war das ja alles gelogen. Vielleicht war das alles nur ein Riesenbluff. Sie hat gesagt, sie würde Matthew einen Ausschnitt zeigen, also hätte sie das Video bei sich haben müssen, aber ...«

»Sie haben nach dem Film gesucht.«

»Meinetwegen, ja. Vielleicht war das kalt und egoistisch, aber sie war tot, und wir konnten nichts mehr für sie tun. Wenn Sie die Aufnahme gefunden hätten, hätten Sie gedacht, wir hätten K.T. deswegen umgebracht. Und dann hätte die Aufnahme garantiert auch ihren Weg ins Fernsehen oder Internet gefunden. Also habe ich in ihrer Tasche nachgesehen, aber da war kein Film. Sie hatte ihn nicht bei sich, nicht in ihrer Tasche, und sie hatte ihn auch sonst anscheinend nirgends auf dem Dach versteckt. Also fügen Sie der Liste meiner Sünden ruhig auch noch versuchten Diebstahl und Verwischen von Spuren hinzu.«

»Dies ist ein ungünstiger Zeitpunkt, um den taffen Cop herauszukehren«, klärte Eve sie milde auf. »Wo ist Ihre Aufnahme?«

»Ich habe doch gesagt, sie hatte keine Aufnahme dabei.«

»Nicht die von K.T., sondern Ihre eigene.«

»Meine ...« Ihre Miene wurde starr, und die Hand, mit der sie sich die Haare hatte raufen wollen, fiel wieder auf den Tisch. »Meine Kamera. Natürlich. Die war eingeschaltet. Gott, sie ist die ganze Zeit gelaufen. Vor lauter Aufregung habe ich daran gar nicht mehr gedacht. Sie ist in meiner Tasche. Sie ist immer noch in meiner Abendtasche. Alles war total verrückt, kompliziert und grauenhaft, da habe ich einfach nicht mehr daran gedacht. Sie ist immer noch in meiner Tasche im Loft. Ich werde sie sofort holen.« Sie sprang auf. »Ich werde die Tasche holen, und dann können Sie hören, wie es abgelaufen ist. Sie werden sehen, dass wir nicht die Mörder sind.«

»Ich werde Sie von zwei Beamten in die Wohnung fahren lassen. Händigen Sie ihnen das Gerät dort aus. Nur eins noch, Marlo. Wir haben hier hervorragende elektronische Ermittler. Falls jemand die Aufnahme manipuliert hat, finden wir das heraus.«

»Gut.« Sie straffte ihre Schultern und nahm eine kerzengerade Haltung ein. »Denn Sie werden feststellen, dass das tatsächlich die Originalaufnahmen sind. Ich habe K.T. gehasst. Sie war eine kranke, hoffnungslos verbitterte Tyrannin. Sie hat andere Menschen manipuliert und hätte mein Leben mit Freuden ruiniert. Trotzdem habe ich ihr nicht den Tod gewünscht. Ich wollte, dass sie mit dem Wissen leben muss, dass ich klüger, stärker und ganz einfach besser bin als sie. Ich wollte, dass sie damit leben muss, dass ich meinerseits ihr Leben ruinieren würde, indem ich die Aufnahmen von ihr nach Abschluss des Projekts Roundtree und den Produzenten vorspiele. Wenn sie danach in einem Werbefilm noch eine Hausfrau hätte spielen dürfen, hätte sie noch Glück gehabt. Genau das hätte ich dem blöden Weib gewünscht.«

»Ich glaube ihr«, erklärte Peabody, als Eve die Schauspielerin von zwei Beamten in die Wohnung eskortieren ließ. »Es klingt durchaus stimmig und ergibt aus meiner Sicht absolut Sinn.«

»Es gehört zu ihrem Job, dafür zu sorgen, dass eine Geschichte einen Sinn ergibt. Trotzdem glaube ich ihr ebenfalls. Aber wo hat Harris diesen Film versteckt?«

»Vielleicht hat sie ja tatsächlich nur geblufft.«

»Das glaube ich nicht. Mich interessiert, warum der Mörder dieses Video mitgenommen hat. Will er die Erpressung fortsetzen, oder will er verhindern, dass der Film womöglich irgendwelchen Journalisten in die Hände fällt? Nach der verdammten Pressekonferenz sehen wir uns erst einmal das Hotelzimmer des Opfers an. Wenn sie nur einen Teil der Aufnahme dabeihatte, hat sie den ganzen Film woanders aufbewahrt.«

»Ich könnte ja schon einmal vorfahren, und Sie gehen allein zu der Pressekonferenz«, schlug Peabody ihr arglos vor.

»Netter Versuch.« Eve sah auf ihre Uhr. »Bringen wir es hinter uns, damit wir danach weiter das tun können, wofür man uns bezahlt. Ich will den Typen finden, der für sie bei Matthew eingebrochen ist«, fügte sie auf dem Weg zum Medienraum hinzu. »Falls er existiert, hat Harris ihn bezahlt. Und wenn sie ihn bezahlt hat, spüren wir den Kerl über die Finanzen unseres Opfers auf.«

»Vielleicht hat sie ja bar bezahlt. Schließlich hinterlassen Einbrecher nicht gerne Spuren.«

»Vielleicht, aber dann hätte sie ihn erst vor kurzem und wahrscheinlich ziemlich gut bezahlt. Vor allem musste sie erst einmal jemanden finden, der so etwas macht. Und wenn sie es geschafft hat, ihn zu finden, schaffen wir das auch.«

»Er hat die Aufnahme doch sicher überprüft, um sich zu vergewissern, dass darauf genug zu sehen ist.«

»Auf jeden Fall. Und bestimmt hat er zur Sicherheit auch noch eine Kopie davon gemacht. Ein privater Schnüffler, der sich darauf einlässt, heimlich andere beim Sex zu filmen, ist bestimmt auf zwielichtige Aufträge spezialisiert. Genau so jemanden hat sie gesucht. Und nachdem seine Klientin tot ist, bleiben ihm zwei Möglichkeiten. Entweder zerstört er die Beweismittel und alles, was ihn mit der Toten in Verbindung bringt, oder er versucht, die Aufnahme zu Geld zu machen, indem er sie an die Leute verkauft, die darauf zu sehen sind. Nach allem, was wir bisher haben, finden wir ganz sicher einen Richter, der uns die Genehmigung zum Abhören der Links von Matthew und von Marlo Durn erteilt.«

»Glauben Sie nicht, dass sie freiwillig zu uns kommen würden, wenn jemand sie noch einmal mit dem Film erpressen wollte?«, fragte Peabody überrascht.

»Beim ersten Mal haben sie sich nicht gemeldet, deshalb hören wir vorsichtshalber besser mit. Aber erst konzentrieren wir uns auf K.T.s Trailer, ihr Hotelzimmer und Schließfächer, die sie womöglich unter ihrem eigenen oder vielleicht unter Ihrem Namen angemietet hat.«

»Unter meinem? Warum ... oh.« Peabody blies die Backen auf. »Zu Tarnzwecken.«

»Ich wette, dass die Leute, die uns spielen, Ausweise und Dienstmarken auf unsere Namen haben. Auch wenn die nicht echt sind, hätten sie zum Mieten eines Schließfachs sicherlich gereicht. Ich an ihrer Stelle hätte es auf alle Fälle so gemacht. Also gucken wir, wo es in der Nähe des Hotels Schließfächer zu mieten gibt. Sicher wollte sie den Film an einem Ort verstecken, wo er schnell zu erreichen ist.«

Kyung erwartete sie schon im Medienraum.

»Pünktlich wie die Maurer«, gratulierte er. »Brauchen oder wollen Sie noch irgendetwas, bevor die Pressekonferenz beginnt?«

»Dass es möglichst schnell geht«, antwortete Eve. »Wir haben nämlich ein paar neue Spuren, denen wir so schnell wie möglich nachgehen müssen.«

»Irgendetwas, worüber Sie die Journalisten informieren wollen?«

»Nein.«

»Also gut, dann lassen wir alles so, wie es besprochen ist. Auf dem Tisch steht Wasser. Sie ...«

»Ich setze mich an keinen Tisch«, erklärte Eve.

»Also gut«, stimmte er unumwunden zu. »Dann kriegen Sie ein Rednerpult. Ich werde den Journalisten sagen, wie es laufen wird, dann stelle ich Sie beide vor, und dann dürfen die Journalisten eine Viertelstunde lang Fragen stellen. Danach übernehme ich wieder das Wort, und Sie fahren mit Ihrer eigentlichen Arbeit fort.«

Er war wirklich gut, erkannte Eve. Im Handumdrehen wurde ein Pult aufs Podium gestellt, Kyung bezog dahinter Position und nahm die Journalisten freundlich, doch mit angemessenem Ernst auf der Wache in Empfang.

Dann trat er vom Pult zurück, und dicht gefolgt von Peabody kam Eve nach vorne. Sofort feuerte die Meute einen Strom von Fragen auf sie ab, doch sie blieb einfach stehen und sah sich schweigend um.

Sie hatten wieder einmal ein volles Haus. Die meisten Journalisten sprangen auf, wenn sie etwas fragten, und reckten ihre Arme in die Luft, Kameras zielten wie Laserwaffen auf das Pult.

Der Kameramann von Channel 75 stand in einer Ecke, die Starreporterin des Senders Nadine Furst war jedoch nirgendwo zu sehen.

Das war sehr klug von ihr, fand Eve, denn schließlich war sie selber in die Sache involviert. Bestimmt hatte sie Kyung dazu gebracht, dass er sie das Geschehen aus einem Nebenraum verfolgen ließ.

»K.T. Harris wurde gestern Abend gegen dreiundzwanzig Uhr ermordet.«

Eve versuchte gar nicht erst, den allgemeinen Lärm zu übertönen, und ging auch nicht auf die Zwischenrufe ein, die verlangten, dass sie lauter sprechen sollte.

»Ihr Tod ereignete sich während einer Dinnerparty«, fuhr sie mit ruhiger Stimme fort. »Im Haus von Mason Roundtree und Connie Burkette. Sie hatten mehrere Personen eingeladen, die mit einem Filmprojekt zu tun haben, das auf dem Buch von Nadine Furst über die Ermittlungen im Icove-Fall basiert.«

Sie legte eine kurze Pause ein.

»Detective Peabody und ich werden Fragen zu dem Fall entgegennehmen, solange sich die anwesenden Journalisten nicht wie eine Horde ungezogener Kinder während eines Schulausflugs benehmen und die Fragen einfach in den Raum brüllen. Ja?«, wandte sie sich einem Journalisten zu, der wieder Platz genommen hatte, aber gleichzeitig die Hand nach oben riss.

»Gralin Peters, *UNN*. Zum Zeitpunkt des Mordes waren Sie selbst vor Ort. Heißt das, dass Sie alle Anwesenden gleich vernommen haben und es schon einen konkreten Hinweis auf den Täter gibt?«

»Alle, die im Haus waren, als Miss Harris starb, haben sofort nach Auffinden der Leiche eine erste Aussage gemacht. Wir sehen uns diese Aussagen jetzt erst einmal genauer an, führen weitere Vernehmungen mit einigen der Leute durch und gehen diversen Spuren nach. Namen von Verdächtigen kann ich bisher nicht nennen.«

»Was ist es für ein Gefühl, dass K.T. Harris, die in diesem Film als Ihre Partnerin auftritt, ermordet wurde, während Sie vor Ort waren? BiBi Minacour, Foxhall Media Group.«

»Es fühlt sich genauso an, wie wenn woanders in New York jemand ermordet wird. Es fühlt sich an, als müsste ich herausfinden, wer sie getötet hat, und Beweise sammeln, damit ich das Individuum verhaften kann.«

»Detective Peabody! Detective Peabody! Jasper Penn, *New York Eye*. Fällt es Ihnen schwer, im Mord an einer Schauspielerin zu ermitteln, die Sie in diesem Film gespielt hat und die Ihnen deshalb täuschend ähnlich sah?«

»Es ist eine ungewohnte Situation, aber nein, die Arbeit ist für mich deshalb nicht schwieriger als sonst.«

»Warum zählen Sie nicht selbst zu den Verdächtigen? Loo Strickland, *Need to Know.*«

»Wir haben beide wasserdichte Alibis«, gab Eve zurück, und die Reporter lachten auf.

»Aber Sie und das Opfer haben sich kurz vor der Tat gestritten.«

»Das ist nicht korrekt. Das Opfer hat beim Abendessen eine unglückliche Bemerkung fallen lassen, und ich habe auf die Bemerkung reagiert. Ich bin dem Opfer gestern Vormittag am Set zum ersten Mal ganz kurz begegnet, und da K.T. Harris mit Verspätung zu der Dinnerparty kam und während der Mahlzeit am entgegensetzten Ende des Tisches saß, hatten wir keine Gelegenheit für ein Gespräch. Deshalb hatte ich nur ein einziges Mal während des kurzen Geplänkels bei Tisch mit ihr zu tun.«

Sie wandte sich dem nächsten Fragesteller zu, als Strickland rief: »Was hat sie denn gesagt, und wie haben Sie darauf reagiert?«

Sie erwog, den Kerl zu ignorieren, doch dann hätte sicher jemand anderes die Frage wiederholt. »Das braucht Sie nicht zu interessieren, denn für die Ermittlungen ist es nicht von Belang. Wie gesagt, wir haben nicht direkt miteinander gesprochen, und vor, während und nach der Mahlzeit haben sich die Anwesenden unterhalten, witzige oder nicht ganz so witzige Bemerkungen gemacht und Antworten darauf gegeben, wie man das auf Festen so macht.«

»Lieutenant! Bringt Ihre Verbindung nicht nur zu dem Opfer, sondern auch zu anderen Mitgliedern des Filmteams, wie zum Beispiel Marlo Durn – die Sie verkörpert –, Sie bei den Ermittlungen zu diesem Fall nicht in einen Loyalitätskonflikt?«

»Erstens bin ich Miss Harris, Miss Durn und anderen Mitgliedern des Filmteams gestern früh zum ersten Mal begegnet, während der Dinnerparty waren wir mit den Schauspielern, die uns spielen, zum ersten Mal länger zusammen, deshalb gibt es keine wirkliche Verbindung. Und zweitens, wenn meine Partnerin oder ich selbst dächten, dass der Kontakt oder die ungewöhnliche Verbindung, die es zwischen uns und diesen Menschen gibt, die Suche nach dem Täter irgendwie beeinflussen oder behindern könnten, würde jemand anderes die Ermittlungen in diesem Mordfall führen. K.T. Harris spielt in diesem Fall die Hauptrolle für uns. Wir treten für sie ein.«

»Jemand hat sie umgebracht«, pflichtete Peabody ihr bei. »Es spielt keine Rolle, wer sie war, womit sie ihr Geld verdient hat und ob sie uns fremd war oder nahestand. Jemand hat sie umgebracht, und Lieutenant Dallas und ich selbst werden unter Nutzung sämtlicher Ressourcen der New Yorker Polizei ihren Mörder überführen und dafür sorgen, dass Miss Harris Gerechtigkeit erfährt. Diejenigen von Ihnen, die nach irgendwelchen Klatschgeschichten suchen, vergeuden Zeit. Zeit, die für unsere Arbeit fehlt.«

»Aber die Umstände des Falls sind wirklich ungewöhnlich, das hat Lieutenant Dallas selbst gesagt«, rief ein Reporter. »Die Schauspielerin, die ermordet wurde, hat Sie in dem Film gespielt, und Sie werden gegen Schauspieler ermitteln, die in diesem Film als Lieutenant Dallas, Roarke, Detective McNab, Commander Whitney oder andere zu sehen sind.«

»Kein Mord ist je gewöhnlich«, antwortete Eve. »Und ich wette, dass kein Opfer und die Freunde und Familie eines Opfers je der Meinung sind, dass diese Tat gewöhnlich war. Schauspieler spielen Rollen«, fuhr sie fort. »Das Opfer ist nicht Delia Peabody, und Marlo Durn ist auch nicht ich. Miss Durn wird sicherlich in Zukunft auch noch andere fiktive oder echte Charaktere porträtieren, und ich werde in Zukunft auch noch andere Morde aufklären. Im Augenblick gilt mein und das Augenmerk meiner Partnerin der Frau, die letzte Nacht ermordet worden ist. Wir sind jetzt für K.T. Harris zuständig. Das hat meine Partnerin sehr gut erklärt. Und der Glamourfaktor unseres Opfers? Reiten Sie darauf herum, wenn's Ihnen Spaß macht und die Absatzzahlen Ihrer Blätter in die Höhe treibt. Ich nehme an, das ist Ihr Job. Also, machen Sie Ihren Job, und ich werde den meinen machen. Peabody.«

Sie trat einen Schritt zurück, wandte sich zum Gehen und ignorierte die gebrüllten Fragen, die auf ihren Rücken trommelten.

»Nicht ganz wie besprochen«, raunte Kyung ihr leise zu, »aber trotzdem wirklich gut. Berühmtheit spielt in diesem Fall eine enorme Rolle«, fügte er hinzu. »Die des Opfers, Ihre und auch die der anderen, die auf der Feier waren.«

»Ich bin keine Berühmtheit.«

»Doch, natürlich sind Sie das. Damit müssen Sie sich eben arrangieren. Sie sind berühmt als Sie selbst, als Gattin eines wohlhabenden, einflussreichen Mannes, als Hauptperson in einem Bestseller und dem daran angelehnten Film. Aber vielleicht räumt ja gerade das Ihnen in diesem Fall mehr Raum und Freiheit für Ihre Ermittlungsarbeit ein. Die meisten der Artikel werden sich vor allem um die Prominenz des Opfers und der anderen Partygäste drehen. Wenn das Opfer einfach irgendwer gewesen wäre, der auf einem Fest in einem Pool ertrunken ist, hätte niemand größeres Interesse an dem Fall. Erst mal wird das Medieninteresse sich auf Harris, Sie und all die anderen berühmten Leute konzentrieren, und Sie können in Ruhe Ihre Arbeit machen, ohne dass man Ihnen dabei in die Quere kommt.«

»Da haben Sie vielleicht recht. Also sehen wir zu, dass wir möglichst viel schaffen, während man uns noch in Ruhe lässt.«

»Viel Glück. Und, Detective Peabody?«, wandte er sich an ihre Partnerin. »Sie haben Ihre Sache ganz hervorragend gemacht.«

»Danke«, stieß sie aus und räusperte sich leise, während sie mit Eve den Raum verließ.

»Ich wusste gar nicht, dass ich etwas sagen würde, aber dann kamen die Worte wie von selbst. Ich hatte einfach das Gefühl, als ob sich niemand wirklich dafür interessieren würde, dass die Frau ermordet worden ist. Es ging die ganze Zeit nur um den Film, darum, dass sie mich gespielt hat und ermordet wurde, während wir ganz in der Nähe waren. Es ging nie wirklich um sie.«

»Nein, und Kyung hat recht. Lassen Sie uns nutzen, dass es allen um etwas anderes geht. Wir interessieren uns für sie.«

»Obwohl sie eine blöde Ziege war.«

»Genau. Kontaktieren Sie McNab. Er soll anfangen, ihre Finanzen durchzugehen, und gucken, ob er etwas findet, was sie mit einem privaten Schnüffler in Verbindung bringt. Wir warten noch auf Marlos Aufnahme, dann sehen wir uns im Hotelzimmer des Opfers um.«

»Sie wissen, was passiert wäre, wenn etwas davon durchgesickert wäre? Von den Aufnahmen?«

»Oh ja. Deshalb lassen Sie uns dafür sorgen, dass das nicht passiert.«

10

Eve öffnete den Beutel, in dem die Beamten Marlos Aufnahmegerät verwahrt hatten, und wandte sich an ihre Partnerin.

»Machen Sie die Tür zu, Peabody.«

Da sie sich die Aufnahme auf einem größeren Monitor als dem der Kamera ansehen wollte, schob sie die Karte in ihren Computer und drückte die Daumen, dass das uralte Gerät es schaffte, den Film abzuspielen.

Der Bildschirm flackerte mehrmals, doch dann beruhigte sich das Bild und zeigte Marlo Durns Gesicht.

»Marlo Durn und Matthew Zank.«

»He, warum wirst du zuerst genannt?«

Lachend hielt sie den Rekorder so, dass auch er zu sehen war. Sie selber trug die Ohrringe, die Eve schon abends auf der Feier aufgefallen waren. »D kommt im Alphabet nun mal vor Z. Und jetzt lass uns erst mal gucken, ob das Ding auch funktioniert.«

Nach einer kurzen Pause ging es weiter. »Also gut«, erklärte Marlo mit gedämpfter Stimme, während hinter ihr ein Teil des Lifts zu sehen war. »Wir wissen beide, wie wir vorgehen wollen. Sie wird sicher sauer, wenn sie sieht, dass ich mitgekommen bin.«

»Na und? Vielleicht ist sie verrückt, aber sie kann unmöglich so sauer sein wie ich. Am liebsten würde ich ihr eine reinhauen.«

»Matthew.«

»Also gut, hau du ihr eine rein. Vielleicht ist es besser, wenn zwei Frauen aufeinander losgehen, wenn sich zwei Frauen prügeln, sieht das immer irre sexy aus.«

»Mein Gott«, murmelte Eve. »Was finden Männer nur an Schlägereien zwischen Frauen?«

»Außerdem«, fuhr Matthew fort, »bist du dank deines Trainings für die Rolle unglaublich in Form.«

»Ich würde wirklich gern mal ausprobieren, ob das ganze Training etwas gebracht hat.«

Eve konnte die Teilaufnahme eines angespannten Frauenbizeps sehen.

»Aber unser Plan ist besser. Sie wird total angefressen sein. Sie wird damit angeben, was sie gemacht hat, und wird ihre Drohung wiederholen, den Film von uns im Bett ins Netz zu stellen.«

»Dieses elendige Miststück. Trotzdem würde ich den Film gerne mal sehen. Vielleicht im Rahmen einer kleinen Privatvorführung nur für dich und mich?«

Wieder lachte Marlo, und die Kamera schwenkte von Matthews Oberkörper auf sein grinsendes Gesicht. »Dann bringe ich das Popcorn mit. Aber erst mal müssen wir den Film von ihr bekommen. Wenn die Sache funktioniert, tauscht sie ihn sicher ein. Sie wird nicht riskieren wollen, dass diese Angelegenheit ihre Karriere ruiniert. Oder?«

»Es wird alles gut, Babe. Es wird alles gut. Sie wird erkennen müssen, dass sie sich mit Zank und Durn nicht messen kann. Die umgekehrte, alphabetische Reihenfolge ist genauso gut.«

»Oh, Matt, ich liebe dich.« Wieder kam ein Schwenk, und sie gingen durch die Lounge. »Wenn das alles vorbei ist, wenn die Dreharbeiten abgeschlossen sind, würde ich gerne mit dir verreisen. Entweder auf eine Insel oder auf einen Berg. Irgendwohin, wo wir allein sind und wo ich die Zeit mit dir genießen kann.«

»Wohin du willst. Wohin du willst.« Die Aufnahme verschwamm, denn offensichtlich presste Marlo ihre Tasche mit der Kamera gegen Matthews Körper, während er sie in die Arme nahm.

»Klingt nicht unbedingt, als hätten die zwei Turteltauben einen Mord geplant«, bemerkte Peabody.

»Noch nicht.«

»Okay.« Marlo machte sich von ihrem Liebsten los und atmete tief durch. »Und Action.«

»Außenszene, nachts«, murmelte Matthew, als er auf die

Dachterrasse trat. »Gott, hier draußen ist es einfach wunderbar. Wobei's mir noch besser gefallen hat, als wir vorhin hier oben allein waren und einfach rumgesessen sind.«

»Das können wir ja wiederholen, wenn die Sache abgeschlossen ist.«

»Abgemacht. Okay«, stimmte er zu und rief dann laut: »K.T.! Du wolltest diese Sache klären. Also bringen wir es hinter uns.«

»Ich kann sie nirgends sehen. Vielleicht ist sie ja noch gar nicht hier.«

»Sie war nicht im Kinosaal. Verdammt, K.T., lass diese blöden Spielchen.«

Sie gingen weiter, und als sie den Poolbereich betraten, spiegelte sich das Licht am Beckenrand.

»Vielleicht ist sie ...«

»Oh Gott!«

»Marlo, was ... meine Güte!«

Das Bild kippte zur Seite, aber trotzdem war zu sehen, wie Matthew loslief, vollständig bekleidet in den Pool sprang und die Frau, die auf dem Wasser trieb, herumdrehte, bis das Gesicht zu sehen war.

Mit einem erstickten Schrei ließ Marlo offenbar die Tasche an den Rand des Beckens fallen. Eve sah ihre Beine, als sie rannte, und verfolgte, wie sie auf die Knie fiel und ihre Arme ausstreckte, um die Tote aus dem Pool zu ziehen.

Ihre und Matthews Stimmen und die Worte, die sie sprachen, überschlugen sich.

»Was ist passiert?«

»Hilf mir, sie rauszuholen.«

»Ist sie tot? Oh Gott, Matthew, ist sie tot?«

»Mach Platz, ich brauche Platz. Sie atmet nicht mehr.«

Er versuchte es mit Herzmassage und mit Mund-zu-Mund-Beatmung, während Marlo K.T.s Hand massierte, wie um sie zu wärmen.

»Komm zurück! Verdammt, K.T., nun komm schon! Mach die Augen auf!«

»Sie ist kalt. Sie ist eiskalt. Soll ich eine Decke für sie suchen?«

»Sie ist tot, Marlo. Es ist zu spät.«

Tropfnass und kreidebleich ließ sich Matthew keuchend auf die Fersen sinken, während Marlo zitternd auf die Knie fiel.

»Wir sollten einen Krankenwagen rufen. Ich habe mein Link dabei.«

Doch er nahm ihre Hand. »Sie ist tot. Sie ist tot, Marlo.«

»Aber, das kann nicht sein ... Wie ist das passiert? Wir müssen doch irgendetwas für sie tun können.«

»Ich kann sie nicht zurückholen. Sie ist tot. Sie ist ... sie ist schon kalt.«

»Oh, Matthew.« K.T.s Leiche zwischen sich, streckten sie die Arme nacheinander aus und klammerten sich hilfesuchend aneinander fest. »Was sollen wir jetzt machen? Was sollen wir jetzt tun? Dallas und Peabody. Wir müssen runter und es ihnen sagen.«

»Ja. Oh Gott, ich zittere wie Espenlaub. Ich bin ein schöner Held. Ich brauche einen Augenblick. Gib mir nur einen kurzen Augenblick.«

»Schon gut. Schon gut.« Sie hielt ihn im Arm, fuhr dann aber mit einem Mal zurück. »Die Aufnahme. Wo ist die Aufnahme?« Sie rappelte sich eilig auf.

»Marlo, du darfst nichts anfassen.«

»Ich will doch nur den Film. Er muss in ihrer Tasche sein. Sie liegt da drüben. Wenn die Polizei ihn findet, denken sie vielleicht ... Matthew, dann denken sie vielleicht, wir hätten sie umgebracht oder mit ihr gekämpft oder ... Er ist nicht hier. Er ist nicht in der Tasche. Hatte sie ihn vielleicht bei sich? Hat sie ihn vielleicht in ihrem Kleid versteckt?«

»Hör auf, Marlo. Hör auf. Sie hat nichts bei sich. Sie muss mich angelogen haben. Offenbar hat sie mich angelogen, und jetzt ist sie tot«, stieß Matthew krächzend aus. »Sie ist tot. Wir können nichts mehr für sie tun.«

»Du hast alles versucht.« Abermals sank Marlo auf die Knie und strich ihm die nassen Haare aus der Stirn. »Sie muss sich den Kopf gestoßen haben und von selber in den Pool gefallen sein. Sie war betrunken, ist gestürzt und dann ertrunken. Guck, das war bestimmt ihr Glas. Es ist zerbrochen, und man sieht den Rotweinfleck, der sich unter den Scherben gebildet hat. Es war ein fürchterlicher Unfall. Gott, die arme Connie wird vollkommen fertig sein, wenn sie davon erfährt. Wir sollten jetzt wieder nach unten fahren. Komm, Baby, lass uns nach unten fahren und Hilfe holen.«

»Ja. Ja. Aber was sollen wir ihnen sagen, Marlo?«

»Die Wahrheit. Dass wir aufs Dach gefahren sind und sie gefunden haben. Dass du sie gleich rausgezogen hast, sie aber nicht mehr retten konntest. Der Rest geht niemanden etwas an. Der Rest geht nur uns beide etwas an.«

»Du hast recht. Ich hätte ihr wehtun wollen, Marlo. Ich wollte sehen, wie sie sich windet wie ein Aal. Ich weiß nicht, was ich jetzt empfinden soll.« Er atmete zweimal tief durch und stand dann auf. »Wie hast du dich gefühlt, als ich gesagt habe, dass sie nicht mehr am Leben ist?«

»Was? Ich war panisch. Entsetzt. Mir wurde schlecht.«

»Okay, und so fühlst du dich auch, wenn wir wieder nach unten kommen, ja? Wir hatten keine Zeit, um uns zu beruhigen oder nachzudenken. Wir haben sie gefunden, herausgezogen, ich habe versucht, sie wiederzubeleben, und dann sind wir nach unten gefahren, weil wir Hilfe holen wollten. Alles andere geht niemanden was an.«

»Nein, nein.« Sie hob ihre Tasche auf und sah ihn fragend an. »Bist du bereit?«

»Bereit. Am besten nehmen wir das Treppenhaus, damit wir etwas außer Atem sind, wenn wir unten ankommen.«

Schweigend rannten sie ins Erdgeschoss, wobei die Aufnahme bestätigte, dass alles ganz genauso abgelaufen war, wie die beiden es während der Vernehmung dargestellt hatten. Schließlich legte Marlo ihre Tasche aus der Hand, und man sah nur noch die Teilaufnahme eines Menschen, der daran vorüberlief, hörte Gesprächsfetzen, und plötzlich war die Aufnahme abgespielt.

»Der Film bestätigt, was sie ausgesagt haben«, erklärte Peabody.

»Ja. Sie sind beide wirklich gute Schauspieler, deshalb ... lassen Sie uns überprüfen, ob man an der Aufnahme herumgedoktert hat. Am besten machen wir eine Kopie für unsere Akten und geben die Speicherkarte dann an Feeney weiter, damit er uns sagt, ob es die Originalaufnahme ist.«

Sie machte die Kopie und trommelte mit ihren Fingern auf dem Tisch herum. »Wir haben praktisch nur Teilaufnahmen, aber trotzdem kann man eine Menge sehen. Kein Blut. Das Blut war bereits aufgewischt, als die Szene aufgenommen worden ist. Die Handtasche des Opfers konnte ich nicht sehen. Also kann ich auch nicht sagen, ob sie offen oder zu war, bevor Marlo sich daran zu schaffen gemacht hat. Mal sehen, was sie uns dazu sagen kann.«

»Falls die Aufnahme echt ist, hat der Killer erst das Blut vom Boden aufgewischt und sich danach den Film geschnappt – das heißt, er wusste über diesen Film Bescheid.«

»Vorausgesetzt, dass es ihn wirklich gibt. Aber falls es den Film gibt, fahren wir besser allmählich los und finden ihn.«

Die Managerin des Hotels war alles andere als erfreut gewesen, als Harris' Hotelsuite genau wie der Trailer noch am Vorabend auf Eves Geheiß versiegelt worden war.

Sie bestand darauf, die Polizistinnen zur Suite des toten Gastes zu begleiten, und erklärte barsch: »Das Polizeisiegel beunruhigt unsere Gäste.«

»Ich wette, dass Ihr zwischenzeitlich toter Gast von der Erfordernis, ein solches Siegel anzubringen, noch viel weniger begeistert ist.«

Mit finsterem Gesicht stakste die Direktorin auf gefährlich hohen, dünnen Absätzen vor ihnen aus dem Lift. »Wir alle hier im Winslow sind natürlich sehr betroffen von Miss Harris' Tod. Aber wir haben auch eine Verantwortung gegenüber unseren anderen Gästen, außerdem wurde sie nicht hier getötet, was bedeutet, dass die Suite kein Tatort ist.«

»Sind Sie Polizistin?«

»Nein, ich leite ein Hotel.«

»Okay, dann machen wir es so. Ich sage Ihnen nicht, wie ein Hotel zu leiten ist, und Sie sagen mir nicht, wie ich in einem Mord ermitteln soll.«

Eve brach das Siegel an der Tür. »Ich brauche die Daten der Schlüsselkarte oder -karten zu der Suite von vorgestern, gestern und heute.«

»Niemand hat die Suite betreten, seit sie letzte Nacht versiegelt worden ist.«

»Dann werden die Daten das ja bestätigen, nicht wahr?«

»Wenn Sie mir nicht glauben oder die Sicherheit dieses Hotels in Zweifel ziehen ...«

»Weder noch – bisher jedenfalls«, gab Eve zurück. Ihr Geduldsfaden war in der Zwischenzeit noch dünner als die schmalen Lippen ihres Gegenübers, und wenn sich die Frau nicht vorsah, würde sie erleben, wie er riss. »Ich mache hier nur meinen Job. Und jetzt öffnen Sie mir die verdammte Tür mit Ihrer Schlüsselkarte oder fahren gleich mit Ihrer eigentlichen Arbeit fort, und ich breche die Tür einfach auf.«

Wütend zog die Direktorin ihre Schlüsselkarte durch den Schlitz. »Wann wird das Zimmer wieder freigegeben, und wann werden Miss Harris' Sachen abgeholt?«

»Die Kollegen holen ihre Sachen im Verlauf des Tages ab. Der Raum wird wieder freigegeben, wenn ich sicher bin, dass er für unsere Ermittlungen nicht länger von Bedeutung ist. Sie bekommen dann Bescheid. Und jetzt ...«

Sie öffnete die Tür, wartete, bis Peabody die Suite betreten hatte, drehte sich noch einmal um und warf dann die Tür der Direktorin vor der Nase zu.

»Ich hatte nicht den Eindruck, dass die Frau Sie sonderlich sympathisch fand.«

»Also bitte. Eigentlich war ich doch richtig nett.«

Sie stemmte ihre Hände in die Hüften und sah sich nach allen Seiten um.

Sie stand in einem großen, farbenfrohen, eleganten Wohnbereich. Das weich gepolsterte, mit einem goldfarbenen Stoff bezogene Sofa, über dem ein Dutzend Spiegel in verschiedenen Formen und Größen hingen, wurde von zwei Glastischen mit hohen Lampen, die wie Pfauen geformt waren, flankiert. Der Couch gegenüber standen pfauenblaue Sessel auf dem bunt gemusterten Teppich, und direkt am Fenster, das eine phänomenale Aussicht auf die Stadt bot, umrundeten mehrere im selben Pfauenblau bezogene Stühle einen mit einer Obstschale geschmückten Tisch.

An einer anderen Wand fand sich ein abermals mit Pfauen verzierter, emaillierter Schrank, und als Eve die Türen öffnete, stieß sie auf einen Fernseher, zahlreiche Film- und Buchdisketten sowie eine gut bestückte Bar.

»Nett«, erklärte Peabody. »Da vorn ist eine kleine Küche, vollständig mit AutoChef, Kühlschrank, Geschirrspüler, Gläsern, Tellern und Besteck. Blitzsauber und picobello aufgeräumt.«

»Wahrscheinlich war die abendliche Putzkolonne da, bevor die Suite versiegelt worden ist. Hier ist das WC. Das umgeschlagene erste Blatt des Klopapiers ist ein eindeutiges Zeichen dafür, dass hier seit dem letzten Saubermachen niemand mehr auf der Toilette war.«

»Ich mag es, wenn das erste Blatt der Rolle hübsch gefaltet ist. Meine Tante hat das auch immer gemacht, wenn ich bei ihr zu Besuch war. Und jeden Abend hat sie mir ein selbstgemachtes Bonbon oder eine andere kleine Süßigkeit aufs Kopfkissen gelegt.«

Eve ging ins Schlafzimmer. »Vielleicht war Ihre Tante ja auch hier«, erklärte sie, als sie das Stückchen Schokolade auf dem Kopfkissen des sorgfältig gemachten Bettes liegen sah. Auf der Decke stand ein Korb mit flauschigen Pantoffeln, einem Bademantel mit dem Logo des Hotels und einer gedruckten Karte, die Miss Harris süße Träume wünschte.

Eve hatte sich schon häufiger gefragt, ob wohl auch Tote träumten. Die Träume derer, die ermordet worden waren, wären dann sicher alles andere als süß.

»Was sehen Sie, Peabody?«

»Jede Menge Kissen, teure Stoffe, guten Service. Eine super Kulisse, wenn man im Bett lesen oder fernsehen will. Und es ist herrlich ruhig. Der Schallschutz ist echt gut. Man hört kaum was von der Stadt.«

»Und was sehen Sie nicht?«

»Kleider, Schuhe, Müll, irgendwas Persönliches«, erkannte ihre Partnerin. »Sie hat keine Bilder und auch sonst keine Erinnerungsstücke an ihr Leben aufgestellt. Dabei hat sie hier monatelang gewohnt. Weder hier noch im Salon noch in der Küche gibt es irgendeine Spur von ihr.«

»Genau. Sie hat nicht versucht, es wie ihr Zuhause einzurichten. Offenbar hat ihr das Leben im Hotel gefallen. Der Service, der Komfort, der Platz, die gute Ausstattung, die Anonymität.«

Eve öffnete den Kleiderschrank. »Hier hängen jede Menge Sachen drin. Selbst die legeren Stücke sehen wie vom Designer aus. Der Wäschekorb ist leer. Offenbar hat sie die Wäscherei hier im Hotel benutzt. Finden Sie heraus, wann sie die Sachen abgeholt haben, besorgen Sie sich eine Liste von dem Zeug und holen Sie es zurück.«

»Okay.«

Eve betrat das angrenzende Bad. Riesengroßer Whirlpool, eine separate mehrköpfige Dusche, Trockenkabine sowie kiloweise dicke, weiße Handtücher in dem Regal neben dem langen, goldfarbenen Waschtisch mit zwei breiten Becken und einem Tablett mit vom Hotel gestelltem Shampoo, Duschgel und dem ganzen anderen Zeug.

»Den Kram für ihr Gesicht und ihre Haare hat sie in den Schubladen hier aufbewahrt«, erklärte sie, nachdem sie einige der Laden durchgegangen war. »Genau wie Zahnpasta, Deodorant, verschreibungspflichtige Beruhigungs- sowie ein paar leichte Schmerzmittel. Die meisten Leute lassen irgendetwas auf dem Waschtisch liegen, oder nicht? Aber sie hat sogar ihre Zahnbürste und ihren Kamm in die Schubladen gepackt. Seht euch ja nicht meine Sachen an. Sie gehören mir, mir, mir.«

»Vielleicht war sie ja auch einfach übertrieben ordentlich.«

»Sie hat die Sachen aber alles andere als ordentlich in den verschiedenen Schubladen verteilt. Sie hat einfach alles reingeschmissen, sie dann zugeschoben, und das war's. Damit das Bad genauso anonym wie alle anderen Räume wirkt. Am besten gehen wir erst einmal zurück ins Schlafzimmer. Sie nehmen sich die Kommode vor«, wies Eve Peabody an. »Ich übernehme inzwischen den Schrank.«

Harris hatte ganz eindeutig den Hotelservice genutzt, erkannte Eve. Hosen, Blusen, Kleider, Röcke waren ordentlich nach der Art der Kleidungsstücke und den Farben sortiert. In den Regalen an der Seitenwand des Zimmers waren unzählige Schuhe aufgereiht, diverse Handtaschen lagen in Schrankfächern, und eine hing an einem Haken an der Tür.

Die Tasche hatte sie zuletzt benutzt, erkannte Eve, dem Gewicht nach hatte sie ihr halbes Leben in dem Ding mit sich herumgeschleppt. Eve trat vor das Bett und kippte kurzerhand den Inhalt der Tasche darauf aus.

»Mein Gott, wer braucht all dieses Zeug? Und dazu hat sie noch den ganzen Kram dabeigehabt, der auf dem Fest in ihrer Abendtasche war.«

»Manche Leute sind nun einmal gern auf alles vorbereitet.«

»Hungersnöte, Pestillenz, eine Invasion durch Aliens?«

»Könnte alles irgendwann passieren.«

»Also weist eine so volle Tasche eindeutig auf eine ausgewachsene Paranoia hin. Gut zu wissen.«

Eve wühlte sich durch elektronische Geräte, Müsliriegel, Pfefferminzbonbons, Make-up, ein Döschen mit Schmerz- und zwei Beruhigungspillen, schnupperte an einem leeren Pappbecher und schüttelte den Kopf. »Ich bin mir sicher, dass statt Kaffee Wodka in dem Ding gewesen ist. Offenbar wollte sie auch für eine Dürreperiode und die Wiedereinführung des Alkoholverbots gewappnet sein.«

»Könnte beides ebenfalls passieren.«

Eve schüttelte amüsiert den Kopf. »Kein Aufnahmegerät, kein

Geld, keine Kreditkarten, und das, was sie davon in ihrer Abendtasche hatte, kann unmöglich alles gewesen sein. Das heißt, sie hat den Safe benutzt.«

»Bisher habe ich nichts als wunderbar zusammengelegte Unterwäsche in den Schubladen entdeckt. Der Zimmerservice hier muss wirklich ausgezeichnet sein. Die Unterwäsche kommt mir übrigens zwar sexy, aber gleichzeitig ein bisschen nuttig vor.«

»Interessant«, fand Eve und fragte bei der Managerin nach dem Code des Safes.

Vielleicht aus Rache, weil die Polizei sie vor der Tür des Zimmers hatte stehen lassen, weigerte sie sich, den Code herauszugeben, und erklärte barsch, zum Öffnen eines ihrer Safes sei nur die Security befugt.

Bis der Wachmann kam, fuhr Eve mit der Durchsuchung fort.

»Sie hat den Safe gesichert, um zu sehen, ob jemand sich daran zu schaffen macht, wenn sie nicht da ist. Unten in der Ecke klemmt ein Haar.«

»Das ist echt paranoid«, erklärte jetzt auch Peabody. »Unter all der Unterwäsche hatte sie ein sorgfältig gerahmtes Bild von Matthew Zank versteckt. Was irgendwie traurig ist.«

»Nehmen Sie es aus dem Rahmen.«

Eve selber ging die Taschen der diversen Kleidungsstücke durch. Ein paar lose Scheine, eine Handvoll Münzen, wieder Pfefferminzbonbons sowie ein Flachmann, diesmal eindeutig voll Wodka, stellte sie nach kurzem Schnuppern fest und drehte den Deckel wieder zu.

»Woher haben Sie das gewusst?« Peabody schwenkte einen Schlüssel durch die Luft.

»Sie war paranoid, deshalb hat sie Zeug versteckt. Außerdem hat Matthew uns erzählt, dass sie von ihm besessen war. Das ist der Schlüssel eines Schließfachs.«

»So sieht's aus.«

»Packen Sie ihn ein und fahren Sie mit der Durchsuchung

fort«, wies Eve sie an und stapfte, als es klingelte, zur Eingangstür der Suite. »Das ist wahrscheinlich die Security wegen des Safes.«

Der Wachmann war ein großer, muskulöser Kerl mit einem festen Händedruck. Er war nicht sonderlich gesprächig, öffnete den Safe, nickte ihr kurz zu und marschierte wieder aus dem Raum.

»Der Safe ist proppenvoll«, bemerkte Eve. »Kreditkarten, Bargeld, Schmuck, ein Notebook. Aber hallo, tststs ... Das hier sieht nach einem Tütchen Zoner aus. Außerdem ein Umschlag voller Fotos, offenbar von dem privaten Schnüffler, den sie angeheuert hat. Matthew, Matthew und Marlo, kostümiert und in Zivil. Matthew mit Julian, Matthew mit Roundtree und so weiter und so fort. Und dann ein kleines abgeschlossenes Kästchen. Sie hat einen Safe im Safe gehabt. Das ist echt krank.«

»Hier im Schreibtisch liegt ein Teil des Drehbuchs, Anmerkungen dazu und die ... wie heißen sie noch? ... die Ablaufpläne der einzelnen Drehtage.«

Eve nahm das Kästchen aus dem Safe und überlegte kurz. Roarke bekäme dieses Ding wahrscheinlich einzig durch Gedankenkraft in weniger als zwei Sekunden auf.

»Was soll's«, sagte sie sich und klappte ihr Taschenmesser auf. »Welche hiesige Bank hat sie für ihre Geldgeschäfte genutzt?«

»Die Liberty Mutual, unten bei den Chelsea Piers. McNab geht die Finanzen gerade durch.«

»Sie hätte diese Bank und vor allem diese Filiale sicher nicht benutzt, um das Zeug zu verstecken, das in diesem Schließfach liegt. Sie hätte niemals alles auf ein Pferd gesetzt.«

»Bei uns setzt man nicht auf ein Pferd, sondern auf eine Karte«, warf Peabody ein.

»Karte, Pferd. Ist doch egal.« Eve löste die Platte für die Eingabe des Codes, stocherte und zerrte an der Box, und zu ihrer grenzenlosen Überraschung sprang der Deckel wirklich auf. »So schwer ist das gar nicht«, murmelte sie vor sich hin.

»Noch ein Notebook, die Visitenkarte eines A.A. Asner, Privatdetektiv mit einer Adresse in der Stone Street, und eine Diskette. Das ist garantiert eine Kopie, weil das Original bestimmt in diesem Schließfach liegt.«

Eve griff nach dem Notebook, doch als sie es anstellen wollte, blieb der Bildschirm schwarz.

»Was könnte wohl das Passwort sein?« Sie überlegte kurz, gab MATTHEW ein, und sofort sprang der Bildschirm an.

»Paranoid, aber durchschaubar.« Als Letztes hatte K.T. im Kalender Ort, Datum und Uhrzeit der fatalen Dinnerparty eingetragen und dem Eintrag ein paar alles andere als nette Kommentare zugefügt.

Connie wird wie immer furchtbar übertreiben, weil sie Eindruck auf die blöde Bohnenstange und auf Pleasebody machen will.

»Pleasebody! Was erlaubt sich dieses Weib.«

»Und ich bin eine blöde Bohnenstange, dabei hat sie mich doch kaum gekannt.«

Von Arschloch Andi habe ich die Nase endgültig gestrichen voll. Aber nach der Party hält sie ganz bestimmt ihr dummes Maul. Und auch der Trottel Julian wird endlich machen, was ich will. Ich werde es der Schlampe Marlo heimzahlen, und Matthew wird zu mir zurückgekrochen kommen, wo er hingehört und wo es ihm gefällt.

Heute wird mein großer Abend.

»Das wurde er tatsächlich«, meinte Eve. »Nur verlief der Abend etwas anders als geplant.«

Sie ging ein Stück zurück. »Hier ist ein Eintrag über eine Barzahlung an AAA. Hundert Riesen in zwei Raten. Das war sicher die Bezahlung für den Detektiv. Die erste Rate gab es eine Woche vor dem letzten Eintrag, und die zweite vor drei Tagen. Außerdem steht hier ein Code. 45128. #1337.«

»Vielleicht der Code des Schlosses und die Schließfachnummer?«

»Ja, wahrscheinlich«, stimmte Eve ihr zu. »Und jetzt suchen Sie die Bank. Beginnen Sie in der Lower West und gucken Sie, ob sie irgendwo ein Schließfach unter ihrem eigenen oder Ihrem Namen angemietet hat.«

»Warum denn unter meinem?«

»Sie war paranoid, und sie hat Sie gespielt. Da bot sich diese Tarnung einfach an. Wir bringen die Durchsuchung hier zu Ende, suchen dann das Schließfach, und danach schauen wir bei diesem AAA vorbei.«

Sie setzten ihre Suche fort, aber nach einer Stunde wurde klar, dass sie das Wichtigste gefunden hatten, und während die Partnerin die Banken abtelefonierte, bestellte Eve selbst die Spusi und die elektronischen Ermittler ins Hotel. Sie sollten den gesamten Raum noch einmal durchgehen, die Links und Aufnahmen der Überwachungskameras aus dem Hotel überprüfen und sämtliche persönlichen Besitztümer des Opfers eintüten, um sie mit aufs Revier zu nehmen.

»Ich bin noch bei der Arbeit«, meinte Peabody.

»Wir fahren jetzt zum Büro von diesem Asner. Rufen Sie die Banken einfach vom Auto aus an.«

Eine paranoide, zwanghafte Persönlichkeit mit einem Drogen- und dazu noch einem Alkoholproblem. Weshalb hätte jemand sich die Mühe machen sollen, sie zu töten, obwohl sie schon längst dabei war, sich selber zu zerstören?

Natürlich hatte sie die Drogen und die Flachmänner versteckt, doch niemand schaffte es, so etwas so gut zu verbergen, dass kein anderer etwas davon mitbekam. Die Kollegen hatten doch bestimmt gewusst, dass K.T. Harris Drogen nahm und an der Flasche hing. Wenn sie also einem dieser Leute dumm gekommen war, warum hatten sie ihr nicht einfach gedroht, sie ihrer Alkoholsucht wegen bloßzustellen?

Wieder dachte Eve an Matthew Zank und Marlo Durn. Sie hätten sie problemlos töten, kurz den Dachgarten verlassen und dann wiederkommen können, um zu filmen, wie sie sie entdecken. Ziemlich aufwändig und sehr dramatisch – aber das war schließlich ihr Beruf und gehörte sicher in gewisser Hinsicht auch zu ihrem Naturell.

Das Motiv jedoch erschien ihr ziemlich schwach. Sicher wäre es nicht schön für sie gewesen, hätte Harris einen Video, der sie beim Sex zeigte, ins Netz gestellt. Doch sie hatten nichts verbrochen, und die Leute hätten vielleicht groß geguckt und kurz gefeixt, vor allem aber Mitgefühl gehabt.

Wobei der potenzielle Stoß und anschließende Sturz ins Becken vielleicht schlicht ein Unfall oder Folge einer Notwehrreaktion gewesen war. Vielleicht war sie auf den anderen losgegangen, er hatte sich gewehrt, und sie war ausgerutscht und unglücklich gestürzt. Den Rest könnte man darauf schieben, dass man panisch weggelaufen war.

Oh, nein, so war es nicht gewesen. K.T. Harris' Mörder war berechnend vorgegangen, denn er hatte sich gesagt: *Nachdem ich schon so weit gegangen bin, sollte ich am besten einen endgültigen Schlussstrich unter diese ganze Sache ziehen.*

Warum hätte er wohl sonst das Blut vom Boden aufgewischt und die Aufnahme von Matthew und von Marlo eingesteckt? Er hatte sie genommen, weil sie einen Wert besaß. Und weil er angenommen hatte, dass ihr Tod als Unfall durch Ertrinken angesehen würde, weil sie sturzbetrunken in den Pool gefallen war.

Womit sie abermals am Anfang war. Es könnte jeder von den Filmleuten gewesen sein.

»Ich hab's! New York Financial, und sie hat tatsächlich meinen Namen für die Anmietung benutzt.«

Peabody las Eve die Adresse vor, und Eve gab sie ins Navi ein.

»Das ist nur einen Block vom Büro dieses Detektivs entfernt. Also fahren wir zuerst zu ihm. Besorgen Sie uns schon mal die Erlaubnis, uns danach den Inhalt dieses Schließfachs anzusehen.«

Peabody rief bei Gericht an, lehnte sich auf ihrem Sitz zurück und fragte Eve: »Und all das wegen eines Kerls, der sich von ihr getrennt hatte und längst mit einer anderen zusammen war?«

»Oh nein, im Grunde war er völlig austauschbar. Es ging ihr immer nur um sich. Statt auf Matthew hätte sie sich auch auf jemand oder etwas anderes konzentrieren können, denn in Wahrheit ging es einzig und allein um ihr Ego und um ihre Gier. Um irgendwelche blöden Machtspiele und darum, dass sie generell ein ekelhafter Mensch gewesen ist.«

»Ich kann einfach nicht glauben, dass ich hin und weg war, weil sie mich gespielt hat. Pleasebody … Sie hatte nicht den mindesten Respekt vor mir. Ich wünschte mir, ich hätte schon vor ihrem Tod gewusst, was für ein widerlicher Mensch sie war. Ich hätte ihr gezeigt, dass sie die brave Pleasebody erheblich unterschätzt.«

»Wie lange wollen Sie deshalb noch beleidigt sein?«

»Noch eine ganze Weile. Sie ist das erste Opfer, dem ich hätte eine runterhauen wollen, bevor jemand sie ermordet hat. Übrigens habe ich meine Nahkampftechnik ungemein verbessert.«

»Ach.«

»Ach ja. Inzwischen bin ich richtig gut. Außerdem habe ich fast ein Kilo dabei abgenommen. Oder auf jeden Fall 937 Gramm.«

»937 Gramm?« Eve sah sie von der Seite an. »Ist das Ihr Ernst? Sie kennen Ihr Gewicht aufs Gramm genau?«

»Sie haben gut reden, blöde Bohnenstange.«

»He, für Sie immer noch Lieutenant blöde Bohnenstange, Pleasebody.«

Peabodys Lippen fingen an zu zucken, und mit einem halben Lächeln meinte sie: »Im Ernst, ich habe ganz schön viel trainiert. Man sieht meine Bewegungen jetzt gar nicht mehr voraus. Ich hätte sie auf alle Fälle plattgemacht.«

»Auf jeden Fall. Sie hätten den Fußboden mit ihr gewischt, wenn sie sich nicht vorher hätte umbringen lassen. Was in höchstem Maße egoistisch war. Sie hätte wenigstens noch so lange leben können, um sich noch eine blutige Nase einzufangen.«

»Ist mir egal, wie das wahrscheinlich klingt.« Peabody verschränkte ihre Arme vor der Brust und reckte herausfordernd das Kinn. »Ich hätte ihr auf jeden Fall noch eine reinhauen wollen.«

»Vielleicht bekommen Sie ja die Gelegenheit, dem Mörder eine reinzuhauen. Das wäre doch sicher ebenfalls befriedigend.«

»Ich denke, schon. Auf jeden Fall. Ja, jetzt fühle ich mich wieder besser. Danke.«

»Gern geschehen.«

Als Dank dafür, dass sie die Partnerin besänftigt hatte, wurde Eve vom Schicksal ein perfekter Parkplatz weniger als einen halben Block von ihrem Ziel entfernt beschert.

»Vielleicht verlieren Sie ja noch die letzten 63 Gramm, wenn wir zu Fuß zu dem Büro dieses Detektives gehen.«

11

Asners Büro lag in einem pockennarbigen Gebäude zwischen einem schmuddligen Tattoo-Studio und einer heruntergekommenen Beize über einem russischen Schnellimbiss, der Weg führte durch ein Treppenhaus, in dem diverse Essensgerüche hingen.

»Hmm, Piroggen. Schon von dem Geruch nehmen manche Menschen zu. Das ist ein medizinisches Phänomen.«

»Dann halten Sie einfach die Luft an«, empfahl Eve.

Da das Gebäude zwischen Bar und Studio, und das Büro des Detektivs zwischen einer Kanzlei, die sicherlich nur halbseidene Schmierlappen vertrat, und dem Büro eines Kautionsagenten lag, ging dort die Kundschaft sicherlich von Tür zu Tür.

Eve betrat den winzigen Empfangsbereich der Detektei, der kaum genügend Platz für einen Schreibtisch, einen wackeligen Stuhl und eine üppige, gelangweilte Blondine bot, die sorgfältig blutroten Lack auf ihre langen Fingernägel strich, statt irgendeiner Form von Arbeit nachzugehen.

Dinge wurden zu Klischees, erkannte Eve, weil sie der Realität entsprachen.

»Guten Tag«, grüßte die Frau mit ausgeprägtem Brooklyner Akzent und richtete sich hinter ihrem Schreibisch auf. »Wie können wir Ihnen helfen?«

Eve wies sich mit ihrer Marke aus. »Hallo. Wir müssen mit Mr. Asner sprechen.«

»Tut mir leid. Mr. Asner ist vorübergehend außer Haus.«

»Und wo ist er?«

»Tut mir leid. Das kann ich nicht sagen.«

»Haben Sie die gesehen?« Eve klopfte auf die Marke, die sie in den Händen hielt.

»Uh-huh.« Die Blondine nickte kooperationsbereit und sah

sie aus großen Kulleraugen an. »Wenn Sie mir sagen, worum es geht, kann ich das an Mr. Asner weitergeben, wenn er wiederkommt.«

»Wann erwarten Sie ihn denn zurück?«

»Tut mir leid. Das kann ich nicht sagen.«

»Hören Sie zu, Schwester. Wir sind von der Polizei, kapiert? Und wir sind dienstlich hier. Wir müssen wissen, wo Ihr Boss zu finden ist.«

»Tut mir leid …«

»Ersparen Sie mir die alte Leier.«

»Aber es ist wahr.« Die Blondine fuchtelte mit ihren roten Fingernägeln durch die Luft. »Ich kann Ihnen nicht sagen, wo er ist, ich weiß es nämlich selber nicht. Er hat gesagt, er hätte aushäusig zu tun, und ich sollte die Stellung halten, bis er wiederkommt.«

»Können Sie ihn kontaktieren?«

»Das habe ich versucht, denn Bobbie kam vorbei und hat gefragt, ob wir zusammen einen trinken gehen wollen, aber solange ich die Stellung halten muss, kann ich nicht weg. Also habe ich versucht, ihn anzurufen, um zu fragen, wann ich gehen kann, aber es ging nur die Mailbox an.«

»Ist das normal?«

»Nun … kommt drauf an. Manchmal haben seine Termine außer Haus was mit, hm, Wetten zu tun. Dann stellt er sein Handy oft eine Zeitlang aus.«

»Und wo finden diese Wetten statt?«

»An verschiedenen Orten. Die Büros ziehen häufig um.«

»Davon bin ich überzeugt. Haben Sie einen Namen?«

»Uh-huh.«

Eve wartete erst einen und dann noch einen Moment. »Und wie heißen Sie?«

»Barbarella Maxine Dubrowsky. Wobei mich alle Barbie nennen.«

»Echt? Okay, Barbie, versuchen wir es anders. Haben Sie eine Klientin, die meiner Partnerin hier ähnlich sieht?«

Barbie knabberte an ihrer Unterlippe, wie sie es wahrscheinlich immer tat, wenn sie versuchte, sich zu konzentrieren. »Uh, nein, ich glaube nicht.«

»Eine Klientin namens K.T. Harris?«

Jetzt fingen ihre Lider an zu flattern. »Darf ich Ihnen so etwas verraten?«

»Ja, das dürfen Sie.«

»Okay. Nein, zumindest kann ich mich an niemanden erinnern, der so hieß. Aber es gibt eine Schauspielerin, die so heißt und die mal mit Matthew Zank zusammen war. Der ist total süß. Ich habe sie in diesem Film gesehen, in dem es um Unternehmen und Verbrechen oder so was ging. Ich habe ihn nicht ganz verstanden. Aber sie sah wirklich toll aus, und vor allem hat auch Declan O'Malley mitgespielt, und der ist …«

»Total süß«, beendete Eve den Satz für sie.

»Uh-huh.«

»Wie steht's mit einer Klientin namens Delia Peabody?«

»Ja, sicher. Die war vor vielleicht einer Woche hier. Sie war ziemlich lange, beinah eine Stunde, hinten im Büro, und als sie wieder ging, war er echt aufgeregt. Aber …« Sie sah über ihre Schulter und fuhr mit verschwörerischer Flüsterstimme fort: »Ich fand sie ziemlich zickig – Sie verstehen?«

»Ach ja?«

»Sie hat mich rumkommandiert, als ob sie meine Chefin wäre oder so.« Barbie schnipste mit den Fingern, sah auf ihre Hand und runzelte die Stirn. »Mist. Jetzt habe ich den Nagellack verschmiert. Ich bin Klienten gegenüber immer höflich, aber der hätte ich gern gesagt, dass sie nicht einfach mit den Fingern schnipsen und mich wie den letzten Dreck behandeln kann, nur weil sie jede Menge Kohle hat.«

»Und warum dachten Sie, sie hätte jede Menge Kohle?«

»Sie hatte diese Wahnsinnsschuhe an. Die waren mal in der *Styling* und kosten so viel, wie ein normaler Mensch in einem halben Jahr verdient. Dann trug sie noch dieses schicke Kleid. Wenn eine Frau mit roten Haaren, einem schicken Kleid und oberaffengeilen Schuhen vor meinem Schreibtisch steht, weiß ich einfach, dass sie Kohle hat. Aber trotzdem hat sie nicht das Recht, mich rumzukommandieren und zu sagen, dass ich losgehen und ihr einen anständigen Kaffee – ohne Zucker, nur mit Milch – besorgen soll, den sie am Ende nicht mal selbst bezahlt. Ich habe hier kein Spesenkonto oder so, und ich habe einen Zehner für den blöden Kaffee hingelegt. A hat mir das Geld danach zurückgegeben, aber trotzdem hat sie nicht das Recht, so mit mir umzugehen. Richtig?«

»Richtig. Wissen Sie, warum sie Mr. Asner angeheuert hat?«

»Ich habe die Akte angelegt. Ist es in Ordnung, wenn ich Ihnen sage, was in dieser Akte steht? Weil sie eigentlich vertraulich ist.«

»Ich bin von der Polizei«, rief Eve ihr in Erinnerung.

»Ja, wahrscheinlich haben Sie recht. Tja, ich habe eine private Überwachungsakte angelegt und den Vertrag für diese Überwachung aufgesetzt. Wir machen so was oft, weil Leute oft betrügen, was einfach nicht richtig ist. A hat gesagt, den Preis sollte ich noch nicht eintragen.«

»Ist das normal?«

»Auf keinen Fall, aber ich arbeite hier schließlich nur. Er hat gesagt, ich soll die Zeile leer lassen, aber eine Kopie von dem Beleg habe ich bis heute nicht von ihm gekriegt. Er hat gesagt, ich sollte mir keine Gedanken darüber machen, aber schließlich führe ich die Bücher und mache die Abrechnungen für ihn. Ich kann gut mit Zahlen umgehen. Mit Zahlen und mit Menschen.« Lächelnd schob sie ihre ausnehmend beeindruckenden Brüste vor. »Das sind meine Stärken.«

»War sie danach noch einmal hier?«

»Nein, sie kam nur dieses eine Mal. Was für mich in Ordnung war. Ich mag es nicht, wenn Leute so herablassend mit einem umgehen wie sie. Aber A ist supergut gelaunt, seit diese Tussi hier gewesen ist. Bis auf heute Morgen. Er kam rein, hat kaum hallo gesagt und ist direkt in seinem Büro verschwunden. Aber als er ging, war er wieder okay. Er hat mir zugezwinkert. Was nichts zu bedeuten hat, wenn Sie wissen, was ich damit sagen will. Mit meinem Boss würde ich nie was anfangen. Arbeit und Privates muss man immer trennen, stimmt's? Sonst wird man nicht respektiert.«

»Das haben Sie völlig recht, Barbie.«

»Aber wie dem auch sei, habe ich Miss Ich-bin-zu-fein-zum-Pieseln-Body nach dem einen Mal nicht mehr gesehen. Ist sie in Schwierigkeiten? Eigentlich wäre mir das egal, ich hoffe nur, dass deshalb nicht auch A in Schwierigkeiten ist.«

»Auf alle Fälle kann man sagen, dass die Frau in Schwierigkeiten war. Wenn A zurückkommt oder wenn Sie ihn erreichen, sagen Sie ihm bitte, dass ich ihn so schnell wie möglich sprechen muss.« Eve hielt ihr eine Visitenkarte hin.

»Das mache ich. Aber ich glaube nicht, dass ich noch allzu lang die Stellung halten werde. Wir haben heute sowieso keine Termine mehr. Wenn ich abhaue, bevor er wiederkommt, lege ich ihm einfach einen Zettel hin.«

»Danke. Sie sind wirklich hilfsbereit.«

Sie fing an zu strahlen. »Schön zu hören. Ich helfe immer gern.«

Nachdem sie das Büro wieder verlassen hatten, stopfte Peabody die Hände in die Hosentaschen und stellte mit dumpfer Stimme fest: »Diese blöden Spitznamen gehen mir wirklich auf den Keks.«

»Harris war die Miss Ich-bin-zu-fein-zum-Pieseln-Body. Nicht Sie.«

»Aber es ist mein verdammter Name. Und vor allem muss ich jetzt aufs Klo. Als ob meine Blase was beweisen muss.«

»Gehen Sie einfach auf der Bank. Betrachten Sie's als Einlage.«

Harris hatte in dem Schließfach eine weitere Kopie des Films, Bargeld und zwei handgeschriebene, datierte Quittungen von A.A. Asner über jeweils fünfzigtausend Dollar aufbewahrt.

Sie packten alles ein und fuhren damit aufs Revier.

»Bringen Sie das Bargeld in die Asservatenkammer«, sagte Eve zu Peabody. »Ich bringe die Aufnahmen zu Feeney, damit er sie kurz für mich analysiert. Schreiben Sie den Bericht, und dann machen Sie Schluss. Wenn ich mit den Aufnahmen durch bin, fahre ich auf dem Heimweg kurz beim Studio vorbei und sehe mir den Wohnwagen des Opfers an.«

»Soll ich da denn nicht mitkommen?«

»Paranoid, wie sie anscheinend war, hat sie dort sicher nichts versteckt. Trotzdem müssen wir ihn uns kurz ansehen, also gehe ich dort vorbei, wenn ich nach Hause fahre. Wie gesagt, Sie schreiben den Bericht, schicken Kopien an Whitney und an Mira und machen bei ihr morgen einen Termin für mich.«

»Okay. Und, Dallas? Ich habe nachgedacht. Es gibt keine Mordwaffe. Wir haben zahllose Motive, und genauso viele Leute hätten auf dem Fest die Möglichkeit zu dieser Tat gehabt. Wenn man es genau bedenkt, sind diese Leute alle ziemlich eng verbandelt. Sie sind alle in derselben Branche, und sie haben seit Monaten den Großteil ihrer Zeit zusammen in derselben Welt verbracht.«

»Das stimmt.«

»Nun, ich weiß nicht, ob uns einer von denen überhaupt verraten würde, wenn er wirklich mitbekommen hätte, wie sich jemand anderes aus dem Kinosaal geschlichen hat. Ich weiß nicht, ob uns eine dieser Personen sagen würde, wenn sie oder er wüsste, wer die Frau ermordet hat.«

»Wahrscheinlich nicht. Zumindest nicht sofort.«

»Wie sollen wir den Fall dann lösen und beweisen, wer sie umgebracht hat, wenn der Killer nicht von sich aus zu uns kommt und diesen Mord gesteht?«

»Vielleicht sorgen wir einfach dafür, dass er das tut. Aber erst mal unternehmen wir die nächsten Schritte und gehen weiter unserer Arbeit nach. Und schreiben Sie ja nicht in den Bericht, dass wir im Augenblick nicht wissen, wie wir Harris' Mörder überführen sollen.«

Trotzdem hatte sie nicht unrecht, dachte Eve, als sie zu den elektronischen Ermittlern ging. Ihr Opfer war in höchstem Maße unbeliebt gewesen und hatte so ziemlich jeden, der zum Tatzeitpunkt vor Ort gewesen war, manipuliert oder bedroht.

Drei Polizisten, dachte sie verärgert, eine Seelenklempnerin sowie ein Exverbrecher, der inzwischen als Berater der New Yorker Polizei fungierte, waren ebenfalls vor Ort gewesen, aber trotzdem war die Liste der Verdächtigen so lang wie bisher kaum jemals in einem anderen Fall.

Was ärgerlich, vor allem aber furchtbar peinlich war, denn sie hatten keine heiße Spur.

Sie betrat die schrillste, lauteste und unruhigste Abteilung des Reviers. Die elektronischen Ermittler waren bunt wie Papageien, die Computer summten, surrten, pfiffen vor sich hin. Wie bei einem fremdartigen Tanz bahnte McNab sich hüpfend einen Weg vorbei an den Kollegen, die ihm stampfend, tänzelnd, hüftschwingend entgegenkamen. Selbst die Leute, die auf Stühlen saßen, wippten mit den Köpfen, wiegten ihre Oberkörper oder trommelten mit ihren Füßen einen Takt, der außer für sie selbst für niemanden zu hören war.

Sie trat Peabodys Liebstem in den Weg und pikste ihn mit ihrem Zeigefinger an.

»Hi.« Er zog den Knopf aus seinem Ohr. »Ich habe die Finanzen durchgesehen.«

»Ich weiß schon, dass sie vor zehn Tagen und dann noch einmal letzte Woche jeweils fünfzigtausend abgehoben hat.«

»Sie sind eine elendige Spielverderberin.«

»Wir haben den Detektiv gefunden, den sie angeheuert hat. Sonst noch irgendetwas Interessantes?«

»Allerdings. Aber kommen Sie doch erst mal mit ins Wohnzimmer.«

Er führte sie zu seinem Schreibtisch, über dem das Poster eines Affen im Tutu auf einem Airboard hing. Er hatte einen Handcomputer in der einen und ein Sandwich in der anderen

Hand, einen grün leuchtenden Knopf im Ohr und auf dem Rücken einen Rucksack, in dem noch ein zweiter, kleiner Affe saß.

Betitelt war das Bild mit MULTITASKING MOM.

»Also, obwohl ich dachte, dass ich mit den zweimal fünfzig Riesen schon das große Los gezogen hätte, habe ich mir trotzdem auch noch alles andere angesehen. Die Miete und die Nebenkosten ihrer Bude in L.A. und das ganze andere normale Zeug gehen genau wie die Gebühren für ihren Agenten und für ihren Manager per Dauerauftrag von dem Konto ab. Gemessen an dem, was sie verdient hat, hat sie keine wirklich hohen Ausgaben gehabt. Die meiste Kohle ging in Schönheitssalons und für Klamotten drauf.«

Nachdem die Aufzählung des seiner Meinung nach normalen Zeugs beendet war, sah er sie grinsend an.

»Und dann finde ich plötzlich diesen Batzen, den sie im *I Spy* gelassen hat, gucke nach und stelle fest, dass es ein Laden hier am Times Square ist. Vor vierzehn Tagen hat sie dort zwei Spionagekameras gekauft. Mikrominis, Bild und Ton, mit Akkustik-Aktivierung, Timern, Fernbedienungen sowie dem ganzen anderen Kram. Ich habe den Typ gesprochen, der sie ihr verkauft hat und sich gut an sie erinnern kann. Wobei er sie als Rotschopf oder, ums mit seinen Worten auszudrücken, als aggressive, rothaarige Egoshooterin bezeichnet hat.«

»Das passt. Sie hatte auch rote Haare, als sie diesen Schnüffler angeheuert und ein Schließfach angemietet hat. Das war offenbar ihr gängiges Kostüm. Sie hat also zwei Kameras gekauft. Interessant. Genauso wie das Timing. Gut gemacht, McNab.«

»Gern geschehen. Eine Sache ist da noch. Sie hat ab dem dreiundzwanzigsten Dezember für zwei Wochen eine exklusive Villa im Olympus Resort und einen privaten Shuttle dorthin gemietet. Die Namen der beiden Passagiere musste sie bei der Buchung angeben. Es waren ihr eigener und der von Matthew Zank.«

»Auch das ist interessant. Schicken Sie die Daten an meinen

Computer zu Hause, damit ich sie nachher noch einmal in Ruhe durchgehen kann. Ist Feeney in seinem Büro?«

»Als ich ihn das letzte Mal gesehen habe, saß er dort.«

Sie ging in das Büro, in dem der Kapitän des bunten, lauten Schiffs mit hängenden Schultern und in einem knitterigen Hemd hinter dem Schreibtisch sah. Seine feuerroten Haare wiesen ein paar erste Silberfäden auf, und sein Gesicht sah schlaff wie eine alte, durchgelegene Hängematte und zerknittert wie sein Hemd aus.

Er starrte auf den Monitor seines Computers und schob sich eine kandierte Mandel aus der Schale auf dem Schreibtisch in den Mund.

Sie klopfte gegen die offene Tür. »Hast du kurz Zeit für mich?«

»Ich arbeite an unserem dämlichen Etat. Ich habe also alle Zeit der Welt.«

»Ich habe meine Buchführung erledigt.«

»Halt die Klappe.«

Lächelnd schob sie die Tür ins Schloss, und plötzlich blitzte Leben in den bisher trüben Hundeaugen ihres alten Freundes auf.

»Hast du Doughnuts mitgebracht? Ich rieche keine Doughnuts.«

»Weil ich keine habe.«

»Warum hast du dann die Tür geschlossen?«

»Weil du was für mich analysieren musst.«

»Das habe ich doch schon gemacht. Die Aufnahme aus Marlos Handtasche. Sie ist sauber. Nirgends wurde etwas überspielt oder gelöscht.«

»Gut. Aber ich habe hier noch einen anderen Film. Der Inhalt ist ziemlich brisant.« Sie nahm sich zwei Mandeln und betrachtete das schiefe grün-blau-orangefarbene Gefäß. »Hat Mrs. Feeney die gemacht?«

»Nee. Sie kriegt das inzwischen meistens besser hin. Die ist von meiner Enkelin. Und jetzt wünscht sich das Kind eine verdammte Töpferscheibe und einen Brennofen zu Weihnachten. Wer denkt jetzt schon an Weihnachten?«

Wie es aussah, hatte Harris das getan.

»Bist du jemals an Weihnachten verreist?«, erkundigte sich Eve.

»Warum zum Teufel sollte ich das tun? Da ist schließlich Weihnachten.«

»Ja. Okay. Also mein Opfer hat einen privaten Schnüffler engagiert, damit der eine Kamera im Schlafzimmer des Exfreundes und seiner neuen Freundin installiert. Ich habe zwei Aufnahmen von dieser Kamera. Eine, die im Safe ihrer Hotelsuite lag, und eine aus einem Schließfach in einer Bank.«

»Und wobei hat er die beiden gefilmt? Beim Vögeln irgendwelcher Dobermänner oder bei der Planung eines Terrorakts?«

»Das kann ich nicht sagen, denn ich habe diese Filme selbst noch nicht gesehen, aber ich gehe davon aus, dass sie getan haben, was jedes frisch verliebte Pärchen in der Kiste tut.«

»Es muss mehr dahinterstecken, denn sonst hätte sie doch sicherlich nicht zwei Kopien des Films an zwei getrennten Orten aufbewahrt.«

»Tja, um das herauszufinden, muss ich diesen Film erst sehen. Außerdem wüsste ich gern, ob eine der beiden Aufnahmen das Original ist. Kannst du das herausfinden?«

»Auf jeden Fall.« Wieder wandte er sich dem Computer zu, rief ein Programm auf und gab eine Reihe von Befehlen ein. »Nun gib schon her.«

Eve reichte ihm die beiden Aufnahmen und schrieb sich Datum, Uhrzeit, Ort, ihren und Feeneys Namen auf.

»Ich teile den Bildschirm in zwei Hälften, lasse die Filme gleichzeitig laufen, das Programm weist mich auf Unterschiede hin und sagt mir, wann die Filme jeweils aufgenommen worden sind.«

Auf dem Bildschirm sah man zweimal übereinstimmend, wie Marlo Durn das Schlafzimmer des Lofts betrat.

»Das ist die Schauspielerin, stimmt's? Ich habe gehört, sie würde dir unglaublich ähnlich sehen. Ich finde nicht, dass das so ist.«

»Sie sieht mir ähnlicher, nachdem sie in der Maske war.«

Aus dem Off bot Matthew Marlo ein Glas Rotwein an.

»Dazu sage ich nicht nein.« Sie trat vor eine langgezogene, silbrig schimmernde Kommode, zog eine der Laden auf, warf ein T-Shirt und eine Pyjamahose auf das Bett und zog ihr Sweatshirt aus.

Nur noch in Cargohose und BH, ließ sie die Schultern kreisen und klappte die Augen zu.

Matthew kam mit zwei Gläsern Rotwein in den Händen durch die Tür und stellte lächelnd fest: »Das Outfit sagt mir durchaus zu.«

Sie erwiderte sein Lächeln. »Bei einer der Kampfszenen vorhin habe ich ganz schön was abgekriegt.«

»Du hast wirklich toll gekämpft.«

»So fühle ich mich auch.« Sie nahm eins der Gläser, hob es vorsichtig an ihren Mund und seufzte vor Wohlbehagen auf. »Der Anfang ist schon mal nicht schlecht. Jetzt mache ich es mir gemütlich und versuche, den größten Schmerz mit ein paar Dehnübungen wegzukriegen.«

»Dabei kann ich dir auch helfen.« Er stellte sein Glas auf die Kommode, legte ihr die Hände auf die Schultern und fing an, sie zu massieren.

Sie stöhnte, und er stellte mit besorgter Stimme fest: »Du hast da ein paar ziemlich dicke blaue Flecken, Baby.«

»Ach. Ich frage mich, wie viele blaue Flecken Dallas wohl davongetragen hat, denn ihre Kämpfe waren schließlich echt. Morgen müssten wir den Rest der Szene drehen, falls ich bis dahin wieder laufen kann. Hast du gehört, wie blöd K.T. Nadine und Roundtree angegangen hat? Sie wollte, dass auch Peabody mit diesen Typen kämpft.«

»Ich habe es gehört. Denk einfach nicht an sie. Du wirst schon angespannt, wenn du nur an sie denkst. Das ist sie nicht wert.«

»Ich weiß, ich weiß. Dieses Projekt ist ihr total egal. Sie will einfach, dass man sie so oft wie möglich auf dem Bildschirm sieht. Heute hat sie Preston so laut angeschrien, dass ich es auf dem ganzen Weg in die Garderobe hören konnte. Sie hat ihm damit gedroht, dass sie ihn feuern lassen würde, weil er sie aus ihrer Sicht in einer der Szenen auf der Wache aus einem falschen Winkel hat aufnehmen lassen.«

»Um Himmels willen.«

»Und Lindy vom Catering hat sie zum Heulen gebracht, weil die Nudeln ihrer Meinung nach zu weich waren.« Diesmal stieß sie einen resignierten Seufzer aus. »Ich sage dir, sie wird mit jedem Tag gemeiner und verrückter.«

»Nur noch ein paar Wochen, dann ist es geschafft, und sie kann bleiben, wo der Pfeffer wächst.«

»Bis zu der PR-Tour und zu den Premieren. Wenn ich nur daran denke ... nein. Am besten denke ich gar nicht darüber nach. Weshalb sollte ich an diese Irre denken, während mich mein Schatz massiert?«

Er neigte seinen Kopf, presste seine Lippen zwischen ihre Schulterblätter und bat sanft: »Entspann dich einfach, ja?«

»Das werde ich. Das tue ich. Wobei ...« Sie stellte ebenfalls ihr Glas auf der Kommode ab und wandte sich ihm zu. »... es außer meinen Schultern auch noch jede Menge anderer Stellen gibt, die wehtun und die du massieren kannst.«

»Armer Liebling.«

Lachend nahm sie seine Hände, zog ihn Richtung Bett und gab ihm einem sanften Stoß, der ihn rücklings auf die Matratze fallen ließ. »Ich glaube wirklich, dass das Einzige, was jetzt noch hilft, eine Ganzkörpermassage ist«, erklärte sie und öffnete ihren BH.

»Ich tue alles, was dir hilft.«

»Da fallen mir durchaus ein paar Dinge ein.« Sie ließ den Büstenhalter fallen und knöpfte ihre Hose auf.

Eve wurde siedend heiß, als ihre Doppelgängern sich nackt auf Matthew schob. Am liebsten hätte sie sich umgedreht und wäre aus dem Raum gestürzt.

Was hatte sie sich nur dabei gedacht, Feeney diese Aufnahme

zu bringen und sie sich auch noch mit ihm zusammen anzusehen? Wahrscheinlich war es lächerlich, aber sie wusste ganz genau, dass er dabei nicht weniger verlegen war als sie.

Hätten sie zusammen einen Film gesehen, in dem irgendwelche Leute Äxte schwangen, das Blut nach allen Seiten spritzte oder irgendwelche Laserwaffen Fleisch verbrannten, hätte sie das nicht im Mindesten gejuckt. Aber eine nackte Frau und ein halbnackter – ja, okay, inzwischen ebenfalls vollkommen nackter – Mann bei spielerischem Sex?

Das war die reinste Höllenqual.

»Okay«, stieß Feeney krächzend aus. »Ich schätze, dass das für die Analyse reicht. Keine dieser beiden Aufnahmen wurde auf irgendeine Art manipuliert.« Er sprach mit ihr, ohne sie anzusehen, wofür sie ihm von Herzen dankbar war. »Und beides sind Kopien.«

»Dann ist also keine von den Aufnahmen das Original?«

»Genau das habe ich gesagt.« Vorsichtig hielt er ihr die beiden Filme wieder hin.

»Asner.« Eves Verlegenheit verflog, als sie darüber nachdachte, wo dann vielleicht die Originalaufnahme war. »Der Detektiv. Bestimmt hat er das Original behalten, vielleicht, weil er dachte, dass er nebenher noch etwas zusätzlich damit verdienen kann. Oder vielleicht sieht er sich auch einfach gerne Pornos an.«

»Dafür reicht eine Kopie jawohl vollkommen aus.«

»Ja. Aber er hat das Original behalten, was bedeutet, dass er es verkaufen wollte oder will.« Zwar müsste sie noch K.T.s Wohnwagen durchsuchen, aber trotzdem ging sie ziemlich sicher davon aus, dass die Originalaufnahme bei dem zwielichtigen AAA verblieben war. »Vielleicht an irgendeinen Klatschsender oder vielleicht auch an die Darsteller des Films. Ich muss dringend mit ihm reden.« Eilig packte sie die Filme wieder ein. »Danke, Feeney.«

»Ja, schon gut.« Immer noch mit hochrotem Gesicht, wandte er sich wieder seiner eigentlichen Arbeit zu.

Barbies Quietschstimme vom Band erklärte ihr, dass das Büro geschlossen war, nannte ihr die Öffnungszeiten und lud sie im Anschluss ein, eine Nachricht sowie ihre Telefonnummer zu hinterlassen, damit ihrem Boss ein Rückruf möglich war.

»Hier spricht Lieutenant Dallas von der Polizei. Ich muss, so schnell es geht, mit Mr. Asner sprechen. Ich habe ein paar Routinefragen in Zusammenhang mit einem aktuellen Fall.«

Dabei ließ sie es bewenden. Asner hatte mindestens die hundert Riesen bekommen, war also flüssig, und falls er den Eindruck hatte, dass sie ihn bedrängte, tauchte er womöglich ab.

Sie schaute auf die Uhr, überlegte, wann sie wohl mit der Durchsuchung erst von Harris' und danach von Matthews Trailer fertig wäre, und rief ihren Gatten an.

Sofort tauchte sein Gesicht auf dem Display von ihrem Handy auf. »Lieutenant. Das nenne ich Timing. Ich komme gerade von einer Konferenz.«

»Du hattest eine Konferenz? Ich bin schockiert.« Sie runzelte die Stirn, als sie den Lärm im Hintergrund vernahm. »Bist du auf dem Flughafen? Musst du irgendwohin?«

»Nein. Ich war in Cleveland und komme gerade von dort zurück.«

»Okay. Hör zu, ich muss noch mal zum Studio, um mir den Wohnwagen des Opfers und noch ein paar andere Dinge anzusehen. Das heißt, dass es bei mir ein bisschen später wird.«

»Ich bin schockiert.«

»Haha.«

»Ich komme ins Studio, denn ich muss sowieso noch in die Stadt. Harris' Wohnwagen, hast du gesagt? Und wenn wir damit durch sind, lade ich dich noch zum Essen ein.«

»Das klingt nach einem guten Plan. Aber bloß nicht in ein schickes Restaurant, okay?«

»Ich hatte eigentlich an Pizza und an Bier gedacht.«

»Willst du mich verführen?«

»Immer«, gab er lachend zu. »Also bis gleich.«

Sie packte ihre Sachen, verließ ihr Büro und ging am Schreibtisch ihrer Partnerin vorbei. »Keiner von den beiden Filmen ist das Original, und soweit ich weiß, ist Asner noch nicht wieder aufgetaucht. Am besten fahren wir gleich morgen früh bei seiner Privatwohnung vorbei. Wenn Sie nichts anderes von mir hören, treffen wir uns einfach dort.«

»Lieutenant«, rief ihr Sanchez hinterher, als sie sich zum Gehen wandte. »Die beiden toten Gangmitglieder ... Es war tatsächlich die Freundin.«

»Habe ich mir's doch gedacht.«

»Der Exfreund hatte keinen Bock, der Ex zu sein, und deshalb hat er ihrem neuen Freund ein Messer in den Bauch gerammt und ihn ziemlich übel zugerichtet, bevor der sein eigenes Messer in die Hand bekommen hat. Der aktuelle Freund hat jede Menge Blut verloren, als ihn der Ex durchlöchert hat, und hatte deswegen nicht mehr genügend Kraft, um ebenfalls mit seinem Messer auf ihn loszugehen. Also hat die Freundin sich das Eisenrohr geschnappt und ist damit auf ihren Exfreund losgegangen. Sie sagt, sie hätte ihn nur daran hindern wollen, dass er ihren neuen Lover um die Ecke bringt. Dafür war es bereits zu spät, aber trotzdem glaube ich, dass sie die Wahrheit sagt. Vielleicht hat sie härter und ein bisschen öfter zugeschlagen, als erforderlich gewesen wäre, aber schließlich lag der neue Freund im Sterben oder war sogar schon tot.«

»Gehen Sie trotzdem davon aus, dass es Mord oder zumindest Totschlag war?«

»Die Sache ist die: Wir haben ein paar andere Leute aus der Gang gesprochen, und die haben bestätigt, dass der Ex den beiden immer wieder aufgelauert, sie bedroht und angegriffen hat. Die Freundin hat er früher schon verdroschen, weshalb er am Schluss ihr Exfreund war. Vielleicht war es Totschlag, aber meiner und Carmichaels Meinung nach hat sich die Frau im Grunde nur gewehrt. Natürlich wird die Staatsanwaltschaft Anklage erheben, aber sonderlich begeistert sind sie nicht.«

»Carmichael soll versuchen, sie dazu zu bringen, eine Opfertherapie zu machen, dann lassen Sie sie meinetwegen erst mal wieder laufen, wenn die Staatsanwaltschaft damit einverstanden ist.«

»Danke, Lieutenant.« Sanchez nickte lächelnd. »Ganz genauso hätten wir's auch machen wollen.«

Manchmal, dachte Eve und sprintete in Richtung Lift, lief alles so, wie man sich wünschte, dass es lief.

Sie dienstmarkte sich ihren Weg ins Studio, wies den Wachmann an, auch ihren zivilen Berater durchzulassen, wenn er kam, und marschierte schnurstracks durch den kleinen Trailerpark.

Die Wagen standen dicht an dicht, erkannte sie. Eine richtige Privatsphäre gab es hier nicht, und abgesehen von den Namensschildern an den Türen sahen die Trailer einer wie der andere aus.

Der Wachmann hatte ihr den Weg beschrieben, nach wenigen Minuten hatte sie den Wohnwagen der toten Frau erreicht und löste das Siegel an der Tür. Statt neben Matthew, Marlo oder Julian hatte man sie zwischen den Kollegen, die Nadine und Feeney spielten, einquartiert, sicher hatte Harris sich auch darüber lautstark beschwert.

Eve öffnete die Tür, trat ein und stand in einem Wohnbereich mit bunten Sofas, einem großen Lederschwingsessel und einem Tisch mit einer Schale voller nicht mehr wirklich frischen Obsts. Im Kühlschrank in der kleinen Küchenecke standen Wasser, Wein, diverse Softdrinks, ein paar Sorten Käse und ein Schälchen Beeren, das noch nicht geöffnet worden war. Im Gefrierfach hatte K.T., wie nicht anders zu erwarten, eine Flasche Wodka aufbewahrt.

Um ein Gefühl für die Umgebung zu bekommen, ging Eve Richtung Schlafbereich und schaute auf dem Weg ins Bad. Auf dem Waschtisch stand ein halb verwelkter Blumenstrauß, und in einem kleinen Schränkchen hatte Harris Seife, Shampoo, Cremes und Körperlotion aufbewahrt.

Das Schlafzimmer war ziemlich klein, aber das Bett war ordentlich gemacht, in der Ecke stand ein schicker Sessel, es gab einen großen Wandbildschirm und einen noch größeren Schrank.

In einer Schublade fand Eve die nächste, bereits halb geleerte Flasche Wodka, und in einem Stiefel war ein kleines Tütchen Zoner, wie ihn Harris kurz vor ihrem Tod geraucht hatte, versteckt.

Kurz bevor sie mit dem Zimmer durch war, zog jemand die Tür des Trailers auf. Die Hand an ihrem Stunner, schlich sie in den Wohnbereich zurück und stieß auf Roarke.

Gott, er sah mal wieder fantastisch aus.

Lächelnd – was ihn tatsächlich noch attraktiver machte – trat er auf sie zu und gab ihr einen Kuss.

»Hi. Wie war's in Cleveland?«

»Ziemlich windig. Und was suchen wir im Wohnwagen der toten K.T. Harris, die im Grunde keinem Menschen wirklich fehlt?«

»Nichts, von dem ich denke, dass wir es hier finden, aber sich kurz umzuschauen schadet sicher trotzdem nicht. Mit dem Schlafzimmer bin ich schon fertig, und wenn wir hier vorn weitermachen, kann ich dir erzählen, was es für Neuigkeiten gibt.«

Er glitt mit einem Finger über die Vertiefung in der Mitte ihres Kinns. »Da bin ich aber mal gespannt.«

»Du wirkst echt gut gelaunt«, bemerkte sie.

»Das bin ich auch. Es war ein produktiver Tag.«

»Hast du etwa Cleveland gekauft?«

»Nur einen kleinen Teil.« Er hob die Brauen an, als er die Wodkaflasche, den Beutel mit Zoner und die Schachtel voller sicher ebenfalls mit Zoner aufgemotzter Kräuter sah. »Findet hier eine Party statt?«

»Anscheinend hat die tote Frau, die keinem Menschen wirklich fehlt, permanent getrunken und gekifft. Und das, obwohl sie in den letzten beiden Wochen wirklich fleißig war.«

Sie erzählte ihm, was sie herausgefunden hatten, ging ins Bad und fand ein Päckchen mit Beruhigungsmitteln, die von einem anderen Arzt verschrieben worden waren als dem, dessen Rezept im Bad ihrer Hotelsuite lag.

»Anscheinend war sie eine ziemlich traurige Gestalt, der es erheblich leichter fiel, sich alle Welt zum Feind zu machen, als auf andere zuzugehen«, bemerkte Roarke.

»Deshalb habe ich ein Haus voller Verdächtiger, die sie bedroht, vergrätzt oder zumindest vor den Kopf gestoßen hat.«

»Ich hasse es zu fragen, weil er mir im Grunde wie ein wirklich netter Kerl erscheint. Aber wenn sie diese Flüge und den Urlaub über Weihnachten für sich und Matthew gebucht hat, wäre es da vielleicht möglich, dass sie beide unter einer Decke steckten und gemeinsam versucht haben, Marlo Durn über den Tisch zu ziehen? Dass er sich an sie herangemacht und sich mit ihr hat filmen lassen, damit Harris sie erpresst und das Geld dann mit ihm teilt?« Roarke sah Eve fragend an.

»Der Gedanke ging mir auch schon durch den Kopf.« Sie schüttelte den Kopf. »Aber es kommt mir irgendwie nicht stimmig vor. Weshalb hätte sie dann noch diesen Detektiv bezahlen sollen? Dann hätte es doch vollkommen gereicht, Marlo einzureden, dass es diesen Detektiv gibt, der bei Matthew eingebrochen ist und sie zusammen aufgenommen hat. Matthew hätte diese Kamera selbst im Schlafzimmer verstecken können, und sie hätten jede Menge Geld gespart.«

»Das stimmt.«

»Trotzdem werde ich mir auch noch seine Konten ansehen, um zu gucken, ob da irgendwas nicht sauber ist. Ich habe ihn angerufen und gefragt, ob ich mich auch in seinem Trailer umsehen darf. Er hat sofort zugestimmt.« Achselzuckend blickte sie sich um. »Hier drin ist nichts.«

Seufzend schob sie sich die Haare aus der Stirn. »Die Drogen, den Alkohol und die Tabletten hatte sie nur deshalb hier, weil sie sie jeden Tag gebraucht hat. Etwas anderes hier zu verstecken hätte sie niemals gewagt.«

Sie wandten sich zum Gehen, und Eve brachte ein neues Siegel an der Tür des Trailers an.

»Bestimmt hat sie die Kameras vom Times Square irgendwo in Matthews Wohnwagen versteckt und ist dort eingebrochen und hat ihn verwüstet, als sie durch die Aufnahmen erfahren hat, dass etwas zwischen ihm und Marlo lief«, spekulierte Roarke.

»Wahrscheinlich ja. Denn schließlich heißt es nicht umsonst, dass sich ein Mann vor nichts so fürchten soll wie vor dem Zorn einer verlassenen Frau.«

»So in etwa«, stimmte Roarke ihr zu.

»Ich habe also seine Zustimmung, mich dort mal umzusehen. Wenn ich recht habe und wir die Kameras dort finden, darf ich mir demzufolge auch ansehen, was sie damit aufgenommen hat.«

Sie führte Roarke den schmalen Weg zwischen den Wohnwagen zurück, bog nach rechts ab und zog die Tür von Matthews Trailer auf.

Die Atmosphäre dort war eine völlig andere, obwohl die Aufteilung der Wohnwagen identisch war.

Die leichte Unordnung wies darauf hin, dass jemand sich hier heimisch eingerichtet hatte, statt einer Schale voller Obst stand ein Korb voll Schokolade, Kaugummi und Müsliriegel auf dem Tisch, im Kühlschrank stapelten sich neben einer Flasche Wein zahlreiche Limodosen, und das winzige Gefrierfach war mit drei verschiedenen Eissorten gefüllt.

Innerhalb von weniger als zwei Minuten machte Roarke die erste Kamera oberhalb des Fensterrahmens aus.

»Die andere ist bestimmt im Schlafzimmer. Du kannst sie gerne suchen, während ich mich hier ein bisschen umsehe«, schlug Eve ihm vor. »Es wäre schließlich dumm, mich nicht hier drinnen umzuschauen, nachdem er es mir gestattet hat.«

Nach weniger als einer halben Stunde standen sie gemeinsam wieder draußen vor der Tür. »Keine Drogen, ein paar leichte Schmerzmittel, wie sie wahrscheinlich jeder hat, eine Flasche

Wein, kein Sexspielzeug und genügend Süßigkeiten, dass man damit eine ganze Klasse Grundschüler versorgen kann.«

Sie schaute sich noch einmal um. »Er und Marlo haben sich ganz sicher nicht für einen Quickie in den Wohnwagen geschlichen. Dafür laufen immer viel zu viele Leute durch die Gegend, und vor allem stehen die Wohnwagen so dicht nebeneinander, dass man sicher noch die Flöhe seines Nachbarn husten hört. Vielleicht dachte sie, sie würden es hier treiben, oder vielleicht wollte sie ja auch nur wissen, was er macht, und hat dabei gesehen, wie er Marlo mal kurz abgeschlabbert oder wenigstens davon gesprochen hat.«

»Ich bewundere deine Art, mit Worten umzugehen«, bemerkte Roarke und legte einen Arm um ihre Schultern. »Ich hoffe nur, du schlabberst mich, wenn wir nach Hause kommen, auch noch ab.«

»Vorher muss ich noch was trinken.«

»Kein Problem.«

»Es war einfach krank, was sie mit diesen Kameras gemacht hat. Sie war eine kranke, traurige Gestalt.«

»Was dich wütend, aber gleichzeitig auch traurig macht.« Er legte den Arm um ihre Taille, presste ihr die Lippen auf die Schläfe und zog sie entschlossen auf den Studioausgang zu. »Jetzt holen wir uns ein Bier und Pizza und denken bis nach dem Essen nicht mehr über diese ganze Sache nach.«

»Ja.« Sie legte ihrerseits den Arm um seine Hüfte und sah lächelnd zu ihm auf. »Das klingt nach einem guten Plan.«

12

Solche Pausen hatte Eve sich früher nicht gegönnt. Bevor sie Roarke begegnet war, hatte sie nach Feierabend höchstens mal in einer Polizistenkneipe im Kollegenkreis ein Bier getrunken und sich währenddessen mit den anderen über ihre Arbeit ausgetauscht. Hin und wieder hatte Mavis es geschafft, sie mit in einen Club zu schleifen, aber meistens hatte sie in ihrer Freizeit ganz allein in der Wohnung abgehangen, die jetzt mit bunten Farben und Mavis' Familie ausgestattet war.

Sie hatte niemanden gesucht, mit dem sie ihre Zeit hätte verbringen können, doch inzwischen war sie es gewohnt, dass sie nach Feierabend und auch sonst, so oft es ging, mit Roarke zusammen war.

Was ihr zu ihrer eigenen Überraschung wirklich gut gefiel.

Auch in der gut besuchten Pizzeria, in der sich die Leute an den Tischen fröhlich miteinander unterhielten und von der aus man den Yachthafen mit all den Booten, die dort auf dem Wasser wippten, sehen konnte, fühlte sie sich durchaus wohl. Es gab heiße Pizza, kaltes Bier, und beides teilte sie sich mit dem Mann, der die Liebe ihres Lebens war.

Besser ging es wirklich nicht.

»Warum hast du eigentlich kein Boot?«, erkundigte sie sich.

»Ein, zwei Schiffe müsste ich besitzen.«

»Ich meine keine riesigen Containerschiffe oder was du sonst für den Transport deiner fetten Beute brauchst.«

»Beute? Also bitte, Schatz. Das klingt, als würde ich auf Raubzug gehen. Ich bemühe mich inzwischen redlich, anständig zu sein.« Er hob eine Braue an und prostete ihr zu. »Schließlich bist du Polizistin, und ich möchte uns die Peinlichkeit ersparen, dass du mich irgendwann verhaften musst.«

»Je nachdem, was du verbrochen hättest, würde ich im Anschluss vielleicht die Kaution stellen, damit man dich wieder laufen lässt.«

»Gut zu wissen.«

»Aber noch mal zurück zu meiner eigentlichen Frage. Warum hast du weder eine schicke Yacht noch ein tolles Segelboot?« Sie biss von ihrer Pizzascheibe ab und zeigte durch das Fenster auf die Boote, die im abendlichen Zwielicht auf dem Wasser schaukelten. »Eins von diesen Dingern, wie sie Leute haben, die der Meinung sind, es wäre ein Vergnügen, wenn man auf dem Wasser durch die Weltgeschichte reist.«

»Du willst kein Boot.«

»Ich? Oh nein. Ich sehe gern aufs Wasser, und ich schwimme gern im Pool oder am Strand. Aber auf dem Meer herumzugurken und am Ende vielleicht reinzufallen, damit mich eins der Biester, die dort leben, fressen kann? Warum sollte ich das wollen?«

»Ich bin schon auf dem Meer herumgegurkt, wie du es nennst, und abgesehen von den Biestern, die dort leben und dich fressen wollen, kann der Ozean selbst erschreckend grausam sein.« Er folgte ihrem Blick in Richtung Hafen und sah weiter bis zum Horizont. »Ich habe mein gesamtes Leben auf die eine oder andere Art auf einer Insel zugebracht«, rief er ihr in Erinnerung.

»Aber Boote magst du trotzdem nicht.«

»Sie sind für mich durchaus okay.« Er legte ihr die nächste Pizzascheibe auf den Teller und fuhr fort. »Ich habe sie bereits des Öfteren geschäftlich oder auch zum Spaß genutzt. Es gab mal eine Zeit, da habe ich tatsächlich öfter Beute transportiert, diese Zeit habe ich größtenteils auf Booten zugebracht.«

»Als Schmuggler.«

»So könnte man es formulieren«, gab er mit einem leicht verruchten Lächeln zu. »Wobei man es natürlich auch als Freihandel bezeichnen kann. Freihandel auf hoher See ist nicht nur wegen der Cops und irgendwelcher Gauner, die versuchen, einem seine Beute abzuluchsen, ziemlich schwierig.«

Sie sah ihn fragend an.

»Nun.« Abermals sah er aufs Meer, wandte sich ihr dann aber wieder zu. »Einmal haben wir im Nordatlantik auf dem Weg nach Grönland einen schweren Sturm erwischt. Das heißt, im Grunde hat er uns erwischt. Genauso muss es in der Hölle sein. Erst wurde es stockfinster, dann zuckten plötzlich gleißend helle Blitze, und die Wellen türmten sich wie Wolkenkratzer vor uns auf. Das Heulen des Windes, das Tosen des Meeres, die Schreie der Männer und die Eiseskälte, aufgrund derer ich mein Gesicht und meine Finger kaum noch spüren konnte, gingen mir durch Mark und Bein.«

Er trank einen Schluck von seinem Bier und schüttelte den Kopf. »Was für ein Erlebnis.«

Über solche Dinge sprach er kaum, und obwohl sie für gewöhnlich auch nicht danach fragte, stieß sie jetzt mit leiser Stimme aus: »Was ist damals passiert?«

»Nun, wir haben die ganze Nacht hindurch gegen die Wellen angekämpft. Es war, als wären wir Würfel und als flögen wir in einem Knobelbecher hin und her. Das Wasser strömte ungehindert über Deck. Ich glaube, man ist nie so einsam wie in einem Sturm auf hoher See. Ein paar von uns gingen über Bord, und wir konnten nichts für sie tun. Sobald sie im Wasser waren, waren sie verloren.«

Er war in Gedanken in die Nacht des Sturms zurückgekehrt, und schweigend wartete Eve darauf, dass er weitersprach.

»Ich weiß noch, wie mich eine Welle umgeworfen hat. Ich purzelte in Richtung Reling, und das Wasser wartete darauf, mich zu verschlingen. Plötzlich aber stieß ich gegen etwas Hartes, und auch wenn ich immer noch nicht weiß, was für ein Gegenstand das war, verdanke ich es ihm, dass ich nicht über Bord gegangen bin. Während die verdammten Wellen über mir zusammenschlugen, rutschte plötzlich jemand anderes an mir vorbei. Ich schaffte es noch, seine Hand zu packen, und im Licht des nächsten Blitzes sah ich sein Gesicht. Es war der kleine Jim. Wir haben ihn so genannt, weil er viel kleiner und viel leichter war als wir anderen. Aber gleichzeitig war er auch ungeheuer zäh. Ich hatte ihm am Abend vor dem Sturm beim Poker fünfzig Euro abgenommen, ich dachte, dass er bei mir sicher wäre, aber dann brach wieder eine Welle über uns zusammen, und er rutschte weg. Entglitt einfach meiner Hand und rutschte über Bord.«

Er nahm einen neuerlichen Schluck von seinem Bier und hielt sein Glas dann wie zu einem Toast auf den verstorbenen Kameraden in die Luft. »Danach habe ich den kleinen Jim aus Liverpool nie wieder gesehen.«

»Wie alt warst du damals?«

»Hm? Achtzehn. Oder vielleicht auch erst siebzehn, jedenfalls noch ziemlich jung. Wir haben in jener Nacht fünf Mann verloren. Ich nehme an, sie waren keine wirklich anständigen Männer, aber trotzdem war die Art, auf die sie umgekommen sind, echt schlimm. Aber unsere Ladung haben wir gerettet. Also ...«

Achselzuckend schob er sich ein Stück von seiner Pizza in den Mund. »Ich habe wirklich nicht den Wunsch, noch mal aufs Meer hinauszufahren. Aber fahren kann ich diese Dinger sicher noch, falls du mal Lust auf eine Bootstour hast.«

»Das Angebot ist wenig verlockend.« Sie drückte ihm die Hand. »Haben sich all die Risiken denn wenigstens für dich gelohnt?«

»Ich bin jetzt hier, und du bist meine Frau. Aus meiner Sicht hat sich's also auf jeden Fall gelohnt.« Jetzt drückte er ihr seinerseits die Hand und wiederholte lächelnd: »Dafür hat es sich auf jeden Fall gelohnt.«

Auf der Fahrt nach Hause dachte sie darüber nach. Sie fragte Roarke nur selten nach Details aus seinem Leben, bevor sie sich vor zwei Jahren begegnet waren. Natürlich wusste sie von seiner unglücklichen Kindheit, von der Armut und dem Hunger und dass er von seinem Vater ein ums andere Mal misshandelt worden war.

Er hatte wie sie selbst keine glücklichen Erinnerungen an die prägenden Jahre, die aus Sicht der meisten Menschen schön waren.

Er war in Dublin in der Gosse aufgewachsen, hatte sich als Räuber, Taschendieb und Trickbetrüger durchgeschlagen und mit den dabei erlernten Fähigkeiten ein weltweit agierendes Wirtschaftsimperium aufgebaut.

Schon, bevor sie sich zum ersten Mal begegnet waren, hatte er den Großteil seiner halbseidenen Geschäfte eingestellt und nur noch zum Vergnügen ab und zu ein krummes Ding gedreht. Was er ihr zuliebe inzwischen ebenfalls unterließ.

Zwar kannte sie ein paar Geschichten aus der Zeit, bevor sie sich getroffen hatten, aber vieles, wie die Geschichte, dass er einmal als Schmuggler auf dem Meer gefahren war, hatte er ihr nie erzählt.

Wenn sie sich gelegentlich als seine Frau und Polizisten fragte, wie er es geschafft hatte, so wohlhabend und einflussreich zu werden, sagte sie sich für gewöhnlich, dass es besser wäre, sie ließe die Angelegenheit auf sich beruhen. Denn er hatte recht. Was immer er getan hatte, wie weit er auch gegangen war, hatte ihn sein Weg am Schluss zu ihr geführt.

Trotzdem fragte sie sich manchmal, wie er dort gelandet war.

»Was glaubst du, weshalb sich Menschen zueinander hingezogen fühlen? Abgesehen vom Sex. Denn Sex allein führt schließlich häufig zu Beziehungen, die nicht wirklich funktionieren.«

»Abgesehen vom Sex? Ich nehme an, es spielt auch eine Rolle, dass man sich im anderen erkennt.«

Sie rollte mit den Augen. »So was kann auch nur ein Ire sagen.«

»Ach.«

»Na, du weißt schon.« Sie fuhr mit den Händen durch die Luft. »Ich kann durchaus verstehen, was Matthew anfangs in K.T. gesehen hat. Sie waren beide Schauspieler, haben zusammen einen Film gedreht und waren beide attraktiv. Bis zu einem gewissen Punkt kann ich sogar verstehen, dass sie nicht lockerlassen konnte oder wollte, nachdem er sie einfach abgeschüttelt hatte. Aus verletztem Stolz oder aus Sturheit hat schon manche Frau so reagiert. Wobei das hier mehr gewesen ist. Sie war nicht nur in ihrem Stolz verletzt, sondern regelrecht besessen von dem Kerl. Sie hat ihn verfolgt, hat ihn ausspioniert, hat viel Geld für einen Detektiv bezahlt, damit der in seiner Wohnung einbricht und ihn beim Sex mit einer anderen Frau aufnimmt, damit sie ihn dann mit dem Film erpressen kann. Sie hatte sogar ihre Weihnachtsferien mit ihm geplant. Sie wollte Matthew praktisch vergewaltigen, denn dass er sie nicht mehr wollte oder dass er, selbst wenn er klein beigegeben hätte, nie freiwillig mitgekommen wäre, war ihr offenkundig vollkommen egal. – Damit habe ich meine Frage selbst beantwortet, nicht wahr?«

»Macht, Kontrolle und Gewalt. Alles, was du mir von ihr erzählt hast, deutet darauf hin, dass K.T. einfach machtversessen war. Sie wollte ihr Image, ihre Karriere und vor allem andere Menschen kontrollieren.«

»Mit Machterlangung und -erhalt kennst du dich besser als die meisten anderen Menschen aus. Du findest immer einen Weg, um zu bekommen, was du willst. Du wolltest beispielsweise mich.«

Er glitt mit seinen Fingern über ihre Hand. »Und ich habe dich bekommen, oder nicht?«

»Weil ich dich auch wollte. Ich meine, denk allein an den Kaffee. Es wäre schön blöd von mir gewesen, dazu nein zu sagen.«

»Blöd warst du noch nie.«

»Aber wenn ich es gewesen wäre ...«

»Anfangs hast du nein gesagt.«

»Ja, und daraufhin hast du dich von mir abgewandt. Teilweise aus Stolz, vor allem aber war das eine wirklich gute Strategie. Du hast mich links liegen lassen, bis ich meinerseits auf dich zugegangen bin, weil ich total in dich verschossen war.«

»Vielleicht könnte man auch sagen, dass du zur Vernunft gekommen bist.«

»Ich brauchte den Kaffee. Was hättest du gemacht, wenn der Kaffee mir egal gewesen wäre oder wenn ich einen anderen Weg gefunden hätte, meine Sucht nach Kaffee zu befriedigen?«

»Ich hätte alles in meiner Macht Stehende getan, um dich davon zu überzeugen, dass du ohne meinen Kaffee nicht glücklich werden kannst.« Notfalls wäre er wahrscheinlich sogar auf den Knien vor ihr herumgerutscht. Doch das brauchte er ihr nicht zu sagen, da es schließlich nicht so weit gekommen war.

»Nicht alles«, korrigierte sie. »Dabei hättest du in deiner Position die Möglichkeit gehabt, mich unter Druck zu setzen, zu bedrohen oder zu erpressen. Du hättest Gewalt anwenden können, doch das hättest du niemals getan.«

»Ich liebe dich.« Er sah ihr in die Augen, und sie sah, wie einfach und zugleich grenzenlos seine Gefühle für sie waren. »Es war niemals mein Ziel, und es wäre nie eine Option für mich gewesen, dir auf irgendeine Weise wehzutun.«

»Genau. Wogegen es K.T. niemals um Liebe, sondern einfach darum ging, Matthew zu besitzen. Es war für sie Mittel zum Zweck, und vielleicht war es sogar noch ein Bonus, ihm bei dem Versuch, ihn wiederzubekommen, wehzutun. Sie hätte niemals damit aufgehört.«

»Und was sagt dir das?«

»Ihre Ermordung war ein Weg, um sie zu stoppen. Es war nichts Persönliches, Intimes, sondern als würde man eine Tür absperren, weil sich dahinter etwas verbirgt, was einem gefährlich werden kann oder zumindest jede Menge Unannehmlichkeiten macht. Das zeigt auch das Fehlen von wirklicher Gewalt bei diesem Mord. Sie fällt, oder sie wird gestoßen, doch der Killer drischt nicht auf sie ein, geht ihr nicht an die Gurgel. Nichts dergleichen. Er zerrt sie nur ins Wasser und räumt dann ein bisschen auf. So. Jetzt ist es besser.«

»Aber du hast Matthew von der Liste der Verdächtigen gestrichen.«

»Er und Marlo haben durch die Aufnahme ein Alibi. Natürlich könnte man behaupten, sie hätten das alles nur gespielt. Das ist schließlich ihr Beruf. Aber wenn er sie ermordet hätte, gäbe es an ihrem Körper sicher Spuren von Gewalt, weil er sich an ihr hätte rächen wollen. Schließlich wollte sie ihn dazu zwingen, wieder mit ihr ins Bett zu gehen, obwohl er das nicht wollte. Das ist eine sehr persönliche, intime Angelegenheit – wogegen dieser Mord eher unpersönlich war. Deshalb kann ich mir nicht vorstellen, dass Matthew es war. Wohingegen Marlo ...«

»Echt?«

»... wenn auch weit unten, trotzdem weiter auf der Liste steht. Zwar fehlt mir auch in ihrem Fall ein Hinweis darauf, dass sie wütend war und ihre Gegnerin gekratzt oder geschlagen oder sonst was hat. Aber vielleicht wollten sie K.T. ja wirklich wie in ihrer Aussage zur Rede stellen, und vielleicht hat Marlo ja den Schlagabtausch eröffnet und ihr dabei einen Stoß versetzt und ist entweder in Panik ausgebrochen oder hat K.T. anschließend aus lauter Wut noch in den Pool gezerrt, und Matthew hat die Tat vertuscht, weil er sie liebt. Ein unschöner Gedanke, aber trotzdem könnte es so abgelaufen sein.«

Sie ging das Szenario noch einmal in Gedanken durch, als er in die langgezogene, gewundene Einfahrt ihres Grundstücks bog. Die Steine ihres Hauses wurden durch die Abendsonne in ein goldenes Licht getaucht, in den unzähligen Fenstern spiegelte sich rotes Funkeln, und das sommerliche Grün des Gartens wies unter den warmen Sonnenstrahlen die erste herbstliche Verfärbung auf.

Als sie aus dem Wagen stieg, bemerkte sie, dass auch die Luft inzwischen merklich frischer war.

»Das war es mit dem Sommer.«

»Nun, der Sommer dieses Jahr war wirklich lang und heiß, aber inzwischen ist es kühl genug, um ein Feuer im Kamin zu machen, wenn du willst.«

Der Gedanke war derart verlockend, dass sie auch noch lächelte, als sie das Haus betrat und Summerset am Fuß der Treppe lauern sah.

»Zwar ist bis Halloween noch etwas Zeit, aber wie ich sehe, haben Sie Ihr Kostüm schon an. Es ist immer gut, wenn man auf alles vorbereitet ist.« Er hob eine seiner dichten Brauen an. »Ich habe noch eine Kiste voller Kleider, mit denen Sie hier eingezogen sind und die ich noch nicht zu Putzlumpen zerschnitten habe. Falls Sie also vorhaben, als Pennerin zu gehen ...«

»Es freut mich jedes Mal, wenn ich nach Hause komme und der Ton unverändert ist.« Roarke nahm Eve am Arm, und zusammen mit dem fetten Galahad erklommen sie die Treppe in den ersten Stock.

»Hat er das ernst gemeint, oder wollte er mich einfach ärgern?«

»Keine Ahnung.«

Sie warf einen bösen Blick auf Summerset, der immer noch am Fuß der Treppe stand. »Meine Kleider waren doch okay.«

»Kein Kommentar.«

»Er selbst läuft immer wie ein Leichenbitter rum. Wie will er also beurteilen, ob an meiner Kleidung etwas auszusetzen ist? He, ich habe noch zu tun«, erklärte sie, als Roarke ihr Schlafzimmer betrat.

»Ja, und dabei werde ich dir helfen. Aber vorher will ich dir noch etwas zeigen.«

Sie blieb stehen und sah ihn aus zusammengekniffenen Augen an. »Im Schlafzimmer? Ich kann mir denken, was du mir dort zeigen willst, wahrscheinlich finde ich nachher noch etwas Zeit, um damit zu spielen.«

»Du bist einfach zu gut zu mir.«

Er zog sie durch die Tür und führte sie zum Bett, auf dem ein Karton mit einer goldenen Schleife lag.

»Oh, Mann. Du hast mir was aus Cleveland mitgebracht.« Automatisch stopfte sie die Hände in die Taschen ihrer Jeans. »Leg es doch einfach weg für Weihnachten.«

»Es ist nicht aus Cleveland, und ich glaube nicht, dass du dieses Geschenk tatsächlich erst an Weihnachten bekommen willst.«

»Ich habe doch schon alles, weil du ständig irgendwelche Sachen für mich kaufst.«

Er schnipste ihr gegen den Kopf. »Wie du selber sehen könntest, wenn du endlich die verdammte Schachtel öffnen würdest, hast du dieses Teil noch nicht.«

»Okay, schon gut. Für Schmuck ist es zu groß, was heißt, dass ich es sicher nicht so leicht verlieren kann. Bestimmt ist es was zum Anziehen, weil ich schließlich nur mit Lumpen bei dir eingezogen bin. Was heißt, dass das hier etwas Hübsches ist.« Sie zog die Schleife auf. »Das ich wahrscheinlich bei der Arbeit ruinieren werde, damit Summerset mich abermals mit einem bösen Blick bedenken kann. Weswegen ich mir wünschen würde, dass du ...«

»Oh ...« Sie klang, als schöbe man ihr weiche, süße Schokolade in den Mund. »Sehr schön.«

Er wusste, dass sie Leder und kräftige Farben liebte, und erkannte, dass der tiefe Bronzeton der Jacke ihr ganz ausgezeichnet stand. Sie reichte ihr bis auf die Oberschenkel, hatte einen geraden Schnitt, die verstärkten, tiefen, schrägen Taschen böten Platz für alles, was ihr wichtig war, und die Knöpfe vorn und auf dem Ziergürtel im Rücken waren wie ihre Dienstmarke geformt.

»Super.« Sie vergrub die Nase in dem Kleidungsstück und sog den Duft des Leders ein. »Wirklich super. Aber ich habe doch schon den tollen Mantel.« Sie rieb ihre Wange an dem weichen Leder. »Du hättest mir wirklich nicht auch noch ...«

»Der lange Mantel ist was für die kalte Jahreszeit. Diese Jacke ist eher für den Übergang wie jetzt. Probier Sie doch mal an.«

Sie sah das in die Jacke eingenähte Etikett. »Wenn sie von Leonardo ist, passt sie auf jeden Fall. Als wäre sie für mich gemacht, haha. Sieh dir nur die Knöpfe an!«

»Wir dachten, dass sie dir gefallen würden.«

Ja, erkannte er, die Farbe, der Schnitt und die Verzierungen waren perfekt. Eve zog die Jacke an und drehte sich so schwungvoll zu ihm um, dass das Leder weich um ihre Schenkel schwang.

»Sie fühlt sich wirklich klasse an. Sie zwickt nicht mal an der Schulter, wo mein Waffenhalfter sitzt.« Sie schob eine Hand unter das Leder, zückte ihren Stunner und steckte ihn lässig wieder ein. »Perfekt.«

»Im Futter ist auch eine Scheide für ein Messer – rechts, damit du es mit links herausziehen kannst, während du den Stunner in der Rechten hast.«

»Ohne Scheiß?« Sie schlug die Jacke auf, kreuzte ihre Arme, zückte gleichzeitig die Schusswaffe und das imaginäre Messer und nickte zufrieden mit dem Kopf. »Praktisch. Das ist wirklich superpraktisch. Aber irgendwie fühlt sich das Futter seltsam an. Leicht, aber zugleich unglaublich dicht.«

»Das haben sich unsere Entwickler ausgedacht.« Er trat vor sie und befingerte den Stoff »Es funktioniert wie eine schusssichere Weste.«

»Ach, hör doch auf.« Sie runzelte die Stirn und schaute sich den Stoff genauer an. »Dafür ist er doch viel zu dünn und viel zu leicht. Vor allem ist er nicht starr.«

»Glaub mir, meine Leute haben ihn eingehend getestet. Leonardo hat das Material von uns bekommen und den Futterstoff daraus gemacht. Er blockt einen auf höchste Stufe eingestellten Stunner ab, obwohl du den Treffer selbstverständlich spürst. Wahrscheinlich schützt er dich sogar vor Kugeln, obwohl darunter das Leder leiden würde. Auch mit einem Messer kommt man nicht durch diesen Stoff hindurch, allerdings würde das Leder beschädigt.«

»Wirklich?« Wieder zog sie ihren Stunner aus dem Halfter und hielt ihn ihm hin. »Probier's mal aus.«

Er musste lachen, weil das einfach typisch für sie war. Trotzdem meinte er: »Auf keinen Fall.«

»Offenbar ist dein Vertrauen in deine eigenen Entwickler nicht besonders ausgeprägt.«

»Ich schieße sicher nicht in meinem eigenen Schlafzimmer auf meine eigene Frau.«

»Wir können ja auch in den Schießstand runtergehen.«

»Eve.« Kopfschüttelnd schob er ihre Hand zurück in Richtung ihres Halfters, und sie steckte ihre Waffe wieder ein. »Vertrau mir. Der Stoff wurde eingehend getestet. Du trägst den Prototyp in einer modischen und schmeichelhaften Form. Wir gehen damit bald in Serienproduktion und verhandeln momentan mit der New Yorker Polizei, damit sie als Erste damit ausgerüstet wird – wenn auch nicht in einer derart ansprechenden Form.«

»Dieser Panzerstoff ist echt der Hit. Und er bewegt sich wirklich mit.« Probeweise ging sie in die Hocke, machte eine Drehung und probierte einen Sidekick aus. »Er behindert mich kein bisschen und ...« Sie riss die Augen auf. »Deine Leute haben ihn entwickelt?«

»Was alles andere als einfach war. Es dauert immer eine ganze Weile, bis man etwas Neues hinbekommt, vor allem, wenn es ganz bestimmten Ansprüchen genügen soll.«

»Wann haben sie mit der Arbeit angefangen?«

Er lächelte sie an. »Oh, vor gut zwei Jahren. Nachdem ich einem Cop verfallen war.«

»Du hast den Stoff für mich entwickeln lassen.«

»Und für mich. Weil ich dich schließlich nicht verlieren will.«

Als sie eine Hand an seine Wange legte, nahm er sanft ihr Handgelenk und presste ihre Handfläche an seinen Mund. »Sie waren schon ziemlich weit gekommen, aber in den letzten Wochen habe ich ein bisschen Druck gemacht.«

»Nach Dallas.«

»Er hat dich verletzt. Natürlich hättest du die Jacke wahrscheinlich nicht angehabt, als dich McQueen in unserer Hotelsuite angegriffen hat, aber trotzdem ... Ich war in dem Augenblick nicht da, und er hat dich verletzt.«

»Du warst da, als ich dich brauchte. Ich habe ihn noch einmal aus dem Verkehr gezogen, aber dabei hätte ich mich selbst fast verloren.«

»Das hättest du niemals.«

»Keine Ahnung. Alles, was ich weiß, ist, dass du da warst, als es wichtig war. Ohne dich hätte ich diese Sache niemals überstanden. Ich will nie mehr dorthin zurück.« Sie klappte kurz die Augen zu. »Aber wenn ich noch einmal dorthin zurückmuss, weiß ich, dass du mich begleiten wirst.«

»Du wirst nie mehr allein dorthin zurückkehren, Eve.«

»Seit wir wieder hier sind, gehst du sehr behutsam mit mir um.

Du versuchst, es dir nicht anmerken zu lassen, aber du behandelst mich, als wäre ich ein rohes Ei. Das brauchst du nicht.«

»Dasselbe könnte ich zu dir sagen.«

»Ich nehme an, diese Geschichte hat uns beiden ziemlich zugesetzt, deshalb haben wir Angst, dass wir die falschen Knöpfe drücken oder so. Aber irgendwann wird einer von uns beiden nicht dran denken oder sauer werden und vergessen, rücksichtsvoll zu sein. Was aber vollkommen in Ordnung ist. Weil wir beide in Ordnung sind.«

»Du hast seither keine Albträume gehabt. Ich dachte, dass du welche haben würdest, hatte Angst, du ... Eve«, sagte er tonlos, als sie einen Schritt nach hinten tat.

»Ich hatte wirklich keine Albträume mehr. Zumindest keine Albträume wie dort. Ich hatte einfach ...« Achselzuckend zog sie ihre neue Jacke wieder aus und legte sie aufs Bett. »Träume. Entweder von ihr allein, von ihr mit meinem Vater oder mit McQueen oder von allen dreien. Aber sie sind nicht wirklich schlimm. Bevor es wirklich schlimm wird, kann ich mich daraus befreien.«

»Warum hast du mir von diesen Träumen nichts erzählt?«

»Vielleicht, weil wir uns gegenseitig nicht belasten wollen. Ich weiß es nicht. Es sind einfach Träume, Roarke. Ich weiß, dass es nur Träume sind, selbst wenn ich noch schlafe. Sie sind völlig harmlos im Vergleich zu dem, wie es in Dallas war. Und bevor sie wirklich schlimm werden, kann ich sie stoppen. Es gelingt mir, sie zu stoppen. Was mir furchtbar wichtig ist.«

»Du brauchst dich diesen Träumen trotzdem nicht allein zu stellen.«

»Das tue ich auch nicht.« Wieder legte sie die Hand an sein Gesicht. »Denn du bist immer für mich da. Wenn ich dich brauche, bist du für mich da.«

»Warst du wegen dieser Sache schon bei Dr. Mira?«

»Nein. Aber ich werde ganz bestimmt noch mit ihr darüber sprechen«, sagte sie ihm zu. »Ich weiß, dass ich das muss. Aber ich bin einfach noch nicht bereit dazu. Es geht mir ... gut. Ich fühle mich normal und stark. Natürlich weiß ich, dass ich trotzdem über alles mit ihr reden muss, aber dabei wird es mir bestimmt nicht gut gehen, dabei werde ich mich unnormal und schwach fühlen, und das würde momentan wahrscheinlich über meine Kräfte gehen.«

»Okay.«

Sie lächelte ihn an. »Du behandelst mich noch immer wie ein rohes Ei.«

»Kann sein, aber du selbst und ich werden es wissen, wenn der Zeitpunkt für dieses Gespräch gekommen ist. Bisher bist du dafür noch nicht bereit.« Er küsste ihre Stirn. »Aber irgendwann wirst du es sein.«

Sie lehnte sich an seine Brust und legte ihren Kopf an seine Schulter. »Danke für die Zauberjacke.«

»Gern geschehen.«

Sie schlang ihm die Arme um den Hals, presste ihm die Lippen auf den Mund und seufzte leise auf. »Okay, am besten tun wir es gleich jetzt.«

»Was?«

Wieder trat sie einen Schritt zurück. »Wie immer hast du viel zu viele Sachen an. Am besten ziehst du also erst mal ein paar Teile aus.«

Sie ging an ihm vorbei und nahm die Schachtel und die Jacke, die er ihr geschenkt hatte, vom Bett.

»Willst du mich verführen? Ich bin schon ganz nervös.«

»Ich sage dir, worum es geht.« Sie legte Jacke und Geschenkschachtel aufs Sofa und machte ihr Waffenhalfter auf. »Ich muss mir ansehen, wie Matthew es mit Marlo treibt. Ich habe vorhin schon einen Teil des Films mit Feeney angesehen, was uns beiden furchtbar peinlich war, aber wenn ich erst den ganzen Film gesehen habe, ist es sicher seltsam, Sex mit dir zu haben, deshalb machen wir es besser jetzt, bevor es seltsam wird.«

»Vielleicht bin ich ja gar nicht in der Stimmung.«

Sie stieß ein lautes Schnauben aus. »Haha, als ob du jemals nicht in Stimmung wärst.« Sie setzte sich aufs Bett, um sich die

Stiefel auszuziehen, und blickte zu ihm auf. »Ich würde dich ja erst zum Essen einladen, nur dass wir gerade erst in einer Pizzeria waren.«

»Aber wir hatten keinen Nachtisch.«

»Genau das meine ich.« Sie setzte ein verruchtes Grinsen auf, lachend setzte er sich neben sie und zog sich ebenfalls die Schuhe aus.

»Wenn du derart entschlossen bist ...«

»Oh.« Sie stand wieder auf, zog sich das Hemd über den Kopf und stieg aus ihrer Jeans. »Wenn du nicht willst.«

»Wer sagt, dass ich nicht will?«

Geschmeidig trat sie auf ihn zu, setzte sich auf seinen Schoß, vergrub die Hand in seinem Haar, zog seinen Mund zu sich herab, küsste ihn dunkel und gefährlich, glitt mit ihren Fingern über seinen Bauch und strich kraftvoll über seine Männlichkeit. »Okay, du willst.«

Sie glitt auf die Matratze, rollte sich dort auf den Rücken und sah ihn mit hochgezogenen Brauen an. »Noch mal zu deinen Kleidern ...«

Er benötigte knapp zehn Sekunden, um sich auszuziehen. »Was für Kleider?«, fragte er und schob sich über sie.

Lachend rollten sie herum, und Galahad sprang missmutig vom Bett und stapfte angewidert Richtung Couch, da aus seinem Nickerchen zu Füßen seiner Herrschaften nichts würde.

Nach der kurzen Reise zu den bösen Träumen und den schmerzlichen Erinnerungen brauchte sie ein bisschen Spaß, erkannte Roarke. Spielerisch glitt er mit seinen Fingerspitzen über ihre Rippen, und sie wand sich wie ein Aal.

»Das ist nicht fair!«, erklärte sie prustend und kniff ihm entschlossen in das straffe Hinterteil.

»Was? Das hier?« Er kitzelte sie abermals, lachend bäumte sie sich unter seinen Fingern auf.

»Wenn du so weitermachst, wird's nichts mehr mit dem Sex.«

»Oh, ich denke doch, denn du wirst viel zu schwach sein, um dich gegen mich zu wehren.« Er bohrte ihr den Finger in die

Seite, und als er ihr seltenes, ungewohntes Kreischen hörte, brach er ebenfalls in Lachen aus.

»Erwischt«, murmelte er und nagte sanft an ihrem Schlüsselbein. »Man braucht dich nur zu kitzeln, damit du das reinste Mädchen wirst.«

»Suchst du etwa Streit?«

»Ich will mich einfach amüsieren, was mir ganz hervorragend gelingt, solange du dich nackt und kreischend auf dem Laken windest.«

»Wollen wir doch mal sehen, wer von uns am Ende kreischt«, erklärte sie und biss ihm alles andere als sanft ins Ohr.

»Das war ein maskulines Jaulen und kein Kreischen«, klärte er sie stöhnend auf.

Als sie sich auf ihn wälzte, nutzte er den Schwung und rollte noch zweimal mit ihr herum, bis er wieder auf ihr lag.

»Ich bin deutlich schwerer und vor allem muskulöser, Lieutenant.« Er zog ihre Hände über den Kopf. »Also ergib dich einfach, ja?«

Er neigte seinen Kopf, um sie zu küssen, und sie stieß ein wolllustiges Schnurren aus. Ihr Körper wurde schlaff, sie glitt begehrlich mit der Fußsohle an seinem Bein herauf ...

... und plötzlich lag er wieder auf dem Rücken, spürte eins von ihren Knien am Unterleib und ihren Ellbogen an seinem Hals.

Ihre Augen funkelten vergnügt. »Gewicht und Muskeln nützen einem nichts, wenn man nicht so beweglich wie der Gegner ist.«

»Du bist einfach unglaublich gerissen.«

»Allerdings. Also ergib dich einfach.« Wieder neigte sie den Kopf, hielt kurz vor seinen Lippen inne, zog ihn zurück, neigte ihn erneut, knabberte an seinem Mund und fragte: »Wer ist hier das Mädchen?«

»Du.« Er glitt mit seinen Händen über ihren Körper bis zu den Brüsten. »Und zwar meins.«

»Macho«, sagte sie, bevor sie ihm mit einem leisen Seufzer wieder ihre Lippen überließ.

Sie war bisher noch nie das Mädchen irgendeines Mannes gewesen, das hatte sie auch nie gewollt. Mädchen, das klang schwach, unterwürfig und verletzlich, aber wenn ihr Liebster sie so nannte, kam ihr das zwar immer noch idiotisch, aber irgendwie auch süß und völlig richtig vor.

Zärtlich ließ sie Küsse auf Roarkes Kinn und Wangen regnen, denn sie liebte sein Gesicht. Sie zog mit ihren Lippen die Konturen seines Kiefers und der Wangenknochen nach und spürte seine schlichte, grenzenlose Zuneigung, als er sie in die Arme nahm.

Einen Augenblick lang verharrten sie vollkommen reglos Leib an Leib, während ihr Mund an seiner Wange lag.

Dann schob sie ihr Gesicht an seinen Hals, und wieder dachte er, mein Mädchen, und entfachte erst mit seinem Mund und dann mit seinen Händen ihre Leidenschaft. Sie war sein starkes, kompliziertes, zähes Mädchen, und er liebte jeden Winkel ihres Hirns und ihres Herzens, selbst, wenn sie ihn in den Wahnsinn trieb. Nie zuvor in seinem Leben hatte er etwas so sehr begehrt oder geschätzt wie das, was sie ihm schenkte. Nichts, was er sich in den dunklen Jahren der Verzweiflung seiner Jugend je erträumt hatte, war auch nur annähernd so wertvoll und gewaltig wie das Glück, das ihm durch sie zuteilgeworden war.

Er war ohne Liebe aufgewachsen, und er hatte Eve begegnen müssen, um zu lernen, was dieses Gefühl bedeutete, was es den Menschen schenkte, was es kostete und welche Risiken damit verbunden waren.

Das Feuer ihrer Leidenschaft schwoll weiter an, keuchend rollte sie sich über und dann wieder unter ihn und nahm ihn in sich auf.

Wieder nahm er ihre Hände, wieder sahen sie einander in die Augen, wieder pressten sie die Lippen aufeinander und gingen vereint in Flammen auf.

Eine halbe Stunde später stand sie vor der Schautafel in ihrem Arbeitszimmer, sah sich die Gesichter, den zeitlichen Ablauf, die Beweise und die Fakten an und hatte das Gefühl, als starrte sie auf eine weiße Wand.

»Ich verstehe diese Leute einfach nicht. Vielleicht finde ich deshalb keinen echten Zugang zu dem Fall. Schauspieler, Produzenten, Regisseure. Sie sind alle Teil von einer Industrie, in der es darum geht, den Menschen etwas vorzumachen.«

»Die Leute stellen etwas dar, aber sie machen niemandem was vor«, gab Roarke zurück. »Das sind zwei Paar Stiefel. Die Fantasie ist wichtig für die geistige Gesundheit, für den Fortschritt, für die Kunst und sogar für die Polizeiarbeit.«

Sie öffnete den Mund, um ihm zu widersprechen, klappte ihn dann aber wortlos wieder zu. Tatsächlich musste sie sich bei der Arbeit zuerst Opfer, Täter und auch das Geschehen in Gedanken ausmalen, um herauszufinden, wie es wirklich abgelaufen war.

Trotzdem ...

»Diese Leute, diese Schauspieler, sie müssen immer wieder jemand anders werden. Müssen immer wieder jemand anders werden wollen. Sie spielen dem Publikum etwas vor. Aber um davon zu leben, brauchen sie auch noch Agenten, Regisseure, Produzenten und das ganze andere Volk.«

Sie umrundete die Tafel und sah sich das Bild von Roundtree an. »Der Regisseur muss das Gesamtbild sehen, nicht wahr? Das große Ganze, auch wenn so ein Film in zahllosen verschiedenen Szenen aufgenommen wird. Er hat das Sagen, aber trotzdem hängt er davon ab, dass die Schauspieler tatsächlich tun, was er verlangt, und es schaffen ...«

»... sich in jemand anderen zu verwandeln«, führte Roarke den Satz zu Ende. »Ja, genau.«

»Richtig. Wobei im Grunde weniger der Regisseur als der Produzent die finanzielle Macht und deshalb auch das Sagen hat. Er ist derjenige, der sagt, ja, das könnt ihr haben, oder nein, das gibt es nicht. Er muss ebenfalls das große Ganze sehen, wobei er nebenher auch noch auf die Finanzen achten muss. Er braucht also noch mehr als das, was Regisseur und Schauspieler zusammen auf den Bildschirm bringen. Er braucht obendrein, dass sie ein ganz bestimmtes Image kultivieren und dafür sorgen, dass das Publikum sie sich im wahren Leben vorstellen kann. Er braucht zur Vermarktung eines Films den Glamour, Sex und die Skandale aus dem Leben der Personen, die ihr Geld damit verdienen, dass sie andere sind.«

Wieder ging sie einmal um die Schautafel herum. »Wir haben also unseren Produzenten Steinburger und seine Wasserträger, deren Aufgabe es ist, dafür zu sorgen, dass die Medien Julian und Marlo auch privat als Pärchen sehen. Weil ihrer – und auch meiner Meinung nach – die meisten Menschen Trottel sind, die diese rührende Geschichte einfach glauben *wollen* und mit Freuden dafür zahlen, sich den Film daheim auf DVD oder im Kino anzusehen. Denn, um wieder aufs Geschäft zu kommen, am Schluss will jeder, dass sich die Investition in diese Produktion für ihn bezahlt macht.«

»Und was sagt dir das?«

»Zum einen, dass Julian, Marlo sowie alle anderen mitgespielt haben. Die beiden necken sich und flirten während ihrer Interviews, ohne zu bestätigen oder zu leugnen, dass auch außerhalb des Studios etwas zwischen ihnen läuft. Auf die Frage, ob sie auch privat ein Paar sind, reagieren sie mit verschiedenen Varianten des Satzes ›wir sind nur gute Freunde‹, streuen aber immer kleine Hinweise auf die Attraktivität des jeweils anderen oder darauf, dass es bei den Dreharbeiten häufig zwischen ihnen knistert, ein. Genauso haben es auch Matthew und K.T. gemacht.«

Sie blieb wieder vor der Tafel stehen. »Allerdings war die Geschichte zwischen ihnen nicht so wichtig, weil sie für das Publikum nicht so bedeutsam wie die beiden Hauptdarsteller sind. Trotzdem hat K.T. bei jedem Interview betont, wie gut es zwischen ihr und Matthew lief und wie sehr sie alle Szenen, die sie in dem Film zusammen haben, genossen hat, wogegen er vor allem über das Projekt als Ganzes oder das Filmteam insgesamt gesprochen hat. Er hat immer sorgfältig darauf geachtet, dass man ihn nicht allzu sehr mit Harris in Verbindung bringt. Er wollte diese Fantasie weder in seinem noch im Kopf des Publikums. Er war vorsichtig«, erklärte sie erneut, »und hat die Arbeit stets so gut wie möglich vom Privatleben getrennt.«

»Was schließt du daraus?«

»Dass Harris ihm nicht wichtig war. Es kommt durchaus vor, dass Menschen andere töten, die ihnen nicht wichtig sind, aber darum geht's hier nicht. Er und Marlo waren aufgewühlt und angefressen, wollten sie aber nicht töten. Wenn sie sich gestritten hätten und auf Harris losgegangen wären, hätte sie ganz andere Verletzungen davongetragen. Aber sie hat noch gelebt, als sie ins Wasser fiel. Sie hatten keinen echten Grund, Harris zu ermorden, denn sie hätten die Geschichte nach der ersten Peinlichkeit wahrscheinlich relativ problemlos überstanden und vielleicht sogar das Mitgefühl des Publikums gehabt – weil jeder Menschen, die sich lieben, liebt.«

»Sie sind glücklich miteinander«, fügte Roarke hinzu. »Das ist die beste Form der Rache, die es gibt. Wenn K.T. die Sache durchgezogen hätte, hätte sie sich selber dadurch lächerlich gemacht. Ich glaube auch nicht, dass die beiden auf sie losgegangen sind.«

»Dann ist da noch Andrea. K.T. hat den schwer verdienten Frieden und das Ansehen ihres Patensohns bedroht. Mütter töten, wenn sie ihre Kinder schützen wollen. Sie kam mir bei der Vernehmung nicht verdächtig vor, aber als erfahrene und talentierte Schauspielerin hat sie mir vielleicht etwas vorgemacht, weshalb sie erst mal auf der Liste bleibt. Genau wie Julian. Falls vor Ende des Projekts, bevor er die Gelegenheit bekommen hätte, all die Flirts und das Gerede von dem Feuer zwischen ihm und ihr zurückzunehmen, rausgekommen wäre, dass die tolle Marlo etwas mit Matthew hat, hätte es vielleicht so ausgesehen, als hätte Matthew mehr zu bieten als er selbst. Dann wäre er blamiert gewesen, und vor allem hätte das an seinem Image des Mannes, bei dem die Frauen reihenweise schwach werden, gekratzt. Dazu hat K.T. ihn bei dem Essen furchtbar in Verlegenheit gebracht, woraufhin er sich hemmungslos betrunken hat. Ein Streit, ein Handgemenge, Zorn, ein angeknackstes Ego,

Stolz und Alkohol. Das hat unter Umständen für diese Tat genügt.«

»Es scheint dir Spaß zu machen, mich – oder den Typen, der mich spielt – als Hauptverdächtigen in diesem Fall zu sehen.«

»Die Vorstellung ist durchaus amüsant. Allerdings ist er nicht allzu helle, und vielleicht hat er sich einfach deshalb so betrunken, weil er schnellstmöglich vergessen wollte, was geschehen war. Lass uns überlegen, wie es vielleicht abgelaufen ist.«

Sie nickte mit dem Kopf und stellte sich die Szene bildlich vor. »Wenn ich meine Fantasie bemühe, kann ich sehen, wie es mit ihm als Täter abgelaufen ist. Im Grunde war es eher ein Unfall, er hat ihn vertuscht und sich danach betrunken, weil die Wirklichkeit nicht anders zu ertragen war.«

Sie nahm auf der Kante ihres Schreibtischs Platz. »Dann wäre da Steinburger, mit dem ich noch einmal sprechen muss. Harris hat seinen Profit und den Glanz dieses Projekts bedroht und ging ihm generell entsetzlich auf den Keks. Genau wie gegen einige der anderen hatte sie vielleicht auch etwas gegen ihren Produzenten in der Hand. Hat ihn damit konfrontiert, wurde von ihm gestoßen oder fiel, und um die Sache zu vertuschen, hat er sie ins Schwimmbecken geschleift.«

Eve wandte sich dem nächsten potenziellen Täter zu. »Vielleicht hat sie auch Preston auf die eine oder andere Art bedroht. Für ihn ist das Projekt der große Durchbruch, er arbeitet mit Roundtree, einer Reihe Stars und einem riesigen Budget. Vielleicht wollte Harris ihm die Tour vermasseln, weil er einer ihrer Forderungen nicht nachgegeben hat. Im Grunde hätte er gar nicht die Macht dazu gehabt, ihr alle Wünsche zu erfüllen, aber das war ihr egal.«

»Dann scheiden für dich also bisher nur Marlo Durn und Matthew Zank als Täter aus«, fasste Roarke die Gedankenspiele zusammen.

»Und Roundtree«, fügte sie hinzu. »Er hätte einfach nicht die Möglichkeit gehabt, während der Vorführung klammheimlich zu verschwinden, rauf aufs Dach zu fahren, sie zu töten und wieder im Kinosaal zu sitzen, als der Film geendet hat. Dazu stand er zu sehr im Mittelpunkt. Anders als seine Frau, die, wie sie selber zugegeben hat, den Saal während der Vorführung verlassen hat. Sie war wütend auf K.T., und da ich den Eindruck habe, als ob Roundtree über alles mit ihr reden würde, hätte sie vielleicht schon vor dem Abend allen Grund gehabt, um auf das Weibsbild loszugehen. Zwar hatte ich kein komisches Gefühl bei dem Gespräch mit ihr, aber wie Andrea ist sie ein Profi, und vielleicht hatte K.T. irgendetwas gegen sie oder gegen Roundtree in der Hand.« Eve runzelte nachdenklich die Stirn.

»Und dann ist da noch Valerie. Sie hält sich diskret im Hintergrund, befolgt Befehle und macht ihren Job. Sie dreht das Werberad für diesen Film. Vielleicht hat K.T. gedroht, dass sie einen Stock zwischen die Speichen dieses Rades schiebt.«

»Was für ein schönes Bild.«

»Nicht wahr? Sie hätte K.T. zur Rede stellen oder warnen können, wobei es zu einem Handgemenge kam.«

»Also gut, Lieutenant, du hast jetzt alle Möglichkeiten aufgezählt. Wer, glaubst du, hat sie umgebracht?«

»Bisher sind alles nur Vermutungen oder meinetwegen Fantasie. Mein Hauptverdächtiger ist augenblicklich Julian, und dann kommen Steinburger, die stille Valerie, Andrea, Connie und zuletzt Preston. Also muss ich noch einmal ganz von vorn beginnen, wieder mit allen reden und versuchen, sie dabei ein bisschen aus dem Gleichgewicht zu bringen. Aber vorher rede ich mit dem Detektiv. Vielleicht verändert sich die Reihenfolge ja durch irgendetwas, was er mir erzählt.«

Sie umrundete den Tisch und nahm in ihrem Schreibtischsessel Platz. »Einer dieser Leute war's, und derjenige ist verängstigt und nervös. So geht es jedem nach dem ersten Mord.«

13

Eve kämpfte sich aus ihrem Traum ins dämmerige Licht des frühen Morgens. Sie atmete so tief wie möglich aus und ein, bis sie sicher wusste, dass sie nicht mehr schlief und dies nicht nur der ruckartige Übergang von einem Traum zum nächsten war.

Ihre Kehle bettelte nach Wasser, aber sie lag weiter mit geschlossenen Augen da und spürte ihrem schnellen Pulsschlag nach.

Roarke nahm sie in den Arm, zog sie an seine Brust und hielt sie fest. »Ich bin hier.«

»Es geht mir gut. Ich muss langsam aufstehen und mich wieder an die Arbeit machen.«

»Pssst.«

Sie klappte ihre Augen wieder zu. Sie hasste die Zerbrechlichkeit, die sie beim Aufwachen empfand, das unsichere, zittrige Gefühl, als dürfte sie sich nicht zu schnell bewegen, damit sie nicht innerlich und äußerlich zerfiel. Sie hasste das Gefühl, obwohl sie wusste, dass es irgendwann vergehen würde, und sie hasste es, dass Roarke, wenn sie sich morgens rührte, nicht wie früher längst schon aufgestanden, angezogen und mit einem seiner unzähligen Unternehmen, die er leitete, beschäftigt war.

»Erzähl es mir.«

»Es geht mir gut«, erklärte sie erneut, doch er presste ihr sanft die Lippen auf das Haar, und da war es um sie geschehen.

»Stella ... in dem Schlafzimmer der Wohnung, die wir in Dallas durchsucht haben. Aber irgendwie ist es zugleich das Schlafzimmer von früher, als ich noch ein kleines Mädchen war. Ich weiß nicht, wo das war. Was allerdings auch keine Rolle spielt. Sie sitzt an diesem kleinen Tisch mit ihrem Lippenstift, den Cremes, dem Lidschatten und all dem anderen Zeug. Sie hat sich mit Parfüm besprüht. Es riecht so süß, dass einem davon übel wird.

Sie hat mir den Rücken zugekehrt, aber ich kann im Spiegel die Verachtung und den Hass in ihren Augen sehen. Ich rieche den Hass auch. Er hat einen scharfen, bitteren Geruch.«

Sie räusperte sich. »Ich hab fürchterlichen Durst.«

»Warte hier. Ich hole ein Glas Wasser.«

Es hätte keinen Sinn gehabt zu widersprechen, und vor allem fühlte sie sich etwas besser und ein wenig stärker, seit sie wieder völlig bei sich war. Es war nur ein Traum, und sie hatte es die ganze Zeit gewusst.

Was doch bestimmt ein erster Fortschritt war.

Roarke reichte ihr das Glas, und sie leerte es mit einem Schluck.

»Danke.«

Schweigend stellte er das leere Glas neben das Bett, setzte sich zu ihr auf die Matratze und nahm ihre Hand.

»Ihr Hals«, fuhr Eve mit rauer Stimme fort, während sie sich an die eigene Kehle griff. »Aus ihrem Hals quoll Blut und lief über das pinkfarbene Kleid, in dem sie von mir festgenommen worden ist. Sie ist spinnewütend, und sie sagt, es wäre alles meine Schuld. Ich sollte mir das Kleid ansehen. Ich hätte es kaputtgemacht. Genau wie alles andres. Dann kann ich im Spiegel sehen, wie entweder McQueen oder mein Vater hinter mir erscheint. Ich kann nicht sicher sagen, wer es ist. Ich will nach meiner Waffe greifen, doch sie ist nicht da. Ich habe meine Waffe nicht dabei. Stella lächelt. Lächelt mich im Spiegel an, und es sieht grässlich aus.« Wieder unterbrach sie sich.

»Ich muss raus aus diesem Traum. Muss aufwachen und aus diesem Traum herauskommen. Also schlage ich die Augen auf.«

»Träumst du jedes Mal dasselbe?«

»Nein, die Träume variieren. Ich habe keine Angst vor ihr. Ich würde sie gern fragen, warum sie mich derart hasst, aber ich weiß, dass es auf diese Frage keine Antwort gibt. Ich habe keine Angst, bis ich, egal in welchem Traum, nach meiner Waffe greife und das Ding nicht finden kann. In dem Moment kriege ich Angst und wache auf.«

»Keiner von den dreien kann dich je wieder berühren.«

»Ich weiß. Und wenn ich meine Augen öffne, bin ich hier. Dann ist es gut. Dann geht's mir gut, weil ich hier bin. Ich will nicht, dass du dir Sorgen um mich machst. Dann bekäme ich nur Schuldgefühle.«

»Ich werde versuchen, nur ein bisschen Angst um dich zu haben, damit du nur ein bisschen Schuldgefühle haben musst.«

»Ich nehme an, das muss mir reichen.« Damit drehte sie sich auf die Seite, bis sie Herz an Herz mit ihrem Liebsten lag. »Ich will nicht, dass du wegen dieser Sache deinen Tagesablauf änderst. Das macht mich nervös und macht mir Angst. Und wie willst du mich vor allem dauerhaft mit deinem wunderbaren Kaffee versorgen, wenn du nicht auch weiter immer schon vor Tagesanbruch die unternehmerische Weltherrschaft anstrebst? Wenn du in deinem Eifer nachlässt, muss ich mir auf Dauer einen anderen reichen Iren suchen, der Connections in der Kaffeebranche hat.«

»Das kann ich nicht zulassen. Ich werde weiterhin die unternehmerische Weltherrschaft anstreben, wenn du mir versprichst, mir zu sagen, wenn du diese Träume hast.« Er strich ihr sanft über das Haar. »Enthalt mir diese Träume bitte nicht mehr vor.«

»Okay.«

»Da mein Glück offenbar auf deiner Kaffeesucht basiert, werde ich dir erst mal einen Kaffee holen gehen.«

»Dazu sage ich nicht nein, aber ich muss wirklich langsam los. Ich treffe Peabody vor Asners Haus. Ich will bei seiner Wohnung sein, bevor der Kerl mir abermals entwischt.«

»Asner?« Roarke stand auf und ging zum AutoChef.

»Der Detektiv, den Harris angeheuert hat.«

»Ah, ja. Jetzt gibt's erst einmal ein leichtes Frühstück«, sagte er zu Galahad, der ihm begehrlich um die Beine strich.

Ehe er versuchen konnte, sie dazu zu überreden, ihren Kaffee und ebenfalls ein leichtes Frühstück gemütlich im Bett zu sich zu nehmen, stand Eve auf, nahm ihm den Becher ab und trank den ersten großen Schluck im Stehen.

»Ich werde noch schnell duschen«, sagte sie. »Und du bemühst dich besser langsam wieder um die Weltherrschaft.«

»Das tue ich, sobald der Kater was zu fressen hat.«

Er fütterte das Tier, während sie unter der Dusche stand, stellte sich dann ans Fenster und trank seinen eigenen Kaffee.

Sie hatte gesagt, sie gingen ungewohnt behutsam miteinander um. Ja, das taten sie, und es sah aus, als müssten sie das noch ein wenig länger tun.

Auf dem Weg zu Asners Wohnung fühlte sie sich wieder wie sie selbst und dank der Zauberjacke vielleicht sogar noch ein bisschen besser als gewöhnlich, merkte sie. Durch die offenen Fenster ihres Wagens wehte ihr die frische morgendliche Brise ins Gesicht, und sie genoss es, dass um die frühe Uhrzeit noch kein Werbeflieger durch die Gegend rumpelte, um irgendwelche unnötigen Waren anzupreisen und das wütende Gebrüll der Blechlawine noch zu übertönen, in der sie bereits vor Anbruch des Berufsverkehrs gefangen war.

Ohne Werbeflieger und die zahlreichen Touristen, die wahrscheinlich noch in ihren Betten lagen, schien New York vorübergehend wieder den New Yorkern zu gehören, die sich an den Schwenkgrills mit Sojakaffee und Omelettes versorgten, ehe sie zu Fuß wie zielstrebige Ameisen die Straßen überquerten oder einen Maxibus bestiegen, der sie rumpelnd entweder zur Frühschicht oder zu einem morgendlichen Arbeitstreffen fuhr.

Sie hatte einen Plan, und der fing damit an, den Schnüffler zu erwischen, ehe er das Haus verließ. Wenn sie damit drohte, ihm seine Lizenz wegen des Einbruchs in die fremde Wohnung und der illegalen Filmaufnahmen zu entziehen, redete er sicher wie ein Wasserfall.

Dafür, dass er die Lizenz behalten könnte, wollte sie die Originalaufnahme, sämtliche Kopien und alles, was er über K.T. Harris herausgefunden hatte, denn er hatte sich mit dieser ganz besonderen Klientin sicher eingehend befasst. Wenn er keine eigene Akte über Harris hätte, fräße sie freiwillig ihre neue Zauberjacke auf.

Falls er sie ihr nicht freiwillig überließe, hatte sie zur Vorsicht die Erlaubnis zur Durchsuchung seiner Wohnung und seines Büros beantragt und war zuversichtlich, dass sie sie aufgrund seiner Beziehung zu dem Opfer mühelos bekam.

Sie parkte einen guten Block von Asners Haus entfernt. Anders als die Detektei lag es in einer durchaus anständigen Gegend, und die Kinderhorden, die an ihr vorbei in Richtung Schule schlurften, wurden größtenteils von Eltern oder Kinderfrauen eskortiert. Sie unterhielten sich mit hellen Stimmen und trugen ausnahmslos die neueste Kindermode, die aus wadenhohen Boots mit meterdicken Sohlen zu bestehen schien.

Die paar Kinder, die nicht schlurften, trampelten wie eine Horde Kälber den geteerten Bürgersteig hinab.

Eine Frau in einem Overall öffnete die Gittertür zu einem kleinen Supermarkt und sah Eve mit einem Lächeln an.

Sobald das Wetter frischer wurde, wurden auch die Menschen wieder frischer, dachte Eve.

Sie genoss den kurzen Gang und nahm sich vor, das morgendliche Fitnesstraining, das sie wegen des Besuchs bei Asner ausfallen lassen musste, abends nachzuholen.

Peabody kam ihr in flottem Marschtempo entgegen, bei jedem ihrer Schritte blitzten die pinkfarbenen Cowboystiefel, die ein Mitbringsel von Roarke waren.

Plötzlich unterbrach die Partnerin den schnellen Marsch, riss die Augen auf, instinktiv griff Eve nach ihrer Waffe und sah hinter sich. Im nächsten Augenblick jedoch kam Peabody mit schnellen Schritten angetanzt und streckte mit einem sehnsüchtigen »Ohhh« die Hand nach ihrer Jacke aus.

»He. Pfoten weg.«

»Bitte. Bitte, bitte, so etwas Schönes habe ich noch nie gesehen. Lassen Sie sie mich nur einmal anfassen, okay?«

»Sabbern Sie mir bloß nicht meine Jacke voll, denn schließlich ist es bereits schlimm genug, dass Sie in pinkfarbenen Cowboystiefeln vor mir stehen.«

»Ich liebe sie. Ich bin von meinen pinkfarbenen Cowboystiefeln hin und weg. Ich glaube, dass die mein Markenzeichen werden.« Sie strich eilig über einen Ärmel von Eves Jacke und erklärte voller Ehrfurcht: »Ohhh. Das Ding ist echt der Wahnsinn. Es fühlt sich wie Butter an.«

»Wenn es Butter wäre, wäre es inzwischen längst geschmolzen.«

»Irgendwie schmilzt dieses Leder auch. Es ist glatt und weich und sieht einfach fantastisch aus. Es schwingt federleicht um Ihren Körper, wenn Sie gehen. Die Jacke sieht genauso super wie Ihr langer Mantel aus.«

»Nachdem wir unsere Kleiderauswahl eingehend besprochen haben, können wir vielleicht allmählich in Asners Wohnung hinaufgehen. Da wir ohnehin gerade in der Nähe sind.«

Abermals streckte die Partnerin die Hand nach ihrer Jacke aus, doch sie hob mahnend einen Finger in die Luft. »Sie haben mich schon angefasst.«

Sie wandte sich dem Eingang zu, und mit dem dritten Ohhh des Tages meinte Peabody: »Der Gürtel hinten ist der Hit. Er betont Ihr Hinterteil.«

»Was?« Entsetzt versuchte Eve, ihren eigenen Allerwertesten zu sehen. »Oh Gott.«

»Nein, nein, auf eine gute, alles andere als anzügliche Art.« Verstohlen streckte Peabody erneut die Hand in Richtung Jacke aus. »Hat er Ihnen diese Jacke einfach so geschenkt? Einfach-so-Geschenke sind für mich die allerbesten. Letzten Monat hat McNab mir einfach so echt süße Herzchen-Ohrringe geschenkt. Wenn man einfach so von einem Typen Schmuck geschenkt bekommt, weiß man, dass er echt an einem hängt.«

»Okay.« Nach diesem Maßstab klebte Roarke richtiggehend an ihr fest. Sie blieb vor der Haustür stehen und zog ihren Generalschlüssel hervor. »Sie ist mit Panzerstoff gefüttert.«

»Was?«

Eve schlug die Jacke auf. »Das Futter ist aus einem neuen Material, das er hat entwickeln lassen. Da geht kein Laser, keine Kugel und kein Messer durch.«

»Im Ernst?«

Eve erlaubte ihrer Partnerin, das Jackenfutter zu befühlen, weil es dabei schließlich um die Arbeit ging.

»Es ist so dünn, leicht und vollkommen beweglich und schirmt Sie trotzdem wie eine schusssichere Weste ab?«

»Roarke sagt, dass es das tut, und er muss es wissen. Vielleicht können Sie nachher ja mal mit Ihrem Stunner auf mich zielen, um zu testen, ob es wirklich funktioniert.«

»Verdammt, wissen Sie was? Die Jacke ist genauso wie Ihr Auto.«

»Soll das ein Rätsel sein?«

»Nein«, erklärte Peabody, während sie hinter Eve das Haus betrat. »Diese Jacke sieht wie eine zwar echt schicke, aber trotzdem ganz normale Jacke aus. Ihr Auto sieht nicht nur normal, sondern regelrecht gewöhnlich aus. Aber trotzdem haben beide Dinge etwas ganz Besonderes. Etwas Besonderes, das für eine Polizistin wichtig ist. Er scheint Sie besser zu verstehen als Sie sich selbst. Das ist noch viel mehr wert als ein Einfach-so-Geschenk.«

»Sie haben recht. Das tut er, und das ist es.« Eve blieb in der Eingangshalle stehen. »Er hat Angst um mich.«

»Der Besuch und Aufenthalt in Dallas kann für Sie beide nicht leicht gewesen sein«, gab Peabody zurück.

»Sie haben mich bisher mit keinem Wort gefragt, wie es dort war.«

»Ich kenne den offiziellen Bericht, aber ich nehme an, dass darin alle privaten Aspekte ausgelassen worden sind. Ich kenne Sie inzwischen nämlich auch recht gut. Schließlich sollten Partner sich auch kennen, oder nicht?«

»Auf jeden Fall.«

»Vielleicht gehen wir ja irgendwann mal einen trinken, und Sie erzählen mir, was nicht in dem Bericht steht.«

»Das machen wir.« Das könnten sie, erkannte Eve, weil Peabody sie tatsächlich verstand und nicht bedrängte, irgendwelche Dinge zu enthüllen, ehe sie von sich aus so weit war. »Das mache ich. Asners Wohnung liegt im zweiten Stock.«

Auf dem Weg nach oben drangen die normalen, morgendlichen Geräusche eines älteren, nicht schallgeschützten Hauses an Eves Ohr. Das Murmeln und Pulsieren von Morgensendungen im Fernsehen, Musik, das Knallen von Türen, das Jaulen des Lifts und das Geschrei von Kindern, die erst Richtung Schule schlurfen oder trampeln würden, wenn sie etwas größer waren.

Die Wohnungstüren wiesen statt moderner Handlesegeräte altmodische Schlösser und Spione auf. Das Zahlenlesegerät an Asners Tür war ihrer Meinung nach nicht echt und nur zur Abschreckung dort installiert worden.

Sie klopfte mit der Faust gegen die Tür, und fast im selben Augenblick trat jemand durch die Wohnungstür, die in ihrem Rücken lag. Der Mann, der in den Flur kam, hatte Laufschuhe und einen Jogginganzug an. Er trug eine Sporttasche über der Schulter, schob sich eine Baseballkappe auf das wirre, braune Haar und nickte ihr mit einem Lächeln zu.

»Ich glaube, A ist nicht zu Hause.«

»Ach?«

»Ich habe ihn eben angesimst. Wir gehen zusammen ins Fitnessstudio, meistens fahren wir vor der Arbeit hin. Er hat nicht auf meine Nachricht reagiert, deshalb nehme ich an, er ist weg.« Als er mit den Achseln zuckte, schaute Eve ihn fragend an.

»Haben Sie ihn gestern irgendwann gesehen?«

Sein Lächeln schwand, und seine Stimme bekam einen argwöhnischen Klang. »Ja. Warum?«

Eve zückte ihre Dienstmarke. »Weil ich mit Mr. Asner sprechen muss. Wann haben Sie ihn zum letzten Mal gesehen?«

»Gestern, ungefähr um diese Zeit. Wir waren zusammen im Fitnessstudio. Was wollen Sie denn von ihm?«

»Es geht um einen aktuellen Fall.«

»Dann versuchen Sie Ihr Glück am besten in seinem Büro.« Er nannte ihnen die Adresse, die sie bereits kannten, und fügte hinzu: »Es ist noch etwas früh, aber falls er die ganze Nacht beschäftigt war, hat er vielleicht einfach dort campiert.«

»Die ganze Nacht?«

Unbehaglich trat der Mann von einem auf den anderen Fuß. »Ich nehme an, dass er beschäftigt war. Wir hatten lose abgemacht, uns gestern Abend mit ein paar der anderen Jungs zusammen das Spiel im Fernsehen anzusehen. Er ist nicht aufgetaucht, dabei verpasst er für gewöhnlich nie ein Spiel, vor allem nicht, wenn wir gewettet haben, welches Team gewinnt. Deshalb dachte ich, dass er von seiner Arbeit aufgehalten worden ist. Hören Sie, am besten fahren Sie in sein Büro. Ich rede nicht gern hinter dem Rücken eines Kumpels mit der Polizei. Das fühlt sich irgendwie nicht richtig an.«

»Verstehe. Danke, dass Sie sich kurz Zeit genommen habe.« Eve hielt ihm ihre Visitenkarte hin. »Hören Sie, falls Sie ihn zufällig im Fitnessstudio sehen, sagen Sie ihm einfach, dass er sich so schnell wie möglich mit mir in Verbindung setzen soll.«

»Sicher. Kein Problem.« Er steckte ihre Karte ein und sah sie abermals mit einem Lächeln an. »Falls Sie ihn vor mir treffen, richten Sie ihm von mir aus, dass er mir zwanzig Dollar schuldet, ja?«

»Okay.«

Eve wartete, bis sie und Peabody wieder allein waren. »Vielleicht versuchen wir es wirklich erst einmal in seinem Büro. Es ist nicht weit von hier entfernt, vielleicht hat er sich ja tatsächlich dort aufs Ohr gehauen, falls er die ganze Nacht gezockt und mehr als diesen einen Zwanziger verloren hat.«

Zurück im Wagen, sprach Eve ihre Theorien und Vermutungen vom Vortag an.

»In Bezug auf unsere beiden Turteltauben bin ich Ihrer Meinung«, stimmte Peabody ihr zu. »Nicht dass Turteltauben niemals töten würden – schließlich ist gelegentlich ein Ehemann im Weg, oder es gibt eine reiche Urgroßtante, die einfach nicht sterben will. Aber keiner von den beiden ist verheiratet, sie verdienen beide selbst genug, um nicht von irgendeinem Erbe abhängig zu sein, und im Grunde stand K.T. dem Glück der beiden nicht wirklich im Weg. Oder gab es in dem Film etwas zu sehen, von dem ich etwas wissen sollte?«

»Sie hatten ganz normalen Sex, es gab verliebtes, postkoitales Bettgeflüster, gemeinsames Yoga, dann haben sie was vom Chinesen kommen lassen, zusammen gegessen, den Text der nächsten Szenen und die Choreografie für eine Kampfszene geprobt. Außer über ihre Arbeit haben sie noch darüber gesprochen, dass sie nach den Dreharbeiten in den Urlaub fahren wollen, und überlegt, wohin die Reise gehen soll. Sie haben zwischen Korfu und den Fidschi-Inseln hin und her geschwankt. Dann haben sie im Bett ein bisschen ferngesehen, hatten noch einmal Sex, und schließlich haben sie das Licht gelöscht.«

»Das alles klingt für mich total normal«, bemerkte Peabody. »Als hätten sich die Turteltauben dort ein schönes Nest gebaut.«

»Auch der nächste Morgen verlief vollkommen normal. Gymnastik, Sex unter der Dusche – den man allerdings nur hören konnte, weil die Tür des Badezimmers offen stand –, zum Frühstück gab es Obst und Joghurt, jede Menge Scherze und Gelächter, Gespräche über ihre Arbeit und den Urlaub, zuletzt haben sie sich angezogen und sind losgegangen.«

»Keine Spur von Harris oder diesem Schnüffler, der die Kameras abholt?«

»Falls er Grips hat, hat er Bilder von sich selbst gelöscht. Da die Aufnahme damit geendet hat, wie unsere Turteltauben aus dem Haus gehen, hat er offensichtlich Grips. Auch von Harris keine Spur, und die Turteltauben haben sie den ganzen Abend und den Morgen über kaum erwähnt. Was ihr wahrscheinlich ziemlich sauer aufgestoßen ist.«

Eve stieg aus dem Wagen und sah auf das Fenster des Büros. Der Himmel war bedeckt, doch trotz des trüben Tages brannte dort kein Licht.

»Er ist entweder nicht da oder noch nicht wach.«

Auf dem Weg nach oben überlegte sie, warum er ihnen aus dem Weg ging, obwohl er anscheinend nicht der Dümmste war. Ihm musste doch bewusst sein, dass sie ihn am Schluss erwischen würden und ihm nicht mehr allzu wohlgesonnen wären, wenn er sie noch lange suchen ließ. Vielleicht überlegte er sich erst eine Geschichte, bastelte an einem Alibi oder konsultierte seinen Rechtsanwalt.

Oder vielleicht hatte er auch einfach seine hundert Riesen eingesteckt und sich damit aus dem Staub gemacht.

Die Vorstellung gefiel ihr nicht, aber die andere Möglichkeit, die es noch gab, gefiel ihr noch viel weniger.

Sie näherte sich der Bürotür, wollte an die Scheibe klopfen und zog ihre Hand wieder zurück. »Die Tür ist offen.«

Anscheinend hatten sie es wirklich mit der anderen Möglichkeit zu tun.

Mit leiser Stimme meinte Peabody: »Vielleicht hat er ja nur vergessen abzuschließen«, während sie zur gleichen Zeit wie Eve die Waffe aus dem Halfter zog.

»Wenn er so vergesslich wäre, bräuchte er kein derart gutes Schloss.« Lautlos zählte sie bis drei, sie sprangen zeitgleich durch die Tür des Vorzimmers der Detektei.

Eve sah sich eilig um. Auf dem Schreibtisch stand nur noch der Bildschirm des Computers, der Inhalt aller Schubladen war auf dem Fußboden verstreut.

Abermals auf ihr Signal gingen sie weiter Richtung Hauptbüro. Peabody öffnete die Tür, zielte nach links und Eve nach rechts.

Außer Chaos herrschte in dem Raum der Tod. AAA lag bäuchlings auf dem Boden, weil ihm – offenbar mit einer blut- und hirnmasseverklebten Vogelstatue, die in der Nähe lag – der Schädel eingeschlagen worden war.

Er würde seinem Fitnessstudiokumpel keinen Zwanziger mehr zahlen, dachte Eve, und ihnen nichts mehr über seine Kundin erzählen können, nachdem er genau wie sie getötet worden war.

Eve steckte ihre Waffe wieder ein. »Ich rufe die Zentrale an, und Sie holen das Untersuchungsset.«

»Er hat mehrere, harte Schläge auf den Hinterkopf bekommen«, meinte Peabody. »Ein Unfall war das nicht.«

Eilig lief sie los, und Eve bestellte mehrere Beamte für die Sicherung des Fundorts und die Zeugensuche, einen Trupp der Spurensicherung und einen Leichenwagen ein.

Dann zog sie den Rekorder aus der Tasche, klemmte ihn an ihrer Jacke fest und schaltete ihn ein. »Lieutenant Eve Dallas und Detective Delia Peabody haben das Büro des Privatdetektivs A.A. Asner durch die unverschlossene Tür betreten. Detective Peabody ist noch einmal zu unserem Wagen gelaufen, um ein Untersuchungsset zu holen. Die Zentrale wurde informiert und Verstärkung einbestellt.« Eve sah sich den Toten genauer an.

»Das noch nicht identifizierte Opfer hat mehrere harte Schläge auf den Hinterkopf bekommen. Als Waffe hat anscheinend eine schwarze Vogelstatue gedient. Die Flügel sind angelegt, der Schnabel ist spitz – ein Malteser Falke«, murmelte sie leise vor sich hin. »Er wurde mit einer Kopie des Vogels aus dem Film erschlagen. Offenbar hat er den Film oder vielleicht das Buch geliebt.«

Roarke war ebenfalls ein großer Fan von beidem, sie hatten sich den Film einmal zusammen angeschaut.

»Der Held dieser Geschichte, die im frühen zwanzigsten Jahrhundert spielt, ist ein hartgesottener Privatschnüffler«, erinnerte sie sich. »Wenn das nicht Ironie des Schicksals ist.«

Sie ging wieder in den Vorraum und betrachtete die Eingangstür. »Es gibt keine Einbruchsspuren. Er hat seinem Mörder aufgemacht oder ist mit ihm zusammen hereingekommen. Also hat er ihn gekannt oder hatte zumindest keine Angst vor ihm, denn er hat ihm den Rücken zugewandt, als er erschlagen worden ist.«

Vorsichtig, um ja nichts zu berühren, kehrte sie ins Hauptbüro zurück. »Er hat ihm den Rücken zugewandt und war auf dem Weg zu seinem Schreibtisch. Die Statue stand wahrscheinlich auf dem kleinen Tisch neben der Tür. Der Mörder brauchte einfach nur zuzugreifen und damit auf Asner loszugehen.«

Sie ging um die Blutlache herum auf Asners Leiche zu. »Dann hat er noch einmal zugeschlagen, als der Mann zu Boden ging, und um ganz sicherzugehen, noch mehrmals auf ihn eingedroschen, als er schon am Boden lag. Er hat seinen Schädel regelrecht zu Brei geschlagen und dann das Büro und den Empfangsbereich durchsucht. Die Computer sind verschwunden und die Schubladen geleert. Auch die Armbanduhr des Opfers fehlt, aber trotzdem bin ich sicher, dass das hier kein Raubmord war. Der Täter hat versucht, es so aussehen zu lassen, aber das ist vollkommener Quatsch. Ich weiß genau, dass es kein Zufall ist, dass Asner ebenfalls ermordet worden ist. Sein Mörder hat auch Harris umgebracht. Er wollte die Aufnahme, wollte Informationen, wollte ... dass der Mann für immer schweigt.«

Sie hob den Kopf, als ihre Partnerin leicht keuchend angelaufen kam und ihr den Untersuchungsbeutel gab. »Wie groß ist die Chance, dass es ein Zufall ist, dass der private Schnüffler, der von Harris angeheuert worden war, kurz nach ihrem Tod erschlagen worden ist?«

»Wahrscheinlich eher gering«, gab Peabody zurück und sprühte sich die Hände ein.

»Aus meiner Sicht geht sie gegen null. Jetzt identifizieren wir den Mann und stellen den genauen Todeszeitpunkt fest.«

»Ziehen Sie Ihre Jacke aus«, wies Peabody sie an.

»Was?«

»Also bitte, Dallas, sie ist nagelneu und wirklich toll. Warum sollten Sie sie schon am ersten Tag mit Blut und Hirnmasse beschmieren? Ich habe meine Stiefel extra dreifach eingesprüht, damit nichts daran kleben bleibt.«

Sie hatte recht, sagte sich Eve und zog die Jacke aus. Genau aus diesem Grund sollten Polizisten ihrer Meinung nach nichts anziehen, um das es schade wäre, würde es im Rahmen ihrer Arbeit ruiniert.

Ohne Jacke hockte sie sich wieder neben ihren toten Detektiv.

»Bei dem Opfer handelt sich's um Abner Andrew Asner«, gab die Partnerin nach Überprüfung seiner Fingerabdrücke zu Protokoll. »Sechsundvierzig Jahre alt, Privatdetektiv und Betreiber der hier ansässigen Detektei.«

Eve hantierte ebenfalls mit einem Messgerät und nickte knapp. »Todeszeitpunkt 23.20 Uhr. Er hatte also ein spätes Treffen oder einen späten Termin.« Sie durchsuchte seine Taschen. »Die Gesäßtaschen der Hose und die Vordertasche hier auf meiner Seite sind vollkommen leer. Kein Geldbeutel, kein Kleingeld, nichts. Wie sieht's auf Ihrer Seite aus?«

»Auch nichts. Er trägt keine Uhr, hat kein Handy, kein Notizbuch, keine Waffe und auch sonst nichts bei sich.«

»Schauen Sie mal in seiner Jacke nach. Sie liegt da drüben auf dem Boden. Und dann nehmen Sie sich den Schreibtisch vor. Der Mörder hat versucht, es wie einen Raubmord aussehen zu lassen«, fuhr Eve fort. »Bei Harris hat er es wie einen Unfall dargestellt. Er versucht, uns etwas vorzumachen, aber die Inszenierung ist alles andere als überzeugend, wenn man auch nur ansatzweise etwas von Polizeiarbeit versteht.«

»Weil wir schließlich keine Idioten sind«, pflichtete Peabody ihr bei. »Er hat auch die Jackentaschen ausgeräumt. Auf dem Boden liegen ein paar Pfefferminzbonbons, vielleicht sind die rausgefallen.« Während Peabody den Schreibtisch untersuchte, setzte Eve sich auf die Fersen und dachte laut nach.

»Das Opfer hatte hundert Riesen für den Job kassiert, aber die Originalaufnahme nicht herausgerückt. Er konnte der Versuchung offenbar nicht widerstehen, vielleicht noch etwas mehr aus diesem Job herauszuholen. Aber bei wem? Schließlich konnte er sich denken, dass K.T. Marlo und Matthew selbst mit diesem Video erpressen wollte. Hat er unter Umständen versucht, noch einmal bei ihnen zu kassieren? Oder hat er vielleicht sein Glück bei einer interessierten anderen Partei versucht?«

»Am besten finden wir heraus, wo all die anderen Parteien gestern Abend um halb zwölf gewesen sind.«

»Das wäre nicht schlecht.«

»Wahrscheinlich sind sie jetzt alle im Studio. Preston hat mich gestern Abend angerufen, um zu sagen, dass sie meine Szene erst am Samstag drehen, ich aber für die Kostümprobe ruhig heute schon vorbeikommen soll.«

»Sie haben also ernsthaft vor, in diesem Streifen mitzuspielen?«

»Nun ...« Peabody hielt in der Arbeit inne und schaute sie fragend an. »Meinen Sie, ich sollte nicht?«

»Es gibt keinen Grund, es nicht zu tun. Wenn der Fall bis Samstag nicht abgeschlossen ist, kann uns das vielleicht sogar nützlich sein. Hauptsache, Sie passen auf sich auf, damit der Killer nicht als Nächstes Sie erwischt.«

»Daran habe ich noch gar nicht gedacht. McNab wird mich ins Studio begleiten. Vielleicht schmuggeln sie ihn auch in irgendeine Szene ein. Und mit einem feigen Mörder, der die Leute hinterrücks erschlägt, nehme ich's problemlos auf, denn – wie gesagt – ich habe meine Nahkampftechnik deutlich aufpoliert.« Sie spannte ihren rechten Bizeps an.

»Suchen Sie sich trotzdem ein Kostüm aus, in dem sich problemlos eine Schusswaffe verstecken lässt.«

»Gute Idee. Kein Handy, kein Notizbuch, kein Terminkalender, keine Aufnahme.«

»Suchen Sie hier weiter, ich gucke vorn im Empfangsbereich.«

Kaum dass Eve mit ihrer Suche angefangen hatte, tauchten die Kollegen auf. Sie bat die Streifenpolizisten, sich erst im Gebäude und danach in einem Radius von zwei Blocks nach Zeugen umzusehen. Der Killer hatte elektronische Geräte aus dem Haus geschleppt, er hatte also ein Transportmittel. Er musste seinen Wagen parken und dann mehrmals rauf- und runterlaufen, um die Beute zu verstauen. Vielleicht hatte ja das Restaurant im Erdgeschoss, das Tattoo-Studio oder die schmuddelige Bar im Nachbarhaus noch auf, als Asner hinterrücks erschlagen worden war, und jemand hatte seinen Mörder aus dem Haus gehen sehen.

Sie blickte wieder auf, als sie das Klicken hoher Absätze, verschämtes Kichern sowie dunkles männliches Gelächter aus dem Korridor vernahm.

Eilig trat sie durch die Tür und sah Barbie, die in einem roten Minirock den Flur herunterkam, ihr Haar über die Schulter warf und routiniert mit ihren Wimpern klimperte, was ihrem schlaksigen Begleiter in dem knitterigen Anzug durchaus zu gefallen schien.

Bobbie, nahm Eve an. Anscheinend hatten sie es nicht bei einem Drink belassen, als sie gestern Abend ausgegangen waren.

Noch immer kichernd drehte Barbie ihren Kopf und riss verblüfft die großen Kulleraugen auf. »Oh. Sie sind wieder da.«

»Ja.«

»Hat A Sie reingelassen? Ich hätte nicht gedacht, dass er so früh zur Arbeit kommt. Ich bin heute selbst extra etwas früher dran, denn ich hatte Schuldgefühle, weil ich gestern etwas eher gegangen bin.«

»Haben Sie noch mit Ihrem Boss gesprochen, nachdem wir gestern gegangen sind?«

»Nein. Er hat auf meine Anrufe nicht reagiert, also habe ich ihm irgendwann einfach aufs Band gesprochen, dass ich Feierabend mache, und mich auf den Weg gemacht.« Sie biss sich auf die Lippe. »Er ist hoffentlich nicht sauer. Ich dachte nicht, dass es ihm etwas ausmacht, wenn ich ...«

»Nein, er ist nicht sauer. Es tut mir leid, aber ich muss Ihnen mitteilen, dass Mr. Asner letzte Nacht ermordet worden ist.«

»Was? *Was?*« Barbies Stimme wurde schrill. »Er ist ein Profi. Es ist völlig ausgeschlossen, dass er sich hat ermorden lassen.«

»Anscheinend kam er gestern Abend noch einmal ins Büro. Er kam entweder mit jemandem zusammen oder hat jemanden reingelassen, der ihm dann die Statue eines schwarzen Vogels auf den Kopf geschlagen hat.«

»Birdie! Nein. Sind Sie sicher, sind Sie wirklich sicher? A kann nämlich sehr gut auf sich aufpassen. Er hätte bestimmt verhindert, dass er ermordet wird.«

»Es tut mir wirklich leid.«

»Aber ... aber ...« Die Tränen brachen sich wie Lava Bahn und strömten über ihr Gesicht. »Bobbie«, wandte sie sich schluchzend ihrem Begleiter zu.

»Robert Willoughby. Ich bin Anwalt, da drüben ist meine

Kanzlei. Um Ihnen die Frage zu ersparen, Barbie und ich haben das Haus gegen halb fünf verlassen, sind auf einen Drink rüber ins Blue Squirrel gegangen, haben dann noch einmal nachbestellt, gegen sieben in ein kleines italienisches Lokal, das Padua, gewechselt und danach beschlossen, einen Absacker im Adalaide's zu nehmen und uns dort die Liveband anzuhören. Ich nehme an, wir waren dort bis gegen Mitternacht und dann ...«

»Sind wir zu mir gegangen«, stieß Barbie schniefend aus. »Das dürfen wir. Wir sind nicht verheiratet und nichts – mit irgendwelchen anderen Leuten, meine ich. Bobbie, jemand hat A ermordet.«

»Ja, das habe ich mitbekommen. Warum gehst du nicht in mein Büro, Schätzchen, und setzt dich erst mal hin?«

»Darf ich?«, wandte sich die junge Frau an Eve. »Es geht mir wirklich ziemlich schlecht.«

»Sicher.«

Bobbie öffnete die Tür seines Büros, führte sie hinein und kam wieder zurück. »Sie würde keiner Fliege was zuleide tun. Im wahrsten Sinn des Wortes.«

»Ich habe keinen Grund zu glauben, dass sie etwas mit dem Tod von ihrem Boss zu tun hat.«

»Sie haben gesagt, er hätte jemanden hereingelassen oder mitgebracht. Das heißt, dass es kein Einbruch war.«

»Es gibt keine Einbruchsspuren, trotzdem können wir bisher nicht ausschließen, dass es ein Einbruch war.«

»Das war es nicht.«

Sie sah ihn fragend an. »Vielleicht sollten wir uns einmal miteinander unterhalten, Bobbie.«

»Ja, das sollten wir. Hören Sie zu, ich rufe nur noch kurz bei meiner Sekretärin an. Sie und Barbie sind befreundet, und es wäre gut, wenn Barbie erst mal nicht allein wäre. Lassen Sie mich nur schnell jemanden besorgen, der sich um sie kümmern kann, dann reden wir. Es wird nicht lange dauern. Sunny wohnt nicht weit von hier.«

»Okay.«

Er blickte auf die Tür seiner Kanzlei. »Das war das erste Mal, dass wir …« Er atmete vernehmlich aus. »Den Morgen nach der ersten Nacht hatte ich mir wirklich anders vorgestellt.«

14

Da Peabody im Gegensatz zu ihr die Fähigkeit besaß, trauernde Menschen zu beruhigen und ihnen zwischen den Schluchzern Informationen zu entlocken, ließ Eve sie mit Barbie sprechen und wandte sich selber Bobbie zu.

Die räumliche Aufteilung seiner Kanzlei war identisch mit der Aufteilung von Asners Detektei, und während sich Peabody im Vorzimmer mit Bobbies Sekretärin Sunny und der tränenüberströmten Barbie unterhielt, setzten sie und Bobbie sich nach hinten ins Büro.

»Was können Sie mir erzählen, Bobbie?«

»Vielleicht hat es gar nichts zu bedeuten. Aber A war in den letzten beiden Tagen super drauf. Er hatte von einer Klientin einen Haufen Geld kassiert. Ich kenne keine Einzelheiten, und selbst wenn ich sie kennen würde, würde ich sie Ihnen wahrscheinlich nicht verraten.«

»Kein Problem. Die meisten Einzelheiten kenne ich bereits.«

»Nun.« Er zuckte mit den Schultern. »Er war ein Zocker, er war flüssig, und ich weiß, dass er gestern zu einer Pokerrunde wollte, weil er kurz vorbeikam und mir anbot, mir die Kohle vorzustrecken, falls ich mitspielen will. Ich spiele nicht, weil ich mir das einfach nicht leisten kann. Und mit Geld, das mir nicht gehört, spiele ich schon gar nicht. Also habe ich gepasst. Ich hatte sowieso zu tun.«

»Okay.«

»Vielleicht hat er zu viel gesetzt, mehr verloren, als er hatte, oder musste noch mal ins Büro, um Geld zu holen.«

»Hat er sein Geld dort aufbewahrt?«

»Das weiß ich nicht. Aber es könnte sein.« Er blickte in Richtung Tür, durch die ein neuerliches lautes Schluchzen drang.

»Meine Partnerin kann sehr gut trösten.«

»Ja, okay.« Bobbie presste sich die Finger vor die Augen und holte tief Luft.

»Okay.« Er ließ die Hände wieder auf den Schreibtisch fallen. »Vielleicht gab es ja Streit wegen des Spiels, und wem auch immer er etwas geschuldet hat oder wer auch immer mitgekommen ist, um das Geld zu holen, hat ihn umgebracht. Wobei ...«

»Wenn ich ihn töte, kriege ich die Kohle sicher nicht«, beendete Eve den Satz. »Trotzdem müssen wir der Sache nachgehen. Wissen Sie, wo diese Pokerrunde stattgefunden hat?«

»Sie spielen jedes Mal woanders. Ich glaube, er hat was von Chinatown gesagt. Die Sache ist die – Lieutenant, richtig?«

»Ja.«

»Die Sache ist die, Lieutenant, auch wenn der Mann ein Zocker war, hat er sein Glück nie bis zum Ende ausgereizt. Ich bin ein paarmal mitgegangen, und ich habe nie erlebt, dass er sein Limit überschritten oder einen Schuldschein unterschrieben hat oder bei hochriskanten Spielen eingestiegen ist, bei denen irgendwelche Schläger einem alle Knochen brechen, wenn man seine Schulden nicht sofort bezahlen kann. Er hat einfach gern zum Spaß gespielt. Ich kann mir also nicht vorstellen, dass er deswegen ermordet worden ist.«

»Sie stellen sich etwas anderes vor.«

»Kann sein. Wollen Sie einen Kaffee?«

»Danke, nein.«

»Ich werde mir kurz einen holen.« Er stand auf, trat vor den AutoChef in Größe eines Schuhkartons, der auf einem kurzen Tresen stand, und mit lauten Knirschgeräuschen nahm der Automat die Arbeit auf. »Dieses Ding gehört schon lange auf den Müll.«

Er kam mit seinem Becher an den Tisch, und der Dampf, der ihr daraus entgegenschlug, roch noch schlimmer als das bittere Gebräu, das man im Leichenschauhaus trank.

»Ich weiß nicht, ob es etwas zu bedeuten hat, aber ...«

»Aber?«

Bobbie setzte sich, hob seinen Becher an den Mund und verzog angewidert das Gesicht. »Gott, das Zeug schmeckt wirklich grauenhaft. A hat mir ein paar angeblich hypothetische juristische Fragen gestellt. Hat mir vorgestern ein Bier spendiert und so getan, als wollte er nur plaudern. Aber ich bin ja nicht auf den Kopf gefallen.«

»Hat er Sie mandatiert?«

»Dann würde ich jetzt nicht mit Ihnen reden. Es fühlt sich auch so nicht richtig an, aber schließlich hat ihn jemand umgebracht, und ich hatte ihn wirklich gern. Jeder hatte Asner gern.«

»Was für Fragen hat er Ihnen vorgestern denn gestellt?«

»Er wollte wissen, wie viel Ärger man mit dem Gesetz bekommt, wenn man in den Besitz von etwas gelangt, für dessen Herausgabe man dann eine Entschädigung verlangt. Als ich von ihm wissen wollte, ob der Gegenstand, von dem er sprach, gestohlen worden war, hat er nein gesagt. Er hat gesagt, es wäre eher so etwas wie ein Souvenir. Nichts wirklich Illegales.«

»Nichts *wirklich* Illegales?«, wiederholte Eve.

Bobbie würgte einen zweiten Schluck Kaffee hinunter und sah sie mit einem schwachen Lächeln an.

»Ich fand auch, dass das nicht sauber klang. Ich habe ihm erklärt, das könnte ich nicht sagen, weil ich keine Einzelheiten wüsste, aber falls er auf legalem Weg in den Besitz von irgendetwas gekommen wäre, dürfte seine Forderung nach einem Finderlohn berechtigt sein. Falls die Sache allerdings dem anderen rechtmäßig gehören würde und er sie sich widerrechtlich angeeignet hätte, sähe es natürlich anders aus.« Bobbie nippte an seinem Kaffee.

»Er hat geantwortet, dass diese geheimnisvolle Sache von Rechts wegen eigentlich ihm gehört und er sie deshalb doch bestimmt verkaufen kann. Solchen Schwachsinn höre ich fast täglich, und ich weiß, wenn jemand versucht, die Dinge so zu drehen, wie er sie haben will. Genauso weiß ich, dass A in seinem Job manchmal die Grenze zur Legalität überschritten hat und dass er in Rente hätte gehen wollen.«

»Und wenn man eins und eins zusammenzählt ...«

»Genau das habe ich getan und ihm gesagt, er sollte sich noch einmal gründlich überlegen, ob er diese Sache wirklich durchziehen will. Aber den Ratschlag wollte er nicht hören. Er hat davon geträumt, in die Karibik umzusiedeln und dort einen kleinen Club, eine kleine Kneipe oder etwas in der Richtung aufzumachen, und ich denke, er hielt dies für seine große Chance, an die Kohle zu gelangen, die er dafür braucht. Ich dachte, dass er gestern deswegen so flüssig war, und habe ihn gefragt, ob er den Finderlohn für dieses ominöse Souvenir bekommen hat. Er hat gesagt, er würde daran arbeiten und dann ...«

Er rieb sich die Augen. »Tut mir leid, ich muss das alles erst einmal verdauen. Als er gestern wegen des Spiels bei mir vorbeikam, habe ich noch einmal nachgehakt, weil mir die Sache einfach keine Ruhe ließ. Er meinte, die Lage hätte sich verändert, deshalb würde er sich überlegen, ob er dieses Souvenir der anderen Person nicht einfach überlassen und dann einen Schlussstrich unter die Geschichte ziehen soll. Nach dem Motto, lieber der Spatz in der Hand als die Taube auf dem Dach. Er meinte, wir sollten morgen – das heißt, heute – einen Kaffee trinken, dann würde er mir sagen, wie's gelaufen ist.«

Bobbie starrte seine Hände an. »Ich fürchte, dass es alles andere als gut gelaufen ist. Ich fürchte, meine Antworten auf seine Fragen waren nicht deutlich oder nachdrücklich genug.«

»Wollen Sie meine Meinung hören?« Eve wartete, bis er ihr wieder in die Augen sah. »Ich würde sagen, dass die Sache schon am Laufen war, als er zu Ihnen kam, und dass die Lawine, egal, was Sie gesagt hätten, nicht mehr zu stoppen war. Es tut mir leid, dass Sie deswegen einen Freund verloren haben.«

»Werden Sie mich informieren, wenn die Leiche freigegeben wird? Er hat zwei Exfrauen, aber keine Kinder, und ich glaube nicht, dass eine dieser Frauen für die Beerdigung aufkommen will. Aber er hat jede Menge Freunde, wenn wir zusammenlegen, kriegen wir das sicher hin.«

»Ich werde es Sie wissen lassen«, sagte Eve ihm zu und wandte sich zum Gehen, blieb dann aber noch einmal stehen. »Was machen Sie hier, Bobbie?«

»Das Büro ist ganz schön schäbig, was?« Er sah sich um. »Aber hier bin ich mein eigener Herr. Ich habe ein paar Jahre als Pflichtverteidiger gearbeitet. Das ist Arbeit, die getan werden muss und nie aufhört, aber man kann nicht entscheiden, ob man die Mandate übernehmen möchte oder nicht. Und obwohl diese Kanzlei nicht sonderlich viel hermacht und sich eher selten überhaupt jemand hierherverirrt, kann ich mir aussuchen, ob ich diese Person vertreten möchte oder nicht.«

»Da haben Sie sicher recht. Ich melde mich, okay?«

Draußen auf der Straße holte Peabody tief Luft. »Sie war wirklich am Boden zerstört. Ich hatte den Eindruck, dass der Mann für sie so etwas wie ein Onkel ehrenhalber war. Sie konnte mir nichts sagen. Nichts, was sie nicht gestern schon erzählt hat.«

»Aber Bobbie hat interessante Hinweise gegeben.« Auf der Fahrt zum Studio erzählte Eve, wie das Gespräch mit ihm verlaufen war.

»Das ist die hypothetische Bestätigung dafür, dass er den Film verkaufen oder vielleicht einfach übergeben wollte, nachdem er erfahren hatte, dass seine Klientin nicht mehr lebt.«

»Der zweite Mord ist dem Täter bereits deutlich leichter gefallen als die erste Tat. A war dumm und gierig und hat offenbar gedacht, dass er für einen Auftrag zweimal abkassieren kann. Er wollte sich zur Ruhe setzen ... zumindest hat er es geschafft, dass er nie mehr zur Arbeit gehen muss.«

»Also hat der Mörder jetzt den Film. Asner hat ihn bestimmt mit ins Büro genommen, weil der Film dort lag«, mutmaßte Peabody.

»Trotzdem sehen wir uns auch noch in seiner Wohnung um. Ich habe sie versiegeln lassen, denn womöglich wollte er in seiner Detektei ja nur die Fühler ausstrecken und sehen, was bei der Sache rauszuschlagen ist. Außerdem müssen wir noch das Personal der Kneipe und des Restaurants befragen.« Wahrscheinlich käme nichts dabei heraus, doch achselzuckend fügte Eve hinzu: »Vielleicht hat ja doch irgendjemand was gesehen.«

»Hier geht es nicht um einen Film, in dem zwei Schauspieler, die Single sind, bei ganz normalem Sex zu sehen sind.«

»Da haben Sie recht. Hier geht's um einen Machtkampf, der aus welchem Grund auch immer ausgeartet ist. Um Gier, Besessenheit und das Verlangen nach Kontrolle. Darum, Probleme oder Hindernisse aus der Welt zu schaffen«, überlegte Eve.

»Als Täter kommt immer noch jeder der Verdächtigen in Frage. Falls es unsrem Mörder oder unserer Mörderin aus welchem Grund auch immer wirklich um den Film ging und der Detektiv ihn im Büro verwahrt hat, gab es nach dem zweiten Mord genügend Zeit, um ihn zu vernichten, wegzusperren, zahlreiche Kopien davon zu machen oder sonst etwas damit zu tun.«

»Richtig«, stimmte Eve ihr zu und begann darüber nachzudenken, was womöglich das Motiv für diese Taten war.

Der Assistent von einem Assistenten nahm sie an der Tür des Studios in Empfang und führte sie zu einem Set, das aussah wie das Zimmer in Eves Haus, in dem die drei Avril Icoves vor gut einem Jahr vernommen worden waren.

Im Nebenzimmer spielten Marlo und Andrea eine hoch emotionale, angespannte Szene zwischen Eve und Mira. Roundtree unterbrach die Aufnahmen mehrmals, nahm eine Reihe Korrekturen vor, und am Schluss der Szene stapfte Marlo zu dem nur von ihrer Seite durchsichtigen Fenster und starrte mit ausdrucksloser Miene auf den schwarzen Fleck, der dort zu sehen war.

Wahrscheinlich fügte man die Bilder aus dem Hauptzimmer erst später ein, überlegte Eve, als Julian den Raum betrat, sich neben Marlo stellte und mit ihr gemeinsam durch das schwarze Fenster sah.

»Und cut! Perfekt. Jetzt bereiten wir die nächste Einstellung vor.«

Eve trat auf ihn zu. »Einen Moment.«

Roundtree runzelte die Stirn, weil er es hasste, wenn ihn jemand bei der Arbeit unterbrach. »Fünf Minuten, während alles vorbereitet wird. Preston ...«

»Fünf Minuten werden mir nicht reichen.«

»Wenn Sie noch irgendwelche Fragen stellen müssen, stellen Sie sie jemandem, der nicht versucht zu arbeiten. Wir haben ein Mitglied unseres Teams verloren, und solange uns die Medien, die Paparazzi und die gottverdammten Bullen auf die Pelle rücken, kommen wir hier nicht voran. Ich werde diese Szene abdrehen, bevor ...«

»Die Medien, die Paparazzi und die gottverdammten Bullen – vor allem ich – werden Ihnen sicherlich noch eine ganze Weile auf die Pelle rücken, weil es nämlich einen zweiten Mord gegeben hat.«

Roundtrees Zorn wich ehrlichem Entsetzen, alle am Set holten vernehmlich Luft und brachen in verwirrtes Murmeln aus.

»Wer?«, erkundigte er sich und sah sich eilig um wie ein Vater, der die Häupter seiner Lieben zählte. »Wer wurde diesmal umgebracht?«

»A.A. Asner, ein Privatdetektiv.«

Ein Ausdruck der Erleichterung gepaart mit Ärger huschte über sein Gesicht, und Roundtree winkte ab. »Was in aller Welt hat das mit uns zu tun?«

»Sehr viel. Und jetzt können ich und meine Partnerin die Anwesenden so vernehmen, dass Sie möglichst wenig Zeit bei Ihrer Produktion verlieren, oder wir verhängen einen Drehstopp, bis die Mordermittlungen abgeschlossen sind.«

Sie war sich nicht ganz sicher, ob sie die Befugnis dazu hätte, doch es klang bedrohlich, und mit erneut hochrotem Gesicht schrie Roundtree: »Preston! Holen Sie mir unseren Anwalt an den Apparat. Dieses Arschloch Farnsworth, den das Studio uns aufgezwungen hat. Ich habe endgültig genug von diesem Scheiß. Genug.«

»Mason!« Ehe Eve ihm eine Antwort geben konnte, stürzte

Connie auf sie zu. »Was ist hier los? Atme erst mal durch.« Sie wies mit ihrem ausgestreckten Finger auf den Mann, der kurz vor einem Herzinfarkt zu stehen schien. »Das ist mein Ernst. Du atmest jetzt erst mal durch.«

Er sah aus, als würde er gleich explodieren, aber als sie weiter mit dem Finger drohte, atmete er folgsam zweimal langsam aus und ein, und die Röte auf seiner Stirn und seinen Wangen verblasste ein wenig.

»Sie will die Produktion auf Eis legen, weil irgendein privater Schnüffler sich hat ermorden lassen. Aber ich lasse nicht zu, dass sie uns weiter derart schikaniert.«

»Ein Privatdetektiv? Ermordet?«, fragte Connie ihn in einem Ton, der Eve verriet, dass sie einen Zusammenhang mit der Ermordung von K.T. zu sehen schien.

»A.A. Asner. Wenn ich mich nicht täusche, haben Sie diesen Namen schon einmal gehört. Ich habe nicht die Absicht, die Produktion auf Eis zu legen, wenn Sie kooperieren. Ich mache auch nur meinen Job«, sagte sie zu Roundtree, der nervös an seinem roten Ziegenbärtchen riss. »Wir können weiter beide unsere Arbeit machen, wobei meine Arbeit Vorrang hat. Das ist nicht verhandelbar.«

»Eine Stunde«, sagte er ihr zu.

»Das ist doch mal ein Anfang. Ich muss nacheinander alle sprechen, die auf Ihrer Dinnerparty waren.«

»Steinburger und Valerie sind heute nicht am Set. Sie kümmern sich um diesen ganzen Medien-Mist. Matthew Zank hat heute drehfrei, und Nadine sitzt sicher irgendwo herum und schreibt an einem neuen Buch über den ganzen Scheiß.«

»Holen Sie sie her. Je eher wir mit den Leuten sprechen, um so eher sind Sie uns wieder los.«

Widerstrebend fing er an zu lächeln, verzog aber sofort wieder grimmig das Gesicht. »Preston.«

»Ich kümmere mich um alles«, bot der junge Mann ihm an.

»Eine Stunde Pause!«, donnerte der Regisseur. »In einer Stunde seid ihr alle wieder hier, und wir fahren mit der Arbeit fort.«

»Niemand verlässt das Studio«, fügte Eve hinzu. »Wir werden mit den Schauspielern in ihren Trailern sprechen. Gehen Sie schon mal los und warten Sie dort auf uns. Außerdem brauche ich einen Platz, an dem ich mit denjenigen sprechen kann, die hier keinen Trailer haben«, wandte sie sich wieder Roundtree zu.

»Ich habe ein Büro. Das können Sie benutzen.«

»Gut. Mit Ihnen spreche ich zuerst.« Sie nickte Connie zu.

»Okay. Dann bringe ich Sie ins Büro.«

»Als Zweiter kommen Sie dran«, erklärte Eve dem Regisseur. »Danach möchte ich mit Preston sprechen. Und wenn die anderen hier sind, geben Sie Bescheid.«

»Wird erledigt«, sagte Preston zu und hastete davon.

»Peabody, begleiten Sie am besten Preston und sehen Sie zu, dass jeder dorthin geht, wohin er gehen soll. Um Zeit zu sparen, rufen Sie Nadine am besten selber an und fragen sie nach ihrem Alibi für letzte Nacht und so weiter.«

»Zu Befehl, Ma'am.«

»Hier entlang.« In vernünftig flachen Schuhen und bequemer Hose führte Connie Eve in Richtung des Büros.

»Warum sind Sie heute hier?«, erkundigte sich Eve.

»Wie nicht anders zu erwarten, sind alle nervös und aufgewühlt. Ich habe angeboten, dass die Leute mit mir sprechen können, denn ich gebe eine gute Kummerkastentante ab.«

»Und bewahren nebenher noch Ihren Mann vor einem Herzinfarkt.«

Connie seufzte. »Gestern war ein furchtbar anstrengender Tag. In unserer Branche sind wir es gewohnt, dass die Medien sich für uns interessieren. Aber gestern war trotz all der Puffer, die wir vorgesehen haben, für uns alle ein ungewöhnlich anstrengender Tag. Ich weiß nicht, wie viele Anrufe ich abgewiesen oder an die arme Valerie weitergeleitet habe, denn außer Reportern, Bloggern und Betreibern irgendwelcher Unterhaltungsseiten wollten auch noch jede Menge Leute aus der Branche – Produzenten, Regisseure, Schauspieler und Crewmitglieder – wissen, was hier läuft.«

Sie öffnete die Tür eines geräumigen Büros mit einem breiten, tiefen Sofa, drei bequemen Clubsesseln, einer Hochglanz-Küchenzeile und einem privaten Bad.

»Ich brauche erst mal einen Kaffee. Wollen Sie auch einen? Zwar habe ich schon viel zu viel von diesem Zeug getrunken, aber für Alkohol ist es jetzt noch zu früh, nicht wahr?«

»Ein Kaffee ohne Milch und Zucker wäre nett.«

»Mason fühlt sich verantwortlich«, fing Connie an und holte den Kaffee. »Das gibt er zwar nicht zu, aber ich kenne ihn. Wir haben zu der Party eingeladen, auf der sie gestorben ist. Wir waren sauer auf sie, und er hat fürchterlich bereut, dass er sie für die Rolle überhaupt genommen hat. Wir wussten beide, dass sie schwierig war, aber anfangs hat sie ihre Sache wirklich gut gemacht.«

Connie schüttelte den Kopf und strich sich über das zu einem Pferdeschwanz zusammengebundene Haar. »Anfangs war sie kooperativ und mit Begeisterung dabei, aber in den letzten zwei, drei Monaten gab's nur noch Streitereien, Forderungen, Frustrationen und Verspätungen.«

»Das hat die Arbeit sicherlich erschwert, und es war ganz bestimmt nicht leicht für Ihren Mann, dafür zu sorgen, dass die Dreharbeiten ungehindert weitergehen.«

»Das stimmt. Wie Ihnen bestimmt schon aufgefallen ist, hält er mit seinen Gefühlen und Gedanken nicht hinter dem Berg. Er hat ihr deutlich zu verstehen gegeben, was er von ihrem Verhalten hielt. Er hat geschworen, nie wieder mit ihr zusammenzuarbeiten. Was er jetzt natürlich wirklich nie mehr wird. Und dafür fühlt er sich verantwortlich.«

»Aber das ist er nicht, außer, er hätte sie im Pool ertränkt.«

»Das hätte er niemals gekonnt.« Connie lief geschmeidig bis zur Couch, stellte die beiden Tassen auf den Tisch, setzte sich und faltete die Hände sorgfältig im Schoß. »Hören Sie. Er tobt, schreit herum, stampft mit den Füßen auf und schnauzt die Leute an. Wenn das möglich gewesen wäre, hätte er sie vielleicht rausgeschmissen, aber nie im Leben hätte er ihr körperlichen Schaden zugefügt.«

Eve setzte sich ebenfalls. »Und Sie?«

»Oh ja, ich hätte das gekonnt. Ich habe häufiger darüber nachgedacht. Ich nehme an, unter bestimmten Umständen könnten die meisten Menschen einen Mord begehen. Ich könnte das auf jeden Fall. Wenigstens kann ich es mir vorstellen. Ich hätte ihr problemlos eine runterhauen können und danach noch einen Freudentanz aufgeführt. Am Abend unserer Party hat sie mich noch wütender gemacht als sonst. Trotzdem ist Tatsache, dass ich sie nicht ertränkt habe. Ich kann Ihnen nur sagen, dass ich es nicht war, einen Beweis habe ich dafür nicht. Ich will, dass Sie herausfinden, wer sie getötet hat, aber ich hoffe, dass es niemand war, der mir am Herzen liegt.«

»Erzählen Sie mir von dem Detektiv.«

»Sie wissen, dass Marlo und Matthew ein Paar sind?«

»Sie anscheinend auch.«

»Sie hat sich mir gestern anvertraut. Sie hat mir alles erzählt – dass sie sich lieben und zusammen ein Loft in SoHo haben, dass K.T. es irgendwann herausgefunden und einen privaten Schnüffler angeheuert hat. Sie hat mir auch von dem Film erzählt. Wie gesagt, ich gebe eine gute Kummerkastentante ab. Der Detektiv war sicher der, der jetzt ermordet worden ist. Sonst würden Sie sich nicht bei uns nach ihm erkundigen. Auch wenn mir nicht ganz klar ist, wo genau Sie die Verbindung sehen.«

»Er hatte die Originalaufnahme noch, und nach allem, was wir bisher rausgefunden haben, wollte er sie verkaufen.«

»An die Medien.«

»Ich glaube nicht.«

»Aber an wen denn dann? An Marlo oder Matthew?« Connie warf entnervt die Hände in die Luft. »Ich hoffe bei Gott, dass sie vernünftig genug waren, nicht darauf einzugehen, oder dass es mir gelungen ist, sie gestern zur Vernunft zu bringen, falls sie vorher auf den Vorschlag dieses Mannes eingehen wollten. Denn wer sollte sich für diesen Film schon interessieren?« Sie fuchtelte mit einer Hand. »Ja, klar, die Klatschreporter würden sich die Finger danach lecken, und die Blogger würden sich wahrscheinlich darum reißen, denn das Video brächte sicher mehrere Millionen Klicks. Natürlich wäre das echt unfair und eine Missachtung der Privatsphäre der beiden, aber wenn einem Privatsphäre und Fairness wichtig sind, sucht man sich besser einen anderen Job.«

»Ist das Pragmatismus?«

»Das ist eine Überlebenstechnik«, klärte Connie Eve mit ruhiger Stimme auf. »Ich war ihretwegen furchtbar wütend, und obwohl K.T. inzwischen nicht mehr lebt, widert ihr Verhalten mich noch immer an. Wie konnte sie nur so gemein und egoistisch sein? Aber Marlo und Matthew sind jung, sympathisch, glücklich und dazu noch wirklich talentiert, und dieser Film ist definitiv nichts, weshalb sich irgendjemand graue Haare wachsen lassen muss. Wenn die Aufnahme publik wird – und das wird sie ganz bestimmt –, gehen wir auf irgendeine Weise damit um. Valerie wird wissen, wie man den Ball spielen muss.«

»Selbst wenn die Sache durchsickert, bevor dieses Projekt endgültig abgeschlossen ist, obwohl Sie versuchen, dem Publikum weiszumachen, dass etwas zwischen Julian und Marlo läuft?« Eve blickte skeptisch.

»Das ist doch sowieso totaler Quatsch. Vielleicht treibt es die Besucherzahlen in den Kinos anfangs in die Höhe, aber trotzdem ist es Quatsch. Die Sponsoren wollen, dass wir diesen Anschein erwecken, teilweise, weil sie einfach ein schönes Paar sind, und zum Teil, weil die Personen, die sie spielen, im wahren Leben ebenfalls ein wirklich heißes Paar sind, das die Medien und die Öffentlichkeit stets aufs Neue fasziniert.«

Sie verzog den Mund zu einem Lächeln, als Eve schmerzlich das Gesicht verzog. »Wenn Sie kein Interesse daran haben, im Rampenlicht zu stehen, hätten Sie sich besser einen anderen Mann gesucht und wären besser nicht derart gut in Ihrem Job.«

Da hatte Connie leider recht.

»Was hält Ihr Mann von alledem?«

»Ihm hat die Idee gefallen, dass Marlo und Julian so tun, als wären sie auch privat ein Paar. Er hatte das Gefühl, dass ihnen das bei ihrer Arbeit hilft. Aber schließlich wusste er auch nicht, dass etwas zwischen ihr und Matthew läuft. Ich glaube auch nicht, dass jemand anderes etwas davon mitbekommen hat.«

»Wo waren Sie gestern Abend zwischen zehn und Mitternacht?«

»Zu Hause. Wie gesagt, es war ein anstrengender Tag, außerdem hätte ich es unpassend gefunden auszugehen.«

»War Roundtree ebenfalls zu Hause?«

»Ja, natürlich. Verständlicherweise haben sie gestern nicht gedreht. Sie wollten die Security verstärken, und vor allem gab es das Problem, dass noch nicht alle Szenen mit K.T. im Kasten waren. Also haben er, Nadine und der Drehbuchautor über Konferenzschaltung geklärt, wie man die Szenen ändern kann. Nach dem Essen ging er runter in sein Arbeitszimmer, um die abgedrehten Szenen noch einmal durchzugehen und zu gucken, wie man die Veränderungen ohne Brüche eingeflickt bekommt. Ich glaube, er kam erst nach zwei ins Bett, dann ist er um sechs wieder ins Studio gefahren, um mit Joel und zwei der Produzenten zu sprechen, die extra aus Kalifornien gekommen waren.«

»Was haben Sie gemacht, während er bei der Arbeit war?«

»Ich habe einen Droiden ans Telefon gesetzt und darauf programmiert, dass er mich nur im Notfall ruft. Ich hatte von den vielen Anrufern die Nase voll. Also bin ich ins Bett gegangen und wollte dort ein Drehbuch lesen, aber ich fürchte, dass mir schon vor neun die Augen zugefallen sind.«

»Also waren Sie beide in der fraglichen Zeit nicht wirklich zusammen?«, fragte Eve.

Connie sah sie reglos an. »Nein. Falls Sie wissen wollen, ob wir Alibis für die zwei Stunden haben, muss ich das verneinen. Ich habe nicht telefoniert und nach halb neun mit niemandem gesprochen, bis mein Mann so gegen zwei ins Bett gekommen ist und mir das Drehbuch aus der Hand genommen hat.«

»In Ordnung. Vielen Dank, dass Sie mir Ihre Zeit gewidmet haben.«

»Das war alles?«

»Fürs Erste ja. Wenn Sie mir jetzt Roundtree schicken könnten, sehen wir zu, dass er so schnell wie möglich mit der Arbeit weitermachen kann.«

Nachdem Connie sie allein gelassen hatte, machte Eve sich kurz ein paar Notizen und sah sich genauer in dem Zimmer um. An den Wänden waren zahlreiche gerahmte Fotos aufgehängt, auf denen Roundtree mit verschiedenen Schauspielern zu sehen war. Einige der Leute kannte sie, die meisten aber nicht. Außerdem gab es ein Bild von ihm bei irgendwelchen Außenaufnahmen zu einem Film. Er stand auf einem Kran, hatte eine umgedrehte Baseballmütze auf dem Kopf und starrte stirnrunzelnd auf einen Monitor. Einer seiner Oscars stand mit ein paar anderen Auszeichnungen und einem Footballpokal aus seiner Highschoolzeit in Sacramento in einem Regal, und auf dem Schreibtisch hatte er verschiedene Fotos der Familie aufgereiht.

Wie ein schlecht gelaunter Bär stapfte er schließlich durch die Tür. »Ich sollte Sie wahrscheinlich um Verzeihung bitten, aber das können Sie vergessen. Ich kann es nämlich auf den Tod nicht ausstehen, wenn jemand in mein Studio kommt und mir vorschreibt, was ich machen soll.«

»Das habe ich gemerkt.«

»Falls Sie versuchen, die Dreharbeiten einstellen zu lassen, kriegen Sie's mit unseren Anwälten zu tun.«

»Dann regen Sie sich besser einfach ab, setzen sich hin und bringen diese Sache hinter sich, bevor es dazu kommt.«

Er bleckte die Zähne, fing dann aber an zu grinsen und gab unumwunden zu: »Verdammt, Sie gehen mir furchtbar auf den Keks, aber seit sechs Monaten bin ich fast jeden Tag mit Ihnen oder Ihrer Doppelgängerin zusammen, und ich weiß, Sie sind nicht nur entsetzlich stur und zäh, sondern reißen sich den Arsch für Ihre Arbeit auf. So etwas schätze ich.«

»Okay. Wo waren Sie gestern Abend zwischen zehn und Mitternacht?«

»Bei der Arbeit. Ich bin nämlich genauso stur und zäh wie Sie und reiße mir den Arsch genau wie Sie für meine Arbeit auf.«

»Sie waren zu Hause und allein.«

»Ich kann es nicht leiden, wenn mir bei der Arbeit dauernd irgendwer über die Schulter guckt. Verdammt, wir haben ein Problem, das ich auf irgendeine Weise lösen muss. Mein gesamtes Filmteam ist vollkommen durch den Wind. Connie ...« Er ließ sich in einen Sessel sinken, und zum ersten Mal sah Eve ihm die Erschöpfung an. »Sie hat diesen verdammten Pool geliebt.«

Wieder zupfte er an seinem Ziegenbärtchen und erklärte dumpf: »Ich habe sie damit vor zwei Jahren überrascht. Habe ihn bauen lassen, während wir in Kalifornien waren. Sie schwimmt wirklich gern, und wenn wir in New York sind, nutzt sie das verdammte Becken jeden Tag. Jeden Morgen, sogar wenn sie arbeitet und schon um sechs am Set sein muss, dreht sie vorher ihre Runden in dem Pool.«

Der Zorn und die Verbitterung waren seinen leuchtend blauen Augen deutlich anzusehen. »Glauben Sie, dass sie je wieder darin schwimmen kann? Dass sie das Becken je wieder genießen kann? Sie fühlt sich verantwortlich für das, was dort geschehen ist.«

Eve legte ihren Kopf ein wenig schräg. Genau dasselbe hatte Connie über ihn gesagt. »Weil ...?«

»... sie K.T. nach dem Essen ordentlich den Kopf gewaschen hat. Sie hatte diese Party sorgfältig geplant. Es war ihre Idee, Sie alle einzuladen, und jetzt macht sie der Gedanke krank, dass eine Frau auf dem verdammten Fest gestorben ist. Nur den anderen zuliebe hält sie weiter durch. Aber so ist sie nun einmal.«

Er richtete sich wieder auf. »Was ist das für ein Scheiß mit diesem toten Schnüffler, und was hat der Kerl mit uns zu tun?«

»Harris hatte Asner engagiert, damit er eine Kamera in einem Loft in SoHo installiert, in dem Marlo mit Matthew lebt.«

Er riss die Brauen hoch. »Was? Wovon zum Teufel reden Sie?«

Eve erzählte ihm die Dinge, die sie ihm erzählen wollte, und verfolgte, wie er daran nagte, bis er plötzlich aufsprang und durchs Zimmer stapfte wie sie selber, wenn sie zornig war.

»Was haben sich diese Schwachköpfe dabei gedacht? Was interessiert's mich, wenn die beiden miteinander vögeln wie College-Kids während der Frühjahrsferien? Um Himmels willen. Verdammt, ich schwöre Ihnen, wenn das blöde, egoistische, verrückte Weib nicht schon ermordet worden wäre, würde ich ihr dafür eigenhändig an die Gurgel gehen.«

Sie konnte gut verstehen, dass er vor lauter Frust gegen den Schreibtisch trat.

»Warum zum Teufel haben Sie dieses Arschloch Asner nicht verhaftet?«, fauchte er sie wütend an.

»Das hätte ich getan, nur ist es etwas schwierig, einen Typen einzubuchten, der nicht mehr am Leben ist.«

»Verdammt.« Wieder ließ er sich in einen Sessel fallen. »Was für ein verfluchtes Durcheinander.«

»Wie groß wäre der Schaden, wenn die Aufnahme publik würde?«

»Woher, verdammt noch mal, soll ich das wissen? Das Publikum ist unberechenbar. Man bemüht sich, gute Drehbücher und passende Schauspieler auszuwählen, leistet selbst gute Arbeit, und danach wartet man ab. Natürlich wäre es für Marlo, Matthew und wahrscheinlich auch für Julian erst mal etwas peinlich, doch das wäre kein Dauerzustand. Und natürlich würden auch die Produzenten oder wenigstens diejenigen, die Marlo und Julian als Paar vermarktet haben, ziemlich dumm dastehen. Aber davon abgesehen wäre es bestimmt nicht weiter schlimm.«

Wenig später schickte Eve ihn aus dem Raum, und Peabody streckte den Kopf zu ihr herein.

»Wollen Sie wissen, was ich bisher herausgefunden habe?«

Nickend winkte Eve die Partnerin herein.

»Nadine ist immer noch leicht angefressen, weil sie nicht schon eher darauf gekommen ist, dass etwas zwischen den beiden läuft. Sie will auf jeden Fall die Exklusivrechte an der Geschichte, hat selbst mit allen telefoniert, die wir vernommen haben, und war gestern Nachmittag sogar bei Julian im Hotel, um ein Interview mit ihm zu machen. Ich nehme an, Sie wollen wissen, was sie bisher rausgefunden hat. Sie konnte mir kaum etwas Neues erzählen, aber sie buddelt wie ein Terrier, der einen Fuchs gerochen hat.«

»Das hoffe ich.«

»Preston hat ein wasserdichtes Alibi. Carmandy hat bestätigt, dass er bis nach Mitternacht auf ihrem Zimmer war. Natürlich können wir noch überprüfen, ob die Aufnahmen der Kameras aus dem Hotel die Aussage bestätigen, aber ich hatte das Gefühl, dass sie mich nicht belogen hat.«

»Okay.«

»Matthew ist doch vor Ort. Er war in seinem Wohnwagen. Er kam heute früh mit Marlo her. Und Steinburger und Valerie sind ebenfalls im Studio. Sie sitzen in seinem Büro und überlegen, wie sich die Geschichte am geschicktesten den Medien verkaufen lässt.«

»Warum übernehmen Sie nicht die beiden Turteltauben – nacheinander – und knöpfen sich dann Andrea vor? Ich spreche dafür mit Valerie und Steinburger und runde die Vernehmungen mit Julian ab.«

»Meinetwegen. Ich kann Ihnen Valerie gleich rüberschicken, wenn Sie wollen.«

Abermals machte sich Eve Notizen und verband verschiedene Namen miteinander, bis die junge Frau in ihren hochhackigen Schuhen angestöckelt kam. Sie hatte einen Knopf im Ohr, ein Handy sowie einen Handcomputer an einem modernen Gürtel festgemacht und hielt zwei Einwegbecher in der Hand.

»Mango Smoothies«, sagte sie und stellte einen Becher auf den Tisch. »Ich dachte mir, Sie wollten vielleicht auch einen. Also …« Sie nahm Platz, schlug die Beine übereinander und lehnte sich bequem auf ihrem Stuhl zurück. »Was kann ich für Sie tun?«

»Am besten fangen Sie damit an, dass Sie mir erzählen, wo Sie gestern Abend zwischen zehn und Mitternacht gewesen sind.«

Valerie hielt einen Finger in die Luft und klappte ihren Handcomputer auf. »Am besten sehe ich kurz nach. Natürlich stehen meine Termine auch in dem Kalender, der in meiner Aktentasche steckt, aber die steht in Joels Büro. Ich hatte eine Holokonferenz mit Journalisten von der Westküste. Sie hätte um zehn vorbei sein sollen, ging aber gut zehn Minuten länger, weil mich einer der Reporter aufgehalten hat. Um zehn Uhr dreißig hatte mich dann Joel einbestellt. Ich schätze, dass das Brainstorming und die Besprechung von verschiedenen Themen ungefähr bis ein Uhr früh gedauert hat.«

»Von wo aus haben Sie mit den Journalisten konferiert, und wo fand dann das Brainstorming mit Ihrem Vorgesetzten statt?«

»In Joels Zweitwohnung. Ich habe dort im Gästezimmer übernachtet, weil das die Angelegenheit vereinfacht hat.«

»Was für eine Angelegenheit?«

Valerie behielt ihr nettes, etwas selbstzufriedenes Lächeln bei. »Wir haben seit dem Mord an K.T. Harris alle Hände voll zu tun.«

»Wir auch. Gehen Sie mit Joel Steinburger ins Bett?«

»Das ist eine beleidigende Unterstellung.«

»Beleidigend, weil er inzwischen kein Interesse mehr an Ihnen hat? Mir liegen nämlich Aussagen von zwei verschiedenen Zeugen vor, dass Sie einmal seine Geliebte waren.«

»Das geht niemanden etwas an und hat mit dieser Sache nicht das Mindeste zu tun. Mr. Steinburger und ich haben keine sexuelle Beziehung zueinander.«

»Aber Sie hatten einmal eine?«

»Nur ganz kurz. Vor ein paar Monaten. Wir haben diese Phase unserer Beziehung freundschaftlich beendet und uns wieder ganz auf die Zusammenarbeit konzentriert. Das ist alles, was zwischen uns läuft.«

»Uh-huh. Und zwischen halb elf und ein Uhr letzter Nacht haben Sie und Mr. Steinburger in seiner Zweitwohnung zusammen gearbeitet.«

»Genau. Außerdem habe ich noch mit meinem Assistenten

telefoniert. Wir alle legen augenblicklich jede Menge Überstunden ein.«

»Weil K.T. ermordet worden ist.«

»Genau.«

»Wie wollen Sie dem Publikum verkaufen, dass in Wahrheit Matthew und nicht Julian was mit Marlo hat?«

»Verzeihung, wie bitte?«

»Sagen Sie mir, wie viele Überstunden haben Sie K.T.s wegen zu deren Lebzeiten gemacht?«

»Ich weiß nicht, was Sie meinen.«

»Was ich meine, ist, wie haben Sie ihre Suchtprobleme, ihre Drohungen und die Tatsache, dass keiner von den anderen Schauspielern sie auch nur ansatzweise leiden konnte, über Monate hinweg vertuscht?«

»K.T. war eine talentierte Künstlerin. Sie wurde für ihr Werk gefeiert und geachtet, wie oft bei Künstlern hatten Außenstehende häufig kein Verständnis für ihr Temperament.«

»Kauft Ihnen irgendjemand diesen Schwachsinn ab? Erstaunlich.«

Wortlos legte Valerie die Hände in den Schoß.

»Schicken Sie mir eine Liste aller Teilnehmer der Holokonferenz und eine Kopie Ihrer Notizen vom Brainstorming, und sagen Sie Steinburger, dass er jetzt an der Reihe ist«, wies Eve sie an.

»Es wäre uns eine große Hilfe, wenn Joel in seinem eigenen Büro mit Ihnen sprechen könnte. Wir haben heute furchtbar viel zu tun.«

»Meinetwegen. Gehen Sie einfach voraus.«

Bereits nach wenigen Sekunden hatten sie ihr Ziel erreicht.

Ein lächerliches Machtspiel, dachte Eve, als sie, nachdem die junge Frau geklopft und Steinburger »Herein« gerufen hatte, durch die Tür des Zimmers trat. Er saß hinter seinem Schreibtisch, um zu zeigen, dass er sehr beschäftigt war. In den Fernsehern, die an den Wänden hingen, liefen lautlos Nachrichten und Unterhaltungssendungen, der enorm große Schreibtisch war unter den zahlreichen Telefonen, dem Computer und diversen Memowürfeln kaum zu sehen.

Wie bei Roundtree gab's auch hier ein Sofa, Sessel, Auszeichnungen, Fotos und dazu noch einen kleinen Konferenztisch, auf dem Eve die Überreste von verschiedenen Meetings liegen sah.

»Ja, ja, setzen Sie sich. Ich bin sofort bei Ihnen. Valerie, ich weiß nicht, wo zum Teufel Shelby abgeblieben ist. Holen Sie Lieutenant Dallas einen Kaffee.«

»Danke, nein. Sie können gehen«, wandte sich jetzt Eve an Valerie.

»Ich brauche sie für ...«

»Das wird warten müssen«, fiel Eve ihm ins Wort. »Hier geht es um polizeiliche Ermittlungen und nicht um irgendeinen geschäftlichen Termin. Natürlich haben Sie das Recht, entweder einen Anwalt oder Valerie als Beistand zu diesem Verhör hinzuzuziehen, wobei sie nicht verpflichtet wäre, was hier besprochen wird, vertraulich zu behandeln.«

»Es wird nicht lange dauern, Valerie. Wir setzen unsere Arbeit in ...« Er sah auf seine Uhr. »... zwanzig Minuten fort. Du kannst so lange Pause machen.«

»Ich werde in der Nähe bleiben«, sagte Valerie ihm zu, verließ dem Raum und zog die Tür ins Schloss.

»Tut mir leid, wenn ich etwas kurz angebunden bin«, setzte er an. »Wir haben momentan auf allen Ebenen jede Menge Schwierigkeiten, die es zu beheben gilt. Man sagte mir, Sie wären hier, weil irgendein Privatdetektiv ermordet worden ist und weil Sie denken, dass es einen Zusammenhang zwischen diesem und dem Mord an K.T. Harris gibt.«

»Das stimmt. Ich muss wissen, wo Sie gestern Abend zwischen zehn und Mitternacht gewesen sind.«

»Lassen Sie mich überlegen.« Stirnrunzelnd ging er seinen Terminkalender durch. »Ich habe Valeries Pressekonferenz mit Journalisten von der Westküste verfolgt. Es war eine Holokonferenz. Sie ging von neun bis zehn. Danach sind wir die Konferenz noch einmal zusammen durchgegangen und haben sehr viel Zeit damit verbracht zu überlegen, wie mit dieser Angelegenheit am besten umzugehen ist.«

»Schon wieder dieses Wort.«

»Wie bitte?«

»Fahren Sie fort.«

»Wir haben überlegt, erst hier im Studio und dann noch an der Westküste eine Gedenkfeier für Harris abzuhalten.« Er lehnte sich zurück und schwang mit seinem Sessel hin und her. »Wir haben überlegt, wie wir auf ihre Ermordung reagieren sollen und welche Interviews wir geben oder geben lassen sollen. Es war ein arbeitsintensiver Tag, denn vorher hatte ich bereits mit Roundtree und mit ein paar anderen überlegt, was am Drehbuch und an den bereits gedrehten Szenen geändert werden muss. Ich glaube, Valerie und ich hatten bis gegen eins zu tun. Ich lebe momentan vor allem von Kaffee und *Hallo Wach*.«

»Valerie hat die vergangene Nacht im Gästezimmer Ihrer New Yorker Wohnung zugebracht.«

»Wir haben bis nachts gearbeitet und wollten heute möglichst zeitig weitermachen.«

»Haben Sie im Rahmen Ihrer Nachtschicht überlegt, wie Sie den Medien die Beziehung zwischen Marlo Durn und Matthew Zank verkaufen sollen?«

»Sie meinen, die Beziehung zwischen ihr und Julian.«

Sie stand auf und wandte sich zum Gehen. »Nein, das meine ich nicht. Vielen Dank, dass Sie mir Ihre Zeit geopfert haben.«

Auf dem Weg zur Tür blieb sie noch einmal stehen. »Eine Frage noch. Haben Sie einen eigenen Wagen in New York?«

»Ja, ich habe einen eigenen Wagen, aber meistens lasse ich mich von den Fahrern unseres Studios fahren, weil ich dann unterwegs schon meine Arbeit machen kann. Warum?«

»Nur so.«

Damit trat sie wieder in den Flur hinaus.

Roundtree, Connie und auch Steinburger besaßen also eigene Autos, und es wäre sicherlich nicht weiter schwierig herauszufinden, ob von jemand anderem ein Fahrzeug angemietet worden war.

Wieder meldete sie sich bei ihrer Partnerin. »Als Nächstes sehen wir uns in Asners Wohnung um. Was haben Sie herausgefunden?«

»Weder Julian noch Andi haben ein Alibi für letzte Nacht. Beide haben ausgesagt, sie hätten sich in ihren Hotelzimmern verkrochen, um den Journalisten zu entgehen. Andi hat mit ihrem Mann gesprochen, allerdings schon gegen neun. Er kommt heute nach New York, damit sie nicht allein ist. Und Julian hat eingeräumt – oder behauptet –, dass er eine Flasche Wein getrunken und ein Schlafmittel genommen hat. Im Verlauf des Abends hat er mehrere von seinen Freunden kontaktiert, wusste aber wegen des genossenen Alkohols und des Beruhigungsmittels nicht mehr sicher, wen und wann. Dann hat er sein Handy fallen lassen, und weil es dabei kaputtgegangen ist, hat er es entsorgt.«

»Das nenne ich praktisch.«

»Allerdings. Und was haben Sie herausgefunden?«

»Connie war sehr ruhig und voller Mitgefühl. Es hat echt auf mich gewirkt, aber natürlich weiß man nie ... Roundtree war erst furchtbar angepisst, aber auch seine Überraschung wirkte echt, als er von unseren beiden M erfuhr. Connie wusste es bereits. Marlo hat ihr gestern alles anvertraut. Die Roundtrees haben zwei Autos in New York und waren zur fraglichen Zeit zwar beide zu Hause, aber in verschiedenen Bereichen ihres Hauses unterwegs.«

»Sie haben also keine Alibis.«

»Nein. Valerie und Steinburger haben ausgesagt, sie hätten bis eins zusammen gearbeitet. Ihre Geschichten stimmen überein. Aus meiner Sicht etwas zu gut.«

»Aber hallo.«

»Weil's praktisch ist, hat er sie danach in seinem Gästezimmer einquartiert.«

»Aber hallo hallo.«

»Er hat ebenfalls ein eigenes Fahrzeug in New York. Am interessantesten aber fand ich zu sehen, was für grottenschlechte Schauspieler die beiden sind. Am besten bleiben sie bei ihren bisherigen Jobs. Valerie weiß ganz genau, was innerhalb und außerhalb des Studios abgeht, trotzdem hat sie so getan, als hätte sie nichts davon mitbekommen, dass etwas zwischen unseren beiden Turteltauben läuft. Das hätte ich ihr vielleicht sogar abgekauft, nur dass die Frau einfach nicht lügen kann. Und wenn sie etwas davon wusste, hat auch Steinburger es gewusst. Also hat er mich ebenfalls belogen, aber nicht einmal so getan, als wäre er von dieser Nachricht überrasc.ht. Er hat es einfach hingenommen.«

»Ein drittes Hallo wäre vielleicht doch etwas zu viel.«

»Ich glaube auch. Und jetzt lassen Sie uns sehen, ob uns Asners Wohnung irgendetwas verrät.«

15

Anders als am frühen Morgen war es mittags völlig ruhig in Asners Haus. Wahrscheinlich waren sämtliche Bewohner in der Schule, bei der Arbeit, einkaufen oder aus anderen Gründen unterwegs.

Sie löste das Siegel von der Wohnungstür, trat ein und stellte fest, dass – aus welchem Grund auch immer – offenbar auch im Apartment ihres zweiten Opfers bereits jemand anderes unterwegs gewesen war.

»Also, entweder war A ein echter Messie, oder jemand war schon vor uns hier.« Mit gespitzten Lippen schaute sich auch Peabody im Chaos des winzigen Wohnraums um.

Der Inhalt der Schränke und der Schubladen war auf dem Fußboden verstreut, wie Eingeweide quoll schlaffes, graues Füllmaterial aus zerfetzten Kissen eines Sessels und einer alten Couch.

»Ich glaube nicht, dass jetzt noch jemand hier ist, trotzdem sollten wir auf Nummer sicher gehen.« Eve zückte ihre Waffe und trat durch die Tür des kleinen Schlafzimmers.

Es hätte wahrscheinlich nichts genützt, wenn sie zuerst hierhergekommen wären, dachte sie und steckte ihre Waffe wieder ein. Aber verdammt, natürlich war es ärgerlich, dass ihnen irgendwer zuvorgekommen war.

»Der Killer wollte sichergehen, dass er sämtliche Kopien der Aufnahme hat. Vielleicht hatte Asner das Original auch nicht im Büro. Auf jeden Fall war er sehr gründlich und vorsichtig«, bemerkte sie. »Trotz des Durcheinanders, das er angerichtet hat, hat er die Sachen nicht herumgeworfen und die Möbelstücke nicht verrückt, denn vielleicht hätte sich ja irgendwer über den nächtlichen Lärm beschwert.«

»Er hat Asner umgebracht, das Büro durchsucht und Asners Brieftasche und Schlüssel eingesteckt. Also …«

»Ja. Außerdem habe ich etwas übersehen. Der Killer hätte gar kein eigenes Fahrzeug gebraucht. Ein Detektiv ist ohne eigenen Wagen aufgeschmissen, also hätte er ja einfach Asners Wagen nehmen können, um das Zeug aus dem Büro zu transportieren.«

Sie ging die Szene in Gedanken durch. »Er hat die Sachen eingeladen, ist hierhergefahren, hat die Wohnung auf den Kopf gestellt und dann die Kiste und die elektronischen Geräte irgendwo entsorgt. Er war wirklich gründlich. Aber schließlich hatte er vor diesem Mord ja auch genügend Zeit, um sich einen Plan zurechtzulegen.«

»Trotzdem war er dumm.« Peabody stieß mit dem Fuß gegen einen Haufen Müll aus einer Schublade. »Schließlich sind auf diesem Film nur zwei Schauspieler beim Sex zu sehen. Das ist den ganzen Aufwand doch bestimmt nicht wert.«

»Sie haben recht, das wirkt nicht gerade schlau. Er hat es in jeder Hinsicht übertrieben. Also gibt es noch etwas anderes, was ihm gefährlich werden kann. Vielleicht hatte Asner ja noch einen anderen Auftrag von K.T. und hat etwas über den Killer herausgefunden. Vielleicht drehen wir uns bei der Suche nach dem Film ja hoffnungslos im Kreis. Vielleicht ist der nur ein Ablenkungsmanöver oder nicht das Einzige, worum es geht.«

»Sie hat ganz schön viel für diesen Job bezahlt.«

»Also war es vielleicht ein Fünfziger pro Job. Verdammt.« Eve stemmte die Hände in die Hüften und sah sich noch einmal um. »Wie gesagt, wir drehen uns im Kreis. Bestellen Sie die Spurensicherung, dann können wir selbst uns die Mühe sparen, uns hier gründlich umzusehen. Außerdem müssen wir herausfinden, ob Asner wirklich einen Wagen hatte, und wenn ja, wo er geblieben ist. Die Spusisoll Sensoren mitbringen. Vielleicht hatte Asner ein Versteck, das der Killer nicht gefunden hat. Die Computer und die Links hat er anscheinend eingesackt. Das heißt, er hat auch hier einen Berg von Sachen aus dem Haus geschleppt. Wenn wir Glück haben, hat irgendjemand beobachtet, wie er den Plunder eingeladen hat.«

Sie brauchten jede Menge Zeit, um herauszufinden, dass weder vor Asners Privatadresse noch vor dem Bürogebäude irgendjemand etwas gehört oder gesehen hatte, mit Rabattgutscheinen des Tattoo-Studios in ihren Taschen machten sie sich wieder auf den Weg.

»Ich habe schon darüber nachgedacht.«

»Worüber?«

»Über ein Tattoo«, erklärte Peabody. »Natürlich nur ein winzig kleines. Irgendetwas Witziges oder Bedeutsames oder ...«

»Warum sollten Sie jemanden dafür bezahlen, dass er Ihnen wehtut?«

»Wenn Sie es so formulieren ...«

»Bleiben Sie einfach bei abziehbaren Tattoos«, empfahl ihr Eve, bevor das Schrillen des Handys sie unterbrach.

Sie meldete sich, hörte zu und bat den Anrufer: »Schaffen Sie die Kiste in die Werkstatt des Reviers, damit man sie auf Spuren untersucht.« Sie legte wieder auf und wandte sich erneut an ihre Partnerin. »Sie haben Asners Wagen beim Yachthafen Battery Park gefunden.«

»Beim Yachthafen? Dann hat er womöglich das andere Zeug im Meer versenkt.«

»Kann sein. Vielleicht sollten wir überprüfen, welcher unserer Freunde hier ein Boot im Hafen liegen hat. Denn was wäre noch einfacher, als das Zeug vom Ufer aus ins Meer zu schmeißen?«

»Vorher ein Stück hinauszufahren, damit's ganz sicher nicht gefunden wird.«

»Vielleicht hat unser Killer diesmal ja sein Hirn benutzt. Jetzt fahren wir erst einmal auf die Wache«, fügte sie hinzu, denn um ihr eigenes Hirn zu nutzen, legte sie am besten ihre Füße auf der Schreibtischplatte ab und trank eine Tasse ihres eigenen köstlichen Kaffees.

Inzwischen hatte Morris seinen Bericht geschickt, und während sie ihn las, wünschte sie, sie hätte Zeit gehabt, um kurz bei ihm vorbeizufahren. Der schriftliche Bericht bestätigte, dass Asner mit der Falkenstatue erschlagen worden war. Die Rekonstruktion des Tathergangs wies auf vier harte Schläge hin, obwohl er bereits nach den ersten beiden Schlägen tot war.

Kurz vor seinem Tod hatte der Detektiv mehrere Gläser Bourbon konsumiert, abgesehen von dem eingeschlagenen Schädel gab es keine anderen Spuren eines Kampfs oder von Gewalt.

Eve hängte den Bericht, Asners Bild und Aufnahmen des Tatorts und der Wohnung an der Tafel auf.

Dann holte sie sich einen Becher Kaffee, nahm in ihrem Schreibtischsessel Platz, legte die Füße auf den Tisch und sah sich die Tafel an.

Es gab alle möglichen Arten von Verbindungen und Querverbindungen. Zahlreiche verschiedene Persönlichkeiten. Es ging in diesem Fall auch um Sex, Geld und Ruhm.

Also erst einmal zum Sex.

Es gab eine direkte Verbindung zwischen Harris, Julian und Matthew sowie eine indirekte zwischen ihr und Preston, denn sie hatte ihm mit einer Anzeige wegen sexueller Belästigung gedroht. Am besten überprüfte Eve also noch einmal Prestons Alibi, denn in einer festgefügten Gruppe kam es durchaus vor, dass einer für den anderen log.

Vielleicht hatte Harris ja auch noch zu anderen Verdächtigen in Sex begründete Verbindungen gehabt. Sex war schließlich immer eine Möglichkeit.

Ebenso verband der Sex Marlo direkt mit Matthew sowie indirekt aufgrund des Medienhypes mit Julian, was hieß, dass Marlo – wenn, dann natürlich ebenfalls nur indirekt – auch mit K.T. durch Sex verbunden war.

Auch der aufbrausende Roundtree und die mütterliche Connie waren durch Sex verbunden. Vielleicht hatte einer von den beiden ja einen Seitensprung mit dem Opfer oder sonst wem aus dem Team gewagt. Das angebliche Verhältnis zwischen Roundtree und K.T. sowie die angebliche Affäre zwischen ihm und Marlo waren nicht belegt.

Anders als das entweder beendete oder noch immer bestehende Verhältnis zwischen Steinburger und Valerie. Harris hatte das Talent gehabt, so lange im Dreck zu wühlen, bis sie etwas fand. Wahrscheinlich hatte sie also Bescheid gewusst und die Information auf irgendeine Art benutzen wollen.

Offenbar wies einzig die Verbindung zwischen ihr und Andi keine sexuelle Komponente auf.

War es zwischen den beiden vielleicht eher um Geld gegangen?

Nein, so fühlte es sich irgendwie nicht an. Diese Leute hatten alle Geld, auch wenn es manchen nie zu reichen schien. Außerdem waren Besucherzahlen, also Einnahmen, der Grund dafür, dass die PR-Abteilung tat, als wären Julian und Marlo auch privat ein Paar, und dass man vertuschte, dass die Arbeit mit K.T. nicht gerade leicht gewesen war.

Also ging es vielleicht tatsächlich um Geld. Am besten fände sie heraus, wie wichtig dieser Punkt für alle Beteiligten war.

Ruhm. Der war wie Sex, nicht wahr? Ein Bedürfnis und ein Kick, vor allem für Menschen dieses Typs. Sie sehnten sich danach, berühmt zu sein, zu bleiben und ihre Berühmtheit möglichst noch zu steigern. Genau wie Sex und Geld verlieh Berühmtheit Macht. Man konnte sie benutzen, um Macht auszuüben und um andere zu kontrollieren.

Verdammt, sagte sie sich, ich drehe mich die ganze Zeit im Kreis. Aber ...

Sex, Geld, Ruhm und Macht. In diesem Ambiente lebten alle diese Menschen und gingen ihrer Arbeit nach. Alle diese Komponenten könnte man als Waffe nutzen, weil niemand völlig unverwundbar war, wenn es um Sex, Geld, Ruhm und Macht ging. Diese Dinge hatte man nicht auf Dauer sicher, all diese Dinge konnte man verlieren.

Ein mögliches Motiv wäre also Machterhalt um jeden Preis.

Der erste Mord war im Affekt geschehen. Entweder aus Zorn oder weil das Opfer ungeschickt gefallen war. Aus einem Impuls oder aus Berechnung heraus war es dann in den Pool geworfen worden. Es war schnell gegangen, weil sich die Gelegenheit ergeben hatte, ohne langes Überlegen, ohne echten Plan.

Doch der zweite Mord, bei dem viermal auf Asner eingedroschen worden war, deutete auf Zorn und gleichzeitig Verzweiflung hin. Der Täter war von hinten auf das Opfer losgegangen, statt ihm dabei ins Gesicht zu sehen. Er hatte wieder eine Gelegenheit genutzt und sich die schwere Statue geschnappt. Aber er war gleichzeitig auch vorsichtig und durchaus umsichtig vorgegangen, denn er hatte alle elektronischen Geräte seines Opfers aus dessen Büro und der Wohnung weggeschafft. Dabei war er ein Wagnis eingegangen, denn er musste eine Aufgabe erfüllen, er hatte einen Plan gehabt.

Wobei es sicherlich um mehr als eine Aufnahme gegangen war, auf der zwei ungebundene Menschen, die sich liebten, zusammen im Bett zu sehen waren.

Vielleicht käme noch Erpressung zu dem Sex, dem Geld, dem Ruhm, der Macht hinzu.

»Dallas?«

Stirnrunzelnd hob sie den Kopf, als Peabody in ihrer Tür erschien. »Ich habe zu tun.«

»Ich weiß, aber K.T. Harris' Bruder ist gekommen und hat mich gefragt, ob er Sie sprechen kann. Er kommt direkt aus dem Leichenschauhaus. Morgen wird die Leiche freigegeben, und ich dachte, dass Sie vielleicht mit ihm reden wollen, aber wahrscheinlich nicht hier.«

Eve blickte auf die Tafel mit den Aufnahmen des Tatorts und der toten Frau.

»Lassen Sie ihn in die Cafeteria bringen. Ich bin sofort da.«

Sie blieb noch kurz am Schreibtisch sitzen, rief die Daten der Familie Harris auf, damit ihr während des Gesprächs kein Fehler unterlief, stand auf und nahm zum ersten Mal die regennasse Scheibe ihres kleinen Fensters war. Sie war derart in ihre Überlegungen vertieft gewesen, dass der einsetzende Regen ihr entgangen war.

Als sie in die Cafeteria mit den Süßwaren- und Getränkeautomaten, den verkratzten Tischen und den wackeligen Stühlen kam, entdeckte sie den Mann sofort. Brice van Horn sah nicht einmal ansatzweise wie ein Bulle aus. Der große, breitschultrige Mann saß stirnrunzelnd an einem Tisch vor einer Dose Ginger Ale.

Er hatte frisch geschnittenes, kurzes, dunkles Haar, eine Haut wie Leder, und mit einer Jeans, einem karierten Hemd und ausgelatschten Stiefeln sah er wie der Inbegriff des hart arbeitenden Farmers aus.

Als sie zu ihm an den Tisch trat, sah er auf. Seine Augen waren genauso blau wie die verwaschene Jeans, und da er sie wahrscheinlich oft wegen der hellen Sonne auf dem Feld zusammenkniff, breiteten sich drum herum zwei Netze feiner Fältchen aus.

»Mr. van Horn, ich bin Lieutenant Dallas«, stellte sie sich vor.

»Ma'am.« Er sprang auf und zog den zweiten Stuhl am Tisch zurück. Sie brauchte einen Augenblick, bis sie verstand, dass er ihn für sie hervorgezogen hatte, aber schließlich nahmen erst sie und dann er selber wieder Platz.

»Mein aufrichtiges Beileid zu Ihrem Verlust«, eröffnete sie das Gespräch.

»Wir haben Katie schon vor langer Zeit verloren, aber trotzdem vielen Dank.« Er räusperte sich kurz und verschränkte seine großen, schwielenübersäten Hände auf dem Tisch. »Ich hatte das Gefühl, dass ich herkommen sollte, damit meine Ma ... ich nehme an, am Ende spielt es keine Rolle, was ein Kind tut oder nicht. Die Liebe einer Mutter endet nie. Ich wollte nicht, dass sie die Reise macht, also habe ich gesagt, sie soll bei meiner Frau und den Kindern bleiben, um auf der Farm zu helfen, und ich würde Katie holen.«

Er starrte wieder auf sein Ginger Ale, hob die Dose aber nicht an den Mund. »Ich war in diesem Haus, in dem sie liegt. Der Arzt dort ...«

»Dr. Morris.«

»Richtig, Dr. Morris. Er und alle anderen waren sehr nett zu mir. Ich bin zum ersten Mal in New York, und ich hätte nicht gedacht, dass die Leute hier so freundlich sind. Man sollte keine Vorurteile gegenüber Orten und vor allem Menschen haben, die man gar nicht kennt, aber ...«

»New York ist eine andere Welt als Iowa.«

»Auf jeden Fall.« Der Hauch eines Lächelns huschte über sein Gesicht, doch gleich darauf wurde er wieder ernst. »Ich weiß, dass Sie sich jetzt um Katie kümmern.«

»Ja.«

»Dafür wollte ich Ihnen danken. Katie, sie war eine harte Frau, aber sie war meine Schwester. Wissen Sie, ich habe sie zum letzten Mal vor über fünf Jahren gesehen. Das kann ich nicht mehr ändern. Und ich kann auch nicht mehr ändern, dass ich über all die Jahre wütend auf sie war. Trotzdem hat sie es nicht verdient, auf diese Art zu sterben. Wissen Sie, wer sie getötet hat?«

»Wir gehen allen Spuren nach.« Er sah furchtbar traurig aus, erkannte sie, groß, fehl am Platz und unglaublich verloren. »Ich glaube, ich kenne den Täter, auch wenn ich es bisher noch nicht beweisen kann. Aber ich arbeite daran. Wir werden alles in unserer Macht Stehende tun, um ihren Mörder zu überführen, damit Ihre Schwester Gerechtigkeit erfährt.«

»Mehr können Sie nicht tun. Trotz allem, was Katie getan hat, hat meine Ma die ganzen Jahre ganz genau verfolgt, was sie getrieben hat. Sie hat sich alle ihre Filme angesehen und mir erzählt, als Letztes hätte Katie einen Film gedreht, in dem es um Ihr Leben geht.«

»Nicht um mein Leben«, korrigierte Eve. »Um einen meiner Fälle.«

»Sie haben gesagt, Sie wären vor Ort gewesen, als sie starb.«

»Das stimmt.«

Er nickte kurz und sah an ihr vorbei. »Ma will sie bei uns daheim beerdigen. Katie hat ihre Heimat gehasst, aber Ma will es nun einmal so, also ... Haben Sie sie gekannt?«

»Nicht wirklich.«

»Tja, ich nehme an, so ging's uns auch – zumindest in den letzten Jahren. Wir haben sie nur gekannt, bevor sie weggegangen ist.« Jetzt nahm er einen Schluck von seinem Ginger Ale und stellte dann die Dose wieder auf den Tisch. »Mein Vater war ein harter Mann. Er hatte ein hartes Leben und einen harten Tod. Aber Katie hat ihn abgöttisch geliebt. Wobei ich keine Ahnung habe, ob es wirklich Liebe war. Sie war ihm sehr ähnlich, und ich schätze, dass sie so geworden ist, weil sie ihn liebte.«

Eve hörte schweigend weiter zu. Wenn er darüber reden musste, würde sie vielleicht erfahren, wie aus K.T. ein derart schlechter Mensch geworden war.

»Er hat meine Ma geschlagen. Er war so groß wie ich. Ich meine, wie ich heute bin. Mutter war anders. Sie hat immer gesagt, ich soll auf Katie aufpassen, weil Katie jünger war als ich. Wenn er betrunken heimkam und herumkrakeelt hat, hat sie mir immer gesagt, ich sollte Katie wegbringen. Ich war damals noch ein Kind. Ich konnte meiner Ma nicht helfen, damals nicht. Und Katie? Sie hat seine Nähe regelrecht gesucht.«

Er presste die Lippen aufeinander, schüttelte den Kopf und fuhr mit rauer Stimme fort: »In Katies Augen konnte er nichts falsch machen, nicht einmal, wenn er unsere Mutter blutig schlug. Das fand sie ganz normal. Als sie etwas älter wurde, fing sie an, ihm Dinge zu erzählen, zum Beispiel wenn Ma sich ihrer Meinung nach zu lange mit einer Freundin unterhalten oder irgendeine Hausarbeit vergessen hat. Manchmal hat sie sich auch einfach etwas ausgedacht, damit er auf Ma losgeht, vor allem, wenn Ma ihr irgendetwas verboten oder wenn sie irgendetwas nicht von ihr bekommen hat.«

Sie hatte also früh gelernt, erkannte Eve. Wenn man sich mit den Mächtigen gutstellt, erwirbt man selber Macht.

»Er hat Katie seine Prinzessin genannt und meinte, dass sie besser ist als alle anderen und losziehen soll, um sich alles zu holen, was sie will. Den Ratschlag hat sie beherzigt. Sie war damals noch ein Kind, vielleicht war's nicht nur ihre Schuld. Er hat ihr Sachen gekauft und sie dafür belohnt, dass sie Ma angeschwärzt hat. Am Ende war es so, dass Ma Katie praktisch immer nachgegeben hat. Was man ihr nicht verdenken kann. Aber Katie wollte immer mehr, nie war es genug.«

»Das war für Sie bestimmt nicht leicht«, bemerkte Eve. »Sie standen zwischen allen Stühlen, und Sie hatten nicht die Macht, um diese Verhaltensmuster zu beenden.«

»Eines Tages dachte ich, ich wäre groß genug, um ihn zu stoppen. Aber das war ich nicht, er hat mich damals so schlimm verprügelt, dass ich tagelang Blut gepinkelt habe – bitte verzeihen Sie die Ausdrucksweise.«

»Kein Problem. Und da hat Ihre Mutter ihn verlassen?«

»Ich nehme an, Sie kennen die Geschichte schon aus den Akten. Dass er sie schlug, war sie hinlänglich gewöhnt, aber als er dann auch auf mich losging, hat sie die Notbremse gezogen. Sie wartete, bis er betrunken eingeschlafen war, dann fuhr sie mit mir ins Krankenhaus und rief die Polizei. Katie hat geschrien, Ma wäre eine Lügnerin, und ihr Daddy hätte mich nicht angerührt. Die Leute in der Gegend kannten meinen Vater gut genug, um ihr nicht zu glauben, außerdem bewiesen seine aufgerissenen Knöchel, dass er auf mich losgegangen war. Also hat sie die Geschichte abgewandelt und behauptet, er hätte sie beschützt, denn ich hätte versucht, mich an sie heranzumachen.« Wieder hob er seine Dose an den Mund, schüttelte den Kopf und starrte vor sich auf den Tisch.

»Meine eigene Schwester. Aber auch diese Geschichte hat ihr keiner geglaubt, also hat sie sich etwas anderes ausgedacht. Aber die Verantwortlichen haben nachgehakt, haben Katie untersucht, und als all das nichts ergeben hat, haben sie unseren Vater am Ende eingesperrt.«

»Und Ihre Mutter brachte Sie nach Iowa.«

»Ja, sie hat gepackt und ist so schnell wie möglich abgehauen. Sie hatte mit einer Frau vom Sozialamt gesprochen, von der hatte sie eine Adresse, wo wir erst einmal unterkommen konnten, bis wir wussten, wie es weitergehen soll. Ich musste fast eine Woche in der Klinik bleiben, aber als ich reisen konnte, sind wir sofort weggezogen. Katie hat Ma und sicherlich auch mich dafür gehasst, denn sie hat uns das Leben weiter schwer gemacht. Aber sie musste bei uns bleiben, in die Schule gehen und eine Therapie machen, weil das von einem Richter angeordnet worden war. Außerdem wollte unser Vater sowieso nichts mehr mit uns zu tun haben, als er aus dem Gefängnis kam. Nicht einmal mit Katie, wofür sie natürlich unserer Ma die Schuld gegeben hat.«

Er blickte wieder auf. »Ich werde Ihnen etwas sagen, Ma'am. Bis zu unserer Flucht war nicht eine Woche vergangen, ohne dass der Kerl auf unsere Mutter losgegangen war. Wie konnte Katie ihr einen Vorwurf machen, weil sie endlich den Mann verließ, der sie regelmäßig grün und blau geschlagen hat?«

»Das weiß ich nicht. Ich nehme an, für manche Menschen ist Gewalt ein Lebensstil. Sie finden sie normal.«

»Da haben Sie wahrscheinlich recht. Wie dem auch sei, er geriet nach seiner Entlassung gleich wieder in Schwierigkeiten, hat sich offenbar mit einem Typen angelegt, der noch gemeiner war als er selbst, der hat ihn dann umgebracht. Wofür Katie uns ebenfalls die Schuld gegeben hat. Ich schätze, dass es für sie normal war, stets die Schuld bei anderen zu suchen, ganz egal, worum es ging. Schließlich hatte sie selber Schwierigkeiten in der Schule, bestahl ihre Mitschüler, fing an zu trinken, rauchte Zoner oder was auch immer greifbar war. Dann ging sie nach Kalifornien. Ma hatte unsere Namen offiziell geändert, aber Katie nahm in Kalifornien wieder ihren alten Namen, den von unserem Vater an. Das sagt aus meiner Sicht schon sehr viel aus.« Er starrte auf seine Hände. »Ich weiß nicht, warum ich Ihnen das alles erzähle.«

»Es hilft mir zu erfahren, wer sie war. Was auch immer sie getan hat, es hilft mir zu erkennen, wer sie war. Und das hilft mir herauszufinden, von wem sie getötet worden ist.«

Sie konnte sehen, dass er um Fassung rang, doch schließlich meinte er: »Ich weiß nicht, was ich empfinden soll. Meine Ma trauert um sie, aber das kann ich einfach nicht. Ich kann um meine eigene Schwester nicht trauern.«

»Sie haben den ganzen weiten Weg auf sich genommen, um sie heimzuholen. Das sagt doch etwas aus.«

Eine vereinzelte Träne kullerte ihm über das Gesicht. »Ich mache das nicht für Katie, sondern weil es meiner Mutter wichtig ist.«

»Das spielt keine Rolle. Sie sind extra hergekommen, und Sie nehmen sie mit heim.«

Seufzend klappte er die Augen zu. »Vor der Geburt von unserem ersten Kind hatte ich fürchterliche Angst. Ich hatte Angst, ich würde so, wie er war. Dass ich das einfach in mir hätte, denn Katie hatte das schließlich auch. Doch als ich meinen Jungen in den Armen hielt, war ich plötzlich sicher, dass ich nicht so bin.« Er verschränkte seine Arme vor der Brust, als wiege er ein kleines Kind. »Und ich konnte einfach nicht verstehen, wie ein Vater je ... Ich würde mir eher den Arm abhacken, als jemals auf meine Frau oder auf meine Kinder loszugehen. Das schwöre ich bei Gott. Aber Katie konnte nicht anders sein. Jetzt wurde sie getötet, so wie unser Vater auch. Hat es von Anfang an so kommen sollen, war ihr das vorherbestimmt?«

»Nein, ich glaube nicht. Niemand hat das Recht, sie umzubringen. Sie hat falsche Entscheidungen getroffen, und es ist für Sie bestimmt nicht leicht, sich damit zu versöhnen. Aber auch ihr Mörder hat bewusst entschieden, auf sie loszugehen. Ich werde alles tun, damit er dafür bezahlt.«

»Ich schätze, das musste ich hören. Ich schätze, deshalb habe ich Sie hier besucht. Wenn ich das meiner Ma erzähle, ist ihr das bestimmt ein Trost.«

»Das hoffe ich.«

Wieder stieß er einen Seufzer aus. »Jetzt sollte ich langsam überlegen, was ich mit mir anstellen soll, bis ich morgen wieder fahre.«

»Sie haben zwei Kinder, richtig?«

»Einen Sohn und eine Tochter, das dritte Kind ist unterwegs.«

Sie zog ihre letzte Karte aus der Tasche, nahm sich vor, bald neue einzustecken, und drehte sie um. »Es gibt da einen Jungen.

Tiko«, sagte sie und schrieb ihm die Adresse auf. »Er steht immer an einer Straßenecke in der Innenstadt und verkauft Tücher und so Zeug. Er ist ein anständiger Kerl. Kaufen Sie Ihrer Frau und Ihrer Mutter doch ein Tuch. Richten Sie Tiko Grüße von mir aus, dann macht er Ihnen einen guten Preis. Und fragen Sie ihn, wo Sie günstig ein paar Souvenirs für Ihre Kinder kriegen. Er wird wissen, wo Sie hingehen können.«

»Vielen Dank. Das mache ich.«

»Wenn nötig, rufen Sie mich gerne noch mal an. Die Nummer steht ganz unten auf der Karte.«

»Niemand sollte sagen, die New Yorker wären kalt und unfreundlich. Sie sind sehr nett zu mir.«

»Sagen Sie das bloß nicht weiter, schließlich haben wir New Yorker einen Ruf zu wahren.«

Als sie durch die Tür ihrer Abteilung trat, erhob sich Peabody von ihrem Platz und sah sie fragend an. »Wie ist es gelaufen?«

»Es geht ihm ziemlich schlecht. Er hat Schuldgefühle, weil er denkt, dass er nicht trauert, doch in Wahrheit tut er das. Er ist das genaue Gegenteil von seiner Schwester. Er ist wie ein großer, starker Baum, und sie ist wie die giftige Schlingpflanze, die sich um seine Äste rankt. Er hat mir ein paar interessante Dinge über sie erzählt.«

»Wenn jemand ihre Psyche kennt, dann sicher er. Apropos Psyche, Mira wartet in Ihrem Büro.«

»Verdammt. Ich hatte vollkommen vergessen, dass ich mit ihr sprechen wollte.«

»Kein Problem. Sie ist erst seit ein paar Minuten da. Sie war gerade in der Nähe, und sie hat gesagt, sie hätte einfach nur mal kurz vorbeischauen wollen.«

»Also gut. Fragen Sie in der Werkstatt, ob sie irgendwas gefunden haben. Vielleicht hat ja unser Mörder irgendwelche Spuren in Asners Wagen hinterlassen. Und fragen Sie die Spurensicherung, ob in Asners Wohnung DNA-Spuren von jemand anderem als ihm stammen.«

»Wird erledigt. Übrigens hat niemand aus dem Filmteam hier ein Boot im Hafen liegen.«

»Mist.«

»Aber Roundtree und Steinburger haben beide Yachten in L.A., und Julian, Matthew und Andrea Smythe kennen sich mit Segelboten aus. Sie und ihr Mann haben eine Motoryacht in den Hamptons, und ich dachte, vielleicht hat ja einer aus dem Team eine Freundin oder einen Freund, die oder der hier ein Boot im Hafen hat, und hat sich dieses Boot geborgt. Oder vielleicht hat der Täter ja auch einfach eins geklaut und ist damit rausgefahren.«

»Gute Überlegung. Gehen Sie der Sache weiter nach.«

»Kann ich Ian nehmen?«

»Habe ich nicht gesagt, dass ich von Ihrem Liebesleben nichts mehr hören will?«

»Haha. Ich muss jede Menge Unterlagen und Dateien durchgehen, und er hat's einfach drauf. Huch, ich hoffe nur, Sie denken nicht, ich spiele schon wieder auf unser Liebesleben an.«

»Haha. Fragen Sie Feeney, ob er ihn entbehren kann. Und dann legen Sie beide los. Was die allerletzte Anspielung auf Ihr verfluchtes Liebesleben ist.«

Sie ging in ihr Büro und sah, dass Mira vor dem winzig kleinen Fenster stand.

»Was für ein tristes Wetter«, meinte die. »Bei diesem Regen wird die Fahrt nach Hause sicherlich die Hölle.«

»Das ist dann der gerechte Ausgleich für die stressfreie Fahrt von heute früh. Tut mir leid, dass ich Sie habe warten lassen. Ich wäre auch zu Ihnen gekommen.«

»Ich war sowieso ganz in der Nähe, und Peabody hat mir erzählt, dass Sie mit K.T. Harris' Bruder sprechen.« Attraktiv wie eh und je in pastellfarbenem Kostüm und mit ihrer Lieblingsperlenkette, drehte sich die Psychologin zu ihr um. »Was bestimmt nicht stressfrei war.«

»Er ist ein wirklich anständiger Mann, der sich mit Selbstvorwürfen quält, weil seine Schwester keine wirklich anständige Frau gewesen ist. Sein Vater hat die Mutter regelmäßig grün und blau geschlagen, und die Schwester hat nicht nur zu ihm gehalten, sondern ihre Mutter auch noch bei ihm angeschwärzt, damit er seine Frau verprügelt und sie selbst für ihre Loyalität belohnt. Irgendwann war der Sohn dann so groß, dass er versucht hat, ihn zu stoppen, wofür er im Krankenhaus gelandet ist. Daraufhin hat die Mutter seinen Vater angezeigt, und er ging in den Kahn. Wovon die Tochter alles andere als begeistert war. Obwohl ihr Bruder in der Klinik lag und Blut gepinkelt hat, hat sie erst behauptet, dass der Vater ihn gar nicht angefasst hätte, und, als das nicht mehr zu leugnen war, ihre Geschichte abgewandelt und erzählt, ihr Bruder hätte sich an sie herangemacht, und ihr Vater hätte sie vor ihm beschützen wollen.«

»Sie hat also gelogen und falsche Vorwürfe erhoben, um ihren Status zu bewahren.«

»Sie hat getan, was immer nötig war. Sie war alles andere als glücklich, als die Mutter nach dem Vorfall mit den Kindern umgezogen ist. Wie es aussieht, hatte sie es sich zur Aufgabe gemacht, eine würdige Nachfolgerin ihres alten Herrn zu werden.«

»Es spricht auch Bände, dass sie wieder seinen Namen angenommen hat«, stimmte Mira ihr zu. »Sie sieht ihre Mutter als die Schwache und den Vater als den Starken an. Sie hat sich auf die Seite des Mannes gestellt, der ihrer Meinung nach die Macht in der Familie besaß, und hat es genossen, wenn er sie den beiden anderen vorgezogen hat. Als ihre Mutter diesen Kreislauf dann durchbrochen hat, hat sie das nicht nur als Strafe angesehen, sondern hatte das Gefühl, als würde sie auf diese Weise *ihrer* Macht beraubt.«

»Daraufhin hat sie den Rest ihres Lebens damit zugebracht, diese Macht zurückzukriegen und auf Dauer zu erhalten. Durch Erpressung, Lügen, Drohungen. Nach Aussage von allen Zeugen hatte sie Talent, und ihre Arbeit hat ihr sicher durchaus Spaß gemacht. Aber das war nicht so wichtig, wie die Menschen in ihrer Umgebung auf die eine oder andere Art zu kontrollieren.

Sie wollte offenbar, dass sie sich vor ihr fürchten. Weil für sie Respekt und Furcht dasselbe waren.«

»Das glaube ich auch. Und ihre eigene Angst hat sie mit Alkohol und Drogen kompensiert. Wahrscheinlich fühlte sie sich stark, wenn sie high oder betrunken war. Hat der Bruder angedeutet, dass womöglich sexuell was zwischen ihr und ihrem Vater lief?«

»Nein. Aber ich würde trotzdem sagen, dass sie regelrecht besessen von ihm war.«

»Junge Mädchen fantasieren oft davon, dass sie ihre Väter heiraten. Das ist völlig harmlos, es hat nichts mit Sex zu tun, und für gewöhnlich lassen sie die Phase mit zwölf, dreizehn hinter sich. Vielleicht war es bei Harris komplizierter. Sie hat ihre Macht aus einem Bündnis aus Gewalt und aus Verrat bezogen, das sie mit dem Vater eingegangen war, und auch wenn sie als erwachsene Frau von ihren Partnern ebenfalls besessen war, waren sie kein Ersatz für ihn. Sie wollte ihre Partner dominieren, wollte die Rolle ihres Vaters übernehmen. Ihr Vater hat seine Kontrolle über die Familie verloren, als ihre Mutter ihn verlassen hat, deshalb konnte sie nicht akzeptieren, dass einer ihrer Partner sie verlässt.«

Eve blickte auf das Bild der Frau, die Peabody aus irgendeinem Grund inzwischen nicht einmal mehr ansatzweise ähnlich sah. »Je mehr wir über diese Frau erfahren, umso mehr klingt es für mich, als wäre sie nicht Opfer, sondern Täterin.«

»Wenn sie noch am Leben wäre, hätte sie womöglich wirklich früher oder später einen Menschen umgebracht. Dann wäre die Gewalt wahrscheinlich eskaliert, so wie im Fall Asner. Der Killer ist beim zweiten Mord planvoller und wesentlich brutaler vorgegangen als beim ersten Mal. Er hat Harris praktisch einfach ihrem Schicksal überlassen, aber die vier Schläge auf den Hinterkopf des zweiten Opfers zeugen meiner Meinung nach von einer Wut, die er Harris gegenüber nicht empfunden oder sich auf jeden Fall nicht eingestanden hat. Trotzdem ist er jedes Mal nach einem ähnlichen Muster vorgegangen. Er hat im ersten

Fall das Handy mitgehen lassen und im zweiten alle elektronischen Geräte aus dem Haus geschleppt; er hat beim ersten Mord versucht, es wie einen Unfall aussehen zu lassen, während Sie bei Asner denken sollten, dass bei ihm eingebrochen worden ist.«

»Wobei er beide Male ziemlich dilettantisch vorgegangen ist.«

»Was ebenfalls ein Muster ist. Ihr Mörder oder Ihre Mörderin hält sich für clever und für vorsichtig, er oder sie glaubt, dass Sie zu täuschen sind. Im Fall Asner hat diese Person viel Mühe und viel Zeit in die Täuschung investiert. Sie ist intelligent, organisiert und verfolgt mit den Morden einen ganz bestimmten Zweck, wobei aus meiner Sicht die Aufnahme allein als Motiv wohl kaum in Frage kommt.«

»Sie sprechen mir aus der Seele«, stimmte Eve ihr dankbar zu.

»Für den Mord an Harris könnte es noch reichen, falls wir davon ausgehen, dass sie im Affekt gestoßen wurde und man sie, um diesen Angriff zu vertuschen, überstützt und ohne nachzudenken, in den Pool geworfen hat. Aber für den Mord an Asner reicht der Film als mögliches Motiv einfach nicht aus.«

»Ich glaube, Asner hatte mindestens noch einen anderen Auftrag von K.T. und hat dabei etwas herausgefunden, womit ein erheblich größerer Schaden hätte angerichtet werden können als mit einem Film, in dem zwei Schauspieler in ihrer Freizeit zusammen im Bett zu sehen sind. Vielleicht haben Matthew und Marlo ja die Aufnahme einfach zur Tarnung vorgeschoben und gehofft, dass ich damit zufrieden bin. Oder, wenn sie nicht hinter den Morden stecken, hat der Detektiv womöglich irgendetwas entdeckt, was jemand anderem gefährlich werden kann. Etwas, wofür ein reicher und berühmter Mensch riskieren würde, zwei Morde zu begehen.«

»Vielleicht haben Sie recht. Auf alle Fälle passt das zu K.T.s Profil. Wie Sie bereits herausgefunden haben, hat sie einige Teammitglieder bedroht.«

»Aber wie bei Marlo und Matthew hätte es sich auch bei keinem von den anderen Fällen gelohnt, den Detektiv aus dem Verkehr zu ziehen, denn schließlich hatten diese Leute bereits offiziell zu Protokoll gegeben, womit Harris ihnen jeweils gedroht hat. Asner hat ihr noch etwas anderes erzählt, oder vielleicht hatte der Mörder auch nur Angst, er hätte es getan. Etwas, über das bei den Vernehmungen noch nicht gesprochen worden ist.«

Wieder schaute sie die Tafel an. »Ich muss das alles noch einmal durchgehen. Ich habe zu ihrem Bruder gesagt, sie hätte nicht verdient, dass sie ermordet worden ist.«

»Glauben Sie das denn?«

»Ich glaube, dass jemand sie stoppen musste. Sie würden wahrscheinlich sagen, dass sie hätte Hilfe suchen und sich hätte therapieren lassen müssen, aber ich tendiere eher zu der Behauptung, dass man solche Leute für ihr Tun bestrafen muss. Das heißt, im Grunde bin ich davon sogar überzeugt. Wenn jemand andere tyrannisiert und drangsaliert, muss er dafür bezahlen, aber ermorden darf man ihn für seine Taten natürlich nicht. Ich denke, dass man sie für ihr Tun hätte bestrafen sollen, trete aber trotzdem für sie ein.«

»Hilfe und Bestrafung schließen sich aus meiner Sicht nicht aus. Sie wurde als Kind missbraucht. Ich weiß, dass Sie das nicht so sehen«, fuhr Mira fort. »Aber so war es nun einmal.«

Achselzuckend meinte Eve: »Kann sein, aber auf alle Fälle hat sie einen Weg gefunden, damit umzugehen. Ich frage mich ...«

Die Psychologin sah sie forschend an.

»Manchmal frage ich mich, aus was für einer Familie oder Umgebung Stella kam. Kam sie schon so gewaltbereit, herzlos und egoistisch auf die Welt, oder war sie einfach in einem Kreislauf gefangen, in dem sie bis an ihr Lebensende blieb? Weder das eine noch das andere wäre eine Entschuldigung für das, was sie verbrochen hat, weil man Kreisläufe schließlich durchbrechen kann.«

»Das könnte Roarke doch sicherlich für Sie herausfinden.«

»Nur, dass ich mir nicht sicher bin, ob ich es wirklich wissen will. Vielleicht. Irgendwann einmal. Er sorgt sich um mich und will, dass ich mit Ihnen rede.«

»Muss er sich Sorgen um Sie machen?«

»Ich hasse es, wenn er sich Sorgen um mich macht.«

»Das ist keine Antwort auf meine Frage.«

Eve seufzte abgrundtief. Da sie zu ihrer eigenen Überraschung keinen Kaffee wollte, holte sie zwei Flaschen Wasser und hielt Mira eine hin. »Ich träume beinah jede Nacht von ihr. Die Träume sind nicht wirklich schlimm, aber seltsam und zugleich vollkommen klar. Sie gibt mir die Schuld an allem, was passiert ist. Genauso hat sie sich mir gegenüber auch immer verhalten.«

»Geben Sie sich ebenfalls die Schuld an den Dingen, die geschehen sind?«

Eve ließ sich mit der Antwort Zeit, doch schließlich meinte sie: »Sehen Sie sich Harris' Bruder, Brice, an. Zum einen hat er Schuldgefühle, weil er sie nicht lieben konnte, und zum anderen trauert er um sie. Ich weiß nicht, ob ich Schuldgefühle habe oder einfach akzeptiere, wie es war. Aber trauern kann und will ich nicht. Das habe ich schon einmal gesagt, und dabei bleibt es auch. Ich bin nicht verantwortlich für das, was Stella passiert ist. Daran sind sie selbst, McQueen und in gewisser Weise auch mein Vater schuld. Aber ich habe die Kettenreaktion in Dallas ausgelöst, als ich sie festgenommen habe, noch bevor ich auch nur wusste, wer sie war.«

Eve blickte auf ihre Wasserflasche und dachte an den Moment zurück, an dem sie die Verdächtige herumgerissen und erkannt hatte, dass diese Fremde ihre Mutter war.

»Ich habe die Kettenreaktion in Gang gesetzt, indem ich sie dazu bewegen wollte, dass sie uns McQueen ans Messer liefert. Dafür hat er ihr am Schluss die Kehle aufgeschlitzt. Ich kann und werde nicht so tun, als ob es anders abgelaufen wäre. Die Leben unschuldiger Menschen standen auf dem Spiel, und ich habe meinen Job gemacht. Hätte ich meinen Job nicht gemacht, könnte sie jetzt noch am Leben sein.«

»Stellas eigene Entscheidungen haben am Schluss dazu geführt, dass sie von diesem Mann getötet worden ist. Sie haben Ihren Job gemacht und dadurch unschuldige Menschen vor dem Tod bewahrt.«

»Das weiß ich, und das glaube ich. Trotzdem hatte ich etwas damit zu tun, wie meine Eltern umgekommen sind. Ich habe meinem Vater selbst ein Messer in den Bauch gerammt. Ich war damals ein Kind und konnte mich nicht anders wehren, das ist mir klar. Aber ...« Automatisch ballte sie die Faust, als hielte sie erneut das Messer in der Hand. »Ich habe ihm das Messer in den Bauch gerammt. Und wenn ich Stella nicht festgenommen hätte, könnte sie jetzt noch am Leben sein. Das ist schwer für mich, egal, was sie mir angetan haben und was mein Vater mir auch weiter hätte antun wollen. Es ist schwer für mich zu wissen, dass sowohl mein Vater als auch meine Mutter direkt oder indirekt durch meine Hand gestorben sind.«

»Diese beiden Menschen haben Sie gezeugt, und zwar mit dem Ziel, Sie zu verkaufen und Profit daraus zu schlagen. Sie waren Ihre Erzeuger, aber Ihre Eltern waren sie nicht.«

»Das ist mir klar.«

»Tatsächlich?«, hakte Mira nach. »Dass Sie sie Stella nennen, zeigt, dass Sie emotional auf Abstand zu ihr gehen. Aber ihn bezeichnen Sie selbst heute noch als Ihren Vater. Wissen Sie, warum?«

Eve starrte sie mit großen Augen an. »Ich ... ich habe keine Ahnung.«

»Denken Sie darüber nach, und wenn Sie möchten, greifen wir das Thema später noch einmal auf.« Damit stand Mira auf und legte kurz die Hand auf ihre Schulter. »Sagen Sie Roarke, dass Sie mit mir gesprochen haben. Dann nimmt seine Sorge vielleicht etwas ab.«

»Okay.«

Wieder starrte Eve die Tafel an. Stella und ihr Vater waren ihre biologischen Erzeuger, weiter nichts. In diesem Sinn war K.T. Harris ebenfalls nur biologisch als die Tochter ihrer Mutter und die Schwester des Bruders anzusehen.

Weil sie aus eigenem Entschluss als niemandes Kind und Schwester erst gelebt hatte und schließlich auch gestorben war.

16

Am besten sähe sie sich auf dem Weg nach Hause noch einmal die Tatorte und Asners Wohnung an und setzte dann mit neuem Schwung in ihrem heimischen Büro die Arbeit fort. Mit diesem Vorsatz machte Eve sich auf den Weg.

In Asners Wohnhaus sprach sie noch einmal mit seinem Freund aus dem Fitnessstudio. Er war erschüttert, aber durchaus kooperativ, konnte allerdings der ursprünglichen Aussage nichts mehr hinzufügen, was von Interesse für sie war.

Sie klopfte noch bei ein paar anderen Nachbarn an. Alle hatten A gemocht, doch niemand hatte in der Nacht zuvor einen Fremden aus der Wohnung kommen oder ums Gebäude schleichen sehen.

Den Bericht der Spurensicherung im Kopf, sah sie sich die Wohnung noch einmal an. Sie hatten keine einzige Diskette dort gefunden, und die Fingerabdrücke, die sie gesichert hatten, hatten Asner, seinem Kumpel aus dem Fitnessstudio, einem bereits ausgezogenen anderen Nachbarn und Della McGrue, einer lizensierten Gesellschafterin, gehört. Am besten führe Eve auch noch bei ihr vorbei und spräche kurz mit ihr.

Sie versuchte, sich die Wohnung vor dem Einbruch vorzustellen.

Spartanisch, dachte sie. Abgesehen von dem riesengroßen Wandfernseher, wie ihn Männer liebten, war die Wohnung billig eingerichtet, und die beiden Landschaftsdrucke an den Wänden machten auch nicht wirklich etwas her.

Zwei Garnituren Bettzeug, von denen wahrscheinlich eine auf Asners Bett gelegen hatte, bevor sie von seinem Mörder auf den Fußboden geworfen worden war. Ein schwarzer und ein brauner Anzug, ein halbes Dutzend Hemden, ein paar Schlipse, Socken, Boxershorts, drei Paar Schuhe außer dem, das er getragen hatte, während ihm der Schädel eingeschlagen worden war – ein schickes, schwarzes Paar, ein ausgelatschtes braunes sowie ein Paar Joggingschuhe –, T-Shirts, Jogginghosen, Shorts.

Die Toilettensachen waren ebenfalls nicht wirklich ausgefallen, und abgesehen von ein paar Pillen zur Steigerung der Manneskraft und einer angebrochenen Kondomschachtel wies nichts auf Asners Liebesleben hin.

Sie setzte sich aufs Bett. Ein unkomplizierter Typ, der gerne spielte, morgens vor der Arbeit mit dem Kumpel erst einmal ins Fitnessstudio ging, abends mit einem Bier vor seiner Riesenglotze saß und ab und zu ein Callgirl kommen ließ.

Ein privater Schnüffler, der sich bei der Arbeit offenbar nicht immer ganz an die Gesetze hielt. Wahrscheinlich fand er, das gehöre zu dem Job einfach dazu. Vor allem brauchte er das Geld, denn schließlich träumte er von einer eigenen, kleinen Bar auf einer Insel, wo es immer warm und sonnig war.

Ein netter Kerl, um den die Nachbarn trauerten und seine Angestellte echte Tränen vergoss.

A.A. Asner. Hatte Harris ihn wohl deshalb ausgesucht, weil er ganz oben auf der Adressliste möglicher Detektive stand? Wahrscheinlich hatte er auf diese Art den Großteil seiner Kundschaft akquiriert.

»Diese Kundin hättest du nicht annehmen sollen«, murmelte Eve und fuhr zu Della, deren Wohnung gerade einmal drei Blocks entfernt lag.

Das Haus hatte denselben Stil wie das von Asner, aber ihre Wohnung war das krasse Gegenteil von der des Detektivs.

Die Gesellschafterin kam mit rot verquollenen Augen an die Tür und drückte ein kläffendes Fellknäuel gegen ihre ausladende Brust. In ihrem Wohnzimmer türmten sich unzählige Kissen auf dem roten Sofa, und die Tische waren mit dicken Kerzen, hübschen Schalen und glitzernden Glastieren vollgestellt.

Della streichelte das Hündchen und schob sich die langen, blonden Haare aus der Stirn. Sie hatte blaue Augen, eine hübsche Stupsnase und einen Schmollmund, den sie unglücklich verzog.

»Wir sind beide völlig fertig«, sagte sie zu Eve. »Frisky hat A einfach geliebt. Können wir uns vielleicht setzen? Es geht mir nicht gut, seit ich gehört habe, was ihm passiert ist, deshalb habe ich mir erst einmal Kamillentee gemacht. Wollen Sie auch einen?«

»Nein, danke«, meinte Eve und schüttelte sich innerlich. »War die Beziehung zwischen Ihnen nur beruflicher Natur?«

»Nicht ganz.« Della hielt den zwar inzwischen stillen, aber wild zitternden Hund in einem Arm und hob mit ihrer freien Hand den Teebecher an den Mund. »Wenn wir im Bett waren, hat er dafür bezahlt. Ich muss schließlich von etwas leben, was er auch verstanden hat. Aber er hat jedes Mal einen Rabatt gekriegt. Manchmal waren wir auch einfach im Restaurant oder im Kino. Als wenn wir ganz normale Freunde wären. Ohne Sex. Ich hatte ihn sehr gern.«

»Dann haben Sie also einen Freund verloren. Das tut mir leid.«

»Ich nehme an, dass sein Beruf nicht ungefährlich war. Ich meine, meistens ging's um Scheidungen oder Versicherungsbetrug. Trotzdem ist die Arbeit eines Detektivs bestimmt riskant. Aber ich hätte nie gedacht, dass jemand ihn ...«

»Wann haben Sie ihn zum letzten Mal gesehen oder mit ihm gesprochen?«

»Erst gestern Vormittag. Er hatte viel Geld für einen Job kassiert und wollte zocken gehen. Er meinte, wenn er vorher mit mir schlafen würde, brächte ihm das sicher Glück. Ich arbeite sonst nicht so früh am Tag. Das tue ich nur für Freunde und für Stammkunden.«

»Hat er Ihnen von diesem Job erzählt?«

»Nicht wirklich. Außer, dass er die Klientin furchtbar unsympathisch fand. Er hat gesagt, sie wäre irgendwie gemein, aber ihr Geld wäre okay. Oh, und sie wäre nicht die, als die sie sich ausgegeben hat. Hat sie ihn umgebracht?«

»Nein, aber wenn Sie mir etwas über sie erzählen können, hilft mir das vielleicht herauszufinden, wer es war.«

»Er hat nicht viel erzählt, aber er war super gut gelaunt. Er hat Frisky ihre Lieblingshundekuchen und mir selbst Pralinen mitgebracht. Er war einfach unglaublich süß.«

»Hat er Ihnen erzählt, warum er so gut drauf gewesen ist?«

»Nicht wirklich. Er hat nur gesagt, er hätte einen Entschluss gefasst und dass man ab und zu durch schlimme Dinge, die passieren, wachgerüttelt wird. Dass sie einem zeigen, dass man ehrlich sein muss, auch wenn das nicht immer einfach ist.«

»Hat er gesagt, was das für schlimme Dinge waren?«

»Nein, nur, dass es ihm jetzt besser geht. Und, oh, er hat gesagt, er würde bald in Rente gehen. Das hat er oft gesagt, nur diesmal klang es so, als meinte er es wirklich ernst. Er wollte nächste Woche losziehen und sich auf irgendeiner Insel ein paar Grundstücke ansehen. Er meinte, vielleicht hätte ich ja Lust, ihn zu begleiten. Vielleicht hätte ich das tatsächlich getan. Wir hatten zusammen immer jede Menge Spaß. Dann sind wir ins Bett gegangen, danach habe ich ihm noch ein Brot gemacht, und dann ... oh, das hätte ich beinah vergessen. Jemand hat ihn angerufen. Seine Stimme wurde ganz geschäftsmäßig, deswegen dachte ich, dass es ein Kunde war.«

»Haben Sie etwas von der Unterhaltung mitbekommen?«

»Nein, nicht wirklich. Er ist mit dem Link ins Schlafzimmer. Aber er hat ein Treffen ausgemacht. Um zehn. Genau, um zehn. Und als er wieder rauskam, war er ziemlich ... nachdenklich. So würde ich es formulieren. Er hat mir noch einen dicken Kuss gegeben, Frisky zwischen den Ohren gekrault, dann ist er gegangen. Ich werde ihn nie wiedersehen.«

Eve stellte noch ein paar Fragen, doch diese Quelle war versiegt. Asner hatte seiner Freundin nicht verraten, wie die unsympathische Klientin hieß oder mit was für einem Auftrag sie zu ihm gekommen war.

Trotzdem hatte das Gespräch durchaus etwas gebracht. Offenbar hatte der Killer Asner angerufen und nicht Asner ihn.

Sie fuhr zu Roundtrees Haus, wo die Hauswirtschaftsdroidin sie darüber informierte, dass der Regisseur noch bei den Dreharbeiten und auch Miss Burkette noch nicht zurückgekommen sei. Umso besser, dachte Eve.

»Ich muss mir noch einmal den Kinosaal und den Dachgarten ansehen.«

»Soll ich Miss Burkette verständigen?«

»Wozu?«

»Ich ... es ist mir normalerweise nicht gestattet, jemanden hereinzulassen, wenn die beiden nicht zu Hause sind.«

»Ich bin aber nicht jemand. Ich leite die Ermittlungen in einem Mord, der sich hier in diesem Haus ereignet hat.«

»Was uns alle sehr betrübt.«

»Davon bin ich überzeugt. Wahrscheinlich wird es Ihnen wieder besser gehen, wenn die Person, die diesen Mord begangen hat, identifiziert und festgenommen ist. Und damit es dazu kommt, sehe ich mich noch einmal hier um.«

»Selbstverständlich«, stimmte die Droidin zu. »Wenn Sie möchten, führe ich Sie erst in den Kinosaal.«

»Ich kenne den Weg.« Eve zog ihren Handcomputer aus der Tasche und rief eine Aufnahme von Asner auf. »Kommt der Mann Ihnen bekannt vor?«

»Nein.« Mit ausdrucksloser Miene scannte die Droidin Asners Fotos ein. »Ich habe diesen Mann noch nie gesehen.«

»Auch nicht irgendwo hier in der Nachbarschaft?«

»Ich habe das Gesicht nicht abgespeichert. Kann ich Ihnen etwas bringen, während Sie sich ... umsehen?«

»Danke, nein. Ich lasse mich einfach selbst raus, wenn ich fertig bin.«

Sie marschierte direkt in den Vorführraum, blieb dort ein paar Minuten stehen und rief sich den Abend in Erinnerung. Die Gäste waren herumgelaufen, hatten etwas getrunken, die verschiedenen Nachspeisen probiert, hatten sich in kleinen Gruppen unterhalten oder es sich in den Sesseln überall im Raum bequem gemacht.

Eine große, gut gelaunte Gruppe. Nur K.T. hatte allein herumgestanden und geschmollt.

Sie hatte getrunken und die anderen beobachtet, erkannte Eve und wünschte sich, sie hätte Harris an dem Abend nicht nach Kräften ignoriert.

Natürlich hatte sie nicht wissen können, dass die Frau nur eine Stunde später tot wäre, aber trotzdem ...

Sie dimmte das Licht, nahm in demselben Sessel wie während der Filmvorführung Platz und ging die Szene noch einmal in Gedanken durch.

Sie hatte sich ganz auf das Geschehen auf der Leinwand konzentriert, wusste aber, dass der Regisseur nie weit von ihr entfernt gewesen war. Er hatte während der gesamten Vorführung auf seinem Platz gesessen und ihr hin und wieder freundlich zugenickt.

Leute hatten gelacht und Bemerkungen gemacht. Sie schloss die Augen, hörte Mavis' schrilles Kichern und Andreas Stimme. Aber wann? Wann hatten sie geredet?

Sie wusste es nicht mehr genau.

Das gurgelnde und brüllende Gelächter hatte angehalten, hin und wieder hatte einer von den Zuschauern gestöhnt, und Roarke hatte ihr irgendwas ins Ohr geflüstert, als der armen Marlo während einer Szene abermals die Waffe aus der Hand gefallen war.

Also gut, sie hatte ständig irgendetwas gehört. So viel, dass ihr kaum einer der Sätze in Erinnerung geblieben war. Aber was hatte sie nicht gehört?

Harris hatte nichts gesagt oder zumindest nichts, was bis nach vorne durchgedrungen war. Auch Preston, Valerie und Steinburger hatten nicht laut genug gesprochen, dass Eve ihre Stimmen in Erinnerung geblieben waren. Connie war ebenfalls nach kurzer Zeit verstummt.

Julian? Er hatte etwas gesagt, wobei sie deutlich hatte hören können, dass er betrunken war. Kurz nach Beginn der Vorführung. Nahm sie zumindest an.

Sie schaltete die Deckenlampen wieder ein und schaute sich nach allen Seiten um. Der Raum war ziemlich groß, und dank des leicht abschüssigen Bodens konnte man von jedem Platz aus die gesamte Leinwand sehen. Es gab einen Seitenausgang und den Hauptausgang in Richtung des Foyers.

Man kam problemlos raus und rein, die Gäste hatten nicht zusammen, sondern überall im Raum verteilt gesessen, und da sie und Roarke ganz vorne Platz genommen hatten, konnte sie nicht sicher sagen, wie genau die Platzverteilung hinter ihr gewesen war.

Sie zog ihre Notizen aus der Tasche und ging noch einmal die Aussagen zur Sitzverteilung durch. Dann dämpfte sie erneut das Licht, setzte sich auf jeden Platz und überprüfte, wer während der Vorführung von wem aus zu sehen gewesen war.

Interessant, sagte sie sich, aber ein schlüssiger Beweis war das noch lange nicht.

Sie verließ den Kinosaal und nahm den Fahrstuhl Richtung Dach. Der Mörder hatte sicher ebenfalls den Lift genommen, weil das schneller ging und weil die Wahrscheinlichkeit geringer war, dass jemand von den anderen oder vom Personal ihn sah. Innerhalb von weniger als zwei Minuten war er auf dem Dach gewesen und bestimmt direkt zum Pool gestapft.

Ob K.T. am Rand des Beckens auf und ab gelaufen war? Sicher hatte sie sich eine ihrer aufgepeppten Kräuterzigaretten angesteckt und ein ums andere Mal an ihrem Rotweinglas genippt. Sie war streitlustig gewesen, zickig, aggressiv.

War der Mörder wohl mit ihr in Streit geraten? Das war unmöglich zu sagen, und selbst wenn, hätte sie nicht gewusst, wie heftig dieser Streit gewesen war. Dann war K.T. gestürzt, und kurz entschlossen hatte der Täter sie in den Pool geschleift und ihre Handtasche gesucht. Dann hatte er mit einem Lappen und mit Wasser aus dem Pool das Blut vom Boden aufgewischt, den Lappen im Kamin verbrannt und war mit dem Fahrstuhl auf das Fest zurückgekehrt.

All das konnte in ein paar Minuten abgelaufen sein. So lange brauchte man, wenn man auf die Toilette ging. Wie also hätte jemand merken sollen, dass man nicht im Bad, sondern auf dem Dach gewesen war?

Eve lenkte ihren Blick auf das gewölbte Glasdach, das ein Stück weit aufgestanden hatte, als sie nach der Tat aufs Dach gekommen war. Zwar war die Oktobernacht sehr mild gewesen, aber …

Neugierig fuhr sie wieder nach unten und sah sich nach der Droidin um.

»Eine Frage. Ist um diese Jahreszeit das Dach über dem Pool eher offen oder zu?«

»Oh, zu. Miss Burkette schwimmt jeden Tag. Oder zumindest hat sie das bis jetzt gemacht. Bisher ist der Herbst sehr mild, aber sie will nicht, dass die Luft oder das Wasser abkühlen. Vor allem ist der Mechanismus leicht defekt.«

»Ach ja?«

»Manchmal klemmt er, und man muss ihn aus- und wieder anstellen, damit die Kuppel richtig schließt. Sie wollte den Motor bereits reparieren lassen, aber seit dem Fest war sie nicht wieder auf dem Dach. Sie haben den Zugang selbst gesperrt, bisher war noch niemand wieder dort.«

»Wusste sonst noch jemand, was man machen muss, damit die Kuppel richtig schließt?«

»Mr. Roundtree, natürlich die Leute, die den Pool in Ordnung halten, und die meisten Angestellten.«

»Niemand sonst?«

»Meines Wissens nicht.«

»In Ordnung. Vielen Dank, das war's.«

Der Mörder hatte also erst das Dach geöffnet und dann wieder zugemacht, sagte sich Eve, als sie nach Hause fuhr. Wenn Harris es geöffnet hätte, hätte sie es doch bestimmt nicht wieder schließen können. Auch konnte Connie es wohl kaum gewesen sein. Wenn sie die Kuppel hätte schließen wollen, hätte sie gewusst, dass sie den Motor aus- und wieder anstellen muss.

Der Täter hatte es anscheinend nicht gewusst, und vielleicht war ihm gar nicht aufgefallen, dass das Dach ein Stück weit aufgeblieben war. Er hatte sicher einfach auf den Knopf gedrückt und sich dann aus dem Staub gemacht.

Warum aber hatte er das Dach vorher geöffnet?

Vielleicht hatte ihn der Geruch oder der Rauch von Harris' Glimmstängeln gestört, vielleicht war er allergisch gegen dieses Zeug oder hatte einfach frische Luft gebraucht.

Während sie noch überlegte, was die nur zum Teil geschlossene Kuppel zu bedeuten hatte, bog sie in die Einfahrt ihres Grundstücks ein.

Sie rannte durch den Regen bis zur Tür und stellte fest, dass niemand in der Eingangshalle stand.

Dieses Mal war ich zu schnell für dich, du alte Vogelscheuche, dachte sie, während sie ihre Jacke absichtlich über den Treppenpfosten warf. Gut, dass es nicht mehr so warm war, denn sie liebte es, beim Heimkommen die Jacke auszuziehen und einfach fallen zu lassen, weil sie wusste, dass sie Summerset damit zur Weißglut trieb.

Zufrieden rannte sie nach oben, um im Schlafzimmer ihr Sportzeug anzuziehen.

Eine Stunde erst im Fitnessstudio und im Anschluss ein paar Bahnen in dem herrlich warmen Pool brächten ihren Körper und auch ihren Geist bestimmt wieder in Schwung. Um Summerset nicht doch noch zu begegnen, fuhr sie mit dem Lift nach unten und riss überrascht die Augen auf, als sie Roarke mit schweißglänzendem Körper auf einer der Bänke liegen und Gewichte stemmen sah.

»Nett, dass ich dich hier treffe.«

»Ich wusste nicht, dass du zu Hause bist.« Sie trat neben ihn und sah ihn fragend an. »Dann hast du also schon alles gekauft?«

»Alles, was sich – heute – zu kaufen lohnt. Und, hast du schon alle bösen Buben eingesperrt?«

»Ich habe auf jeden Fall mein Soll erfüllt. Ich dachte mir, ich schwitze erst ein paar Vermutungen und Theorien aus, springe dann unter die Dusche und nehme danach die nächste Ladung böser Buben hoch.«

»Das klingt nach einem guten Plan. Schön, dich zu sehen.« Er legte die Gewichte auf den Halterungen ab, richtete sich auf und hob seine Wasserflasche an den Mund. »Wie wäre es mit einem Lauf?«

»Okay.«

»Ich laufe mit. Wohin soll es denn gehen?«

»Das habe ich mir noch nicht überlegt.«

»Ich habe ein neues Virtual-Reality-Programm. Das geht auch zu zweit.«

Sie sah ihn aus zusammengekniffenen Augen an. »Ich habe nicht an Sex gedacht.«

Er lächelte sie an. Er trug sein Haar in einem Pferdeschwanz, und Schweißperlen glitzerten auf seiner Stirn.

Wahrscheinlich könnte er sie dazu bringen, es sich noch einmal zu überlegen, merkte sie.

»Seltsam, findest du nicht auch, dass du erstaunlich oft auf dieses Thema kommst?«

»Das liegt sicher einfach daran, dass es eine unserer Hauptbeschäftigungen ist.«

»Vielleicht. Aber fürs Erste ...« Er stand auf und öffnete die Tür des Einbauschranks, in dem die Virtual-Reality-Anlage stand. »... laufen wir mal. Auf der Strecke gibt's verschiedene Hindernisse, und vor allem muss man selbst entscheiden, welche Richtung man einschlagen will. Wobei jede Richtung ihre Vor- und Nachteile hat. Es gibt auch verschiedene Szenarien. Großstadt, Vorstadt, ländlich und diverse menschenleere Gegenden verschiedenen Typs. Tag, Nacht oder eine Mischung. Du kannst alles programmieren, was du willst.«

»Ist das ein Spiel oder ein Laufprogramm?«

»Es ist beides gleichzeitig. Schließlich kann man auch beim Laufen seinen Spaß haben. Also, wohin soll's gehen?«

Automatisch wollte sie die Großstadt wählen, denn da kannte

sie sich schließlich aus. Aber wenn es gleichzeitig ein Spiel war, sollte sie vielleicht einmal etwas Neues ausprobieren.

»Lass uns auf dem Land laufen.«

»Jetzt bin ich überrascht.«

»Dort kennt sich keiner von uns beiden wirklich aus. Am besten mischst du Tag und Nacht.«

Er gab ihr eine Brille und gab die entsprechenden Befehle ein. »Das Ziel wird unten auf der Karte auf dem Bildschirm angezeigt. Wenn du ein Hindernis nicht überwindest oder dich dabei verletzt, verlierst du Punkte und wirst ein Stück zurückgeschickt. Wenn du eins nimmst, kommst du voran, nach einer bestimmten Zahl von Hindernissen wirst du mit etwas belohnt, was dir beim Weiterlaufen nützlich ist.«

»Wie oft hast du das Spiel bereits gespielt?«

»Ein paarmal, aber ich gebe jetzt ein anderes Szenario ein, damit ich nicht von vornherein im Vorteil bin. Halbe Stunde?«

»Ja, ich nehme an, das reicht.« Sie setzte ihre Brille auf und schaute sich die Landschaft an, in der am Ende einer Reihe gewundener Pfade, Gabelungen und hinter diversen Hindernissen weit entfernt das Ziel zu sehen war.

Ein holperiger Weg führte durch einen dichten Wald mit jeder Menge Unterholz. Die Art Umgebung, die von fremdartigen Tieren mit Reißzähnen bevölkert war.

Lieber hätte sie sich einen Weg durch eine dunkle Lagerhalle voller mordlüsterner Junkies, die auf irgendwelchen wilden Trips waren, gebahnt.

Doch genau aus diesem Grund hatte sie das andere Szenario gewählt. Die fremde, unheimliche Landschaft spornte sie bestimmt zu Höchstleistungen an.

»Pass auf die Lichter auf der Karte auf«, empfahl ihr Roarke. »Sie weisen dich auf Hindernisse und auf andere Schwierigkeiten hin. Bist du bereit?«

»Ich bin bereit.«

Der Wind fing an zu heulen und peitschte die Bäume hin

und her. Sie hörte das Krachen dicker Äste, die zu Boden fielen, und ein lautes Rauschen wie von einem Wasserfall.

Wobei sie nicht sicher sagen konnte, was für ein Geräusch es war.

Um sich aufzuwärmen, lief sie erst einmal locker los, bog an der ersten Abzweigung nach links, hörte ein erneutes, noch lauteres Krachen, und nur einen Meter vor ihr fiel ein dicker Baum quer über den Weg. Sie sprang über den Stamm, kassierte dafür ein paar Punkte, lief ein bisschen schneller, bog nach rechts ab, vernahm ein lautes Grollen und ein dumpfes Knurren und machte kehrt. Am besten nähme sie den anderen Weg, auch wenn der etwas länger war.

Jetzt waren ihre Muskeln aufgewärmt, und in einem flotten Rhythmus trabte sie auf eine schmale Hängebrücke zu. Die Brücke – ein paar morsche Planken, zwischen denen breite Lücken klafften, und zwei ausgefranste Seile – führte über einen schlammig braunen Fluss, der sich durch einen Abgrund wälzte. Entschlossen trat sie auf die erste Planke, sprang über die Lücken, brach fast ein, als eine Bohle unter ihrem Fuß zerbrach, und plötzlich fing das Ding an zu schwanken, und sie dachte *Scheiße,* als die morschen Seile rissen und die losen Planken hinter ihr ins Wasser fielen.

Sie machte einen Satz, schnappte sich das Seil und zog sich hoch. Der Wind peitschte ihr ins Gesicht, er war erfrischend und beängstigend zugleich.

Sie landete so hart auf einem schmalen Felsvorsprung, dass sie den Aufprall von den Knöcheln bis hinauf in ihre Knie spürte, und sah auf. Rechts von ihr wurde der Vorsprung breiter und führte zu einer Steintreppe, auf der ein Rudel Wölfe stand. Während sie noch überlegte, wie sie weitermachen sollte, kamen die Tiere langsam und bedrohlich auf sie zu.

Sie blieb stehen, fing nach kurzem Überlegen an zu klettern, zog sich mühsam an der Felswand hoch und kroch atemlos über den Rand.

BELOHNUNG, zeigte ihr der Bildschirm an. DU HAST JETZT EIN MESSER.

Überrascht griff sie sich an die Hüfte und ertastete den Griff.

Nicht schlecht.

Keuchend rannte sie nach links, fort von den Wölfen, doch bevor sie ihren Rhythmus wiedergefunden hatte, schlängelte sich irgendetwas um ihren Knöchel, und das Nächste, was sie wusste, war, dass sie kopfüber in den Bäumen hing.

Sie hing an einem Seil, und in der Ferne wurden dumpfe Trommelschläge laut.

Sicher waren das Kannibalen. Was wohl sonst?

Bis sie sich unter Schmerzen hochgezogen, das verdammte Seil zerschnitten hatte und auf dem erstaunlich harten Boden aufgekommen war, waren die Trommeln bereits deutlich näher, und mit angehaltenem Atem ging sie auf der Karte ihre Möglichkeiten durch.

Zischend schoss ein Pfeil an ihrem Kopf vorbei und landete nur einen Zentimeter neben ihrer Hand im Stamm des Baums.

Sie stürzte los, kämpfte sich über einen Berg von Steinen, watete durch einen Sumpf und sprang von einer Klippe in den nächsten Fluss, um einem riesengroßen Bären zu entgehen.

Dafür bekam sie eine Taschenlampe, die ihr durchaus etwas nützte, als mit einem Mal die Nacht anbrach.

Sie war klitschnass, vollkommen aus der Puste und hatte die Orientierung kurzfristig verloren, als zu ihrer Überraschung plötzlich das Wort ENDE auf dem Monitor erschien.

Sie setzte ihre Brille ab, wandte sich an Roarke und freute sich, weil er nicht weniger erledigt aussah als sie.

Vor allem hatte sie drei Punkte mehr als er.

»Ich habe mir den Arm gebrochen«, sagte er. »Das hat mich zurückgeworfen.«

»Dafür hätte mich um ein Haar ein Bär gefressen, und beim Waten durch den Sumpf ist mir mein Messer aus der Hand gefallen. Trotzdem hat es wirklich Spaß gemacht.«

Er grinste. »Allerdings. Noch mal?«

Sie hatte eine Stunde Pause machen wollen, rief sie sich in Erinnerung. Warum also nicht?

»Auf jeden Fall. Danach gehe ich kurz schwimmen, und dann fahre ich mit meiner Arbeit fort. Ich habe jede Menge neuer Fragen. Vielleicht können wir ja nachher kurz darüber reden, und du kannst mir einen Teil beantworten.«

»Okay. Der Verlierer sorgt fürs Abendessen. Mir stünde der Sinn nach rotem Fleisch.«

»Mir auch.«

»Wollen wir einfach weitermachen, oder fangen wir noch einmal von vorne an?«

»Lass uns einfach weitermachen, ja?«

Nach der zweiten Runde ließ sie sich ermattet auf den Boden sinken und stieß mit empörter Stimme aus: »Mich hat ein riesengroßer Eber attackiert.«

»Ein Keiler«, korrigierte Roarke.

»Ein mutiertes Schwein. Ich wusste immer schon, dass es im Wald mutierte Schweine mit unglaublich scharfen Zähnen gibt. Warum gehen die Leute gerne in den Wald? Und dann war da eine Wiese. Sie sah wirklich hübsch und sicher aus. Nur dass sie voller Schlangen war. Ich hätte mir denken sollen, dass dort Schlangen sind.«

»Ich hatte eine Machete. Die mir echt gelegen kam.« Müde setzte er sich neben sie und verglich den Punktestand. »Ich hätte mein Steak gern blutig, in Ordnung, Schatz?«

»Verdammter Mist. Bis zu dem blöden Schwein war ich echt gut. Das verfluchte Biest hat mich den Sieg gekostet. Und keiner von uns beiden hat das Ziel erreicht.«

»Beim nächsten Mal.« Er rappelte sich wieder auf und reichte ihr die Hand. »Willst du noch immer in den Pool?«, erkundigte er sich und zog sie hoch.

»Ich bin schon in dem blöden Fluss geschwommen. In dem es jede Menge scharfkantiger Felsen und bestimmt auch Krokodile gab.« Sie ließ die Schultern kreisen. »Aber als Training war das echt nicht schlecht.«

Statt zu schwimmen, nahm sie eine Dusche, sorgte dann der

Fairness halber für das Abendessen und bestellte, weil auch das nur fair war, Roarke zum Essen in ihr Arbeitszimmer ein. Allerdings hatte sie nichts dagegen, als sie ein Glas Wein von ihm serviert bekam.

Das hatte sie auf jeden Fall verdient.

»Also.« Sie nahm einen großen Schluck aus ihrem Glas. »Weißt du noch, wen du gehört und vielleicht nicht gehört hast, während wir im Kinosaal den Film gesehen haben?«

»Höchstens grob. Ich habe nicht darauf geachtet, wer etwas gesagt hat und wer nicht.«

»Ich auch nicht. Das war also schon einmal ein Reinfall«, antwortete sie. »Ich habe eben mit einer LG gesprochen, die mit Asner Sex hatte und gleichzeitig mit ihm befreundet war.«

»Es ist immer schön, wenn man Freundschaft und Sex verbinden kann.«

»Die beiden hatten an dem Vormittag, bevor man ihn ermordet hat, noch Sex, und danach hat sie ihm ein Brot gemacht.«

»Was zeigt, dass sie tatsächlich eine gute Freundin war.«

»Ich habe dir sogar ein Steak serviert.«

»Wo bleibt der Sex?«

»Den kriegst du sicher auch noch«, sagte sie ihm lächelnd zu. »Also, Asner hat der Brote schmierenden LG erzählt, er wolle in irgendeiner Sache reinen Tisch machen, obwohl ihn das vielleicht in Schwierigkeiten bringt.«

»Interessant. Glaubst du, er wollte mit dem Film zur Polizei?«

»Vielleicht. Aber nach dem, was seine Sekretärin, der Anwalt von nebenan und jetzt diese LG erzählen, glaube ich eher, dass er nach der Ermordung der Klientin, von der er ganz bestimmt wusste, dass es Harris war, nicht mehr so sicher war, ob es eine gute Idee wäre, mit diesem Film noch einmal Geld verdienen zu wollen. Vielleicht wollte er ihn ja einfach zurückgeben, in Rente gehen und auf eine Karibikinsel ziehen.«

»Nur, dass er selbst vorher ermordet worden ist.«

»Genau. Die Sexfreundin hat mir erzählt, dass ihn jemand auf seinem Handy angerufen hat, als er noch bei ihr war. Sie hat von dem Gespräch nichts weiter mitbekommen, außer, dass er sich um zehn mit dem Anrufer hätte treffen wollen.«

»Dann wurde er also von seinem Mörder kontaktiert.«

»Genau. Der Killer wusste über ihn Bescheid und wusste, wie er ihn erreichen kann.«

»Vielleicht hatte Harris seine Nummer ja auf ihrem Link gespeichert.«

Es war gut, mit jemandem zu sprechen, der die Punkte ebenso verband wie sie. »Davon bin ich überzeugt. Er arrangiert also das Treffen, tötet Asner, schleppt die Akten und die elektronischen Geräte aus dem Haus und verwischt auf diese Weise alle Spuren. Menschen töten aus den seltsamsten Motiven, aber trotzdem kann ich mir einfach nicht vorstellen, dass es einzig um den blöden Film gegangen ist.«

»Du denkst, dass Asner durch Harris oder Harris durch Asner irgendetwas über den Killer herausgefunden hat.«

»Irgendwas, was er zusammen mit dem Film entweder der Polizei oder den beiden Turteltauben hätte überlassen wollen. Zumindest hat der Killer offenbar befürchtet, dass er diese Sache nicht für sich behält. Harris hat mit Vorliebe im Dreck gewühlt. Es könnte also durchaus sein, dass sie etwas herausgefunden hat, das irgendwem gefährlich war. Ihr Bruder war heute bei mir auf dem Revier.«

Sie erzählte Roarke beim Essen von der Unterhaltung, und er schüttelte den Kopf.

»Im Grunde ist es wirklich traurig, findest du nicht auch? Diese Menschen haben sie geliebt, aber sie hat sich gegen sie gewendet und sie obendrein auch noch benutzt, um ihre eigenen Ziele zu erreichen. Diese Ziele und die Macht, die sie über sie hatte, waren ihr wichtiger als wahre Freundschaft oder Zuneigung.«

»Hat sie sich freiwillig entschieden, so zu werden wie ihr Vater, oder war sie von Geburt an so wie er?«

Roarke drückte ihre Hand. »Du bist der lebende Beweis dafür, dass man sich frei entscheiden kann.«

»Meistens denke ich auch, dass es so läuft. Dass man sich frei entscheiden kann. Wie bei diesem Spiel. Man kann nach rechts oder nach links, nach oben oder unten gehen und muss dann mit dem Ergebnis klarkommen. Deshalb glaube ich auch, dass sie sich freiwillig dazu entschieden hat. Ich nehme an, sie dachte, dass es gut für sie ist. Aber sie war nicht glücklich. Man hat ihr deutlich angemerkt, dass sie mit ihren Entscheidungen nicht glücklich war.«

»Trotzdem hat sie sie nicht revidiert.«

»Bis jemand sie ermordet hat. Roundtree und Connie scheiden aus, und nach allem, was ich bisher weiß, dürften es auch Marlo, Matthew und Preston nicht gewesen sein.«

»Damit hast du die Zahl deiner Verdächtigen erheblich reduziert.«

»Der Mörder hat das Kuppeldach über dem Pool geöffnet.«

»Woher weißt du das?«

»Weil er oder sie versucht hat, es danach wieder zu schließen. Wenn Harris selbst das Dach geöffnet hätte, hätte der Killer keinen Grund dazu gehabt. Zumindest fällt mir keiner ein. Als wir zu der Leiche kamen, stand das Dach noch einen Spalt weit auf.«

»Daran kann ich mich erinnern, ja, genau.«

»Der Mechanismus ist defekt, man kann das Dach nur richtig schließen, wenn man den Motor aus- und wieder einschaltet. Das hat der Mörder nicht gewusst. Connie aber hätte es auf jeden Fall gewusst, weil sie dort jeden Morgen schwimmt.«

»Denkst du, es war jemand von außerhalb?«

Ein Pommes frites auf halbem Weg zu ihrem Mund haltend, sah sie ihn fragend an. »Von außerhalb?«

»Über das Dach, Liebling.«

»Verdammt. Verdammt. An die Möglichkeit habe ich noch gar nicht gedacht. Aber wie hätte jemand dort hinaufkommen sollen?«

»Da gibt es viele Wege«, klärte er sie lächelnd auf. »Manchmal kommt man am besten rauf, indem man runterkommt. Vielleicht hat irgendwer das Dach per Fernbedienung aufgemacht. Ich nehme an, dass es nicht allzu gut gesichert ist.«

»Jetzt denkst du wie ein Einbrecher.«

»Der ich schon lange nicht mehr bin. Oder wenn, dann nur im Dienste meiner Frau.«

»Haha. Jetzt, wo du mich darauf gebracht hast, kann ich diese Möglichkeit nicht völlig ausschließen, aber ich glaube nicht, dass jemand von außen kam. Ich glaube eher, der Mörder hat das Dach von innen aufgemacht. Harris hat dort oben sechs von diesen Kräuterdingern mit Zoner geraucht, das heißt, dass es sicher fürchterlich nach Qualm gestunken hat. Sie kann nicht allzu lange dort gewesen sein, aber trotzdem lag ein halbes Dutzend Kippen oben auf dem Dach.«

»Dann war der Poolbereich also total verraucht, und vielleicht hat der Täter einfach etwas frische Luft gebraucht. Oder die Täterin. Wie's aussieht, stehen noch zwei Männer und zwei Frauen unter Verdacht. Julian und Steinburger, Andrea Smythe und Valerie.«

»Vielleicht waren's ja auch mehrere, oder vielleicht wird irgendwer von irgendjemand anderem gedeckt. Am ehesten tippe ich auf Steinburger und Valerie, denn soweit ich weiß, haben die beiden mir als Einzige etwas vorgemacht. Wobei sie ihn sicher eher decken würde als er sie.«

»Außer, sie wüsste irgendetwas über ihn, wovon sonst niemand was erfahren soll. Vielleicht gäbe er ihr deshalb ja ein Alibi.«

»Vielleicht. Sie hatten mal was miteinander, und im Bett geben die Menschen viele Dinge von sich preis.«

»Dann sollte ich in Zukunft vielleicht meine Zunge hüten.«

»Die ist für gewöhnlich sowieso total erschöpft von all der Arbeit, die sie vorher leisten muss«, erklärte sie, und lachend stimmte er ihr zu.

»Da hast du recht.«

»Was ich nicht verstehe, ist ... sagen wir, dass Steinburger der Täter ist. Weshalb hätte er sie töten sollen? Ich meine, dafür gab es sicher jede Menge Gründe, aber warum gerade jetzt? Warum hat er dann nicht einfach weiter mitgespielt, ihr Geld bezahlt, getan, was sie verlangt, bis der ganze Film im Kasten ist? Schließlich hätte er durch diesen Mord einen seiner Stars aus dem Verkehr gezogen und sich selbst dadurch das Leben schwer gemacht.«

»Wildschwein oder Fluss«, rief Roarke ihr in Erinnerung. »Keine der beiden Möglichkeiten war besonders angenehm, aber du musstest dich entscheiden. Und du standest dabei ziemlich unter Druck.«

»Das ist gut«, stellte sie anerkennend fest. »Das ist echt gut. Auf der einen Seite hast du dieses riesige, mutierte Schwein mit den großen, scharfen Zähnen, das dein Bein anknabbern will, und auf der anderen hast du den Fluss mit all den spitzen Felsen, und wenn du auf einem dieser Felsen landest, bist du Matsch.«

»Trotzdem springen die meisten Leute.«

»Weil die Bedrohung durch das Schwein direkter ist. Also gehst du lieber das Wagnis mit dem Wasser und den Felsen ein. Besser aber wäre es, das Schwein zu töten und an Land weiterzugehen.«

»Allmählich wünschte ich, ich hätte Schwein statt eines Steaks zum Abendessen bestellt.«

Als sie lachte, schenkte er ihr grinsend Rotwein nach.

»Nicht so viel«, bat sie. »Ich wechsle gleich zu Kaffee, weil ich mir noch Steinburger und Valerie genauer ansehen will. Falls ich recht habe und sie in diesen Fall verwickelt sind, gibt's irgendein Geheimnis, das die zwei um jeden Preis bewahren wollen. Und wenn ein privater Schnüffler das Geheimnis lüften konnte, kann ich das auf alle Fälle auch.«

»Ich bin mir sicher, dass dir das gelingt. Genau wie ich mir sicher bin, dass du anderthalb Gläser Rotwein mühelos verträgst. Sag mir, warum du dich auf diese beiden eingeschossen hast. Bestimmt nicht nur, weil Steinburger dich angelogen hat.«

»Wenn man eine Polizistin anlügt, tut man das nicht ohne Grund. Oft ist dieser Grund vollkommen lächerlich, aber das sieht man selber nicht. Vor allem ging er schon am ersten Abend während der Vernehmung in die Offensive.«

»Um sich zu verteidigen.«

»Genau. Außerdem geht es bei diesem Fall in erster Linie um Kontrolle und um Macht. Nach allem, was ich weiß, wollte Harris alle kontrollieren. Und wer von diesen Leuten hat die meiste Macht und die größte Kontrolle in der Branche und deshalb auch über das Projekt?«

»Der, der die Kohle hat. So ist es beinah immer.«

»Was du als reicher Bastard wissen musst.«

»Auf jeden Fall.«

»In diesem Fall ist Steinburger der mit dem Geld. Ihm gehört die Produktionsgesellschaft, und vor allem hat er in der Branche einen wirklich tollen Ruf. Er gilt als einer der mächtigsten Männer von ganz Hollywood.«

»Du hast die Klatschblätter gelesen.«

»Schließlich muss ich wissen, mit wem ich es zu tun habe«, gab Eve zurück. »Er steht gern im Rampenlicht, macht jede Menge Werbung und heizt die PR-Maschine richtig an. Außerdem ist er ein Lügner, ging gleich in die Defensive, und bestimmt über das Geld. Und er hat eine junge, attraktive Lügnerin an seiner Seite, die ihm hilft. Das reicht für mich, um mir den Kerl genauer anzusehen.« Mit einem leisen Lächeln fügte sie hinzu: »Und wenn ich dabei abermals in einen Sumpf gerate, ist mir das egal.«

17

Während Roarke noch seinen Wein trank, brachte sie bereits die Tafel auf den neuesten Stand.

Sie wirkte vollkommen entspannt, und trotz des Traums, der sie in der letzten Nacht wieder heimgesucht hatte, erholte sie sich offenbar langsam von den Vorfällen in Dallas.

Ihre äußerlichen Wunden waren verheilt, und hoffentlich fingen die unsichtbaren Wunden, die ihr dort geschlagen worden waren, allmählich ebenfalls zu heilen an.

»Ich kann von hier aus hören, dass du dir wieder einmal Sorgen machst«, stellte sie fest.

»Ich habe lediglich den Anblick meiner Frau genossen, denn ich finde, dass sie wirklich gut aussieht.«

»Das war die erste echte Trainingseinheit, seit ... tja, nun, seit einer ganzen Weile. Offenbar habe ich die gebraucht.« Sie fuhr mit ihrer Arbeit fort. »Ich habe mich vorhin mit Mira unterhalten.«

»Ach?«

»Sie hat mir etwas zum Nachdenken gegeben, und ich werde mir tatsächlich ein paar Gedanken machen. Aber keine Angst, ich komme damit klar.«

Er stand auf, trat hinter sie und schlang ihr liebevoll die Arme um den Leib. »Ich auch.« Er küsste sie aufs Haar und trat wieder einen Schritt zurück. »Wenn ich das nicht dächte, hätte ich dich bei dem Spiel gewinnen lassen.«

»Nie im Leben.«

Lachend nahm er sie noch einmal fester in den Arm. »In Ordnung, du hast recht. Ich würde nie mit Absicht gegen dich verlieren. Dafür respektiere ich dich viel zu sehr.«

»Was redest du da für einen Blech? Dein Ego ließe niemals zu, dass du freiwillig verlierst.«

»Mein Ego und auch mein Respekt werfen beide lange Schatten.«

»Und wie ist dieser Respektschatten geformt?«

»Wie bitte?«

»Dein Egoschatten hat die Form von einem Penis. Welchen Schatten also wirft die Achtung, die du mir entgegenbringst?«

Er drehte sie zu sich herum, glitt mit einem Finger über die Vertiefung in der Mitte ihres Kinns, und als sie ihn mit einem breiten Lächeln ansah, meinte er: »Ich nehme meinen Penisschatten erst einmal mit rüber in mein eigenes Büro. Soll ich dort nach etwas Bestimmtem für dich suchen?«

»Sex und Geld.«

»Hatten wir mein Ego nicht schon abgehakt?«

Sie lachte. »Der war wirklich gut. Sex und Geld in Zusammenhang mit Steinburger oder Valerie. Da ist garantiert etwas zu finden, sie hat bei dem Gespräch vorhin erschreckend selbstzufrieden ausgesehen. Als hätte Steinburger sie kurz zuvor kurz und klein gevögelt oder ihr Gehalt ums Dreifache erhöht. Irgendetwas stimmt da nicht.«

»Dann werde ich versuchen herauszufinden, was das ist.«

»Und da ist noch eine andere Sache, die ich nicht verstehe. Wenn der Killer Asner hätte treffen wollen, um ihn zu ermorden, hätte er doch sicher eine Waffe zu dem Treffen mitgebracht. Stattdessen benutzt er eine Statue, die in dem Büro herumsteht. Einen Malteser Falken.«

»Echt? Er hat unseren Sam Spade mit einem schwarzen Vogel umgebracht? Wenn das nicht Ironie des Schicksals ist.«

»Ich glaube nicht, dass A das so gesehen hätte, aber du hast recht. Die Sache ist die – entweder hat unser Killer einen ausgeprägten Sinn für Ironie, oder er hatte wirklich keine Waffe mitgebracht. Und wenn er unbewaffnet war, ging's bei dem Treffen nicht um Mord. Dann ist er einfach im Affekt auf unseren Schnüffler losgegangen.«

Roarke nickte zustimmend. »Dann hat er wieder aus einem Impuls heraus den falschen Weg gewählt. Vielleicht wollte er ja über irgendetwas verhandelt, und Asners Bedingungen haben ihm nicht zugesagt.«

»Also hat er sich gesagt, was soll's, dann schlage ich dir eben jetzt den Schädel ein. Den meisten Menschen fällt der zweite Mord bereits erheblich leichter. Wenn man vorher schon einmal ein Problem auf diese Art gelöst hat, hat man keinen Grund, das nicht noch mal zu tun.«

Sie schaute sich die Tatortaufnahmen der beiden Opfer an.

»Ich glaube, keiner dieser beiden Morde war geplant. Der Täter hat sich ganz spontan dazu entschieden und das Spiel dann fortgesetzt. Wenn man den ersten Schritt gegangen ist, geht man entweder weiter, oder man kehrt um. Aber nachdem man einen Mord nicht ungeschehen machen kann, kann man bei diesem Spiel nur vorwärtsgehen.«

»Wobei man früher oder später auf die nächsten Hindernisse stößt. Falls Steinburger der Täter ist und Valerie dem Mann ein Alibi gegeben hat, ist sie eine Gefahr für ihn, und vielleicht denkt er irgendwann, dass er auch sie aus dem Verkehr ziehen muss.«

»Das könnte sein. Sie jetzt sofort zu töten wäre ein zu großes Wagnis, aber wenn er noch ein bisschen wartet, bietet sich aus seiner Sicht vielleicht irgendwann eine Möglichkeit. Ich muss wissen, was an diesen Leuten so gefährlich für ihn war, damit ich etwas Druck auf diesen Kerl ausüben kann. Bisher habe ich nur ein paar Eindrücke von ihm, die mich jedoch nicht wirklich weiterbringen.«

Die Hände in den Hosentaschen, wippte sie auf ihren Fersen und dachte über das Vorgehen des Täters nach.

»Für einen Amateur hat er bisher erstaunlich wenig Spuren hinterlassen.«

»Vielleicht ist es ja nicht das erste Mal für ihn«, schlug Roarke ihr vor. »Vielleicht hat er diesen Weg schon des Öfteren gewählt.«

Sie blieb stehen und wandte sich ihm zu. »Du meinst, dass er vielleicht auch vorher schon gemordet hat? Das wäre wirklich interessant. Das könnte vielleicht sogar das Motiv für diese Taten sein. Sex und Geld.« Entschlossen nahm sie hinter ihrem Schreibtisch Platz. »Am besten schaue ich mir diesen Kerl ganz genau an und gucke, wer in seinem Umfeld so alles gestorben ist.«

»Das ist einfach perfekt, nicht wahr? Ich kümmere mich um Sex und Geld und du dich um die Leichen. Wir sind echt ein tolles Team.«

»Es ist eben immer gut, wenn jeder sich auf seine Stärken konzentriert.«

Was, wenn er tatsächlich vorher schon getötet hatte, überlegte sie. Aus Versehen, mit Vorsatz, im Affekt?

Und wenn er unerkannt geblieben war.

Und was, wenn Harris entweder gewusst oder vermutet hatte und wenn Asner tief genug nach dem Beweis dafür gegraben hatte, dass der Kerl ein Mörder war?

Eve lehnte sich auf ihrem Stuhl zurück. Erst einmal musste sie sich selbst entscheiden, welchen Weg sie gehen sollte. Was, wenn sie sich irrte, wenn sie sich in der Richtung irrte und auf diese Weise Zeit verlor? Aber da sie keinerlei Beweise hatte, blieb ihr gar nichts übrig, als im Dunkeln weiter ihren Weg zu gehen.

»Computer, zähl mir alle Todesfälle auf, mit denen Joel Steinburger – die Passnummer steht in den Akten – in Verbindung steht.«

Einen Augenblick …

»Außerdem brauche ich alle ungelösten Morde, Selbstmorde oder tödlichen Unfälle, die in Verbindung mit dieser Person oder mit Big Bang Productions stehen.«

Während sich die Kiste an die Arbeit machte, holte Eve sich einen Kaffee aus der Küche und baute sich wieder vor der Tafel auf.

Fakten, dachte sie. Harris hatte Marlo, Matthew, Julian, Preston, Andrea und Connie nachweislich bedroht.

Am Abend ihres Todes hatte Harris Streit mit Matthew, Julian, Andrea und Connie Burkette gehabt.

Harris hatte an dem Abend einige Zeit im Dachgarten verbracht und dort mit Zoner versetzte Kräuterzigaretten geraucht.

Sie hatte sich durch einen Sturz am Hinterkopf verletzt und war im Pool ertrunken.

Bisher wussten sie nicht sicher, ob in ihrer Handtasche ein Handy und die Aufnahme aus Matthews Loft gewesen waren. Die Wahrscheinlichkeit war groß, doch mit Bestimmtheit wussten sie es nicht.

Die Glaskuppel über dem Pool war nicht ganz zu gewesen.

Irgendwer hatte mit einem Lappen aus der Bar und Poolwasser das Blut vom Boden aufgewischt.

Während sie das alles in Gedanken durchging, hängte sie die Bilder an der Tafel um.

Harris hatte Asner engagiert, um eine Kamera in Matthews Loft zu installieren.

Asner hatte diesen Auftrag ausgeführt, Kamera und Film wieder herausgeholt und Harris offenbar eine Kopie des Filmes vorgelegt.

Auch in diesem Fall wusste Eve nicht sicher, ob das Original bei ihm verblieben war.

Genau, wie sie bisher nur durch die Aussage von einer Zeugin wussten, dass der Mann auf seinem Handy angerufen worden war und sich mit dem Anrufer um zehn Uhr abends hatte treffen wollen.

Auf jeden Fall hatte er seinen Mörder im Büro getroffen. Das war Fakt.

Genau, wie die Tatsache, dass der Mann infolge wiederholter, harter Schläge auf den Hinterkopf gestorben war.

Dann hatte der Killer alle Aufnahmen und elektronischen Geräte mit dem Fahrzeug seines Opfers bis zum Hafen transportiert oder dort entsorgt.

Sonst hätte er den Wagen sicher nicht dort abgestellt.

Aufgabe eins erledigt ...

»Also gut, dann wollen wir doch mal sehen, was dabei rausgekommen ist. Infos auf den Bildschirm.«

Wie nicht anders zu erwarten, war die Liste ziemlich lang, denn schließlich hatte sie die Suchanfrage möglichst weit gefasst.

Aus seiner Familie waren drei der vier Großeltern, der Vater, eine Stiefmutter, ein Bruder, mehrere Cousins, Cousinen, Tanten, Onkel sowie eine Exfrau tot.

Wobei die Liste der verstorbenen Nichtverwandten noch erheblich länger war. Ein Mitbewohner aus der Collegezeit, mehrere Schauspieler, verschiedene andere Leute aus der Branche, sein Gärtner, der langjährige Hausarzt der Familie, ein Geschäftspartner sowie die Stimmtrainerin seiner momentanen Frau, die allerdings zum Zeitpunkt ihres Todes bereits pensioniert gewesen war.

Eve erstellte Untergruppen mit Verstorbenen aus seiner Branche und Verstorbenen außerhalb seines Metiers und ließ ihren Computer nach Verbindungen und Querverbindungen zwischen den Gruppen suchen, um eine erneute Untergruppe mit den Resultaten der Vergleiche zu erstellen.

Während sie die Liste durchging, informierte der Computer sie darüber, dass der Name des Verdächtigen bisher nur in Verbindung mit den beiden aktuellen ungeklärten Morden aufgetreten war.

»Verdammt«, murmelte sie.

Bei Selbstmorden und Unfällen aber trat der Name immer wieder auf.

Eve holte sich den nächsten Becher Kaffee und ging alle Todesfälle durch.

Irgendwann schickte ihr Roarke einen Beleg dafür, dass Steinburger am Vorabend einen erheblichen Betrag an seine Assistentin überwiesen hatte. Fünfzigtausend Dollar waren kein Pappenstiel, und

Eve kopierte den Beleg für ihre Akten und stellte entschlossen eine zweite Tafel auf.

Zufälle waren ihrer Meinung nach so selten wie ehrliche Diebe, wenn sie nur sorgfältig und lange genug danach suchen würde, fände sie bestimmt heraus, dass auch in diesem Fall die angeblichen Zufälle nach einem ganz bestimmten Muster abgelaufen waren.

Tatsächlich trat sie einen Schritt zurück und machte an der Tafel ebendieses Muster aus.

»Dieser verdammte Hurensohn.« Entschlossen trat sie durch die offene Tür von Roarkes Büro. »Komm und sieh dir das mal an. Ich brauche ein Paar frischer Augen.«

»Wenn du möchtest, leihe ich dir meine«, bot er an. »Ich spiele gerade sowieso nur ein bisschen mit den Finanzen dieses Kerls herum.«

»Womit du meinetwegen gleich gern weitermachen kannst.«

»Ich liebe es, wenn ich die Möglichkeit bekomme, offiziell in den privaten Angelegenheiten anderer Leute rumzuschnüffeln. Das hält mich auf dem Pfad der Tugend.«

»Hm.«

»Wie ich sehe, hast du die Ermittlungen noch ausgedehnt«, bemerkte er, als er die zweite Tafel sah. In der Mitte hatte sie ein Bild von Steinburger und darum herum die Aufnahmen verschiedener Toter mit den jeweiligen Sterbedaten aufgehängt.

»Was haben diese Leute mit dem Mann und deinem aktuellen Fall zu tun?«

»Seltsamerweise sind sie alle tot. Ich bin beim Aufhängen der Bilder chronologisch vorgegangen. Erst kommt Bryson Kane, ein Mitbewohner aus der Collegezeit. Die beiden haben in einer WG mit noch zwei anderen Jungs gewohnt. Kane starb an den Verletzungen, die er bei einem Treppensturz davongetragen hatte. Man ging damals von einem Unfall aus, vor allem aufgrund des hohen Alkoholgehalts in seinem Blut. Die anderen WG-Bewohner – auch Joel – hatten ebenfalls viel Alkohol im Blut, haben angeblich geschlafen und deshalb nicht mitbekommen, wie Bryson fiel. Seine Leiche wurde erst am nächsten Tag von einem der zwei anderen Jungs entdeckt. Kane wurde gerade einmal zwanzig.«

»Er war also noch sehr jung.«

»Anders als der nächste Tote, Marlin Dressler, siebenundachtzig Jahre alt und Urgroßvater seiner ersten Frau, die damals allerdings noch seine Verlobte war. Außerdem war er ein hohes Tier bei den Horizon Studios, wo Steinburger ein Assistent von Dresslers Assistentin war. Dressler hatte ein Ferienhaus im Norden Kaliforniens und stürzte dort von einer Klippe in den Tod.«

»Ach ja?«

»Er ist gern gewandert und war Amateurbotaniker. Angeblich ist er von seinem Ferienhaus aus den Canyon hinaufgestiegen, weil er irgendwelche Gräser sammeln wollte, hat den Halt verloren, sich ein Bein und ein paar Rippen bei dem Sturz gebrochen und ist innerlich verblutet, bevor ihn ein anderer Wanderer gefunden hat. Dem Pathologen zufolge hat er zwölf Stunden mit dem Tod gekämpft. Nach Dresslers Tod ging es mit Steinburgers Karriere steil bergauf.«

»Das war natürlich praktisch.«

»Ja, nicht wahr? Dressler starb sechs Jahre nach Kane. Noch einmal drei Jahre später – Steinburger hatte inzwischen durch die Heirat mit seiner Verlobten endgültig das Sagen in den Studios – starb Angelica Caulfield.«

»Eine Schauspielerin, stimmt's? Ich kenne ihre Filme«, meinte Roarke.

»Sie war bekannt für ihre Arbeit, aber sie hat auch mit Drogen- und mit Alkoholexzessen Schlagzeilen gemacht. Niemand war besonders überrascht, als sie an einer Überdosis starb. Verblüffender fanden die meisten, dass die Frau zum Zeitpunkt ihres Todes in der fünften Woche schwanger war. Vater unbekannt. Zwar hat sie Gerüchten nach etwas mit Steinburger gehabt, aber der hat das stets abgestritten, es gab keinerlei Beweise, und vor allem hat sie angeblich auch noch jede Menge anderer Liebhaber gehabt. Allerdings war Steinburger einer der Produzenten ihres letzten Films und hatte sich nach Kräften dafür eingesetzt, dass sie die Hauptrolle bekam. Auch seine Frau erwartete zu jener Zeit ihr erstes Kind, und obwohl man Caulfields Tod am Ende offiziell als Unfall abtat, wird bis heute noch darüber spekuliert, ob es nicht womöglich Selbstmord war.«

»Aber von Mord war nie die Rede.«

»Bisher nicht. Noch einmal vier Jahre später säumt der nächste Tote seinen Weg. Jacoby Miled, ein Paparazzo, der Steinburger so wie Horden anderer Paparazzi immer wieder aufgelauert hatte, wurde in seinem eigenen Haus mit einer Zehn-Kilo-Hantel erschlagen, im Anschluss hat der Täter sich mit allen seinen Kameras und elektronischen Geräten aus dem Staub gemacht. Die Polizei ging davon aus, dass Miled den Täter überrascht hat, und nahm ein paar Wochen später einen Typen während eines Einbruchs in der Gegend fest. Obwohl der Mann den Einbruch bei und den Mord an Miled beharrlich leugnete, bekam er dafür siebenundzwanzig Jahre aufgebrummt. Nur einen Monat nach dem Mord haben sich Steinburger und seine erste Frau getrennt, die Scheidung eingereicht, und zwei Tage nach der Scheidung hat er seine zweite Ex geehelicht.«

»Sherri Wendall«, fügte Eve hinzu und tippte auf das nächste Bild. »Eine Schauspielerin, die berühmt-berüchtigt für ihr komödiantisches Talent und ihre Temperamentsausbrüche war. Die turbulente Ehe hielt vier Jahre, und drei Jahre nach der Scheidung ertrank Wendall offenbar alkoholisiert nach einem Sturz in ihren Pool bei Cannes. Die Filmfestspiele jenes Jahres wurden von dieser Tragödie beherrscht, wenig überraschend war auch Steinburger als einer von den Chefs der damals neu gegründeten Big Bang Productions zum Zeitpunkt ihres Todes dort.«

»Sie war wirklich brillant. Du hast auch ein paar von ihren Filmen gesehen.«

»Ja. Sie war wirklich witzig«, stimmte Eve ihm zu. »Aber wie dem auch sei – fünf Jahre, nachdem die Witztante in Frankreich umgekommen ist, brachte sich Buster Pearlman, einer von

Steinburgers Partnern, mit einem tödlichen Cocktail aus Barbituraten und Whiskey um. Die Selbstmordtheorie wurde dadurch gestützt, dass er Gelder veruntreut haben soll und nach Aussage von Steinburger befürchten musste aufzufliegen, weil eine interne Überprüfung der Finanzen angeordnet worden war.«

»Ja«, murmelte Roarke. »Ich sehe mir seine Finanzen ganz bestimmt noch einmal genauer an.«

»Aber vorher gehen wir sieben Jahre weiter. Das ist eine ziemlich lange Zeit, vielleicht habe ich zwischendurch noch irgendetwas übersehen. Allys Beaker, zweiundzwanzig Jahre alt. Sie war Praktikantin in den Studios und wurde tot in ihrer Wohnung aufgefunden. Dem Bericht nach ist sie in der Dusche ausgerutscht und hatte einen Schädelbasisbruch. Ihr Exfreund wurde festgenommen und verhört, aber es gab keine Beweise gegen ihn. Allerdings hat er in seiner Aussage behauptet, Allys hätte was mit einem älteren, verheirateten Mann gehabt. Dieser Verdacht wurde von einer Freundin der Verstorbenen bestätigt, die erklärte, Beaker hätte ihr erzählt, der Mann wolle sich scheiden lassen, um sie dann zu heiraten. Damals war Steinburger im zweiten Jahr mit seiner letzten Ex verheiratet.«

Eve holte tief Luft. »Was uns zu unseren aktuellen Fällen bringt. Also, was siehst du an der Tafel, wenn du alle diese Daten nimmst?«

»Ein Muster. Du gehst davon aus, dass er seit – Himmel – vierzig Jahren einen Menschen nach dem anderen ermordet? Ohne dass ihm dabei je auch nur der allerkleinste Fehler unterläuft, ohne dass er dabei jemals in Verdacht gerät?«

»Nach den ersten zwanzig Jahren gehe ich nicht mehr einfach davon aus, sondern weiß eindeutig, dass es so ist. Es ist eine Art, sich ein Problem vom Hals zu schaffen, und zwar ein für alle Mal. Natürlich müssen wir noch herausfinden, wie das Problem in jedem dieser Fälle ausgesehen hat. Einige sind offensichtlich«, fuhr sie fort und stapfte vor der Tafel auf und ab. »Eine Affäre, die mit einer Schwangerschaft geendet hat. Geldprobleme, die er einem Partner in die Schuhe schieben wollte oder die der Partner mitbekommen und auffliegen lassen wollte. Ein neugieriger Fotograf, der irgendwas gesehen oder aufgenommen hat, von dem niemand was hätte wissen sollen. Eine naive, junge Frau, die ihn zur Scheidung drängte und vielleicht damit gedroht hat, andernfalls zu seiner Ehefrau zu gehen.«

»Es geht also, wie du die ganze Zeit gesagt hast, hauptsächlich um Sex und Geld.«

»Die meisten Taten sind ziemlich brutal, aber irgendwie auch impulsiv. Er hat gestoßen und geschubst und anschließend alles vertuscht. Vielleicht glaubt er selbst wirklich, dass es Unfälle oder verdrehte Notwehrakte waren.«

Roarke legte eine Hand auf ihre Schulter, und sie blieb an seiner Seite stehen. »Neun Menschen.«

»Meiner Meinung nach sogar noch mehr, doch für den Anfang reichen mir die neun völlig aus. Er ist ein Serienkiller, auch wenn er im Gegensatz zu anderen Serienkillern die Gewalt nicht steigert, keinen eindeutigen Opfertyp und keine eindeutige Vorgehensweise hat. Die Beziehungen, die er zu seinen Opfern hatte, treten erst zu Tage, wenn man alle Taten miteinander in Verbindung bringt. Bisher sah es einfach nach einer Reihe Unfälle, tragischer Selbstmorde und Missgeschicke aus, die im Verlauf von vierzig Jahre zusammengekommen sind. Wer sollte schon eine Verbindung ziehen zwischen einem beinah neunzig Jahre alten Wanderer, der vom Weg abkommt, und einem alkoholisierten Collegekid, das sechs Jahre zuvor bei einem Treppensturz gestorben ist?«

»Du.«

Sie schüttelte den Kopf. »Ich weiß nicht, ob ich selbst darauf gekommen wäre. Bisher habe ich den Mord an Harris als die erste Tat gesehen. Ich dachte, es hätte einen Streit gegeben, und der Killer wäre im Affekt auf Harris losgegangen, in Panik ausgebrochen und hätte die Tat vertuschen wollen. Das dachte Mira auch, obwohl sie meinte, dass das Vorgehen bei den beiden Morden unterschiedlich war. Dass der Mörder einmal impulsiv, beim zweiten Mal aber berechnend vorgegangen ist. Ich habe es gesehen, aber zugleich auch nicht gesehen. Auf jeden Fall habe ich es nicht klar gesehen. Dann hast du gesagt, er hätte es vielleicht schon einmal getan. Auf die Idee bin ich bisher noch nicht gekommen. Daran habe ich bisher nicht einen Augenblick gedacht.«

»Was siehst du jetzt, wenn du auf deine Tafel schaust?«

»Ehrgeiz, Habgier, Zügellosigkeit, das krankhafte Verlangen, seinen Ruf und seinen Status zu bewahren. Soziopathische Tendenzen und das krankhafte Verlangen nach vollständiger Kontrolle. Statt Asner zu bezahlen, hat er ihn lieber umgebracht, obwohl das alles andere als ungefährlich war. Aber es war ein kalkuliertes Risiko. Er hat sich ein Alibi verschafft, und auch wenn wir die Verbindung zwischen Asner und der toten Schauspielerin sehen würden, würden wir uns in dem Fall wahrscheinlich eher auf irgendwelche anderen zwielichtigen Typen konzentrieren, mit denen Asner im Rahmen seiner Arbeit in Kontakt gekommen ist. Steinburger hat Valerie für dieses Alibi bezahlt, und auch wenn er es jetzt noch nicht wagen kann, sie umzubringen, wird er früher oder später dafür sorgen wollen, dass sie einen Unfall hat. Erst einmal belohnt er sie für ihre Treue, aber wenn sie ihre Schuldigkeit getan hat, wird er sie am Ende ebenfalls entsorgen wollen.«

»Harris hat er umgebracht, weil sie das Muster ebenfalls durchschaut hatte.«

Eve nickte zustimmend. »Oder wenigstens zum Teil. Deshalb hat sie Asner angeheuert, der die nächsten Puzzleteile ausgegraben hat. Auch wenn wir sicher nie erfahren werden, inwieweit die beiden im Bilde waren.«

Sie nahm auf der Kante ihres Schreibtischs Platz und runzelte die Stirn, als sie nach ihrem – wieder einmal – leeren Kaffeebecher griff. »Ich kann nichts davon beweisen.«

»Jetzt vielleicht noch nicht.«

»Es ist schön, dass jemand daran glaubt, dass ich kleine Wunder wirken kann.«

»Und zwar jeden Tag. Wahrscheinlich hat er auch noch anderen Leuten Schweigegeld bezahlt. Ich könnte ja mal schauen, wer alles zu den Zeiten dieser Todesfälle Geld von ihm bekommen hat, kann gucken, was der Kerl für Konten hat, ob er womöglich Geld veruntreut hat, und mir, um ganz von vorne zu beginnen, erst einmal seine Collegezeugnisse ansehen.«

»Und ich habe zwei Exfrauen, die ich befragen, Polizeiberichte, die ich durchgehen, und Ermittler, die ich anhauen kann. Es gibt keinen perfekten Mord. Ihm sind auf jeden Fall irgendwelche Fehler unterlaufen, und vor allem gibt's bestimmt noch mehr Verbindungen und Querverweise. Vielleicht ist er damit länger, als ich lebe, durchgekommen, aber jetzt ist seine Zeit abgelaufen.«

»Seine Zeit ist vorbei«, murmelte sie noch einmal bestätigend. »Und er wird für jedes der Gesichter an der Tafel zahlen. Ich brauche noch mehr Kaffee, und dann wollen wir doch mal sehen, welche kleinen Wunder ich bewirken kann.«

Alte, nicht gelöste Fälle hatten ihre eigene Dynamik, forderten eine eigene Herangehensweise, das wusste sie. Erinnerungen verblassten oder änderten sich mit der Zeit, Zeugen starben, und Beweismittel wurden verlegt.

Zur Abwechslung war es einmal von Vorteil, dass die Zeit in Kalifornien eine andere war als in New York. Dort war es noch früh genug, um Kontakt zu den Kollegen aufzunehmen, Fragen zu stellen und zusätzliche Infos zu erbitten, die es zu den Fällen vielleicht noch gab.

Fast sofort erreichte sie einen Detective – inzwischen Detective Sergeant –, der dem angeblichen Selbstmord Buster Pearlmans nachgegangen war.

»Sicher kann ich mich noch an den Fall erinnern«, erklärte DS McHone. »Er hatte genug Barbiturate in dem Whiskey aufgelöst, um zweimal draufzugehen. Vergeudung eines anständigen Scotchs, hat mein Partner, der in dem Fall die Ermittlungen geleitet hat, gesagt. Er ist inzwischen pensioniert, lebt in Helena, Montana, und angelt den lieben langen Tag.«

»Pearlman soll angeblich Gelder seines Studios veruntreut haben.«

»Er hatte noch am Tag vor seinem Tod fünfzig Riesen auf ein Offshore-Konto transferiert. Es lief auf den Mädchennamen seiner Frau, aber sie hat Stein und Bein geschworen, dass er niemals auch nur einen Kugelschreiber hätte mitgehen lassen, und die beiden haben nicht über ihre Verhältnisse gelebt. Es ging ihnen auch so sehr gut. Die Summe der Gelder, die veruntreut worden waren, war gut zehnmal höher als die Summe, die auf diesem Konto gelandet ist. Vom Rest des Gelds gibt es bis heute keine Spur.«

»Wie sind Sie darauf gekommen, dass er Geld veruntreut hat?«

»Durch Recherchen im Umfeld seines Arbeitsplatzes. Seine Frau war mit den Kindern für ein paar Tage bei ihren Eltern, und bei der Heimkehr fand sie den toten Ehemann. Sie hat gesagt, er hätte sich bestimmt nicht umgebracht. Hat gesagt, er hätte sie und ihre Kinder nie derart im Stich gelassen, also haben wir uns auch noch woanders umgehört, und es dauerte nicht lange, bis wir auf das Geld gestoßen sind und erfuhren, dass es im Studio Probleme gab. Sie hatten für die Woche nach dem Selbstmord eine Überprüfung der Finanzen anberaumt.«

»Erzählen Sie mir von Steinburger.«

»Steht er auf der Liste der Verdächtigen im K.-T.-Harris-Fall?«

»Er war auf der Party, also steht er drauf.«

»Ich weiß noch genau, dass er damals darauf bestanden hat, dass alles ein fürchterlicher Irrtum sei. Dass Pearlman sicher nichts verbrochen hatte und alles nur ein grauenhafter Unfall war. Er war furchtbar angefressen, denn aus seiner Sicht haben wir den Namen eines anständigen Mannes in den Dreck gezogen und seine Familie unglücklich gemacht. Er hat sich damit sogar an die Medien gewandt und bekam jede Menge Beifall, weil er so für seinen Freund und Partner eingetreten ist und versucht hat, der Witwe und den Kindern beizustehen.«

»Ist Ihnen jemals in den Sinn gekommen, dass das alles eine Schau war?«

»Auf mich hat er vollkommen echt gewirkt. Natürlich fanden wir es seltsam, dass der größte Teil des Gelds nicht aufzufinden war, aber nach allem, was unsere Buchprüfer herausgefunden haben, hatte Pearlman vielleicht über Jahre immer wieder einmal etwas abgezweigt und diese Kohle längst schon auf den Kopf gehauen.«

»Aber Aufzeichnungen oder eine doppelte Buchführung gab's nicht?«

»Er hatte alle Daten auf seinen Computern sorgfältig gelöscht. Hatte jedes einzelne Gerät mit einem Virus infiziert, und damals konnte man Dateien noch nicht so einfach wiederherstellen, wie es heutzutage möglich ist.«

»Haben Sie die Computer noch?«

»Keine Ahnung. Himmel, das ist fünfzehn Jahre her.«

»Ich wäre Ihnen dankbar, wenn Sie überprüfen könnten, ob diese Geräte vielleicht doch noch in der Asservatenkammer stehen, DS McHone. Bei allem, was heutzutage möglich ist, finden Sie ja vielleicht irgendetwas darauf, was wichtig ist.«

»Ich habe schon seit einer Ewigkeit nicht mehr an diesen Fall gedacht, aber ich kann gern mal nachsehen. Sie gehen davon aus, dass Steinburger die Frau ermordet hat.«

»Das tue ich. Und wenn er sie ermordet hat, gehe ich jede Wette ein, dass er auch Ihr Opfer auf dem Gewissen hat.«

»Dieser verdammte Hurensohn.«

»Das habe ich vorhin auch schon gesagt.«

Sie sprach noch mit anderen Cops, machte sich Notizen und trank währenddessen pausenlos Kaffee.

Als Roarke zurückkam und die Kanne auf dem Schreibtisch stehen sah, ging er noch einmal in die Küche und stellte ihr eine Flasche Wasser hin. »Trink zur Abwechslung ruhig mal was anderes.«

»Bist du vielleicht die Kaffeepolizei?«

»Dann würdest du jetzt bis ans Lebensende für das Zeug gesperrt. Ich habe ein paar interessante Transaktionen ausfindig gemacht. Eine von einem Konto, das er unter dem Namen B.B. Joel eröffnet hat.«

»Big Bang Joel? Wirklich?«

»Nicht besonders einfallsreich, aber dafür führt er wie ein braver Junge ordentlich die Steuern von dem Konto ab. Am Tag, als Caulfield starb, hat er von diesem Konto zwanzigtausend auf ein Konto überwiesen, das unter dem Namen Violet Holmes extra für diese Einzahlung eröffnet worden war.«

»An Caulfields Todestag?«

»Genau. Wobei man ihre Leiche erst am nächsten Tag gefunden hat.«

»Also hat er sich im Vorfeld schon einmal ein Alibi verschafft. Einen Augenblick.« Sie rief eine Datei auf dem Computer auf, und er fuhr fort.

»Holmes stand damals noch am Anfang ihrer Karriere. Sie war jung und frisch, Steinburger hat sie groß rausgebracht, und zwischen zwei von seinen Ehen waren die beiden kurzfristig liiert.«

»Sie hat eine Yacht im Hafen liegen, dort, wo Asners Wagen stand. Peabody und McNab haben vier mögliche Verbindungen zwischen Bootsbesitzern hier und Steinburger und anderen auf der Liste der Verdächtigen aufgetan.«

»Er und Holmes haben mal ein paar Monate zusammengelebt, und wie es aussieht, sind sie immer noch befreundet«, meinte Roarke.

»Dann weiß er also sicher, wo sie ihr Boot im Hafen liegen hat und wie man damit fährt.«

»Das könnte durchaus sein. Außerdem hat B. B. Joel schon einen Tag nach dem Ertrinken seiner Ex zehntausend abgehoben. Dieses Mal hat er das Geld nicht überwiesen, manche Leute werden eben lieber bar bezahlt.«

»Was mir die Arbeit unnötig erschwert. Woher kommt das Geld auf diesem Konto überhaupt?«

»Das muss ich erst noch überprüfen. Nach Eröffnung dieses

Kontos gut anderthalb Jahre vor dem angeblichen Selbstmord seines Partners wurden immer wieder einmal kleinere Beträge – nie über fünftausend Dollar – darauf eingezahlt. Die Beträge wurden langsam größer, blieben aber weiter im vierstelligen Bereich. Gleichzeitig hebt er regelmäßig Geld von diesem Konto ab. Vielleicht sein Taschengeld. Vielleicht für Zeug, von dem sonst niemand etwas wissen soll.«

»Nach außen hat der Mann ein durchaus respektables Leben – er ist mächtig, glamourös, hat illustre Freunde und reist ständig durch die Welt. Ein gutes, durchaus anständiges Leben. Während B.B. Joel vielleicht nicht ganz so sauber ist.«

Wieder sah sie ihre beiden Tafeln an. »Zeit, dass wir ein Päckchen schnüren, das Whitney und die Staatsanwaltschaft überzeugt.«

Sie griff nach ihrem Link, doch Roarke hob mahnend eine Hand und sah sie fragend an. »Wen willst du denn jetzt noch wecken, Eve? Es ist bereits nach Mitternacht.«

»Peabody. Wir brauchen morgen früh einen Besprechungsraum auf dem Revier. Außerdem muss ich Whitney sprechen, Reo, falls ich sie erreiche, Mira ...« Sie brach ab und sah ihn fragend an.

»Ich habe morgen mehrere Termine im Zusammenhang mit meinem Streben nach der finanziellen Weltherrschaft, aber ...«

»Nein, tu einfach, was du tun musst«, bat sie ihn. »Es reicht, wenn du die Sachen, die du rausgefunden hast, an Feeney schickst. Er kann sie dann zusammen mit seinem Lieblingsjungen durchgehen.«

»Kein Problem.«

Nach einer atemlosen Pause hauchte ihre Partnerin mit rauer Stimme: »Peabody«, und Eve war froh, dass sie so klug gewesen war, die Videofunktion zu sperren.

»Finden Sie heraus, wo sich Violet Holmes aufhält«, wies sie sie an.

»Huh? Wer? Oh. Ma'am?«

Eve ging achtlos über das Rascheln von Bettzeug, das verschlafene Murmeln eines Mannes und das leise Stöhnen ihrer Partnerin hinweg. »Holmes – die Yacht. Finden Sie heraus, wo ich die Frau erreichen kann. Und besorgen Sie für acht Uhr morgen früh ein Konferenzzimmer für uns, seien Sie pünktlich da, und bringen Sie auch Ian mit.«

»In Ordnung. Was ... Entschuldigung, wir haben gerade ...«

»Falls Sie auch nur andeuten, womit Sie zwei gerade beschäftigt waren, schieben Sie nächsten Monat Innendienst.

Denken Sie an Holmes und den Besprechungsraum, und seien Sie eine halbe Stunde früher für ein Update da.«

»Zu Befehl, Ma'am.«

»Das mit der Yacht haben Sie wirklich gut gemacht.«

»Danke.«

»Jetzt machen Sie einfach weiter, wo Sie von mir unterbrochen worden sind«, wies Eve sie an und legte auf.

Den anderen, die sie bei dem Briefing sehen wollte, sprach sie einfach Nachrichten aufs Band.

»Falls Sie gerade genau wie Peabody beschäftigt sind?«, erkundigte sich Roarke.

»Darüber denke ich am besten gar nicht nach. Bevor ich selber schlafen gehe, muss ich alles noch in eine ordentliche Reihenfolge bringen. Ich bin kurz davor, es fehlen nur noch ein paar winzige Details.«

»Dann mache ich das auch, damit Feeney den von mir gespielten Ball problemlos annehmen kann.«

»Das ist nett. Ich nehme an, dass ich dir dafür etwas schuldig bin.«

Lachend neigte er den Kopf und küsste sie aufs Haar. »Sagen wir, ich habe dafür etwas gut bei dir, okay? Und statt Kaffee trinkst du bitte erst mal Wasser, ja?«

Sie wartete, bis er verschwunden war, bevor sie mit den Augen rollte. Hob dann aber trotzdem statt des Kaffeebechers brav die Wasserflasche an den Mund.

18

Als er merkte, dass sie sich bewegte, zog er sie an seine Brust, streichelte ihr sanft den Rücken und murmelte zärtlich: »Schon gut. Bleib einfach hier in meinen Armen liegen und schlaf weiter, ja?«

Mit einem leichten Schauder schmiegte sie sich noch ein wenig enger an ihn.

Ehe sie ins Bett gegangen waren, hatte er ein Feuer im Kamin entfacht, und jetzt, wenige Stunden später, tauchte die restliche Glut das Zimmer in ein warmes, rötlich-goldenes Licht. Das war wunderbar beruhigend, und genauso hatte er es sich für sie gewünscht.

Trotzdem klammerte sie sich zum Schutz vor ihren Träumen hilfesuchend an ihm fest.

Er küsste sie aufs Haar und hoffte, ihre Anspannung ließe ein wenig nach. Am liebsten hätte er die Bilder, die ihr eine um die andere Nacht den Frieden raubten, ein für alle Male ausgelöscht.

Mit geschlossenen Augen streichelte er weiter sanft in einem gleichmäßigen Rhythmus ihren Rücken, denn sie wirkte ungemein zerbrechlich, während sie eng an seinen Leib geschmiegt im Dunkel lag. Natürlich wusste er, wie stark, athletisch und vor allem tough sie war. Er hatte mehr als einmal miterlebt, wie sie auf jemand anderen oder wie jemand anderes auf sie losgegangen war. Er hatte selber ihre Fäuste schon zu spüren bekommen, und er wusste aus Erfahrung, welche Wucht in ihren Schlägen lag.

Er hatte ihre Wunden so versorgt wie sie die seinen, und er wusste, dass sie immer sehr schnell wieder auf die Beine kam. Sein zäher, dickköpfiger Cop.

Aber es gab Stellen in ihrem zähen, disziplinierten Körper, die zerbrechlich waren, und diese Stellen wollte er beschützen, trösten und vor Angriffen bewahren.

Diese Zerbrechlichkeit rührte an seine Seele, so wie ihre Stärke ihn mit Stolz erfüllte, und die Mischung dieser beiden Eigenschaften rief wie immer ein Gefühl von grenzenloser Liebe in ihm wach.

Obwohl er sich in seinem Leben viel ersehnt, erträumt und mit lauteren und unlauteren Methoden angeeignet hatte, hätte er sich niemals vorstellen können, jemanden zu finden, der für ihn die Welt bedeuten würde, oder dieses Menschen wegen der zu werden, der er heute war.

Ganz allmählich fing sie an, sich zu entspannen, und er hoffte, dass sie jetzt in einem ruhigen, warmen Schlaf versinken würde, in dem sie für Schmerzen unerreichbar war. Er hüllte sie in seine Arme wie in einen Schutzschild und klappte ebenfalls die Augen wieder zu.

Als sie ihm wenig später ihr Gesicht entgegenreckte und er seinen Mund auf ihre Lippen presste, war es wie in einem Traum. Weich und tröstlich wie das Licht des Feuers, das sich an den Wänden brach.

Ihre Herzen schienen so wie ihre Münder miteinander zu verschmelzen, als er eine irische Liebkosung raunte, die sie nur teilweise verstand. Er hatte diese Worte schon des Öfteren gemurmelt, aber diesmal sagte er noch mehr. Er schenkte ihr ein ungeahntes Maß an Zärtlichkeit und die Gewissheit, dass sie nicht allein war.

Er berührte und kostete sie langsam und so vorsichtig, als wären Geduld und Liebe eins. Sorgen, die sie während ihres Schlafs gepeinigt hatten, lösten sich unter dem herrlichen Gewicht seines Körpers, der gemächlichen Berührung seiner Hände und dem köstlichen Geschmack von ihm auf ihrer Zunge auf.

Sie trieb auf der sanften Woge der Gefühle, ließ sich sacht in die Höhe tragen und genauso sacht wieder fallen, berührte ihn und atmete ihn ein so wie er sie. Als wäre auf der Welt nichts anderes von Bedeutung, als dass sie zusammen waren. Als gäbe es in diesem Augenblick nur sie und ihn.

Sie öffnete sich ihm, er füllte sie zur Gänze aus, und sie hüllte ihn völlig in sich ein.

Sie bewegten sich zum Tanz der Flammen im Kamin, und die Zärtlichkeit ihrer Vereinigung trieb ihr die Tränen in die Augen, während sie ihr gleichzeitig den Atem stocken ließ.

»Ich liebe dich.« Er presste sein Gesicht an ihre Schulter und stieß überwältigt aus. *»A ghra. A ghra mo chroi.«*

»Liebe.« Federleicht wie eine Feder, die auf einer Wolke schwebte, näherte sie sich dem Höhepunkt.

»Liebe«, wiederholte sie und schmiegte sich an seinen warmen Körper. Er griff nach ihrer Hand, die weich an seiner Wange lag, und eingehüllt in Ruhe und in Wärme, schlief sie selig wieder ein.

Als helles Sonnenlicht sie weckte, war sie froh, dass Roarke mit dem Kater neben sich und in einen seiner Gott-der-internationalen-Geschäftswelt-Anzüge gehüllt sowie einer Tasse Kaffee in den Händen auf dem Sofa saß. Im Fernsehen liefen die Berichte von der Börse, also war er offenbar schon eine ganze Weile auf und dehnte sein Imperium weiter aus.

Anscheinend hatte seine Sorge um sie abgenommen, dacht sie erfreut.

Sie blickte auf die Uhr, wälzte sich stöhnend aus dem Bett, nahm eine kurze Dusche und schloss einen Moment die Augen, während sie im Trockner warme Luft um ihren Körper wehen ließ. Am besten finge auch sie selbst allmählich mit der Arbeit an.

Aber wie in aller Welt sollte sie in die Gänge kommen ohne eine Tasse dampfenden Kaffees?

Sie schnappte sich den Morgenmantel, der an einem Haken an der Tür des Badezimmers hing, hüllt sich darin ein, kehrte ins Schlafzimmer zurück und trat entschlossen vor den Auto-Chef.

Nach der ersten halben Tasse, ohne die sie sicher nicht mal ihren eigenen Namen hätte buchstabieren können, sah sie sich nach ihrem Liebsten um.

»Morgen.«

»Sie kann sprechen.«

»Allerdings. Und das ist noch nicht alles.« Eilig riss sie ein paar Kleidungsstücke aus dem Schrank

»Heute nicht«, erklärte Roarke.

»Soll ich heute etwa ohne Kleider auf die Wache fahren?«

»Nein, aber am besten denkst du heute einmal über deine Kleiderauswahl nach.«

»Das tue ich. Ich ziehe etwas an, was mich davor bewahrt, wegen Exhibitionismus in den Kahn zu wandern, und was gleichzeitig verhindert, dass eins dieser Arschlöcher, mit denen ich mich während meiner Arbeit regelmäßig herumschlagen muss, auf den Gedanken kommt, dass ich ein Lustmolch bin.«

»Was zwei sehr gute Gründe dafür sind, etwas anzuziehen. Ein anderer wäre, dass man etwas darstellen will. Du wirst heute Morgen deinen Fall und auch dich selbst deinem Commander sowie anderen präsentieren.«

»Das ist normale Polizeiarbeit.« So schnell gab sie bestimmt nicht nach. »Dafür mache ich mich ganz sicher nicht extra schick.«

»Es liegt ein weites Feld zwischen Exhibitionismus und besonderem Schick, Lieutenant. Zum Beispiel kann man sich ...«

Zielsicher zog er eine gut geschnittene, schokoladenbraune, leicht genoppte Hose, eine dunkelblaue Jacke mit drei Knöpfen und eine gestreifte Bluse, die die beiden Töne wieder aufgriff, aus dem Schrank.

»... in einem ordentlichen und zugleich geschäftsmäßigen Outfit präsentieren, das zeigt, dass man das Sagen und für sämtliche Probleme eine Lösung hat.«

»Ich dachte, dass man das auch kann, ohne bestimmte Sachen anzuziehen.«

»Und zieh auch deine neuen Stiefel an.« Lächelnd hielt er ihr die Sachen hin. »Die passen genau wie deine Jacke ganz hervorragend dazu.«

»Was für neue Stiefel?« Sie zog überrascht die Brauen hoch,

denn während sie noch fragte, nahm er sie schon aus dem Schrank. »Wo kommen die her?«

»Ich nehme an, die hat die Stiefelfee gebracht.«

»Die Stiefelfee wird sicher ziemlich angefressen sein, wenn diese Dinger innerhalb von einer Woche voller Macken sind.«

»Oh, ich glaube, dass sie so was ziemlich locker sieht.«

Gehorsam zog sie die empfohlenen Sachen an, setzte sich aufs Bett und stieg in ihre neuen Stiefel, während er das Frühstück holen ging.

Wie nicht anders zu erwarten, saßen sie wie angegossen, und zufrieden stand sie auf und lief im Zimmer auf und ab. »Okay. Die sind echt toll und so robust, dass sie wahrscheinlich nicht mal einen Kratzer abbekommen, wenn ich jemandem die Zähne damit aus der hässlichen Visage treten muss.«

»Was der Stiefelfee besonders wichtig war.«

»Haha.« Sie ging eilig in die Hocke, richtete sich wieder auf und griff sich an die Fersen. »Trotzdem sind sie weder steif noch schwer, was heißt, dass sie auch für Verfolgungsjagden sicher ganz hervorragend geeignet sind.«

»Auch darauf hat sie großen Wert gelegt. Ich werde ihr ausrichten, dass du zufrieden bist.« Damit stellte er zwei Teller Waffeln auf den Tisch, blickte warnend auf den Kater und danach auf seine Frau. »Du wirkst hellwach und selbstbewusst, und dein Talent zum Austreten von irgendwelchen Zähnen ist dir deutlich anzusehen.«

»Da bin ich aber wirklich froh.«

»Was nur einer der zahlreichen Gründe dafür ist, dass ich dir hoffnungslos verfallen bin.«

Sie setzten sich zusammen auf die Couch, und sie nahm seine Hand. »Ich fühle mich hellwach und selbstbewusst. So ging es mir schon, als ich wach wurde, weil du die ganze letzte Nacht an meiner Seite warst, mich geliebt hast und, als ich die Augen aufgeschlagen habe, endlich wieder so wie früher auf der Couch gesessen hast und schon in aller Herrgottsfrüh deinen Geschäften nachgegangen bist.«

»Heißt das, du machst dir keine Sorgen mehr, dass ich mir Sorgen um dich mache?«

»Zumindest bin ich auf dem Weg dahin. Wahrscheinlich müssen wir uns erst noch richtig fetzen, damit diese Sache endgültig erledigt ist. Genau wie ein Orgasmus reinigt auch ein anständiger Streit die Luft.«

»Jetzt sehne ich mich regelrecht nach einem anständigen Streit. Wie sieht es bei dir heute Abend aus?«

»Ich glaube, es ist besser, wenn es von allein dazu kommt. Das ist irgendwie natürlicher.«

»Jetzt kann ich es wirklich kaum erwarten, dass bei uns die Fetzen fliegen, denn auf den natürlichen Orgasmus bin ich schon gespannt.« Lachend hielt er ihr den Sirup hin, in dem sie ihre Waffeln immer schwimmen ließ.

»Daran solltest du denken, wenn du wieder einmal sauer auf mich bist«, empfahl sie ihm, bevor sie ihre Waffeln in den süßen Sirupfluten untergehen ließ.

Eine halbe Stunde später war sie satt und wandte sich zum Gehen. »Die anderen haben alle zugesagt. Ich fahre besser schon ein bisschen früher aufs Revier und bereite die Besprechung vor.«

»Viel Glück. Ich habe heute Nachmittag bestimmt ein bisschen Zeit. Dann kann ich mich entweder für unsere Auseinandersetzung wappnen oder Feeney und McNab zur Hand gehen.«

»Vielleicht kriegst du ja beides hin.« Sie gab ihm einen schnellen Kuss und lief zur Tür.

»Pass auf meine Polizistin auf«, rief er ihr hinterher. »Versuch, den Teller abzulecken, Junge«, hörte sie ihn zu dem Kater sagen. »Und du wirst dich wundern, was passiert.«

Grinsend rannte sie ins Erdgeschoss und aus dem Haus.

Der Verkehr war deutlich dichter als am Tag zuvor, doch während sie im Stau stand, überlegte sie, wie in der Angelegenheit am besten vorzugehen sei.

Sie bräuchte die Erlaubnis, sich Steinburgers Wagen, sein Büro und seine Wohnung anzusehen und alle elektronischen Geräte dieses Typen einzuziehen.

Die Chance, dass sie die Genehmigung bekäme, war gering.

Sie könnte – und verdammt, sie würde – bei dieser Besprechung alle davon überzeugen, dass der Kerl seit vierzig Jahren Menschen, die ihm irgendwie im Weg oder vielleicht auch einfach lästig waren, ermordete, auch wenn die Frage nach den jeweils möglichen Motiven in den meisten Fällen noch offen war.

Trotzdem würde sie auf die Erlaubnis drängen, seine Räumlichkeiten zu durchsuchen, und wenn sie die nicht bekäme, würde sie auf jeden Fall darauf bestehen, dass man sie die Links und die Computer dieses Mannes abhören ließ.

Sie bräuchte die Genehmigung dazu, bevor sie mit den noch lebenden Exfrauen, seiner Freundin mit der Yacht, den Mitbewohnern aus der Collegezeit, Buster Pearlmans Witwe und erneut mit all den anderen Leuten aus dem Studio sprach.

Sie würde mit ihren neuen Stiefeln jeder Menge Leute auf die Füße treten, bis er endlich hinter Gittern säße, dachte sie und parkte ihren Wagen in der Tiefgarage des Reviers.

Der Fahrstuhl hielt in sämtlichen Etagen, um Kollegen aufzunehmen oder auszuspucken, und sie wünschte sich, sie hätte eins der Gleitbänder genommen, als ein Beamter in Zivil, den sie vom Sehen kannte, mit einem Zwerg im Schlepptau durch die Tür des Fahrstuhls trat.

Der Zwerg bleckte die Handvoll Zähne, die er noch besaß, und auch wenn sein kahl rasierter, tätowierter Schädel nur bis zu McGreedys Hüfte reichte, sah er mindestens so bösartig wie eine Klapperschlange aus.

Beide Männer rochen durchdringend nach Scheiße, und einer der Cops, die mit ihnen im Fahrstuhl fuhren, stieß mit angehaltenem Atem aus: »Gott, McGreedy, hast du in einer Kloake übernachtet oder was?«

»Ich habe dieses Arschloch durch die Kanalisation gejagt.

Aber ich habe dich erwischt, du kleiner Drecksack, oder nicht? Wobei der blöde Wichser mir ins Bein gebissen hat. Er hat mit seinen Zwergenzähnen einfach meinen Knöchel angefressen.«

Noch während er dies sagte, trat ihm der Gefangene kraftvoll gegen den verletzten Knöchel, dann gegen das Schienbein und sprang unter lautem Heulen schnell wie ein Äffchen auf den Rücken des Beamten, der vor ihm im Fahrstuhl stand.

Inmitten des Chaos und des furchtbaren Gestanks rissen zwei Polizisten an dem wild gewordenen kleinen Kerl herum, der an den Haaren der Kollegen zerrte, ihnen in die Hände biss und wie von Sinnen um sich trat.

Kurzerhand griff Eve nach ihrer Waffe, beugte sich ein wenig vor und drückte sie dem durchgedrehten Winzling an den Kopf.

»Soll ich abdrücken?«

Er wirbelte zu ihr herum und bleckte abermals die schwarzen Zähne, aber ehe er ihr ins Gesicht springen konnte, warnte sie: »Ich werde dafür sorgen, dass du wie ein Stein zu Boden fällst. Das heißt, nicht wie ein Stein. Höchstens wie ein kleiner Kiesel. Und weil ich mir nicht die Finger an dir schmutzig machen will, kicke ich dich danach wie einen Fußball vor mir her und durch die nächste Zellentür.«

»Ich habe ihn, Lieutenant.« Ein keuchender und schwitzender Officer zerrte den Gefangenen vom Rücken des Kollegen, warf ihn wenig sanft zu Boden und stellte ihm einen Stiefel ins Genick. »Verdammtes Arschloch.«

»Officer?«

»Scheiße. Scheiße. Bingly, Lieutenant.«

»Officer Bingly, da Sie sowieso gleich erst mal duschen und sich umziehen müssen, helfen Sie McGreedy bitte, diesen kleinen Wichser einer grundlegenden Reinigung zu unterziehen und ihn dann einzusperren.«

»Ja, Sir. So ein Scheiß.«

»Nach Rosen duftet er ganz sicher nicht«, pflichtete ihm der Detective bei.

»Halten Sie ihn bitte fest«, bat Eve die beiden Männer, als sie aus dem Fahrstuhl stieg.

Es wurde wirklich niemals langweilig in ihrem Job. Sie schnupperte an ihrer Jacke, atmete erleichtert auf, weil sie anscheinend nicht nach Scheiße roch, ging in den Konferenzraum, stellte dort die gleichen Tafeln wie bei sich zu Hause auf und gab die entsprechenden Daten in den Computer ein.

Wahrscheinlich war auch Peabody inzwischen aufgetaucht. Da Eve vor dem Gespräch noch einen anständigen Kaffee trinken wollte, sperrte sie die Tür des Konferenzraums zu und ging in Richtung ihres eigenen Büros.

Unterwegs sah sie, dass Marlo – die sie trotz der langen, braunen Haare und der riesengroßen Sonnenbrille gleich erkannte – von einem der Gleitbänder zu ihrer Linken stieg.

»Dallas.«

»Sind Sie heute nicht im Studio?«

»Erst um neun, deswegen dachte ich, ich gucke, ob Sie da sind und ich vielleicht kurz mit Ihnen sprechen kann.«

»Wie Sie sehen, bin ich da, aber ich habe wirklich nur ein paar Minuten Zeit.« Eve nickte kurz, als sie die Partnerin und Ian auf einem anderen Gleitband sah. »Warten Sie kurz«, bat sie den Gast und lief auf die Kollegen zu.

»Ist das Marlo?«, fragte Peabody.

»Ja. Ich muss kurz mit ihr reden. Gehen Sie beide schon einmal in den Besprechungsraum. Ich habe dort zwei Tafeln aufgestellt. Sehen Sie sich die an, denken Sie darüber nach und bereiten Sie sich auf das Gespräch mit Whitney und den anderen vor. Was ist in der Schachtel?«

»Doughnuts«, klärte sie der elektronische Ermittler grinsend auf. »Wir dachten, dass man diese Dinger bei einer Besprechung zwischen Cops um diese Uhrzeit einfach braucht.«

»Schaden tun sie sicher nicht. Ich komme gleich.«

Eve dachte an die Tafel mit den Bildern in ihrem Büro, überlegte, dass der Anblick unter Umständen ein Vorteil war, und bat Marlo herein.

»Danke für …« Marlo brach ab, als sie die Fotos sah. »Himmel, das ist wirklich krass. Und echt beunruhigend, mein eigenes Gesicht und die Gesichter lauter Leute, die ich kenne und echt mag, hier hängen zu sehen. Kann ich mich vielleicht setzen?«

»Sicher.«

Marlo wählte den Besucherstuhl, Eve lehnte sich an die Kante ihres Schreibtischs und dachte an die vielen Hinterteile, von denen ihr Schokoladenvorrat in den letzten Tagen platt gesessen worden war.

»Wissen Sie, ich dachte, durch die Vorbereitung auf die Rolle, die ich gerade spiele, wäre ich inzwischen ziemlich abgebrüht. Ich habe schon immer Sport getrieben, und für diese Rolle habe ich noch zusätzlich trainiert. Ich dachte, dass ich körperlich und geistig darauf vorbereitet sei, aber Gott, ich habe ziemlich schnell herausgefunden, dass ich lange nicht so zäh bin, wie ich dachte. Bei der Arbeit kann ich dafür sorgen, dass ich Sie bin, doch sofort nach Drehschluss bin ich einfach wieder Marlo Durn und habe eine Heidenangst.«

»Wovor?«

»Es ist nun einmal Tatsache …« Erneut schweifte ihr Blick in Richtung Tafel ab. »… dass einer von uns K.T. ermordet hat. Das steht eindeutig fest. Und ich weiß, Sie glauben, wer auch immer sie getötet hat, hätte auch den Mann getötet, der in ihrem Auftrag mich und Matthew aufgenommen hat. Also habe ich Angst, weil ich mit jemandem zusammenarbeite, der zu solchen Taten fähig ist.«

»Hat Asner Matthew oder Sie mit der Aufnahme erpresst?«

»Nein.« Sie starrte auf das Bild des toten Detektivs. »Ich habe diesen Menschen nie gesehen. Er war in unserem Loft, in unserem Schlafzimmer. Und jetzt ist er tot.«

»Hat jemand anderes Sie mit der Aufnahme erpressen wollen?«

»Nein. Wenn's so wäre, würde ich es sagen. Schließlich geht es um viel mehr als darum, dass jemand in unsere privaten Räume eingedrungen ist, dass der Film unglaublich peinlich für uns ist und dass wir deshalb furchtbar wütend sind. Wissen Sie, ich bin hierhergekommen, weil ich fragen wollte, ob Sie unter Umständen schon wissen, wer Harris und diesen Mann ermordet hat. Wahrscheinlich können Sie mir das nicht sagen, aber ich finde die Situation einfach schrecklich. Finde es schrecklich, ständig Angst zu haben und diesen Menschen gegenüber, die ich wirklich gernhabe, derart argwöhnisch zu sein. Ich finde es entsetzlich, dass ich meinen Wohnwagen inzwischen immer abschließe, sogar wenn ich mich dort aufhalte.«

»Haben Sie vor irgendwem besonders große Angst?«

Marlo schüttelte den Kopf. »Matthew und auch Andi kommen deutlich besser mit der Sache klar, aber Julian ist noch schlimmer dran als ich. Er ist ein totales Wrack. Connie sollte nach Paris reisen, um einen Werbefilm zu drehen. Sie wollte mit ihrer Tochter rüberfliegen und noch ein paar Tage Urlaub mit ihr machen, aber sie hat die Reise abgesagt, weil sie Roundtree nicht allein lassen will. Ich weiß, im Grunde ist das völlig unwichtig, aber ...«

»Es ist schwer, das eigene Leben, wenn auch nur vorübergehend, völlig umzustellen. Es ist schwer, die ganze Zeit zu überlegen, ob jemand, den man kennt, ein völlig anderer ist als der, als den man ihn bisher immer wahrgenommen hat.«

»Ja.« Marlo klappte unglücklich die Augen zu. »Gott, ja. Können Sie mir irgendetwas sagen? Irgendwas?«

»Wir haben gleich eine Besprechung zu dem Fall und gehen neuen Spuren nach.«

»Das beruhigt mich. Das ist gut.« Sie atmete erleichtert auf.

Jetzt spräche sich die Neuigkeit herum, sagte sich Eve und fragte sich, was Steinburger wohl dächte, wenn er hörte, dass es neue Spuren gab.

»Eine Kleinigkeit würde mich interessieren«, fuhr Eve mit ruhiger Stimme fort. »Sie können mir wahrscheinlich dabei helfen und mir unnötige Laufarbeit ersparen.«

»Fragen Sie mich, was Sie wollen.«

»Raucht am Set noch jemand außer K.T.? Kräuterzigaretten oder irgendwelches anderes Zeug?«

»Oh.« Marlo fiel in sich zusammen. »Ich. Gelegentlich. Aber keine Kräuterzigaretten sondern Tabak. Ja, ich weiß. Das ist entsetzlich teuer und nicht gut für mich. Vor allem muss man sich mit den Dingern verstecken wie ein Dieb. Inzwischen habe ich fast völlig damit aufgehört, weil Matthew was dagegen hat. Er besteht darauf, dass Yogaatemübungen dieselbe Wirkung haben, was beweist, dass er in seinem ganzen Leben nie auch nur an einem Glimmstängel gezogen hat.«

»Dann stört es ihn also, wenn andere rauchen?«

»Allerdings, aber vor allem, weil er Angst um die Gesundheit dieser Leute hat. Ich habe versucht, auf Kräuterzigaretten umzuschwenken, weil ihn die nicht ganz so stören, aber verdammt, das ist ganz einfach nicht dasselbe.«

»Gibt's im Studio sonst noch jemanden, der raucht oder was dagegen hat?«

»Ab und zu schnorrt Andi eine Kräuterzigarette von jemandem oder auch Tabak von mir. Am Set gibt's jede Menge Leute, die während der Pausen eine rauchen gehen. Roundtree hat ihnen extra eine Raucherecke zugewiesen, obwohl das vom Studio nicht gern gesehen wird und vor allem Joel deshalb vollkommen ausgerastet ist.«

Mit einem innerlichen Lächeln fragte Eve: »Ach ja?«

»Gegenüber Rauchern führt der Kerl sich wie der reinste Blockwart auf.« Marlo richtete sich wieder auf und rollte dramatisch mit den Augen. »Ehrlich, dieser Kerl kann es auf eine halbe Meile riechen, wenn jemand vor einer Stunde ein einziges Mal an einem Glimmstängel gezogen hat.« Sie runzelte die Stirn, schnupperte und stieß mit dunkler Stimme aus: »Wer hat hier geraucht? Ich lasse es nicht zu, dass man mich diesem Qualm aussetzt. Preston! Valerie! Reißt sofort alle Fenster auf!« Mit einem würgenden Geräusch warf sie einen Arm vor ihren Mund. »Ich brauche sofort ein Lutschbonbon und frisches Wasser!«

Sie lehnte sich auf ihrem Stuhl zurück und brach in lautes Lachen aus. »Seine Augen fangen schon an zu tränen, wenn man nur ans Rauchen denkt. Er und K.T. lagen deshalb die ganze

Zeit im Clinch. Sie ... oh, so habe ich das nicht gemeint. Er würde deshalb niemanden ermorden. Es ist nur so, dass er den Rauch ganz einfach nicht verträgt und immer rote Augen davon kriegt.«

»Verstehe«, stimmte Eve ihr lächelnd zu. »Harris hat auf dem Dach im Poolbereich geraucht. Die Kippen waren voll mit ihrer DNA. Nach allem, was Sie gesagt haben, ist es eher unwahrscheinlich, dass ihr jemand auf dem Fest die Dinger überlassen hat.«

»Die Blöße, jemanden darum zu bitten, hätte sie sich nie gegeben. Genauso wenig hätte sie ihre eigenen Zigaretten freiwillig mit jemand anderem geteilt.«

»Dann wäre das also geklärt. Wie gesagt, das war nur eine Kleinigkeit. Und jetzt muss ich zu der Besprechung.«

»Kein Problem. Danke. Wirklich.« Sie stand auf und reichte Eve die Hand. »Wahrscheinlich ist das ziemlich dumm, aber ich fühle mich schon deutlich besser, weil ich hier gewesen bin.«

»Freut mich, wenn ich Ihnen helfen konnte. Kommen Sie, ich bringe Sie noch raus.«

»Wahrscheinlich finden Sie das ziemlich dämlich, wenn jemand mit einer riesengroßen Sonnenbrille, einem langen Mantel und Perücke durch die Gegend läuft.«

»Ich glaube, ich würde es hassen, wenn ich nicht die Straße runterlaufen, mir ein Hot Dog kaufen, irgendwo spazieren gehen oder eine Pizza essen könnte, ohne dass mich alle Leute anstarren und Fotos von mir machen.«

»Das gehört nun einmal zum Gesamtpaket dazu.«

»Jeder muss sein Päckchen tragen, auch wenn ihm nicht alles, was dazugehört, gefällt.«

»Matthew und ich haben überlegt, ob wir uns outen sollen. Irgendwie erscheint es uns einfach nicht mehr wichtig, was das Studio will. Zwei Menschen sind tot. Das ist wichtig, also ... und wissen Sie noch was?« Sie nahm die Perücke ab und stopfte sie in ihre Tasche. »Gott! Das fühlt sich deutlich besser an. Verdammt noch mal. Ich bin nun einmal Marlo Durn.«

Mit dem Lächeln eines Megastars reichte sie Eve die Hand und marschierte auf das Gleitband zu.

Bewaffnet mit den zusätzlichen Infos, stapfte Eve in Richtung des Besprechungsraums, wo sich McNab gerade den Rest von einem Doughnut schmecken ließ.

Peabody starrte sie mit großen Augen an. »Meine Güte, Dallas.«

»Sind Sie überzeugt?«

»Machen Sie Witze? Es ist nicht zu übersehen. Er bringt reihenweise Leute um und geht dabei nach einem ganz bestimmten Muster vor.«

»Allerdings nicht aus Gewohnheit, sondern eher als Hobby«, warf der elektronische Ermittler ein. »Vielleicht gibt es auch noch andere Opfer, die ihm völlig fremd waren. Vielleicht hat er ja zwischen diesen Taten auch noch irgendwelche völlig fremden Menschen umgebracht.«

»Kann sein, aber mir kommt es vor, als sähe er das Töten lediglich als Teil der Arbeit an. Manchmal setzt er Leute an die Luft, manchmal löst er Partnerschaften auf, und manchmal bringt er Menschen um.«

»Was irgendwie noch kranker ist.« Wieder starrte Peabody die Tafeln an. »Falls er ein echter Serienkiller wäre, könnten wir zumindest noch behaupten, dass ihn irgendwas zu diesen Taten zwingt. Aber wenn er jahrelange Pausen zwischen den diversen Morden machen kann, ist es bestimmt kein Zwang für ihn. Dann ist es einfach ...«

»... praktisch.«

»Was ja wohl am allerkranksten ist. Zu denken, dass ich völlig aus dem Häuschen war, weil er mit mir besprochen hat, wie ich meine Rolle spielen soll.«

»Wir werden ihm das Handwerk legen, She-Body.«

»Jetzt will ich erst mal einen Doughnut.«

»Mit Sahne und Glasur.« McNab hielt ihr das leckere Gebäckstück hin, und während sie den ersten großen Bissen nahm, trat Whitney durch die Tür.

»Commander«, grüßte Eve. »Danke, dass Sie sich die Zeit genommen haben.«

»Schließlich klang es ziemlich dringend. Sind das etwa Doughnuts?«

Da Peabody mit vollem Mund nicht sprechen konnte, nickte sie nur knapp.

»Die beiden Detectives dachten, dass die angeraten sind«, erklärte Eve.

»Wann wären sie das nicht?« Whitney wählte einen Doughnut mit Gelee und bunten Zuckerperlen, aber ehe er ihn kosten konnte, fiel sein Blick auf die von Eve erstellten Tafeln an der Stirnseite des Raums, und schweigend sah er sich die Bilder, Daten und das Muster an.

»Neun?«

Eve nickte. »Ja, Sir. Es ist möglich, dass es auch noch andere Opfer gibt, aber diese Daten, Zeiten und die Todesumstände sind eindeutig belegt. Ich erwarte auch noch Dr. Mira, Captain Feeney sowie Staatsanwältin Reo, sobald sie da sind, kläre ich Sie alle über diese Todesfälle und die Schlüsse, die ich daraus ziehe, auf, wenn das für Sie in Ordnung ist.«

»Auf jeden Fall. Ich habe auch Kyung für neun Uhr einbestellt, kann ihn aber bitten, eher zu kommen, falls das nötig ist.«

»Ich glaube, nicht.«

Er schüttelte den Kopf. »Das wird einen Riesen-Shit-Storm geben.«

Das war unvermeidbar, dachte Eve und hielt sich etwas abseits, als erst Feeney kam, sich enthusiastisch auf die Doughnuts stürzte und dann kauend vor die Tafel trat. Dann erschienen auch die Psychologin und die Staatsanwältin, und Eve hörte, wie Cher Reo mit Begeisterung vom Ausverkauf in irgendeinem Schuhgeschäft erzählte, in dem offenbar auch Mira Kundin war.

Sie wartete, bis auch die beiden Frauen die Tafeln sahen und Mira eine Tasse Tee von Peabody serviert bekam, vorsichtig daran nippte und sich setzte, um die Fotos und die Daten zu studieren.

Schließlich baute Eve sich vor den Tafeln auf und sah die anderen an.

»Diese Daten, mein Instinkt und die Berechnung des Computers legen nahe, dass diese neun Menschen, die Sie an der Tafel sehen, von Joel Steinburger mit einer Wahrscheinlichkeit von 73,8 Prozent ermordet worden sind. Die Motive stehen bisher noch nicht eindeutig fest, aber im Fall von Bryson Kane, der damals zwanzig war, hatte das College Steinburger, der einundzwanzig war, mit Rauswurf wegen permanenten Fehlens und nicht bestandener Prüfungen gedroht. Obwohl der Verdächtige auch weiter kaum zu Übungen und Vorlesungen ging, fuhr er innerhalb von einem Monat plötzlich jede Menge super Noten ein.«

»Du denkst, dass er geschummelt hat«, warf Feeney ein.

»Auf jeden Fall. Ich denke, er hat Kane, der stets nur Einsen schrieb, für das Schreiben seiner Hausarbeiten und Klausuren bezahlt. Ich denke weiter, dass das Opfer entweder mehr Geld oder nicht länger mitspielen wollte, dass die zwei deshalb in Streit geraten sind und Kane von dem Verdächtigen die Treppe hinuntergestoßen worden ist. Dass Steinburgers Noten nach dem Tod des Mitbewohners erst einmal wieder deutlich schlechter wurden, schob man auf seine Erschütterung über den Tod des Freundes, was aus meiner Sicht totaler Schwachsinn ist. Seine Noten wurden wieder schlechter, weil er erst mal jemand anderen finden musste, der für ihn die Hausaufgaben macht und die Prüfungen ablegt.«

»Und wie wollen Sie das beweisen?«, hakte Reo nach.

»Durch seine Finanzen aus der Zeit und durch Gespräche mit den anderen Mitbewohnern, Mitstudenten und Dozenten«, antwortete Eve ihr knapp und wandte sich dem zweiten Opfer zu.

»Sein damaliger Boss, der gleichzeitig der Urgroßvater seiner damaligen Verlobten war. Er hat der jungen Frau bei seinem Tod ein beachtliches Vermögen hinterlassen, kurz darauf haben Steinburger und sie geheiratet, obwohl er offenbar ein ausgemachter Schürzenjäger war.«

»Vielleicht hat er seine Verlobte ja betrogen, deren Uropa hat es herausgefunden und gedroht, es ihr zu sagen und ihn an die Luft zu setzen«, überlegte Feeney.

»Ja, genau«, pflichtete Eve ihm bei. »Und am Schluss hat der Verdächtige nicht nur die wohlhabende Frau, sondern tritt im Studio auch noch das Erbe seines Opfers an.«

»Jetzt zu Opfer Nummer drei«, erklärte sie und arbeitete sich bis zum letzten der neun toten Menschen vor.

Sie jonglierte abwechselnd mit Fakten und mit Theorien, beantwortete Fragen und ging den zeitlichen Ablauf der Geschehnisse noch einmal durch.

»Angesichts der langen Zeitspanne, um die es geht«, fing Reo an, »bräuchten wir ein Wunder, um an alle Infos, die wir benötigten, zu gelangen. Die Belege über die Finanzen, dafür, wann er wo gewesen ist, Zeugenaussagen aller beteiligten Parteien, von denen wir nicht sicher sagen können, ob sie tatsächlich noch wissen, was damals genau geschehen ist, oder ob ihre Erinnerung sie vielleicht trügt.«

»Dann kommt er also weiter damit durch, weil er zwischen den Morden immer jede Menge Zeit hat verstreichen lassen und seine Methode immer wieder abgewandelt hat? Neun Menschen – vielleicht mehr – sind tot, weil Joel Steinburger es wollte. Weil er auf Geld, auf Sex, auf Ruhm und einen guten Ruf versessen ist, ohne sich für diese Dinge krummlegen zu wollen. Er hat den leichten Weg ins Rampenlicht und in die Schaltzentrale einer glamourösen Industrie gesucht, er hat nach Geld, nach Sex und nach dem Neid von anderen gestrebt, einzig deshalb sind all diese Menschen tot.«

»Ich bin durchaus Ihrer Meinung, Dallas, aber auch wenn Sie das Muster haben, auch wenn das Muster logisch und durchaus überzeugend ist, haben Sie keinen handfesten Beweis.«

»Den werden wir noch kriegen.«

»Wie nah sind Sie ihm inzwischen wegen K.T. Harris und dem toten Detektiv?«

»Ziemlich nah. Und wir werden ihm noch näher kommen,

wenn wir die Verbindung zwischen diesen und den anderen Fällen ziehen – wenn wir auf das Muster sehen. Besorgen Sie mir die Erlaubnis, mir sein Fahrzeug, sein Büro und seine Wohnung anzusehen und seine elektronischen Geräte zu beschlagnahmen.«

»Und wovon träumen Sie nachts?«, fragte die Staatsanwältin kalt. »Welche Begründung haben Sie dafür? Der Richter und die Flotte Anwälte, die Steinburger umgehend in Bewegung setzen wird, werden erklären, dass es ganz normal ist, wenn es im Verlauf von sechzig Jahren im Leben eines Menschen zu diversen Todesfällen kommt. Dass außerdem nur einer dieser Fälle je als Mord behandelt wurde und dass jemand anderes für diese Tat verurteilt worden ist. Ich kann einen Richter dazu bringen, sich die Unterlagen anzusehen und dasselbe Muster zu erkennen wie Sie und wie ich selbst, aber die Erlaubnis zur Durchsuchung einer fremden Wohnung kriegen Sie deshalb noch lange nicht.«

»Dann war's das also?«, fauchte Eve sie an. »Dann versuchen Sie es also nicht einmal?«

»Doch, natürlich werde ich's versuchen. Gott verdammt. Ich will diesen unheimlichen Bastard bis ans Lebensende hinter Gittern bringen, aber trotzdem ist es nun einmal so, dass mir ein Richter diesen Antrag um die Ohren hauen wird.«

Wütend wandte Eve sich ab.

»Ich werde mit Ihrem Boss und mit so vielen Richtern reden, wie ich muss«, bot Whitney Reo an. »Falls Dr. Mira ein neues Profil für mich erstellt. Sie haben sich doch sicher schon Gedanken über diesen Kerl gemacht«, wandte er sich der Psychologin zu.

»Ja.« Dies war das erste Wort aus ihrem Mund, seit sie hereingekommen war. »Ich habe mir Gedanken über diesen Kerl gemacht.«

»Aber vorher und zur Unterstützung unserer weiteren Ermittlungen«, mischte Eve sich wieder ins Gespräch. »Wie wäre es mit der Erlaubnis, seine Telefone abzuhören? Mit einer Überwachung seiner Links, seiner Computer sowie aller anderen Geräte, über die der Kerl kommunizieren kann. Er ist mein Hauptverdächtiger im Mord an Harris und an diesem Detektiv. Mehrere der anderen Verdächtigen, die auf der Feier waren, als Harris starb, kann ich inzwischen von der Liste streichen, und vor allem habe ich ein nur zum Teil geschlossenes Dach über dem Pool, den Beweis, dass unser Opfer mit Zoner versetzte Kräuterzigaretten dort oben geraucht, und die Aussage einer glaubwürdigen Zeugin, die unseren Verdächtigen als militanten Nichtraucher beschrieben hat. Das Dach über dem Poolbereich war zu, der Mechanismus fehlerhaft. Das war dem Verdächtigen nicht klar, nachdem er das Dach geöffnet hatte, um den Rauch hinauszulassen, und als er es nach dem Mord an Harris wieder schließen wollte, blieb es einen Spalt breit offen stehen.«

»Damit kann ich arbeiten«, erklärte Reo. »Das wäre zumindest eine Spur. Außerdem werden wir mit dem Staatsanwalt Kontakt aufnehmen, der dem angeblichen Pearlman-Selbstmord nachgegangen ist. Falls Ihre Kontaktperson Beweise dafür hat, dass es kein Selbstmord war, und uns die Akten überlässt, können wir zusammen mit den anderen Indizien, die wir haben, vielleicht darauf aufbauen. Aber wenn Sie nicht baldmöglichst irgendwelche handfesten Beweise finden, dürfte es uns schwerfallen, in der Sache weiter zu ermitteln, wenn der Mann und all die anderen Beteiligten erst wieder in Kalifornien sind.«

Wieder wandte Reo sich der Tafel zu. »Ich will glauben, dass wir ihm all das beweisen können, aber sicher ist es realistisch, wenn ich sage, dass das Jahre dauern kann.«

»Er wird wieder töten«, mischte sich jetzt Mira ein. »Wobei er diesmal nicht mehrere Jahre warten wird. Innerhalb der letzten beiden Tage hat der Mann zwei Menschen umgebracht. Das ist eine völlig neue Form der Macht. Er ist extrem brutal auf Asner losgegangen, das hat er vorher unseres Wissens nach nur ein einziges Mal gemacht. Was ebenfalls ein Muster ist. Er reagiert mit heftiger Gewalt, wenn jemand sein Privatleben nicht respektiert, danach nimmt er alles, was seiner Meinung nach ihn betrifft, aus den Wohnungen der Opfer mit. Asner wird in dieser neuen

Mordserie auf keinen Fall der Letzte sein. Falls Steinburger Valerie bezahlt hat, damit sie ihm ein Alibi verschafft, ist sie jetzt eine Gefahr für ihn. Er wird sie aus dem Verkehr ziehen müssen, und ich glaube nicht, dass er damit noch lange warten wird. Er wird nicht erst in Jahren oder Monaten, sondern spätestens in ein paar Wochen wieder zuschlagen. Weil er einen endgültigen Schlussstrich unter diese Sache ziehen muss, damit er wieder die Kontrolle über alles hat.«

Sie wandte sich an Eve. »Nachdem ihm die Kontrolle seiner Meinung nach entglitten ist, ist er wahrscheinlich noch gefährlicher als sonst. Er ist organisiert, also entwirft er sicher einen Plan. Es geht ihm stets nur um sich selbst, und er rechtfertigt alle seine Taten damit, dass sie nötig sind. Vor allem aber ist er völlig skrupellos. Was auch immer seinem eigenen Komfort, seinem Erfolg und seinem Ehrgeiz in die Quere kommt, wird ausgemerzt. Er bringt seit vierzig Jahren aus selbstsüchtigen Gründen andere Menschen um, ist aber gleichzeitig ein angesehener, berühmter, einflussreicher, wohlhabender Mann. Auf der einen Seite führt er diese Taten emotionslos wie ein Auftragskiller durch ...«

»Er sieht sie einfach als Geschäft«, erklärte Eve.

»Genau. Wobei sie auf der anderen Seite auf intime, intensive Art auch sehr persönlich sind. Er hat Freundinnen, Geliebte und selbst eine seiner Exfrauen umgebracht. Vielleicht finden Sie heraus, dass er und K.T. Harris ebenfalls einmal intim gewesen sind. Nur zweimal hat er Menschen außerhalb des engsten Freundes- und Familienkreises umgebracht.«

»Wobei er mit diesen Opfern wesentlich brutaler umgesprungen ist.«

»Bei ihnen konnte er seine brutale Seite ungehemmt ausleben. Ich glaube, wenn Sie mit den Exfrauen und den früheren und aktuellen Geliebten sprechen, werden die, wenn sie die Wahrheit sagen, zugeben, dass er brutalen Sex bevorzugt und die Frauen im Rahmen irgendwelcher Rollenspiele vergewaltigt hat. Denn die Gewalt ist immer da. Töten gibt ihm das Gefühl, dass er die Dinge kontrolliert, aber zugleich ist das Verlangen zu töten, wenn diese Kontrolle in Gefahr gerät, etwas, was ihn andersherum beherrscht.«

»Er wird ziemlich traurig sein, wenn wir ihn einbuchten und er dann nichts mehr kontrollieren kann. Besorgen Sie mir die Erlaubnis, seine Telefone abzuhören«, bat Eve die Staatsanwältin. »Besorgen Sie mir alles, was Sie kriegen können, ja?«

Nach kurzem Klopfen streckte Kyung den Kopf herein und sah sie fragend an. »Soll ich draußen warten?«

»Nein.« Eve neigte ihren Kopf zur Schulter. »Sie kommen genau im rechten Augenblick. Falls alle andern noch ein paar Minuten warten könnten, habe ich vielleicht eine Idee, wie wir einen Richter dazu kriegen, dass er uns die Telefone dieses Kerls abhören lässt.«

Sie zeigte mit dem Daumen auf die Schachtel auf dem Tisch. »Die Detectives haben Doughnuts mitgebracht. Greifen Sie zu.«

19

»Sie beraumen also noch einmal eine Pressekonferenz an«, sagte Eve zu Kyung.

»Ich fürchte, ja.« Nach kurzem Überlegen wählte er einen einfachen Doughnut nur mit Zuckerguss und brach ihn in der Mitte durch. »Ich habe keine andere Wahl.«

»Meinetwegen, aber die muss warten, bis die Staatsanwältin die Erlaubnis zur TÜ bekommen hat und bis von unseren elektronischen Ermittlern alles vorbereitet worden ist.«

»Aber hallo.« Kyung warf überrascht die Hände in die Luft. »Sie sind heute ja regelrecht entgegenkommend.«

»Ich hoffe, dass ich das von Ihnen auch behaupten kann. Wir werden auf der Pressekonferenz erklären, dass es einen Durchbruch in dem Fall gibt und meiner Meinung nach in absehbarer Zeit eine Festnahme erfolgen wird.«

»Das ist eine wirklich gute Neuigkeit.« Kyung sah ihr forschend ins Gesicht. »Falls es tatsächlich so ist.«

»Das mit dem Durchbruch stimmt. Zumindest meiner Meinung nach. Bei der Verhaftung kommt es darauf an, wie der Mörder auf die Nachricht von dem Durchbruch reagiert.« Damit wandte Eve sich Whitney zu. »Wenn Sie damit einverstanden sind, Commander.«

»Unbedingt. Sie gehen davon aus, dass der Verdächtige Sie nach der Pressekonferenz auf irgendeine Weise kontaktieren wird. Dass ihn Panik oder vielleicht auch reine Neugier dazu zwingt.«

»Er wird wissen wollen, was wir herausgefunden haben und ob ihn irgendetwas verdächtig macht. Außerdem ist meiner Meinung nach sein Alibi im Asner-Fall gekauft. Er hat jemanden dafür bezahlt, vielleicht setzt derjenige nach der Pressekonferenz den Preis ja noch mal rauf. Vielleicht kontaktiert ihn die Person, weil sie noch einmal über den Preis verhandeln will.«

»Vielleicht trifft die Person sich aber auch mit ihm«, warf Feeney achselzuckend ein. »Vielleicht benutzen sie gar kein Link und keinen Computer, um die Angelegenheit zu klären.«

»Kann sein. Es gibt noch jemand anderen, der sich mit ihm treffen kann. Nadine ist gut darin, Leute dazu zu bringen, dass sie Dinge sagen, die sie gar nicht sagen wollen. Und jede Kleinigkeit, die ihm bei einem Interview womöglich rausrutscht, kann uns eine Hilfe sein. Ich möchte sie in die Ermittlungen miteinbeziehen, Commmander. Nicht nur, weil sie ein begründetes Interesse daran hat, sondern weil ich weiß, dass sie die Infos, die sie von mir kriegt, erst dann publik macht, wenn sie die Genehmigung dazu bekommt. Vor allem, wenn ich – widerstrebend und verärgert – zustimme, in ihrer Sendung aufzutreten, wenn sie uns bei dieser Sache hilft.«

»Er ist ein Mensch, der andere manipuliert«, stellte die Psychologin fest. »Niemand kann ein solches Leben führen und über vier Jahrzehnte hinweg morden, ohne andere zu manipulieren. Aber das kann Nadine und können Sie selbst genauso gut«, sagte sie zu Eve. »Allerdings muss Ihnen klar sein, dass er sie belügen wird.«

»Auf jeden Fall. Wen wird er Nadine ans Messer liefern wollen? Wenn er denkt, wir stünden kurz davor, jemanden wegen der beiden Morde festzunehmen, muss er jemanden mit Dreck bewerfen, oder nicht? Wir haben die Zahl der Verdächtigen inzwischen stark eingegrenzt. Er muss also einen seiner eigenen Leute über die Klinge springen lassen, damit er sich wieder sicher fühlen kann. Er muss uns belügen oder wenigstens die Tatsachen so verdrehen, dass er selbst glaubwürdig ist. Und mit jeder Lüge steigt die Chance, dass ihm ein Fehler unterläuft.«

»Vielleicht bringt er auch einen seiner eigenen Leute um«, gab Mira zu bedenken, »und stellt es dann wie bei Pearlman als Selbstmord aus Schuldgefühlen dar.«

»Was natürlich nicht passieren darf. Aber mir fällt schon ein, wie das verhindert werden kann.«

»Verzeihung.« Der PR-Mann hob die Hand. »Ich bin zwar kein Detective, aber sehe ich an dieser Tafel wirklich das, was ich zu sehen glaube?«

»Diese Informationen bleiben in diesem Raum.«

»Verstehe. Ja, natürlich. Aber ... hat Steinburger wirklich alle diese Leute umgebracht? Einer der gefeiertsten, erfolgreichsten und angesehensten Produzenten der amerikanischen Filmindustrie?«

»Dass jemand gute Filme produziert, heißt nicht, dass er nicht gleichzeitig ein Killer sein kann. Ich werde einen Schlussstrich unter seinen Ruhm und seine Tätigkeit als Serienkiller ziehen.«

»Was eine Riesensache wird. Die Journalisten werden explodieren, und die New Yorker Polizei – und Sie, Lieutenant – stehen im Zentrum dieser Explosion.«

»Was Sie zu freuen scheint.«

Lächelnd biss Kyung von seinem Doughnut ab. »Das ist eben Teil von meinem Job.«

»Da haben Sie recht.«

Direkt nach der Besprechung kehrte Eve zurück in ihr Büro. An Peabody gewandt, sagte sie nur: »Die Lady mit der Yacht.«

»Lebt mit ihrem Partner in Tribeca.«

»Rufen Sie sie an, und sagen Sie ihr, dass sie uns im Hafen treffen soll.«

»Im Hafen?«

»Ja genau. Und zwar so schnell es geht.« Noch während sie die Anweisung gab, wählte sie bereits die Nummer von Nadine und wandte sich dem Bildschirm ihres Handys zu. »Wir müssen reden.«

»Heute Nachmittag habe ich eine kurze Pause, also ...«

»Jetzt sofort.«

»Ich habe gerade alle Hände voll ...«

»Was Sie auch immer gerade machen, ist ganz sicher nicht so interessant wie das, worüber ich mit Ihnen sprechen will.«

»Glauben Sie? Was könnte interessanter sein, als mit McQueen zu sprechen, bevor man ihn in den Hochsicherheitstrakt einer extraterrestrischen Strafkolonie verlegt? Und das Gespräch mit Interviews der Jones-Zwillinge, des jungen Mädchens, das McQueen und seine Komplizin aus dem Shoppingcenter in Dallas gekidnappt hatten, und mit *allen* Überlebenden, die eine junge Polizistin vor zwölf Jahren in New York aus den Klauen dieses Kerls befreit hat, abzurunden? Wir bringen ein sechsstündiges Special in drei Teilen zu dem Fall. Was eine Riesensache wird.«

»Das ist natürlich schön für Sie. Aber wie sähe es mit einer zweiten Riesensache aus? So groß, dass vielleicht noch einmal ein Buch für Sie dabei herausspringt, eine Sache, die derart heiß ist, dass Ihnen danach ganz Hollywood die Tür einrennen wird.«

»Wann und wo?«

»Battery Park, am Yachthafen. Moment.« Als Peabody zurückkam, hob sie mahnend einen Finger in die Luft, formte mit den Lippen *eine Stunde* und wandte sich abermals der Journalistin zu. »In zwei Stunden. Schauen Sie, dass Sie pünktlich sind.«

Damit legte sie auf.

»Sie haben recht, das ist ein Riesending«, stimmte die Partnerin ihr zu. »Ich meine nicht wegen der Bücher und der Filme, die man über diese Sache schreiben oder drehen kann. Sondern für mich als Cop. Als ich zur Polizei gegangen bin, ging es mir nicht um solche Fälle. Schließlich kann man sich kaum vorstellen, dass jemand über vierzig Jahre morden kann, ohne dass ihm jemand auf die Schliche kommt. Das ist …«

»… deprimierend«, meinte Eve. »Weil man ihn schon vor Jahren hätte stoppen sollen. Wenn auch nur ein Cop irgendwann nach rechts gesehen hätte statt nach links, nach oben statt nach unten, oder wenn ihm auch nur eine zusätzliche Frage eingefallen wäre, hätte man den Kerl vielleicht bereits vor einer Ewigkeit gestoppt.«

»Ja. Ich weiß, dass manche Typen nie erwischt werden oder uns durch die Lappen gehen, weil ihnen nichts bewiesen werden kann. Aber das hier … dieser Typ bringt seit Jahrzehnten Menschen um, Dallas. Wenn ich an die Tafel gucke, sehe ich das Collegekid, das jünger war als ich. Er wird nicht mehr älter werden, niemals seinen Abschluss machen und sich nie verlieben. Er wäre inzwischen alt genug für Enkelkinder, aber er wird immer zwanzig bleiben, weil er nicht älter geworden ist.«

»Vergessen Sie ihn nicht, und treten Sie jetzt für ihn ein. Erinnern Sie sich an den Namen und an das Gesicht, und denken Sie daran, dass er nicht älter werden durfte, weil ihm Joel Steinburger die Möglichkeit dazu genommen hat. Er hat sie ihm genommen, und weil er damit durchgekommen ist, hat er auch noch anderen die Chance geraubt, ihr Leben zu leben. Aber jetzt werden wir dafür sorgen, dass er so etwas nie wieder tut.«

In diesem Augenblick schrillte ihr Link. »Dallas.«

»McHone. Ich hatte Glück. Die alte Akte, die Beweismittel, die elektronischen Geräte und die ganzen anderen Sachen waren tatsächlich noch da. Nach Ihrem Anruf ging mir die Geschichte einfach nicht mehr aus dem Kopf, also habe ich nachgeforscht.«

»Dafür haben Sie was bei mir gut. Hören Sie, wir verfolgen gerade eine heiße Spur. Vielleicht könnten Sie mir ja die elektronischen Geräte schicken, und ich setze unseren besten elektronischen Ermittler zusammen mit einem zivilen Berater, der sich supergut mit diesen Dingen auskennt, darauf an. Und für mich wären die Akten und die anderen Sachen interessant.«

»Ich hoffe, dass Sie etwas finden und ich Pearlmans Witwe sagen kann, dass er kein Dieb und Feigling war. Dann wären wir quitt. Ich hole mir jetzt die Erlaubnis, Ihnen die Beweismittel zu überlassen, und schicke sie so schnell wie möglich los.«

»Vielleicht kann ich das ja beschleunigen. Ich werde meinen Vorgesetzten bitten, die Erlaubnis einzuholen, und sorge auch für den Transport. Falls Sie jemals etwas von mir brauchen, rufen Sie mich einfach an.«

»Das mache ich.«

»Rufen Sie bei Whitney an, damit Bewegung in die Sache kommt«, wandte sich Eve an ihre Partnerin. »Ich organisiere währenddessen den Transport.«

Sie griff nach ihrem Link, um Roarke zu kontaktieren, zuckte zusammen, zischte leise und stapfte vor ihrem kleinen Fenster auf und ab. Sie wusste, es war falsch, dass sie ihn ständig bei seiner Arbeit unterbrach, damit er ihr in ihrem Job behilflich war.

Obwohl sie das Gefühl hatte, als ob sie eine dicke Kröte schlucken müsste, rief sie dieses Mal stattdessen seinen Majordomus an.

»Lieutenant?«, meldete sich Summerset.

»Ich brauche einen schnellen, sicheren Transport für zwei New Yorker Cops nach Kalifornien und zurück. Sie holen dort wichtige Beweise ab.«

»Verstehe. Nennen Sie mir das genaue Ziel und von wo aus die Kollegen fliegen sollen.«

»Das ist alles?«

»Ich nehme an, die beiden sollen so schnell wie möglich los, also reichen Ziel und Abflughafen völlig aus.«

»Okay.« Mit argwöhnischer Stimme nannte sie die beiden Orte, und er nickte knapp.

»In Ordnung. Ihre Leute sollen in einer halben Stunde mit der schriftlichen Genehmigung beim Shuttle sein.«

»Mit was für einer schriftlichen Genehmigung?«

»Von Ihnen, Lieutenant«, klärte Summerset sie auf. »Die Beamten brauchen Ihre schriftliche Genehmigung, das Shuttle zu benutzen, das im Grunde nur Ihnen allein zur Verfügung steht. Außer, Sie wären dabei. Dann wäre Ihre schriftliche Erlaubnis nicht erforderlich.«

»Nein, ich bleibe hier. Sie sind in einer halben Stunde dort.« Sie schluckte die nächste dicke Kröte und stieß krächzend »Danke« aus.

»Nichts zu danken«, antwortete er ruhig und legte auf.

Sie starrte stirnrunzelnd den schwarzen Bildschirm an. Woher hätte sie wissen sollen, dass das so einfach war? Es hätte vollkommen genügt, den Flughafen zu kontaktieren. Wobei es sicher deutlich schneller ging, wenn Summerset dort anrief, um das Shuttle zu bestellen.

»Dallas.«

»Was?« Sie blickte auf und sah, dass Reo durch die Tür getreten war. »Ja.«

»Sie haben die Erlaubnis zur TÜ. Feeney weiß bereits Bescheid.«

»Gut. Dann bringen wir den Ball ins Rollen.«

»Ich weiß, Sie wollen das nicht hören, aber Sie brauchen wirklich jede Menge Glück, damit er irgendetwas sagt, auf das man eine Anklage für alle diese Morde stützen kann.«

»Vielleicht rutscht ihm ja etwas raus, was wiederum zu einer Äußerung führt, die Ihnen weiterhilft. Es ist einen Versuch wert, Reo.«

»Es kann Jahre dauern, bis man genug Beweise wegen all der alten Morde gegen ihn zusammenhat. Wäre es nicht besser, uns auf die Taten zu konzentrieren, die er aktuell begangen hat?«

»Ich kann mich gleichzeitig auf beide Ziele konzentrieren. Ein Collegekid, ein alter Mann, eine Schwangere, ein Ehemann und Vater, eine Frau, die schlau genug war, dass sie sich von diesem Typen hat scheiden lassen, ein Mann, der einfach seinen Job gemacht hat. Soll ich die etwa vergessen?«

»Nein, ganz sicher nicht. Aber wenn Sie es auf irgendeine Weise schaffen, ihm die Morde an Harris und an Asner nachzuweisen, fährt er bereits dafür bis ans Lebensende ein. Er hat nur dieses eine Leben, Dallas, und wenn wir es richtig anstellen, bringt der Kerl den Rest von diesem Leben hinter Gittern zu.«

»Nur dass es hier auch um die Leben geht, die seinen sieben anderen Opfern nicht vergönnt gewesen sind. Haben Sie sich diese Menschen angesehen?«, fragte Eve.

»Ja. Ich weiß. Ich *weiß,* Dallas. Ich will ihn ebenfalls für alle diese Fälle drankriegen. Ich will wegen jedem einzelnen von diesen Fällen Anklage gegen den Kerl erheben und gewinnen. Was auf jeden Fall ein Traum bleibt, denn falls wir jemals genug Beweise gegen ihn zusammenkriegen, um tatsächlich Anklage in allen Fällen zu erheben, wird mein Boss die Sache übernehmen, und dann darf ich nur noch zusehen, wie er ihn fertigmacht.

Aber erst mal würde es mir reichen, ihn zumindest wegen eines Mordes dranzukriegen und zu hoffen, dass wir im Verlauf der Zeit Beweise dafür finden, dass er all die anderen Taten ebenfalls begangen hat.«

»Ich bin nicht bereit, mich damit zu begnügen. Wenn wir ihm die letzten beiden Morde oder einen von den beiden ersten beweisen können, werde ich den Kerl so lange in die Mangel nehmen, bis er auch den ganzen Rest gesteht. Und dann bekommen Sie die Beweise auf einem silbernen Tablett von mir serviert.«

»Darüber würde ich mich wirklich freuen. Haben Sie übrigens mitbekommen, dass sich Mira Sorgen macht? Sie hat Angst, dass er es schafft, von sich als Täter abzulenken und es so zu drehen, als hätte jemand anderes die beiden umgebracht. Oder, was noch schlimmer wäre, dass er bald den nächsten Mord begeht.«

»Inzwischen weiß ich, wie er tickt, und bin ihm jetzt immer einen Schritt voraus.«

»Halten Sie mich auf dem Laufenden, okay? Und falls Sie mir noch irgendetwas liefern können, werde ich versuchen, die Erlaubnis zur Durchsuchung seiner Wohnung und des Wagens zu bekommen.«

»Fangen Sie doch am besten schon mal damit an«, schlug Eve ihr vor, doch Reo schüttelte den Kopf.

»Wenn ich das jetzt versuche, höre ich auf jeden Fall ein Nein. Und wenn ich jetzt ein Nein bekomme, wird es später schwieriger, ein Ja zu kriegen.«

Was zwar logisch, aber trotzdem ätzend war. »Als Peabody und ich vor Harris' Tod, bevor die Sache knifflig wurde, an dem Vormittag im Studio waren, haben sie gerade dieses Szene abgedreht, in der eine fesche, junge Staatsanwältin die Ermittler in das Haus von Icove Senior begleitet und in Ohnmacht fällt, als sie die Leiche sieht.«

»Verdammt. Verdammt. Die haben sie mit reingenommen?« Verärgert und verschämt wandte sich Reo eilig ab. »So ein verdammter Mist. Das war meine erste Leiche. Bestimmt wäre das jedem anderen auch passiert.«

»Aber in dem Fall sind nun einmal Sie selber umgekippt. Wobei Sie in dem Film zumindest sehr graziös zu Boden gehen.«

»Das hat Ihnen Spaß gemacht.« Die Staatsanwältin funkelte sie zornig an. »Es macht Ihnen Spaß, dass ich mich in dem Film derart blamiere.«

»Es hat mir auf jeden Fall nicht wehgetan. Aber Sie haben diese Blamage schließlich mehr als wettgemacht. Sie haben sich ins Zeug gelegt und nicht lockergelassen, bis Bewegung in die Sache kam.«

Reo seufzte. »Geben Sie mir irgendwas. Irgendeine Kleinigkeit, dann lege ich mich noch einmal so ins Zeug.«

»Bereiten Sie sich schon mal darauf vor.« Eve nahm ihre Jacke von der Rückenlehne ihres Stuhls.

»Oh mein Gott.« Cher Reo stieß ein beinah wolllustiges Stöhnen aus.

»Echt?« In sicherem Abstand zu der anderen Frau zog Eve die Jacke an. »Macht dieses Ding Sie wirklich heiß?«

»Sie ist einfach ... köstlich.«

»Lecken Sie bloß nicht daran. Einmal anfassen«, gestattete ihr Eve, weil ihr bewusst war, dass es anders kein Vorbeikommen gab. »Sie dürfen sie berühren, aber nur einmal.«

»Mmmm. Das Leder ist butterweich.«

»Sie sind nicht die Erste, die das sagt«, murmelte Eve und stapfte los.

»Peabody, Sie kommen mit. Wir besorgen Ihnen, was Sie brauchen«, sagte sie der Staatsanwältin zu.

Der Wind peitschte die Wellen auf und blies den Duft des Meeres Richtung Land. Es war ein angenehmer Tag, und die Touristen nutzten Sonnenschein und Wärme, um gemächlich durch den Park zu wandern oder sich die Freiheitsstatue auf Liberty Island anzusehen. In den Gärten blühten immer noch die Blumen, auch wenn inzwischen statt der bunten Sommerpracht fast nur noch Rot- und Brauntöne zu sehen waren.

Typisch für die geschäftstüchtigen New Yorker boten zahlreiche Verkäufer an diversen Ständen Hot Dogs, Souvenirs, Stadtpläne, Getränke, Einwegkameras und Prepaidhandys für Touristen, die die eigenen Links und Kameras verloren oder vergessen hatten, an.

Eve stand am Pier und blickte auf die eleganten Yachten, die dort auf dem Wasser schaukelten.

Der Privatbereich des Hafens war zum Schutz vor neugierigen Blicken, Dieben und Vandalen durch einen hohen Zaun vom Rest des Beckens abgetrennt. Sicher konnte man den Zaun problemlos überwinden, doch die reichen Menschen, deren schicke Boote hier vor Anker lagen, hatten ihr Eigentum sicherlich noch zusätzlich geschützt.

»Das ist Violet Holmes.« Peabody nickte mit dem Kopf in Richtung einer Frau, die durch das Tor am Rand des Hafenbeckens auf sie zugelaufen kam.

Sie trug eine leuchtend rote Jacke, eine Jeans mit goldfarben besetzten Taschen, ein rot-weiß gestreiftes Hemd, ein buntes Seidentuch, das in der Brise flatterte, und eine kesse, dunkelblaue Segelmütze auf dem kurzen, silbrig weißen Haar.

»Detective Peabody. Und Sie sind Lieutenant Dallas.« Sie begrüßte beide Frauen mit einem festen Händedruck und stellte lächelnd fest: »Nachdem ich das Buch über den Icove-Fall gelesen und natürlich die Berichte über K.T. im Fernsehen gesehen habe, kommt es mir so vor, als würde ich Sie bereits kennen.«

»Sie haben K.T. gekannt?«, erkundigte sich Eve.

»Nur flüchtig. Ich lebe inzwischen in New York und fliege nur noch ab und zu nach Kalifornien. Natürlich freut es mich, dass ich Sie beide kennenlernen darf, aber weswegen interessieren Sie sich für die *Simone*?«

»Das ist die Yacht«, erklärte Peabody der Partnerin.

»So hieß ich selbst in meiner ersten großen Rolle«, klärte Violet sie auf. »Sie sind beide noch zu jung, um das zu wissen, aber die Simone hat mich berühmt gemacht. Ich habe das Boot inzwischen seit zehn Jahren, und noch immer ist es mir ein riesiges Vergnügen, damit rauszufahren.«

»Da wir gerade vom Beginn Ihrer Karriere sprechen. Können Sie mir sagen, ob es öfter vorgekommen ist, dass eine junge Schauspielerin zwanzigtausend Dollar von Joel Steinburger bekommen hat?«

»Wie bitte?«

»Das ist nur eins der seltsamen Details, auf die man bei routinemäßigen Ermittlungen zu einem Mordfall immer wieder stößt. Am 18. Juli 2029 hat Steinburger zwanzigtausend Dollar auf ein extra dafür unter Ihrem Namen angelegtes Konto eingezahlt. Kam so etwas öfter vor?«

»Oh nein, natürlich nicht. Genau das ist es, was Joel so ungewöhnlich und besonders macht. Ich kann mich noch sehr gut daran erinnern, denn auch dabei ging es um Simone. Die Rolle, meine ich. Ich wollte sie um jeden Preis, und mein Vorsprechen lief wirklich gut. Schließlich hatte ich auch tagelang dafür geübt.«

Sie lachte leise auf. »Beim Essen, Schlafen, Atmen war ich immer nur Simone. Aber obwohl mich Joel für die Rolle wollte, haben die anderen gezögert. Ich war ihrer Meinung nach nicht schön und weltgewandt genug. Ich war nicht wirklich sinnlich, keine Femme fatale und hatte ihrer Meinung nach auch sonst nichts, was für mich in dieser Rolle sprach.«

»Und die zwanzigtausend Dollar haben das geändert?«

»Allerdings. Joel hat mir das Geld von seinem eigenen Konto überwiesen, was bedeutet, dass er auch das Risiko allein getragen hat. Ich habe von dem Geld einen der besten Stilberater jener Tage engagiert, der hat mich make-up-, frisur- und kleidungstechnisch erst einmal auf Vordermann gebracht.« Abermals stieß sie ein leises Lachen aus. »Himmel, das war wirklich furchtbar aufregend für mich. Mit einem völlig neuen Look und einem gestärkten Selbstbewusstsein bin ich dann noch einmal ins Studio zurückgekehrt. Ich habe noch einmal vorgesprochen, und man hat mich für die Rolle ausgesucht. Das und viel von dem, was nachher kam, verdanke ich Joel.«

»Waren Sie beide einmal ein Paar?«

»Damals noch nicht. Wir waren später einmal zusammen, aber das ist auch schon ein paar Jahre her. Ich finde Ihre Fragen seltsam.«

»Mir ist klar, dass es merkwürdig wirkt. Trotzdem muss ich Sie noch etwas anderes fragen«, meinte Eve. »Da Sie sich so gut an dieses Vorkommnis erinnern, wissen Sie doch sicher noch, was Joel von Ihnen im Gegenzug für dieses Geld erbeten hat.«

»Dass ich die Rolle kriege.«

»Gab es vielleicht irgendeinen anderen, kleinen Gefallen, den Sie ihm tun sollten, bevor oder nachdem das Geld auf Ihrem Konto eingegangen ist?«

»Ich verstehe wirklich nicht, was das mit meiner Yacht zu tun haben soll.«

»Das ist einfach eins dieser Details, die es für uns zu klären gilt.«

»Nun, tatsächlich kann ich mich an etwas erinnern, für mich war es damals eine besonders aufregende Zeit. Im Grunde war es total einfach und echt süß, obwohl ich bisher nie auf die Idee gekommen bin, dass das eine Gegenleistung für die großzügige Unterstützung meiner Karriere war.«

»Was?«

»Joel hatte gerade erst erfahren, dass seine Frau ihr erstes Kind erwartete. Deshalb ist er kurz nach Mexiko geflogen und hat sie dort mit einer Riesenparty in ihrer Villa überrascht. Er hat mich damals gebeten, falls mich jemand fragen würde, zu behaupten, er wäre bei mir gewesen, was er an dem Abend anfangs ja auch war. Bei mir und meinem Stilberater. Bis sein Flieger ging. Haben Sie das gemeint?«

»Danke, ja, genau. Ich schätze, dass Sie bei dieser Geschichte auch bei der Befragung durch die Polizei geblieben sind.«

»Oh.« Violet griff sich ans Herz. »Sie meinen wegen der Überdosis, an der Angelica Caulfield damals starb. Ja, jetzt sehe ich, worum es Ihnen geht. Was für eine furchtbare Tragödie, was für eine Vergeudung an Talent und Leben.«

»Die Polizei hat Sie also damals vernommen?«

»Ja. Sie hatten mit Joel gesprochen, weil es hieß, er hätte damals was mit ihr gehabt. Ehrlich, wenn man den Gerüchten glauben dürfte, hätte auch ich selbst schon zahlreiche Affären mit Leuten gehabt, denen ich nie auch nur begegnet bin. Das gehört in unserem Geschäft einfach dazu.«

»Dann haben Sie der Polizei also erzählt, dass er bei Ihnen war, als Caulfield starb.«

»Nun, ja, das habe ich. Germaine, mein Stilberater, war bei dem Gespräch dabei. Als er gesagt hat, dass Joel mit uns zusammen war, habe ich das automatisch ebenfalls gesagt. So war es am einfachsten für uns.«

Sie legte eine kurze Pause ein und atmete vernehmlich aus. »Ich habe schon seit Jahren nicht mehr daran gedacht, aber ich nehme an, ich hätte die Beamten nicht belügen sollen. Joel hätte ja sowieso das Flugticket gehabt, um zu beweisen, dass er in Mexiko war, aber dann hätten die Medien sich auf seinen Trip nach Mexiko gestürzt, und er hätte Lana nicht mehr mit der wunderbaren Party überraschen können, die er extra ihr zu Ehren ausgerichtet hat. Ich war selbst eingeladen, und ich kann Ihnen versichern, diese Party war der Hit.« Violet sah sie mit einem breiten Lächeln an.

»Nachdem die Überraschung damals ja gelungen ist, macht es Ihnen doch bestimmt nichts aus, jetzt zu Protokoll zu geben, wo er an dem Abend wirklich war«, bat Eve.

»Oh. Natürlich, kein Problem. Wenn das wirklich nötig ist.«

»Es geht einfach darum, ein Missverständnis auszuräumen«, meinte Eve. »Aber dafür ist auch später noch Zeit. Haben Sie etwas dagegen, wenn wir uns Ihre Yacht ansehen?«

»Ganz und gar nicht.« Violet benutzte ihre Schlüsselkarte und gab zusätzlich noch einen Code in eine Zahlenplatte ein, bevor das Tor zur Seite schwang. »Ich habe als Liegeplatz extra die Sechs gewählt, weil das meine Glückszahl ist.«

»Wann haben Sie die Yacht zum letzten Mal benutzt?«

»Das ist schon ein paar Wochen her. Ich war in Baltimore zu

Dreharbeiten für eine ganz neue Serie und bin erst seit gestern wieder hier.«

»Hat sonst noch jemand Zugang zu der Yacht?«

»Phillip – Phillip Decater. Wir leben seit zwei Jahren zusammen. Aber er war mit mir in Baltimore und hat's vor allem nicht so mit dem Meer. Davon abgesehen ist er der perfekte Mann für mich«, erklärte sie mit einem neuerlichen Lächeln und wies auf ein hübsches, weißes Boot mit jeder Menge blank poliertem Messing und mit weich schimmerndem Holz.

»Ich nehme an, Sie fahren ab und zu mit Freunden raus.«

»Ja, mit Freunden und mit der Familie. Sooft wie möglich, aber worum geht es überhaupt?«

»Vielleicht um gar nichts«, meinte Eve. »Haben Sie die Möglichkeit zu sehen, ob jemand, während Sie in Baltimore waren, mit der Yacht rausgefahren ist?«

»Falls Sie denken, jemand hätte sie stibitzt und eine Tour damit gemacht, muss ich Sie wahrscheinlich enttäuschen. Erst müsste man dazu durchs Tor, dann ins Ruderhaus, und danach müsste man auch noch den Startcode wissen, ohne den das Boot nicht fährt. Wenn einem all das gelungen wäre, warum hätte man das Ding dann wieder zurückbringen sollen, statt bis nach Neuschottland raufzufahren?«

»Da haben Sie wahrscheinlich recht. Aber wenn jemand die Yacht genommen hätte, können Sie das sehen?«

»Ich kann gerne das digitale Logbuch einsehen, wenn Sie wollen. Das zeichnet die Zeiten und Koordinaten aller Touren auf.«

»Wirklich?«

»Das ist ein ganz wunderbares Spielzeug«, klärte Violet sie grinsend auf. »Phillip hat es mir letzten Monat zum Geburtstag geschenkt. Im Grunde braucht man so was nicht auf einem Boot, mit dem man nur zum Spaß rausfährt, aber ich liebe die *Simone* und habe einfach Freude an technischen Spielereien.«

»Könnten wir uns dieses Spielzeug wohl ansehen?«

»Warum nicht? Kommen Sie an Bord. Die Kombüse ist allzeit

bestückt«, erklärte Violet und kletterte vom Steg an Bord des Boots. »Kann ich Ihnen etwas anbieten?«

»Nein danke.«

»Gott, die Yacht ist wirklich wunderschön.« Ehrfürchtig glitt Peabody mit ihrer Hand über das Holz. »Ich kenne mich nicht wirklich gut mit Booten aus, aber von Holz verstehe ich etwas. Und dieses Holz ist wirklich toll.«

»Das ist wieder aufgearbeitetes Teak. Wir empfangen hier im Sommer immer jede Menge Gäste, und wenn wir am Wochenende rausfahren wollen, reichen die Schlafplätze an Bord für acht Personen aus.«

Sie stieg über eine schmale Treppe und gab einen weiteren Code neben der Tür des Ruderhauses ein.

Mitten in dem hochmodernen Raum sah Eve ein altmodisches Steuerrad aus warm glänzendem Holz. Obwohl sie durch die breite Glasfront sehen konnte, dass sie immer noch im Hafen lagen, musste sie sich zwingen, nicht daran zu denken, dass der Boden unter ihren Füßen sacht schwankte, weil sie auf dem Wasser waren.

»Hier sehen Sie all mein Spielzeug.« Violet trat einen Schritt nach rechts. »Das Echolot, mit dem man Schwärme kleiner Fische oder, wenn man weit genug hinausfährt, Wale aufspüren kann. Verschiedene Stationen, um zu sehen, wie – ganz egal wo auf der Welt – das Wetter ist, und hier das digitale Logbuch.« Durch Nennung ihres eigenen Namens und des Namens ihrer Yacht nahm sie das Logbuch in Betrieb. »Phillip hat es zum Spaß so eingestellt, dass ich es nur mit meiner Stimme aktivieren kann.«

»Letzte Einträge«, wies sie die Kiste an. »Sie werden sehen«, sagte sie zu Eve, »dass wir in den letzten Wochen nicht ... Was soll das heißen? Das verstehe ich nicht.«

Für Eve jedoch ergab es durchaus einen Sinn. »Sehe ich das richtig? Irgendwer ist letzte Nacht um 1.16 Uhr rausgefahren und hat die Yacht gut eine Stunde später um 2.22 Uhr wieder hierher zurückgebracht. Insgesamt war dieser Jemand 2,6 Meilen unterwegs. Ist das hier die durchschnittliche Geschwindigkeit?«

»Ja, das gibt Knoten an.« Violet nahm ihre Mütze ab und fuhr sich mit den Fingern durch das weiße Haar. »Das ist sehr beunruhigend.«

»Und diese Zahlen, die Koordinaten? Zeigen sie an, auf welchem Weg das Boot wohin gefahren ist?«

»Ja, ja. Verdammt. Am besten spreche ich sofort den Hafenmeister darauf an. Falls einer seiner Leute mit meinem Boot rausgefahren ist, muss er ihm klarmachen, dass das nicht geht.«

»Vielleicht sehen Sie sich erst einmal kurz um«, schlug Peabody ihr vor. »Um sicherzugehen, dass nichts zerstört oder gestohlen worden ist.«

»Meine Güte. Ja, natürlich. Gottverdammt!« Sie marschierte aus dem Raum, riss ihr Handy aus der Tasche, und Eve hörte, wie sie sagte: »Phillip, jemand war auf der *Simone.* Nein, nein, sie haben nichts kaputt gemacht. Ich habe gerade die Polizei an Bord.«

»Er weiß nichts von diesem Spielzeug«, meinte Eve. »Es ist brandneu. Ich wette, dass er wusste, dass sie nicht zu Hause war und dass das Boot im Hafen liegt. Außerdem weiß er, wie man durchs Tor und durch die Tür kommt und wie man das Ding zum Laufen bringt.«

»Sie waren mal zusammen«, raunte ihre Partnerin. »Und sie hat uns gegenüber zugegeben, dass sie ihm zuliebe die Polizei schon einmal belogen hat.«

»Damals war sie jung, war ihm dankbar, weil er an sie glaubte, und vor allem noch total naiv. Und egal, ob ihr das damals bereits klar war oder ob sie sich das jetzt erst eingestehen kann, fühlte sie sich ihm verpflichtet, weil er ihr das Geld für den Berater überwiesen hatte und sie dabei unterstürzt hat, dass sie ihre Traumrolle bekam. Das hat sie uns alles freiwillig erzählt – ohne Angst und ohne meinen Fragen auszuweichen.«

»Ja«, pflichtete Peabody ihr bei und blickte Richtung Tür. »Er hatte keinen Grund, sie in diese Sache reinzuziehen. Nach all der Zeit hätte sie sicher nicht erwartet, dass sie noch einmal für ihn lügen soll. Sie wirkte überrascht von Ihren Fragen, aber nicht erschrocken.«

»Wahrscheinlich hat sie die Zugangscodes verändert, seit sie mit dem Kerl zusammen war. Inzwischen hat sie seit zwei Jahren einen anderen Mann, aber trotzdem war Joel bestimmt auch weiter ab und zu an Bord der Yacht. Er ist schließlich ein Freund, und er hat selbst ein Boot.«

Eve verließ das Ruderhaus und folgte den Geräuschen unter Deck.

»Sieht alles so wie immer aus«, erklärte Violet. Sie stand in der Kombüse und mixte sich einen Drink. »Ich brauche erst mal eine Bloody Mary. Ich bin spinnewütend! Phillip ist schon unterwegs. Er ist ein Mann, auf den man sich verlassen kann.«

»Sie haben gesagt, dass niemand außer Ihnen beiden Zugang zu Ihrer Yacht hat. Aber was wäre in einem Notfall? Dann käme der Wachdienst hier im Hafen doch wahrscheinlich ebenfalls an Bord.«

»Ja, ja, das hatte ich vergessen. Aber klar, in einem Notfall kommt der auch an Bord.«

»Und Sie haben gesagt, Sie hätten häufig Gäste auf der Yacht. Vielleicht kennen ja ein paar von Ihren Freunden oder jemand aus Ihrer Familie ebenfalls die Codes.«

»Vielleicht. Kann sein.« Sie genehmigte sich einen großen Schluck aus ihrem Glas. »Aber das sind Freunde und Familie. Falls einer von denen die *Simone* benutzen wollte, würden sie mich fragen, statt sich mitten in der Nacht heimlich an Bord zu schleichen, weil ihnen Sinn nach einer kleinen Spritztour steht.«

»Hatten Sie auch Mitglieder des Filmteams, das den Icove-Streifen dreht, an Bord?«

Violet ließ das Glas mit ihrer Bloody Mary sinken. »Sie glauben, dieser Zwischenfall hat etwas mit dem Mord zu tun? Das … ich brauche frische Luft.«

Entschlossen schob sie sich an Eve und Peabody vorbei an Deck.

Eve ließ ihr etwas Zeit, doch schließlich trat sie neben Violet. »Haben Sie hier an Bord ein Fest für diesen Trupp gegeben?«

»Connie und ich sind schon seit einer Ewigkeit befreundet.

Ich bewundere Roundtree, und seit ich und Andi nicht mehr ständig um dieselben Rollen konkurrieren, kommen auch wir beide bestens miteinander aus.«

Sie setzte sich auf eine Bank und nippte abermals an ihrem Drink. »Julian kannte ich schon vorher, und ich fand ihn einfach unglaublich charmant. Joel und ich waren, wie Sie wissen, mal zusammen, und er ist auch heute noch ein guter Freund. Ende August haben Phillip und ich tatsächlich eine Party auf der *Simone* gegeben. Sie waren alle da – auch K.T. Harris, Marlo Durn, Matthew Zank und ein paar andere. Ein Teil der Leute hat anschließend hier übernachtet. Connie, Roundtree, Joel und Andi, um genau zu sein. Wissen Sie, wir alle haben Boote, und wir segeln alle gern. Aber was hat das mit diesem Mord zu tun?«

»Es ist ein Detail, dem ich nachgehen muss. War einer dieser Leute nach der Party noch einmal hier an Bord?«

»Ah.« Sie massierte sich die Stirn. »Man hat nur selten Zeit für Partys, während man in irgendwelchen Dreharbeiten steckt. Letzten Monat haben ich und Connie uns zum Mittagessen hier an Bord getroffen, aber an dem Tag sind wir nicht rausgefahren. Wir lagen einfach hier im Hafen, und ich habe einen schicken Lunch für uns bestellt. Und, oh, vor ein paar Wochen hat sich Joel die Yacht mal ausgeliehen. Er wollte ein Boot mieten, um mit ein paar Geldgebern ein bisschen rauszufahren, aber ich habe gesagt, dass er dafür doch die *Simone* benutzen kann.«

»Also haben Sie ihm die Zugangscodes genannt.«

»Ja, ich schätze, schon. Zur Vorsicht wollte ich sie danach ändern, aber vor lauter Arbeit habe ich am Ende einfach nicht mehr daran gedacht. Aber wie ich bereits sagte, hätten weder Joel noch einer von den anderen einen Grund gehabt, sich heimlich mitten in der Nacht an Bord zu schleichen und ohne mein Wissen loszufahren.«

»Wie gesagt, das ist nur ein Detail«, wiederholte Eve in gleichmütigem Ton. »Vielen Dank, dass Sie uns Ihre Zeit gewidmet haben und so offen waren. Bevor wir gehen, würde ich mir gern eine Kopie des letzten Eintrags in dem Logbuch machen.«

»Bitte tun Sie das. Sollten Sie nicht noch nach Fingerabdrücken oder nach irgendwelchen anderen Spuren suchen?«

Lächelnd meinte Eve: »Ich glaube, dass der Eintrag reicht. Aber da wir gerade hier sind, sollten wir vielleicht noch schnell die Aussage von damals korrigieren.«

»Ist das wirklich nötig? Das ist doch schon dreißig Jahre her.«

»Einfach um der Ordnung willen. Peabody, am besten machen Sie schon einmal die Kopie, und ich erledige schnell diese Angelegenheit.«

Schließlich gingen sie von Bord und überließen Violet der Bloody Mary sowie ihren Grübeleien.

»Peabody.«

»Ich weiß. Ich bringe die Kopie zum Küstenschutz, damit der die Stelle sucht, wo Steinburger die Sachen abgeladen hat, und Taucher runterschickt.«

»Machen Sie es dringend«, fügte Eve hinzu. »Mit den Geräten und nachdem Miss Holmes ihm für die Nacht von Caulfields Tod kein Alibi mehr gibt, haben wir endlich etwas in der Hand.«

»Er hat alles ganz genau geplant. Hat alles genau vorbereitet, die Bewunderung einer jungen, ehrgeizigen Schauspielerin ausgenutzt und sie mithilfe des Beraters – den ich auch noch finden werde – derart rausgeputzt, dass sie tatsächlich ihre Traumrolle bekommen hat.«

»Wahrscheinlich war sie regelrecht in ihn verliebt«, erklärte Eve. »Reo wird begeistert sein. Wenn wir jetzt auch noch die elektronischen Geräte finden, wäre das der Hit. Dann kriegen wir ganz sicher die Erlaubnis, uns in Steinburgers Büro und bei ihm zu Hause umzusehen.«

»Es ist einfach Glück, dass sie dieses moderne Logbuch hat.«

»Was bedeutet, dass die jahrelange Glückssträhne von Steinburger ein Ende hat. Ohne dieses Logbuch hätten wir was anderes gefunden, den verbrauchten Diesel oder sonst etwas. Zwei Beamte sollen sich im Hafen umhören, ob jemand Steinburger gesehen hat oder ob jemandem dort sonst etwas aufgefallen ist. Und die elektronischen Ermittler sollen sich das Tor ansehen. Violet brauchte eine Schlüsselkarte und dazu noch einen Code, um reinzukommen. Wollen wir doch mal sehen, wie er es aufbekommen hat.«

»Okay. Da kommt Nadine.«

»Ich kann sie hören.«

Mit laut klappernden Absätzen kam die Reporterin den Weg heruntermarschiert. »Ich hoffe nur, dass dieses Treffen sich tatsächlich für mich lohnt. Dass es tatsächlich um eine Riesensache geht. Ich habe letzte Nacht nur drei Stunden geschlafen, mir zum Frühstück zwei uralte Brötchen reingestopft, weil es nichts anderes gab, und jetzt stehe ich hier im Nichts, statt meine Fragen für den Arsch McQueen und all die anderen durchzugehen.«

»Ein Spaziergang durch den Park tut Ihnen also sicher gut. Peabody, Sie kümmern sich um alles, ja? Und dann gucken Sie einfach, wo wir sind.«

»Ich habe keine Zeit für einen dämlichen Spaziergang«, jammerte Nadine, doch Eve lief einfach los.

»Oh. Am liebsten würde ich ihr in den Hintern treten, aber leider weiß ich, dass sie stärker und vor allem wesentlich gemeiner ist als ich.«

»Glauben Sie mir«, erklärte Peabody. »Es lohnt sich ganz bestimmt, wenn Sie mit ihr spazieren gehen.«

20

Wenn man sich schon in der Natur aufhalten musste, bot ein Stadtpark eine zivilisierte Möglichkeit dazu, sagte sich Eve. Dort gab es nur Eichhörnchen und Tauben, Taschendiebe und die unvermeidlichen Weltuntergangspropheten, die erheblich aggressiver als die kleinen, wilden Tiere waren.

Die Blumen fand sie durchaus schön. Sie stahlen sich nicht einfach aus dem Boden, während gerade niemand hinsah, sondern ein Stadtgärtner hatte sie dort absichtlich gepflanzt. Neben dem seltsamen Gezirpe irgendwelcher Vögel und dem Summen der blutsaugenden Insekten hörte man das trostspendende Rauschen des Verkehrs.

»Ich marschiere sicher nicht in diesen Schuhen durch den ganzen Park.«

Eve warf einen Blick auf Nadines schimmernd rostfarbene High Heels. »Warum ziehen Sie diese Dinger an, wenn man darin nicht laufen kann?«

»Ich kann in ihnen laufen, vielen Dank. Aber wandern werde ich in diesen Teilen nicht.« Nadine warf sich auf eine Bank, legte ihre Beine in den Schuhen, die zum Wandern nicht geeignet waren, elegant übereinander und verschränkte die Arme vor der Brust. »Also, worum geht es, und warum zum Teufel haben Sie mir das nicht einfach am Telefon gesagt? Jetzt kann ich mir meinen Zeitplan in die Haare schmieren.«

»Regen Sie sich ab.«

Nadine bedachte sie mit einem durchdringenden Blick. »Haben Sie eine Ahnung, was alles dazugehört, eine mehrteilige Sondersendung zu machen? Da hat man permanent Termine, ist andauernd in der Weltgeschichte unterwegs, muss Texte schreiben, das Konzept entwerfen und dann immer wieder überarbeiten, die passende Garderobe aussuchen und all das Zeug. Außerdem führe ich alle Interviews persönlich, schreibe mir Fragen auf, suche eine Kulisse aus und erzähle die Geschichte dieses Falls. Ich produziere diese Sendung schließlich selbst, also ...«

»Apropos Produzenten«, fiel Eve ihr ruhig ins Wort und ließ sich neben Nadine auf die Holzbank fallen. »Machen Sie doch ein Interview mit Steinburger. Fragen Sie ihn, was er über den Mord an Harris denkt, was für ein Gefühl es ist, Verdächtiger zu sein, wie er und die anderen den Tod von K.T. verarbeiten, während gleichzeitig die Dreharbeiten weitergehen. Sachen dieser Art.«

»Wollen Sie mir jetzt vielleicht sagen, wie ich meine Arbeit zu tun habe?«, brauste die Journalistin auf. »Vielleicht sollte ich doch endlich einmal versuchen, Ihnen einen Arschtritt zu verpassen.«

»Mit diesen Schuhen?«, schnaubte Eve. »Dann bräche Ihr Knöchel wie ein trockener Zweig.«

»Hören Sie, Dallas, die Medien haben sich schon auf den Fall gestürzt, Steinburger und alle anderen behalten gegenüber Journalisten ausnahmslos die offiziellen Floskeln bei. Sie sind schockiert, erschüttert, trauern um ihre Kollegin, doch die Show muss nun mal weitergehen. Ich habe bereits offiziell mit allen gesprochen. Falls Sie etwas Neues für mich haben, dem ich nachgehen kann, okay. Aber solange Sie mir keine Infos geben und mir sagen, dass er auf das Dach geschlendert ist und diese Frau ermordet hat, kann ich mir die Mühe sparen, weil's dann wieder nur die alte Leier wird.«

»Offiziell kann ich das nicht.«

Nadines zusammengekniffene Augen fingen an zu blitzen. »Um Sie zu zitieren, Dallas, *lecken Sie mich doch am Arsch.* Sie zerren mich quer durch die Stadt, erzählen mir, einer der erfolgreichsten, berühmtesten und angesehensten Produzenten der gesamten Branche hätte eine wenn vielleicht auch schwierige, doch wirklich gute Schauspielerin umgebracht? Und gleichzeitig verlangen Sie, dass ich das in meiner Sendung nicht erwähne?«

»Sie dürfen es in Ihrer Sendung nicht erwähnen. Wenn Sie

mir das nicht versprechen, können Sie in Ihren Knöchelbrechern in die eine Richtung staksen, während ich in meinen neuen, ausnehmend bequemen Stiefeln in die andere Richtung laufe. Haben wir uns verstanden?«

»Gott. Sie können wirklich ätzend ein.« Nadine betrachtete Eves Stiefel und verzog beleidigt das Gesicht. »Die sind wirklich schön.«

Eve streckte die Beine aus und schaute sich ihr neues Schuhwerk an. »Sie passen ziemlich gut zu meiner Jacke, finde ich.«

»Über diese Jacke will ich erst gar nicht reden, denn sie sollte mir gehören. Ich wüsste dieses butterweiche, warm schimmernde Leder und den wunderbaren Schnitt viel mehr zu würdigen als Sie.«

»Mir gefällt die Jacke ebenfalls«, erklärte Eve und legte eine kurze Pause ein. »Also, wollen Sie hier sitzen und sich über unsere Klamotten unterhalten, oder sind Sie mit von der Partie?«

»Verdammt. Ich ...«

»Merken Sie sich, was Sie sagen wollten.« Eve stand auf, marschierte los und packte einen dürren Jungen in schlabberiger Jacke und in Tarnhose am Arm. »Hör zu, wir beide wissen, dass die Frau eine Idiotin ist, weil sie ihre Handtasche so trägt.«

»Was wollen Sie von mir?« Er versuchte, sich ihr zu entwinden, aber sie verstärkte den Griff und sah ihn lächelnd an.

»Sie und auch die andere Frau sind beide dümmer, als die Polizei erlaubt. Aber wahrscheinlich sind sie aus Wisconsin oder so, und wenn du sie beklaust, ist das schlechte Werbung für die Stadt.«

Er verzog verächtlich das Gesicht und ballte warnend seine freie Hand zur Faust. »Lassen Sie mich los, Lady, sonst rufe ich die Bullen.«

»Du bist offenbar genauso dämlich wie die beiden Frauen. Ich bin selber Bulle, du Idiot. Ich habe da drüben auf der Bank gesessen und dir dabei zugesehen, wie du die beiden ins Visier genommen hast. Das war regelrecht beleidigend für mich.«

»Verdammt, was wollen Sie von mir?«, mimte er auch weiterhin den Ahnungslosen, ließ aber den Arm ermattet sinken und behauptete in quengeligem Ton: »Ich gehe nur spazieren. Ich will nur spazieren gehen.«

»Tu uns beiden den Gefallen und spazier woanders hin. Sofort.«

Als sie von ihm abließ, rannte er wie ein Karnickel an den beiden Frauen, die sicher aus Wisconsin stammten und von denen eine achtlos ihre Handtasche an einem ihrer dicken Arme baumeln ließ, vorbei und davon.

Eve ging zurück zu der Bank und nahm gemütlich wieder Platz. »Tut mir leid, dass ich Sie unterbrochen habe. Wo waren wir stehen geblieben?«

»Woher wussten Sie, dass er die Handtasche der Frau klauen wollte?«

»Er ist minutenlang hinter den beiden hergelaufen und hat dabei permanent die Tasche angestarrt. Hat wahrscheinlich überlegt, ob er die Taschen beider Frauen klauen kann oder sich mit einer begnügen soll. Wahrscheinlich hätte er versucht, sie beide zu erwischen, aber das ist auch egal. Wenn Sie wissen wollen, was ich weiß, sagen Sie das Zauberwort.«

»Verdammt.«

»Das ist das falsche Zauberwort.«

»Okay. In Ordnung, meinetwegen. Wenn Sie wollen, halte ich die Story erst einmal zurück. Aber, verdammt, ich hoffe, dass es sich für mich lohnt.«

»Steinburger hat nicht nur K.T. Harris und den Detektiv, sondern mindestens noch sieben andere Menschen umgebracht. Meiner Meinung nach sind es sogar noch mehr, aber erst einmal belassen wir's bei diesen neun. Er bringt seit vierzig Jahren Menschen um.«

Die Journalistin blinzelte verwirrt. »Joel Steinburger? Der Joel Steinburger, der einen Oscar sowie eine Auszeichnung des Kennedy Centers hat, der Gründer von Big Bang Productions, bringt seit vierzig Jahren Leute um?«

»Angefangen mit einem Mitbewohner aus der Collegezeit bis hin zu Asner, der, wenn alles läuft, wie ich es will, sein letztes Opfer bleiben wird.«

»Lecken Sie mich doch am Arsch.«

»Danke für das Angebot, aber Sie sind einfach nicht mein Typ.«

»Sie sind sich völlig sicher?«

»Ich bin mir vollkommen sicher, dass ich nur auf Männer stehe, aber wenn ich Frauen mögen würde, wären Sie bestimmt mein Fall.«

Nadine boxte ihr mit der Faust gegen die Schulter. »In Bezug auf Steinburger. Natürlich sind Sie sicher. Wenn Sie sich nicht sicher wären, würden Sie mir nichts davon erzählen. Himmel. Meine Güte. Jetzt muss ich mich doch bewegen.« Sie stand auf und lief in ihren irre hohen, weich schimmernden Schuhen auf und ab. »Das ist echt ein Riesen- oder eher ein Riesenriesending. Das ist eine Monsterstory. Das ist der Godzilla einer Story. Und der Stoff für einen Folgebestseller von meinem ersten Buch, den Hollywood auf jeden Fall verfilmen wird, weil es darin um einen der eigenen Leute geht.«

»Dass dafür neun Menschen sterben mussten, fällt dabei bestimmt nicht weiter ins Gewicht.«

»Geben Sie mir einen Augenblick, okay? Ich muss mich zusammenreißen, denn sonst breche ich bestimmt in Freudentränen aus. *Joel Steinburger, der Produzent des Todes.*«

»Vielleicht überlegen Sie sich einen Titel für das Buch, wenn er hinter Gittern sitzt.«

Nadine nahm wieder Platz. »Also gut, genug gefreut. Wenn der Typ mir nicht so unsympathisch wäre, hätte ich mich sicher nicht derart gefreut. Dabei war ich davon ausgegangen, dass ich ihn sympathisch finden muss, weil der Kerl schließlich mein eigenes Buch verfilmt. Aber er ist aggressiv und nörglerlisch und grabscht einem sooft wie möglich an den Arsch. Er versucht es auf die onkelhafte Tour, aber das zieht bei mir nicht, also habe ich dafür gesorgt, dass er meinen Hintern nicht erreichen kann.«

»Er giert nach Sex, Geld und Macht, und wenn er Frauen den Hintern tätschelt, gibt er ihnen dadurch zu verstehen, dass er das Sagen hat.« Eve lächelte zynisch.

»Dann hat er also seinen Mitbewohner umgebracht? In seiner Collegezeit?«

»Unsere Arbeitshypothese ist, dass dieser Mitbewohner seine Hausarbeiten und Klausuren geschrieben oder rausgefunden hat, dass Steinburger die Dinger hat schreiben lassen. Daraufhin hat Steinburger ihn kurzerhand die Treppe in der gemeinsamen WG runtergeschubst. Vielleicht war es auch ein Unfall, und er hat seine Beteiligung daran vertuscht. Nur dass es in seinem Umfeld im Verlauf der Jahre immer wieder derartige Unfälle gegeben hat.«

Grinsend fügte Eve hinzu: »Und soeben hat die Frau, die ihm ein Alibi für die Nacht gegeben hatte, in der Angelica Caulfield angeblich an einer Überdosis starb, ihre Aussage von damals revidiert.«

»Angelica Caulfield? Himmel, Arsch und Wolkenbruch. Sie denken, er hätte die Caulfield umgebracht?«

»Ich weiß, dass es so ist. Ich muss es ihm nur noch beweisen. Wie die anderen Taten auch.«

Eve zählte alle Morde auf, als Peabody mit einer Riesentüte Popcorn auf sie zugeschlendert kam. Gedankenverloren warf sie einem Eichhörnchen ein Bröckchen hin, und sofort tauchte eine Riesenhorde der Biester auf.

»Meine Güte.« Eve zog eilig ihre Beine an.

»Das arme Tier sah hungrig aus.«

»Das Biest war offenkundig nur die Vorhut. Jetzt kommt neben der gesamten Infanterie auch noch die Luftwaffe dazu.«

Tauben kamen angeschwärmt und stritten mit den Eichhörnchen um die aus ihrer Sicht günstigste Ausgangsposition.

»Schaffen Sie das Popcorn weg, bevor's zu einem Angriff kommt. Wer weiß, ob diese Viecher nicht bewaffnet sind.«

Traurig und etwas verängstigt watete Eves Partnerin durch die Eichhörnchen- und Taubenarmee und scheuchte sie mit dem Ärmel ihrer Jacke fort.

»Manchmal kommt sie einfach nicht gegen ihr Hippie-Erbe an«, murmelte Eve.

»Über den Tod von Caulfield und den Vater ihres ungeborenen Kindes wurde ewig spekuliert. Und die ganze Zeit ... Sie können nichts davon beweisen. Haben bisher noch nichts in der Hand. Sonst bräuchten Sie mich nicht.«

»Peabody hat mit dem Küstenschutz gesprochen, bevor sie zur guten Fee der Tiere hier im Park geworden ist. Sie schicken Taucher los, und die werden die elektronischen Geräte oder einen Teil der elektronischen Geräte finden, die der Kerl bei Asner hat mitgehen lassen. Er kennt die Besitzerin des Boots, mit dem er rausgefahren ist, und diese Frau ist sein Alibi im Caulfield-Fall. Sie hat uns genau erklärt, warum sie ursprünglich gelogen hat. Ich kann und werde diesen Kerl unter Indizien begraben. Zum Beispiel habe ich das Dach über dem Pool auf Roundtrees Haus, das er als militanter Nichtraucher geöffnet hat, um den Rauch von K.T.s Kräuterzigaretten abziehen zu lassen.«

»Er ist allergisch gegen Rauch. Einmal hat mir Marlo eine Kräuterzigarette angeboten, während wir in ihrem Trailer saßen und dort eine Szene durchgegangen sind. Eine Stunde später kam der Kerl vorbei und hat sich angestellt, als hätten wir dort Giftmüll verbrannt.«

»Wir graben gerade Zeugen für sämtliche Morde aus. Bis ich wieder auf die Wache komme, liegen mir dort mit ein bisschen Glück bereits die Akte und die elektronischen Geräte im Zusammenhang mit Buster Pearlmans angeblichem Selbstmord vor. Außerdem geben wir nachher eine Pressekonferenz, auf der ich sagen werde, dass wir neuen Beweisen und Informationen nachgehen und dass es unserer Meinung nach in absehbarer Zeit eine Festnahme geben wird.«

»Glauben Sie, dass er sich so aus der Reserve locken lässt?«

»Er wird sich auf jeden Fall Gedanken machen und versuchen herauszufinden, ob ihm irgendwo ein Fehler unterlaufen ist. Wobei ihm ganz bestimmt ein Fehler unterlaufen wird, sobald er aus dem Gleichgewicht gerät. Mira fürchtet – meiner Meinung nach nicht ohne Grund –, dass er versuchen wird, den Verdacht auf einen von den anderen zu lenken und den dann aus dem Verkehr zu ziehen. So hat er's schließlich früher auch schon gemacht.«

»Bei seinem Geschäftspartner. Ich soll also den Druck auf ihn durch meinen Wunsch nach einem neuerlichen Interview erhöhen.«

»Falls Sie eins bekommen, sehen Sie zu, dass Sie verkabelt sind.«

»Einen Augenblick ...«

»Zu Ihrem eigenen Schutz, Nadine. Vielleicht beschließt er ja, statt eines Kollegen Sie aus dem Verkehr zu ziehen.«

»So ein Schwachsinn. Weshalb sollte er das tun? Wir kennen uns doch kaum. Ich war nur ab und zu am Set, bei den Leseproben und den anderen Terminen haben wir uns auch so gut wie nie gesehen.«

»Harris hat Sie unter Druck gesetzt, ihre Rolle auszubauen, mehrere von ihren Szenen abzuändern und die Fakten zu verdrehen, damit sie häufiger im Film zu sehen ist.«

»K.T. hat mich nicht wirklich unter Druck gesetzt, aber ...«

»Sie hat alles versucht – sie war bei Roundtree und bei Steinburger, der, wenn Sie beide erst mal tot wären und sich nicht mehr wehren könnten, jeden Streit aufbauschen würde, den es jemals zwischen Ihnen und K.T. gegeben hat. Sie hat behauptet, Ihre Arbeit wäre minderwertig, aber schließlich hätten Sie auch nichts mit Hollywood zu tun und hätten als Reporterin im Grunde keine Ahnung, wie man eine Story auf die Leinwand bringt.«

»Das hat sie nie – auf jeden Fall nicht so – gesagt. Außerdem hätte sie sich am Ende sowieso nicht durchgesetzt.«

»Aber sie hat Sie auf dem Fest drauf angesprochen. War betrunken, aufdringlich und fürchterlich beleidigend. Vielleicht hat sie Ihnen ja am Ende einen Stoß versetzt, und Sie haben sich gewehrt. Sie wollten sie nicht töten, es ist nur alles außer Kontrolle geraten.«

»He …«

»Jetzt vergehen Sie natürlich vor Schuldgefühlen, und um die Geschichte zu verdrängen, stürzen Sie sich auf ein anderes Projekt. Trotzdem lässt Ihnen die Sache einfach keine Ruhe, denn obwohl wir beide befreundet sind, schnüffle ich hinter Ihnen her und mache meinen Job. Was unerträglich für Sie ist. Sie stehen furchtbar unter Druck, denn Sie fürchten sich vor dem Skandal, davor, dass Sie hinter Gittern landen, um der gerechten Strafe für den Mord an Harris zu entgehen, bringen Sie sich schließlich um …«

»Auf keinen Fall. Sie wissen ganz genau, dass ich das niemals täte, und vor allem würden Sie, wenn so was passieren würde, über meinem wunderhübschen Leichnam stehen und mit Tränen in den Augen Rache schwören.«

»Ganz so weit würde ich sicherlich nicht gehen. Aber die Sache ist die: Er kennt keine von uns beiden gut genug, um zu wissen, dass Ihr angeblicher Selbstmord etwas wäre, was ich niemals glauben würde, und aus seiner Sicht gäben Sie durchaus eine passende und wunderschöne Leiche ab.«

»Verstehe. Trotzdem wären andere Leichen meiner Meinung nach noch praktischer für ihn.«

»Das sehe ich genauso, aber da ich keine Zeit damit verbringen möchte, Tränen über Ihrem Leichnam zu vergießen oder Ihren Tod zu rächen, sollten wir auf Nummer sicher gehen. Das heißt, Sie gehen auf jeden Fall verkabelt in das Interview.«

»Ich besorge mir den Interviewtermin und lasse mich verkabeln … unter der Bedingung, dass ich anschließend ein Exklusivgespräch mit Ihnen kriege und ich Sie in meiner Sendung zu dem Fall befragen kann.«

Eve runzelte der Form halber die Stirn. »Hier geht es nicht um Auflagen und Einschaltquoten«, schimpfte sie. »Es geht darum, einen Mörder festzunehmen, der seit vierzig Jahren ungeschoren davongekommen ist«

»Sie würden nicht hier sitzen und mich noch viel weniger um Hilfe bitten, wenn die Medien in diesem Fall nicht wichtig wären.

Sie brauchen mich, und dafür, dass ich mitspiele, spielen Sie im Anschluss gefälligst auch mit.«

»Vielleicht sollte ich ihn auf Sie loslassen.«

»Dafür mögen Sie mich viel zu sehr. Außerdem haben Sie geschworen, zu dienen und zu schützen, oder nicht?« Nadine zog ihr Notizbuch aus der Tasche und schrieb eilig ein paar Dinge auf. »Außerdem brauche ich Ihre Hilfe bei dem Buch, das ich über die Sache schreiben werde. Im Gegenzug zapfe ich meine zahlreichen Quellen in Bezug auf all diese anderen Morde an, und teile ihnen alles, was ich rausfinde, umgehend mit.«

Sie steckte ihr Notizbuch wieder ein und blickte Eve mit ihrem katzenhaften Lächeln an.

»Ihnen ist genauso klar wie mir, wie tief man graben muss, damit man ihm all diese Taten nachweisen kann.«

Mit einem neuerlichen Stirnrunzeln sah Eve die Spitzen ihrer neuen Stiefel an. »Meinetwegen, abgemacht. Aber es muss noch heute sein. Direkt nach der Pressekonferenz.«

»Okay. Wir hätten uns auf jeden Fall geeinigt, aber diese kurze Pause hier im Park war wirklich nett.« Nadine stand wieder auf. »Ich komme zu der Pressekonferenz und melde mich, sobald der Interviewtermin mit diesem Typen steht.«

Eve sah ihr hinterher, als sie auf ihren unpraktischen Schuhen den Weg hinunterlief, stand dann auf und suchte ihre Partnerin, die hoffentlich in der Zwischenzeit nicht von Eichhörnchen und Tauben aufgefressen worden war.

Kaum war sie auf dem Revier zurück, schickte sie zwei Beamte los, um Valerie im Studio zu einer weiteren Vernehmung abzuholen.

»Wir fahren hin, wenn sie sich weigert, herzukommen«, sagte Eve zu Peabody, »aber ich spreche lieber hier mit ihr. Der offizielle Rahmen bringt sie hoffentlich noch vor der Pressekonferenz ein bisschen aus dem Gleichgewicht. Wir werden sie bei der Vernehmung wissen lassen, dass es Neuigkeiten gibt.«

»Was sie dann im Studio verbreiten wird.«

»Schließlich wollen wir, dass Steinburger etwas davon erfährt. Ich will, dass er beschattet wird. Im Studio dürfte das ein bisschen schwierig sein, aber sobald er losfährt, hängt sich einer der Kollegen an ihn dran. Wir müssen wissen, ob der Kerl Kontakt zu einem von den anderen aufnimmt, damit er keine Chance bekommt, die Zahl der Opfer zu erhöhen.«

»Baxter und Trueheart?«

»Ja, falls sie nicht gerade selbst an irgendeiner heißen Sache dran sind. Sagen Sie, sie sollen in Zivil gehen, und erklären Sie ihnen kurz, worum es geht. Feeney oder einer seiner Leute soll Nadine verkabeln, und dann bringe ich noch Whitney auf den neuesten Stand.« Sie sah auf ihre Uhr. »Außerdem sollten wir sehen, ob die Küstenwache irgendwas gefunden hat.«

Sie arbeitete die Punkte ab, sprach noch einmal mit Kyung, ging die Akte Pearlman durch und lächelte, als Peabody ihr eine Nachricht schickte, der zufolge Valerie schon im Verhörraum saß.

Ein paar Requisiten könnten sicherlich nicht schaden, überlegte Eve, klemmte sich mehrere Akten unter einen Arm und wandte sich zum Gehen.

»Wo haben Sie sie hingebracht?«

»Verhörraum A«, erklärte ihre Partnerin.

»Dann wollen wir mal anfangen. Brüsk und förmlich«, fügte sie hinzu. »Weil wir noch ein paar Dinge klären wollen. Wir haben nachher die Pressekonferenz und wollen sichergehen, dass unsere Infos richtig sind. Wenn wir zu ihr reingehen, zeigen Sie ihr ruhig ein bisschen Mitgefühl.«

»Das wird eine gute Übung für meine Statistenrolle«, meinte Peabody vergnügt. »Preston hat mir gerade eine Nachricht geschickt. Ich habe wirklich einen Satz. ›Es ist die Polizei.‹ Das könnte ich ganz nüchtern sagen, wie eine normale Feststellung, ein bisschen aufgeregt: ›Es ist die Polizei!‹. Oder vielleicht auch eher wie eine Frage: ›Polizei?‹«

»Das zu entscheiden ist natürlich alles andere als leicht.«

»Ich will mich schließlich nicht blamieren. Oder vielleicht zögere ich auch. ›Es ist ... die Polizei!‹ Meine Familie ist deshalb schon total aufgeregt. Sie lassen auch McNab mitspielen. Er steht dann neben mir, und ich sage den Satz zu ihm. Wir spielen in dem Film ein Paar.«

»Das wird bestimmt nicht leicht.«

Eve öffnete die Tür des Raums und nickte Valerie knapp zu.

»Miss Xavier.« Sie stellte den Rekorder an und gab die Daten ein. »Danke, dass Sie gekommen sind«, begann sie und fuhr fort, ehe Valerie etwas erwidern konnte. »Sie wurden bereits über Ihre Rechte aufgeklärt. Soll ich Sie trotzdem noch einmal belehren?«

»Nein, aber ich weiß wirklich nicht, warum Sie mich noch einmal sprechen wollen.«

Eve setzte sich und legte ihre Akten auf den Tisch. »Anders als im Film gibt es bei echten Mordermittlungen oft langweilige Wiederholungen. Ich möchte, dass Sie ein paar Punkte Ihrer Aussage noch einmal bestätigen, damit wir sicher sind, dass Ihre Darstellung den Tatsachen entspricht.«

»Meine Darstellung?«

»Wenn fünf Menschen dasselbe erleben, stellt jeder die Geschichte etwas anders dar. Niemand sieht die Dinge ganz genauso, wie die anderen sie sehen, nicht wahr?«

»Dann holen Sie uns also alle noch einmal aufs Revier?«

Eve schlug schweigend einen ihrer Ordner auf.

»Möchten Sie etwas trinken, Valerie?«, bot Peabody mit einem aufmunternden Lächeln an.

»Nein. Nein. Am besten bringen wir es einfach hinter uns. Wir haben augenblicklich alle Hände voll zu tun.«

»Wir auch«, erklärte Eve in einem Ton, unter dem wahrscheinlich selbst die Hölle zugefroren wäre, und fügte mit barscher Stimme an: »Denn schließlich haben wir es mit zwei Morden und dazu noch mit den Medien zu tun, von denen Sie und Ihre Freunde so begeistert sind.«

»Wir veranstalten nachher noch eine Pressekonferenz«, warf Peabody begeistert ein. »Dort geben wir bekannt, dass wir neue Informationen haben und bald jemand festgenommen wird.«

»Peabody«, fuhr Eve sie an.

»Sorry, Lieutenant. Aber Valerie ist in der Branche tätig, also kennt sie sich mit diesen Dingen aus. Dallas mag es nicht, wenn wir vorzeitig unser Blatt zeigen, aber unsere Vorgesetzten stehen nun einmal gern im Rampenlicht.«

»Was durchaus verständlich ist. Sie wollen also jemanden verhaften? Heißt das, dass Sie wissen, wer K.T. getötet hat?«

»Wir ...«

»Peabody!«, herrschte Eve sie an. »Diese Dinge sind vertraulich, und sie gehen weder jemanden, den wir vernehmen, noch die Medien etwas an. Ungeachtet dessen, was die hohen Tiere vielleicht wollen.«

»Vielleicht kann ich Ihnen ja behilflich sein. Schließlich ist das mein Beruf, und ich ...«

»Wir kommen schon zurecht.« Eve nahm ein schlankes Tablet aus dem Ordner und stellte es an. »Sie haben ausgesagt, dass Sie während der Vorführung in Roundtrees Kinosaal am Abend von Harris' Ermordung hier gesessen haben. Ist das richtig?«

»Ah ...« Die junge Frau beugte sich vor und schaute sich die Platzverteilung an. »Ja. Ich glaube schon. Ich saß ziemlich weit hinten rechts.«

»Und soweit Sie sich erinnern können, saßen auch die anderen Personen dort, wo ich sie eingezeichnet habe?«

»Ich habe nicht wirklich auf die anderen geachtet, aber ich weiß noch, dass Marlo sich mit Matthew in die Ecke da zurückgezogen hat, wo sie von Ihnen eingezeichnet worden sind, dass Roundtree vorn bei Ihnen saß und dass Joel genau wie Julian hinter mir gesessen hat. Es müsste also alles richtig sein.«

»Bei Ihrer ersten Aussage kurz nach dem Mord haben Sie gesagt, Sie hätten nicht bemerkt, dass irgendwer während der Vorführung den Saal verlassen hat.«

»Das stimmt.«

»Sie saßen also ziemlich weit hinten rechts. Die Lichter draußen im Foyer waren zwar gedämpft, aber nicht aus, und als die Türen aufgegangen sind – was, wie wir wissen, mehrmals vorgekommen ist, da das Opfer, der Mörder, Nadine Furst sowie Connie Burkette den Kinosaal während des Films verlassen haben –, muss das Licht von draußen doch auf Ihren Platz gefallen sein. Die Türen gingen also mehrmals auf, aber Sie haben nichts davon bemerkt?«

»Wie gesagt, ich habe mich während der Vorführung mit meinem Text befasst, weshalb ich in einer der hinteren Reihen saß. Vielleicht habe ich auch ein oder zwei Plätze weiter rechts gesessen. So genau kann ich das nicht mehr sagen.«

»Dann haben Sie also vielleicht hier gesessen, hier oder womöglich hier?«, erkundigte sich Eve, während sie auf verschiedene Plätze wies.

»Ich bin mir nicht mehr sicher.«

»Jetzt sind Sie sich plötzlich nicht mehr sicher.« Eve lehnte sich kühl auf ihrem Stuhl zurück. »Obwohl Sie sich bei Ihrer ersten Aussage angeblich völlig sicher waren.«

»Ich hatte ja keine Ahnung, dass das derart wichtig ist.«

»Sie wussten also nicht, dass es für die Ermittlungen in einem Mordfall vielleicht wichtig ist, wo Sie gesessen haben, ob Sie überhaupt gesessen und ob Sie unter Umständen gesehen haben, dass jemand den Raum verlassen hat oder Sie selbst während der Vorführung kurz draußen waren.«

»Ich war die ganze Zeit im Saal«, stieß die PR-Frau panisch aus. »Julian oder Joel hätten gesehen, wenn ich den Raum verlassen hätte, denn sie saßen direkt hinter mir.«

»Sind Sie sich da sicher?«

»Ja.«

»Aber wo Sie selbst gesessen haben, wissen Sie nicht mehr. Sie wissen noch, wo zwei der anderen Leute und das Opfer saßen, aber wo Sie selbst gesessen haben, wissen Sie nicht mehr.«

»Ich saß hier.« Aufgeregt wies Valerie mit ihrem Finger auf den Platz, an dem ihr Name stand.

»Jetzt sind Sie sich plötzlich wieder sicher?«

»Ja.«

»Sie saßen also hier, haben aber das Licht, das durch die offene Tür fiel, nicht bemerkt.«

»Nein, habe ich nicht.«

»Das ist seltsam, denn ich habe das Geschehen rekonstruiert und mich auf diesen Platz gesetzt. Wobei mir das Licht, das aus dem Flur kam, deutlich aufgefallen ist.«

»Ich bin anscheinend nicht so lichtempfindlich oder aufmerksam wie Sie.«

»Das muss es sein. Denn lügen tun Sie sicher nicht.«

Valerie verzog gespielt beleidigt das Gesicht, obwohl die zunehmende Panik ihr inzwischen überdeutlich anzusehen war. »Ich habe keinen Grund zu lügen.«

»Sie haben einen Job, der Ihnen doch wahrscheinlich ziemlich wichtig ist. Und Sie haben ausgesagt, im Rahmen Ihres Jobs wären Sie bei Joel Steinburger daheim gewesen, als der Detektiv ermordet worden ist. Sind Sie sich da sicher?«

»Selbstverständlich.«

»Gut. Ich wollte nur ganz sichergehen. Weder Sie noch Mr. Steinburger haben das Haus an jenem Abend oder im Verlauf der Nacht verlassen?«

»Nein.«

»Das wissen Sie genau, weil Sie die ganze Zeit mit ihm zusammen waren.«

»Wir haben bis kurz vor eins gearbeitet. Wir haben versucht, den Schaden zu begrenzen und die Reaktion der Medien vorherzusehen. Danach habe ich in seinem Gästezimmer übernachtet, weil wir darin übereingekommen waren, gleich am nächsten Morgen mit der Arbeit fortzufahren.«

»Wie viel kriegen Sie für diese Art der Mehrarbeit bezahlt?«

»Wie bitte?«

»Ich frage mich, was er Ihnen für all die Überstunden zahlt.«

»In meinem Job muss man flexibel sein, weil man häufig lange und seltsame Arbeitszeiten hat. Ich wüsste nicht, was das für eine Rolle für Sie spielt.«

»Polizisten sind nun einmal von Natur aus neugierig. Und ich bin ganz besonders neugierig und würde deshalb gerne wissen, ob die Überstunden, die Sie leisten, die Erklärung für die fünfzigtausend Dollar sind, die Ihnen Mr. Steinburger erst gestern Morgen überwiesen hat.«

Sie überspielte ihren Schock recht gut durch stotternde Empörung, dachte Eve. »Sie ... Sie haben sich meine Konten angesehen? Mit welchem Recht ...«

»Mit jedem Recht der Welt, denn schließlich geht es hier um Mord. Wofür haben Sie das Geld bekommen, Valerie?«

»Für meine Arbeit! Joel weiß es zu schätzen, wenn man gute Arbeit leistet, und das tue ich. Ich musste jede Menge Überstunden machen und mir sehr viel einfallen lassen, um den Schaden zu begrenzen, der der Produktionsgesellschaft und dem Film durch K.T.s Tod entstanden ist. Wofür es eben diesen Bonus gab.«

»Aber Sie haben doch gesagt, dass es in Ihrem Job normal ist, dass man Überstunden macht.«

»Das stimmt.«

»Und wie oft bekommen Sie dafür so viel Geld extra? Denn wenn Steinburger Sie sonst nicht bar bezahlt hat und Sie dieses Geld nicht bei der Steuer angegeben haben, kam so ein Fall in den letzten beiden Jahren nicht vor.«

»Ich kann nur spekulieren, dass Joel der Ansicht war, ich hätte dieses Geld wegen meiner guten Reaktion auf die besonderen Umstände verdient.« Sie musste sichtlich schlucken und wandte sich eilig ab. »Am besten fragen Sie ihn einfach selbst.«

»Das werde ich. Haben Sie übrigens wieder Sex mit Ihrem Boss?«

»Auf keinen Fall! Ich kann durchaus Karriere machen, ohne mit meinem Boss ins Bett zu gehen.«

»Aber Sie hatten mal etwas mit ihm.«

»Das hatte nichts mit meinem beruflichen Vorankommen zu tun. Das lag einfach daran, dass wir beide vorübergehend schwach geworden waren. Aber die Sache war bereits vorbei, bevor wir nach New York gekommen sind.«

»Gut für Sie, doch apropos Vorankommen: Ich hatte diesen vollkommen verrückten Einfall, mir anzusehen, wie Sie alle hier logieren, und der Empfangschef des Hotels hat mir erzählt, dass Sie gestern in die VIP-Suite umgezogen sind.«

»Ich brauchte mehr Platz für meine Arbeit.«

»Und inwieweit wirken sich der Zimmerservice, der private Fitnesstrainer und private Lift auf Ihre Arbeit aus?«

»Wie gesagt, ich brauche Platz zum Arbeiten.« Jetzt schaltete die junge Frau auf stur. »Das alte Zimmer war dafür zu eng.«

»Wissen Sie, was all das Geld und diese schicke Unterkunft mir sagen, Peabody?«

»Tja, nun ...«

»Sie sagen mir, dass Valerie bestochen werden soll. Als Polizistin bin ich nämlich nicht nur neugierig, sondern auch oder vor allem argwöhnisch und zynisch«, klärte Eve ihr Gegenüber auf.

»Ich habe nur meinen Job gemacht. Ich bin freiwillig hierhergekommen, und ich habe es nicht nötig, hier herumzusitzen, während Sie mich pausenlos beleidigen.«

»Ich frage mich, wie es wohl ist, den Handlanger für Leute zu spielen, die wahrscheinlich mindestens das Zehnfache im Monat machen wie Sie selbst. Für Leute, die das Rampenlicht genießen und die Lorbeeren einheimsen, während Sie selbst im Hintergrund die Fäden ziehen und sich abrackern, damit der Rest des Trupps in einem guten Licht dasteht. Und dann müssen Sie auch noch all die Dummheit, Schwächen, Fehler, Sünden und Verbrechen dieser Leute, die im Grunde auch nicht besser sind als Sie, unter den Teppich kehren.«

»Ich tue, was ich kann, und ich mache meine Arbeit gut. Ich arbeite für eins der größten, angesehensten Studios der USA. Ich habe sechs Untergebene und bin einer Ikone unserer Branche direkt unterstellt.«

»Hat diese Ikone Sie gebeten, dass Sie für sie lügen, Valerie? Oder sonst für irgendwen?«

»Ich habe meine Aussage gemacht. Mehr habe ich Ihnen nicht zu sagen.«

»Okay. Sie können gehen, aber ich bin mir sicher, dass wir uns in Bälde wiedersehen. Jetzt muss ich allerdings zu einer Pressekonferenz. Haben Sie diesbezüglich vielleicht einen guten Tipp für mich?«

»Sarkasmus und Gehässigkeit machen sich immer schlecht.«

Sie fegte aus dem Raum, und lächelnd schaute Eve ihr hinterher. »Die Vernehmung ist beendet. Ich soll also sarkastisch und gehässig sein?«

»Kein Kommentar«, erklärte Peabody.

»Sie hat eine Heidenangst und weiß nicht, ob sie weiterlügen oder sich vor lauter Panik in die Hose machen soll. Sie wird Steinburger so schnell wie möglich kontaktieren, bestimmt kriegen die elektronischen Ermittler schon etwas zu hören, bevor sie das Revier verlassen hat.«

»Nicht, dass wir sie dem Kerl ans Messer liefern, Dallas.«

»Falls er sie jetzt ermordet, sähen die VIP-Suite und das Geld noch seltsamer für uns aus. Dann könnten wir ihn wegen Beihilfe oder vielleicht auch damit drankriegen, dass er sich unserer Meinung nach von ihr hat erpressen lassen. Also ist es schlauer, wenn er sie am Leben lässt und ebenfalls behauptet, dass das Geld ein Bonus und das Upgrade im Hotel für ihre Arbeit wichtig waren. Trotzdem lassen wir sie nicht mehr aus den Augen.«

»Und wie soll das gehen?«

Eve zog ihr Link hervor und rief bei Connie an. »Hier spricht Lieutenant Dallas. Können Sie mir wohl einen Gefallen tun?«

»Schießen Sie los.«

»Kontaktieren Sie Valerie und sagen Sie ihr, dass sie Sie treffen soll. Wo, ist mir egal, aber sehen Sie zu, dass sie den ganzen Nachmittag über beschäftigt ist.«

»In Ordnung. Sagen Sie mir auch, worum es geht?«

»Das kann ich leider nicht.«

»Das ist natürlich ärgerlich, aber im Grunde kann ich heute wirklich Hilfe brauchen, denn die Studiobosse haben bestimmt, dass ich auf der Gedenkfeier für Harris sprechen und dass Mason dort die Trauerrede halten soll. Damit und mit – tja, nun, auf alle Fälle kann ich Hilfe brauchen. Wann soll ich sie anrufen?«

»Sofort.«

»Sofort?«

»Sofort. Niemand darf erfahren, dass das mein Wunsch ist. Ich melde mich dann später noch einmal.«

»Aber …«

Ehe Connie weiterbohren konnte, drückte Eve den roten Knopf an ihrem Link. »Valerie kann Connie keine Bitte abschlagen, denn schließlich ist sie einerseits die Frau des Regisseurs und andererseits auch selbst ein Star. Das mit der Gedenkfeier ist wirklich Glück.«

»Sie vertrauen ihr? Connie, meine ich.«

»Vertrauen ist ein großes Wort«, sinnierte Eve. »Aber im Augenblick genügt mir, dass sie weder Harris noch den Detektiv auf dem Gewissen hat.« Abermals sah sie auf ihre Uhr. »Und jetzt lassen wir die Bombe platzen, ja?«

Noch bevor sie sich zum Gehen wenden konnte, klingelte ihr Handy, und sie hob es an ihr Ohr. »Dallas.«

»Steinburger hat gerade einen Anruf von Xavier bekommen«, informierte Feeney sie. »Wobei sie ziemlich durcheinander klang.«

»Ach ja?«

»Und dich hat sie aufs Übelste beschimpft.«

»Das tut mir weh.«

»Ich schicke dir eine Kopie der Aufnahme für deine Akten.«

»Danke. Für den Augenblick genügt es mir, wenn du den Inhalt des Gesprächs kurz zusammenfasst.«

»Womit soll ich anfangen? Damit, dass du furchtbar unhöflich und rüde bist? Oder eine Tyrannin mit einer unmöglichen Frisur?«

»Wie wäre es mit dem Teil, in dem sie Steinburger erzählt, dass ich mich für ihren Bonus und ihre Hotelsuite interessiere?«

»Ah. In Ordnung. Du hast wirklich Nerven, dir ihre Finanzen anzusehen und dich dafür zu interessieren, wie sie wohnt. Du hast versucht, ihr Angst zu machen, was dir meiner Meinung nach gut gelungen ist. Steinburger hat sie deswegen gegrillt. Er wollte genau wissen, was für Fragen du gestellt hast, deren Wiederholung ich dir jetzt erspare, weil du schließlich selbst dabei gewesen bist. Er hat gesagt, sie bräuchte keine Angst zu haben, hat sie aufgemuntert und gesagt, sie hätte ihre Sache wirklich gut gemacht, und das Studio und er persönlich wären dankbar für die Diskretion und die Loyalität, die sie bewiesen hat. Dann hat er sie noch einmal gegrillt, als sie erzählt hat, dass du neue Infos für die Presse hast und bald schon jemanden verhaften willst. Und plötzlich meinte er, sie solle warten, weil gerade ein anderer Anruf für ihn käme. Was jedoch gelogen war.«

»Er brauchte also erst mal etwas Zeit, um sich zu sammeln.«

»So sieht's aus. Hat sie siebenunddreißig Sekunden in der Leitung hängen lassen, und als er am Ende wieder dranging, war er vollkommen gefasst. Er hat noch einmal gesagt, dass sie sich keine Sorgen machen soll. Sie würden beide tun, was das Beste für den Film und für das Studio ist, und wenn die Aufregung sich erst gelegt hätte, bekäme sie von ihm ein zusätzliches Zeichen seines Danks.«

»Das hat sie ihm abgekauft?«

»Auf alle Fälle hat sie sich bei ihm bedankt, und dann hat sie gesagt, sie führe erst mal wieder ins Hotel, um mit ihrer Arbeit fortzufahren. Sie würde sich die Pressekonferenz von dort aus ansehen und dann eine Stellungnahme für ihn formulieren.«

»Sie wird in den nächsten Stunden andernorts beschäftigt und deswegen für ihn nicht erreichbar sein. Lass mich wissen, wenn du sonst noch etwas hörst. In ein paar Minuten muss ich zu der Pressekonferenz.«

»Lieber du als ich«, erklärte er und brach die Übertragung ab.

Eve sah auf ihre Partnerin, die ebenfalls mit einem Handy in der Hand ein Stückchen weiter stand. Dann steckte Peabody ihr Handy wieder ein und blickte sie mit einem breiten Grinsen an.

»Die Taucher holen gerade ein paar elektronische Geräte rauf und bringen sie an Land. Natürlich können sie die Seriennummern erst im Hafen überprüfen, aber einer von den Tauchern hatte Glück und hat ein rotes Handy mit den Initialen K.T.H. entdeckt.«

»Wir haben ihn am Arsch, Peabody. Rufen Sie bei Reo an und sagen Sie ihr, dass sie endlich einen Richter kontaktieren soll.«

21

Ihr Auftritt auf der Pressekonferenz war oscarreif. Wobei es ihr nicht schwerfiel, missmutig und ungeduldig zu erscheinen, als sie ein ums Mal dieselbe Antwort – *Einzelheiten können wir im Augenblick nicht nennen* – auf die aufgeregten Fragen der diversen Journalisten gab. Sie wollte schnellstmöglich den Küstenschutz und Reo sprechen und Steinburgers Tag sowie den Rest seines jämmerlichen Lebens ein für alle Mal ruinieren.

Wobei er hoffentlich bereits von ihrem Statement Bauchschmerzen bekam.

»Wie gesagt, ich kann noch keine Einzelheiten nennen, doch wir kommen bei den Ermittlungen sehr gut voran. Wir haben neue Erkenntnisse und stehen kurz vor einer Festnahme. Doch solange die Person nicht hinter Gittern sitzt, fahren meine Partnerin und ich am besten schnellstmöglich mit unserer Arbeit fort.«

Sie verließ das Rednerpult und blickte kurz in Richtung von Nadine.

Während eine Reihe anderer Journalisten weiter hoffnungsvolle Fragen stellte, nickte ihr die Starreporterin des Channel 75 unauffällig zu, stand auf und wandte sich mit ihrem Link am Ohr zum Gehen.

»Sie erhöht den Druck auf Steinburger«, wandte sich Eve an ihre Partnerin. »Sobald wir wissen, wo sie diesen Bastard interviewen wird, knöpfen wir uns all die Orte vor, an denen er sich gerade nicht aufhält. Ich halte es für besser, wenn er von der Durchsuchung seiner Räumlichkeiten zunächst nichts erfährt.«

»Und was, wenn er sich weigert, ihr ein Interview zu geben, oder den Termin verschiebt?«

»Sie wird ein Nein nicht akzeptieren. Sie ist wie ein Hund mit einem Knochen, wenn sie sich in was verbissen hat. Und er kann sich dieses Mal nicht hinter Valerie verschanzen«, fügte Eve hinzu. »Er würde schwach und dumm aussehen, wenn er versuchen würde, sie von Connie wegzulotsen. Und er kann es sich nicht leisten, wie ein Trottel oder Schwächling dazustehen.«

»Ich denke, dass er beides ist. Aber da kommt jemand, der weder das eine noch das andere ist«, bemerkte Peabody, als Roarke ihnen entgegenkam.

»Er kann manchmal sogar ziemlich dämlich sein«, erklärte Eve. »Und jetzt kontaktieren Sie noch mal den Küstenschutz. Vielleicht haben sie ja noch etwas gefunden, womit ich Cher Reo Beine machen kann.«

»Lieutenant, Detective. Ihr wirkt beide ziemlich grimmig, höchst professionell und telegen. Die Stiefel stehen Ihnen wirklich ausgezeichnet, Peabody.«

»Ermutige sie bloß nicht noch. Ich wusste gleich, dass Pink ein Fehler ist.«

»Ganz im Gegenteil. Sie sehen reizend aus.«

Peabody konnte es sich nicht verkneifen, einmal wie ein Model vor den beiden anderen auf und ab zu gehen. »Ich liebe meine neuen Boots.«

»Dann nutzen Sie die Dinger, und marschieren Sie damit zum Telefon.«

»Ich liebe sie«, erklärte Peabody noch einmal und sah Roarke mit einem breiten Grinsen an, bevor sie ihre Stiefel nutzte, um an ihren Arbeitsplatz zurückzukehren.

»Reizend«, brummte Eve. »Eine Polizistin soll nicht reizend sein, aber sie ist diese Woche jeden gottverdammten Morgen in den Dingern auf der Wache aufgetaucht und hat gedroht, sie auch in Zukunft immer anzuziehen.«

»Schön zu wissen, dass das Mitbringsel ihr Freude macht. Ich habe mir ein bisschen Zeit genommen, denn ich habe ein persönliches Interesse an dem Fall.«

»Das sagst du jedes Mal.«

Er lächelte sie an. »Ich dachte, Feeney hätte vielleicht einen interessanten Job für mich.«

»Er hat Steinburgers Telefone und Computer angezapft, außerdem hören wir mit, wenn Nadine den Typen in die Zange nimmt. Vor allem aber haben wir Pearlmans elektronische Geräte, und ich hoffe, dass die elektronischen Ermittler damit und mit dem versteckten Konto, auf das du gestoßen bist, beweisen können, dass Steinburger damals das Geld veruntreut hat.«

»Das bedeutet, dass der Spaß für alle reicht. Ich würde mir gerne weiter die Finanzen dieses Kerls ansehen. Und du?«

»Sobald ich die Erlaubnis zur Durchsuchung des Büros, des Autos und der Wohnung dieses Bastards habe, stelle ich dort alles auf den Kopf. Ich bin mir sicher, dass ich was finde, womit ich das mörderische Arschloch bis ans Lebensende hinter Gitter bringen kann.«

»Nicht schlecht. Das Rumschnüffeln in anderer Leute Sachen kann echt lustig sein.«

»Du kennst dich damit aus und könntest mir dabei wahrscheinlich durchaus nützlich sein.«

»Ich lebe, um zu dienen.«

»Feeney bräuchte mir nicht extra einen seiner Leute mitzugeben, wenn ich meinen eigenen Elektronikfuzzi hätte, der sich Steinburgers Geräte ansehen kann. Vor allem schnüffelst du statt in den Schränken sowieso am liebsten in den elektronischen Geräten anderer Leute rum.«

»Du kennst mich wirklich gut.«

»Danach könntest du dir auch noch Pearlmans Kiste ansehen.«

»Wenn er das Geld veruntreut hätte, müssten dort Informationen zu dem B.-B.-Joel-Konto abgespeichert sein. Schließlich ist es wichtig, dass ein Mann sein Geld im Blick behält.«

»Wahrscheinlich«, stimmte sie ihm zu und führte ihn statt in ihr eigenes Büro in den Besprechungsraum.

Roarke trat vor die Tafel und bedachte sie mit einem nachdenklichen Blick.

»Effizient und höchst beunruhigend.«

»Sie ist inzwischen nicht mehr aktuell. Seit heute Morgen haben wir das Boot, mit dem er rausgefahren ist.«

Während sie die Tafel aktualisierte, brachte sie ihn auf den neusten Stand.

»Aber für eine Festnahme reicht es noch immer nicht«, bemerkte Roarke.

»Zwar kannte er den Zugangscode und hätte deswegen die Möglichkeit gehabt, die Yacht zu nehmen, doch ich kann ihm nicht beweisen, dass er damit rausgefahren ist. Und genauso kann ich zeigen, dass er Valerie die fünfzigtausend überweisen hat, aber ein Beweis dafür, dass er sie mit dem Geld bestechen wollte, ist das nicht.«

»Trotzdem wird ein Muster deutlich.«

»Auch wenn noch verschiedene Puzzleteile fehlen.« Eve schob ihre Daumen in die Hosentaschen und sah abermals die Tafel an. »Valerie kriege ich klein. Wenn ich sie noch einmal in die Zange nehme, packt sie aus. Im Augenblick versucht sie, sich zu schützen und herauszufinden, was für sie das Beste ist. Aber wenn ich noch ein paar Indizien gegen diesen Bastard finde und ihr deutlich mache, dass auch Beihilfe zu Mord mehrere Jahre Knast bedeutet, wird sie ihren Kopf so schnell wie möglich aus der Schlinge ziehen wollen.«

»Glaubst du, er hat vor, sie ebenfalls aus dem Verkehr zu ziehen?«

»Auf jeden Fall. Aber nicht jetzt sofort. Denn wenn sie jetzt sterben würde, würfe das zu viele Fragen auf. Aber früher oder später wird sie einen fürchterlichen Unfall haben, eine Überdosis nehmen oder sonst etwas. Und wenn er versuchen würde, sie zum Sündenbock zu machen, würde sie sich auf ihn stürzen wie ein tollwütiger Hund. Ich schätze also, dass sie erst mal sicher ist, weil Connie einen guten Puffer bildet, falls er panisch wird.«

»Wen wird er dann statt Valerie belasten?«

»Diese Frage stelle ich mir auch. Connie wäre eine gute Kandidatin. Schließlich gab es diese Szene bei dem Essen auf der Party, nach der sie K.T. erst einmal ins Gebet genommen hat. Außerdem hat sie zugegeben, dass sie irgendwann den Kinosaal verlassen hat, sie hätte also die Gelegenheit zur Tat gehabt. Er weiß nicht, dass das Dach über dem Pool nicht ganz geschlossen war, und auch wenn die Tatsache allein vor Gericht nicht allzu viel beweisen wird, ist sie ein wichtiges Detail. Außerdem denkt er bestimmt, wir könnten annehmen, Connie hätte anschließend auch Asner umgebracht, weil er von Harris angeheuert worden war und irgendwas über sie selbst oder Roundtree herausgefunden hat. Und auch sie kennt die Besitzerin des Boots. Sie wäre also der perfekte Sündenbock«, schloss Eve.

»Wobei dasselbe für Andrea gilt, vor allem, da wir wissen, dass sie wegen ihres Patenkindes mit K.T. im Streit gelegen hat. Das weiß er sicher ebenfalls. Dass er Marlo oder Matthew auswählt, halte ich für unwahrscheinlich, denn dann müsste er sie beide gleichzeitig belasten, und das dürfte etwas schwierig sein. Aber auch Julian böte sich an.«

»Ich hatte mich bereits gefragt, wann du die Sprache auf ihn bringst.«

»Er war betrunken, Harris hatte ihn entsetzlich in Verlegenheit gebracht, und dann war da noch die Sache mit den beiden Minderjährigen, mit denen er im Bett gewesen ist. Vielleicht war er angefressen, weil der Detektiv herausgefunden hatte, was damals gelaufen war, und hat erst Harris und danach der Ordnung halber auch noch Asner umgebracht. Allerdings hätte er meiner Meinung nach niemals das Zeug dazu, derart brutal auf einen anderen Menschen einzuschlagen. Nicht vorsätzlich und auch nicht wiederholt mit einer solchen Wucht, dass vom Schädel seines Opfers kaum noch etwas übrig ist. Vor allem wäre er einfach nicht schlau genug, um innerhalb von zwei Tagen zwei Morde zu begehen.«

»Das trifft mich tief.«

»Er hätte es vermasselt und wäre vor Angst und Schuldgefühlen völlig außer sich.« Eve bedachte Roarke mit einem amüsierten Seitenblick. »Er ist eben kein solches Ass wie du.«

»Was es für mich nicht wirklich besser macht.« Er legte eine Hand auf ihre Schulter. »Du brauchst Gerechtigkeit für alle. Brauchst es, dass der Täter wegen all dieser Morde hinter Gitter kommt. Du könntest ihn bereits mit dem, was du herausgefunden hast, ins Schwitzen bringen, könntest Valerie zum Reden bringen, auf die Art den Druck verstärken und ihm nachweisen, dass er K.T. und diesen Detektiv ermordet hat.«

»Bestimmt.« Darüber hatte sie auch selbst schon nachgedacht. »Die Chancen stünden gut. Wohingegen wir in all den anderen Fällen bisher auf Indizien und Spekulationen angewiesen sind. Selbst, dass Holmes die Aussage von damals korrigiert hat, ist kein schlüssiger Beweis. Dazu müssten wir erst sicher wissen, dass er in der Nacht vor dreißig Jahren nicht nach Mexiko geflogen ist.«

»Das müsste herauszufinden sein«, erklärte Roarke. »Trotzdem wäre damit nicht bewiesen, dass er statt in Mexiko bei Caulfield war und sie ermordet hat.«

»Aber unserer Hypothese würde dadurch weiteres Gewicht verliehen. Vielleicht genug, dass das Gebäude seiner Lügen darunter zusammenbricht. Auch wenn die Chance, ihm alle Morde nachzuweisen, eher gering ist ...«

»... musst du es versuchen.«

»Ich kriege die Gesichter einfach nicht mehr aus dem Kopf.« Die Gesichter all der jungen und der alten, der berühmten und der unbekannten Menschen, die von ihm getötet worden waren.

»Vielleicht kann ich am Schluss nicht mehr, als diesen Bastard wissen lassen, dass ich weiß, dass er ein Serienkiller ist und dass ich keine Ruhe geben werde, bis er lebenslänglich kriegt. Doch bevor ich mich damit zufriedengebe, werde ich auf jeden Fall versuchen, alles herauszufinden, was nach all der Zeit noch rausgefunden werden kann.«

Während sie dies sagte, klingelte ihr Handy, und sie hob es wütend an ihr Ohr.

»Dallas.«

»Geschafft«, erklärte Reo ihr. »Auch wenn das alles andere als einfach war. Woher zum Teufel hätte ich auch wissen sollen, dass der Richter, den ich angerufen habe, eine Vorliebe fürs Kino hat und ein Bewunderer von Joel Steinburger und dessen Arbeit ist? Verdammt.«

»Vielleicht kann er ja im Gefängnis weiter Filme produzieren. Ich melde mich, wenn wir was finden«, sagte Eve ihr zu und legte auf.

Dann wandte sie sich abermals an Roarke und stellte grimmig fest: »Auf geht's.«

Nadine setzte sich in den Clubsessel in Steinburgers Büro, schlug die wohlgeformten Beine übereinander und schaute den Mann mit ihrem telegensten Lächeln an. Auch wenn er es geschickt vor ihr verbarg, sah sie ihm an, dass er nicht gerade glücklich über ihr Erscheinen war. Er saß ihr gegenüber hinter einem kleinen Tisch mit einer Vase voll frischer Blumen, und in dem Regal in seinem Rücken war einer von seinen Oscars ausgestellt.

Er lehnte sich zurück, legte seine Hände auf den breiten Lehnen des Sessels ab und gab sich wie ein Mann, der unter schwierigen Bedingungen die Übersicht behielt.

»Ich weiß es zu schätzen, dass Sie noch einmal mit mir sprechen wollen, Joel. Ich weiß, Sie haben augenblicklich alle Hände voll zu tun. Aber gerade jetzt ist es – da pflichten Sie mir sicher bei – besonders wichtig, darüber zu reden, was Sie empfinden und vor allem wie Sie mit dem umgehen, was geschehen ist. Schließlich orientieren sich alle anderen an Ihnen als dem Boss des Studios.«

Er hob resigniert die linke Hand. »Nicht einmal in einem Augenblich wie diesem können wir uns unserem Publikum entziehen.«

»Genau. Können wir anfangen?«

»Jederzeit.«

»Gut.« Sie nickte ihrem Kameramann zu, und der nickte zurück.

»Hier ist Nadine Furst. Ich bin im New Yorker Büro des berühmten Produzenten Joel Steinburger zu Gast. Vielen Dank, Joel, dass Sie bereit sind, noch einmal mit mir zu sprechen.«

»Es ist mir immer ein Vergnügen, sogar unter diesen Umständen, Nadine.«

»Ich weiß, dass Ihre Branche durch den Mord an K.T. Harris in den Grundfesten erschüttert worden ist. Besonders hart hat es natürlich die getroffen, die an ihrem unglücklicherweise letzten Film beteiligt sind. Joel. Sie bringen sich persönlich immer sehr stark in Ihre Projekte ein und haben auch mit K.T. sehr eng kooperiert. Wie verarbeiten Sie ihren Tod?«

»Es ist für mich wie eine offene Wunde, und es tut mir in der Seele weh, dass diese talentierte Schauspielerin, diese faszinierende, vielschichtige Frau, diese Freundin uns auf sinnlose, tragische Art genommen worden ist. Ich kann es einfach nicht verstehen.«

Er beugte sich ein wenig vor, und als sie seinen tränenfeuchten, durchdringenden Blick bemerkte, fragte sich Nadine, warum er lieber Filme produzierte, anstatt selber vor der Kamera zu stehen.

»K.T. hat sehr viel in die Rolle und in die Komplexität ihres Charakters investiert. Sie hat sich stets bemüht, perfekte Arbeit abzuliefern und auch aus den anderen das Beste herauszuholen. Ich kann gar nicht in Worte fassen, wie sehr sie uns allen fehlen wird.«

»Trotzdem setzen Sie die Dreharbeiten fort.«

»Ja, natürlich, denn genau das hätte sie gewollt, weil sie schließlich durch und durch ein Profi war.«

»Wobei es hieß, dass sie mitunter ziemlich schwierig sein konnte.«

Er lächelte sie traurig an. »So viele große Stars bekommen diesen Stempel einfach deshalb aufgedrückt, weil sie mit nichts Geringerem als Perfektion zufrieden sind. Ja, mitunter war sie ziemlich explosiv, aber das Licht und all die Energie, die sie dabei versprüht hat, haben sie so brillant gemacht.«

»Wären Sie bereit, eine Ihrer Erinnerungen an sie mit uns zu teilen?«

Obwohl sie sicher davon ausging, dass die amüsante Anekdote, die er ihr erzählte, frei erfunden war, ließ ihn die Journalistin einfach reden. Denn sie hatte mit der Bitte nur den Zweck verfolgt, ihn einzulullen und zu entspannen, was ihr eindeutig gelungen war.

»Sie zollen ihr also als Schauspielerin und als Frau Respekt«, schloss sie, als er zum Ende kam.

»Ich empfinde es als wichtig, die Beteiligten an einem Filmprojekt zu kennen und vor allem zu verstehen. Wir bilden eine Zeitlang so etwas wie eine Familie, in der es zu Vertraulichkeiten, zu Konflikten, Witzen und mitunter auch zu Frustrationen kommt. Ich bin quasi der Vater, der das Steuer in der Hand hält und den Ton vorgibt. Vor allem muss ich die Bedürfnisse aller Familienmitglieder vorhersehen und verstehen, wenn ich sie zu Höchstleistungen motivieren will. Jetzt haben wir plötzlich auf tragische Weise ein Familienmitglied verloren, das ist ein Verlust, der uns sehr nahegeht.«

»Da hilft es doch bestimmt, dass Sie als Vaterfigur aus Erfahrung wissen, wie mit derart tragischen Verlusten umzugehen ist. Denn schließlich haben Sie bereits den Tod von Sherri Wendall überstanden. Sie beide waren während Ihrer Ehe eines der einflussreichsten Paare Hollywoods und waren während Ihrer Scheidung einem Riesenmedienrummel ausgesetzt. Sie waren nicht mehr zusammen, als sie starb, aber ihr Tod hat Sie sicher trotzdem sehr geschmerzt.«

»Sie gehörte zu den faszinierendsten Persönlichkeiten, die ich je gekannt – oder geliebt – habe, obendrein war sie in höchstem Maße talentiert.« Er schüttelte den Kopf. »Wenn sie nicht so jung gestorben wäre, hätte sie bestimmt noch viel erreicht.«

»Sie beide waren in Cannes, als sie ertrunken ist. Haben Sie noch Frieden mit ihr schließen können, ehe sie gestorben ist?«

Er rutschte leicht nervös in seinem Sessel hin und her. »Oh, ich denke schon. Große Liebe ist oft gleichbedeutend mit großen Konflikten, wir haben beides miteinander erlebt.«

»Bevor es zu dem sinnlosen, tragischen Unfall kam. Sie ist ausgerutscht und in den Pool gestürzt, in dem sie dann ertrunken ist. Daran haben Sie doch sicher denken müssen, als K.T. auf haargenau dieselbe Weise umgekommen ist.«

»Ich … das eine war ein Unfall und das andere Mord. Aber ja, sie waren beide Stars, sie waren brillant, und sie sind beide viel zu früh gestorben.«

»Neben diesen beiden haben Sie auch noch einen anderen brillanten Star verloren. Das heißt, wir alle haben ihn verloren, wobei Sie im Gegensatz zu uns auch noch mit dieser Frau befreundet waren. Angelica Caulfield, von der einige behauptet haben, dass sie sogar mehr als eine gute Freundin für Sie war.«

Die Kamera fing auf, wie er die Lippen aufeinanderpresste und die Finger in den Stuhllehnen vergrub.

»Angelica war eine gute Freundin, aber gleichzeitig auch eine Frau, die seelisch aus dem Gleichgewicht geraten war. Ich fürchte, sie war zu zerbrechlich, um den Ansprüchen gerecht zu werden, die mit ihrem riesigen Talent verbunden waren. Sie hat es offenkundig nicht ertragen, permanent im Rampenlicht zu stehen.«

»Es wird bis heute spekuliert, ob ihr Tod ein Unfall oder Selbstmord und von wem sie damals schwanger war. Sie haben selbst gesagt, dass Sie ihr nahestanden. Wussten Sie, wie unglücklich sie war? Hat sie sich Ihnen wegen ihrer Schwangerschaft womöglich anvertraut?«

»Nein«, erklärte er ihr scharf, bevor er sich zusammenriss und ruhiger weitersprach. »Ich fürchte, dass ich damals zu sehr mit mir selbst beschäftigt war. Meine Frau erwartete zu der Zeit gerade unser erstes Kind. Ich habe mich in all den Jahren ein ums andere Mal gefragt, ob ich, wenn ich nicht ganz in meiner eigenen Welt gefangen gewesen und nicht derart unachtsam gewesen wäre, vielleicht irgendetwas gespürt oder gesehen hätte, das … Ich wünschte mir, sie hätte das Gefühl gehabt, sie könnte sich mir anvertrauen. Wenn sie mich angerufen hätte …«

»Den damaligen Berichten nach hat sie Sie noch ein paar Tage vor ihrem Tod im Studio aufgesucht.«

»Ja. Sie war bei mir im Studio. Rückblickend betrachtet frage ich mich immer wieder, ob sie mir bei dem Besuch verändert vorgekommen ist. Wirkte sie, als ob ihr etwas auf der Seele läge?

Hätte mir auffallen müssen, wie verzweifelt sie damals anscheinend war? Ich weiß nur, dass mir nichts aufgefallen ist. Sie hat ihre Verzweiflung gut vor mir versteckt. Sie hat mir bis zum Ende etwas vorgemacht.«

»Sie glauben also, dass es Selbstmord war?«

»Wie gesagt, sie war zerbrechlich, und sie hatte psychische Probleme.«

»Warum haben Sie dann damals hartnäckig darauf bestanden, dass ihr Tod die Folge einer unbeabsichtigten Überdosis war?«

Inzwischen bildeten sich erste, feine Schweißperlen auf seiner Stirn.

»Damals war ich aufgewühlt und konnte nicht klar sehen. Und auch heute kann ich einzig mit Bestimmtheit sagen, dass ihr Tod ein furchtbarer Verlust war. Und jetzt, Nadine ...«

»Vielleicht darf ich noch einmal zusammenfassen«, fiel sie ihm ins Wort. »Wir haben drei berühmte, talentierte Frauen, die alle auf die eine oder andere Art ein Teil von Ihrem Leben waren. Eine dieser Frauen ist durch einen Unfall umgekommen, eine hat sich selbst getötet, und die dritte wurde umgebracht. Wobei Caulfields potenzieller Selbstmord nicht der einzige in Ihrem Umfeld war. Auch Buster Pearlman, Ihr Geschäftspartner und langjähriger Freund, hat sich angeblich umgebracht.«

Jetzt war die Anspannung ihm deutlich anzusehen.

»Sie haben überdurchschnittlich viele Menschen auf tragische Art verloren, Joel. Angefangen hat es damit, dass Ihr Mitbewohner aus der Collegezeit die Treppe herunterfiel und dass Ihr Mentor und der Urgroßvater Ihrer damaligen Verlobten, Martin Dressler, ebenfalls durch einen Sturz ums Leben kam. Belasten diese Tode Sie?«

Er schwieg einen Moment, doch schließlich meinte er: »Man muss das Leben nehmen, wie es kommt. Ich empfinde es als Glück, dass ich all diese Menschen kennenlernen durfte, dass ich eine Arbeit habe, die ich liebe, und dass ich im Rahmen dieser Arbeit derart vielen talentierten Frauen und Männer begegnen durfte und das auch in Zukunft darf. Ich schätze, wenn ein

Mann sein halbes Leben lang in einer Branche tätig ist, in der so viele talentierte Menschen – die zum Teil sehr von sich eingenommen, gleichzeitig jedoch auch sehr zerbrechlich und dem permanenten Druck des Publikums auf Dauer nicht gewachsen sind – zusammenkommen, ist es unvermeidlich, dass man hin und wieder jemanden verliert.«

»Aber durch Mord? Ich will doch hoffen, dass man auch in Ihrer Branche für gewöhnlich niemanden durch Mord verliert.«

»Ich wollte damit bestimmt nicht sagen, dass so was in unserer Branche an der Tagesordnung ist, aber unglücklicherweise kommen in unserer Gesellschaft – und demzufolge auch in unserer Branche – solche Dinge nun einmal vor.«

»Was speziell in diesem Fall natürlich ein gefundenes Fressen für die Medien ist. Denn schließlich hat die Rolle der Detective Peabody in der Verfilmung des Falls Icove K.T. Harris und auch Sie zu diesem Zeitpunkt nach New York geführt. Die Hauptperson in Ihrem Film, Eve Dallas, leitet die Ermittlungen zum Mord an der Person, die im Film als ihre Partnerin zu sehen ist. Eben auf der Pressekonferenz hat sie erklärt, sie hätte neue, wichtige Informationen zu dem Fall und eine Festnahme stünde bevor. Was sagen Sie dazu?«

»Ich hoffe, dass das alles kein Theater ist.«

»Theater?«

»Mir ist klar, wie sehr sie unter Druck durch ihre Vorgesetzten und die Medien steht. Natürlich hoffe ich, dass sie herausfindet, von wem K.T. ermordet worden ist. Das macht ihren Verlust nicht wett, aber vielleicht haben wir dann zumindest das Gefühl, dass diese Sache abgeschlossen ist.«

»Vor allem aber dürften Sie dann doch erleichtert sein«, stellte Nadine mit einem leisen Lächeln fest. »Als einer der Besucher auf dem Fest in Roundtrees Haus sind Sie schließlich einer der Verdächtigen.«

»Genau wie Sie«, fuhr er sie an.

»Nicht schuldig«, gab Nadine zurück und hob die rechte Hand. »Trotzdem werde ich erleichtert sein, wenn eine Festnahme erfolgt. Finden Sie es nicht beunruhigend, Joel, zusammen mit Freunden und Kollegen unter Mordverdacht zu stehen?«

»Ich weigere mich zu glauben, dass einer von uns K.T. ermordet hat, die wie eine Schwester, Tochter, Freundin für uns alle war. Ich schätze, die *neuen Erkenntnisse,* die Lieutenant Dallas hat, betreffen jemanden von außen.«

»Jemanden von außen?«

»Jemanden, der sich als Kellner oder so verkleidet und auf diese Weise Zugang zu dem Haus bekommen hat. Vielleicht einen gestörten Fan. Also ja, ich werde ganz bestimmt erleichtert sein, wenn dieser Fall gelöst ist und ich mein normales Leben wieder aufnehmen kann. Mir ist bewusst, dass Lieutenant Dallas auch nur ihre Arbeit macht, aber sich auf unsere Truppe einzuschießen ist einfach absurd. Schließlich waren wir alle in demselben Raum versammelt, als K.T. getötet worden ist. Sie waren selbst dort und haben es gesehen. Ich muss ganz einfach glauben, dass ein Fremder ihr aufs Dach gefolgt ist, wo es zu der Tragödie kam. Falls ... doch das bleibt unter uns.«

Nadine bedeutete dem Kameramann, sie allein zu lassen, denn schließlich zeichnete das Mikrofon, das sie am Körper trug, die Unterhaltung weiter auf.

»Ich möchte keinen meiner Freunde und Kollegen in den Medien in ein schlechtes Licht rücken.«

»Verstehe.«

»Das wäre nicht gut für das Geschäft«, erklärte er ihr knapp. »Ich werde also offiziell auch weiter dabei bleiben, dass ein Fremder sie ermordet hat. Aber ich habe große Angst, dass an dem Abend vielleicht etwas zwischen ihr und ... einem von den anderen vorgefallen ist.«

»Sie haben jemanden unter Verdacht!« Die Journalistin riss die Augen auf. »Joel!«

»Ich werde keine Namen nennen, nicht einmal, wenn das nicht gesendet wird. Wahrscheinlich gehen mir nur die Nerven durch. Aber es ist nun einmal eine Tatsache, dass sie womöglich noch am Leben wäre, hätte sie nicht dieses widerliche Zeug geraucht.«

»Es heißt, selbst Kräuterzigaretten wären schlecht für die Gesundheit.«

»Vor allem, wenn man eine nach der anderen qualmt und auch noch irgendwelches Zeug wie Zoner druntermischt, das einen vollkommen benommen macht.« Er fächerte sich Luft mit einer seiner Hände zu, als bekäme er bereits bei der Erwähnung irgendwelcher Rauchwaren einen Hustenreiz. »Die Kombination stinkt wie die Pest. Es tut mir leid. Ich bin erregt und abgrundtief erschöpft. Ich will nicht schlecht von einer Toten sprechen, und das wollen Sie sicher auch nicht, denn das ist auch schlecht für Ihr Geschäft.«

»Joel, ich war selber dort.« Um die Verbindung zwischen ihnen zu betonten, beugte sie sich vor und griff nach seiner Hand. »Ich stecke selber in der Sache drin. Falls Sie Grund haben zu glauben ... falls Sie denken, dass Sie wissen, wer K.T. ermordet hat, reden Sie mit mir. Ich werde damit nicht auf Sendung gehen.«

»Es fühlt sich irgendwie nicht richtig an. Geben Sie mir ein, zwei Tage Zeit.« Jetzt drückte er ihr seinerseits die Hand. »Ich muss darüber nachdenken. Wahrscheinlich bausche ich das alles zu sehr auf. Und jetzt, Nadine, muss ich Sie wirklich bitten, allmählich zum Schluss zu kommen, denn ich hatte einen furchtbar anstrengenden Tag.«

Sie richtete sich wieder auf, winkte ihren Assistenten abermals herein, wiegte Steinburger mit ein paar leichten abschließenden Fragen in Sicherheit und kam zu dem Ergebnis, dass das Interview sowohl für ihre Sendung als auch für die Polizei ein echter Knüller war.

»Nochmals vielen Dank, dass Sie sich Zeit für mich genommen haben. Mir ist bewusst, es ist im Augenblick für keinen von uns wirklich leicht.«

»Das Leben und die Arbeit müssen weitergehen. Ich bringe Sie noch raus.«

»Machen Sie sich keine Mühe.«

»Ich werde jetzt selber gehen, denn wie gesagt, es war ein langer Tag.«

Er öffnete die Tür, und Julian, der anscheinend draußen auf und ab gelaufen war, kam eilig auf ihn zu.

»Joel. Tut mir leid, Nadine, aber ich muss mit Joel sprechen.«

»Kein Problem. Julian.« Sie legte eine Hand an seine Wange und stellte mit mitfühlender Stimme fest: »Sie sehen furchtbar müde aus.«

»Irgendwie ist alles aus dem Gleichgewicht geraten. Ich kann so nicht arbeiten. Ich komme mit der ganzen Sache einfach nicht zurecht. Joel …«

»Komm mit in mein Büro. Wir setzen uns zusammen und reden über alles, ja? Gute Nacht, Nadine.« Steinburger machte kehrt und sah sie traurig über seine Schulter hinweg an.

»Was zum Teufel war das?«, murmelte sie, als die Tür ins Schloss gefallen war. »Was zum Teufel war das für ein Blick?«

Im Inneren des Büros tigerte Julian vor dem Schreibtisch auf und ab.

»Um Himmels willen, setz dich, Julian. Du machst mich ganz nervös.«

»Ich kann nicht still sitzen. Ich kann nicht arbeiten. Ich kann nicht *nachdenken* und kriege nachts kein Auge zu. Ich bin ein Wrack, Joel. Hast du Dallas auf der Pressekonferenz im Fernsehen gesehen? Hast du gehört, was sie gesagt hat? Sie stehen kurz vor einer Festnahme. Ich habe keine Ahnung, was ich machen soll. Ich sollte mit ihr reden, sollte zu ihr fahren und mit ihr reden, damit sie …«

»Reiß dich zusammen, Julian. Du wirst nichts dergleichen tun. Ich habe doch gesagt, ich würde mich um alles kümmern, oder nicht? Es war ein Unfall, und ich wüsste nicht, warum du dafür zahlen solltest, denn das bringt sie schließlich auch nicht mehr zurück.«

»Nein, aber …«

»Willst du ins Gefängnis, Julian?«

»Nein, oh Gott, natürlich nicht, aber ...«

»Willst du deine Karriere ein für alle Mal beenden? Willst du alles aufgeben, was du erreicht hast und was du in Zukunft noch erreichen kannst? Wofür?«

»Ich *weiß* es nicht!« Julian raufte sich die Haare und lief weiter vor dem Schreibtisch auf und ab. »Ich bin vollkommen verwirrt. Das alles geht mir immer wieder durch den Kopf, aber irgendwie ergibt es einfach keinen Sinn.«

»Du warst betrunken, Julian. Da kannst du nicht erwarten, dass du dich an sämtliche Details erinnern kannst. Du warst betrunken, und du hattest einen Schock. Mein Junge«, sagte Steinburger so mitfühlend, dass Julian stehen blieb. »Jetzt hör mir einmal zu. Das alles war nicht deine Schuld. Du hast gesagt, du würdest tun, was ich dir sage. Hast gesagt, du würdest mir vertrauen.«

»Das tue ich. Ich vertraue dir. Ich weiß nicht, was ich ohne deine Hilfe machen würde.«

»Dann tu weiter das, was ich dir sage, ja? Fahr zurück in dein Hotel und schenk dir ein, zwei Gläser von dem feinen Wein ein, den wir gestern aufgemacht haben.«

»Du hast doch gesagt, ich sollte nichts mehr trinken.«

»Das war gestern Abend.« Joel tätschelte ihm aufmunternd den Rücken. »Morgen hast du frei. Also lass es dir ein bisschen gut gehen. Trink ein Gläschen Wein, setz dich in den Whirlpool und entspann dich. Mir ist klar, wie stressig all das für dich ist. Versuch am besten, eine Zeitlang nicht daran zu denken, dann wird es dir morgen sicher wieder besser gehen«

»Ich bin so furchtbar durcheinander, Joel.«

»Ich weiß. Tu, was ich dir sage. Leg dich in den Whirlpool und trink ein Glas Wein.«

»Wein und Whirlpool.« Julian seufzte, und als Steinburger ihn reglos ansah, wiederholte er mit einem Nicken: »Wein und Whirlpool. Ja, in Ordnung. Wein und Whirlpool. Das klingt gut.«

»Du wirst sehen, das hilft. Das ist im Augenblick die beste Lösung. Morgen sieht dann alles schon viel besser aus. Morgen ist es wieder gut.«

»Ich habe das Gefühl, als würde es nie wieder gut.« In Julians Augen schwammen Trauer, Schuldgefühle, Leid. »Joel, ich habe in meinem ganzen Leben niemals jemandem auch nur ein Haar gekrümmt. Ich habe nie zuvor ...«

»Sie hat sich selbst verletzt«, erklärte Steinburger in ruhigem Ton. »Vergiss das nicht. Weißt du was? Ich nehme dich jetzt mit. Mein Fahrer wartet schon auf mich und setzt dich am Hotel ab, wenn er mich nach Hause fährt.«

»Okay. Vielleicht könntest du ja noch mit raufkommen? Ich hasse es, allein zu sein.«

»Wir sind darin übereingekommen, dass Wein und Whirlpool erst einmal das Beste für dich sind, nicht wahr? Und heute Abend tust du, was dir Dr. Joel rät. Morgen werden wir zusammen zu Abend essen und besprechen, wie es weitergehen soll. Wenn du dich dann immer noch nicht wieder gut fühlst, überlegen wir uns eine andere Therapie für dich.«

»Also gut. In Ordnung. Eine andere Therapie. Vielen Dank, Joel.«

»Wozu sind Freunde da?«

Eve stand im Schlafzimmer von Steinburgers Apartment, während Feeney Nadines Interview für sie zusammenfasste und ihr Mann den begehbaren Kleiderschrank des Typen auseinandernahm.

Sie hatten sich bereits zusammen mit der Spurensicherung das Wohn-, das Ess-, das Arbeitszimmer, die moderne Küche und die ebenerdige Terrasse angesehen.

Ihre Hoffnungen hatten von Anfang an eher auf dem ersten Stock als auf dem Erdgeschoss geruht, bisher aber verlief die Suche ergebnislos.

»In Ordnung, halt mich weiter auf dem Laufenden«, bat sie den elektronischen Ermittler und steckte ihr Handy wieder ein.

»Er hat Nadine erzählt, er hätte einen langen, anstrengenden Tag gehabt und würde gleich nach Hause fahren, aber stattdessen hat er einen Freund – anscheinend irgendeinen anderen Produzenten – angerufen und zum Essen eingeladen.«

»Also haben wir noch Zeit, bis er nach Hause kommt und den Empörten mimt, weil wir hier eingedrungen sind.«

»Ja. Vielleicht wollte er einfach nicht allein sein, aber vielleicht braucht er auch ein Alibi. Nach dem, was Feeney mir erzählt hat, hat Nadine ihm ganz schön zugesetzt. Sie hat seine tote Exfrau, seine schwangere Geliebte, den Geschäftspartner, den Mitbewohner aus der Collegezeit und den Urgroßvater seiner ersten Frau ins Spiel gebracht, und er hat sich gewunden wie ein Aal.«

Roarke sah über seine Schulter, als sie ebenfalls den Kleiderschrank betrat. »Es wird dir sicher Freude machen, das zu sehen, aber das Blitzen deiner Augen zeigt mir, dass das noch nicht alles war.«

»Er hat sie gebeten, einen Teil der Unterhaltung nicht zu bringen, und schlau, wie sie ist, hat sie den Kameramann aus dem Raum geschickt, ihm aber keine Zusage gemacht. Vielleicht werden seine Anwälte versuchen, uns wegen des Mikros an den Karren zu fahren, aber schließlich hat ein Richter die Verkabelung erlaubt. Wie dem auch sei, er hat versucht, Nadine für seine Zwecke einzuspannen, und behauptet, dass er vielleicht etwas weiß, dass er Angst hat, vielleicht etwas zu wissen, aber nicht darüber reden kann. Weil er keinen seiner Freunde in den Dreck ziehen will und so.«

»Du glaubst, dass er inzwischen einen Sündenbock gefunden hat.«

»Ich glaube, dass er bald das nächste Bauernopfer bringen will. Ich habe ihn mit der Ankündigung von der bevorstehenden Verhaftung aus dem Gleichgewicht gebracht, und dann hat ihn Nadine noch zusätzlich nervös gemacht. Aber vor allem hat er sich verplappert, als er ihr erzählt hat, Harris wäre vielleicht noch am Leben, wenn sie nicht aufs Dach gegangen wäre, um zu rauchen.«

Achselzuckend meinte Roarke: »Es ist doch kein Geheimnis, dass sie deshalb auf dem Dach gewesen ist.«

»Nein, aber vom Zoner in den Zigaretten haben wir niemandem etwas erzählt. Er hat die Sprache selbst auf das Zeug gebracht. Er hat gesagt, die Mischung aus den Kräutern und dem Zoner würde stinken wie die Pest.«

»Es war natürlich dumm von ihm, dass er sich so von seiner Abneigung gegen die Qualmerei hat beherrschen lassen, aber ohne deiner Freude einen Dämpfer versetzen zu wollen, ist das nicht wirklich ein Beweis für seine Schuld, falls allgemein bekannt war, dass die Kippen deines Opfers häufiger mit irgendwelchen illegalen Stoffen angereichert waren.«

»Auf jeden Fall kommt eins zum anderen. Außerdem hat er gesagt, sie hätte sich dort oben eine nach der anderen angesteckt. Falls er nicht auf dem Dach war, woher hätte er dann wissen sollen, wie viele mit Zoner aufgepeppte Zigaretten sie gequalmt hat und dass sie dabei unter dem Dach am Pool gestanden hat? Auch mit seiner schwangeren Geliebten hat Nadine ihn aus dem Gleichgewicht gebracht. Und wenn man häufig genug stolpert, fällt man früher oder später auf die Nase, oder nicht?«

Sie machte kehrt und ging ins Schlafzimmer zurück. »Er ist organisiert – in seinem Denken, seinem Leben, seiner Arbeit und in seiner Art zu töten. Er ist nicht besessen, sondern vorsichtig. Trotzdem gibt es jede Menge kleiner Dinge, die er nicht beachtet hat. Hier liegt eindeutig zu viel Sexspielzeug herum.«

»Zu viel Sexspielzeug kann es doch gar nicht geben.«

»Den Sachen zufolge, die hier herumliegen, gibt es nichts, was er nicht mag. Sex bedeutet für ihn Macht. Genau wie all die Auszeichnungen und die Preise, die er so im Haus verteilt hat, dass es keine Stelle gibt, an der sie nicht zu sehen sind. Außerdem hat er mehrere dicke Ordner mit anscheinend sämtlichen Artikeln, Werbetexten sowie Aufnahmen, die je von ihm erschienen sind, und auf seinem Computer ist das B.-B.-Joel-Konto, so wie du es schon vorhergesehen hast.«

»Was uns helfen sollte zu beweisen, dass er selbst damals das

Geld veruntreut hat. Aber bis ich mich damit befassen kann, sieht's einfach wie ein ganz normales zweites Konto aus, auf dem sogar die Zinsen brav versteuert worden sind.«

Verdammt, jetzt hatte er das Blitzen ihrer Augen tatsächlich getrübt, aber entschlossen fuhr sie fort: »Dann ist da noch die Datei, die du gefunden hast, mit Backgroundchecks und Lebensläufen aller, die an dem Projekt beteiligt sind. Das zeigt mir ebenfalls, wie machtversessen der Kerl ist.«

»Aber verboten ist so etwas nicht.«

»Nein, verboten ist das nicht.«

»Aber das hier könnte unter Umständen verboten sein.«

»Was hast du da?« Sie kam so schnell zurück, dass sie, als er den Kopf drehte, beinah mit ihm zusammenstieß.

»Immer mit der Ruhe, Schatz. Hier ist ein doppelter Boden, und darunter ist ein kleiner Safe. Ich habe ihn bereits geöffnet und ...«

»Er hat dort lauter Schlüsselkarten, Schlüssel und verschiedene Zugangscodes verwahrt. Alle ordentlich beschriftet, wie es typisch für ihn ist. Hier sind der Code des Tors am Hafen und der Zugangscode der Yacht. Mein Gott. Und hier sind Codes für Roundtrees Haus, sein Büro im Studio und seinen Wagen.«

»Vielleicht hat er ja den Regisseur als Bauernopfer auserkoren.«

»Roundtree kann er nicht zum Täter machen, weil er während der gesamten Vorführung in unserer Nähe saß, aber Connie wäre eine Möglichkeit. Wobei in diesem Safe auch noch die Karten und die Schlüssel jeder Menge anderer Leute sind. Dieses Zeug ist von dem Typen, den er heute Abend angerufen hat.« Sie zeigte in den Schrank. »Das hier ist der Zugangscode zu seinem Haus, das hier ist die Schlüsselkarte für den Spind in seinem Country Club, und soweit ich sehe, liegen hier die Schlüssel zu sämtlichen Wohnwagen am Set.«

»Ein neugieriger Bastard, was?«

»Er muss einfach die Kontrolle über alles haben. Er erträgt es nicht, wenn er irgendwo ausgeschlossen ist. Er muss Zugang zu sämtlichen Räumlichkeiten haben und braucht das Gefühl der Macht, das ihm dadurch verliehen wird. Außerdem sind diese Codes und Schlüssel durchaus nützlich, wenn er jemanden zum Sündenbock für seine Taten machen will.«

»Anscheinend muss uns Steinburger so einiges erklären.«

»So sieht's aus. Das hier ist der Beweis dafür, dass er das Boot genommen haben kann. Und siehst du das hier?«

»3APDA2C?«

»Dreimal A für A.A. Asner, Privatdetektiv, Apartment 2C. Das muss der Code für Asners Wagen sein. Vielleicht hat er ihn hier für den Fall der Fälle aufbewahrt, oder vielleicht wollte er auch nur etwas, was ihn daran erinnert, wie er diese Sache durchgezogen hat. Egal, aus welchem Grund der Code hier liegt, er wird uns erklären müssen, woher er ihn hat.«

Sie ging ins Schlafzimmer zurück und zerrte einen Plastikbeutel aus dem Untersuchungsset. »Ich werde ihn mit diesen Sachen, mit dem Zoner, mit der Liste seiner Opfer und der Yacht von seiner Freundin konfrontieren und ihn knacken.«

Sie versiegelte den Beutel und beschriftete das Etikett. »Um den Wagen sollen sich die Leute von der Spusi kümmern. Wir fahren in sein Büro im Studio, und danach geht es weiter ins *Ce Soir.*«

In Roarkes Augen sah sie aus wie eine Kriegerin, die sich in aller Ruhe dafür rüstete, in eine Schlacht zu ziehen. »Ich kenne den Pächter, ich kann uns einen guten Tisch besorgen, wenn du willst.«

»Wahrscheinlich kennst du ihn, weil dir der Laden selbst gehört, aber wir werden dort nicht essen, sondern Steinburger bei seinem Essen unterbrechen und ihm den Abend ruinieren.«

»Das klingt sehr vielversprechend.«

»Wir können uns ja was an einem Automaten holen, wenn er im Verhörraum schwitzt.«

»Was eher abschreckend klingt.«

»So schlimm sind die Sachen gar nicht, die man dort bekommt.« Noch während sie dies sagte, klingelte ihr Handy. »Einen Augenblick«, bat sie und hob es an ihr Ohr.

»Dallas.«

»Hören Sie ...«

»Nadine, zwar habe ich vorhin gesagt, Sie wären nicht mein Typ, aber ich habe es mir anders überlegt. Das Interview ist echt der Hammer.«

»Wow, Sie machen mich ganz heiß. Dann haben Sie es also schon gesehen?«

»Nein, aber Feeney hat es für mich zusammengefasst. Ich könnte ihn bestimmt dazu bewegen mitzumachen, falls Sie einen flotten Dreier wollen.«

»Sie sind einfach zu gut zu mir. Was ist mit Roarke?«

»Auf keinen Fall.«

»Das heißt, Sie sind trotz allem nicht gut genug zu mir. Hören Sie, Dallas, ich war auf dem Weg zum Sender, aber dann bin ich noch einmal aus dem Van gehüpft, in ein Taxi umgestiegen und fahre jetzt wieder in die Stadt zu Julians Hotel. Ich habe irgendwie ein ungutes Gefühl.«

»In welcher Hinsicht?«

»Hat Feeney auch erwähnt, dass Steinburger unter vier Augen angedeutet hat, er hätte Angst, womöglich hätte einer seiner Leute Harris umgebracht?«

»Ja, ja. Sie gehen davon aus, er hätte Julian im Visier?«

»Als wir fertig waren, stand Julian vor seiner Tür. Er sah entsetzlich aus, was bei einem solchen Prachtburschen nicht einfach ist. Hundemüde, angespannt, nervös und irgendwie verängstigt. Ja, genau, er hatte Angst. Joel hat ihn mit in sein Büro genommen, aber als die beiden reingegangen sind, hat er, ich meine, Joel, mich ganz merkwürdig über seine Schulter hinweg angesehen. Das geht mir nicht mehr aus dem Kopf. Ich glaube, das war Teil von seinem Spiel, Dallas. Er hat mich angesehen, als wolle er mir sagen, Julian wäre der, um den er sich so große Sorgen macht und den er schützen will. Wenn meine Vermutung stimmt ...«

»Wird Julian bald einen Unfall haben oder sich vor lauter Schuldgefühlen das Leben nehmen«, stimmte Eve ihr zu. »Wir gehen der Sache nach.«

»Wo sind Sie gerade?«

»In Steinburgers Wohnung. Er hat dort ein paar echt interessante Sachen aufbewahrt.«

»Dann brauchen Sie länger zum Hotel als ich. Aber Sie kommen doch trotzdem hin? Selbst wenn ich mich irre, glaube ich, dass Julian etwas weiß und dass der arme Kerl inzwischen derart fertig ist, dass er sich alles von der Seele reden wird.«

»Wir sind schon unterwegs. Tun Sie mir einen Gefallen und nehmen Sie jemanden von der Security mit rauf. Denken Sie sich etwas aus, warum ein Wachmann Sie begleiten soll, aber gehen Sie auf keinen Fall allein rauf.«

»Julian würde weder mir noch sonst wem etwas tun. Aber okay.«

»Ich vertraue auf ihren Instinkt«, erklärte Roarke, und stirnrunzelnd sah Eve den inzwischen wieder schwarzen Bildschirm ihres Handys an.

»Ich auch. Also fahren wir statt ins Studio direkt zu Julians Hotel. Ich gebe Peabody noch kurz Bescheid.«

Sie kontaktierte ihre Partnerin und überlegte, wie in aller Welt der Kerl es schaffen sollte, Julian zu töten oder ihn dazu zu bringen, Selbstmord zu begehen, während er zur gleichen Zeit am anderen Ende von New York mit einem Freund beim Abendessen saß.

22

Direkt nach dem Gespräch mit Eve versuchte die Reporterin erneut ihr Glück bei Julian. Was völlig dämlich war, wie sie sich selber sagte, denn wie bei den letzten Malen spränge sicher umgehend die Mailbox seines Handys an. Auch das Link in seinem Zimmer hatte er ausgestellt.

Warum war sie ihrem Instinkt nicht gleich gefolgt? Warum war sie nicht gleich in Steinburgers Büro zurückgekehrt oder wenigstens schon ein paar Häuserblöcke früher in ein Taxi umgestiegen, um zu Julians Hotel zu fahren?

Weil sie ins Studio fahren wollte, um das Interview noch einmal durchzugehen. Um sich die Lippen zu lecken, einen kleinen Siegestanz zu vollführen und sich selbst zu gratulieren.

»Verdammt, verdammt«, murmelte sie, und ihre Schuldgefühle wichen nackter Angst.

So langsam, wie das Taxi durch die Gegend schlich, könnte Steinburger den armen Julian um die Ecke bringen, sich in aller Ruhe einen Drink einschenken, die Gedenkfeier für seinen toten Schützling planen und die Grabrede verfassen, bis sie im Hotel ankam.

Sie benahm sich einfach dämlich, sagte sie sich abermals. Wahrscheinlich hatte all das gar nichts zu bedeuten. Sicher gingen nur die Nerven mit ihr durch, weil sie nach dem phänomenalen Interview in einem Taxi saß, das keinen Meter vorwärtskam.

»Können Sie vielleicht ein bisschen schneller machen?«

Lässig trommelte der Taxifahrer zu der grässlichen Musik, die aus dem Radio drang, auf seinem Lenkrad herum und gab ungerührt zurück: »Ja, sicher, Lady. Lassen Sie mich einfach den Transportstrahl aktivieren, der uns durch dieses Wurmloch schießt. Dann haben wir freie Fahrt.«

»Verdammt«, entfuhr es ihr erneut, eilig hielt sie dann ihre Karte zum Bezahlen hin. »Ich gehe ab hier zu Fuß.«

Sie stürzte aus dem Taxi, quetschte sich zwischen den Stoßstangen der Fahrzeuge hindurch und stolperte in Richtung Bürgersteig.

Eilig bahnte sie sich einen Weg durch das Meer der Fußgänger, die dort flanierten, fluchte über die fantastischen High Heels, in denen sie beim Rennen Höllenqualen litt und die sie ohne Zweifel ruinieren würde, weil sie für ein derart schnelles Lauftempo ganz einfach nicht geschaffen waren. Verfluchte den Verkehr, verfluchte die Touristen, die ihr – Himmel noch einmal – den Weg versperrten, und verfluchte ihre eigene Fantasie, die, wie sie hoffte, mit ihr durchgegangen war.

Eisern rannte sie den ganzen Weg bis zum Hotel.

Julian achtete nicht auf das Klingeln seines Handys, das ein Stückchen weiter auf dem Couchtisch lag. Er hatte einfach nicht die Energie, um aufzustehen und an den Apparat zu gehen. Genauso fehlte ihm die Energie für den verdammten Whirlpool, also bliebe er am besten einfach in dem Sessel sitzen, tränke noch ein Gläschen Wein und schaltete sein Hirn vorübergehend aus.

Natürlich hatte Joel recht gehabt. Auf Joel war Verlass.

Auf Joel hatte er sich immer schon verlassen können, aber jetzt noch mehr als sonst. Der Mann war klug, besonnen und behielt selbst in der größten Krise einen kühlen Kopf. Er war jemand, der ihm sagen konnte, wie am besten mit der ganzen Sache umzugehen sei.

Alles kam ihm nach den ersten beiden Gläsern Wein schon nicht mehr ganz so schrecklich vor.

Trotzdem sollte er vielleicht mit Lieutenant Dallas reden. Ihr alles erklären – nun, vielleicht nicht alles, denn in seinem Kopf ging es derart durcheinander, dass es sich nur schwer in Worte fassen ließ.

Aber einfach mit ihr reden, ihr erklären, was passiert war oder eher woran er sich erinnern konnte. Ja genau, das wäre gut.

Sie würde es verstehen. Das wusste er, denn sie war nicht nur sexy, sondern auch oder vor allem mutig und gerecht.

Joel irrte sich in ihr, sagte sich Julian und hob das frisch gefüllte Glas an seinen Mund, während seine schweren Lider sich vor den Augen senkten, die nicht ganz so blau waren wie die von Roarke. Sie würde nicht um jeden Preis versuchen, ihn für diese Sache einzubuchten. Weil es ihr nicht nur um die Verhaftung, um – wie nannte man das noch? –, ja richtig, um die Lorbeeren ging. Seiner Eve ging es um etwas anderes, dachte er, obwohl das Denken ihm allmählich immer schwerer fiel.

Es ging ihr um Gerechtigkeit, genau.

Aber Joel war nicht dumm, und wenn er recht hatte …

Er konnte jetzt nicht mehr darüber nachdenken. Er war total erschöpft. Er musste sich in den verdammten Whirlpool legen. Weil er das versprochen hatte. Oder nicht?

Seltsam, aber die Erinnerung an das Gespräch mit Joel Steinburger verschwamm.

Er hatte wieder einmal zu viel getrunken. Warum hörte er nicht endlich mit dem Trinken auf? Aber er war so aufgeregt, so unglücklich und hatte eine Heidenangst.

Trotzdem hatte er genug getrunken, jetzt würde er ein schönes, heißes Bad nehmen, Musik hören und danach riefe er vielleicht bei Andi, Marlo oder Connie an. Er war nicht gern allein. Er wollte eine Frau zum Reden.

Frauen hörten einem immer zu.

Er versuchte aufzustehen, sein Weinglas auf den Tisch zu stellen und ins Bad zu gehen, musste aber feststellen, dass er wieder einmal sturzbetrunken war.

Angewidert von sich selbst, kämpfte er sich aus dem Sessel, richtete sich schwankend auf und ließ das Weinglas krachend auf den Glastisch fallen, als er zusammenbrach.

Völlig außer Atem und mit unzähligen Blasen an den Füßen trat Nadine vor den Empfangstisch des Hotels.

»Nadine Furst. Ich brauche jemanden von der Security.«

Die Frau hinter dem Tresen sah sie mit einem breiten Lächeln an. »Guten Abend, Miss Furst. Schön, dass Sie uns beehren. Was kann ich für Sie tun?«

»Hören Sie, Sie wissen, dass ich auf der Liste der Personen stehe, denen es gestattet ist, zu … Mr. Birmingham hinaufzufahren.« Zum Schutz seiner Privatsphäre benutzte Julian einen Aliasnamen im Hotel.

»Ja, Miss Furst, das dürfen Sie.«

»Ich brauche jemanden von der Security, der mich begleitet.«

»Gibt es ein Problem?«

»Wenn Sie mir nicht sofort jemanden vom Wachdienst holen, gibt's auf alle Fälle ein Problem.«

»Einen Augenblick, Miss Furst. Ich hole schnell die Direktorin.«

»Verdammt, ich brauche jemanden von der Security. Schicken Sie jemanden rauf, Marree«, las sie den Namen ihres Gegenübers von dem Schild am Kragen ab, »wenn ich nicht Sie und das Hotel in *Now* verreißen soll.«

Mit diesen Worten drehte sie sich um und stapfte auf die Fahrstuhlreihe zu.

Wahrscheinlich lag der Kerl mit seiner *Frau des Tages* in der Kiste, dachte sie und stürzte trotzdem in den ersten freien Lift. Wahrscheinlich machte sie sich völlig lächerlich. Er wäre amüsiert, sagte sie sich, wahrscheinlich lüde er sie ein, sich ihnen beiden anzuschließen – und das sicherlich nicht nur im Scherz.

Sie würden über ihren Übereifer lachen. Bitte, dachte sie und kniff die Augen zu. Bitte, bitte, sei mit einer Frau zusammen, lass uns über meine Ängste lachen, und zeig mir, dass das Gefühl der Panik, die ich momentan verspüre, einzig daher rührt, dass ich nach all den Jahren als Gerichtsreporterin an allen Ecken potenzielle Mörder sehe und deswegen überängstlich bin.

Sie stürzte aus dem Fahrstuhl und rannte auf zwischenzeitlich dankenswerterweise tauben Füßen den endlosen Korridor hinab. Sie ignorierte das NICHT-STÖREN-Schild, drückte den

Zeigefinger auf den Klingelknopf und trommelte mit ihrer Faust gegen das Holz der Tür.

»Julian! Mach die Tür auf! Es ist wichtig! Ich bin es, Nadine!«

Obwohl er sie nicht hören konnte, wenn er nicht den Knopf der Gegensprechanlage drückte, rief sie weiter seinen Namen, klingelte und trommelte an die Tür, und mit jedem Augenblick, in dem er sich nicht rührte, nahm die Panik zu, die sie ins Hotel geführt hatte.

»Miss Furst!«, drang eine strenge Frauenstimme an ihr Ohr, denn dicht gefolgt von einem großen, muskulösen Mann in dunklem Anzug kam die Direktorin anmarschiert. »Bitte hören Sie mit dem Geschrei auf. Sie stören unsere Gäste.«

»Wenn Sie nicht sofort die Tür aufmachen, werde ich noch lauter schreien.«

»Miss Furst, Sie sehen doch selbst, dass Mr. Birmingham vorübergehend keine Störung wünscht. Falls Sie ihm eine Nachricht hinterlassen wollen, werde ich persönlich ...«

»Machen Sie jetzt endlich die verdammte Tür auf!«

»Ich werde Sie aus dem Hotel entfernen lassen. Falls Sie sich mit Mr. Birmingham gestritten haben, ist dies kaum die rechte Art ...«

Auf ihren tauben Füßen fuhr Nadine zu ihr herum und sah sie warnend aus zusammengekniffenen Augen an. »Versuchen Sie, mich von hier wegzubringen, und Sie kriegen zukünftig nicht mal mehr einen Job als Tierheimleiterin. Julian ist in Schwierigkeiten, vielleicht ist es bereits zu spät. Die Polizei ist unterwegs. Öffnen Sie die gottverdammte Tür. Falls in der Suite alles in Ordnung ist, können Sie mich meinetwegen gern verhaften lassen, aber wenn ich recht habe und Julian was passiert, weil Sie sich weigern, mir zu helfen, sorge ich dafür, dass Lieutenant Dallas Sie statt wegen unterlassener Hilfeleistung wegen Beihilfe zu Mord drankriegt.«

Diese Drohung blieb nicht ohne Wirkung, die Direktorin funkelte sie zornig an.

»Ich verbitte mir, dass Sie mir drohen, und versichere Ihnen, dass Ihr Auftritt Folgen haben wird.« Trotzdem nickte sie dem Wachmann zu. »Öffnen Sie die Tür. Ich bin mir sicher, dass auch *Mr. Birmingham* alles andere als amüsiert sein wird.«

»Beeilen Sie sich. Machen Sie schnell.«

»Ich muss Sie bitten, einen Schritt zurückzutreten, Ma'am.« Der Wachmann zog die Schlüsselkarte durch den Schlitz, schob die Tür ein Stück weit auf und rief: »Security.«

Eilig schob Nadine sich unter seinem Arm hindurch und stürzte in den Raum.

»Julian.« Sie rannte zu dem unbeweglich am Boden liegenden Körper und ließ sich neben ihm fallen.

»Rufen Sie einen Krankenwagen!«, rief sie über ihre Schulter, drehte Julian von der Seite auf den Rücken, und während der Wachmann sich auf die andere Seite hockte, um nach dem Puls zu tasten, stieß der junge Mann ein leises Stöhnen aus.

»Julian! Wach auf und sag was! Julian!«

»Müde«, stieß er aus. »Zu müde.«

»Was hast du genommen, Julian?«, fragte sie, bevor ihr Blick auf das zerbrochene Glas und die fast leere Flasche fiel. »Was hast du in den Wein getan?«

»Wein. Schlafen.«

»Nein, Julian, oh nein. Du musst wach bleiben.«

»Am besten richten wir ihn erst einmal auf.«

Sie schüttelte den Kopf, zog ihren Arm zurück und schlug Julian kraftvoll ins Gesicht. »Bleib wach«, wies sie ihn an und schlug noch einmal zu.

»Geh weg. Müde. Schlecht. Das habe ich nicht gewollt.«

»Nicht anfassen«, fauchte Nadine, als sie bemerkte, dass die Direktorin nach den Scherben auf dem Couchtisch griff. »Das hier ist ein Tatort. Fassen Sie nichts an.«

»Das war mein Satz«, meinte Eve, als sie den Raum betrat. Sie legte eine Hand auf Nadines Schulter, tastete nach Julians Puls und zog eins seiner Lider hoch, um sich seine Pupille anzusehen. »Sieht nach einer Überdosis aus. Hören Sie nicht auf, mit ihm zu reden, holen Sie ihn auf die Füße und versuchen Sie, ihn dazu zu bringen, dass er ein paar Schritte geht. Roarke, du guckst am besten, ob hier irgendwo ein Rest von Medikamenten oder Drogen liegt. Sie liegen sicher irgendwo, wo sie leicht für uns zu finden sind. Seine Chancen stehen besser, wenn wir wissen, was er eingeworfen hat. Gut, dass du den Untersuchungsbeutel mitgenommen hast. Da muss ich nicht noch mal nach unten laufen. Sie …« Sie zeigte mit dem Finger auf die Direktorin, die inzwischen kreidebleich geworden war, und schob sie unsanft durch die Tür. »Sie fahren wieder runter, schicken uns die Sanitäter rauf und bleiben, wo Sie sind.«

»Schlaftabletten, die er offensichtlich mit dem Wein genommen hat. Die leere Packung lag zwischen den anderen, leeren Flaschen, wo sie wirklich kaum zu übersehen war. Auf dem Etikett steht Harris' Name«, meinte Roarke, als Eve nach der fast leeren Flasche auf dem Couchtisch griff. »Er hat wirklich an alles gedacht.«

Sie zog eine Plastiktüte aus dem Untersuchungsbeutel und packte die Flasche ein. »Bevor du irgendetwas anfasst, sprüh dir erst die Hände ein.«

»Wie schlimm ist es?«, fragte Roarke mit leiser Stimme, als Nadine zusammen mit dem Wachmann den benommenen Julian auf die Füße zog.

»Er hat kaum noch Puls, und die Pupillen sind riesengroß. Sieht ziemlich übel aus, wenn Nadine nicht rechtzeitig gekommen wäre, wäre er vielleicht schon tot. Wo zum Teufel bleiben die verdammten Sanitäter?«, fragte sie und baute sich vor Julian auf.

»Verdammt noch mal, beweg dich, ja? Wag nicht, mir einfach wegzusterben. Woher hast du die Pillen und woher kommt der Wein?«

Er ließ den Kopf nach vorne fallen, doch Eve schob ihn zurück. »Bleib wach«, wies sie ihn an, als Roarke Nadine zur Seite schob und Julians schlaffen Arm um seine eigene Schulter schlang.

»Schlaftabletten«, sagte Eve, warf einen kurzen Blick auf Roarke, dachte über ihre Möglichkeiten nach und rammte blitzschnell die Faust in Julians Bauch.

»Dallas!«

»Ich stecke diesem Kerl bestimmt nicht meine Finger in den Hals, wenn es auch anders geht.«

Er hustete, rang laut nach Luft, und als er abermals in sich zusammensackte, schlug sie kurzerhand noch einmal zu und machte einen Satz nach hinten, als er sich vornüberbeugte und sich heldenhaft zehn Zentimeter vor den Spitzen ihrer neuen Stiefel übergab.

»Na wunderbar«, murmelte Roarke.

»Das ist eine Möglichkeit, um jemandem den Magen auszupumpen. Sorgt dafür, dass er auch weiter in Bewegung bleibt.«

Julian stöhnte und geriet erneut ins Schwanken, als sie eine Probe des Erbrochenen vom Boden kratzte und in einen Beutel gab.

»Da kommen die Sanitäter«, meldete Nadine nach einem Blick in Richtung Tür.

»Das wurde auch allmählich Zeit. Bringt ihn ins Schlafzimmer – und Roarke, du bleibst dabei, während er versorgt wird, damit niemand Spuren an meinem Tatort hinterlässt.«

Sie zog ihr Handy aus der Tasche, um die Spusi zu bestellen, und als die Sanitäter durch die Tür gelaufen kamen, wies sie auf die Schlafzimmertür und hielt Nadine zurück.

»Sie wollen dort bestimmt nicht rein. Das wird kein hübscher Anblick, und wenn er anfängt zu reden, will ich, dass er erst einmal mit mir und nicht mit Ihnen spricht. Roarke? Bleib bei ihm, ja?«

»Glauben Sie, dass er es schaffen wird? Ich dachte, er ist tot, als ich endlich diese blöde Kuh dazu bewegt hatte, dass sie mir die Tür aufmachen lässt.«

»Ich denke, er wird durchkommen. Was er allein Ihnen zu verdanken hat, denn wenn Sie auch nur eine halbe Stunde später eingetroffen wären, wäre er jetzt tot.«

Nadine betupfte sich die feuchten Augen. »Aber Sie haben ihn dazu gebracht, dass er sich übergibt.«

»So reagieren die Leute häufiger auf mich.«

Schniefend setzte sich Nadine auf einen Stuhl und streifte sich die ruinierten Schuhe ab. »Glauben Sie, dass ich mir einen Drink bestellen kann? Beim Zimmerservice?«

»Meinetwegen. Aber trinken Sie ja nichts von hier.«

Nadine stand wieder auf und hinkte bis zum Telefon. »Ganz sicher nicht. Einen Wodka Martini bitte, trocken wie die Wüste, mit drei Oliven. Und zwar möglichst schnell.«

Sie legte auf und nahm ermattet wieder Platz. »Wie hat ihn Steinburger dazu gebracht, die Pillen einzuwerfen?«

»Lassen Sie uns hoffen, dass uns Julian das erzählen kann. Sie haben da ein paar ganz schön fette Blasen«, stellte Eve mit einem Blick auf ihre Füße fest.

Nadine zuckte zusammen, während sie sich weiter ihre wunden Füße rieb. »Halten Sie die Klappe.«

»Da Sie sich die eingehandelt haben, während Sie ein Leben retten wollten, lassen Sie uns gucken, ob die Sanitäter vielleicht etwas haben, was gegen die Schmerzen hilft.« Noch während Eve dies sagte, kam einer der Sanitäter aus dem Schlafzimmer und sah sie an.

»Wir haben das Zeug aus ihm herausgeholt. Er fühlt sich hundeelend, aber er ist bei Bewusstsein und stabil. Wir haben ihn erst einmal an den Tropf gehängt, damit er wieder etwas Flüssigkeit bekommt. Er weigert sich, mit uns ins Krankenhaus zu fahren.«

In diesem Augenblick trat Peabody mit zwei Beamten durch die Tür. Eve verwies sie an Nadine und wandte sich dann abermals dem Sanitäter zu. »Muss er denn ins Krankenhaus?«

»Wenn jemand seinen Cabernet mit einem Dutzend Schlaftabletten mischt, landet er normalerweise automatisch zur Beobachtung für vierundzwanzig Stunden in der Psychiatrie.«

»Es war kein versuchter Selbstmord«, meinte Eve und hielt ihm ihre Marke hin. »Das war versuchter Mord.«

Der Sanitäter verzog zweifelnd das Gesicht, zuckte aber mit den Schultern und erklärte gleichmütig. »Wenn Sie es sagen.«

»Ja, das tue ich. Ist er inzwischen physisch wieder so weit auf dem Damm, dass er hierbleiben kann?«

»Hätte er nicht schon das meiste ausgespuckt gehabt, als wir gekommen sind, würden Sie mir diese Frage nicht mehr stellen. Inzwischen aber ist er wieder relativ stabil. Jemand sollte hierbleiben, um ihn zu überwachen, weil er völlig fertig ist, doch davon abgesehen ist er stabil.«

»Es wird jemand hier bei ihm bleiben, und ich werde auch noch einen Arzt holen, der ihn gründlich untersucht.«

Der Sanitäter blickte zu Eves Partnerin, die die offizielle Aussage der vollkommen ermatteten Nadine entgegennahm. »Ich nehme an, dann gibt es hier für uns nichts mehr zu tun.«

»Vielen Dank für Ihre Hilfe«, sagte Eve, bevor sie selbst das Schlafzimmer betrat.

Roarke saß auf dem Rand des Bettes, in dem Julian auf einem Berg von Kissen lag. Sein kreidiges Gesicht hob sich nur unmerklich vom blütenweißen Bettzeug ab, und sie hörte, dass er stockend und mit leiser Stimme sprach.

»Sie können es ihr erzählen«, antwortete Roarke. »Sie wird Ihnen helfen.« Damit stand er auf. »Der Sanitäter sagt, am besten wäre erst mal klare Flüssigkeit für ihn. Ich werde ihm etwas bestellen, was er zu sich nehmen kann.«

»In Ordnung.« Sie trat an das Bett und sah auf Julian herab.

»Ich habe den Rekorder angestellt. Muss ich Sie noch einmal über Ihre Rechte aufklären, Julian?«

»Nein«, stieß er mit rauer Stimme aus, schluckte und zuckte zusammen. »Mein Hals tut weh.«

»Das glaube ich. Woher hatten Sie die Pillen?«

»Ich weiß nichts von irgendwelchen Pillen, das schwöre ich. Ich habe nur zwei Gläser Wein getrunken, weiter nichts.«

»Woher hatten Sie den Wein?«

»Den hat Joel gestern Abend mitgebracht. Er wusste, dass es mir ... nicht gut ging. Wir haben jeder nur ein Glas getrunken, weil ich seit dieser Geschichte praktisch permanent betrunken war. Ich nehme an, wenn's mir nicht gut geht, trinke ich zu viel.«

»Also hat Joel die Flasche gestern mitgebracht, aber Sie haben sie nicht leer getrunken.«

»Wir haben jeder nur ein Glas getrunken. Danach ging es uns gut. Es ging uns wirklich gut. Ich verstehe nicht, warum ich heute Abend davon umgefallen bin. Vielleicht habe ich mir einen Virus eingefangen oder so.«

»Sie haben sich eine Überdosis Schlaftabletten eingefangen, denn der Wein war voll von diesem Zeug. *Somnipoton.* Sagt Ihnen das etwas?«

»*Somnipoton?* Das habe ich noch nie gehört. Der Sanitäter hat mich auch schon nach dem Zeug gefragt. Aber ich habe nichts genommen.« Hektisch richtete er sich in seinem Berg von Kissen auf. »Ich habe eigene Schlaftabletten – *Delorix* –, aber die habe ich nicht angerührt. Zumindest nicht, soweit ich mich erinnern kann.«

Er fuhr sich mit der Hand über den Hals und kniff die Augen zu. »Ich glaube nicht, dass ich Tabletten genommen habe. Auf jeden Fall kann ich mich nicht erinnern, dass ich an der Packung mit den Schlaftabletten war. Wobei ich immer etwas durcheinander bin, wenn ich zu viel getrunken habe.«

»Die Tabletten waren von K.T. Harris, die Packung haben wir bei den anderen leeren Weinflaschen entdeckt.«

Er runzelte verwirrt die Stirn. »Das ergibt nicht den geringsten Sinn. Ich habe ihre Pillen nicht genommen … oder vielleicht doch? Ich weiß nicht, was das alles zu bedeuten hat.«

»Bevor Sie vorhin ins Hotel zurückgekommen sind, waren Sie noch bei Joel. Worüber haben Sie geredet?«

Eilig wandte er sich ab. »Ich war aufgeregt. Es ging mir schlecht, und ich konnte nicht denken, weil ich völlig fertig war. Er hat gesagt, ich solle ins Hotel fahren, ein, zwei Gläser von dem Wein von gestern Abend trinken und mich in den Whirlpool legen, weil das wunderbar entspannt.«

»Er hat ausdrücklich gesagt, Sie sollten von dem Wein von *gestern Abend* trinken? Von der Flasche, die *er* mitgebracht hat, als er gestern kam?«

»Ja. Es ist ein guter Wein, und ich habe versprochen, mich mit einem Glas im Whirlpool zu entspannen, aber dann hat mir die Energie gefehlt, ins Bad rüberzugehen, und deshalb ...«

»... sind Sie noch am Leben, denn im Whirlpool wären Sie ertrunken wie K.T.«

»Ich verstehe nicht, was all das zu bedeuten hat. Ich schätze, dass das meine Strafe ist.« Er holte zitternd Luft. »Roarke weiß es schon.«

»Was soll er wissen?«

»Dass ich daran schuld bin, dass sie nicht mehr lebt.«

»Wollen Sie damit sagen, Julian, Sie hätten K.T. Harris umgebracht?«

»Nicht umgebracht. Ich habe sie nicht umgebracht, aber ...« Diesmal atmete er zitternd, aber gleichzeitig erleichtert aus. »Ich bin trotzdem schuld an ihrem Tod.«

»Wie das?«

Er starrte Eve aus rot verquollenen Augen an. »Ich bin mir nicht ganz sicher.«

»Wie, Sie sind sich nicht ganz sicher? Woher wollen Sie dann wissen, dass es Ihre Schuld ist, dass sie nicht mehr lebt?«

»Weil ich sie gestoßen habe. Nicht mit Absicht, aber sie ist auf mich losgegangen, und ich habe mich gewehrt. Ich habe sie nicht fest gestoßen, aber wie es aussieht, zu fest. Ich habe nie zuvor in meinem Leben meine Hände gegen eine Frau erhoben. Kein einziges Mal.«

Er kniff die Augen zu und atmete tief durch. »Es gibt keine Entschuldigung dafür, das ist mir klar. Es ist keine Entschuldigung, dass ich zu viel getrunken hatte und dass ich von Sinnen war. Aber sie hat mich angeschrien und mich geschubst, und ohne nachzudenken, habe ich sie dann ebenfalls geschubst. Dabei ist sie ausgerutscht und auf den Kopf gefallen.«

»Fangen Sie am besten ganz von vorne an, okay? Sie sind also am Abend kurz vor K.T. Harris' Tod mit ihr aufs Dach gegangen?«

»Ja. Das hätte ich am besten gleich gesagt, aber Joel ...«

»Sie haben also Joel Steinburger erzählt, was auf dem Dach passiert ist, und er hat gesagt, dass Sie die Polizei belügen sollen.«

»Er wollte mich beschützen, weil es schließlich ein Unfall war. Nach dem Essen habe ich mich hemmungslos betrunken. Nachdem sie so hässlich über mich gesprochen hat. Danach hat sie mich noch einmal abgepasst. Ich hatte Ihnen doch von der Geschichte mit den beiden jungen Mädchen in dem Club erzählt. Ich wusste nicht, dass sie noch minderjährig waren. Trotzdem meinte K.T., sie würde mit der Sache an die Öffentlichkeit gehen, wenn ich nicht ...«

»Was?«

»Sie hatte mich aufs Dach bestellt und wollte mir dort sagen, was ich machen soll. Am besten wäre ich nie raufgefahren. Ich wünschte mir, ich wäre gar nicht raufgefahren, aber ich war die permanenten Drohungen von diesem Weibsbild einfach leid. Neben mir hat sie auch alle anderen bedroht, deswegen habe ich am Ende ja gesagt.«

»War das Dach über dem Pool geschlossen oder offen, während Sie dort oben waren?«

»Was? Geschlossen. Das weiß ich genau. Das weiß ich deshalb so genau, weil sie dort oben eine nach der anderen geraucht hat und weil es unter der Glaskuppel entsetzlich stickig war. Ehrlich gesagt wollte ich selber dort oben einen Joint rauchen, aber es hat bereits gereicht, am Rand des Pools zu stehen und Luft zu holen.«

»Warum haben Sie das Dach nicht aufgemacht, wenn es dort oben derart stickig war?«

»Ich ... ich habe nicht daran gedacht. Aber selbst wenn ich auf die Idee gekommen wäre, hätte ich gar nicht gewusst, wie ich das machen soll. Vor allem habe ich vor lauter Wut an kaum was anderes als an K.T. gedacht. Sie hat gesagt, ich müsste Marlo dazu bringen, dass sie mich in meinem Wohnwagen besucht, ihr was zu trinken anbieten und ein paar Tropfen Rabbit in den Drink geben, damit sie mit mir vögeln will. Ich habe nein gesagt, denn so was würde ich im Leben niemals tun. Nicht bei

Marlo und auch sonst bei keiner Frau. Ich und Marlo sind befreundet. Sie vertraut mir. Himmel.«

Zitternd fuhr er sich mit einer Hand durch das Gesicht. »Ich würde niemals einer Frau so was wie Rabbit unterjubeln, und ganz sicher keiner Frau, mit der ich schon seit einer Ewigkeit befreundet bin. Ich war unglaublich wütend, weil K.T. das von mir verlangt hat. Wie zum Teufel konnte sie von mir verlangen, so etwas zu tun?«

»Sie haben nein gesagt.«

»Ich habe ihr gesagt, sie soll zur Hölle fahren. Oder etwas in der Art. Ich kann mich nicht genau erinnern, aber ich weiß noch, dass sie mich angeschrien hat. Darauf habe ich ihr ein paar böse Dinge an den Kopf geworfen, und sie hat mir eine Ohrfeige verpasst und mich geschubst. Ich habe sie zurückgestoßen, und dabei ist sie gestürzt. Der Riemen eines ihrer Schuhe, ja, der Riemen eines ihrer Schuhe ist gerissen, deswegen ist sie gestürzt. Sie hat am Kopf geblutet, und ich habe einen Heidenschreck bekommen, als sie nicht mehr wach geworden ist. Ich wollte schnellstmöglich ins Haus zurücklaufen und einen Krankenwagen oder Hilfe rufen.«

»Und das haben Sie getan?«

»Ich wollte gerade los, da kam mit einem Mal Joel …« Wieder fuhr er sich mit einer seiner Hände durchs Gesicht, dieses Mal aber so fest, als wollte er die Erinnerungen an die Oberfläche zerren. »In meinem Kopf geht alles durcheinander. Er hat gesagt, dass ich mir keine Sorgen machen soll. Es würde alles gut. Aber dann hat er gesagt, sie wäre noch einmal aufgestanden oder hätte es versucht und müsste dabei in den Pool gefallen und ertrunken sein. Er hat gesagt, ich könnte nichts dazu, aber Sie würden behaupten, dass es meine Schuld wäre, denn wenn Sie eine Berühmtheit für den Mord an einer anderen Berühmtheit hinter Gitter bringen könnten, würden Sie im Handumdrehen selbst berühmt. Und ich würde ins Gefängnis wandern, obwohl es in Wahrheit nur ein Unfall war. Ich würde alles verlieren und bis ans Lebensende ins Gefängnis gehen.«

»Hören Sie mir zu. Sehen Sie mich an.«

Er sah ihr in die Augen und fragte gepresst: »Bin ich jetzt verhaftet?«

»Ich könnte Sie verhaften, weil Sie die Justiz behindert haben. Weil K.T. nicht noch einmal aufgestanden und von selber in den Pool gefallen ist. Sie wurde in den Pool geworfen, als sie noch bewusstlos war.«

»Das war ich nicht.« Er holte keuchend Luft. »Oh nein, das war ich nicht. Das hätte ich niemals gekonnt. Ich weiß, ich war betrunken und stocksauer, aber ... so was hätte ich nicht über mich gebracht. Ich kann mich nicht genau erinnern, was passiert ist, aber ich weiß noch genau, dass ich Hilfe holen wollte.«

»Und da haben Sie Joel geholt.«

»Ich weiß nicht mehr. Habe ich ihn geholt? Ich glaube nicht. Genau das ist es, was ich nicht verstehe, denn ich habe ihn ganz sicher nicht geholt. Er war plötzlich auf dem Dach und hat gesagt, er würde sich um alles kümmern. Dann haben Sie mit einem Mal gesagt, sie wäre tot. Aber ich habe sie nicht in den Pool geworfen. Das hätte ich niemals gekonnt. Ich habe in meinem ganzen Leben keiner Frau auch nur ein Haar gekrümmt. Ich hätte sie nicht schubsen sollen. Ich hätte sie niemals geschubst, wenn ich nicht so viel getrunken und sie nicht von mir verlangt hätte, Marlo so etwas anzutun. Trotzdem hätte ich sie niemals in den Pool geworfen. Sie muss irgendwie von selbst dort reingefallen sein.«

»Sie wurde umgebracht. Aber nicht Sie haben sie getötet, sondern Joel Steinburger.«

»Das ist total verrückt. Bitte, Lieutenant, ich bin sicher, dass K.T. von selber in den Pool gefallen ist.«

»Sie wurde umgebracht«, erklärte Eve erneut. »Und wenn Nadine nicht rechtzeitig gekommen wäre, hätte Steinburger Sie ebenfalls getötet und Sie dann zum Sündenbock gemacht.«

»Nicht Joel. Sie irren sich.«

»Ich irre mich ganz sicher nicht. Sagen Sie mir, war er gestern Abend einen Moment nebenan allein? Hat er Sie gebeten, Ihnen etwas aus dem Bad oder dem Schlafzimmer zu holen? Nachdem der Wein, den Sie beide getrunken haben, in den Gläsern war?«

»Er wollte den Text der Szene sehen, die wir heute früh gedreht haben. Das Drehbuch lag im Schlafzimmer, denn abends vor dem Schlafen gehe ich immer die nächsten Szenen durch.«

»Und den Moment hat er genutzt, um die Schlaftabletten in den Wein zu werfen, die Flasche zu verkorken und vorsorglich wegzustellen, damit Sie nicht versucht wären, mehr davon zu trinken, ehe er ein wasserdichtes Alibi für Ihren Todeszeitpunkt hat.«

»Ich musste ihm versprechen, gestern Abend nichts mehr von dem Wein zu trinken. Aber ... nein.«

Trotzdem dämmerte ihm langsam, dass Eves Darstellung der Dinge offenkundig richtig war.

»Ich war total verwirrt. Woran ich mich erinnern konnte, was meiner Meinung nach passiert war, das passte einfach nicht zu dem, was er behauptet hat. Irgendwie kam es mir seltsam vor, aber er meinte ... er war plötzlich einfach da, als ich zum Fahrstuhl lief. Ich habe ihm erzählt, was vorgefallen war. Er hat gesagt ... er würde sich um alles kümmern, und ich sollte niemandem ein Wort davon erzählen. Ich sollte den anderen den Abend nicht verderben, nur, weil es mal wieder einen blöden Streit mit Harris gab. Und dann hat er sie umgebracht. Und auch mich wollte er töten. Aber warum? Warum?«

»Das ist für ihn so etwas wie ein Hobby«, meinte Eve, bevor Nadine den Raum betrat.

»Kann er vielleicht eine kurze Pause machen und was essen?«

»Ja. Wir sind fürs Erste fertig.«

»Joel«, stieß Julian leise aus und starrte seine eigenen Hände an. »Joel. Er war für mich so etwas wie ein zweiter Dad. Er hat mich denken lassen, ich hätte K.T. auf dem Gewissen. Hat mich denken lassen, ich hätte sie umgebracht, der Gedanke hat mich krank gemacht. Bin ich jetzt verhaftet?«

»Nein. Aber lügen Sie mich nicht noch einmal an.« Eve ging zu der Journalistin. »Kontaktieren Sie als Erstes seinen Hausarzt oder besser noch Louise. Ich möchte, dass ein Arzt ihn untersucht.«

»Ich habe Louise schon angerufen. Sie ist unterwegs.«

»Okay. Zweitens wird er ganz bestimmt mit Ihnen reden, und Sie werden jede Menge Stoff für Ihr neues Buch bekommen. Behalten Sie die Einzelheiten noch für sich, bis ich das Arschloch festgenagelt habe, aber wenn Sie wollen, können Sie in einer halben Stunde bringen, dass Joel Steinburger verhaftet worden ist.«

Damit kehrte sie ins Wohnzimmer zurück und wandte sich an ihre Partnerin. »Sie kommen mit.«

Als Roarke sie fragend ansah, bot sie an. »Okay, du auch.«

»Mit Vergnügen.«

»Steinburger ist jetzt bestimmt schon beim Dessert. Lasst uns dafür sorgen, dass der Appetit auf Süßes ihm vergeht.«

Da das Restaurant mit dem unverputzten Backstein, den dunklen Holzpaneelen und den dunkelroten Lederstühlen Roarke gehörte, wusste Eve, dass sie problemlos vorgelassen würde, ohne ihre Dienstmarke zu ziehen.

Was sie in höchstem Maß enttäuschend fand.

Sie hätte liebend gerne eine solche Szene dort gemacht, dass irgendjemand sie und Steinburger mit seinem Handy filmte, um die Aufnahme ins Netz zu stellen.

Sie sah auf ihre Uhr. Nadine hätte knapp fünf Minuten Vorsprung, die hatte sie verdient.

»Sir«, begrüßte der Empfangschef ihren Mann mit straff gespannten Schultern. »Wir haben im Handumdrehen einen freien Tisch für Sie.«

»Joel Steinburger«, erklärte Eve und hielt ihm ihre Marke vors Gesicht.

»Natürlich. Mr. Steinburger und Mr. Delacora haben einen Ecktisch und genießen gerade das Dessert.«

Eve hatte ihn bereits entdeckt – er saß an einem Tisch, an dem er alles sehen konnte und an dem er selber nicht zu übersehen war.

Mit selbstzufriedenem Gesicht schwenkte er seinen Brandy, während er sich gut gelaunt mit seinem Gegenüber – einer drahtigen Gestalt mit wilder Mähne – unterhielt.

»Ich sehe ihn.« Sie ignorierte den Empfangschef und marschierte durch das Restaurant.

Steinburgers Gesichtsausdruck veränderte sich schlagartig, als er sie näher kommen sah. Er runzelte die Stirn mit einer Mischung aus Verärgerung und Sorge, aber schließlich schob er höflich resigniert den Stuhl zurück, stand auf und stellte seinen Brandyschwenker auf den Tisch.

»Lieutenant. Nick, dies ist das Original. Lieutenant Eve Dallas, Nicholas Delacora«, stellte er sie gegenseitig vor.

»Ist mir ein Vergnügen«, begann Delacora.

»Nur wird das Vergnügen sicher nicht von Dauer sein. Tut mir leid, dass ich Sie hier beim Essen störe.«

»Haben Sie jemanden verhaftet?«, fiel ihr Steinburger ins Wort.

»Seltsam, dass Sie fragen. Deshalb bin ich nämlich hier. Joel Steinburger, ich nehme Sie vorläufig fest. Ihnen werden der Mord an K.T. Harris und an A.A. Asner sowie der versuchte Mord an Julian Cross zur Last gelegt.« Sie riss ihn wenig sanft herum, zerrte ihm die Hände auf den Rücken und erklärte: »Er hat nämlich überlebt.«

Klirrend fielen die Bestecke der umsitzenden Gäste auf die Teller, und die Stimmen der Leute, die sich bisher leise murmelnd unterhalten hatten, schwollen hörbar an.

»Sie haben den Verstand verloren.«

»Wir haben noch viel mehr.« Sie legte ihn in Handschellen und drehte ihn noch einmal herum, sodass sie ihm in die Augen sehen konnte, während sie erklärte: »Viel, viel mehr. Ich hoffe nur, Sie haben heute Abend zugeschlagen, denn das Essen im Gefängnis ist bei weitem nicht so gut wie hier. Sie haben das Recht zu schweigen«, fing sie an und klärte ihn mit lauter Stimme über seine Rechte auf. »Officers.«

Die beiden Beamten, die bisher ein Stück entfernt gestanden

hatten, bauten sich zu beiden Seiten des berühmten Produzenten auf. »Bringen Sie ihn aufs Revier, Peabody. Die weiteren Taten, derer er verdächtigt wird, zählen wir ihm nachher im Verhörraum auf.«

»Mit Vergnügen, Ma'am.«

»Ich komme sofort nach.«

Grinsend sah sie den Beamten, die den Kerl zum Streifenwagen führten, hinterher.

»Tut mir leid, dass ich Sie während Ihres Nachtischs unterbrochen habe«, sagte sie zu Delacora. »Er sieht nämlich wirklich lecker aus.«

»Soll das ein Witz sein?«, fragte er.

»Oh nein. Er sieht tatsächlich lecker aus.« Sie runzelte die Stirn und ging zu Roarke, der neben dem Empfangschef stand und leise mit ihm sprach.

»Hör zu, es tut mir leid, falls unser Auftritt deinen Gästen kurzfristig den Appetit verdorben hat, aber ...«

»Ganz im Gegenteil. Nach dieser Vorstellung hauen sie bestimmt mit noch größerer Freude rein. Und das werden wir gleich auch. Wobei ich mir ganz sicher nicht den Magen mit dem Automatenfraß, den es auf der Wache gibt, verderben will.«

»Ich habe keine Zeit, um hier herumzusitzen und mit dir zu speisen.«

»Deshalb bringen sie das Essen aufs Revier.«

»Oh.« Sie legte ihren Kopf leicht schräg und blickte zu ihm auf. »Aber warum eigentlich nicht?«

23

Natürlich hatte er so viel bestellt, dass es für alle reichte, doch sie konnte sich beim besten Willen nicht beschweren, denn als sie durch die Spiegelwand in den Verhörraum blickte, stopfte sie genüsslich Brathähnchen mit Rosmarin in sich hinein.

»Ich kann einfach nicht glauben, dass er keinen Anwalt will«, bemerkte Peabody und schob sich eine krosse Bratkartoffel in den Mund.

»Dafür ist er noch zu angefressen, und vor allem muss er uns beweisen, welche Macht er hat. Denn schließlich ist er der verdammte Joel Steinburger. Ich wette, dass er immer noch der Ansicht ist, dass er uns hinters Licht führen kann. Am besten reden wir erst einmal mit Valerie und lassen ihn noch etwas schmoren.«

»Sie hat eine Heidenangst«, erklärte Peabody. »Die Kollegen haben gesagt, sie wäre kreidebleich geworden, als sie bei ihr waren, um sie wegen Beihilfe zum Mord auf das Revier zu holen. Auf dem Weg in ihre Zelle hat sie sich die Augen aus dem Kopf geheult.«

»Dann läuft ja alles wie geschmiert.«

Als Eve und Peabody in den Verhörraum kamen, brach die junge Frau erneut in Tränen aus.

»Bitte, das muss ein fürchterlicher Irrtum sein. Das könnte das Ende meiner Karriere sein.«

»Das hat K.T. wahrscheinlich auch gedacht, als Sie und Steinburger sie kaltblütig ermordet haben.«

»Was reden Sie da für ein Zeug? Wir haben nichts getan! Ich verlange einen Anwalt.«

»Meinetwegen.« Achselzuckend stand Eve wieder auf. »Was allerdings um diese Uhrzeit ein paar Stunden dauern wird. Peabody, bringen Sie Valerie zurück in die Zelle.«

»Nein! Bitte, nein!« Sie umklammerte den Rand des Tisches. »Sperren Sie mich nicht noch einmal ein.«

»Sie werden in der Zelle warten, bis Ihr Anwalt kommt. Währenddessen reden wir mit Steinburger. Ich bin mir sicher, dass er jede Menge interessanter Dinge über Sie erzählen wird.«

»Das ist total verrückt! Ich habe *nichts* gemacht!«

»Tut mir leid, nachdem Sie einen Anwalt wollen, sind wir nicht mehr befugt, mit Ihnen zu sprechen, bis er kommt. Peabody.«

»Nein! Ich gehe nicht zurück in diese Zelle. Ich werde jetzt gleich mit Ihnen reden, wenn Sie wollen.«

»Dann verzichten Sie also darauf, dass ein Rechtsbeistand bei dem Gespräch zugegen ist?«

»Ja. Ja. Bringen wir es einfach hinter uns.«

»Wer hat den Kinosaal verlassen an dem Abend, als K.T. ermordet worden ist?«

»K.T. selbst.« Sie ließ die Schultern hängen und verschränkte schutzsuchend die Arme vor der Brust. »Sobald das Licht gedämpft wurde, habe ich sie rausgehen sehen. Ein paar Minuten später ging auch Julian hinaus. Wie viel später, weiß ich nicht genau, aber ein paar Minuten müssten es gewesen sein. Und dann, tja nun, noch einmal ein paar Minuten später verließ auch Joel den Raum.«

»Sonst noch jemand?«

»Ja. Connie hat den Saal durch die Nebentür verlassen. Das ist mir nur deshalb aufgefallen, weil ich zu ihr gehen wollte, um ihr für einen Artikel ein paar Fragen zum Büfett zu stellen. Aber sie hatte den Raum bereits verlassen, als K.T. noch dort gesessen hat. Und ... und Nadine Furst, sie ist ebenfalls kurz hinausgegangen. Nachdem alle anderen schon draußen waren.«

»Und jetzt versuchen wir es andersrum. Wer von diesen Leuten kam noch einmal zurück?«

»Connie, aber erst kurz, bevor die Vorführung geendet hat. Und Nadine. Ich glaube, sie war höchstens zehn, fünfzehn Minuten fort. Aber ich habe nicht genau darauf geachtet, also weiß ich es nicht sicher.«

»Fahren Sie fort.«

»K.T. und Julian kamen nicht zurück, aber Joel. Er war nicht lange weg. Vielleicht eine Viertelstunde, wie Nadine. Viel länger kann es nicht gewesen sein. Wobei ich mir nicht sicher bin. Ehrlich, ich habe während der Vorführung gearbeitet. Das ist die Wahrheit.«

»Warum haben Sie uns diese Informationen nicht schon eher gegeben?«

»Weil mich Joel gebeten hat, es nicht zu tun. Er hat gesagt, Julian und K.T. hätten sich gestritten, und sie hätte einen Unfall auf dem Dach gehabt.«

»Wann hat er Ihnen das erzählt?«

»An dem Abend, als es passiert ist. Wir haben an einem Statement für die Medien gearbeitet, und ich habe etwas davon gesagt, dass ich gesehen habe, wer rausgegangen und reingekommen ist. Ich habe ihn gefragt, ob er sich um Julian gekümmert hätte, und wie ich damit umgehen soll, falls an die Presse durchsickert, dass Julian sturzbetrunken war. Vor allem war ich furchtbar aufgeregt – das wäre jeder andere auch gewesen, oder nicht? – und habe mich gefragt, ob die Polizei wohl Julian in die Mangel nehmen würde, weil er während der Vorführung gegangen und nicht mehr zurückgekommen war. Deshalb wollte ich wissen, ob Joel in dieser Zeit mit ihm zusammen war.«

»Und, was hat Joel geantwortet?«

»Er hat gesagt, wir müssten alle tun, was das Beste für unser Team und für das Projekt wäre. Hat gesagt, dass wir uns gegenseitig schützen müssten, dann hat er mir erzählt, was auf dem Dach geschehen ist. Dass es ein Unfall war, den K.T. selbst verursacht hatte, aber für den Julian bezahlen müsste, wenn die Polizei erführe, dass er zu der Zeit mit ihr zusammen auf dem Dach war. Er hat gesagt, er würde sich um alles kümmern, ich bräuchte nur zu sagen, dass ich nicht gesehen hätte, ob jemand während der Vorführung den Saal verlassen hat.«

»Also haben Sie einen Mord vertuscht.«

»Er hat gesagt, dass es ein Unfall war. Er hat gesagt, Sie würden es so drehen, dass es aussieht wie ein Mord, denn bei all den Stars, die in den Fall verwickelt sind, kämen Sie dann selbst groß raus. Davon abgesehen war K.T. ein grauenhafter Mensch, okay? Ich musste mir den Arsch aufreißen, um dafür zu sorgen, dass die Medien möglichst nichts davon erfahren, aber trotzdem hatte sie niemals auch nur ein gutes Wort für mich übrig. Dagegen ist Julian ein echter Schatz. Deshalb habe ich den Mund gehalten, als mich Joel Steinburger darum gebeten hat, damit er nicht für etwas büßen muss, was er gar nicht verbrochen hat.«

»Aber Sie haben einen Preis dafür verlangt.«

Sie presste ihre Lippen aufeinander. »Er hat mir den Bonus angeboten. Ja, natürlich ist mir klar, dass das Bestechung war. Ich hätte ihm diesen Gefallen auch so getan, aber als er mich dafür bezahlen wollte, habe ich nicht nein gesagt.«

»Und haben gleich am nächsten Tag noch einmal für ihn gelogen, stimmt's?«

»Ich war in seiner Wohnung. Ich habe dort gearbeitet, aber ... er war zwischendurch mal weg. Angeblich hatte er ein Date. Er hat gesagt, dass er auf meine Diskretion vertraut. Er und seine Frau sind zwar getrennt, aber immer noch verheiratet, deshalb ist es ja wohl verständlich, wenn nicht alle Welt was davon mitbekommen soll, wenn er sich mit einer anderen trifft. Er hat das Recht auf ein Privatleben.«

»Um wie viel Uhr kam er zurück?«

Sie warf sich die Hände vors Gesicht. »Gott, wie konnte nur ein solches Chaos aus der ganzen Sache werden?«

»Das passiert, wenn man Dinge vertuscht und andere belügt.«

»Ich habe nur versucht, meinen Job zu machen, weiter nichts. An dem Abend bin ich gegen Mitternacht ins Bett gegangen, da haben die Lichter in der Eingangshalle noch gebrannt. Am nächsten Tag, als Sie wegen dieses Detektivs ans Set gekommen sind, hat Joel mich in sein Büro bestellt. Er hat erklärt, es wäre für uns beide einfacher, wenn wir ein Alibi vorweisen könnten, denn sonst würden wir vielleicht verdächtigt, etwas mit dem Tod von einem Mann zu tun zu haben, den wir beide gar nicht kannten. Er hat gesagt, er wüsste, dass er sich auf mich verlassen kann und dass ich als Anerkennung für die viele Arbeit, die ich in der letzten Zeit geleistet habe, und als Dank dafür, dass ich ihm gegenüber stets loyal bin, in die VIP-Suite umziehen soll. Er entscheidet über die Karrieren unzähliger Menschen, auch meine eigene Karriere hängt von seinem Wohlwollen ab.«

»Weil Sie uns belogen haben, wäre Julian Cross vorhin beinah gestorben.«

Vor Panik und Entsetzen wurde ihre Stimme schrill. »Was sagen Sie da? Was ist passiert? Geht es ihm gut?«

»Denken Sie darüber nach. Denken Sie darüber nach, wie viele Leben Ihre Karriere wert ist.« Eve stand auf und ließ die laut schluchzende Valerie allein im Vernehmungsraum zurück.

»Glauben Sie, dass Reo Anklage wegen Vertuschung einer Straftat gegen sie erheben wird?«, erkundigte sich Peabody.

»Das werden wir sehen. Sind Sie bereit für unseren großen Fisch?«

»Oh ja. Es gibt noch Crème brûlée. Ich habe ein Schüsselchen davon versteckt, damit nicht alles von den anderen aufgegessen wird. Bei dem Verhör verliere ich bestimmt genügend Kalorien, dass ich mir die leisten kann.«

»Dann knöpfen Sie ihn sich als Erste vor.«

»Wahnsinn! Ich darf also einmal den bösen Bullen spielen?«

»Nein.«

Peabody verzog unglücklich das Gesicht. »Verdammt, das heißt, ich soll ihn einlullen, und Sie machen ihn dann platt.«

»Am besten bleiben wir bei unseren jeweiligen Stärken und nageln den Bastard gemeinsam fest.«

»Danach gibt's Crème brûlée.«

»Dann gibt's Crème brûlée.«

Zunächst ging Peabody allein in den Vernehmungsraum und gab sich alle Mühe, etwas eingeschüchtert auszusehen, als sie Datum, Ort, den Namen des Verdächtigen, die Namen der vernehmenden Beamtinnen sowie das Aktenzeichen in den auf dem Tisch stehenden Rekorder sprach.

»Lieutenant Dallas wird gleich kommen. Kann ich Ihnen etwas zu trinken holen, Mr. Steinburger?«

»Ich verlange nur eine Erklärung für das empörende Verhalten Ihrer Vorgesetzten«, fauchte er Sie an. »Ich werde mich nicht nur bei Ihrem Commander, sondern auch beim Polizeichef und beim Bürgermeister über sie beschweren.«

»Wie Sie meinen, Sir. Vielleicht sollte ich Sie wissen lassen, dass es ein paar widersprüchliche Aussagen gegeben hat. Mir ist bewusst, der Lieutenant hat vielleicht ... mir ist bewusst, dass sie vielleicht ein bisschen übertrieben hat, aber sie hat diese Widersprüche nun einmal entdeckt.«

»Wovon reden Sie?« Er schlug mit einer seiner Hände auf den Tisch. »Drücken Sie sich gefälligst etwas klarer aus.«

»Nun, wir haben mit Valerie Xavier gesprochen, und inzwischen sagt sie aus, dass sie gesehen hat, wie Julian und auch Sie selbst den Kinosaal in Roundtrees Haus verlassen haben, nachdem K.T. Harris schon gegangen war. Weiter sagt sie aus, Sie hätten ihr erzählt, dass es einen Unfall auf dem Dach gegeben hat. Bevor die Leiche aufgefunden worden ist. Also ...«

»Und Sie schenken ihr mehr Glauben als mir?«

»Tut mir leid, Sir, aber ihre Aussage war ziemlich detailliert. Dann sind da noch die fünfzigtausend Dollar, die von Ihnen auf ihr Konto überwiesen worden sind. Und die Tatsache, dass Sie ein Konto unter falschem Namen haben. Hm ...« Sie blätterte die mitgebrachte Akte durch, als fiele ihr der Name nicht mehr ein. »B.B. Joel.«

»Das dient dem Schutz meiner Privatsphäre, und einen Bonus hatte Valerie sich meiner Meinung nach bereits seit Längerem verdient. Obwohl ich mir da jetzt nicht mehr so sicher bin.«

»In Ordnung, Sir. Außerdem hat sie erwähnt, dass Sie in der Nacht, in der der Detektiv ermordet wurde, noch einmal aus dem Haus gegangen sind.«

»Da irrt sie sich.«

»Sie hat sichtlich gezögert, ob sie uns das sagen soll. Der Lieutenant denkt, dass sie die Wahrheit sagt. Vor allem nach dem Vorfall heute Abend in Julians Hotel.«

»Von was für einem Vorfall reden Sie? Drücken Sie sich genauer aus.« Diesmal krachte eine seiner Fäuste auf den Tisch. »Ich war heute Abend im *Ce Soir*, das wissen Sie genau. Ich habe Julian nicht mehr gesehen, nachdem ich am frühen Abend aus dem Studio in das Restaurant gefahren bin.«

»Aber gestern Abend haben Sie ihn gesehen. Da haben Sie ihn im Hotel besucht.«

Als Steinburger nichts sagte, stellte Peabody mit sanfter Stimme fest. »Sie sind dort auf den Überwachungskameras zu sehen. Sie hatten eine Flasche Wein dabei.«

»Er wollte nicht allein sein, also bin ich hingefahren und habe eine Flasche Wein mitgebracht. Aber ich habe streng darauf geachtet, dass wir es bei jeweils einem Glas belassen, weil er in der letzten Zeit fast permanent betrunken ist. Er war in den letzten Tagen ... nicht er selbst.«

Er versucht, mit mir zu spielen, dachte Peabody und konnte deutlich spüren, wie der Verbrauch an Kalorien sekündlich stieg. »Heute Abend hat er mindestens zwei Gläser dieses Weins zusammen mit einer bisher unbekannten Menge eines Schlafmittels konsumiert. *Somnipoton,* falls Ihnen das etwas sagt.«

»Oh mein Gott. Geht es ihm gut? Ist er im Krankenhaus? Ich hätte es wissen müssen, hätte wissen müssen, dass er ...«

»... sich vielleicht etwas antut?«, fragte sie.

Er schüttelte den Kopf und wandte sich kurz ab.

Im Observationsraum nippte Roarke an seinem eigenen Glas Wein.

»Hier drin ist Alkohol verboten«, meinte Eve.

»Dann nimm mich meinetwegen fest. Aber lass mich erst noch sehen, wie ihr ihn fertigmacht. Willst du nicht langsam rübergehen?«

»Sie macht ihre Sache wirklich gut. Er denkt, dass er sie manipuliert, dass er das Drehbuch schreibt und Julian – ob tot oder lebendig – die Schuld an Harris' und an Asners Tod in die Schuhe schieben kann. Aber in Wahrheit spielt sie mit ihm, und zwar so gut, dass ich nur staunen kann.«

»Wein?«, bot Roarke ihr an und hielt ihr die halb volle Flasche hin.

»Nein. Verdammt.« Stattdessen nahm sie einen winzig kleinen Schluck aus seinem Glas. »Das Zeug ist wirklich gut. Am besten machen wir nachher zu Hause noch so eine Flasche auf, betrinken uns und haben danach wilden Sex.«

»Das ist eine ausgezeichnete Idee ...«

Er legte einen Arm um ihre Schultern, und gemeinsam sahen sie zu, wie Peabody den widerlichen Steinburger am Nasenring durch die Manege zog.

»Sir«, sagte sie und sah ihn offen an. »Ich will ganz offen sein. Sie haben ein Problem. Die widersprüchlichen Aussagen, das Geld und ... nun, was ich sagen will, ist ... falls Sie etwas wissen, sagen Sie's am besten jetzt, solange wir beide allein sind. Sagen Sie es mir. Der Lieutenant ist nämlich ganz heiß darauf, Sie einfahren zu sehen.«

»Der Lieutenant soll sich erst einmal abregen. Erwarten Sie etwa allen Ernstes, dass ich einen Freund ans Messer liefere? Oder einen Menschen, der auf meine Hilfe baut?«

»Vielleicht braucht dieser Freund ja eine andere Art der Hilfe. Falls er ... vielleicht stirbt er, Mr. Steinburger. Es steht nicht gut um ihn. Julian liegt im Koma, und die Ärzte sagen, dass er vielleicht nicht wieder erwacht.«

»Oh Gott.«

»Lassen Sie mich Ihnen helfen. Jetzt habe ich noch die Möglichkeit dazu.«

»Julian.« Er warf eine Hand vor seinen Mund. »Armer Julian. Ich hätte ihn heute Abend nicht allein lassen sollen. Er hat gesagt, er käme klar, er bräuchte einfach etwas Zeit für sich. Er war so ... die Sache mit K.T. hat ihn entsetzlich aufgewühlt. Es war nicht seine Schuld, Detective Peabody. Sie müssen verstehen, dass es ein Unfall war.«

»Dass was ein Unfall war?«

»Lassen Sie es mich erklären.« Er atmete tief durch. »Lassen Sie mich erklären, wie es abgelaufen ist. Als Julian nicht wieder runterkam, war ich in Sorge und bin ebenfalls aufs Dach hinaufgefahren, denn er und Harris hatten vorher einen Streit gehabt und waren beide alkoholisiert.«

»Deshalb sind Sie den beiden aufs Dach gefolgt?«

»Dort hat K.T. immer diese verdammten Glimmstängel geraucht, nach denen sie süchtig war. Aber als ich nach oben kam, war es bereits zu spät.« Er griff über den Tisch nach ihrer Hand. »Sie trieb mit dem Gesicht nach unten auf dem Wasser, und der arme Julian stand unter Schock. Er schrubbte Blut vom Rand des Pools und brachte kaum ein Wort heraus.«

»Sie trieb also mit dem Gesicht nach unten auf dem Wasser, als Sie oben ankamen?«

»Ja. Ja.«

»Und Sie haben nicht versucht, sie herauszuziehen?«

»Es war zu spät, denn sie war bereits tot.«

»Woher wussten Sie das?«

»Julian hat es mir gesagt. Er hat gesagt, sie wäre reingefallen. Sie hätten sich gestritten, Harris wäre auf ihn losgegangen, und dabei wäre sie in den Pool gefallen. Als er sie aus dem Becken ziehen wollte, ist er selber umgefallen. Er hatte einen Blackout, wissen Sie, und bis er wieder zu sich kam, war sie schon tot. Ich fürchte, er war alkoholisiert, stand unter Schock, und da hat er sie wohl in den Pool gezerrt. Er hat versucht, es zu vertuschen, denn er konnte sich nicht mehr daran erinnern, was genau geschehen war.«

»Was haben Sie dann gemacht?«

»Ich habe ihn nach unten ins Wohnzimmer gebracht. Er war nicht in der Verfassung, um mit irgendwem zu reden, er war halb bewusstlos, bis er endlich auf dem Sofa lag.«

»Sie haben also keine Hilfe geholt?«

»Ich habe getan, was nötig war, Detective Peabody. Für K.T. konnte ich nichts mehr tun, aber Julian brauchte meine Hilfe. Ich wollte Julian beschützen, weil es eindeutig ein Unfall war.«

»Lassen Sie mich noch einmal ins Detail gehen, damit wir auch Dallas gleich erklären können, wie es abgelaufen ist. Sie sind Julian also aufs Dach gefolgt, wo er K.T. getroffen hatte. Im geschlossenen Poolbereich?«

»Ja. Ja.«

»Das Dach war also zu.«

»Ja, natürlich. Schließlich haben wir Oktober. Ich weiß noch genau, dass es geschlossen war, weil mir von dem Gestank von K.T.s Kräuterzigaretten beinah schlecht geworden ist.«

»Ich nehme an, Sie haben nicht daran gedacht, das Dach zu öffnen?«

»Connie zieht es vor, wenn es im Herbst und Winter nicht geöffnet wird. Weil sie dort oben jeden Morgen schwimmt.«

»Sehen Sie, das ist ebenfalls etwas, was wir nicht ganz verstehen. Jemand hat das Dach geöffnet und dann wieder zugemacht. Nur funktioniert der Mechanismus augenblicklich nicht, weshalb es einen Spalt weit offen bleibt, wenn man nicht weiß, dass man das Dach noch einmal öffnen und dann richtig schließen muss. Als die Leiche gefunden wurde, stand es einen Spalt breit auf. Von Zigaretten hat man nichts gerochen, weil dort kurz zuvor gelüftet worden war.«

»Vielleicht habe ich das Dach ja doch geöffnet. Ich stand selber unter Schock, was sicher zu verstehen ist.«

»Auf jeden Fall. Dann haben Sie das Dach also geöffnet?«

»Jetzt, wo ich darüber nachdenke, könnte es so gewesen sein. Ja, bestimmt, denn der Gestank war wirklich unerträglich, ich brauchte dringend frische Luft.«

»Wann haben Sie das Dach geöffnet? Bevor Sie die bewusstlose K.T. ins Schwimmbecken gezerrt haben oder danach?«

»Auf geht's.« Eve schlug sich mit der linken Faust in ihre rechte offene Hand. »Das war mein Stichwort.«

Eilig machte sie sich auf den Weg in den Vernehmungsraum.

»Lieutenant Eve Dallas betritt den Verhörraum«, sagte sie fürs Protokoll. »Sie hätten den Gestank ertragen sollen, Joel, und Sie hätten Harris nicht über den Boden schleifen, sondern tragen sollen. Vor allem hätten Sie nicht sagen sollen, dass sie bereits im Wasser trieb, als Sie aufs Dach gekommen sind.«

Eve stellte eine Kiste auf den Tisch und fixierte ihn mit einem kalten Blick. »Weil es sich zum einen nicht gut macht, dass Sie nicht einmal versucht haben, sie herauszuziehen und wiederzubeleben, und weil es zum anderen Ihr Timing durcheinanderbringt. Wenn Sie wirklich erst aufs Dach gekommen wären, nachdem Julian K.T. angeblich in den Pool geworfen hatte und dann einen Lappen aus der Lounge holen gegangen war, um damit das Blut vom Boden aufzuwischen, hätten Sie sie auf dem Grund des Beckens liegen und nicht auf dem Wasser treiben sehen. Sie wäre erst auf den Grund gesunken, denn die Lunge füllt sich wie ein Schwamm mit Wasser, wenn jemand ertrinkt. Die Gase und das ganze andere widerliche Zeug werden erst nach einer Weile wieder ausgestoßen, was bedeutet, dass es eine Zeitlang dauert, bis der Körper wieder an die Wasseroberfläche steigt.« Sie holte tief Luft.

»Außerdem«, erklärte sie und warf eine Diskette auf den Tisch, »hätten Sie das Ding hier besser nicht in Ihren Safe gelegt, sondern es gleich zerstören sollen. Nachdem Sie K.T. ermordet hatten, haben Sie die Aufnahme aus ihrer Handtasche geklaut. Ich nehme an, Sie wollten nicht, dass jemand anderes den Film zu sehen kriegt, aber selber anschauen wollten Sie perverses Schwein ihn schon.«

Als Nächstes warf sie K.T.s Handy auf den Tisch. »Auch das hier haben Sie mitgenommen und zusammen mit einer Reihe elektronischer Geräte aus Asners Büro im Meer entsorgt. Geräte, die Sie mitgenommen haben, nachdem auch er von Ihnen ermordet worden ist. Wir kennen das Boot, das Sie sich dafür ›ausgeliehen‹ haben, wir wissen, wann Sie damit rausgefahren sind, und wissen auch, wohin. Die Taucher gehen davon aus, dass das, was sie bisher gefunden haben, noch nicht alles ist. Wie es aussieht, hat der Küstenschutz auch morgen Ihretwegen alle Hände voll zu tun.«

»Ich weiß nicht, wovon Sie reden. Mir ist klar, was Sie versuchen. Sie bewerfen mich verzweifelt mit jedem Dreck, den Sie finden, und hoffen dann, dass irgendetwas davon hängen bleibt.«

»Oh, es hängt schon jede Menge an Ihnen, Joel. Sie haben einen der tollen Zweitschlüssel aus Ihrem Safe benutzt, um bei Harris einzubrechen und ihre Schlaftabletten mitgehen lassen, und Sie waren so dumm, den Code von Asners Wagen zu behalten, nachdem Sie damit zum Yachthafen gefahren waren. Wir haben Sie am Arsch, Joel. Weil es keine anderen Erklärungen für alle diese Dinge gibt.«

Sie zog die Tüte mit den Codes und Schlüsselkarten aus der Schachtel und warf sie ihm hin.

»Gestern Abend haben Sie Julian aus dem Raum geschickt und den Wein, den Sie so fürsorglich für ihn besorgt hatten, mit Harris' Pillen versetzt, die Flasche dann wieder verkorkt und weggestellt, damit er heute Abend wie der brave Junge, der er ist, Ihre Anweisung befolgt, sich in den Whirlpool legt und sich dort die nächsten Gläser Wein einschenkt. Es hätte sich wahrscheinlich in den Medien gut gemacht und ihn zusätzlich belastet, wenn er auf dieselbe Art gestorben wäre wie die Frau, die er auf dem Gewissen haben soll. Es hätte ausgesehen, als hätte er sich selbst aus lauter Schuldgefühlen auf dieselbe Weise umgebracht.«

Noch immer starrte Steinburger den Berg an Codes und Schlüsselkarten an. Dann stieg ihm die Zornesröte ins Gesicht, und er fauchte sie an: »Sie haben meine Wohnung auf den Kopf gestellt.«

»Ihre Wohnung, Ihren Wagen, Ihr Büro – im Augenblick nehmen unsere kalifonischen Kollegen sich auch Ihr Haus, Ihr Auto sowie Ihr Büro dort drüben vor. Sie hatten Zugang zu dem Boot, zu den Wohnwagen, den Wohnungen und den Büros von allen anderen.«

»Ja, natürlich. Schließlich habe ich das Recht dazu, überallhin zu gehen, wo's nötig ist. Wissen Sie, wer ich bin?«

»Oh ja. Sie sind ein Mörder. Auch wenn Ihnen der Versuch, die Zahl der Opfer zu erhöhen, heute jämmerlich misslungen ist. Julian geht es nämlich lange nicht so schlecht, wie Peabody behauptet hat.«

»Ich habe vielleicht etwas übertrieben.«

»Er hat uns genau wie Valerie alles haarklein erzählt.«

»Julian würde alles tun, um seinen Arsch zu retten, und Valerie sagt alles, was er will, weil sie ihn liebt.«

»Ich glaube nicht. Nein, Valerie hat nicht für Julian, sondern für Sie gelogen, weil sie ehrgeizig und etwas gierig ist. Julian hat getan, was Sie gesagt haben, weil Sie für ihn so etwas wie ein zweiter Vater sind und weil er Ihnen blind vertraut. Joel, das Morden liegt Ihnen im Blut. Sie haben im Verlauf der letzten vierzig Jahre jede Menge Leute umgebracht, angefangen mit Bryson Kane, Ihrem Mitbewohner aus der Collegezeit.«

Sie trat hinter ihn, neigte den Kopf und sagte dicht an seinem Ohr. »Wir werden Sie für jeden Einzelnen von diesen Menschen drankriegen, Joel, das schwöre ich.«

»Sie haben nicht das Geringste gegen mich in der Hand.«

»Kane hatte irgendwann genug davon, dass Sie dafür bezahlt haben, dass jemand anderes Ihre Klausuren und Hausarbeiten schreibt. Weil er nicht mehr mitspielen wollte, endete er mit gebrochenem Genick am Fuß der Treppe Ihrer WG.« Sie legte das Tatortfoto der Leiche auf den Tisch.

»Martin Dressler, alt, steinreich und quicklebendig, steht Ihnen in der Gier nach Geld und Macht im Weg – und vielleicht hätte er sich ja auch jemand anderen als Gatten seiner Urenkelin gewünscht.«

Jetzt warf sie Dresslers Foto auf den Tisch. »Ein Stoß über den Rand der Klippe hat dieses Problem für Sie gelöst.«

»Angelica Caulfield war von Ihnen schwanger und hat angedroht, mit dieser Neuigkeit zu Ihrer wohlhabenden Frau zu gehen, die zur selben Zeit ein Kind erwartet hat.« Sie legte Caulfields Bild neben den anderen beiden ab. »Also haben Sie bei Ihr die

Julian-Cross-Methode angewandt, mit der Sie bei ihr anders als bei ihm erfolgreich waren.« Eve machte eine kurze Pause.

»Ich kann gerne weitermachen, wenn Sie wollen. Dafür werden die Medien Sie kreuzigen. Ich werde ihnen den Hammer und die Nägel reichen, während meine Partnerin und ich dem Staatsanwalt genug Beweise liefern, dass er wegen jedem dieser Morde Anklage erheben kann.«

»Wem, meinen Sie wohl, wird der Richter glauben? Dem mit Abstand einflussreichsten Mann der gesamten Filmbranche oder einer kleinen Polizistin, die sich einen reichen Mann geangelt hat?«

»Sie haben recht. Ich bin nur eine Polizistin«, stimmte Eve ihm unbekümmert zu.

»Ich habe versucht, Ihnen zu helfen«, stellte Peabody mit unglücklicher Stimme fest. »Aber wir haben einen Zeugen, der gesehen hat, wie Sie in der Nacht von Asners Tod in sein Büro gegangen sind.«

»Das ist nicht wahr. Mich hat niemand gesehen.«

Peabody nickte traurig mit dem Kopf. »Manche Menschen sitzen noch so spätabends im Büro.«

»Sie glauben doch wohl nicht im Ernst, irgendjemand würde eher einem Billiganwalt oder einem schmierigen Kautionsagenten glauben als mir?«

»Woher wissen Sie, was für Büros es in der Etage von Asners Büro gibt?«, erkundigte sich Eve. »Huch! Das heißt, Sie waren dort, Joel. Sie waren bei Asner im Büro, denn Sie hatten ihn angerufen und dorthin bestellt. Er war zufällig mit jemandem zusammen, als Sie bei ihm angerufen haben. Ich habe die Aussage der Frau hier vor mir liegen. Sie haben ihn angerufen, sich mit ihm verabredet und ihn dann umgebracht.«

»Das ist doch vollkommen absurd. Ich ... war bei ihm, weil mir K.T. erzählt hatte, sie hätte diesen Typen engagiert. Ich wollte mit ihm reden, um ihm die Informationen abzukaufen, die er unter Umständen gesammelt hat.«

»Als Sie dort ankamen, war er schon tot?«

»Nein. Ja. Ja.«

»Nein? Ja? Das Denken fällt einem ein bisschen schwerer, wenn man derart unter Druck steht, stimmt's? Es fällt einem schwer, wenn plötzlich alles über einem zusammenbricht. Für gewöhnlich haben Sie mehr Raum und Zeit zum Überlegen und können die Dinge besser planen. Übrigens haben Sie den Vogel nicht so sorgfältig gereinigt, wie Sie dachten«, fügte sie dem angeblichen Zeugen auch noch einen angeblichen Fingerabdruck auf der Statue hinzu, denn nach der ersten kleinen Lüge kam es auf die zweite nicht mehr an.

»Er hat mich angegriffen. Es war Notwehr. Ich habe mich lediglich gewehrt, als Asner plötzlich auf mich losgegangen ist.«

»Indem Sie wiederholt auf seinen Schädel eingedroschen haben, als er schon am Boden lag? Das kann ich mir nicht vorstellen. Und die Geschworenen kaufen Ihnen das wahrscheinlich auch nicht ab. Sie haben ihn totgeschlagen«, meinte Eve und beugte sich über den Tisch. »Dann haben Sie seine Akten, seine elektronischen Geräte und sein Handy eingesteckt – auf dem Ihr Anruf sicher noch gespeichert ist. Es ist wirklich erstaunlich, was die elektronischen Ermittler alles herausfinden. Dann haben Sie Ihrer Freundin die Yacht geklaut, sind damit rausgefahren und haben das ganze Zeug im Meer entsorgt. Ihre Freundin Violet hat übrigens die Aussage von damals korrigiert und uns erklärt, Sie hätten sie darum gebeten, dass sie Ihnen für die Nacht von Caulfields Tod ein Alibi verschafft.«

»Das ist vollkommen lächerlich. Vic ist einfach sauer, weil sie schon seit einer Weile keine großen Kinorollen mehr bekommt. Ich kann schwerlich die Karriere aller alternden Stars wiederbeleben, die mir in jungen Jahren irgendwann einmal über den Weg gelaufen sind.«

»Sie klang nicht wütend, oder, Peabody?«

»Ganz im Gegenteil. Sie hat Sie wirklich gern, Mr. Steinburger«, erklärte die. »Sie war Ihnen wirklich dankbar für den Durchbruch, den Sie ihr ermöglicht haben mit dem Geld für diesen tollen Stilberater, der sie damals völlig umgemodelt hat. Außerdem fand sie es total süß von Ihnen, dass Sie Ihre Frau mit einer Riesenparty überraschen wollten. Ich meine, sie hat tatsächlich geglaubt, dass Sie sie deswegen gebeten haben, Ihnen ein Alibi für die Nacht zu geben, in der Sie statt in Mexiko bei Angelica Caulfield waren.«

»Ihre Alibis brechen zusammen, Joel. Das von Violet und das von Valerie. Wobei die fünfzigtausend Dollar, die Sie Valerie dafür bezahlt haben, inzwischen aktenkundig sind. Außerdem haben die Taucher jede Menge elektronischer Geräte aus der Bucht geholt, und unsere elektronischen Ermittler sehen sich auch Pearlmans Laptop und Computer an. Die Technik hat seit seinem angeblichen Selbstmord große Fortschritte gemacht, und wir können nachweisen, dass die Gelder aus der Firma damals nicht von ihm, sondern von Ihnen selber veruntreut worden sind.«

»Angelica war eine neurotische und unglückliche Frau mit einer Vorliebe für Drogen und für Alkohol. Und Buster Pearlman war ein schwacher, geldgieriger Mensch.«

»Möglich, aber trotzdem hat sich keiner von den beiden umgebracht. Sie haben sie sich vom Hals geschafft, genau wie einen neugierigen Paparazzo, eine junge Assistentin, die zu anhänglich geworden war, und eine Exfrau, die vielleicht die falschen Knöpfe bei Ihnen gedrückt hat. Bisher habe ich neun Tote, die eindeutig auf Ihr Konto gehen, Joel, ich werde weitersuchen, und ich werde fündig werden, falls es auch noch andere Opfer gibt.«

»Sie werden nichts finden.« Trotzdem zerrte er am Knoten der Krawatte, die mit einem Mal zu eng um seinen Hals zu liegen schien. »Weil es nichts zu finden gibt.«

»Vielleicht nicht, vielleicht aber doch. Auf jeden Fall sind Sie erledigt, denn Sie wandern bis ans Lebensende in den Kahn.«

»Ich arbeite schon länger in der Branche, als Sie leben! Ich habe mehr Macht und Einfluss, als Sie sich jemals erträumen können, und ich werde Sie vernichten!«

»Sie sind erledigt«, wiederholte Eve und sah, wie abermals Zornesröte seine Wangen überzog. »Sie haben keine Chance mehr. Wir haben Zeugen, eine Mordwaffe, auf der Ihr Fingerabdruck ist, und den fehlgeschlagenen Mordversuch von heute Abend, nach dem Julian wie ein Vogel singen wird.«

Mit einem halben Lachen setzte Eve sich auf den Tisch und drückte mit jeder ihrer Gesten mangelnden Respekt und tief empfundene Verachtung für ihn aus.

»Außerdem haben Sie sich gegenüber Nadine – die übrigens verkabelt war – über den Gestank von Harris' Kräuter-Zoner-Zigaretten aufgeregt. Dabei war der Zoner eines der winzigen Details, von denen nur jemand etwas wissen konnte, der dort oben auf dem Dach war.« Eve lächelte, bevor sie fortfuhr.

»Dass Sie so lange mit dem Morden durchgekommen sind, hat Sie übermütig werden lassen. Zwei Morde in zwei Tagen und am nächsten Tag ein Mordversuch? Wahrscheinlich hätte niemand je erwartet, dass ein raffinierter Typ wie Sie so übertreibt.«

»Das werden Sie mir nie beweisen.«

»Doch, das werde ich. Und zwar jeden Mord, der auf Ihr Konto geht.« Sie zeigte auf die Tüte mit den Schlüsselkarten. »Das hier. Das war wirklich dumm. Wir sind schlauer als Sie, Joel. Wie viel schlauer, wird mir jetzt erst klar.«

Er sprang von seinem Stuhl auf, machte einen Satz in ihre Richtung, doch im Handumdrehen war sie selber auf den Beinen und forderte ihn auf: »Na kommen Sie, versuchen Sie Ihr Glück. Dann sind Sie auch noch wegen tätlichen Angriffs auf eine Polizistin dran.«

»Ich hätte Sie groß rausgebracht.« Er zitterte, doch nicht vor Angst, sondern vor Wut. »Mit diesem Film wären Sie groß herausgekommen. Ich hätte Sie berühmt gemacht. Keine andere Polizistin wäre jemals so bewundert worden.«

»Danke, aber mir genügt's, ein ganz normaler Cop zu sein. Hat sich gut angefühlt, als Sie auf Asner losgegangen sind, nicht wahr? Sie haben viel zu selten die Gelegenheit, auf andere loszugehen. Die Schläge, das Blut, die Macht waren wie ein Rausch für Sie.«

»Zu mir sagt niemand nein.« Er ballte eine Hand zur Faust und ließ sie auf den Stahltisch sausen. »Ich habe gesagt, er soll mir alles geben, was er über Marlo und Matthew herausgefunden hat. Aber er hat sich geweigert. Hatte angeblich mit einem Mal Gewissensbisse und wollte mit all dem Zeug zur Polizei gehen.«

Wieder schlug er auf den Tisch. »Was hat der Kerl gedacht, mit wem er es zu tun hat? Hat der Kerl sich allen Ernstes eingebildet, dass er mich erpressen kann? So dämlich kann ein Mensch doch gar nicht sein.«

»Deshalb haben Sie ihn totgeschlagen.«

»Ich habe mich nur selbst geschützt. Mein Ruf stand auf dem Spiel. Wenn jemand meinen Ruf angreift, greift er mein Leben an.«

»Aus demselben Grund haben Sie K.T. Harris umgebracht.«

»Sie hatte mir alles zu verdanken, aber Dankbarkeit, Respekt, Loyalität waren Fremdworte für sie. Ich habe getan, was ich tun musste, das ist alles.«

»Das ist nicht alles. Sie haben obendrein versucht, Julian zum Sündenbock zu machen.«

»Julian ist ein Narr. Talentiert, aber ein Narr. Und er ist schwach. Am Ende hätte er Ihnen alles erzählt. Er war einfach nicht stark genug. Er hätte sich selbst und mich durch seine Schwäche ruiniert. Er wäre besser dran gewesen, hätte er den Wein nicht überlebt.«

»Also wollten Sie ihm nur einen Gefallen tun.«

Steinburger verzog verächtlich das Gesicht. »Er kann nicht einmal sterben, ohne dass ihm jemand sagt, wie er das machen soll. Ich habe nur mich selbst, meine Investition und meinen Ruf geschützt. Ich habe mein halbes Leben lang daran gearbeitet, zu dem zu werden, der ich bin. Ich habe jedes Recht zu tun, was nötig ist, um Schaden von mir abzuwenden.«

»Nein, haben Sie nicht. Schluss, aus.«

»Mit Macht gehen Verantwortung, aber auch Privilegien einher. Sie haben selber einen Mann geheiratet, dem das bewusst sein muss.«

»Ich habe einen Mann geheiratet, der deutlich mehr von Macht versteht als Sie.«

»Ich habe Ihnen nichts mehr zu sagen. Reden Sie mit meinen Anwälten, falls es noch Fragen gibt.«

»Meinetwegen.« Eve packte die Beweismittel wieder in den Karton. »Aber sagen Sie den Typen besser gleich, dass es um Mord in mindestens neun Fällen geht, und bereiten Sie sich schon einmal auf den Shitstorm in den Medien vor, der morgen früh losbrechen wird.«

Sie lächelte ihn fröhlich an. »Sie werden auf eine völlig neue Art berühmt – wobei diese Berühmtheit Ihnen keinen Platz in einer VIP-Lounge sichern wird. Sorgen Sie dafür, dass er seine Anwälte anrufen kann, bringen Sie ihn dann in eine Zelle, und holen Sie sich Ihre Crème brûlée, Peabody.«

»Mit Vergnügen, Ma'am.«

Eve verließ den Raum, drückte einem der Beamten die mit den Beweisen angefüllte Kiste in die Hand und lächelte, als Roarke aus dem Observationsraum kam.

»Ich hätte nicht gedacht, dass er gesteht.«

»Es ist ihm einfach so herausgerutscht. All die Namen, Daten und Beweise waren einfach zu viel für ihn. Das hat ihm Angst gemacht, und Angst ist etwas, was er nicht ertragen kann. Außerdem stand er mit einem Mal als dummer Schwächling da, das konnte er ebenfalls nicht akzeptieren. Mord verleiht ihm ein Gefühl von Macht, nach dem er süchtig ist.«

»Ich würde sagen, dass es sich für ihn erst einmal ausgemachtet hat.«

»Auf jeden Fall. Und weißt du was?« Sie gingen in ihr Büro, und sie zog ihre Jacke an. »Wir haben zwei Mordfälle und den versuchten Mord an Julian gelöst und sind auf dem besten Weg, noch sieben andere Morde aufzuklären, ohne dass jemand mit Fäusten, einem Messer, einem Stunner oder sonst was auf mich losgegangen ist. Ich schätze, das ist ein Rekord.«

»Für einen Augenblick sah es da drin durchaus ein bisschen brenzlig aus.«

Mit einem lauten *Phh* stapfte sie los. »Er hätte mich niemals erwischt. Außerdem ist es mir auch noch den ganzen Tag über gelungen zu vermeiden, dass mir Kotze, Blut oder was anderes Widerliches auf die Stiefel spritzt.«

»Was eindeutig ein Grund zum Feiern ist.« Roarke glitt mit einer seiner Hände über ihren Rücken. »Alkohol und Sex?«

»Klingt gut.«

Auf der Fahrt nach Hause und zu Alkohol und Sex rief Eve noch kurz Nadine an, um ihr zu erzählen, wie die Sache ausgegangen war.

Denn das erschien ihr nur gerecht.